ジョージ・オーウェル

ピーター・デイヴィソン◆編

高儀進◆訳

書簡集

GEORGE ORWELL
A LIFE IN LETTERS

白水社

オーウェル、母のアイダ、妹のアヴリル、1919年に休暇で帰国した父。

オーウェルの著作の仏訳者、
ルネ＝ノエル・ランボー。

娘のマイカル（1927年生まれ）を、伯父（医師）と伯母のホーリー＝バーク夫妻の養子にする手続きをした事務弁護士の事務所を出るジャシンサ・バディコム。

1948年のジャシンサ・バディコム。
オーウェルと
再び連絡を取るようになる直前。

オックスフォード大学時代からの
アイリーンの親友、
ノラ・マイルズ(旧姓サイムズ)。

ハートフォードシャー州ウォリントン、キッツ・レイン2番地のザ・ストアーズ。オーウェルはそれを1936年から借りていた。

ウエスカ前線にいるアイリーン。機関銃手の右側に坐っている。彼女の後ろにいる背の高い人物がオーウェル。

1937年の独立労働党会議にて。
[左から右]ジョン・マクネア、
ダグラス・モイル、
スタフォード・コットマン、
オーウェル、
ジョック・ブランスウェイト。

1938年、
オーウェルとアイリーンが
モロッコのマラケシュ郊外に借りた
ヴィラの塀に坐るアイリーン。

モロッコで山羊の乳を搾っているオーウェル。手伝っているのはマジューブ・モハメド。

マラケシュでオーウェル夫妻を訪ねた
フランスの外人部隊の
5人の英米人のうちの3人。

国土防衛軍のオーウェルの班。オーウェルは後列右端。

1941年頃のアイリーン。

オーウェルと息子のリチャード。
イズリントンのキャノンベリー・スクエアにある
フラットにて。

1942年12月1日、BBCで『ヴォイス』の5を録音中。左から右——ヴェニュ・チターリ、M・J・タンビムットゥ、T・S・エリオット、ユーナ・マーソン、ムルク・ラージ・アーナンド、クリストファー・ペンバトン、ナラヤーナ・メノン。立っている人物——オーウェル、ナンシー・パラット、ウィリアム・エンプソン。

『ホライズン』の事務所にいるソニア・オーウェル。
同事務所での勤務の最後の日。
1949年10月13日にオーウェルと
結婚したあと間もなくの頃。
カメラのほうを向いているのはリース・ラボック。

ジュラ島のバーンヒル。オーウェルの野菜と果物の広い菜園は家の後ろにある。

ジョージ・オーウェル書簡集

ジョージ・オーウェル書簡集……目次

序

ジョージ・オーウェルは、「五十年にわたって一つの代名詞だったという特殊な地位にある」。もちろん、括弧の中はオーウェルのことを言っているのではなく、オーウェルがラドヤード・キプリングを評した言葉である。しかしそれは、オーウェル自身に対して言っても、そう的外れではない。オーウェルはまた、キプリングについてこうも書いている。「キプリングについて何かを言う前に、彼の作品を読んだことのない二種類の人間が創り出した伝説を取り除かねばならない」。これはやや的外れかもしれないが、オーウェルについて何かを言う多くの者は、まず、『動物農場』と『一九八四年』以外あまり読んでいないようだ。「ビッグ・ブラザー」と「一〇一号室」について聞いたことのある何百万の者は、その作者について何も知らない。オーウェルについての無知は、アカデミックな世界や、自称高級ジャーナリズムの世界にも見出される。ボウリング・グリーン州立大学のレイ・B・ブラウン教授が死んだ時、『デイリー・テレグラフ』は、彼が初めて「大衆文化」を主流にしたと書いた。ブラウンの『大衆文化ジャーナル』は一九六七年に創刊されたが、オーウェルは二十五年以上前に大衆文化についてきわめて明晰に書いた。事実、一九四六年に『評論集』が『ディケンズ、ダリその他』という題でアメリカで出版された時、副題は「大衆文化の研究」だった。オーウェルは、一方の極では、聖者の列に加えられた──その結果、ジョン・ロッデンの優れた分析的研究『文学的名声の政治学』（一九八九年）に、「〝聖ジョージ〟オーウェルに仕立てる」という副題が付いた。もう一方の極では、手厳しく攻撃されている。二〇〇三年六月十九日付の『ロンドン・レヴュー・オヴ・ブックス』に載ったテリー・イーグルトンの書評によれば、スコット・ルーカスは『オーウェル』（二〇〇三年）において、それを「驚くほど効果的に」行っている。哀れなジョージの立場はどうなるのか？　イーグルトン教授は二〇〇三年に出た三点のオーウェル伝を、いみじくも「生来のロマンティシスト」という題で書評し、オーウェルは「イギリス的文化を政治的コスモポリタニズムに結びつけ」、政治的個人崇拝を嫌う一方、己が公的イメージを周到に作り上げた」のではないかと言っている。オーウェルは世界的に賞讃されたにもかかわらず、自分は「失敗、失敗、失敗」に付きまとわれていると見なしていた。「失敗」は、イーグルトンが言っているように、「彼の強みだった」。

オーウェルは、心の奥底には未解決の葛藤があり、それゆえに非常に矛盾した性格の人間になったのである。彼は組織化された宗教、とりわけローマ・カトリック教会に対して常に戦った。来世の存在を信じていなかった。それなのに教会で結婚し、養子のリチャードに洗礼を受けさせ、死後に荼毘に付されるのを嫌い、イングランド国教会の儀式にのっとって埋葬されることを望んだ。あれほどに合理的な人間にしては、リチャードのために星占いをして運勢図を作ってくれとレイナー・ヘプンストールに頼んだこと（一九四四年七月二十一日）、ウォールバーズウィック教会墓地で幽霊を見たと信じていたこと（一九四〇年七月六日）、サー・サシェヴェレル・シットウェルと騒霊《ポルターガイスト》について論じ合ったこと（一九四〇年七月六日）、さらに、『牧師の娘』の結末が擬似宗教的であること（しかし、それは結局は小説に過ぎず、オーウェル個人の信念とは言えない）は不思議である。おそらく、最も多くを語るのは、サー・リチャード・リースが覚えている次のことであろう。オーウェルは彼にこう言った。「印刷された自分の本名を見ると嫌な気分になる」。「自分の敵がそれを切り取り、一種の黒魔術をかけないとどうして言えよう」。それは、ただの気紛れなのか、心底から感じていたことなのか？「あるどこかの敵」ではなく「自分の敵」。それは誰だったのだろう？ リースの著書の題は、扱った対象を完璧に要約している。『ジョージ・オーウェル――勝利の陣営からの逃亡者』（一九六一年）。彼は勝利から逃げ、「失敗、失敗、失敗」に逃げ込んだ。

オーウェルは一九〇三年六月二十五日、ベンガルのモティハリにエリック・アーサー・ブレアとして生まれた。父のリチャード・ウォムズリー・ブレアは一八五七年、ドーセット州ミルボーン・セント・アンドルーで生まれた。彼の父は同地の教区牧師だった。オーウェルの父は英領インド帝国政府の阿片局に勤めていた。母のアイダ・メイベル・リムーザンは一八七五年、サリー州ペンジに生まれた。しかし彼女の一家は、ビルマと長い繋がりがあった。事実、エマ・ラーキンが一、二年前に発見したように、リムーザン一家は、今日までミャンマーのマウルメインに、奇妙な形で残っているようだ。彼女は、オーウェルが同地で人によく記憶されている（ひっそりとであれ）のを発見しただけではなく、「レイモーザン」という、「〝リムーザン〟に最も近いビルマ語の発音」の通りがあるのにも気づいた。しかし、その名前の意味を通行人に訊いてみると、彼は自信をもって答えた。「オレンジ棚通り」（『秘史』）。

オーウェルの両親は一八九七年六月十五日、ナイニ・タルにある「セント・ジョン・イン・ザ・ウィルダネス教会」、すなわち「荒野にいる洗礼者ヨハネ教会」という興味深い名前の教会で結婚した。オーウェルが、自分も荒野にいると感じていたので、両親がそういう名前の教会で結婚したのももっともだと思ったのは確かである。両親の最初の子供マージョリーは、一八九八年四月二十一日にベンガルのガヤで生まれた。一九〇四年、アイダ・ブレアは二人の子供を連れてイギリスに戻り、ヘンリー＝オン＝テムズで暮らした。一九〇七年、リチャード・ブレアは三ヵ月の休暇をとり、ヘンリーで過ごした。一九〇八年四月六日に、オーウェルの妹のアヴリルが生まれた。オーウェルは一九〇八年から十一年まで、ウルスラ会の尼僧が経営するローマ・カトリックの通学学校に通った。その後、イーストボーンにある私立進学校〔八歳から十三歳までの児童が学ぶ、パブリックスクールに入るための予備校〕、セント・シプリアン校に寄宿した。そこで彼はシリル・コナリーに出会った。コナリーは彼のその後の人生において重要な存在になる。オーウェルのエッセイ、「ほんに、ほんに、この通り楽しかったよ」はセント・シプリアン校での経験にもとづいているが（時折、正確ではない）、同校での教育のおかげで、彼は一九一七年五月、王室奨学基金の給費生としてイートン校に入ることができた。

ごく最近発見された一通の手紙は、オーウェルの視点から見た、その後の人生を説明している。この手紙はこれまで発表されていず、それを本書に収めるのを許して下さった持ち主（匿名であることを望んでおられる）に厚く感謝する。オーウェルは、一八九一年一月から一九五〇年三月まで続いた月刊文芸誌『ストランド』の編集長、リチャード・アズボーンに依頼され、自分の人生を語る一文を同誌に寄稿した。オーウェルは、最後のパラグラフにあるように、忙し過ぎて寄稿する暇がないと感じたが――『一九八四年』を執筆中だった――それにもかかわらずアズボーン氏の依頼に応えるいささかの労をとった。本書簡集の何通かの手紙からわかるように、ほとんど知らない差出人にも労を惜しまずに返事を出した。リチャード・アズボーン宛のこの手紙は、一九四七年八月二十六日にジュラ島のバーンヒルで書いたものである。

親愛なるアズボーン様★

二十二日付のお手紙、ありがとうございます。あなたのご質問に精一杯お答え致しましょう。私は一九〇三年に生まれ、イートンで教育を受けました。同校で奨学金を貰いました。父はインドの官吏で、母も特にビルマと繋がりのある、インド居住のイギリス人家族の出です。私は学校を出たあと、ビルマの英帝国警察に五年勤めましたが、その仕事はまったく肌に合わず、一九二七年に休暇でイギリスに戻ってきた時に辞職しました。私は作家になろうと思い、貯金を使って次のほぼ二年をパリで暮らし、小説を書きましたがどこでも出版してくれなかったので、その後破棄しました。文無しになった時、しばらく皿洗いをし、それからイギリスに戻り、一連の安給料の仕事をしました。たいていは教員の仕事でした。その間何度か失業し、極貧の生活をしました。（それは不況の時期でした。）『どん底生活』に書いてあるほとんどすべての出来事は実際に起こったことですが、別々の時に起こったものであり、連続した話にするために一つに纏め上げました。一九三四年から五年まで一年ほど書店で働きましたが、その経験は『葉蘭をそよがせよ』の背景に使っただけです。同書は自伝的作品とは思いません。私は広告代理店で働いたことはありません。総じて私の本は、人が思うほどは自伝的ではないのです。『ウィガン波止場』には正確に自伝的な箇所があります、そして、もちろん、純粋のルポルタージュである『カタロニア讃歌』にも。ついでながら、『葉蘭をそよがせよ』は気に入っていない数作の一つで、再刊は認めていません。

　政治に関して言えば、一九三五年頃まで、時折関心を抱いただけでした。私はこれまでずっと、多少とも「左」だったと言えると思いますが。私は『ウィガン波止場』で初めて自分の考えを徹底的に述べようとしました。社会主義の考え方全体に非常に大きな欠陥があると感じたのです。今でも、そう感じています。私は依然として、ほかの解決法があるのかどうか考えていました。英国の産業の最悪の姿、つまり、炭坑地帯をかなりよく見たあと、人は心情的に社会主義に惹かれなくとも、社会主義のために働くのは義務であるという結論に達しました。なぜなら、現状維持は、ただもう耐え難く、一種の集産主義以外の解決法はないからですし、また、それが大衆の欲しているものであるからです。それと同じ頃、私は全体主義の恐怖を感じるようになりました。事実、私はすでにそれを、カトリック教会に対する敵意という形で感じていたのです。私はスペインにおいて政府側で半年戦い（一九三六年〜七年）、政府側の内紛に巻き込まれるという不運に遭いました。その結果私は、共産主義とファシズムのあいだには違いがあまりないという確信を得ました。さまざまな理由から、もしほかの選択がなければ共産主義を選ぶでしょうが。私は曖昧な形でトロツキストと無政府主義者に関わり、労働党の左翼（ベヴァンとフットの側）にもっと密接に関わりました。私は当時ベヴァンの新聞だった『トリビューン』〔ベヴァンは一九四一年から四五年まで同紙の編集長だった〕の文芸欄を一年半ほど担当し（一九四三年〜五年）、それより長い期間にわたって同紙に寄稿しました。しかし、政党に属したことはなく、もし自分が真実だと思えることを記録し、党の方針に従うのを拒否すれば、政治的にも自分はもっと価値があると信じています。

私は二年間週に四つのエッセイを書いていたので、昨年初め、しばらく休むことにしました。半年ジュラ島で暮らしましたが、その間何も仕事をせず、ロンドンに帰ってきてから冬のあいだ、いつものように新聞雑誌に書きました。そして、ジュラ島に戻ってきてから小説を書き始めました。一九四八年の春までには書き終えたいと思っています。これを書いているあいだは、ほかのことは何もしないようにしています。ごく時たま、『ニューヨーカー』に書評を書きます。今年は冬をジュラ島で過ごすつもりです。ロンドンでは、どんな継続的な仕事もできないようだからですし、ここにいるほうが、温かくしているのが少々楽だと思うからです。気候はそれほど寒くはなく、食料と燃料はたやすく手に入ります。辺鄙な所にありますが、ここにごく快適な家もあります。妹［アヴリル］が私のために家事をしてくれています。私は三歳と少しの息子のいる鰥夫《やもめ》です。

この短い手紙がお役に立つことを願っています。今のところ、残念ながら『ストランド』に寄稿できません。申し上げたように、ほかの仕事に関わるのを避けているからです。ここでは週に二回しか郵便物収集がありませんので、この手紙は三十日までは発送されないでしょう。ですから、サセックスに宛てて出すことにします。〔編者によると、アズボーンは週末にサセックスにいたらしい〕

敬具

ジョージ・オーウェル

オーウェルは政党の党員になったことはないと言っているけれども、短期間、独立労働党《インデペンデント・レイバー・パーティー》の党員だったことを忘れてしまったのか、あるいは糊塗したかである。彼は党員になったことについて、「なぜ私はＩＬＰに入ったのか」という文を一九三八年六月二十四日付の独立労働党の機関紙に載せているのである。彼は戦争が始まると、同党が反戦の立場を崩さなかったので脱党した。彼がそのことを忘れたのは、繋がりを断ちたかったからかもしれない。

オーウェルは最初の妻アイリーンについて、ごく短く間接的にしか言及していない。いかにも彼の性格と時代にふさわしく、彼女を失ったことを手紙の中でくどくど言っていない。痛切に感じたのは疑いないが。アイリーン・オショーネシーは一九〇五年、サウス・シールズに生まれた。オーウェルとアイリーンは、一九三五年三月に、ロザリンド・オーバマイヤー夫人がパーラメント・ヒル七七番地で開いたパーティーで知り合った。オーウェルにとっては、それは一目惚れだった。パーティーから帰る時、彼は友人に、「僕が結婚したい女はアイリーン・オショーネシーだ」と言った。オーバマイヤー夫人にも、そのようなことを言った。当時アイリーンは、ユニヴァーシティー・コレッジ・ロンドンで心理学の修士課程にいた。オーウェルはほとんど収入がなく、はっきりした将来の見込みもあまりなかったにもかかわらず、二人は、オーウェルが移り住んだウォリントンの十六世紀に建てられた古いコテージから、一九三六年六月九日、隣接した教区教会に行って結婚式を挙げた。アイリーンは一九四五年三月二十九日、ニューカースル・アポン・タインの病院で、麻酔をかけられているうちに死んだ。

オーウェルとアイリーンには、おそらく二人が気づいていなかったであろう、非常に奇妙な繋がりがある。二人とも一九八四年を「祝った」のである。オーウェルの小説の題名『一九八四年』は、タイプ原稿を出版社のフレドリック・ウォーバーグに送る直前に選ばれたもので、アイリーンがそれを知らなかったのは明らかだが、彼女が、自分の出身校、サンダーランド・チャーチ女子高等学校の百周年を祝う詩「世紀の終わり――一九八四年」を書いたのを、彼は知っていただろうか？　その詩は、「死」、「誕生」、「不死鳥」と題した三つの十四行のスタンザから成る。そして、オーウェルの書いたどんなものともなんの繋がりもない。彼女の詩は過去を祝っている。オーウェルの小説は未来についての警告である。

ジョージ・オーウェルが書いた千七百通以上に及ぶ手紙は、『ジョージ・オーウェル全集』の第十巻から第二十巻に、および『失われたオーウェル』に収められている。その数字には、彼が『トリビューン』の読者に対して書いた返事や、一九四一年から四三年までBBCの海外放送のインド課に勤めていたあいだに書いた、番組編成に関する内部メモは含まれていない。『全集』と『失われたオーウェル』には、オーウェルに宛てて、または、オーウェルに関して書かれた数多くの手紙も収められている。とりわけ、妻のアイリーンが書いた手紙が。したがって本書簡集は、現存するそうした手紙のほんの一部である。

本書簡選集を編むに当たり、私は二つの原則を立てた。第一に、選んだ手紙はオーウェルの人生と彼が抱いていた願望を如実に物語っていなければならない。第二に、どの手紙も、それ自体興味のあるものでなければならない。ほとんどの手紙は省略せずに収めたが、ほかの手紙にすでに出てくる箇所を繰り返した長い件《くだり》は削除した。オーウェルは最後の二年、次第に病が重くなり、病院とジュラ島でのみ暮らしていたせいで行動半径が狭くなるにつれ、交友範囲は狭まらずにむしろ広くなったものの、手紙では繰り返しが増え、したがって削除箇所も増えた。

いかに多くの者が自分宛のオーウェルの手紙を保存したかは、驚くほどである。そして時には、オーウェルの人生を語るためには、オーウェルに宛てた手紙に依存せざるを得ない。その顕著な例は、『動物農場』のウクライナ語版の出版に関する、一九四六年四月十一日以降のイホル・シェフチェンコとの重要な手紙のやりとりである。オーウェルが成人になってからの人生の各年から同数の手紙を書簡集に収めたいと思ったとしても、どれを選んで収めるかは、現存する手紙次第である。したがって当然ながら、オーウェルがビルマで過ごした五年のあいだの手紙は収められていない。

『全集』を準備中にイアン・アンガスと私は徹底的に調べたにもかかわらず、貴重な手紙を含むオーウェルについての資料は、いまだに新たに発見されている——その結果が『失われたオーウェル』である。本書に、その何通かの手紙——しかも重要な手紙——を初めて収めることができたのは嬉しい。私は、「新発見」の手紙を本書に収めることを許して下さった、そうした手紙の所有者の方々に深く感謝する。また、すでに発表された手紙を手に入れた方々が、そうした手紙を本書に収めるのを許して下さったことにも感謝する。関係者のお名前は、手紙の注に記してある。エレナー・ジェイクス宛の一束のオーウェルの手紙が、二〇〇九年、ボナムズ〔美術品を中心にする英国の競売会社〕によって初めて競売に付されることになったが、撤回されたという噂が流れた。

オーウェルの手紙はビジネスライクになる傾向がある。そのことは、彼の著作権代理人に宛てた手紙だけではなく、友人に宛てた手紙にも当て嵌まる。彼は、自分のある行動を説明するのが遅れたと感じたり、社交上の挨拶をし損なったと感じたりした場合は、即座に謝る——例えば一九三四年十二月二十四日、レナード・ムーアにもっと早くクリスマスカードを送らなかったことを悔やみ、こう付け加えている。「ムーア夫人にくれぐれもよろしくお伝え下さい」。エレナー・ジェイクス、ブレンダ・ソルケルド、リディア・ジャクソンに宛てた新発見の手紙でさえ、彼が親しい関係を続けたいと思っているのは明白なのに、愛情表現は短い。彼は、アイリーン、父母、姉のマージョリーが死んだ時、深く悲しんだが、心の痛みを控え目にしか表わしていない。それは性格の冷たさの印ではなく、二十世紀前半に育った人間は、少なくともおおやけには、そう振る舞うことになっていた印である。苦痛と苦悩は相対的なものと考えられていて、二つの世界大戦で数百万人が経験したことを考えれば、個人的な死、とりわけ自然死は、大騒ぎするようなものではないと思われていた。人は黙って耐えたのである。オーウェルは、たまたま居合わせた者には、陰気な人間という印象を与えた。親友たちは、彼を『動物農場』の驢馬、ベンジャミンに譬えた。しかし、デイヴィッド・アスターは、編者に語ったのだが、気が滅入ったり心配事があったりするとオーウェルに電話をし、地元のパブで会ってくれと頼んだものだった。オーウェルが自分を笑わせ、気分を明るくしてくれるのを知っていたからである。人はその陰気さを、経済的事情のせいにすることもできよう。オーウェルは、しばしば貧乏だった——オーウェルがフランス領モロッコに滞在していた時に、ジャック・コモンから少額の金を貸してくれと頼まれた際の返事を見るとよい。彼はザ・ストアーズにいた一九三六年、その年の大部分を、ジャガイモを食べてやっていけるとさえ言っている。彼は『動物農場』で高額の印税が入ったが、死亡した時（それは『一九八四年』で厖大な印税が入ってくる前だが）、遺言検認で九千九百九ポンドの遺産があることがわかった——今日の約二十五万ポンドに相当するだろう。ささやかな家が買える額である。それなのに当時彼は、友人に五百二十ポンド貸していた。ジョルジュ・コップに二百五十ポンド、ポール・ポッツに百二十ポンド、ソニアに百ポンド、イーネズ・ホールデンに七十五ポンド、ジャック・コモンに五十ポンド。

オーウェルがいかに苦労して手紙を書いたのかは、よくわかる。タイプライターで手紙を書くのは辛い肉体労働だった。特に、オーウェルの場合のように病気でベッドの中でタイプライターを打たねばならない時は。人は今日、そのことをいとも簡単に忘れてしまう。コピーしたり、貼り付けたり、保存したりすることのできるパソコンを使うので。そして、一度にタイプする写しの枚数には限度があった。例えば、もし彼かアイリーンかが同一の情報を二人か三人以上の者に伝えたい時は、各相手は、それぞれ別の手紙を受け取った。その手紙は、一通ごとに改めてタイプする必要があった。（一九三八年十二月五日付の、メアリー・コモン宛のアイリーンの手紙の結びを参照のこと。）しかしオーウェルは、それぞれの友人に、同一の内容の便りを辛抱強く何度もタイプした。

オーウェルの手紙に関して、彼の寛容な性格を物語る一つの重要なことは、知らない相手、会ったこともないであろう相手、なんの義理もない相手に長い手紙を書いたということである。リチャード・アズボーン宛の前掲の手紙と、一九四八年五月十九日にヘヤマイアーズ病院から出したジェシカ・マーシャル宛の手紙は、ともに彼が相当の時間をかけて書いたものである。大抵の者なら、短い礼状で済ますところを。

アイリーンの手紙は内容も文体もまったく違うものである。サウスウォルドで夫の両親の家に滞在するのはどんな具合だったのか、ウォリントンで、原始的と言ってもいいコテージで暮らすのはどんな具合だったかを知るにはアイリーンの手紙を読まねばならないし、皮肉を味わうにはアイリーンの手紙を読む必要がある。彼女はユーモアの感覚に優れ、彼女もオーウェルも卑下した人間だったが、アイリーンにおいては、卑下した文面は楽しいウイットに包まれている。

オーウェルの作品の非常に多くのものが出版され、彼の手紙の非常に多くのものが現存しているので、我々は何を期待すべきかを知っているつもりになっている。しかしアイリーンは、非常にしばしば人を驚かせる。夫（当時、ヨーロッパ大陸で戦地特派員として働いていた）に宛てた魅力的な手紙の中で、幼い息子がどんな風に成長しているのかということ、また、将来、ロンドンを離れたいという希望（オーウェルはその希望をジュラ島で叶えることになる）、手術についての不安について書いている。その手術が彼女の命を絶つことになるのだが。アイリーンはまた、ノラ・マイルズ宛の一束の手紙が『失われたオーウェル』で公表されるまでは（それは本書に収められている）、我々の知らなかった人生を送った。彼女が一九三八年七月にウィンダミアのチャペル・リディングに行ったが、なぜかはわからなかった——いまだにわかっていない。アイリーンのそうした別の面のいくつかが、彼女の手紙に現われている。手紙からわかる一つの確かなことは、彼女が非常に優しい性格の持ち主だったことである。

オーウェルとアイリーン以外の者のわずかな手紙も、本書簡集に収めた。どれも——例えば八十一頁から八十二頁の、ミス・ゴールビーに宛てたジェニー・リーの手紙——は、オーウェルの性格もしくは病状を説明している（四百八十七頁の、ブルース・ディック医師からデイヴィッド・アスターに宛てた手紙も同様である）。こうした数通の手紙は、オーウェル像をいっそう鮮明にするのに役立つ——例えば、彼が一九三六年のクリスマス直後にスペインに到着した際の忘れ難い姿。「それが、スペインで戦うためにやってきたジョージ・オーウェルとブーツだった」。ジェニー・リーが書いているように、彼はスペインで「自分に合うだけに大きいブーツが手に入らないのを知っていた」ので、スペアのブーツを首から掛けてやって来た。足に合う大きな靴を手に入れるという問題は、晩年に再び彼を悩ました。

総じて、本書とその姉妹篇『ジョージ・オーウェル日記』は、オーウェルが書かなかった自伝にある程度なっている。

ピーター・デイヴィソン

本版について

ほとんどの手紙は、そっくりそのまま収められているが、レイアウトは統一した。繰り返しを避けるために数箇所削除したが、本書簡集のほかのところで、それを読むことができる（例えば、ロンドンからジュラ島のバーンヒルに来るうえでのオーウェルの指示）。削除した箇所は四角括弧で示した。元の形での完全な記録は『ジョージ・オーウェル全集』で見ることができる。手紙の差出人住所は短縮し、書き方を統一した場合が多い。

手紙の多くの名宛人・差出人のうち九十人以上の者のごく短い経歴が「人物表」に載せてある。そうすることで、名宛人の経歴が頻繁に繰り返されることがなくなり、各名宛人が最初にどこに出て来たのかを捜す必要がなくなるであろう。「人物表」に載っている名前には★印が付けてある。普通、我々が「ジョージ・オーウェル」と呼び習わしている人物はエリック・ブレアとして生まれた。彼は終生、本名を使い続けた。友人の何人かは彼を「エリック」と呼び、何人かは「ジョージ」と呼んだ。彼の最初の妻アイリーンは常にアイリーン・ブレアで、息子はリチャード・ブレアだった。本書では、「ブレア家」はオーウェルの両親と家族を指し、「オーウェル家」はジョージとアイリーンの夫婦を指す。

詳細な注が付いた本書の手紙は『ジョージ・オーウェル全集』と、その補巻である『失われたオーウェル』に収められている。『全集』の最初の九巻はオーウェルの著書から成っている。それらは一九八六年から八七年にかけてセッカー&ウォーバーグから出版され、その後、ペーパーバックでペンギンブックスから出版された。第十巻から第二十巻までは一九九八年に出版され、その後二〇〇〇年から二〇〇二年にかけてペーパーバックで出版された（いくらかの補足的資料と一緒に）。補巻は二〇〇六年にタイムウェル・プレスから出版された。『一九八四年』の現存する原稿のファクシミリは一九八四年、ロンドンのセッカー&ウォーバーグと、マサチューセッツ州ウェストンのM&Sプレスから出版された。『全集』と補巻はピーター・デイヴィソンによって編集され、総頁は九千二百四十三頁になる。本書が『全集』

と補巻のごく一部を提供するものであるのは自明であり、必要な場合には、それに対する補足の言及がなされるであろう。

主として、手紙はオーウェルが書いた通りに印刷されている。手紙の些細な誤りは断ることなく訂正した。

当時の貨幣価値を今日の値段に正確に置き換えるのは難しい。個々の品物の値段は相当に変化するので。しかし、一九三〇年代の物の値段を四十倍にすれば近似値を得ることはできる。戦時中の場合は三十五倍。戦争とオーウェルの死までのあいだは三十倍。十進制貨幣制度以前には、一シリングは十二ペンス、一ポンドは二十シリングだった――したがって、一ポンドは二百四十ペンスだった。旧貨幣制度の六ペンスは現在の二ペンス半、一シリング（十二ペニー銅貨）は五ペンス、十シリング（10/-）は五十ペンスである。オーウェルがモロッコに住んでいた頃については、R・L・ビドウェルの『通貨換算表』（一九七〇年）を参照すると便利である。彼の記すところでは、一九三八年三月にはフランスのフランは一ポンドに対し百七十六・五（一ドルに対し三十九・八）である。一九三九年には、彼によると、一ポンドに対し百七十六・五である（一ドルに対し三十九・八）。したがって、一九三〇年代にオーウェル夫妻が払ったコテージの四週間分の家賃――週に七シリング六ペンス――は大体一・五ポンドで、今日の貨幣価値では月に約六十ポンドである。モロッコでの別荘《ヴィラ》の家賃は月五百五十フランで、当時の貨幣制度で約三・二五ポンドだが、今日の貨幣価値では約百三十ポンドである。

本書を出版するに当たり、オーウェル・エステートに、とりわけリチャード・ブレアとビル・ハミルトンに、また、これらの手紙の公刊を可能にしてくれたユニヴァーシティー・コレッジ・ロンドンの特別蒐集図書館の文書係ギル・ファーロングとスティーヴン・ライトに感謝したい。技術的支援の多くは孫のトムに負っている。オーウェル・エステートと出版社は、『全集』と『失われたオーウェル』に載せた手紙の版権所有者に感謝の意を表したが、その謝辞をここでも繰り返しておく。また、これまで公表されなかった手紙、また、元の手紙の所有者が変わった手紙をここに収録することを許して下さった方々にも感謝したい。校正刷りを入念に読んで下さった（またも）マイラ・ジョーンズと、親切このうえなく支えて下さったハーヴィル・セッカーのブライオニー・エヴァロードに深甚の感謝の念を捧げる。

ピーター・デイヴィソン

凡例

一、名宛人、差出人の名前のあとの★印は、その人物が巻末の「人物表」にあることを示している。
二、編者の注は(1)、(2)~と番号を付し、各章末に記した。
三、編者の補足の注は［　］内に入れた。
四、翻訳者の二行割注は〔　〕内に入れた。

生徒から教師へ、文筆家へ

一九二一年〜一九三三年

オーウェルは一九二一年十二月にイートン校を卒業した。そして英領インド帝国警察に志願し、競争率の高い採用試験を受けるために受験塾で指導を受けた。採用結果は一九二二年十一月二十三日に発表された。彼は一万二千四百点のうち八千四百六十四点取り、合格した二十九人のうち七番だった。合格最低点は六千点だった。彼の最も得意とした科目はラテン語、ギリシャ語、英語だった。騎馬試験には辛うじて合格し、手書き素描は四百点のうち百七十四点取った（したがって、セント・シプリアン校から母に出した手紙に描いた小さな素描から進歩したわけである）。

彼はビルマに一九二二年十一月二十七日に到着した。そしてヒンディー語、ビルマ語、スゴー・カレン語を習得し、ビルマの僧侶と「大仰なビルマ語」で流暢に会話ができるようになった。彼はいくつかの警察署に勤務し、絞首刑を見、象を撃った。その二つの事件について、彼は重要なエッセイを書いている。彼は象を射殺したことで、一九二六年十二月二十三日、怒った司令官から辺鄙なカサーに飛ばされた〔その象はビルマ最大の材木会社の所有していたものだった〕。そこが『ビルマの日々』のチャウダのモデルになっている。

彼は一九二七年七月十二日、当然の権利だった半年の休暇を取り、休暇中に警察を辞職した。どうやら給料をかなり貯めたらしく、パリに行って文筆家として暮らしを立てようとした。パリでフランス語のエッセイを六篇発表し、イギリスで一篇発表したが、短篇小説や長篇小説はどの出版社にも断られた。それらはすべて破棄された。彼は金がなくなると、豪華なホテル（クリヨンかロティ）の厨房の手伝いとして数週間働いた。短期間「流行性感冒《ユーヌ・グリップ》」でコシャン病院に入院した。その時の経験についても書いている。

オーウェルはイギリスに戻り、サウスウォルドの一家の家を本拠にし、浮浪者生活とホップ摘みを試みた。彼はエッセイが雑誌に載るようになり（ごくわずかな原稿料で）、一九三二年四月から一九三三年七月まで、ミドルセックス州ヘイズにある私立学校、ホーソーンズ校で、十歳から十六歳までの少年を教えた。彼は秋学期にホーソーンズ校に戻らず（いずれにしろ同校は財政難に陥った）、ミドルセックス州アックスブリッジにある少年少女のための私立学校、フレイズ・カレッジで教えることにした。同校の写真はジョン・トムソンの『オーウェルのロンドン』に載っている。一九三三年一月九日、ヴィクター・ゴランツは『パリ・ロンドンどん底生活』を出版した。

母宛のオーウェルの手紙（1911年10月15日付）より

アイダ・ブレア宛★

一九一一年十二月二日
イーストボーン
セント・シプリアン校

親愛なるお母さま、お元気のことと思います。

　きのうはウィルクス夫人(1)の誕生日でした。ぼくたちはお茶のあと、家のそこらじゅうでゲームをして遊びました。みんなでビーチー・ヘッドに散歩に行きました。

　ぼくは算数で三番です。

　きょうはとても曇っていて、あんまり暖かくなりそうにありません。

　学期の終わりまぢかになりました。あと十八日しかありません。

　土曜日の晩、ぼくらはダンスをします。ぼくは詩の一節を朗読します。何人かの生徒は歌います。

　お父さまとアヴリルによろしく。トーゴーは元気ですか。ぼくたちはきのう、オックスフォード組とケンブリッジ組に分かれ、試合をしました。ケンブリッジが最初と三番目の試合で勝ちました。二番目の試合は中止になりました。ホール大佐(2)が何枚か切手をくれたので、とてもよろこんでいます。あの人は、きょねんくれるといいましたが、忘れたのだろうと思います。きょうは一日じゅうどしゃ降りで、寒かった。

　あのひどいいやな、くさい白ねずみがもどってきたと聞いて、とてもざんねんです。こんどのは、くさいのではなければいいと思います。くさくなければ、すきになるでしょう。

お母さまの愛する息子より
E・A・ブレア
［手書き］

スティーヴン・ランシマン宛★

一九二〇年八月［?］
コーンウォール(3)
ポルペロRSO

親愛なるランシマン
　少し暇があるので、素人浮浪者としての僕の初めての冒険について君に語らねばならない。たいていの浮浪者同様、僕もやむなくそうなったのだ。デヴォンシャーの惨めな小さな場所――シートン連絡駅(4)――に着いた時、そこで乗り換えなくてはいけなかったマイナーズが僕の車輌に来て、自分と同じコンパートメントで旅行しようと絶えずしつこく言って僕を困らせた、実に嫌なオピダムという奴が僕を呼んでいると言った。僕は赤の他人の中にいたので、奴のところに行こうと外に出た途端、列車は発車してしまった。動いている列車に乗るには両手が必要だが、旅行鞄、ベルト等を持っていたので、片手しか使えなかった。手短に言えば、置いてきぼりになったというわけだ。帰りが遅くなるという電報を打ち（翌日着いた）、二時間半くらいあとで列車に乗った。プリマス・ノース・ロード駅に着いた時、その夜はルーに行く列車がないのがわかった。電話をするには遅過ぎた。郵便局が閉まっていたのだ。そこで、懐具合を調べてみた。あとの汽車賃に足りるだけあり、そのうえ七ペンス半あった。したがって、六ペンス半の値段のY・M・C・Aで寝てひもじい思いをするか、何かを食べどこにも泊まらないかのどっちかしかなかった。僕は後者を選び、旅行鞄を手荷物一時預かり所に預け、六ペンスで菓子パンを十二個買った。九時半過ぎに、農家の畑に忍び込んだ——何列も建っているスラムめいた家のあいだに挟まれるようにして、いくつかの畑があった。そういう姿では、僕はもちろん、ぶらぶら歩き回っている兵士に見えた——途中、もう除隊になったのかどうかと訊かれた。僕はとうとう、市民農園の近くの畑の角で立ち止まった。その時、他人の畑に寝て、「生計を維持する、これといった手段を持たない」と、十四日間の刑を受ける場合が多いということを思い出した。とりわけ、動いただけで近くのどの犬も吠えたからだ。角には避難できる一本の大木があり、隠れられる茂みがあった。でも、耐え難いほど寒かった。体を覆うものはなかった。帽子を枕にし、「私の軍のマント（巻いたケープ）を体に巻きつけ[5]」横になった。うとうとしただけで、一時頃まで震えていた。そこで、巻きゲートルの具合を直すとなんとか寝てしまい、四時二十分の始発の列車に一時間遅れてしまった。次の列車に乗るため、七時四十五分まで待つ羽目になった。目を覚ました時、まだ歯がカチカチ言っていた。ルーに着くと、炎暑の中を四マイル歩かざるを得なかった。この冒険を誇りにしているが、二度と繰り返したくない。

草々

E・A・ブレア

［手書き］

シリル・コナリー★宛の手紙からの抜粋

一九二一年、復活祭

この手紙の原物の完全なものは失われた。一部分が残っているのは、シリル・コナリーが一九二一年の復活祭にテレンス・ベダードに手紙を書いた際、オーウェルの手紙のその一部分を引用したからである。一九六七年六月、コナリーはその箇所をオーウェル・アーカイヴのために写し取った。

コナリーの皮肉なコメントが書き込まれている別のヴァージョン（タルサ大学所蔵）は、マイケル・シェルダンのオーウェル伝に収められている。コナリーは、オーウェル・アーカイヴのために写し取ったものに書き込んだものの中で、その抜粋は『希望の敵』（一九三八年）に載せた、ベダード宛の手紙の一部だと説明した。ベダードは、コナリーがこの写しを作った時には死んでいた。コナリーの写しがどのくらい正確なのかを確かめるのは不可能である。ベダードは、オーウェルの上級生で、王室奨学基金の給費生のみから成るクラス、エレクションの一人だった。彼はオーウェルのちょうど一年前にイートン校を卒業し、コナリーが手紙を書いた時にはイートン校にはいなかった。コナリーは書き込みの中でクリストファー・イーストウッドを、「美声の魅力的な少年で、少々気取り屋だ」と書いている。[6] 彼は続けている。「この手紙のポイントは、イーストウッドは私のエレクションにいたので、私たちの上のエレクションにいるブレアよりも、私に会うことがずっと多かったということだ。E・A・ケアロウ[7]はブレアのエレクションにいて、レドクリフ＝モード[8]はコナリーより二年下のエレクションにいた。この手紙の背景を知るには、『希望の敵』の第二十章と第二十一章を参照のこと。マイケル・シェルダンは言う。「ほかの少年に対する［オーウェルの］思春期特有の愛情が性的接触の段階に進んだ」と考えるのは賢明ではなかろう。「彼はジャシンサとの関係においてと同様、少年たちとの関係においても純潔だったということは十分にありうる。彼はコナリー宛の手紙からわかるように、ロマンティックな事柄においては不器用で、引っ込み思案だった」。

僕はイーストウッドが好きになってしまったようだ。君は驚くかもしれないが、妄想ではないのは確かさ。問題は、君もそうだと僕が思っていることだ。ともかく君は半学年〔一学年二学期制の後半〕の終りには。僕は君を妬いてはいない。でも君は、嫉妬深くはないが、「独占的」と言っていい傾向がある。モードとケアロウの場合には君はまったく正しかったが、君に頼むのは、いかに似ている点があろうと、僕をもう一人のケアロウと見なさないでくれということだ。何か悪意があるとも思わないように。次の半学年に入って僕が三週間ほど君に手紙を書かなければ、君は事情を察知して独占本能が掻き立てられるだろう。そして君はイーストウッドに大きな影響力を持っているので、ともかくも、僕に対する敵意を彼に持たせるだろう、また、僕に近づかないよう警告するだろう。どうかそんな真似はしないでくれないか。もちろん、君も彼と付き合うのをやめてくれとは頼まない。ただ、僕について意地の悪いことは言わないように。

オーウェル・アーカイヴにあるコナリーの写しは、こう結ばれている。「ちょっと意外だ……ともかくイーストウッドは気づいていて、疑念でいっぱいだ。ブレアを憎んでいるので」

ジャシンサ・バディコム★からの手紙

一九七二年五月四日
ボグナー・リージズ
ジョン通り
「ドラゴンズ」

この手紙は、ある親戚を慰めようとして書かれたものである。それは、手紙の筆者自身の過去、とりわけ、若い頃のエリック・ブレア（彼がジョージ・オーウェルになるずっと前の）との関係を振り返っている。その背景は、ジャシンサ・バディコムの『エリックと私たち』（一九七四年）の二〇〇六年版にダイオウニ・ヴェナブルズが書いた後記で十分に説明されている。私はオーウェルに関係のない一、二の個人名を省略した。この手紙を公表することを許して下さったダイオウニ・ヴェナブルズとジャシンサの親戚の方々、および、背景に関する説明文と本書に収めた二葉の写真を提供してくださったヴェナブルズ夫人に深く感謝したい。

あなたの悲しいお手紙をちょうど読み終わったところで、取り急ぎお返事致します。同じ不幸な悲劇が同じ一族を二度襲ったということは信じられませんが、心から理解し同情することはできます。それは、ほんの少しお役に立つかもしれません。不思議なことに、あなたのお手紙は、しばらく前、私の家族にも起こった似たような事件に、私の心と注意がもっぱら向けられていた時に届きました。

昨年『ジョージ・オーウェルの世界』が出版されたあと（私は巻頭のエッセイを書きました）、今、その問題について単独に短いモノグラフを書いています（編集者は大事な部分の大半を削除してしまいました）。生涯にわたる亡霊と、すべてのレベルで本当に心に訴えかけた唯一の男を拒絶した後悔の念を追い払いたいと願って。

あなたの経験には私の場合と多くの共通点がありますが、あなたはＸｘｘｘの子供を短期間宿し、彼の結婚申し込みを断ったという点が違います。子供を堕ろしたのは、あなたの決断でした（私の場合は選択の余地がなかったからで、その結果は、その後背負わねばならなかった十字架でした）。でも、あれほど目立つ人物からの結婚申し込みを断った、あなたの誠実さと勇気に、私は非常な誇りを覚えます［数語欠落］。一九五八年では、そうした結婚が涙のうちに終わったのは確かでしょう。とりわけ、彼があれほど若くして死んだのですから。エリックがビルマから帰ってきて、結婚してくれと私に言った時、婚約をする心の用意が出来ていればよかったのにと思います。あの人は、私の心の用意が何も出来ていないうちに二人を深い仲にしてしまおうとして、あれほどに親密で充実した子供時代からの関係を台無しにしてしまいました。人間はみな不完全な生き物ですけれども、エリックは私が会った誰よりも不完全なところの少ない人間だということを悟るのに、文字通り何年もかかりました。やがて次の段階に進む心の用意が出来た時、私は悪い相手と付き合い、その結果は今でもつきまとっています。

　絶えず自分を裏切るのがわかっている男との結婚をあなたが断ったのは、まったく正しかったのです。なぜなら、その男はそういう風に生れついているからです。あなたの決断は、あなたの名誉になります。そのことであなたが今でも苦しんでいるとしても。お互いの気持ちを十二分に知りながら私とエリックが分かち合った歓びと楽しみの思い出があるために、あの「一体感」が再び見つからない限り私は二度と結婚はしません。

　あなたはまだ、とても美しい女性です。それが自分の転落の原因だと感じているとしても。あなたの人生に関わった男たちは、あなたの非常に優れた知性を欲しなかったので、あなたは見つからない何かを求め、男との関係から関係へとさ迷ったのです。それは断固として避けねばならない悲劇です。さもないと、あなたは他人に対する関心を失い、お酒に依存するようになってしまうでしょう。少なくともあなたは、エリックが私を古典的な本〔一九八四年〕の中でモデルにして破滅させ、世間の笑い物にしたというような目には遭ってはいません。『一九八四年』の中のジュリアは明らかに私ジャシンサです。それは確かだと感じます。彼は彼女を、濃い黒っぽい髪をし、大変活動的で、政治嫌いとして描いています――そして、二人が会う場所は釣鐘草が咲き乱れる小さな谷間でした。私たちはティクラートンで、釣鐘草が咲き乱れる二人の特別な場所に、いつもぶらぶらと歩いて行ったものです。釣鐘草は摘むとあっという間に枯れてしまうので、私たちは必ずその中に横になり、濃厚な刺激的な匂いを楽しみました。まさにあの釣鐘草の谷間は彼の本に書かれていて、中心の物語の一部なのですが、結末では、彼は私を完全に破滅させてしまいます。鋲を打った靴を履いた男が蜘蛛を踏み潰すように。母はあの本を読んでひどく傷つけられたので、数日後、最後の心臓発作で死んだと私たちはつねづね思っていました。あなたが公衆の面前で八つ裂きにならなかったのを喜びなさい。

　しっかりしてね。私たちの家系は容姿と頭脳に恵まれていますが、あなたはその両方に、ふんだんに恵まれています。あなたは非常に優雅な意思の伝達者なので、過去を振り返らず、自分が今持っているものを楽しみなさい。[一文欠落]。あなたは肉体的資質を凌ぐ最良の精神を持っています。その二つを自分のために使いなさい。

前を見るのです。過ぎ去ったことは、もうないのです。それが、私の理性を保つ唯一の手段なのです……

この手紙の書き手と受け取り手に共通しているのは、二人とも婚外の子供を宿したということだった。それは当時は、恥ずべきことだった。手紙の受け取り手は妊娠中絶をしたが、書き手のジャシンサは宿していた子供を生んだ。しかし、その子供は、伯父と伯母である、医師のノエル・ホーリー＝バークとその妻が養子にした。街頭で撮った一葉の写真に、ジャシンサと伯父と伯母が、生後六ヵ月の赤ん坊を自分たちの養子にする書類に署名したあと、事務弁護士事務所を出たところが写っている。粗悪な写真だが、傷心のジャシンサと、喜んでいる伯父と伯母のボディー・ランゲージの対照が見事に捉えられている。

ダイオウニ・ヴェナブルズはジャシンサ・バディカムの『エリックと私たち』の後記で、オーウェルがビルマに発つ前に、ジャシンサがオーウェルと別れるに至った経緯について具体的に書いている。彼は「事を進め、本気でジャシンサと愛の営みをしようとした。彼は彼女を押し倒し（その頃には彼は六フィート四インチで、彼女はまだ五フィート以下だった）、彼女が抗い、やめてと叫んだにもかかわらず彼女のスカートを引き裂き、彼女の片方の肩と左の腰にひどい打撲傷を作った」。オーウェルはそれ以上乱暴はせず、休暇の残りを家族のもとで過ごしたが、彼とジャシンサはお互いを避けた。オーウェルは『牧師の娘』を書いた際、四十一頁の一行目の表現を和らげるようにゴランツ社の名誉毀損専門の弁護士から求められたが、弁護士の懸念に対し、「ウォーバートン氏が『ドロシーを犯そうとした』という文は変えました」と答えた［「愛の営みをしようとし始めた」と変えた］ことが想起されよう。

続けてダイオウニ・ヴェナブルズは、オーウェルがビルマから帰ってきた時のことを説明している。彼は「時を置かずにバディカム一家に連絡し、ティクラートンのプロスパーとグウィニー［ジャシンサの弟と妹］と一緒になるよう招かれた。ジャシンサはいなかった――一家は、そのことで言葉を濁し、当惑していたので、エリックは、これだけ時間が経っても彼女はまだ自分に対し怒っていて、自分の出来心ゆえの振る舞いを許そうとしないのだと思ったに違いない。事実は、悲劇が起こっていたのである。ジャシンサは一九二七年五月に娘のマイカル・マドレーンを出産し……相手の男は、彼女が妊娠したのに気づくや否や外国に逃げた」。マイカルはカナダに移住した。六人の子を産んだが、一九九七年、自動車事故で死亡した。ジャシンサの妹のグウィニーは、のちに言っている。オーウェルは「たぶん、その女児を自分の子供として歓迎したでしょう」。

オーウェルはビルマから戻ってき時、ジャシンサがティクラートンにいなかったので、プロスパーから彼女のロンドンの電話番号を聞き出して電話をし、会ってくれと頼んだが、無駄だった。二週間後、再び電話をしたが、彼女は彼に会う勇気がなかった。彼はなんとしてでも過去の償いをしたかった。彼女は自分の赤ん坊を間もなく養子に出すことで苦しんでいたが、マイカルがいることをオーウェルに話すことができないと依然として感じていた。オーウェルは、彼女のためにビルマで婚約指環を買いさえした。二人は二度と会わなかった。ジャシンサは、一九四九年二月八日にリリアン伯母がティクラートンから彼女に手紙を書くまで、エリックがオーウェルであるのを知らなかった。彼女は出版社にオーウェルの住所を訊き、クラナム・サナトリウムにいる彼に手紙を出した。直ちに彼は**一九四九年二月十四日と十五日**に二通の返事を書いた。彼は彼女が見舞いに来てくれることを望んだが、そうはできないと彼女は感じた。そういう訳で一種の和解が成立したが、残念ながら二人が会うことはなかった。二人の双方にとって、非常に多くのものが失われたのである。ジャシンサはオーウェルにインスピレーションを与えた唯一の存在ではなかったかもしれないが、『一九八四年』のジュリアだけではなく、彼の小説の多くの女性の登場人物がジャシンサに多くを負っているのは明白である。(9)

マックス・プラウマン★宛

一九三〇年十一月一日
サフォーク、サウスウォルド
クイーン通り、三番地

親愛なるプラウマン氏、

『アデルフィ』をお送り下さりありがとうございます。興味深く拝読致しました。マリー★氏がエッセイの中で、こう書いているのを読みました。「正統的キリスト教はきわめて精緻なので、（子供っぽい迷信よりも）ずっと統一されているというように見える」。私もそうだと思いますが、なぜかはまったくわかりません。お伽噺は複雑になればなるほど受け入れるのが容易になりますが、これはあまりに逆説的なので、その理由を理解することが、これまでずっとできないでいます。ロジャー・クラークは「性と罪」というエッセイの中で、その問題のまさに底までは触れていないと思います。「精神的愛」というものは、手に入れられない何かに欲望を向けているので問題が生ずる、という彼の言葉は正しい。彼が論じていない点は、「罪深い欲望」というものも、手に入らない何かに欲望を向けているということ、また、不可能な肉体的欲望を充足させようとする試みは、精神的欲望を充足させようとするより、ずっと有害だということです。もちろん、エスター・サマソン[10]のような女は存在しないということを少年たちに教えるのは重要ですが、『ヴィ・パリジェンヌ』の挿絵[11]のような女たちも存在しないということを教えるのは同様に重要で、遥かに難しいのです。おそらく筆者は、この問題を徹底的に論ずるには紙幅が足りなかったのでしょう。提起されているこうした問題に興味があるので感想を書き、お煩わせしたのをお許し下さることでしょう。

本をありがとうございます。小説[12]はよく書けていると思います。ケイエン[13]の本は興味深いものです。誇張されているのは、まず間違いありませんが。ボドリー〔ボドリーアン〕〔図書館の再建者〕についての本はもっと充実したものですが、それに多くの紙面を使いたいようなものかどうかは、わかりません。私の提案は、その三冊について合計約千語で書くというものです。一回の書評でか、別々の書評でかは貴方のお好み次第です。その三冊は言及するに値しますが、全部で千語以上には値しないと思います。それでよろしいでしょうか？　書評は十日ほどでお送りします。その価値がないとお思いでしたら、本は返却致します。

三千五百語に縮めた別のエッセイ[14]を同封しました。私の原稿をマリー氏にお渡し下さり、ありがとうございます。急ぐことはないということ、氏にご迷惑をお掛けしたくないことを、氏が理解して下さることを望みます。

敬具

エリック・ブレア

［手書き］

デニス・コリングズ★宛

一九三一年八月十六日
NW、ゴールダーズ・グリーン
オークウッド・ロード一B番地にて[15]

親愛なるデニス

君に手紙を書くと僕は言った。下層階級について報告すべき非常に興味深いことは、まだ何もない。そこで、ウォルバーズウィック墓地で見た幽霊について書く。詳細を忘れぬうちに紙に描いておこう。左図を見てもらいたい。

この図が、覚えている限りのウォルバーズウィック墓地だ。三一年七月二十七日の午後五時二十分頃、★印のところに坐り、点線の矢印のほうを眺めていた。たまたま肩越しに見やると、もう一つの矢印の線に沿って一人の人物が通って行き、崩れた塀の後ろに姿を消した。たぶん、教会墓地に入って行ったのだろう。僕は真っ直ぐ見ていなかったので、それが男で、小柄で、猫背で、明るい茶色の服を着ていたことしかわからなかった。労働者と言ってもよかった。その人物は通りすがりに僕のほ

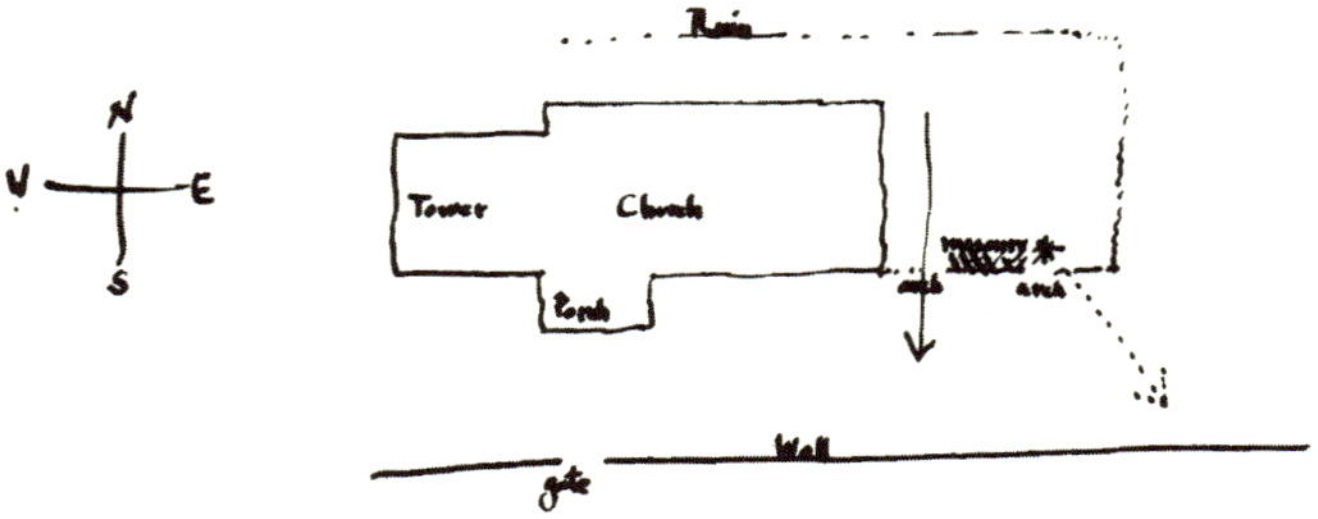

うをちらりと見たという印象を受けたが、顔はまったくわからなかった。その人物が通り過ぎた瞬間は何も考えなかったが、数秒後、その人物が何も音を立てなかったということに気づき、そのあとを追って教会墓地に入った。教会墓地には誰もいなかった。道路にも近くには誰もいなかった――それを見てから約二十秒後だ。いずれにしろ道路には二人しかいず、どちらもその人物に全然似ていなかった。僕は教会の中を見た。そこにいたのは、黒衣の教区牧師と、僕の覚えている限り、ずっと鋸をひいていた一人の労働者だけだった。いずれにしろその男は、あの人物にしては背が高過ぎた。したがって、あの人物は消えてしまったのだ。おそらく幻覚だったのだろう。

　僕は今月の初めから町にいる。ホップ摘みに行く準備を整えたが、ホップ摘みは九月初めまで始まらない。その間、僕は仕事で忙しかった。最近、十月に発刊される新聞⑯の編集者たちに会ったが、何かの仕事が貰えることを望んでいる――もちろん、暮らせるだけの仕事は貰えないだろうが、役には立つだろう。浮浪者たちにいくつか訊いている。これまでいた三人の友人のうち、一人は車に轢き殺されたと思われていて、一人は酒浸りになり姿を隠し、ウォンズワース刑務所に入っている。今日、六週間前まで金細工師だった男に会った。彼は右の人差し指に毒が入り、一番上の関節の一部を切除した。それは、彼が一生、路上生活をするのを意味する。両手を使って仕事をする男が、些細な事故で人生が台無しになるというのは酷い話だ。手といえば、ホップ摘みのあと数週間は手が使えなくなるという話だ――しかし、ホップ摘みをしたあと、それがどんな具合か手紙に書こう。

　聖書協会のウインドーを覗いてみたことがあるかい？今日、覗いてみたんだが、「一番安いローマ・カトリックの聖書、五シリング六ペンス。一番安いプロテスタントの聖書、一シリング」、「ドゥエー版は当店には置いてありません」等々の大きな掲示が出ていた。連中が長く闘ってくれますように。その精神が我が国にある限り、僕らはローマ・カトリックからは安全だ――ところで、その店はセントポール大聖堂のすぐ前にある。セントポール大聖堂の近くに行くことがあって、暗い気分だったら、その店に入って、インドの初代プロテスタント主教の彫像を見るといい。大笑いするだろう。ニュースがあったら、また書く。これをサウスウォルドに出すつもりだ。

草々

エリック・A・ブレア

［手書き］

レナード・ムーア宛★

一九三二年四月二十六日
ミドルセックス、ヘイズ
ステーション・ロード
ホーソーンズ校

親愛なるムーア様

お手紙ありがとうございます。「ロンドンとパリの日々」の原稿の経緯は次のようなものです。一年半ほど前、その題名の本を書き上げましたが、もっと短かったのです（約三万五千語）。助言を受け入れたあと、ジョナサン・ケイプに送りました。ケイプの話では、出版したいが短過ぎ、断片的で（日記形式で書かれていたのです）、もっと長いものにしたらば出してもよいかもしれないということでした。そこで、省いた箇所を入れ、あなたのお手元の原稿にし、ケイプに送り返しました。ケイプは、またも拒否しました。昨年の九月のことです。一方、私の友人で、ある雑誌の編集長が最初の原稿を見て、出版に値すると言い、フェイバー・アンド・フェイバーの原稿閲読者《リーダー》のT・S・エリオットに話してくれました。エリオットもケイプと同じことを言いました――つまり、本自体は興味深いものだが、あまりに短過ぎる。私は、あなたのお手元の原稿をシンクレア・フィアズ夫人に預け、良い作品ではないと思ったので、捨ててくれるように頼みましたが、彼女はそうせずに、あなたに送ったものと思います。もし、あなたがそれを売って下されば、大変嬉しいのは言うまでもありません。その労を執って頂ければ、まことにかたじけないことです。フェイバーとケイプ以外、どの出版社もその原稿を見ていません。万一それを引き受けるところが見つかったなら、匿名で出版するようにして下さい。その原稿に自信がありませんので。お送り頂いた文書に必要事項を書き入れましたが、著作権代理人が出版社と交渉する際にしてもらいたい条項を一つだけ付け加えました。こういう理由からです。私は目下、ある学校で教えていて非常に忙しく、時折の書評やエッセイ以外、数ヵ月はなんの仕事もできない状態です。そして、そうしたものの依頼は自分で受けます。しかし、数ヵ月前に書き始め、次の休暇まで書き続けるつもりの小説[17]が一冊あります。それは一年以内に書き終わるでしょう。その時にお送りします。もし、英語に訳すにふさわしいフランス語かスペイン語の本を見つけて頂ければ、あなたが適当と思われる手数料を喜んでお払いします。私はそうした仕事が好きなのです。

また、ロンドンの一日を描写した詩を書いていますが、今学期の終わりまでには書き上がるかもしれません。お望みでしたらそれもお送りしますが、そうした類いのものは誰にとってもなんの金にもならないと思います。お手元の例の短篇小説(18)ですが、無視して下さい。実際、考慮に値しません。

敬具

エリック・A・ブレア

追伸　ゾラの小説のいくつかを訳させてくれとチャトー&ウィンダスに頼みましたが、断られました。喜んでゾラの翻訳を出す出版社があると思います――彼は翻訳されてはいますが、どれもひどく拙劣な訳です(19)。あるいは、ユイスマンスはどうでしょうか？　『スヒーダムの聖女リドヴィナ』は英訳されているとは思いません。また、ジャック・ロベルティの『夜の女』という小説の翻訳を出してもらおうとフェイバーに頼んでみました。非常にいいものですが、凄まじいほどに猥褻で、フェイバーにはその理由で断られました。どこかの出版社が引き受けると思います――そうした類いのものを怖れぬ出版社をご存じでしょうか？　（同書はポルノではなく、ただ、かなり汚らしいだけです。）一部手元にありますので、必要ならばお送りします。また、私は古いフランス語も訳すことができます。少なくとも紀元一四〇〇年以降のものならなんでも。

［タイプで打ったもの。追伸は手書き］

エレナー・ジェイクス宛★

火曜日［一九三二年六月十四日］
ホーソーンズ校

親愛なるエレナー、

　元気だろうか？　父上が快方に向かっているといいのだが。そして、君がなんとか庭の格好をつけたのならいいのだが。僕は上記の嫌らしい場所で二ヵ月近く教えている。仕事は面白くなくはないのだが、疲労困憊してしまう。いくつかの書評等以外、ほとんど何も書いていない。そう悪くもないものになりそうだった僕の哀れな詩は、もちろん、書きかけのままだ。ここで一番不愉快なのは仕事自体ではなく（ありがたいことに通学学校なので、授業時間以外、餓鬼共を相手にすることはない）、ヘイズ自体だ。僕の見た最も物寂しい場所の一つだ。住民は日曜ごとにブリキ屋根の礼拝堂に足を運び、それ以外の日は家の中に閉じ籠もっている事務員からのみ成っているかのようだ。唯一の友人は副牧師だ――高《ハイ》イングランド国教会派だがえせ信心家ではなく、無類の好人物だ。もちろん、それは僕が教会に行かねばならぬことを意味している。それはここでは辛い仕事だ。というのも、礼拝はひどくカトリック風で僕はそれに不慣れだし、周りの誰もが頭を下げ十字を切るがそれに倣うことができないので、自分が恐ろしくB・F[20]に感じられるからだ。こうしたカトリック風のやり方を憎んでいるのではないかと思われる哀れな老教区司祭は、コープ〔マント形の大外衣〕を羽織り法帽《ビレッタ》をかぶり、蠟燭等を手に行列を先導する。花輪で飾った生贄の去勢牛に似ている。僕は教会の偶像の一つを絵にし（等身大の半分のはねっかえりのB・V・M[21]にそっくりだ。できるだけ『ラ・ヴィ・パリジェンヌ』の挿絵に似たものにしようと思う）、収穫祭のためにペポカボチャを育てることを約束した。「聖体拝受」もしようと思うが、パンで窒息してしまうのではないかと心配している。最近、何か面白いものを読んだかい？ マーローの『ファウスト』を最近読んだが、ひどいものだと思った。それから、ハムレット＝エセックス伯ということを証明しようとしている、シェイクスピアに関するくだらない小さな本[22]と、さらに、ウィンダム・ルイス（職業的R・Cのほう[23]ではない）の『敵』という本も読んだ。彼の中には何かあるようだ。それから、オズバート・シットウェルの何かと、ホラティウス（これまでなおざりにしてこなければよかったと思う）の『歌章』のいくつかも読んだ——それ以外何も読んでいない。時間も気力もないので。カー夫人[24]がカトリックの護教論の本を二冊送ってくれた。『ニュー・イングリッシュ・ウィークリー』という新しい新聞のためにその一冊[25]を書評して大いに気をよくした。どんな長さであれ、職業的R・Cをこっぴどくやっつけることができたのは今度が初めてだ。僕は数平方フィートの庭を持っているが、雨と蛞《なめ》蝓《くじ》と二十日鼠のせいで結果は散々だ。鳥の巣はほとんど見つかっていない——もちろん、ここはロンドンの郊外なのだ。また、僕は漬物用広口瓶の水槽も持っている。もっぱら生徒の教材だ。イモリ、オタマジャクシ、トビケラ等が入っている。もしも君が渡船場の小径の入口の揚水所の前を通りかかり、そこのポプラの木にモクメシャチホコの卵を見つけたら、その葉を摘んで郵便で送ってもらえると非常にありがたい。いくつか欲しいのだが、ここでは一つか二つしか見つからなかった。もちろん、そこに探しに行ってもらいたいという意味ではなく、たまたま通りかかったらという意味だ。デニス[26]は近頃何をしているのだい？ ここで掘り出した非常に変わった茸について彼に訊きたいが、もちろん、彼は手紙には絶対返事をしない。夏休みにサウスウォルド[27]に戻ってくるかもしれないし来ないかもしれない。僕は小説を書き進めたいと思っている。また、できれば書き始めた詩を書き終えたいとも思っている。そして、安く暮らせ、サウスウォルドよりも「名利と肉欲と邪念」の誘惑の少ないフランスのどこか静かな場所に行くのが自分にとって一番いいのではないかと思っている。（その範疇のどれに自分が属するのか、君は決めることができる。）ところで、もしロンドンに行く予定があったら知らせてくれないか。会えるかもしれないから。君にその気があればだが。ご両親と、もし会ったら、プリン氏とプリン夫人[28]にもよろしく。

草々

エリック・A・ブレア

追伸　デニスに会ったら、茸はこんな形だったと言ってくれないか（下図）。地面の下から掘ったものだ。

再追伸　この住所で大丈夫と思っている。

［手書き。日付は消印による］

『全集』に収められた、ブレンダ・ソルケルド宛の手紙に加え、オーウェルは少なくとも十九通のほかの手紙を彼女宛に書いた。そのうちの十七通は一九三一年五月十三日と一九四〇年六月二十五日のあいだに書かれた。それらの手紙は個人が所有している。ゴードン・バウアーは伝記『ジョージ・オーウェル』（二〇〇三年）を書いた際、それらの手紙を読むのを許された。手紙の要旨は、許可を得て、同伝記から『失われたオーウェル』に記されている。手紙の多くはオーウェルの人生の様々な事件について触れているが、彼がブレンダと深い仲になりたいという願望が終始あったことが読み取れる。彼女はそうした願いを拒否したが、二人は終生友達同士だった。

彼は一九四六年二月十五日付の最後から二番目の手紙で、

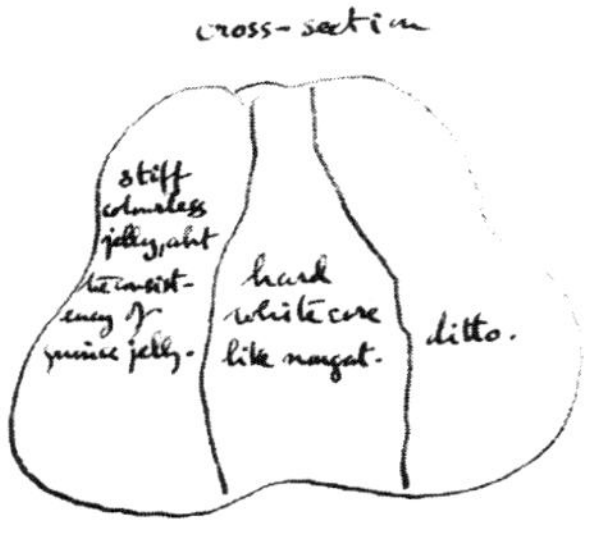

断面図
マルメロの濃さの固い無色のゼリー(左)
ヌガーに似た、固くて白い芯(中央)
同(右)

このくらいの大きさで、
形は林檎にそっくりだが真っ白で、
触るとぶよぶよしている。

リチャードを見に、キャノンベリー・スクエア二七b番地にハイティー〔お茶と夕食を兼ねたもの〕に来るように招いた。彼女は招待に応じた。ちょうど、オーウェルの妹アヴリルからジュラ島のバーンヒルに来て泊まるよう招待された時に応じたように。オーウェルはそれらの一連の手紙の最後の手紙（一九四六年六月三十日付）で、ジュラ島への行き方の指示をミス・ソルケルドに与えている。

ブレンダ・ソルケルド★宛

日曜日［一九三二年九月］
ホーソーンズ校

最愛のブレンダ

約束通り手紙を書いているけれども、前後の筋の通っただけの手紙さえ書けるかどうか保証できない。女が階下で讃美歌をピアノで弾いて、この家を人が住めないものにしているからだ。そのうえ、外で雨が降り道路のどこかで犬がキャンキャン鳴いているので、僕はたちまち精神病院行きになりそうだ。君は安全に家に帰り、玄関に門がかかっていなかったことを願う。僕は真夜中ちょうどに家に着いた。君に再会し、僕が女性にひどい偏見を抱いていて、R・Cについて強迫観念を持っている等にもかかわらず、僕に会えたことを喜んでくれたのは、とても素敵なことだった。

僕はなんとも陰気な一日を過ごした。まず教会に行き、次に、どんどん退屈なものになる『サンデー・タイムズ』を読み、第一スタンザから先に進まない詩を書こうとし、次に、気分を恐ろしいほど滅入らせる小説[29]の草稿を読んだのだ。『サンデー・タイムズ』と『オブザーヴァー』のどっちがもっとむかつくのか、実際の話、わからない。僕はベッドの中で輾転反側し、どっちを向いても休まらない病人のように、その二つのあいだを行き来している。『オブザーヴァー』はスクワイアー[30]がそれに寄生するのをやめた時、少し退屈なものではなくなったと思ったが、連中は退屈極まる本を書評させるのに、退屈極まる者をわざと探し出しているように見える。ところで、君がもしたまたま自分に苦役を課したいなら、ヒュー・ウォルポールが最近出した八百頁の小説[31]を試してみるとよいと思う。

僕が君に話した本のうちの一、二冊を読んだらいいのだが[32]。ところで、書き忘れたが、君は以前、ガーネット博士（リチャードあるいはエドワード・ガーネットではない）の『神々の黄昏』[33]をまだ読んでいないと僕に言ったと思う。まだ読んでいないのなら、是非読むべきだ。題名になっている短篇は最高とはとても言えないが、「紫の頭」のようなほかのいくつかは優れている。君はマーク・トウェインの『ミシシッピーに生きる』を読んだと思う。それに、J・S・ホールデンの『ありうる世界』も。それに、ガイ・ブースビーの『ニコラ博士』も。それに、シャーウッド夫人の『フェアチャイルド家』も。これらすべて、それぞれ少しばかり脱線していて（『ニコラ博士』は少年向けの六ペンス・スリラーだが、第一級のものだ）、全部推薦できる。H・L・メンケンの本『女性擁護』はたぶん面白いだろうが、僕はまだ読んでいない。ウィンダム・ルイス（嫌らしいR・CのD・B・ウィンダム・ルイスではない）は、『横柄な准男爵』という本を出したところのようだ。どうやら一種の小説らしい。面白いかもしれない。彼のもので読んだのは『敵』という奇妙な雑誌〔三号まで続いた雑誌で、もっぱらルイス一人が書いた〕と、いくつかのエッセイだけだが、彼には明らかにピリッとしたところがある——彼が健全な思想家かどうかは、もっと知り合ってみないとよくわからない。僕の読んだ『敵』は、ガートルード・スタインに対する猛烈な攻撃（平均的な小説の長さだ）に終始していた——精力の無駄遣いだと言いたい。

では、さようなら。実際、なんのニュースもないので。一週間かそこいらあとに、また手紙を書く。その時はもっと陽気な気分でありたい。君があまりに耐え難い学期を過ごさないよう願っている——

愛を込めて、

エリック

［手書き］

エレナー・ジェイクス宛★

水曜、夜［一九三二年十月十九日］
ホーソーンズ校

最愛のエレナー

君がブローズ〔イングランド東部の湖沼地帯〕で楽しく過ごしたことを聞き、喜んでいる。モーターボートがさほど従順ではなかったにしても。僕は筆舌に尽くし難いほど忙しく、すでに半ば疲労困憊している。僕は二十八日に一晩か二晩、ロンドンに行く——その夜は河岸通り《エンバンクメント》に行き、一年の今頃、路上生活者がどんな風にやっているのか見るつもりだ。その時、君がロンドンに来る機会はあるだろうか？ もし来るなら、君の住所は？ 都合がつくなら僕らは是非会わなくてはいけない。

今朝の新聞は、ランベスの町政庁舎《シティー・ホール》[34]周辺で大規模な暴動があったことを伝えている。パン屋が略奪されたのだから、明らかに食糧暴動だ。それはかなり深刻な状況を示していて、もし事態がすでにそれほどに悪いなら、冬には大変なことになるかもしれない。しかし、なんであれ暴力沙汰が起こるのを防ぐ手段が講じられることを期待している。暴動が起こった地区は非常によく知っている——友人の何人かが参加したのではないかと思う。哀れな老クリック[35]が切符の興行税の件で拘留されていると聞いて気の毒になった――もちろん、悪い時代のもう一つの徴候だ。ロンドンの人間がそのことで彼に対してひどい態度をとらないといいのだが。先日、デニス・コリングズから手紙が来て、学校の中間休暇にケンブリッジに来て、自分のところに泊まらないかと言ってきた。行きたいのだが、ここを抜け出すのは難しく、また、彼には言わなかったが、ケンブリッジにはあまり会いたくない者が二、三人いる。ところで、いつであれ、もしプリン［Pulleyne］夫妻（彼らは自分たちの名前をこんな風に綴るのだろうか？　自信はない）に会ったら、去年のクリスマスの冒険を書いた僕の原稿を二人から貰ってくれると非常にありがたい。あまり面白くもないものだが、ブレンダ・ソルケルドが見たがっているので、それを彼女に送ってくれるとかたじけない――それほど面倒ではないことを願う。悪い言葉が入っているので、その原稿をご両親には見せないように[36]。僕の小説[37]はほんの少しずつ進んでいる。今では、草稿が完成した時にどう手を加えるべきかが多少ともわかるが、長さと複雑さはぞっとするほどだ。少年たちがこれから演じることになっている陰気な劇[38]の一部以外何もほかのものは書いていない。数週間前『ニュー・ステーツマン』に、同誌に書いた僕のエッセイ[39]を攻撃した投書が載ったそうだ。実に忌々しい――読んではいないが、反論しないと、誤りを認めたかのように見える。僕は大事な事柄では誤りを犯してはいないのは確かだ。今、『教会《チャーチ》タイムズ』を定期購読しているが、週ごとにいっそう好きになっていく。老犬にもまだ命があるのを是非見たい――哀れな老いぼれイングランド国教会にも、という意味だ。偽善的だけれども、僕は間もなく聖餐式に行かなくてはいけない。というのも、僕がいつも教会に行くのに聖体を拝領しないのは変だと、副牧師である友人が思うに決まっているからだ。どういう手順なのだろう？　ほとんど忘れてしまった。僕の覚えている限り、内陣手摺りのところまで行って跪くのだが、唱和するのかどうか覚えていない。断食をしなくてはいけないのだろうか？　大罪を犯しているということについては、どうなのだろうか？　君に助言してもらいたい。信じてもいないのに聖餐式に行くのはちょっといかがわしいが、僕は信心深い人間として通っているので、欺き続けるほかはない。

　最愛のエレナー、君が僕と過ごした日々を楽しく思い返したと言ってくれたのは、とても嬉しい。いつか、また君と愛の営みをさせてもらいたいが、駄目でも構わない。僕に対する君の親切には、いつまでも感謝する。すぐに手紙をくれたまえ、そうして君のニュースを知らせてもらいたい、とりわけ、君がロンドンに来るのかどうか、来るならいつ来るのかを。ところで先日、ある男が――共産主義者だと思う――『デイリー・ワーカー』[40]を売っているのを見た。その男のところに行って、こう言った。「D・Wがあるかい？」——彼。「イェス、サー」。古き良き英国！

愛を込めて、
エリック
［手書き］

レナード・ムーア宛★

土曜[41]［一九三二年十一月十九日］
ホーソーンズ校

親愛なるムーア様

お手紙ありがとうございます。きのう、印刷工の疑問符付きの校正刷りをお送りしました。数箇所変更し、一、二の脚注を付け加えましたが、「はみ出す」[42]ことのないように手直ししたと思います。ほかの校正刷りも、できるだけ早くお送りします。

筆名についてですが、浮浪者生活等をする際にいつも使う名前はP・S・バートン[43]ですが、有望な名前ではないとお考えでしたら、次のものはどうでしょうか。

ケネス・マイルズ、
ジョージ・オーウェル、
H・ルイス・オールウェイズ。

私としては、ジョージ・オーウェルが気に入っています。[44]

ほかの本[45]が夏までに書けるということはお約束したくありません。教えてさえいなければ、その頃までに書き上げられるはずですが、今の生活ではどんな仕事も腰を据えてすることはできません、とりわけ目下、ひどく忙しいので。学校劇を上演しなければならないのですが、私は脚本を書くだけではなく、すべての稽古もし、最悪なのですが、衣裳のほとんどを作りもしなければならないのです。[46]その結果、実際になんの余暇もないのです。

いつか是非、あなたとムーア夫人にお会いしに出掛けたいと思っております。ここからジェラーズ・クロス〔バッキンガムシャーの村〕まで簡単に行けますが、残念ながら、あなたのご住所を忘れてしまいました。教えて頂けないでしょうか。いつかの日曜日の午後、お伺いできると思います——例えば、十二月四日の日曜日[47]はどうでしょうか、もしその日にご自宅にいらっしゃるなら。

敬具
エリック・A・ブレア

追伸［手紙の最上部］本の題についてですが、「皿洗いの告白」はどうでしょうか？ 私としては「どん底」よりも「皿洗い」のほうがむしろいいのですが、あなたとG氏［ゴランツ］が、売る目的のためには現在の題が一番いいとお考えでしたら、そのままにしておいたほうがよいでしょう。

[手書き]

ブレンダ・ソルケルド★宛

土曜日[一九三三年六月?]
ホーソーンズ校

最愛のブレンダ

　きのう、僕の小説[48]の草稿の約三分の二を送った。もっと早く送るつもりだったが、ここずっと僕の著作権代理人のところにあったのだ。彼は僕よりもそれに大いに熱意を示している。しかし、完成すれば、今のものほど不細工ではなくなると思っていい。僕の場合、書いたものはほとんどどれも、何度も手直しをしなければならない。机の前に坐れば四日ほどで小説を一気に書き上げることのできる連中の一人だったらいいと思う。ここではなんのニュースもない。僕は恐ろしいほど忙しく、暑さに苦しんでいる。そして、菜園の仕事をしている。菜園は、この忌まわしい天候が変わらない限り乾き切って死んでしまう。僕は中でもカボチャを植えている。それはもちろん、ペポカボチャよりずっと注意深く扱う必要がある。定期刊行物以外、何も読んでいない。どの定期刊行物も言葉にはならないほど気を滅入らせる。君は『ニュー・イングリッシュ・ウィークリー』[49]を見たことがあるかい？　それは指導的な社会信用論の新聞だ。社会信用論は、通貨制度としてはたぶん健全なのだろうが、その推進者は、戦わずして支配階級の手から主要な武器を取り上げることになると考えているらしい。それは幻想だ。僕は数年前、僕らの文明が破滅する運命にあると考えるのは面白いと思っていた。しかし今では、十年以内に起こるであろう恐るべきことを考えると、なかんずく倦怠感で満たされる——革命と飢餓で凄まじい惨禍が生じ、全員がおとなしい賃金奴隷になって完全にトラスト化し、フォード方式化し、僕らの生活はレディー・アスター[50]やレディー・ロンダ[51]その他それに類する恐るべき種族が、進歩の名のもとに女悪魔《スックブス》さながらに僕らにのしかかってくる。君は『ユリシーズ』を読んだだろうか。それは、現代でほとんど当たり前のものになっている恐るべき絶望感を、僕の知っているどんな本より見事に要約している。エリオットの詩からも同じような種類のものが得られる。ほんのちょっと触れているだけだが。しかしEの場合には、「だから言ったじゃないか」ということを匂わせる、ある種の尊大さもある。なぜなら、『チャーチ・タイムズ』の甘やかされたお気に入りの人物として彼は、こうしたすべてのことは、もし僕らが「神の光」に対して目を塞がなかったなら起こらなかったろうと指摘せざるを得ないのだ。『C［チャーチ］・T［タイムズ」』〕は、ますます僕を苛立たせる。彼らがローマ・カトリックを徹底的に攻撃しているのを見てさえ、あまり満足感は覚えない。なぜなら、彼らはローマ・カトリックの連中のレベルに下ることによって、もっぱらそうしているからだ。ＣＴの広告欄は偽装した堕胎広告だらけだと聞いたが本当なのだろうか。もしそうなら、バートランド・ラッセルや棄教者バーニー(52)が産児制限を唱えているので、彼らを絶えず追撃している新聞としては、かなり嫌な話だ。ところで、題は忘れたが、下層階級の望ましくない増加について、バーニーが最近例の会議でした意見表明を見たかい？　彼の一番新しい文句は、「社会問題階級」だ。それは、ある一定の収入以下の者すべてを意味する。実のところ、ああした者たちはわざとそういうことをしていると考えざるを得ない時がある〔編者によるとこの文章は曖昧で、「ああした者たち」はラッセルやバーンズを攻撃している者たちを指しているともとれるが、「扶養能力を超えた数の子供を持っている者たち」を指しているととったほうが適切〕。すぐに手紙をくれないか。君がここにいたらいいと思う。君は泳いでいるかい？　僕は泳ぐのを延ばしている。

愛を込めて、
エリック・A・ブレア
［手書き］

エレナー・ジェイクス宛★

一九三三年七月七日

ホーソーンズ校

最愛のエレナー

君と遠出をしたあの日以来、非常に長い時間が経ったような気がする――実際には約一ヵ月だと思う。この「素晴らしい天気」で死ぬ思いをするほどだ。けれども、時折サウソール〔ロンドン西部の郊外〕まで出掛けて行って、屋外プールで泳ぐ。菜園は、旱魃だったことを考えると、かなりいい。唯一の失敗は分葱《わけぎ》と空豆だ。両方とも植えるのが遅過ぎたせいだと思う。豌豆が大量に出来た。僕は豌豆を生やすところに溝を掘るやり方に永久に改宗した。夏休みの何日かサウスウォルドで過ごしたいと思っているのだけれども、長くはいられそうもない。というのも、来学期はアックスブリッジの新しい学校に行くことになっていて、休暇中、その学校が僕に生徒の個人指導をしてくれと言うかもしれないので。来年以後、この惨めな教員生活におさらばできるように神様がしてくれるといいのだが。君が休暇中、サウスウォルドにいることを心から願っている。僕らは去年のようにピクニックに行けるかもしれない。僕は、また海が見たくてしようがない。できればサウスウォルドにいるようにしてくれないか、そうして八月の最初の二週間、僕のために数日空けておいてくれないか。今月の二十八日頃、家に帰ろうと思う。僕の小説は今学期の終りまでには完成するだろうが、多くの部分が気に入らず、数ヵ月かけて手直しをするつもりだ。お願いだから、君の計画はなんなのか手紙で教えてくれたまえ。ご両親によろしく。

多くの愛を込めて
エリック
[手書き][53]

エレナー・ジェイクス宛★

火曜日[一九三三年七月二十日]

最愛のエレナー

夏休みのあいだサウスウォルドにいるのかどうか、手紙で知らせてくれないか。僕は今月の二十九日から八月の十八日までそこにいると思う。君にしきりに会いたい。もしそこにいるつもりなら、数日、僕のために空けておいてくれないか、そして、Wウィック[54]の海岸で去年よくやったように海水浴をし、茶を飲むことができれば申し分ない。知らせてくれたまえ。

ここの暑さは恐ろしいほどだが、ペポカボチャとカボチャにとってはいい。どっちも目に見えるくらい膨らみつつある。豌豆はどっさり採れた。空豆は生え始めたばかりだ。ジャガイモはかなり貧弱だ。旱魃のせいだと思う。小説[55]は書き終えたけれども、ただもう気に入らない箇所がごまんとあり、手を入れて変えるつもりだ。年末のいつかに出来れば十分間に合うと、向こうは言っている。次の仕事では少し余暇がありますように。学校の女子部の賞品授与式に行ったけれど、かなりひどいものだった。(今後も僕は関係ないだろう。たぶん、それが一番いいようだ。)そしてキプリングの「もしも」の女性版を歌った。「四十年後」にも女性版があると聞かされた。是非それを手に入れたいものだ[56]。D・H・ロレンスの書簡集を読んでいる。何通かは非常に面白い——僕にははっきりとは言えない、ある特質がLにはあるが、彼の作品の至る所で、きわめて新鮮で、生き生きしている箇所に出会う。そのため(僕はその力を与えられても自分では決してああいう風にはやらないだろうが)、彼はほかの誰も気づかなかった事物の側面を捉えたと感じられる。言い換えると、うまく説明できないのだが、彼は青銅器時代の人間を思い起こさせる。『アデルフィ[57]』の八月号に、僕のつまらないものが載ると思う——詩だ。しかし、それが君の見ていないものかどうか自信がない。オー・ルヴォワール、すぐに手紙をくれたまえ。

多くの愛を込めて
エリック
[手書き][58]

編者注

(1) ヴォーン・ウィルクス夫人は、セント・シプリアン校の校長で経営者の妻。

(2) ホール大佐はシップレイクにあるブレア家の隣人だった。

(3) 鉄道仕分け局(Railway Sorting Office)で、局渡扱課だった。ポルペロには駅がなかった。最寄の駅は、東に三マイルのルーにあった。ブレア一家は、夏の休日の大半を、コーンウォールのルーかポルペロで過ごした。この時のオーウェルはイートン校の将校養成団の訓練から戻ってきたところだったので、軍服を着ていた。

(4) ロジャー・マイナーズ(一九〇三～一九八九。一九六三年、勲爵士)は、オーウェルの年次のエレクション〔二十五頁を参照のこと〕の一人だった。彼とオーウェルは学内新聞『エレクション・タイムズ』を出した。彼は一流の古典学者だった。一九六二年にオックスフォード大学ベイリオル学寮の特別研究員になり、のちにケンブリッジ大学とオックスフォード大学の教授になった。彼とオーウェルが在学していた当時のイートン校の校長、シリル・アリントンの娘、ラヴィニアと結婚した。

(5) オーウェルがイートン校時代、『コレッジ・デイズ』に載せた、チャールズ・ウルフの詩「コランナの戦いのあと、サー・ジョン・ムーア〔一八〇九年にナポレオン戦争で戦死した英国の軍人〕を埋葬する」のパロディーの第三連《スタンザ》から。

(6) クリストファー・イーストウッド(一九〇五～一九八三)は上級官吏になった。イートン校時代のオーウェルについての彼の思い出に関しては『思い出のオーウェル』を参照のこと。

(7) アイナー・アセルスタン・ケアロウ(一九〇三～一九八八)は、リヴァプールに繋がりのある穀物商、仲買人になった。コナリーの書き込みによると、彼はイートン校では不人気だった。

(8) レドクリフ＝モード男爵は、とりわけ傑出した官吏になり、のちに南アフリカの高等弁務官、続いて大使になった(一九五九～六三)。また、オックスフォード大学、ユニヴァーシティー学寮の学寮長になった(一九六三～七六)。

(9) 近々発表されるウィリアム・ハントの研究書『オーウェルの魔物――エリック・ブレアの孤独な反抗』は、オーウェルと、彼が知っていた多くの人々および彼らが出合った場所との繋がりを詳細に探求している。(その題名は、「なぜ私は書くのか」から採られている。)

(10) チャールズ・ディケンズの『荒涼館』(一八八二～三)の従順で、物語の一部の語り手。

(11) ショーガールをきわめてグラマラスに描いた挿絵。
(12) オーウェルは一九三一年四月号で、ライオネル・ブリトンの『飢えと恋』およびF・O・マンの『アルバート・グロープ』を書評した。どちらも、ここに言及されている本ではないかもしれない。ブリトンの本の可能性はあるが。
(13) 一九三〇年十二月に書評。
(14) 長さと時期から推して、一九三一年四月の「木賃宿」であろう。
(15) オーウェルは一九三〇年から三一年までサウスウォルドの両親と一緒に暮らしていたが、浮浪者生活を試み、その経験からのちに『パリ・ロンドンどん底生活』を書いた。ロンドンを訪れた時は、ゴールダーズ・グリーンのフランシス・シンクレア・フィアズと妻のメイベルの家に泊まった。フィアズ夫人は『アデルフィ』のために書評し、夫はディケンズの熱烈な愛読者だった。『パリ・ロンドンどん底生活』が出版され、レナード・ムーアが彼の著作権代理人になったのは、フィアズ夫人の力による。彼女は一九九〇年に百歳で死んだ。
(16) 『現代青年』。オーウェルは二篇の短篇を寄せたが、その新聞は破産したらしく、印刷業者は新聞社の資産と一緒にオーウェルの短篇も押収した。その短篇がどういうものか、わかっていない。
(17) 『ビルマの日々』。
(18) それらの短篇は現存していないようである。
(19) ゾラの小説は英国ではヘンリー・ヴィジテリー(一八二〇〜一八九四)によって出版された。彼はまた、「劇作家マーメイド叢書」を作り、ドストエフスキー、フロベール、トルストイの翻訳を出版した。ヴィジテリーは、「修正」したものだったがゾラの『大地』を英語で出版した廉で罰金刑を科せられ、一八八九年、猥褻罪で投獄された。英国の出版社、とりわけゴランツは、名誉毀損または猥褻罪で起訴された場合の高額な裁判費用を怖れた。(三四年十一月十四日付の手紙の注(20)を参照のこと。)
(20) B・F「Bloody Fool」(大馬鹿者)。
(21) B・V・M「Blessed Virgin Mary」(処女聖マリア)。
(22) たぶん、J・ドーヴァー・ウィルソン『エセンシャル・シェイクスピア』(一九三二)であろう。
(23) D・B・ウィンダム・ルイス(一八九一〜一九六九)。ローマ・カトリック教徒でオーウェルが忌み嫌った人物。「ビーチコマー」という筆名で、『デイリー・エクスプレス』のユーモラスな欄《コラム》の寄稿者の一人。

(24)　オーウェルとエレナー・ジェイクスのサウスウォルドでの友人。

(25)　カール・アダム著『カトリシズムの精神』。同書のオーウェルの書評は、一九三二年六月九日付の『ニュー・イングリッシュ・ウィークリー』に載った。

(26)　デニス・コリングズ。

(27)　『ビルマの日々』。

(28)　ヨークシャーの法廷弁護士コレット・クレスウェル・プリンとその母。彼はオーウェルとコリングズの両方の友人だった。オーウェルは彼の名前の綴りで、いささか苦労した〔オーウェルは正しい「Pul-leyne」を「Pullein」と書いた。〕。

(29)　『ビルマの日々』。

(30)　ジョン・C・スクワイアー（一八八四～一九五八）。一九三三年，勲爵士）はジャーナリスト、エッセイスト、詩人。一九一三年から一九年まで『ニュー・ステーツマン・アンド・ネイション』の文芸担当編集長を務め、『ロンドン・マーキュリー』を創刊し、一九一九年から三四年まで同誌を編集した。また、「英国文人叢書」を編集した。

(31)　『要塞』。

(32)　一九三〇年代にオーウェルがブレンダ・ソルケルドに推薦した本は、ハワード・フィンクに伝えられた。それは『全集』第十巻に収められている。『神々の黄昏』と『ニコラ博士』はオーウェルのリストに載っている。

(33)　リチャード・ガーネット博士（一八三五～一九〇六）は司書、著述家。彼の『神々の黄昏、その他の短篇』は一八八八年に出版され、一九〇三年に増補された。それらの短篇は「寓話形式の皮肉な教訓談」と説明されている。

(34)　州議会会館《カウンティー・ホール》でなければならない。一九三二年十月十八日火曜日のロンドンのランベス地区での大規模暴動の様子は、「警察、失業者の暴徒に突入」という見出しで、十月二十一日付の『ブリクストン・フリー・プレス』に載った。商店は略奪され、警官は襲われ、数十人の暴徒が逮捕された。さらに十月二十日木曜日に、セント・トマス病院の付近と、セント・ジョージ・サーカスのセント・トマス街でデモがあり、ブリクストンからブルックフィー街の公的援助委員会まで行進があった。そして、十月二十七日から三十日まで、失業に抗議しての深刻な衝突がロンドンの中心部であった。

(35)　クリックはサウスウォルドの地元の映画館の館主で、オーウェルの父は新しい映画がかかるたびにそこに足を運んだ（一九三四年八月末のブレンダ・ソルケルド宛の手紙を参照のこと）。興行税は一九一八年八月一日に戦時対策として初めて課されたが、その後も続いた。

(36)「ブタ箱」、『全集』第十巻所収。それはオーウェルが経験を豊富にするため、一九三一年十二月、わざと泥酔して四十時間ほど留置場に入れられた体験を書いたもので、生前は発表されなかった。

(37)『ビルマの日々』。

(38)『国王チャールズ二世』で、一九三二年のクリスマスにホーソーンズ校の男子生徒によって演じられた。脚本は『全集』第十巻に収められている。「陰気」どころではない。それは、自作を貶すオーウェルらしい言葉である。バルテク・ズボルスキの翻訳した、その劇のふんだんに挿絵の入った四十頁のものが二〇〇〇年、ワルシャワのベロナ社から出版された。

(39)そのエッセイは「簡易宿泊所」だった(『全集』第十巻所収)。投書したのはシオドア・ファイフで、彼は建築家だと自称し、ロンドン市議会が宿泊所を建設する際に働いたと言った。そして、ロンドン市議会は簡易宿泊所の管理の面で「大いに賞讃されて然るべき」だと思った。

(40)『デイリー・ワーカー』は、一九三〇年一月一日から一九六六年四月二十三日まで、共産党の見解と政策を代弁した。そして一九六六年四月二十五日から『モーニング・スター』と合併した。同紙は一九四一年一月二十二日から一九四二年九月六日まで政府の命令によって発行停止になった。

(41)この日付のない手紙の書かれた日付は、ほかのいくつかの手紙同様、ムーアの事務所で使われていた受領印からわかる。以後、日付がその証拠にもとづいている場合は断らない。

(42)自動行再配列装置のある電子植字が出現する以前は、印刷は鉛の活字で行われ、行の配列に影響するような変更は手間がかかり、非常に時間がかかった――したがって費用が嵩んだ。

(43)「ブタ箱」の中でオーウェルは、起訴用犯罪者名簿にエドワード・バートンという名前を記したと書いている。また、彼の劇『チャールズ二世』の登場人物の一人にバートンという名前を使った。

(44)一九五八年七月六日、レイナー・ヘプンストールが制作した、雑誌『アデルフィ』についてのBBCのラジオ番組の中で、サー・リチャード・リースは、オーウェルが自分の本名が活字になることを恐れていたのを回想している。リースは『ジョージ・オーウェル――勝利の陣営からの逃亡者』の中で、その点をもっと詳しく書いている。オーウェルは彼に、こう語った。「自分の本名が活字になっているのを見ると不快な気分になる、なぜなら、『敵がそれを切り抜いて、それに一種の黒魔術をかけないとは断言できない』から。もちろん、それは突拍子もない考えだが、オーウェルの旧式な伝統尊重の紛れもない気質でさえ、気紛れすれすれの場合があり、彼が真剣なのかそうではないのか、必ずしもそう確かではなかった」。

(45)『ビルマの日々』。

(46)『牧師の娘』のドロシーも学校の子供たちが行う野外劇用の舞台衣裳を作る。

(47)オーウェルは十一月三十日付のエレナー・ジェイクス宛の手紙の中で「ジェラーズ・クロスで人に会う」つもりだと書いている。

(48)『ビルマの日々』。

(49)C・H・ダグラス少佐の考えにもとづく社会信用論は、社会の繁栄は通貨制度の改革によって達成されると主張した。

(50)ナンシー・ウィッチャー・アスター(一八七九～一九六四)は初代アスター子爵の妻で、アメリカのヴァージニア州ダンヴィルに生まれた。テムズ河畔にあるアスターのクリヴデン邸で、社交界、政界のホステスを務めた。下院で初の女性議員になった(一九一九～四五)。禁酒運動と女性の権利の雄弁な擁護者だった。オーウェルは『空気を求めて』の初版(一九三九年)に、「魂の救済者およびおせっかい屋」の「恐るべき種族」の中にレディー・アスターの名を入れた。その名前はセッカー&ウォーバーグ社の一九四八年版ではそのままになるはずだったが――一九四七年の校正刷りがそれを証明している――校正段階で削除される印が付され、その版には入らなかった。削除の印はオーウェルが付けたものではないようだが、彼の指示に従ったのかもしれない。同リストのビーヴァブルック卿の名前はそのままになっているので、名誉毀損の訴訟を恐れて削除したとは、まず考えられない。たぶんオーウェルはデイヴィッド・アスターの友人だったので、レディー・アスターの名前を削除したのだろう。デイヴィッド・アスターは変更については知らなかった。

(51)第二代ロンダ子爵夫人マーガレット・ヘイグ・トマス(一八八三～一九五八)は実業家として大成功を収めた女性で、男女平等の熱烈な信奉者だった。自らが創刊した週刊誌『タイム・アンド・タイド』(一九二八～五八)を進んで編集した。

(52)アーネスト・ウィリアム・バーンズ(一八七四～一九五三)は数学者で、現代主義的聖職者だった。一九二四年から五三年までバーミンガムの主教を務めた。著作には、『そのような信仰は違反か』、『科学理論と宗教』がある。

（53）リチャード・ヤングの許可を得て収録。

（54）ウォルバーズウィックはサウスウォルドの南約二マイルのところにある。

（55）『ビルマの日々』。

（56）「四十年後」は、一八七二年にジョン・ファーマーが書いたハロー校の校歌で、多くの女学校でも歌われた。シーリア・ハドンは、『偉大な日々と楽しい日々』（一九七七年）の中で、そうした女学校を数多く列挙している。その歌はまた、エックレス・グラマー・スクールのような男女共学の公立学校でも歌われた。（オーウェルは、三五年五月七日付のブレンダ・ソルケルド宛の手紙で、この問題に再び触れている。）

（57）『アデルフィ』の八月号には、その詩はない。イーニッド・スターキーの『ボードレール』の書評は載っているが。

（58）アントニー・ラウドンの許可を得て収録した。

出版、ヴィガン、スペイン

それはオーウェルにとって実りの多い時期だった。『ビルマの日々』、『牧師の娘』、『葉蘭をそよがせよ』、『ウィガン波止場への道』が出版された。オーウェルはその二番目と三番目を金儲けのためのお粗末な作品として切り捨て、相続人に一、二シリングもたらさない限り再刊を認める意思がなかったが、読んで報われるところがまったくないというものではない。彼が「窮乏地区」で得た経験と――もちろん、彼はただウィガンだけではなく、遥かに広範囲にそうした地区を回った――スペインで得た経験は、彼の性格と、社会と政治に対する見方の両方に影響を与えた。彼はまた、書評やエッセイを文学雑誌に寄稿した。とりわけ「象を撃つ」は、一頭の象の死と同じくらい、英国のインド統治の衰退について多くのことを語っている。

彼は『ウィガン波止場への道』のタイプ原稿を一九三六年のキリスト降誕日にヴィクター・ゴランツに届けてから、フランコに対抗するスペイン政府のために戦おうとスペインに行った。彼はゴランツに言ったように、国際旅団に加わるつもりだったが、半ば偶然にＰＯＵＭ（Partido Obrero de Unificación Marxista「マルクス主義統一労働者党」）に入った。彼はその党を、こう説明している。「〝スターリン主義〟に反対して、すなわち、共産主義の政策の転換（実質的なものであれ、表面上のものであれ）に反対して、この数年多くの国に出現した、分派の共産党である。それは、元共産党員と、以前からあった党、労働者・農民連合から成っていた。党員の数が少なかったので、カタロニア以外ではあまり影響力はなかった……カタロニアでの拠点はレリダだった」（『カタロニア讃歌』）。彼は英国を出るずっと前に、ソヴィエトの共産主義者がＰＯＵＭを排除することを決めていたのを知っていたなら、ＰＯＵＭには参加しなかったろう。一九三六年十月、スペインにおけるＮＫＶＤ〔国家秘密警察〕の責任者ヴィクトル・オルローフは本部に対し、「トロツキストの組織ＰＯＵＭは簡単に抹殺できる」と請け合った（クリストファー・アンドルー、ヴァシーリー・ミトローヒン著『ミトローヒン保管文書』（一九九六年）。したがって、バレンシアにある「諜報および大逆罪裁定委員会」に送られたオーウェルとアイリーンに関する報告書に、「trotzquistas pronunciados」（凝り固まったトロツキスト）と書かれていたことは、二人を完全に破滅に追いやるものだった。二人が、ホルディ・アルケル★のような仲間の裁判が行われた時にスペインにいたなら、投獄されるか、さらには処刑されるかしたかもしれない。

オーウェルは、共産主義者が革命を目指す党（ＰＯＵＭを含む）を抹殺しようとした「五月事件」の際に、休暇でバルセロナにいた。そして一九三七年五月二十日にウエスカの前線に戻り、頸部に貫通銃創を受けた。オーウェルとアイリーンはスペインを逃れ、ウォリントンにある二人のコテージに戻った。オーウェルはそこで『カタロニア讃歌』を書いた。一九三八年三月、彼は結核性病変に罹って容体が重くなり、ケント州のプレストン・ホール・サナトリウムで五ヵ月以上過ごした。九月二日、彼とアイリーンは、彼の健康が回復するものと信じ、フランス領モロッコに向かった。

母宛のオーウェルの手紙(1911年12月2日付)より

ブレンダ・ソルケルド宛

火曜日の夜［一九三四年（八月末？）］
サフォーク、サウスウォルド

最愛のブレンダ

手紙をありがとう。君はイギリスにいる僕よりもアイルランドで楽しく過ごしていることだろう。いつ帰ってくるのだろうか。僕は今手掛けている本[1]が書き上がり次第ロンドンに行く。その本は十月末に書き上がるはずだ。どこに泊まるかはまだ決めていないが、スラム街のどこかを選ぶつもりだ。友人が手紙を寄越し、ベイズウォーターのフラットの一部の賃借権を提供しようと言ってきたけれども、ベイズウォーターに住むと窒息してしまうだろう。いや、僕は亀が水を飲んでいるところを見たことがない。ダーウィンはガラパゴス諸島にいた時、高い地面でサボテンや何かを食って生きている大亀が年に一、二回、水を飲むために渓谷に下りてくるが、そこに来るのに一日か二日かかったと書いている。大亀は腹部の一種の袋に水を溜めたのだ[2]。僕はラフカディオ・ハーン[3]の本を何冊か読んだが、退屈な代物だ。彼は日本人を偶像化している。日本人は実に退屈な国民だという印象を、僕は前々から持っている。また、リデル卿の「講和会議とその後」[4]の日記を読もうとした。なんとくだらないものだ！　最も興味深い経験をしていながら、それについて何も言うことがない連中がいるのは驚くべきことだ。先週、映画館に行き、『おーい、ジャック』でジャック・ハルバートを見た。大変面白いと思った。その一、二週間前、なかなかいい悪漢映画があった。でも、父が前もってどうしてもプロットを話したがったので、大いに興味が殺がれた。今週は『永遠の処女』がかかっている。もちろん観に行っていないが、若い頃――それが本の形で出た時僕は二十三くらいだったと思う――涙が出るほど感動したことを考えると全身が熱くなる。O mihi praeteritos 等々[5]。長生きをしているどんな批評家も、隠しておきたいたくさんのことを若い頃にしたはずだと思う。例えば九〇年代に、ホール・ケインや、さらにはメアリー・コレリにすっかり惚れ込んだ多くの批評家がいるに違いない――MCは、僕が読んだ一冊だけから判断すると、救い難いほどにはひどくはないが。それは『セルマ』という作品で、悪人ではまったくないが、ひどく淫らな牧師が登場する。ところで、君は例のスウィフトの本を返してくれただろうか。構わないのだけれど、失くしたくはないのさ。そう、『西部放浪記』[6]は少し古臭いが、それほどでもない――読むに値するものはなんであれ、いつも「古くなる」から。早く戻ってきてくれないか。たった独りなので、ひどく惨めだ。今、ここでは実際に友人が一人もいない。デニスとエレナー[7]はシンガポールに行ってしまい、一気に二人の友人がいなくなったからだ。何もかも具合が悪い。ビルマが舞台の僕の小説が活字になったのを見ると吐き気を催した。かなりの部分を書き直したいのだが金がかかり、出版が遅れもする。今、書き終わるところの小説は、さらに吐き気を催させる。でも、ちゃんとしたパッセージもいくつか確かにある。どうしてかはわからないが、僕はちゃんとしたパッセージが書けるのだが、それを纏めることができないのだ。僕は『一九三四年の最良の詩』に自分の詩[8]が入ったのが少々自慢だ。しかし、今年のいわゆる最良の詩のそうしたアンソロジー[9]が数十あるのを今では知っている。ルース・ピッターが手紙で言ってきたが、今年のアンソロジーの四つ（その一つは『二十篇の不滅の詩』）に自分の詩が入っているそうだ。菜園から美味の隠元豆が採れたけれど、カボチャが心配だ。オレンジくらいの大きさしかないのに熟れる徴候を見せている。果物は全部、予期していた通り隣の子供たちに盗まれてしまった。餓鬼共はあせっていたので、半分熟すまで待たず、単なる木塊だった時に梨を捥いでしまった。今度、コリングズ医師に教わった策を講じてみよう。ワセリンと、消えない染料（何かは忘れてしまった）を混ぜたものを、最初に盗まれるおそれのある果物に塗るのだ。そうすれば、手の染みで誰が取ったかがわかる。町はひどく混んでいて、ガールガイドのキャンプが入会地《コモン》に群がっている。先日、海に入って危うく寒さで死ぬところだった。というのも、泳ぐつもりもなくイーストン・ブロードまで歩いて行ったのだけれども、海水があまりに綺麗に見えたので服を脱ぎ、海に入った。すると五十人ほどがやって来て、そこにじっと立ち止まった。それは構わなかったが、その中に一人の沿岸警備隊員がいた。彼は、素っ裸で泳いだ廉で僕を訴えることができただろう。そこで僕は、たっぷり三十分、好きで泳いでいるふりをしなければならなかった。すぐに戻ってきてくれないか、最愛の人よ。学期が始まる前にやって来て、誰かの家に泊まれないだろうか。君が戻ってきた直後に行かなくてはならないと考えると嫌になる。すぐに手紙をくれたまえ。

多くの愛を込めて

エリック

［手書き］

ブレンダ・ソルケルド★宛

水曜、夜［一九三四年九月初旬?］
サウスウォルド
本通り三六番地

最愛のブレンダ

君が僕の手紙が陰気臭いと不平を言っているので、ミコーバー氏［ディケンズの『デイヴィッド・コパーフィールド』の登場人物］が空しい陽気な仮面と呼んだものをかぶらなければならないが、僕が最近送っている生活を考えれば、それは決してたやすくはない。僕の小説[10]は進むどころか、まことに驚くべき速さで後退している。あまりにひどい箇所がごまんとあるので、それをどうしてよいのやらわからない。そして、僕のほかの喜びに加え、縁日《フェア》が、あるいはその一部が、映画館のちょっと向こうのコモンに戻ってきて立った。そのおかげで、深更に及ぶ回転木馬の音楽の伴奏で僕は仕事をしなければならない。君は僕が赤インクで書いていると思うかもしれないが、実際はこの数日、僕の周りに溜まりつつある血の汗なのさ。君が、好んで半島と呼んでいる所で楽しく過ごしたことを聞いて嬉しい。この手紙を、君がくれたロンドンの宛先に送る。それをみんなが君のために取って置いてくれるといいのだが。菜園は悪くない。あんまりたくさんカリフラワーを植えたので、食べるのが追いつかなかった。そのせいで、約二十株が花時が過ぎて実が出来てしまった。ペポカボチャが一つ生っているが――これまでで八個目――ほぼ収穫祭用の大きさだ。ジャムを作るために熟れるままにしている。『ユリシーズ』を、今度は無事に手に入れた[11]。読まなければよかったと思う。劣等感に囚われてしまうからだ。ああいう本を読んでから自分の仕事に戻ると、発声訓練のコースを取り、バスかバリトンとして一応通じるようになった宦官の気がする。その声をよく聞くと、やはり元のキーキー声なのがわかるのだ。一八五一年の一年分の週刊紙を買った。面白くないことはない。その週刊紙は、とりわけ結婚仲介所の広告を載せていて、それに関する通信文は十分読むに値する。「フローラは二十一歳、背が高く、髪は濃い栗色、澄んだ笑い声。美味の軽いペストリーが作れます。二十から三十までの知的専門職の紳士と文通したいと思っています。できれば、鳶色の頰ひげを生やし、英国教会に属している方」。僕にとって面白いのは、こうした女たちは、結婚仲介所を通して結婚しようとしているのだから、ほかで何度も失敗しているのは明らかなのに、この新聞に広告を出すや否や、五、六人から結婚を申し込まれるということだ。自分についての女たちの記述は常に自分を非常によく見せるもので、実のところ、いくつかのケースに僕ははっきりとした疑念を抱く――というのも、もちろん、それは玉の輿に乗るのが大流行した時代だからだ。『我らが共通の友』の見事なケースを覚えているだろう。男女が互いに同じ策略を用いるケースだ。君がここに来られたらいいと思う。でも、来られなければ仕方がない。僕はヘイゼルミアには行けないだろう。是非ともこの小説を九月末までに完成させたいので。毎日が大事なのさ。ほんのわずかな成果しか挙げられないのにこんなに大騒ぎするのは馬鹿げているように思えるだろうが、下宿を替えるというようなことが、僕の仕事を一週間ほど狂わしてしまう。僕がロンドンのスラム街に泊まるつもりだと言ったのは、簡易宿泊所のようなところで暮らすという意味ではなかった。上品な地区には住みたくないという意味だった。というのも、金がかかるということのほかに、そういう地区は気分が悪くなるからだ。イズリントンに泊まろうと思う。ロンドンで家具付きではない部屋が借りられないのは腹立たしいが、借りられないのは経験上わかっている。もちろん、フラットや、メゾネットと呼ばれる恐るべきものは借りられるが。この時代はあまりに胸糞が悪いので、街角に立ち止まり、エレミヤかエズラのように、天罰が下るようにと叫び出したい気がする――「汝は禍なるかな、おお、イスラエルよ、エジプトの人々と姦淫をおこなひ」等々。針鼠が家に絶えず入ってくる。ゆうべ、浴室にオレンジほどの大きさの、ごく小さな針鼠が一匹いた。ほかの針鼠の仔としか考えられない。完全な形をしていたけれども――針が生えていたという意味だ。すぐにまた手紙をくれないか。君の手紙で僕を待っているのを見ると、僕がどんなに元気になるか、君にはわかるまい。

愛を込めて
エリック
[タイプ、赤]

ブレンダ・ソルケルド宛★

火曜日、夜[一九三四年九月十一日?]
サウスウォルド
本通り三六番地

最愛のブレンダ

手紙をありがとう。君が大変楽しい時を過ごしたと聞いて、とても喜んでいる。僕も同じことが書きたいが、これまでしたことで一番刺激的なのは、キャベツを移植し、球根を求めてローストフトとノリッジまで慌しい旅をしたことだけだ。前回、僕らがローストフトにいた時、数人のユダヤ人が目覚まし時計を一つ六ペンスで売っているのを見た！ 仮に一ヵ月動いたとしたらお買い得だ。僕の小説は、あすニューヨークで発売される――本当にそうかどうかはわからないが、ともかくそれが予定の日だ[12]。成功を祈ってくれないか。四千部以上という意味だ。とにかく、プロテスタントでは。十日ほどで数部貰え、牧師の娘の祈りは天で特別に計らってもらえるそうだ。その後十日ほどでいくつか書評が出ると思う。この前のようなひどいカバー[13]を付けなかったことを願う。今月末あたりに、別の小説を書き終えたいと思っている。それから、ロンドンに行く前に次のものを、じっくり計画しなければならない。この作品の、今書いている部分は気に入っているが、ほかの部分は吐き気を催させる。誰かがそれを出版するとは思えないし、出版しても売れないだろう。あまりに断片的だし、恋愛小説ではないからだ。君は正確にいつサウスウォルドに戻ってくるのだろうか。忘れずに知らせてくれたまえ、そうすれば、君のために日曜を空けておくことができるので。お願いだから、何かの約束をして最初の二週間ずっと自分を拘束するようなことはしないように。君に会うチャンスがなくなってしまうから。ユクの『タタール地域およびチベット旅行記[14]』を読んでいるところだ。君に推薦できる。菜園は何もかもほとんど全部抜いてしまったので、いまやひどく剝き出しだが、球根等を植えている。嗅ぎ煙草をやり始めた。非常に旨いし、煙草が吸えないところでは便利だ。お願いだから、いつ来るのかを、すぐに手紙で知らせてくれないか。戻ってきたら、僕に話すことを忘れないように。

多くの愛を込めて
エリック

追伸　僕の『西部放浪記[15]』を持ってくるのを忘れないように。いくつか引用したいので必要なのさ。

［タイプ］

次の手紙は、『パリ・ロンドンどん底生活』の仏訳に関して、オーウェルとルネ＝ランボーとのあいだで交わされた二十通の手紙と葉書の一通である。関連する手紙が、さらに三通本書に収められている（**三四年十一月二十九日付**、**三五年一月三日付**、**三五年十二月二十二日付**）。二通以外はすべてフランス語である。本書では英訳のみを収めた。一連の手紙は、著述に対するオーウェルの態度、翻訳者の関心、オーウェルの著述に対する翻訳者の反応（例えば、翻訳者が行っている、自分が翻訳したばかりのある小説と、オーウェルの『ビルマの日々』との比較）を知る魅惑的な手掛かりになっている。本書に収められなかった残りの手紙とフランス語の元の手紙は『失われたオーウェル』にある。

R・N・ランボー宛

一九三四年十月九日
英国《アングルテール》
サフォーク、サウスウォルド
本通り三六番地

親愛《シェール》なるムッシュー・ランボー

フランス語でお答えします。文法的間違いをお許し下さるのを願いながら。

フランスで暮らしてから数年経ち、フランス語の本は読みますが、フランス語をごく正しく書くことはできません。パリにいた時、私に向かって人はいつも言いました。「あんたのフランス語はイギリス人にしてはそんなにひどくはないが、途轍もない訛りがある」。残念ながら、残っているのは訛りだけです。しかし、最善を尽くしましょう。

あなたの質問に対する答えを次に書きます。二百三十九頁のダッシュですが、それは英国では印刷するのを禁じられている言葉を表わします。しかし、フランスではなんらスキャンダルを起こさないでしょう。そう望みます。序文についてですが、喜んで書きます。もちろん、英語で。十日か十五日以内にお送りします。これからロンドンに行くところで、来週は大変忙しいので、それより早く書き終えることはできません。

これと一緒に、『どん底生活』を一部お送りします。私のペンネーム、「ジョージ・オーウェル」でサインしました。アメリカ版です。英国版は手元に一部もないのですが、出版されてから一年半経っているので、すぐに手に入れるのは、おそらく不可能でしょう。フランス語版が出版されましたら、もちろん一部お送りします。

『どん底生活』のような本を翻訳した際、多くの難問に直面したに違いありません。私の次の小説も訳して下さるとのこと、ご親切に感謝します。それは『ビルマの日々』という題で、ニューヨークのハーパーから間もなく出版されます。それはビルマ（インドの）の英国人の暮らしを扱った小説です。ニューヨークで出版されるのは、私の出版社（ゴランツ）が、イギリスの帝国主義に関して同書の中で私が述べた意見のせいで、出版を見合わせたからです。しかし、もっと勇気のある英国の出版社を間もなく見つけられることを願っています。そうした本がフランスの読者の関心を惹くようには思えませんが、いずれにしろ、ニューヨークから数部届き次第、あなたに一部送るよう、私の著作権代理人に話しておきます。その翻訳がフランスで好評を博するかどうか、ご自分で判断できることでしょう[16]。ところで、あなたのお話では、アンドレ・マルロー氏が、あなたがお訳しになったウィリアム・フォークナーの本に序文を寄せたそうですね。私の間違いでなければ、マルロー氏は中国、インド等を扱った小説を書いています。今度の場合、『ビルマの日々』が彼の関心を惹くということはあり得ます。もし彼が私のために序文を書いてくれれば、そうした著名な作家[17]の名前の載った本が好評を博するのは疑いないでしょう。しかし、『ビルマの日々』をお読みになってから、ご自分で判断したほうがよいでしょう。

最後に、私の本をフランス語に訳して下さったあなたの大変なご努力に感謝し、本が出版された暁には、あなたが労苦にふさわしい報酬を手にすることを望みます。また、私が手紙をフランス語で書いたことで、いっそう大変な翻訳の仕事を押しつけたことにならなかったのを望みます！

Recevez, cher Monsieur, l'expression de mes meillieurs sentiments.〔敬具〕

エリック・ブレア（「ジョージ・オーウェル」）

二百二十八頁――「……トゥム――人をぞっとさせるもの」等。ヒンドゥスターニー語(18)では、「you」を表わす二つの語があります――「アプ」と「トゥム」です。「アプ」は敬語です。「トゥム」は親友同士のあいだか、目上の者から目下の者に対してのみ使われます．「トゥム」と言うのは、相手を「tu〔フランス語で、「君、おまえ」の意〕」で呼びかけるのとほとんど同じです。したがって、インドにいるイギリス人は、ヒンドゥー人から「トゥム」と呼びかけられれば非常に怒るでしょう。

百五十九頁――「バヒンチュート」等。「バヒンチュート」はヒンドゥー人に対する呼びかけとして使ってはならないヒンドゥスターニー語ですが、残念ながら、かなりよく使われます。翻訳するのが実に難しい言葉です。「バヒン」は「妹」という意味で、「チュート」は性器の意味です。男に向かって「バヒンチュート」と言えば、「俺はおまえの妹の性器をよく知っている」、言い換えれば、俺はおまえの妹と寝た、という意味になります。たぶん、「バヒンチュート」を「義弟」と訳してもよいかもしれません。イギリスの兵士が、この言葉を「バーンシュート」という形でインドから持ち帰りました。それは、イギリスでは、ごく無害な言葉として受け入れられています。

二百三十八頁～二百三十九頁――「目下、ロンドンで使われている形容詞」等。この形容詞は「fucking」です。「fuck」は「ファックする」の意味で、「fucking」は現在分詞です。

二百三十九頁、十九行目――「例えば――」。棒線の言葉は「fuck」です。イギリス人は、もはやこの言葉を元の意味の「姦淫を行う」という意味では使わず、単に間投詞的な語として使います。

二百三十九頁、二十三行目――「――も同様である」。棒線の言葉は「bugger」です。

二百三十九頁、二十五行目――「思い浮かべることができる、等」。これらの言葉は「fuck」と「bugger」です。「Fuck」の語源はラテン語の「futuo」で、元来は「姦淫をする」という意味でしたが、労働者は、「俺は奴らをfuckしてやる〔「あいつらなど糞くらえ」〕」、「we're fucked〔「俺たちはへとへとだ」〕」等々の表現で、単に間投詞的語句として使われています。フランス語の「bougre〔野郎〕」は「bugger」と同じで、両者共に、「Bulgare」あるいは「Bulgar」から来ています。なぜなら、十六世紀においてブルガリア人、さらにはカサリア信徒さえ同性愛に耽っていたと思われていたからです。しかし、パリの労働者は「bugger」という言葉を時折使いますが、私の見たところでは、彼らはその言葉の元の意味を知りません。

二百五十六頁――「The one bite law」。イギリスの法律によると、もし犬が二人の人間を咬むと、犬の飼い主はその犬を殺さねばならないことになっています。最初ならば犬は許されます。そこから、「一咬み法」という文句が来ているのです。

二百五十九頁――「Bull shit」は、牛の糞という意味です。人は相手に「おまえは牛の糞を話している」と言います。言い換えれば、「おまえはくだらないことを話している」ということです。非常に無礼な表現です。

［タイプ］

レナード・ムーア★宛

一九三四年十一月十四日
NW3、ハムステッド
ポンド通り
ウォリック・マンションズ三

親愛なるムーア様

お手紙ありがとうございます――私の筆跡がお読みになれればいいのですが。タイプライターを店に置いてきてしまったのです。

あの小説で問題が生じるだろうということは、わかっていました。[19] けれども、是非出版したいのです。気に入っている部分もありますので。また、ゴランツ氏が望むような変更をご指示頂ければ、なんとかするつもりです。信じ難いという気持ちを読む者に抱かせたらしい、学校についての部分は誇張しているのは認めますが、人の思うほどではありません。事実、「ああいうことは三十年か四十年前のこと」と人が言うのを聞いて、少々面白く感じました。なんであれ、とりわけひどい悪習は、「三十年か四十年前のこと」と言われるのを人はいつも耳にします。あの部分に関しては、もしゴランツ氏が同意するなら、少々「調子を和らげる」こともできるでしょう。けれども、それについての詳細で、あなたを煩わせたくはありません。

名誉毀損、冒瀆的言辞等に関しては、ごく些細なことなので、すぐに書き直すことができます。[20] しかし、この作品は確かに内在的な構造的欠陥を含んでいますので、それについてゴランツ氏と話し合うつもりです。それは、私に思いつけるなんらかの方法で修正できるでしょう。そのことは、この作品を書いている時に気づいていましたが、問題はなかろうと思っていました。というのも、この作品をそれほどリアリスティックなものにするつもりがなかったので。

ゴランツ氏に会う手筈を整えては頂けないでしょうか。[21] 様々な点に関して話し合うのに、一時間は優にかかると思います。もし、氏がそれだけの時間を割いてくれるなら。氏に会う日時については特に希望はありません。店に知らせることができるよう、一日前に教えて頂ける限り。

『ヘラルド・トリビューン』に載った『ビルマの日々』の書評を読みました。残念ながら、かなり悪いものです――けれども、大きい見出しです。それが大事だと私は思っています。

敬具

エリック・A・ブレア

追伸 [手紙の一番上] ゴランツ氏に会う件でお電話を頂けるなら、私の電話番号は、ハムステッド二一五三です。[22]

[手書き]

レナード・ムーア★宛

一九三四年十一月二十日
NW3、ハムステッド
サウス・エンド・ロード一番地
ブックラヴァーズ・コーナー[23]

親愛なるムーア様

お手紙ありがとうございます。昨日、ゴランツと話し合い、問題のある箇所を削除するか「穏やかにする」かどちらかに決めました。前者のほうが簡単ですが、そうすると作品の終わりがあまりに唐突になるのではないかと思います。そこで、その章を書き改めるつもりです。それには約ひと月かかるでしょう。ゴランツには、直接送ると言っておきました。

ランボー氏が『ビルマの日々』を好いてくれたのは嬉しく思います。いいえ、ほかに当たってみようとしても無駄だと思います。ただ、ウィシャート（聞いたことのない出版業者です）[24]は、ほかの者が怖がって出そうとしない本を出すということは聞いたことがあります。まだニューヨークから新聞切抜きが来ていないと思いますが？[25]

敬具

エリック・A・ブレア

[手書き]

R・N・ランボー★宛

一九三四年十一月二十九日
NW[3]、ハムステッド
ウォリック・マンションズ三

親愛なるムッシュー・ランボー

あなたの大変親切なお手紙に対し、もっと早くお返事を差し上げるべきところでしたが、最近の惨めな天候のせいでこの数日ひどい風邪を引いてしまいました。霧が時には非常に濃く、道路のこっち側から向こう側が見えないほどでした。ジョージ王子と結婚するためにやって来たマリーナ王女[26]は、自分が住むことになった国の天候に非常に悪い印象を持ったに違いありません。しかし今は、ありがたいことに少し回復し、手紙が書けるほどに気分が良くなりました。

お信じになれるでしょうが、私は、『ビルマの日々』についてのあなたのご意見に非常に喜んでいます。マルロー氏も同じ意見であるのを望みましょう。La Vache Enragée[27]〔『窮乏生活』〕についてですが、もしフランシス・カルコ氏が序文を書いて下さるなら、私は当然ながら大いに感謝します。あなたがウィリアム・フォークナーのいくつかの作品をお訳しになったとお聞きし、シェイクスピアの言葉を使えば、あなたは翻訳家の中の「比類なき《ノンパレイユ》」と言うべき存在に違いないと思いました[28]。私個人は、外国人が翻訳するのに、彼より難しい作家は想像できません。しかし、もちろん、彼の文体は、複雑ではあれ、真に傑出したものです。一世紀経つと、いや五十年後でも、イギリス英語とアメリカ英語はもはや同じ言語ではなくなるように私には思えます[29]——それは残念なことです。オーストラリア人とカナダ人等は、おそらく、アメリカ人に倣うほうを選ぶでしょうから。

あなたのお手紙に感謝したあとで私のしたいのは、二ヵ月前に『アデルフィ』(月刊誌で、私は時折寄稿しています)に載った、マルロー氏に関するエッセイに興味がおありかどうかをお訊きするということです。なんの問題もなく、一部お送りすることができます。また、先日、私の蔵書を調べていた時、『伝承童謡集《ナーサリー・ライム》』を偶然見つけました。もし、すでにそうしたものをお持ちでなければ、あなたにとって興味のあるものではないかという考えが浮びました。ナーサリー・ライムは普通、完全にナンセンスですが、イギリスでは非常によく知られているので、物を書く際、ほとんど無意識に引用されます。そして、ロバート・グレイヴズやT・S・エリオットのような現代の詩人に大きな影響を与えています[30]。その本に興味があるとお考えでしたら、喜んでお送りします。

私にお手紙を下さることがありましたら、住所は前記の通りです。目下、私は書店で働いております。それは、教職よりもずっと私の性に合っている仕事です[31]。

Veuillez agréer, Monsieur, l'expression de mes meilleurs sentiments.

エリック・A・ブレア

［タイプ］

R・N・ランボー宛★

一九三五年一月三日
NW3、ハムステッド
ウォリック・マンションズ三

親愛なるムッシュー・ランボー

　今回は英語で書くことをお許し頂けるでしょうか。間違ったことは書きたくありませんので。

　なにはともあれ、『どん底生活』を見事に訳して下さり、心から感謝致します。お世辞ではなく、翻訳されるといかに良いものに見えるかに喜んでいるばかりではなく、非常に驚いてもいるのです。パリの部分については、英語よりもフランス語のほうがよいと正直に思います。そして、会話の訳し方に喜んでいます。当然ながら、私の知らない多くの俗語があるという事実を割り引いても、それはまさしく私が想像した通りの人物の話し方です。この本が、あなたのご努力に釣り合うような成功を博すること、また、ホテルの連中とあまり揉めないことを願いましょう——ともかくも私たちは、彼らが文句を言ってくるのを予期しなければなりませんから。もし、私があるホテルの経営者から決闘を申し込まれましたら、あなたは私の介添えをして下さることでしょう[32]。

　私は校正刷りをごく綿密に読み通し、ご依頼の通り、修正または提案の箇所に鉛筆で印を付けました［それらの頁の数は本書では省略］。沖仲士と老齢年金受給者との喧嘩については、空所を満たし、言葉を説明したものの写しを同封します[33]。その会話を書き直したいのであれば、ご自分でご判断下さい。一、二の場合、余白に「こう書いたほうがよいでしょう」と書きましたが、もちろん、「そのような意味のこと」という意味です。私の提案を完全なフランス語に訳すのは不可能に近いのを承知しているからです。ところで、校正刷り訂正はフランス語で書きました。読んで理解できることを願っています。

　『どん底生活』と『ビルマの日々』のイタリアでの版権譲渡の件につき、私の著作権代理人のムーア氏に話しました。ムーア氏が言うには、アマート氏がイタリアでの版権を取得するのは確かだろうが、ただ、イタリア語への翻訳を喜んで委嘱する出版社を見つけた場合、W・C・ロンドン、ストランド、二二二番地、クリスティー・アンド・ムーア著作権代理店にアマート氏から連絡してもらいたいそうです。ムーア氏との契約の条件により、私はすべての事務手続きを同氏を通してしなければならないのです。

　改めてお礼を申し上げます。また、本が出版された時、成功を博するのを願っています。

敬具

エリック・A・ブレア

追伸　校正刷りは別便にてお送りします。

［タイプ。手紙の一番上の追伸は手書き］

ヴィクター・ゴランツ★［社?］宛

一九三五年一月十日
NW3、ハムステッド
ウォリック・マンションズ三

拝啓

『牧師の娘』の原稿を返却致します。もう、名誉毀損の訴訟を起こされるような箇所は一つもないと思います。登場人物の誰も、現存の人物の描写を意図していませんし、私の知っている実在の人物の名前もありません。描かれている土地は架空のものです。「ナイプ・ヒル」は架空の名前ですし、私の知る限り、そのような名前の土地は存在しません。私の小説では、それはサフォークにあることになっていますが、それだけです。ホップ摘みの箇所（第二章）には、正確な土地を示すものは何もありません。第四章で、サウスブリッジはロンドンから十マイルか十二マイルの郊外となっていますが、それがロンドンのどちら側かを示す説明は、もうありません。第二章の「有限会社ノックアウト・トラウザーズ」に対する言及ついてですが、私の知る限り、そんな名前の商店は実在しません。また、同じ箇所で、娼婦たちの避難所と書かれている家も、まったく架空のものです。それはランベス切通《カット》しの外れのどこかにあると書いてあります。ランベス・カットは長い通りですが、いまだに危険な場所と見なされているなら、校正の段階で架空の通りに容易に変えることができます。変更箇所に関するメモを、ルービンスタイン氏の手紙と一緒に同封します。

敬具[34]
エリック・A・ブレア
［手書き］

ブレンダ・ソルケルド★宛

火曜日［一九三五年一月十五日］
NW3ハムステッド
ウォリック・マンションズ三

親愛なるブレンダ

手紙をありがとう。いや、ハヴェロック・エリスの署名は、僕の記憶では、期待していたようなものでは全然なかった。[35]見事な筆跡で書き、細いペン先を使うものと思っていたのだが。僕ら〔オーウェルの働いていた書店〕は最近、著者の署名本をたくさん買ったが、その中には自筆の手紙が入っているものもあった。しかし、そういうのはどれも、ほとんどすぐに売れてしまった。僕を楽しませたのは、「ベヴァリー・ニコルズ〔一九八三年に没した英国の小説家・ジャーナリスト〕より、謹み畏《かしこ》みて」と書き込まれていたものだ。それには微妙なユーモアがある。本の競売で一山《ロット》の中で広告されている自筆の手紙を、よく見かける。はっきり覚えているのは、ある時、シーラ・ケイ＝スミス〔一九五六年に没した英国の人気作家〕の手紙のほうが、マールボロ公爵夫人のサラ（アン女王の友人）の手紙より高い値が付いていたことだ。ナポレオンの自筆のものが広告によく出ているのを見るが、たいていかなり高い。もちろん、それは手紙ではなく、彼が署名した文書に過ぎない。彼は晩年、自分の手では署名しか何も書かなかったようで、どうやら、綴りはひどいものだったらしい。新しい小説(36)はあまり進んでいないけれども、その一部になる詩は書いた。(37)新しい筆名を選ぶという話だが、非常に多くの女流作家が男性の筆名を選んでいるので、女性の名前の筆名を選ぶと面白いだろう。ミス・バーバラ・ベッドワージーとかなんとか。カバーに著者の写真を載せるのだ。ひどく疲れを感じる。さまざまな理由で、最近、夜更かしをしているので。日曜の夜、友人の家から遅く帰ってくると、どんな乗り物もなかったので、霧雨の中を数マイル歩くほかはなかった。そのうえ、閉め出されてしまい、大声を出して誰かを起こし、中に入らねばならなかった。ファウラーの『現代英語用法』(38)を見たことがあるかい？　ファウラーは、小さいほうのオックスフォード辞典を編纂した男だ。ともかく、それに寄稿した男だ。彼は統語法等の大変な権威だ。分離不定詞のようなことについて非常に面白いことを書いている。ワトソン医師についての、ちょっと面白い小冊子も読んでいる。それはとりわけ、ワトソンが二度結婚したことを、内的証拠から証明している。また、D・H・ロレンスの二、三の短篇と、マックス・ビアボム〔一九五六年に没した英国のエッセイスト、諷刺漫画家〕の『そして今でさえ』と、何度目かわからないけれども、モーパッサンの『脂肪の塊』(39)と『メゾン・テリエ』も読んでいる。君はその二つを読んだと思うが。今は、ここで書きやめねば。この手紙が、君が着いた時〔「冬休みが終わり学校に戻ってきた時」の意〕に君をちゃんと待っていること、また、君があまりに滅入った気分ではないことを願う。学期中になんとかロンドンに出てくるといい。しばらく、さようなら。

エリック・A・ブレア

［タイプ］

ブレンダ・ソルケルド★宛

一九三五年二月十六日
ブックラヴァーズ・コーナー

最愛のブレンダ

嫌な話じゃないか、僕は今いる部屋に数週間以上いられないんだ。(40)もし誰かが、この部屋と隣の部屋を一緒に借りると言ってきたら、僕は明け渡すという条件で借りているのさ。そして、つい最近誰かがそう言ってきたんだ。そういう訳で僕は惨めな家捜しを始めねばならないが、おそらく、これほどに快適で、非常に自由な場所はほかに見つからないだろう。現在の女家主(41)は干渉してこないタイプで、ロンドンの女家主にしては珍しい。僕がここに来た時、あんたは特に何が欲しいのかと訊かれた。僕は言った、「一番欲しいのは自由ですよ」。すると彼女は言った、「一晩中、ここに女を置きたいの?」僕は、もちろん、「いいえ」と言った。すると彼女は言った、「あなたがそうしようとしまいと構わないってだけの意味」。ここでは、あまり多くのことは起こっていない。

『ビルマの日々』を再読したゴランツは、それに対して熱意を示した手紙をくれ、自分の弁護士に徹底的に調べてもらうと言った。そのあとで弁護士は、怪しいすべての点に関し僕に「反対尋問」をすることになった。弁護士が前回のように否定的な報告をしないことを願う。それはすべて、一年前に起こったことなのさ。なんでGがまた決心を変えたのかわからない。ひょっとしたら、ほかの出版社がインドについての小説を出版して彼を出し抜いたのかもしれないが、僕はそんなものが今年出たのを覚えていないようだ。リース★は、君のためにもっと多くの署名本をくれたが、見つかり次第送る。今のところ、どこに置いたか思い出せない。目下、忙しい暮らしをしている。僕の時間表はこういうものだ――七時起床、着替え等、朝食を料理し、食べる。八時四十五分に店に行って開ける。そして大抵、九時四十五分までそこにいなければならない。それから家に戻り、部屋の掃除をし、火を焚きつける等のことをする。午前十時半から午後一時まで書き物をする。午後一時に昼食を用意し、食べる。午後二時から午後六時半まで店にいる。それから家に帰り、夕食をとり、食器を洗い、そのあと、時には約一時間仕事をする。そうしたことにもかかわらず、一日中客に煩わされていたこれまでの数週間より、この数日のほうがもっと仕事ができた。Gが『ビルマの日々』を出してくれるといいのだが。金の問題は別として(僕の著作権代理人はかなりよい条件の契約を結んでくれた)、『牧師の娘』と、今書いているもの[42]のあいだの非常に長くなりそうなインタヴァルを乗り切らせてくれるので。今度のは芸術作品にしたい。それは大変な苦労なしにはできない。母は、結局どこにも行かないと手紙で言ってきた。だから僕はできるだけ早くサウスウォルドに行くつもりだが、それは僕の雇い主の奥さんがまた元気になった時の話だ。すぐに手紙をくれたまえ。

多くの愛を込めて
エリック
[タイプ]

ブレンダ・ソルケルド★宛

五月七日[一九三五]
NW3、ハムステッド
パーラメント・ヒル七七番地

最愛のブレンダ

この手紙が君より先にセント・フェリックス[43]に着かないのではないかと心配だ。というのも、君の手紙は今夕受け取ったばかりだからだ――ジュビリー[44]のせいで郵便が遅れているのではないかと思う。日曜と月曜に、生まれて初めてブライトンに行った。嫌な予感を覚えながら行ったのだけれど、遅かれ早かれ小説にブライトンに行く場面を書くことになると考えて、自分を慰めた。でも、ちょっと快く驚いた。いずれにしろ海岸では多くの時間を費やさず、内陸のほうに行き、ブルーベル等を摘んだ。鳥の巣もいくつか見つけた。その中に、卵が四個入った鷽《うそ》の巣があった。ところで、一週間ほど前、四十雀《しじゅうから》の巣を見つけたんだが、手が届かなかった。鳥が巣から飛び立つのは見たが。それは棘のある灌木の真ん中にあったんだ。ブライトン[45]の群衆は、それほど悪くなかった。しかしもちろん、日曜の帰りはひどかった。列車はすし詰めで、乗客は窓から体を乗り出していた。土曜の夜はチェルシーに行った。ハムステッドに戻るのに二時間かかった。ロンドンの中心はどこでも酔っ払いで一杯のタクシーが走り回っていて、連中は「国王万歳！」と大声で叫んでいた。びっくりしたのは、そのほとんどが若者だということだ――愛国心に満ちているとは到底思えない連中なのに。でも、騒ぐ口実を歓迎しているだけなのだろう。その夜、僕はリース★に会いに行ったのだ。実はいくらか金を借りるために[46]。月曜が銀行休日なのを忘れてしまい、銀行から金が引き出せなかったからなのだ。ところが彼は何かの社会主義者の集まりを開いていて、連中は僕を招じ入れ、僕は社会主義者に悩まされながら七、八時間過ごした。その中にいた南ウェールズの坑夫が――ごく愛想よくだが――もし自分が独裁者だったら、あんたを即座に銃殺させるだろうと言った。僕は実にたくさん仕事をしたが、嗚呼《ああ》、まだしなければならない仕事が山のようにある。結局のところ、六月に例のもの[47]を君に見せることができるかどうかわからないが、いつかはそうしよう――見せるにふさわしいものになった時、という意味だ。僕は、恐ろしい迷路の中を這い回っているかのような段階に達しつつある。自分が本をたくさん読んだのかどうか、わからない。D・H・ロレンスの『恋する女たち』を読んだ。彼の最高の作品の一つではないのは確かだ。以前、一九二四年に読んだことを覚えているが――あの時は無削除版だった――あの齢では、なんと実に奇妙な作品に思えたことだろう。彼がしようとしていたのは、象徴的人物であると同時にそれと認識できる人間を創ろうとしていたことが、今になるとわかる。それは確かに間違いだ。妙なのは、『息子と恋人たち』のように、彼は普通の人間を作り出すことに専念すると、ずっと読みやすくなるうえに、もっと意味を読者に伝えるという事実だ。また、『敵』の数号もざっと読んだ。それはウィンダム・ルイスが随時に出していた雑

出版、ウィガン、スペイン
1934年〜1938年

誌で、うちの書店に置いてある。あの男が狂っているのは間違いない。僕は素晴らしいシチューのレシピを思いついた。こういうものだ——細かく刻んだ牛の腎臓半ポンド、薄切りの茸半ポンド、微塵切りにした玉葱一個、大蒜《にんにく》の小球根二個、皮を剝いたトマト四個、刻んだ脂肪のないベーコン一切れ、それに塩。その全部を、ごく少量の牛肉の煮出し汁の中で約二時間半、とろ火で煮込む。それをスパゲッティあるいはコキーエット〔小さな貝殻形のパスタ〕と一緒に食べる。それは作るのに手頃な料理だ、仕事をしているうちに自然に出来るので。一八八四年と一八八五年の『ガールズ・オウン・ペーパー』の数号から多くの愉しみを得ている。読者からの質問欄に、二つの質問が何度も出てくる。一つは、三輪車に乗るのは淑女にふさわしいか。もう一つは、アダムの直系の子孫は人類を絶やさぬために近親相姦を犯す必要はなかったのか。しかし、アダムに臍があったのかどうかという問題は関心を喚起しなかったようだ。僕についての君の予感あるいは「奇妙な感情」についてだが、君は正確にいつ、その感情を覚えたのか言っていない。でも、自分が最近、特に不幸だったかどうかよくわからない——少なくとも、いつもより。

多くの愛と多くのキスをもって

エリック

追伸〔最初の頁の一番上〕。ブライトンの近くで、ローディーン校〔女子パブリックスクール〕の前を通りかかった。休日なのに、スノッブ根性がそこから流れ出るのが感じられた。また、「四十年後」とイートンの「漕艇歌」の女性版(48)の節で、えも言われぬ音楽も聞いたような気がした。君たちはホッケーでそれを歌うのかい？　または彼女たち〔ローディーン校の生徒〕は君たちに、「セント・フェリックスですって、それは一体どんな学校？」と手紙に書いてきたかい？

〔タイプ。追伸は手書き〕

レイナー・ヘプンストール★宛

火曜日の夜〔一九三五年九月二十四日〕
NW、ケンティッシュ・タウン(49)
ローフォード・ロード五〇番地

親愛なるレイナー

手紙をありがとう。同封した君の原稿が君の望んだものであったのならいいが。君が自分の筆跡と疑いもなく呼ぶであろうものから推測すると、君は学校で習字を教わったに違いない。そのため、君の手紙の原稿部分はただの一語も読めない。その結果、君の指示に正確に従わなかったかもしれない。

連載物〔オーウェルは『ニューズ・クロニクル』のために連載小説を書き始めたが、同紙に掲載を拒否された。原稿は現存していない〕では言いようのないほど苦しんでいる。すでに四日取り組んでいるのだが、いまだに二頁しか書いていない。腰を据えて、悪くはない一回目を書いたのだが、語数を数えると、二千語ではなく三千五百語なのがわかったからだ。もちろん、それはすっかり書き直すことを意味する。僕は連載物に向いていないと思う。自由に書ける長篇小説に戻りたい。あと三章とエピローグを書けばいいだけで、そのあと約二月かけて細部を補うつもりだ。

　僕の連載物が陽の目を見なくとも（陽の目を見るとは思っていないのだが）、来月は一週間ほど休もうと思う。家族は、帰ってきて少し一緒にいるように僕に言っているのだが、妹に車で連れて行ってもらえれば（妹の今の車は僕には運転できないと思う）、そっちで君に会える。その地方のことは知らないのだが、僕らのところに似ているなら、一年の今頃は素敵に違いない。

　今日の夕方、「緊急の校正刷り」と封筒に書いてある手紙を転送した。間に合うように君のところに着くといいのだが、それは君の旧住所宛に送られてきたものだ。君は編集者やみんなに、住所を変更したことを知らせるべきだ。

　アイリーン[50]について君の言うことは正しい。彼女は、僕が長い歳月のあいだで会った一番素敵な人物だ。けれども、残念ながら僕は目下、おそらくウルワースの安物以外、指環を買う余裕がない。昨夜マイケルがエドナ[51]と一緒に来たので、僕らは一緒に晩飯を食べた。彼が言うには、もうすぐ出るアンソロジーに彼の短篇が入ったのだが、何かのことでしょげているように見えた。日曜にフィアズ[52]の家に行き、ブレンダとモーリス[53]に会った。君は二人を覚えているに違いない。彼らは目下共産主義者のあいだで流布されている話で持ち切りだった。ロレンス大佐[54]は実際には死んでいず、死んだふりをしていて、現在はアビシニアにいるというのだ。僕はロレンスが好きではなかったが、その話が本当だといいと思う。

オー・ルヴォワール。マリー夫妻[55]によろしく。

草々

エリック・A・ブレア

［タイプ］

　一九三五年十一月九日、黒枠の便箋でランボーは、「恐るべき悲劇」が一家を襲ったことをオーウェルに告げた。一家は夏休みをバツ＝シュール＝メールで過ごした。「私の双子の娘の一人が岩から転落して頭を打って致命傷を負い、意識を失って海に転落しました。天候は悪く、娘をなんとか救おうとしても駄目でした。娘を二時間後に救出した時には、生き返らせることはできませんでした。娘は十七歳になるところで、生命と歓びそのものでした。私は絶望しました。今でもそうです。生きる勇気を見出すのに非常な苦労をしています」

R・N・ランボー★宛

一九三五年十二月二十二日
NW5、ケンティシュ・タウン
ローフォード・ロード五〇番地

親愛なるランボー

大変長いあいだお手紙を差し上げず、申し訳ありません。もっぱら非常に忙しかったせいなのですが、まず、小説をなんとか書き上げようと悪戦苦闘し、次に、店でクリスマスの余分な仕事をしていて、手紙を書く時間がまるでなかったのです。

今回は英語で書きます、というのも、フランス語で自分の気持ちが十分に伝えられるかどうか自信がないからです。あなたのご令嬢の逝去についての悲しい知らせを聞き、いかに私が深く悲しんでいるのかを、なんとかお伝えしたいと存じます。こういう場合、人はあまり多くのことは言えませんが、あなたのご令嬢を存じ上げなかったので、いっそうそうなのです。けれども、あなたのお気持ちの幾分かはお察しすることができます。心からご同情申し上げます。

ジャン・ポンス氏に対して少々失礼なことをしてしまい、申し訳なく思っています。氏の手紙[56]について何もしなかったので。しかし、仕事に追われていたため、ご返事をなおざりしたという弁明の手紙を書いているところです。『La Vache Enragée』[57]があまり売れなかったと聞き、残念です。私としては、同書はかなり特殊な関心しか惹かないものなので大いに売れるとはほとんど期待していませんでしたが、あなたはあれだけご苦労されたので失望していらっしゃることでしょう。翻訳しうる短篇を私が持っているかどうかお尋ねですが、私は短篇を書く試みを何度かしましたが、いつも失敗しました。どういう訳か、それは私に合わない形式です。しかし、数年前に書いた描写的スケッチは一見の価値があるかもしれないと思いつきました――それは、ビルマの監獄における処刑の描写です。それを書いた時は、ちょっと気に入りました。それが載った雑誌を探し出し、お送りしましょう。私の小説はほぼ完成しました。年末までに書き上げると約束したのですが、例によって遅れています。春には出ると思います[58]。それはあなたの翻訳という目的には役に立たないかもしれませんが、お望みでしたら一部お送りします。あるフランス人が、なんと、『La Vache Enragée』を英語に翻訳したいかどうか手紙で私に訊いてきたのを、あなたにお伝えしたかどうか忘れました。彼はそれについてラジオでちょっと聞いたのですが、それが翻訳であるのを知らなかったのです。

あなたのご不幸に改めて同情の意を表します。そして、クリスマスと新年のお祝いを申し上げます。

草々

エリック・A・ブレア

今後もしお手紙を下さる場合、サフォーク、サウスウォルド、本通り三六番地宛にお送り下さい。間もなく今の住所が変わりますが、両親はいつも手紙を転送してくれます。

［英語でタイプ］

レナード・ムーア宛★

一九三六年二月二十四日
ランカシャー(59)
ウィガン
ダーリントン通り二二番地

親愛なるムーア様

　お手紙ありがとうございます。ゴランツ社に頼まれた通り手を入れ、校正刷りをご返却しました。作品をすっかり台無しにしてしまったと思いますが、そういう状態でも出版に値すると同社が考えるなら、それで結構です。不愉快だったのは、同社がそうした変更の要求をもっと早くしなかったからです。事務弁護士がその作品を調べ、いつものように問題なしとしたのです。もしその時、実際の広告を思い出させるもの（ほとんどの場合、思い出させるものであって、借用ではなかったのです）は駄目だと言ってくれたのなら、第一章を完全に書き直し、ほかの数章に手を入れたでしょう。しかし同社は、作品が活字に組まれた時に変更するよう求めてきて、文字数を同じにするよう言ってきました。それはもちろん、数節全部、ある場合には一章全部駄目にしてしまわずにはできませんでした。一方、組み上がった時に第一章全部を書き直すというのは、費用が途轍もなく嵩むことを意味したでしょう。ゴランツ社に、それを負担してくれとは頼めなかったのは明白です。この点をはっきりさせたいと思っています。なぜなら、同じ問題がまた起こるのではないかと懸念するからです。総じて、文の一節、さらには一章全部が一、二の重要なフレーズを中心に回転していて、今度の場合のように、それを取り除いてしまうと、全体がばらばらになってしまうのです。したがって、私たちは今度からは、すべての変更は作品がタイプ原稿のうちになされるよう、ゴランツ社と話し合うのがよいと思います(60)。

　もしあなたがアメリカの出版社にこの作品を出版させることができましたら、その出版社が印刷するのは、こうしたあとからの変更をしていない、最初に印刷された版であるようにして頂けないでしょうか。切り刻まれてはいないものを残しておきたいのです。

　私は土曜日まで上記の住所におります。

敬具

エリック・A・ブレア
［手書き］

ジャック・コモン★宛

一九三六年三月十七日
ヨークシャー
アグネス・テラス四番地

親愛なるコモン

アレック・ブラウンの本『中産階級の運命』の短い書評はどうだろう。それとも誰かが君のために書いているのだろうか。無料の一部を手に入れたが、面白くなくはない本のようだ。ともかく重要な問題を扱っているもので、例えば、『アデルフィ・フォーラム』[61]に数行それについて書いてもいいと思った。

僕はこの野蛮な地方に約二ヵ月いて、非常に面白い時間を過ごし、次の本[62]のためにたくさんのアイディアを得たが、正直に言えば、けだるい南部に帰り何かの仕事を再び始めたくて仕方がない。もちろん、今いる環境ではそれは不可能だ。僕の次の小説[63]は間もなく出るはずだ。ひと月前に出ることになっていたのだが、例によって出版社が名誉毀損問題を土壇場になって怖れ、僕は作品をすっかり駄目にしてしまうくらい変更せざるを得なかったのだ。とりわけ癪に触るのは、僕に変更を指示した人物が、あの生意気な若造のノーマン・コリンズ[64]だったことだ。『アデルフィ』に一冊送ってもらいたいかい。書評を載せることができると思うなら一冊送らせるが、その紙面がないなら、そうしない。僕はマンチェスターの『アデルフィ』の事務所[65]に行きヒギンボトム[66]に数回会った。ミード[67]にも会った。彼の家に数日泊まった。君が知らないといけないから言うが、『アデルフィ』の信奉者のあいだで凄まじい確執と策謀が渦巻いている。それについては今度会った時に話す。リース★に手紙を出した時、それについては何も言わなかった。彼の感情を傷つけると思ったので。

国際情勢はどうなのだろう。戦争になるのだろうか。僕は、ならないと思う。なぜなら、もし政府に少しでも分別があれば、政府は国民が自分たちを支持していないのを知っているはずだからだ。事態は不安定なままで現状維持が続くだろう。戦争はあとで起こるだろう。おそらく秋に。気づいているかもしれないが、戦争は秋に起こるものなのだ。たぶん、大陸の政府は収穫時期が終わるまで国民を動員したくないからだろう。

モーズリー[68]が日曜日に、ここで演説をするのを聞いた。ああいう類いの輩が労働者階級の聴衆をいとも簡単に味方に引き入れて騙すことができるのを見ると、吐き気を催す。例によって黒シャツ党員による暴力沙汰があった。それについて『ザ・タイムズ』に投書するつもりだが、僕の投書が載る見込みはないだろう[69]。

僕は二十五日頃まで上記の住所にいて、そのあと、できれば船でロンドンに戻る。そのあと、いつか君に会えればいいのだが。

草々
エリック・A・ブレア
［タイプ］

オーウェルは一九三六年二月二十二日、ウィガンからサー・リチャード・リース★に宛て手紙を書き、こう言った。「僕はハートフォードシャーのボルドックの近くのウォリントンにあるコテージを借りる手配をしている。少々めくら買いだ。というのも、見たことがないのだが、それを選んでくれた友人たちを信頼したので。非常に安く、週にたった七シリング六ペンスだ」。その友人（一人しかいなかった）は叔母のネリー・リムーザンで、彼女はごく最近まで、「ザ・ストアーズ」と呼ばれたそのコテージに住んでいた。そのコテージを選んだのは、家賃が安く、執筆するのにふさわしい場所で、コテージの一部の店は、あまり気を使わずに、村の百人あまりの住民から、家賃を払うだけの儲けが得られるだろうし、野菜を育て、鶏と山羊を飼うのに十分な土地が付いていたからである。だが、そのコテージには、オーウェルほどに困窮していない者は住む気になれない欠陥もあった。それは十六世紀に建てられ、近代的設備はほとんどなかったのだ。狭苦しく、上に二つ、下に二つの小さな部屋が合計四つあったが、一つの部屋は店を兼ねていて、貴重なスペースを占めていた。天井は非常に低く、オーウェルは非常に背が高かった。屋内便所がなかった。流しはあったが、排水設備は貧弱だった。まともな料理設備はなかった。電気はなかった――照明は石油ランプだった（**一九三八年元日**の、ノラ宛のアイリーンの手紙を参照のこと）。屋根は波型鉄板だった。真面目な話、それはオーウェルにすべての点でぴったりだったと言えよう。

ジャック・コモン★宛

木曜日［一九三六年四月十六日？］
［ハートフォードシャー］
ボルドックの近く、ウォリントン

親愛なるコモン
　手紙をありがとう。家主に会ったが、家賃に関してはOKだ。という訳で、僕は店を開くことを決断し、村人のあいだにその知らせをある程度広めた。卸売業者について調べてくれたら非常に助かる。君がまだ店を持っているのは知らなかった。ウォトフォードや、キングフォードや、キングストンとかいう名前のところに卸売業者のような者がいると思う。僕は一度にわずかな量しか必要ではないので（村が小さいのは別にして、僕のところにはたくさん品物を置く場所がない）、彼らが配達を渋るかどうかわからない。少なくとも最初は、子供の菓子以外、腐るものは置かないつもりだ。あとになれば、バターとマーガリンを置き始めるかもしれないが、そうなると冷蔵庫を買わねばならない。煙草は置かないつもりだ。ここのパブ（約七十五人の住民に対しパブが二軒！）で煙草を置いているので。それに、敵を作りたくはない。とりわけ、一軒のパブは隣にあるので。僕はリストを作り始めている。一人の卸売業者がそれを全部卸してくれるのかどうかはわからないが。僕は約二十ポンド分の商品から始めようと思う。ああいう卸売商は気持ちよくつけで売ってくれるのだろうか。僕は約五ポンドの手付金を払い、あとは四半期ごとに支払うということにしたいのだ。僕の銀行が人物証明書を出してくれると思う。この点を考えると、ちょうど支店を変えてしまったのは残念だ。ハムステッド支店は僕をすっかり信用するようになり、頼まなかったのに、当座借越しをしてもいいと言ってくれたからだ。ストックのほかに、秤、ベル等のような店の備品が要るだろう。この店に元からあるものがいくらかあるが、それらは家主の持ち物で、家主はなんであれ人に渡すまで一年かかるような人物だ。店の部分を綺麗にし、ペンキを塗り直さねばならないが、卸売業者とうまくいけば、あと三週間ほどで店を開く準備ができるだろう。

そう、階級の壁を破るという、この問題は愚劣だ。問題は、社会主義者のブルジョワジー（そのほとんどには鳥肌が立つ）が現実的ではなく、自分たちが好かず、取り入れようとしない労働者階級の習慣が山ほどあるのを認めようとしないことだ。例えば、典型的な中産階級の社会主義者はナイフの刀に食べ物を載せて口に運ぶなどということはしないばかりではなく、労働者がそうするのを見て、いまだに少々ぞっとしもする。そして連中の非常に多くは、「優美と明知」を世に広める菜食主義者の臭いのする宦官タイプなのだ。そして、労働者階級はすべてT・Tだというイメージを心の奥に持っていて、耳の後ろを洗っていて、エドワード・カーペンター(70)(71)の読者か敬虔な同性愛者で、BBCの抑揚で話すというイメージを持っている。労働者階級は、そうした連中のもとで我慢を重ねている。北部にいた二ヵ月間僕は、どのくらい失業手当を貰っているのか、何を食べているのか等の質問をしてずっと過ごしたのだが、顎を殴られることは一度もなかった。たった一回、失せろと言われたが。

また、聾者の女に、税金徴収人に間違われたが。この問題は僕を長いあいだ悩ませてきていて、次の僕の本の一部は、その問題についてだ。

自転車か何か手に入れれば、そっちに行く。こっちに来る時は知らせてくれたまえ、食べ物の用意をするから。

それとも、君は運に任せるのさ——もちろん、いつも何かはある。菜園はまだ荒れ放題だが（二日で十二のブーツを掘り起こした）、少し方をつけつつある。三ヵ月近くまったく何も仕事をしていないと考えると恐ろしい。朝まだきより夜遅くまで金銭のために、自らの力を浪費し[72]、という訳だ。けれども、山のようなメモが出来、それは、時間を浪費しなかったという幻想を与えてくれる。

草々
エリック・A・ブレア
［タイプ］

ジェフリー・ゴーラー★宛

土曜［一九三六年五月二十三日］
ウォリントン
ザ・ストアーズ

親愛なるゴーラー

『タイム&タイド』に斡旋してもらって大いに感謝する。同誌から小説の書評の仕事をいくつか貰った。君にもっと早く手紙を書くべきだったのだが、住所の書いてある君の手紙を、例によって失くしてしまったのだ。今朝、やっと見つかった。店を始めてから二週間ほどになる。最初の週は十九シリングだった。今週は二十五シリングか三十シリングだろう。それは売上だが、利益で家賃がなんとか払える。売上は三ポンドくらいにもっていけるだろう。手間はほとんどかからず、客は書店でのように店でぶらぶらしていることはない。食料雑貨店では、客は入ってきて何かを買う。書店では、客は人の迷惑になるために入ってくる。

僕はじきに結婚する——ここの教区教会で、六月九日にすることになっている。それは、いわば秘密なのだ。事が終わるまで、できるだけ少数の者にしか言わないことにしているからだ。僕らの親戚の連中が団結してなんとか反対し、妨げるのを防ぐためだ。もちろん、実に急な話なのだが、僕らは話し合い、僕は結婚しても経済的に安定することはない、だから、今結婚してもあとで結婚しても不安定なのは変わりはないという結論に達したのだ。僕らはどうにかこうにかやっていけると思うが——金の面で、という意味だ——自分にはベストセラーが書けるとは思わないので、いつまでもその日暮らしだろう。新しい作品[73]の出だしは好調だ。

君の本[74]の書評がすこぶるいいので喜んでいる。『タイムズ』で非常にいいのを見た。本自体はまだ見ていない。君が世界のあの地方に行った時、ひょっとしてシンガポールに行っただろうか。そこのラフルズ博物館に親友がいるんだ。デニス・コリングズという名前の人類学者で、様々な風変わりな方面で才能がある——例えば、本物と見紛うような中世の剣を鍛造するというようなことができるのだ。君の「Notes by the Way[75]」を非常な興味をもって読んだ。僕ら自身の慣習を人類学の観点から研究してみることについて、君が言っていることは多くの思考分野を拓くが、僕ら自身について注目すべき一つのことは、人の習慣等は、育ちや何かだけではなく、もっぱら本によっても作られるということだ。人類学の観点から本の慣習等を研究するのは非常に興味深いだろうと、よく考える。君がエルマー・ライスの『ピューリアへの航海』を読んだかどうか知らない。それには、普通の映画に存在するある慣習——当然と見なされていて、言われもしなかったもの——のきわめて興味深い分析が含まれている。エドガー・ウォレスのような作家の作品の底にある考え方と、全体的な発想の背景を調べてみるのは興味深いし、価値があると思う。しかし、もちろん、それは誰も書かないような類いのことだ(76)。

三週間日照りだったあと、ありがたいことに、ついに雨が降った。うちの野菜はかなり出来がいい。

草々

エリック・A・ブレア

［手書き］

デニス・キング＝ファーロー★宛

一九三六年六月九日
ウォリントン
ザ・ストアーズ

親愛なるキング＝ファーロー

もちろん、君を覚えているとも。でも君は、名前をキング＝ファーローに戻したんだね？ 君がイートンにいた、ほとんどの時はネトルトンだった。君の手紙は今朝貰ったばかりだ。シリル・コナリー★から転送されてきた。彼は不在だったのだ。残念ながら十一日は行かれそうもない。是非行きたいのだが。なぜなら、第一に、ここから抜け出すのはいつも難しいからだし、第二に、新約聖書の男のように、妻を娶《めと》れり、此の故《ゆえ》に往くこと能《あた》はず(77)、なのさ。奇妙なことに、僕は、まさに今朝結婚するんだ——実際、一方の目で時計を見、もう一方の目で祈禱書を見ているのさ。僕はこの数日、結婚式の忌まわしさに対して心を鬼にしようと、祈禱書を研究してきた。僕がロンドンに、はっきりいつ行くかはわからない。この家は、住所からわかるように、元は村の「よろず屋」だったのだ。僕がここに来て、そういうものとして再開したのさ——食品雑貨、菓子、箱入りアスピリン等を置いている。あまり儲からないけれども、家賃の分にはなる。文士にとっては、それは相当のことだ。一方、おかげでここを出るのが非常に難しくなる。しかし、この近くに来たら、是非寄ってくれたまえ。君が北東の方向のどこか、あるいは例えばケンブリッジに行くなら、そう寄り道ではない。僕は、土曜の午後と、時には日曜以外、いつも家にいるはずだ。君にまた会いたい。

僕らの頃のイートンの仲間の多くと接触を保っていない。コナリーが、ロンドンで一度、僕に会いに来た。彼は非常に好意的にぼくの本を書評してくれた。僕は一九二八年に、アラン・クラットン＝ブロック[78]によく会ったものだ——ごく最近、彼の奥さんが自動車の衝突事故で亡くなった。哀れなゴドフリー・メネル[79]は気の毒だった。僕は二七年の終わりにビルマから戻ってきた時、ケンブリッジに行ってガウ★のところに泊まったが、彼は非常に親切だったものの、僕は彼の「軌道」から外れてしまい、彼も僕の「軌道」から外れてしまったように思えた。僕らが知っているほかの大半の者は、大学教師、官吏、法廷弁護士になっていると思う。君が長いあいだアメリカにいて、非常な金持ちになって羽ぶりがいいということを聞いた。僕は大方ひどい暮らしをしてきたけれど、ある意味で面白い生活だ。乱筆を謝す。

草々

エリック・A・ブレア

［手書き］

ヘンリー・ミラー★宛

一九三六年八月二六日～二十七日

ザ・ストアーズ

親愛なるミラー

手紙をありがとう。君の手紙を受け取って、済まない気がした。というのも、この何週間も君に手紙を出そうとしながら延ばしていたので。そう、『黒い春』は無事に届いた。その一部は大いに気に入った。とりわけ冒頭の数章は。しかし、通常の三次元の世界で起こった、または起こったかもしれない事件を扱っている『北回帰線』のような作品のほうが君に合っていると思う。書評にもそう書くつもりだ[80]。僕は『北回帰線』が、とりわけ三つの理由から気に入った。第一は、君の英語の特異なリズム、第二は、誰もがよく知ってはいるが印刷には決してしない事実を君が扱っていること（例えば、男が女と性交している際、その間ずっと小便がしたくて堪らないという事実）、第三に君が、普通の現実の法則があまりに大きくではなく、ほんの少しずれる、一種の夢想に迷い込むことだ。君は、そのことを『黒い春』でもやっている。例えば、六十頁から六十四頁で、公衆便所の中で君の瞑想が始まるというのは大いに気に入っているが、全体として、君は普通の世界から離れ過ぎ、事物と人間が時空の法則に従う必要のないミッキー・マウス的宇宙に入ってしまっていると思う。僕は間違っているのかもしれないし、おそらく、君の主意をすっかり捉え損ねたのかもしれないが、僕は地に足を着けた現実的な物の見方をしていて、草は緑で石は固い等の普通の世界から離れると、いつも不安になる。また、人がある特異な本を書き、次にそれとまったく同じ本を書かなかったからといって非難されるのは、相当にひどい話だということもわかっている。しかし、『黒い春』の中に、僕が楽しんだ多くの部分がなかったとは考えてもらいたくない。文章の質もいい、とりわけ、先に言及した、糞と天使〔現実の世界と想像の世界〕に関する箇所の。僕はああいう箇所を読むと、兎の穴など気をつけて見る必要のない地面を、駿馬に乗ってギャロップしているような感じがする。書評で、できるだけのことをする。『アデルフィ』は短い書評でいいと言っているが、同誌は間もなく季刊になる。また、『ニュー・イングリッシュ』のためにも書評するつもりだが、同誌はいつものように夏は休刊になってしまった。だから書評は少し遅れるだろう。でも、君の場合、一週間は天才の作品だが、そのあとはぞっき本として売られる、ありきたりの安っぽい小説ではないから問題ない。もう、山羊の乳を搾りに行かねばならないけれど、戻ってきたら書き続ける。

　三六年八月二十七日。君が『どん底生活』を手に入れることができたのは喜ばしい。手元には一冊もなく絶版なので、君から手紙が来た時、仏訳を送るつもりだった（君のは英語版だと思うが）。そう、あれはアメリカでも出版されたが、あまり売れなかった。フランスでどんな風に書評されたのか知らない——書評は二つほどしか見ていない。新聞切抜き係が手に入れなかったせいなのか、僕が指導的批評家に、お世辞たらたらの手紙を添えて献本するよう（フランスではそうしなければならないと聞いた）手配しなかったせいなのか、どちらかだ。僕のほかの本の何冊かもアメリカで出版された。僕の二冊目の本『ビルマの日々』が、イギリスでよりも早く出版された。インド省が発禁にする手段を講じるのではないかと、僕の出版社が怖れたからだ。一年後、僕のイギリスの出版社は様々な名前等を変えた版を出版した。だから、アメリカ版が正しい。それは、僕の本の中で、気に入っている唯一のものだ——小説として見てよいという意味ではなく、情景の描写が悪くないという意味だ。ただもちろん、平均的読者はそういうところは飛ばして読むが。一年ほど前イギリスで出た、僕の三番目の本『牧師の娘』は、先週、アメリカで出版された。あの本は失敗作だけれども、僕には役に立ったいくつかの実験をしてみた。僕の一番新しい本、『葉蘭をそよがせよ』はアメリカでは出版されないと思う。なぜなら、テーマが完全にイギリス風の家庭内の物語で、アメリカの読者は、「英国のめめしい代物」と呼ばれると思うものを読むと落ち着かなくなるからだ。また、書店で働いていた時、イギリスでアメリカの本を売るのが次第に難しくなっているのに気づいた。二つの言語はどんどん離れつつある。

　そう、イギリスの貧困については同感だ。ひどいものだ。僕は最近、ランカシャーとヨークシャーの炭坑地帯の最悪の地区を訪ねてみたが——今、それについての本(81)を書いている——そこの人間がこの十年でいかに意気消沈し、すっかり意欲をなくしてしまったのかを見ると恐ろしい。僕はコナリーの小説を『N［ニュー］・E［イングリッシュ］(82)・W［ウィークリー］』で書評した。面白かったけれども、それは大したものではないと思った。本が「古臭くなる」ことに彼があれほど気を揉んでいることに驚いた。まるで、読むに値するどの本も「古臭く」ならないかのように！　『黒い春』の推薦広告に、エリオットとその仲間たちから、かなりいい讃辞を貰っているのを見た。僕もその中に言及されている。それは僕にとっては昇進だ——他人の作品の推薦広告に僕の名前が載ったのは初めてだ。したがって僕は、やがては疑いなくサー・エリック・ブレア(83)になるだろう。

　気が向いたら手紙をくれたまえ。

草々
エリック・A・ブレア
［タイプ］

　アイリーンは、オックスフォード大学で出来た一人の友人、ノラ・サイムズに六通の手紙を書いた。ノラは、オックスフォード大学で将来の夫、クウォータス・セント・レジャー・マイルズに出会った。二人は、彼が開業医としてクリフトンに戻った時に結婚した。二人には子供がなかった。ノラは一九九四年に死んだが、これらの手紙はジョン・デュラント〔ノラの甥〕への遺贈品の中にあった。そしてマーガレット・デュラント夫人に渡された。夫人はそれを本書に載せることを快諾して下さった。それらの手紙には宛名がなく、最後の手紙の終わりのイニシャルの「E」以外、常に愛称の「ピッグ」で署名されている。たぶん、ノラの旧姓が、『一九八四年』の登場人物の一人の名前のヒントになったのだろう。

　それらの手紙の一通にしか年月日がないので（一九三八年元日）、年月日は推測である。

アイリーン★からノラ・マイルズ★宛

一九三六年十一月三日か十日
サウスウォルド(84)
本通り三六番地

［挨拶文句なし］
　だいぶ前に住所だけ書き、それから三匹の猫と遊び、煙草を巻き（今では素手で巻くのではありません）(85)、埋《うず》み火を掻き立て、エリック（つまりジョージ）を発狂寸前にさせました。それはすべて、何を言っていいのか本当にわからなかったからです。私は結婚してからの最初の数週間、几帳面に手紙を書くという習慣を失くしまし

た。というのも、私たちはしょっちゅう喧嘩をするので（それも本当に激しく）、殺人か別居が実現したあと、時間が出来たら、みんなに一通ずつ手紙を書こうと思いました。するとエリックの叔母様(86)がやって来て泊まり、あまりにひどかったので（二ヵ月泊まったのです）、私たちは喧嘩をやめ、嘆いたところです。すると彼女は行ってしまい、いまや私たちのごたごたはすべて解決しました。ごたごたが起こったのは、一つには、六月の第一週(87)に母が私をひどくこき使ったので、私は疲れ果てて泣いてばかりいたからですし、一つには、自分の仕事は中断されてはならないとエリックが決断し、私たちが結婚してからの一週間、七日のうちまともに仕事ができたのは、たった二日だと強く文句を言ったからなのです(88)。また、私は竈《かまど》では何も料理ができず、茹で卵（エリックは、ほとんどそれだけで暮らしてきました）は私に吐き気を催させました。今では竈で一応の数の料理ができますし、彼の仕事は非常に捗っています(89)。書き忘れましたが、彼は七月の三週間、持病の「気管支炎」に罹りました。そして、雨は六週間毎日降り、その間ずっと、台所は冠水し、すべての食べ物は数時間のうちに黴臭くなりました。今ではずっと前のことのように思えますが、その時は、それが永遠に続くように思えました。

あなたに会いに行けるのではないかと思い、都合がついた時、二度決心しましたが、エリックは、もし私が出掛けることになり、そのことを前もって知らせると、いつも体の具合が悪くなり、前もって知らせずに出掛けると（私の兄のエリックがやって来て(90)、前に二度そうしたように私を連れ出した時）、彼は私が行ってしまったあとで体の具合が悪くなり、私はまた家に帰らねばなりませんでした。この数週間、私たちはまったくの文無しで、クリスマスまでそうでしょう。というのも、十月に『葉蘭をそよがせよ』から入ってくるものと思っていたお金は四月までは払ってもらえず、次の本では、ともかく十二月まで、ひょっとすると一月まで前金が貰えないからです。でも、私は今月、数日ロンドンにいるはずです。いつかの水曜日に、もしかしたら会えるでしょうか？ もしそうなら、そうしていつの水曜日か教えて下さるなら、それに合わせてロンドンに行きます。エリック（兄）に、エリックの本のことで、ちょっと会わなくてはいけないのです。その本の校正刷りを今直しているところなので。また、リディア(91)とも「児童の」知能テストのことで会わなくてはなりません。十八日か二十五日に来られないでしょうか。どちらの日も水曜日だと思います――ともかく、いずれかの水曜日に。あなたに是非ともお会いしたいのです。リディアにも前もって少し前に知らせる必要があります。でないと実際、いまにも彼女は怒って私のところに押しかけてきて（社会的理由からエリックに対してであって、私に対してではありません、私は彼女の目には完璧な人間なのですから）、私を無理矢理ロンドンに連れ出すでしょう。まさに私がロンドンに行きたくない時に。そういう訳で、もし葉書をくれるなら……(92)

　これが今週の私たちの住所です。私たちはブレア家に泊まっていますが、気に入っています。すっかり驚いてしまいました。とりわけ、家はごく小さく、先祖の絵でほぼ全部飾りつけられているので。ブレア家の先祖はスコットランド低地の人間でぱっとしないのですが、その一人が奴隷売買で財を成し、その息子の、信じ難いほど羊に似たトマスがウェストモーランド公爵（その存在については聞いたことがありませんでした）の娘と結婚し、あまりに偉くなったので金を使い果たしたのですが、奴隷制度が廃止になってしまったので、もう金儲けができなくなりました。そこで、息子は軍隊に入り、除隊してから聖職者になり、十五の娘と結婚したのです。娘は彼が大嫌いでしたが子供を十人産み、そのただ一人の生き残りがエリックの父で、今、八十歳なのです。彼らはまったくの無一文ですが、それでも、エリックが新しい本で言っている、〝紳士の体面〟の戦《おのの》くような淵に、まだ立っています。その本は一家のあいだで好評を博するとは考えられません(93)。そうした一切のことにもかかわらず、一家は総じて面白く、私に対する態度は異例だと思います。なぜなら、一家は全員エリックを崇敬していて、彼が自分たちと一緒に暮らすのはまったく不可能だと考えているからです——事実、結婚式の日、ブレア夫人は頭《かぶり》を振り、あなたは自分がこれからどういう経験をするのか知っているなら勇敢な娘さんだと言い、妹さんのアヴリルは、あなたはこれからどういう経験をするのか知らないはずだ、知っていれば、あなたはここにいないと言いました。みんなは、私の気質がエリックにそっくりだということを理解していないと思います。二人の気質が似ているという事実をいったん受け入れれば、それは強みになります。

　私がもしこの手紙をウォリントンから書いたとすれば、暮らしの実際の事柄についてでしょう——山羊、鶏、ブロッコリ（兎に食べられました）。でも、こうしたことをあなたに話すのはよいことなのでしょう、こうしたことが手に負えなくなってしまったので。可哀そうな娘さん、水曜日の件以外、すべて無視して下さい、そして、十八日か二十五日に会いに来られると言って下さい。

ピッグ(94)

［手書き］

バルセロナに到着したオーウェルに関するジェニー・リー★の手紙

オーウェルは一九三六年十二月二十一日、『ウィガン波止場への道』の出版のことでゴランツに会った。彼は二十六日頃バルセロナに到着した。オーウェルの死後、ジェニーはラドナーシャー州プレスティーンのミス・マーガレット・M・ゴールビーに手紙を書いた。ミス・ゴールビーはオーウェルについてジェニーに尋ねたのである。以下は、その手紙の一部である。

スペイン内戦が勃発した最初の年、私はバルセロナのホテルで、友人と一緒に坐っていました。すると、背が高く、痩せて窶れた男がテーブルに近づいてきました。そして、あなたはジェニー・リーかと訊き、もしそうなら、どこで入隊できるのか教えてもらいたいと言いました。自分は文筆家だと彼は言いました。ゴランツから一冊の本の前金を貰っていて(95)、車の運転であれ、ほかのどんな仕事であれやるつもりで来たが、できれば前線で戦いたいと言いました。私は疑念を抱き、イギリスからどんな人物証明書を持ってきたのか訊きました。何も持っていないようでした。彼は誰にも会わず、ただ自費でやって来たのです。そして、肩に掛けてあるブーツを指差したので、私はすっかり好感を持ちました。彼は自分が六フィートを越えているので、自分に合うブーツは手に入らないのを知っていました。それが、戦うためにスペインにやって来たオーウェルとブーツだったのです。

私は彼を非常に親切な男、作家として知るようになりました……彼は、なんであれオーソドックスな政治的、社会的な紋切り型の考え方には順応しない諷刺家でした……私が心から確信をもって言える唯一のことは、ジョージが最後の日まで誠実そのものの人間だったということです。非常に親切で、民主的社会主義の大義のためならば、彼の最後のこの世の財産——多くは持っていませんでしたが——を犠牲にする用意のある人間でした。彼の抱えていた不安感は、一つには、彼が社会主義者であるのみならず、心底自由主義者でもあったことから生まれたのです。彼は一切の組織化を憎みました、社会主義者たちの場合でさえ。

アイリーン・ブレア★からノラ・マイルズ★宛

[一九三七年二月十六日?]
グリニッジ(95)
クルームズ・ヒル二四番地

[挨拶文句なし]

あす午前九時にスペインに向け発つ（または発つと思いますが、考えられないような偉い人たちが、そのことについてパリから電話をかけてくるので、木曜日まで行かないかもしれません）ということを、手短にお伝えします。私が急いで発つのは、何か問題があるからではなく、前々からの計画通り二十三日に発つと言った時、不意に、バルセロナのI・L・P〔独立労働党〕の秘書のようなものになったからです。みんなは、面白く思っていないようです。もしフランコが私をマニキュア師として雇うと言ったなら、私は salvo conducto[96] と交換に同意したでしょう。誰もが満足するように。バルセロナのI・L・Pはジョン・マクネア★[97]一人から成っています。彼は遠くにいて確かに親切ですが、電話の声は嘆かわしく、おそらく私がタイプすることになる彼の小論の文体はまったくひどいものです。でも建前は、ジョージは今月末に休暇をとります[98]。その時、私も休みます、ジョンが好もうと好むまいと。ところでジョージは、スペインの民兵に入ったことをあなたに言ったでしょうか。思い出せません。とにかく、彼は入ったのです。私は最初大賛成でしたが、彼は今、少々関わり過ぎています。彼はアラゴンの前線にいます。私は政府側が攻撃をすべきなのを当然知っていますし、それが政府側の行動に対する十分な防衛になるのを当然願っています。ファシストの空軍の爆弾が目標物にいつまでも当たらず、バルセロナまでの線路がまだ無事でしたら、たぶん、いつかそこから便りをするでしょう。でも、手紙は通常十日から十五日かかります。もし鉄道が駄目になれば、どのくらいかかるのか、考えも及びません。一方あなたが、バルセロナ、ランブラス通り、オテル・コンティネンタル、ジョン・マクネア気付でお手紙を下されば素晴らしいことでしょう[99]。私も当座はコンティネンタルに泊まっていますが、私たちは十一月までの分のお金をほとんど使ってしまったので（十一月にはレフト・ブック・クラブのお金が入るでしょう[100]）、エスペランティストが〝藁の上で寝る〟〔「安い藁布団で寝る」の意〕と呼ぶことをすることになるかもしれません、――みんなエスペランティストなので、藁の上で寝るつもりです。もちろん、I・L・Pは私に援助はしてくれませんが、スペイン政府が、バターなしパンと「かなりお粗末な食べ物」をジョージに支給してくれていて、かつ彼が全然眠れないようにしてくれているので、彼はなんの心配もない訳です。

　この手紙は思っていたより長くなってしまいました――（これは長いダッシュであるべきなのですが、そのためにはタイプライターのキャリッジを動かさなくてはなりません。）お手紙を下さい、私はバルセロナが大嫌いになると思うので。刺激的事件（起こりそうもありませんが）のいくつかは見たいものですが[101]。私たちがどのくらいそこにいるのか、もちろんわかりません。ジョージは、怪我をしない限りは本格的な戦争が終わるまで、そこにとどまると思います――私も、強制的に退去させられない限り、また、帰国してお金の工面をせざるを得ない限りとどまるつもりです。でも、今日のニュースによると、戦争はあまり長くは続かないかもしれません――ムッソリーニが、さらにはヒトラーが、フランコの後押しをしてカタロニアを越えさせようとするのかどうか疑問です。そうするには、彼らがもっと多くの兵を必要とするのは確かです。[102]

食事のゴングが鳴っています。これが、配給のものではない最後の食事だと考えると胸が痛むのではないでしょうか。

ピッグ。

皆さんに私の愛を―あなた自身にも。エリックはブリストルで講演をすることになっていますが、[103]五月まではしないと思います。ヘイ・グローヴズ[104]が外科学会での心臓についての講演に来て、今度は彼に講演をするように頼んだのですが、日にちはまだ決まっていません。彼は何枚かの綺麗な絵〔死体のスライド〕を持っています。彼と一緒に行ければいいのですが〔当時ノラは、医師の夫と一緒にブリストルに住んでいた〕――たぶん、彼と一緒に行くことになるでしょう。もしヘイ・グローヴズに会ったらば、戦争が終わり次第講演の日を決めるように話して下さい。

私にはオックスフォードの二人の旧友に、別々の手紙を書く時間がまったくないということをメアリー[105]に話して下さいね（急ぎではありません）――それは、まさしく本当です。

［タイプ］

アイリーン・ブレア★から母のマリー・オショーネシー★宛

一九三七年三月二十二日
バルセロナ
ランブラ・デ・ロス・エステュディオス一〇
セクシオン・イングレーサ[106]

最愛のマミーへ

塹壕で書き始めた手紙を同封します！　唐突に終わり――便箋を一枚失くしたと思います――ほとんど判読不能ですが、実際の戦線で書かれた手紙を手にするのも悪くはないでしょう。大事なニュースがわかるだけのことは読み取れるでしょう。私は前線にいるのを心から楽しみました。もし、医者が良い医者なら、私は看護婦としてとどまるのに全力を尽くしたことでしょう（事実、医者に会う前、すでに少しばかりその努力をしました）――戦線はまだ非常に静かなので、医者はこれからの活動の準備の訓練を私に施してもよかったでしょう。でも、医者はまったく無知で、信じられないほど不潔です。モンフロリテに小さい病院があり、そこで彼は村人の指の切り傷等の手当てをし、戦傷者に緊急治療を施します。使用済みの包帯は、窓がたまたま閉まっていなければ窓の外に捨てられ、閉まっていれば床に跳ね返ります――医者の手が洗われたのは見たことがありません。彼は訓練を受けた助手を持つべきだと思いました（私には心当たりが一人います――男です）。エリックは彼に診てもらいましたが、「風邪、過労等」以外なんの問題もないと彼は言っています。それはもちろん、まったく正しいのです。けれども、今は天候がよくなり、もちろん休暇は延期されています。先日、ウエスカ前線のほかの分隊が攻撃を仕掛け、かなり重大な結果をもたらしたので、目下、休暇は中止になりました。I・L・Pの分遣隊を指揮しているボブ・エドワーズ[107]は二週間ほど離れなければならないので、エリックが彼の留守中指揮を執ることになりました。それは、ある意味で非常に面白いでしょう。私の前線訪問は、理想的な形で終わりました。というのも、私は「あと数時間」前線を見るべきだとコップ★は思い、一台の車がモンフロリテを午前三時に発つよう手配してくれたからです。私たちは十時頃ベッドに行き、三時にコップが来て叫んだので私は起きましたが、ジョージ[108]（家族のどっちの半分に書いているのか思い出せません）は、また眠ったことを望みます。こんな風にして彼は二晩ちゃんと休んだので、前よりずっとよくなったようです。なんの明かりもなく、蠟燭も懐中電灯もなかったので、前線訪問はいっそう非現実的に思われました。私たちは漆黒の闇の中で起き、ベッドに行ったのです。昨晩、私は漆黒の闇の中に出、膝までの深さの泥の中を骨を折って進み、奇妙ないくつもの建物のあいだを縫って進んで行くと、やがて軍委員会《コミテ・ミリタル》の建物のかすかな、ぼうっとした明かりが見えました。コップが自分の車の脇で待っていました。

火曜日に、私が来て以来バルセロナに初めて爆撃がありました。とても興味深いものでした。スペイン人は普通、信じられないほど喧しく精力的ですが、非常事態になると、ひどくおとなしくなるようです。何かの本当の非常事態が生じたというわけではありませんが、爆弾がいつもより町の中心の近くに落ち、人々をかなり興奮させました。死傷者はごく少数でした。

私はバルセロナを、また楽しんでいます――気分転換がしたかったのです。この手紙をエリックとグウェンに回送して下さい。二人に紅茶のお礼を言います。三ポンドの紅茶が届いたところで、大変嬉しく思っています。分遣隊は隊員がいなくなりつつあると、ボブ・エドワーズは私に言っています。エリックへのほかの伝言は、例によって私はこれを、誰かがフランスに行く寸前になって書いているというものです、また、ともかく二週間以内に十ポンドの小切手がエリックに届くというものです。一方私は、エリックがフェナー・ブロックウェイ[109]にペセタを渡したなら大変感謝するでしょう。（この前の手紙に何か妙なことが起こったといけないので、私はエリックに、十ポンド分のペセタを買い、じかに持ち出せるようフェナー・ブロックウェイに渡してもらいたいと頼みました。ここでは非常に安く暮らせますが、I・L・Pの分遣隊にたくさんお金を使います。隊員の誰もまったく給料を貰っていず、みな物が必要だからです。また、ジョン「マクネア」★にも五百ペセタ貸しました。彼は無一文になったからです。私は、かなりいい率で交換できる[110]、自分のイギリスの五ポンドを大事に守っています。なぜなら、私たち――その〝私たち〟が誰であれ――が国境をまた越えた時に使うのにいくらか持っていなければならないからです。

　みなさんお元気なのを願っています――そうして、そうだと言うお手紙がすぐに来るのを願っています。グウェンから、わくわくするような長い手紙が来ました――私でさえ、イギリスを懐かしがるという一般的習慣に陥ります。たぶん、植民地では同じことが起こるのでしょう。先日、給仕が私の煙草に火を点けた時、あなたのライターは素敵ね、と私は言いました。すると彼は言いました。「Si, si, es bien, es Ingles!」〔ええ、ええ、素敵ですとも、イギリス製です！〕。そして私にそれを手渡しました。私がそれを少し撫でたいと思ったのは明らかです。それはダンヒルでした――実のところ、バルセロナで買ったものと思います。なぜなら、そこにはダンヒルをはじめライターはたくさんあるので。でも、そのためのアルコールは不足しています。エリックの指揮官のコップは、リー＆ペリンズのウスターソースに憧れていました。私はそのことを偶然知り、バルセロナでいくつか見つけました――その店にはクロス＆ブラックウェルのピクルズもありましたが、良質のイギリスのマーマレードは売り切れでした。そうしたものの値段は法外だというのに。

　ジョージに会ったあと、私たちは冬になる前に家に帰るということに、かなり自信を抱きました[111]――もちろん、できれば、もっとずっと早く。[112]いつか叔母様に、また手紙を書いて下さい。私もエリックも、叔母様からの消息はまったくありません。ちょっと心配です。叔母様は、ウォリントンに住んでいるのがひどく淋しいのではないかと思います。ところで、ジョージはガスストーブについて大変急いでいます――手紙を書き、すぐに注文するよう私に言いますが、私たちが帰国する寸前まで待ったほうがいいと私はまだ思っています。とりわけ、本[113]の前金についてムーアからまだ連絡がないので。それで思い出しましたが、本の書評は私の予想よりいいものでした。興味深いものはまだ出ませんが。

　昨夜、風呂に入りました――大変興奮しました。そして、三度連続して素晴らしい食事をとりました。ここのカフェ暮らしが懐かしくなるかどうかは、わかりません。私は一日に三度ほどコーヒーを飲み、もっとお酒を飲みます。そして、週に少なくとも六回、少々陰気なペンションで食事をすることにしていますが、もちろん種類は限られているものの、どんな水準から言っても、本当にごくおいしい食べ物のある四つほどの店の一つに足が向きます。毎晩、早めに家に帰って手紙か何かを書こうと思うのですが、毎晩、翌朝に帰ります。カフェは一時半まで開いていて、アフター・ディナーのコーヒーは十時頃から飲めます。でも、シェリーはとても飲めた代物ではありません——小さな数樽のシェリーを持って帰るつもりでしたのに！

　モード[114]によろしく、そして、そのうち手紙を書くと言って下さい。ほかのみなさんにもよろしく。でも手紙は書かないでしょう。（この手紙は三人のオショーネシー[115]に宛てたものなので、「みなさん」ではなく「あなた方」なのです。）またも退屈な手紙になってしまったと思います。話せばもっと的確に今の生活について伝えられるでしょう——または、そう願っています。

多くの愛をもって
アイリーン
［手書き］

アイリーン・ブレア★宛

［一九三七年四月五日？］
［モンフロリテの病院］

最愛の人よ

　君は素晴らしい妻だ。葉巻を見た時、僕の心は溶けた。それは、これから長いあいだ、すべての煙草問題を解決してしまう。マクネア★が言うには、君は金の面では大丈夫だそうだ。というのも、君は金を借りることができ、B［ボブ］E［エドワーズ］がいくらかペセタを持ってきた時に返せばいいからだ。しかし、窮乏生活はいけない。とりわけ、食べ物、煙草等が不足してはいけない。君が風邪を引き、気分が滅入っているということなど聞きたくない。また、連中にこき使われないように。僕のことは心配しなくていい。僕はずっとよくなり、あすかあさって戦線に戻るつもりだから。ありがたいことに、毒が入った手の傷は広がらず、今ではほとんど治っている。もちろん傷口はまだ開いているが。手がかなりよく使えるので、今日、約五日間で初めてひげを剃ってみようと思う。天候はずっとよくなり、大体いつも本当の春で、土を見ると家の僕らの菜園を思い出し、匂紫羅欄花《においあらせいとう》はもう咲いただろうか、老ハチェット[116]はジャガイモを植え付けているのだろうかと考える。そう、ポリットの書評[117]はかなりひどい。もちろん、いい宣伝にはなるが。彼は、僕がPOUMの民兵隊にいたのを聞いたのに違いないと思う。僕は『サンデー・タイムズ』の書評[118]にはあまり注意を払わない、というのも、G［ゴランツ］がそこに広告をふんだんに出すので、彼の出す本をくさそうとはしないからだ。しかし、『オブザーヴァー』は、この前よりよかった。休暇で帰った時、『ニュー・リーダー』

のためにエッセイを書こうと言ったのだが（彼らが欲しがったので）、ＢＥのあとでは大いに期待外れだろうから、載せるとは思わない。四月二十日頃より前に休暇がとれると思うのは無駄のようだ。それは僕の場合には少々苛立たしい。というのも、僕が部隊を変わったことでそうなるからだ――僕と一緒に前線に来た多くの者は、今、休暇をとっている。もし、休暇をとるようもっと早く言ってくれれば、嫌とは言わなかったろうが、彼らがもうそう言うことはなかろうし、僕もせっつかない。この辺で戦闘があるのをみんなが予期している、いくつかの徴候もある――それをどの程度信用していいのかわからないが。僕はできるなら、そうしたことが起こる直前に休暇をとりたくない。僕が入院していたあいだ誰もが非常によくしてくれて、毎日見舞いに来てくれた。天候が良くなったので、僕は病気にならずにもうひと月頑張れると思う。それから僕らはゆっくり休みをとり、釣りに行こう。できることなら。

　これを書いている時、マイケル、パーカー、バトンショー[119]がちょうどやって来た。マーガリンを目にした時の彼らの顔を君は見るべきだった。写真に関してだが、もちろん、コピーを欲しがる者は大勢いるので、必要な枚数を裏に書いておいた。たぶん、君は焼き増しができるだろう。費用はあまりかからないと思う――スペインの機関銃手等を失望させたくはない。もちろん、何枚かの写真は失敗だ。手前のバトンショーがひどくボケている写真は、炸裂した砲弾の写真だ。その炸裂した砲弾は家のちょうど向こう、左手にややかすかに見える。

　もう書きやめなくてはいけない。マクネアがいつ出掛けるのかわからないが、この手紙を彼に渡す用意をしたい。いろいろなものを送ってもらってありがとう。元気で楽しく過ごして[120]もらいたい。休暇で戻った時、状況について話したいとマクネアに言っておいた。僕がマドリッド等に行きたがっているということを、折があったら彼に言っておいてくれないか。さようなら、愛する人よ。またすぐに手紙を書く。

すべての愛を込めて
エリック
［手書き］

アイリーン・ブレア★よりロレンス・（「エリック」）・オショーネシー医師★宛

一九三七年五月一日
バルセロナ
ランブラ・デ・ロス・エステュディオス一〇

親愛なるエリック

　大変な生活のようですね。母にこの知らせを手紙で伝えようと思いますが、いくつか仕事に関する事柄があるのです。そうしたことは、考えてみますと、この知らせに分かち難く関連しているので、母にもこの手紙を見せて下さい。

ジョージは休暇で、ここにいます。彼はまったくみすぼらしい格好で戻ってきました。裸足同然で、薄汚れ、真っ黒に日焼けし、大変元気そうでした。それまでの十二時間、彼は列車の中で、アニス〔スペインのリキュール〕、アニスの瓶に入ったムスカテル、サーディーンとチョコレートを口にしていたのです。今、バルセロナには食べ物が豊富にありますが、あっさりしたものは何もありません。ですから、彼の体調がよくないのも驚くことではありません。二日ベッドにいた今ではすっかり回復しましたが、まだおとなしく言うことを聞いて「静かな日」を送っています。今日、五月一日がその日です。みんな兵舎に出頭するように言われましたが、彼はそうするほどよくありませんし、もう除隊書類を申請しましたので、行っていません。分遣隊のほかの者も、行くことはまったく考えていませんでした。除隊が認められれば、彼はたぶん、国際旅団《インターナショナル・ブリゲイド》[121]に入るでしょう。もちろん、私たち——とりわけ私——は政治的に怪しい存在なのですが、私たちは真実を包み隠さず、ここのIBの男に話しました。男は非常に感動し、三十分もすると私に執行部の仕事をくれそうになりました。彼らはジョージを入れると思います。もちろん私はバルセロナを去らねばなりませんが、いずれにしろ、そうします。ここに滞在するのは意味がないので。マドリッドは、おそらく私には閉ざされているでしょうから、今はバレンシアに行くことになります。マドリッドとアルバセテに行くのはずっと先のことになるでしょう。ジョージのような経歴の持ち主がIBに入るのは奇妙ですが、それが彼の最初にしようと考えていたことで、それがマドリッドに入る唯一の手段なのです。それより仕方がないのです。そのことから、さらに金銭危機が生じてきます。というのも、私はバルセロナを離れると、一切の繋がりからも離れるからです——私の住所、さらには私の銀行の信用からも。おそらく、また繋がりが出来るには少し時間がかかるでしょう。一方、私たちはスペインのために、新しい装備等に莫大な額のお金を使います。銀行を通してお金を手にすることに関しては、あなたにもう手紙に書きました——つまり、あなたの銀行があなたのポンドでペセタを買い、バルセロナの銀行に、あなたが買ったペセタの額を私に払うというものです。もしそれができれば、そうして下さい(あと、もう二千ペセタほどだと思います)。また、銀行に電報を打つよう頼んで下さい。たぶん、私はここに二週間ほどいますが、次にどこに行くのか確かではないので、ここを発つ前にいくらかお金を手元に持っていたいのです。もし銀行の問題がうまくいかなければ、正直に言って何ができるのかわかりません——つまり、ここを発つ前に、一ポンド六十ペセタで信用取引をしなければならず、新しい友人を通してお金を手にする方法を見つけねばなりません（バレンシアで『ザ・タイムズ』の通信員に会いました）。

　もう一つの問題はコテージです。叔母は人を疲れさせるだけではなく、自分も疲れていることでしょう。ブレア夫人からもそう聞いています。私は叔母に、立ち退くように示唆する手紙を書き、それに、立ち退く際の一切の手配について記しました。いわば、あなたが引き継ぐのです。もし叔母があなたに手紙を見せれば、あなたはその手紙に驚くかもしれませんが、二十分で問題はあらかた解決するでしょう。支払いの必要ないくつかの物がありますが、それはどれもシリング単位です。店には手元に数ポンドあるかもしれません——あるはずです。店は閉めるでしょう。あなたは、なんであれ腐ってしまうようなものが買えると私は言いました。もちろん、あなたがそうしたものに実際に支払う必要があるという意味ではありません。叔母の目から見た場合は違いますが。しかし叔母は何も始末しようとしないでしょうから、あなたは疑わしい物を車に投げ入れ、好きなように処分して下さい。もし母がグリニッジにいたら、叔母が出て行ったあとでそこに行ってもらい、鼠を引き寄せるものは何もないのを確認してもらうといいと思い[122]ます。ひょっとしたら、負傷したアーサー・クリントンがコテージで療養するということもあります。彼はたぶん、この世で一番素敵な人物で、コテージが使えたらいいと願っています。彼は健康を損ない、失業手当が貰える資格もなく、一文無しでイギリスに帰るでしょう。もし彼がコテージに住みたいなら、もちろん、そのことについてあなたに話すでしょう。

　私たちはあなたにお金の借りがあります。私たちは、私たちなりの解釈ではお金を確かに持っていますが、郵送中に紛失するといけないので、小切手はあまり送りたくありません。

　これを今、事務所〔アイリーンが働いていた、バルセロナにあったＩＬＰの事務所〕に持って行かなくてはなりません——あす分遣隊の一人が家に帰るので、持って行ってくれます。私は母に、二、三週間前に書き始めた長大な手紙を書いているところです。それはやがて着くでしょう。私は大変元気です。

　Ｌ・Ｃ・Ｃの俸給の支払い方についてですが、授業時間数による支払いではあってはならないということに全面的に賛成です〔アイリーンはＬ・Ｃ・Ｃで教えていた〕。それは悪しきやり方です[123]。

　グウェンによろしく。ところで、手紙から判断すると、彼女は来ないと思います。もし手違いで彼女が来るなら、もちろん私はバルセロナで待ちます。

草々

アイリーン

銀行に伝える情報ですが、私の名前はアイリーン・モード・ブレアで、私の旅券番号は174234です。

あなたが本当に気の毒です――でも、何が私にできるでしょう？

［手書き］

ヴィクター・ゴランツ★宛

一九三七年五月九日
バルセロナ
オテル・コンティネンタル

親愛なるゴランツ様

『ウィガン波止場への道』にあなたが書いて下さった序文にもっと早く手紙でお礼を述べる機会がありませんでした。実のところ、十日ほど前に休暇で戻って、それ以来かなり忙しかったのですが、その時までその本、あるいはそのL［レフト］B［ブック］C［クラブ］版を見てさえいませんでした。休暇の第一週は、やや体の具合が悪かったのですが、私たちの誰もが多かれ少なかれ巻き込まれた市街戦が三、四日続きました。事実、それから逃れるのはほとんど不可能でした。私は序文が大変気に入りました。もちろん、あなたがなさったいくつかの批判にお答えすることができたでしょうが。それは、人が実際に何について話しているのかの議論の類いで、専門の書評子からいつも期待するものの決して得られないように思えるものです。私のところにたくさんの書評が送られてきますが、そのうちのいくつかはきわめて敵対的なものです。しかし、宣伝という点からは、もっぱら役に立つと思います。また、夥しい数の手紙が読者から来ます。

数日のうちに前線に戻るつもりです。事故さえなければ八月頃までそこにいると思います。そのあと家に帰ります。新しい本を書き始めてもよい頃なので。この状況を生き延びることを心から願っています。そのことについて本を書くためだけにさえも。ここでは、自分の経験の範囲以外の事実は、どんなものであれ摑むのは容易ではありませんが、その範囲内で、私は自分にとって非常に興味深いたくさんのことを目にしました。一つは偶然で私は国際旅団ではなくPOUMに参加しましたが、それはある意味で残念なことでした。なぜなら、マドリッドの前線を見なかったからです。他方、イギリス人よりもスペイン人に多く接触することができました。とりわけ、真の革命家に。自分の見たことについて真実を書く機会があればと願っています。イギリスの新聞に載る記事は、ほとんどがひどい嘘です――検閲があるので、これ以上は言えません。もし八月に帰ることができれば、来年の初め頃には、あなたにお渡しする本が書けるかもしれません。

敬具

エリック・A・ブレア

［手書き］

オーウェルは一九三七年五月二十日、午前五時、狙撃兵によって頸部貫通銃創を受けた。彼はその事件について『カタロニア讃歌』の中で書いている。アイリーンは一九三七年五月二十四日正午、サウスウォルドの両親にバルセロナから電報を打った。次のような文面である。「エリックハ軽傷、経過ハ順調、ヨロシクトノコト、心配ナシ、アイリーン」。この電報は午後二時少し過ぎにサウスウォルドに届いた。オーウェルの指揮官のジョルジュ・コップ★は、一九三七年五月三十一日と六月一日に報告書を書いた。その報告書がなくなった時コップは、オーウェルの義兄のロレンス・オショーネシー医師のために、もう一通の報告書を書いた。日付は、「一九三七年六月十日、バルセロナ」となっている。それは、『オーウェルの思い出』のものとは、やや違う。コップは、弾丸がオーウェルの頸部を貫通した時の図を報告書に添えている。

コップの人生の詳細を明かしたバート・ゴウバーツは、この図はコップが製図の訓練を受けたことを示していると言っている。

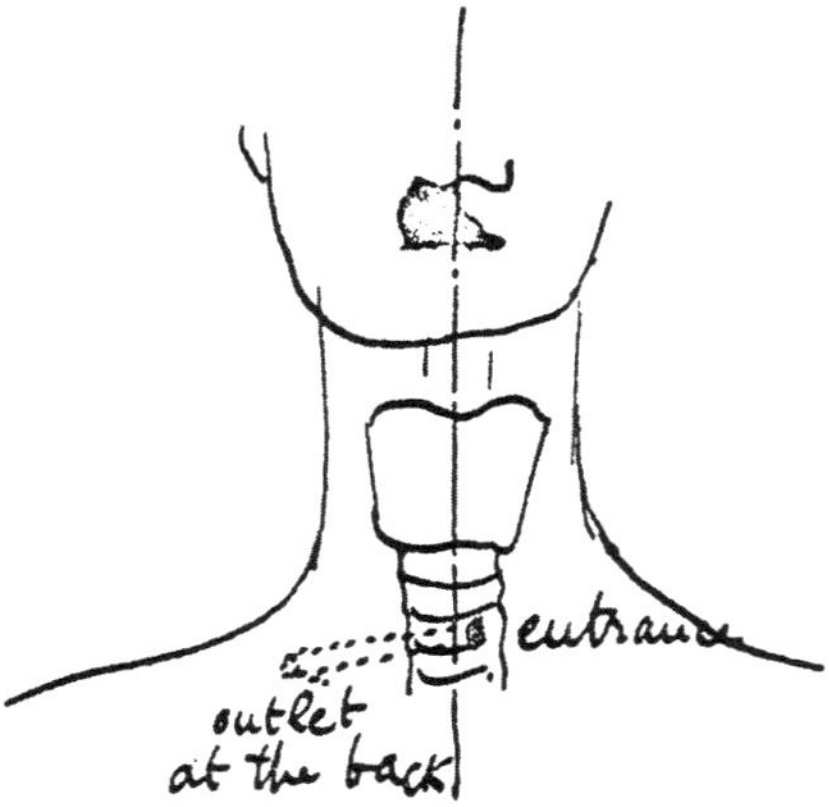

弾丸が後ろから出た箇所　弾丸が前から入った箇所

モスクワの『国際文学』編集長、セルゲイ・ジナモフ宛

一九三七年七月二日
ウォリントン
ザ・ストアーズ

サンクトペテルブルク文化アカデミー教授、アーレン・ブリュムは、「ボリシェヴィキの国のある英国人作家」（『図書館』、二〇〇三年十二月）の中で、ジナモフとオーウェルの魅惑的な手紙のやりとりを記録している。『国際文学』は相当の自由が認められていて、ジョン・スタインベック、アーネスト・ヘミングウェイ、トーマ

ス・マン、ジョン・ドス・パソス等の作家を読者に紹介し、「ソヴィエトという国の好印象」を作り上げた。一九三七年五月三十一日、編集長はオーウェルに手紙を送り、『ウィガン波止場への道』の書評を読んだが、同誌の読者に紹介するために一部送ってくれないかと頼んだ。次は、文学芸術ロシア国家公文書館で発見されたオーウェルの返事である。

親愛なる同志よ

五月三十一日付けのあなたのお手紙にもっと早くお返事を差し上げず、申し訳ありませんが、私はスペインから戻ってきたところで、私のところに来た手紙は、幸いにも、ここに取ってありました。さもなければ、そのうちの何通かはなくなっていたでしょうから。別便にて『ウィガン波止場への道』を一部お送りします。そのいくつかの部分が、あなたの興味を惹くことを願っています。お話ししておかねばなりませんが、後半の部分はイギリス以外では少々些細なものに見えるかもしれない問題を扱っています。私はそれを執筆していた当時、その問題に心を奪われていましたが、スペインでの経験から、自分の意見の多くを再考しなければならないと思うようになりました。

スペインで受けた傷はまだすっかり治ってはいませんが、また物が書けるようになった時には、あなたが前のお手紙で提案なさったように、貴誌に何かを書こうと思っています。しかし、あなたには隠し立てをしたくないので申し上げねばなりませんが、私はスペインの民兵隊、P・O・U・Mに入っていました。それは、もちろんご存じのように、共産党から激しく非難されてきていて、最近、政府から弾圧されました。また、自分が目にしたことから、私は共産党の方針よりP・O・U・Mの方針にいっそう共鳴しています。このことを申し上げるのは、貴誌がP・O・U・Mのメンバーからの寄稿を好まないかもしれないからです。自分のことであなたに嘘をつきたくはありません。

上記が私の定住所です。

友愛を込めて、
ジョージ・オーウェル(124)
［タイプ］

レイナー・ヘプンストール★宛

一九三七年七月三十一日
ウォリントン
ザ・ストアーズ

親愛なるレイナー

手紙をありがとう。君から便りがあって嬉しかった。マーガレット(125)がよくなっていることを願う。ひどかったらしいが、君の言うことから察すると、彼女はともかく床を離れているようだね。

僕らはスペインで、面白いがまったく嫌な時を過ごした。もちろん僕は、政治情勢の展開、特にP・O・U・M（その党の民兵隊に僕は入っていた）に対する弾圧を予見していたなら、アイリーンが来ることは許さなかったろうし、僕自身もおそらく行かなかったろう。奇妙な話だった。僕らは最初は民主主義の英雄的な擁護者で、お仕舞いは警察に追いかけられて国境をこっそり越える羽目になった。[126]アイリーンは立派だった、実のところ、実際に楽しんでいるように見えた。しかし、僕ら自身は無事に逃げられたが、友人と知人の大半は監獄に入っていて、おそらくいつまでもそこにいるだろう。実際に何かの罪で告発されているのではなく、「トロツキー主義者」と疑われているのだ。僕が去ったちょうどその時、最も恐るべきことが起こっていた。一斉逮捕が行われ、負傷者は病院からひきずり出されて監獄に投げ込まれ、囚人たちは、横になる余地もない汚らしい狭い部屋に詰め込まれ、殴られ、半ば飢える等々。一方、それについてイギリスの新聞に一言でも載せるのは不可能だ。P・O・U・Mと提携しているI・L・Pの機関紙以外には。それについて、『ニュー・ステーツマン』では実に面白い体験をした。スペインから出るや否や、フランスから電報を打ち、エッセイが欲しいかどうか訊いてみた。もちろん彼らは欲しいと言ったが、僕のエッセイがP・O・U・M弾圧に関するものだと知ると、載せられないと言った。その埋め合わせに、当時出たばかりの非常によい本を書評用に送ってきた。それは『戦乱の巷スペイン』[127]で、その時起こっていたことの秘密をかなり洩らしたものだ。しかし、またしても彼らは僕の書評を見て、「編集方針」に反するので載せられないと言ってきたが、それでも書評の原稿料は実際にくれた――[128]口止め料みたいなものだ。また、僕は少なくともこの本のために出版社を換える必要がある。もちろんゴランツはいかがわしい共産主義の荷担者で、僕がP・O・U・Mと無政府主義者と繋がりがあり、バルセロナの五月暴動の裏面を見たことを耳にするや否や、まだ一語も書いてないのに、あなたの本は出版できないだろうと思うと言った。彼は犀利で、そうした類いのことが起こるのを予見し、僕がスペインに行った時、僕のフィクションは出すが、その他の本は出さないという契約書を作った。けれども、僕はほかの二つの出版社に目を付けていて、僕の著作権代理人は抜け目がないので、その二つの出版社に競り合わせると思う。僕は本を書き始めたが、もちろん、目下、指が巧く動かない。

僕の傷は大したものではなかったが、それで死ななかったのは奇蹟だった。弾丸は首を貫通したが、声帯あるいはむしろ、それを統御している神経以外、何も損傷しなかった。声帯の片側は麻痺している。最初、全然声が出なかったが、今では別の側の声帯がその償いをしていて、損傷した声帯は治るかもしれないし、治らないかもしれない。声はほとんど正常だが、どうしても叫ぶことはできない。歌うこともできないが、それは問題ではないと人は言う。僕は弾丸に撃たれたことを、むしろ喜んでいる。なぜなら、そのことは近い将来誰にでも起こると思うからだ。そして、これというほど痛くないということを知って嬉しい。スペインで目にしたことで僕は冷笑的にはならなかったが、未来はかなり暗いと思った。人は、勇敢な小国ベルギーという戯言《たわごと》に騙されたように、反ファシスト側の戯言〔例えば、ドイツ軍はベルギーの赤ん坊を大砲の弾丸代わりにしたという噂〕に騙されるのは明白だ。そして、戦争になれば、みんな戦争に向かって真っ直ぐ歩み入って行く。しかし、平和主義者の態度にも同意しない。君もそうだろうが。人は社会主義のために、また、ファシズムに対して戦わねばならないと、僕は依然として思っている。武器を使って肉体的に戦うという意味だ。どっちがどっちなのかを見つけるためだけでもいい。ホールダウェイ[129]に会って、スペインの事態をどう考えているのか知りたい。彼は、これまで会った中で尊敬できる唯一の、多少とも正統的な共産主義者だ。彼が、ほかの者と同じような、民主主義擁護論とトロツキー主義者とファシストとのスローガンのごた混ぜをぺらぺら喋るなら、うんざりするだろうが。

君に是非会いたいが、正直、しばらくロンドンには行かないだろうと思う。仕事でどうしても行かざるを得ない場合以外は。ちょうど今本を書き始めていて、クリスマスまでには書き終えたい。また、非常に長いあいだ留守にしていたあとなので、菜園をきちんとするのにおおわらわだ。とにかく連絡を保とう。君の住所を知らせてくれないか。リース★とは連絡がとれない。彼はマドリッドの前線にいたが、音信不通だ。マリー★からは便りがあった。彼は何かで気落ちしているようだった。オー・ルヴォワール。

草々
エリック
〔タイプ〕

チャールズ・ドーラン★宛

一九三七年八月二日
ウォリントン
ザ・ストアーズ

親愛なるドーラン

君の住所は知らないが、I・L・Pの夏期学校で訊けばわかると思う。木曜日にそこに行くつもりだ。ジョン・マクネア★の講演を聴きに、きのうもそこに行った。

僕らと一緒にいた若いジョック・ブランスウェイト[130]を見て、非常に安心した。そして、スペインから出たいと思っていた君たち全員が無事に出たことを知った。僕は六月十五日に、医学上の理由による除隊を願い出に前線に行ったのだが、病院から病院に回されたので、前線に行って君に会うことができなかった。バルセロナに戻ると、僕の留守にP・O・U・Mが弾圧されたことを知った。彼らはそのことを部隊から非常に巧妙に隠していたので、六月二十日になっても、前線のずっと向こうのレリダまで、それについて聞いた者はただの一人もいなかった。弾圧は十六日から十七日にかけて行われたのに。僕がそれを最初に知ったのは、オテル・コンティネンタルに入って行くと、アイリーンと、ピヴェール[131]という、騒ぎのあいだ誰にとっても非常によい友人だったフランス人が駆けてきて僕の両腕を二人で摑み、外に出るよう言った時だった。コップ★は、ホテルの従業員が警察に電話をし密告したので、コンティネンタルの中で逮捕されたばかりだった。マクネア、コットマン★、それに僕は数日逃げ回り、廃墟の教会等で寝たが、アイリーンはとどまった。彼女の部屋が捜索され、僕のすべての書類が押収された以外、乱暴はされなかった。おそらく警察は、彼女をマクネアと僕を捕まえるための囮に使っていたのだろう。僕らは二十三日の朝、急遽、こっそり立ち去り、さして苦労せずに国境を越えた。幸い、列車には一等車と食堂車が付いていた。僕らは普通のイギリス人観光客のふりをするのに最善を尽くした。それが最も安全なやり方だったのだ。バルセロナでは日中は比較的安全で、アイリーンと僕は、コップおよびミルトン[132]を含むほかの大勢の者が投獄されている、汚らしい狭い部屋に何度かコップに面会に行った。警察はマウリン［病院］からP・O・U・Mの負傷兵を逮捕するということさえした。僕は監獄で、脚を切断された二人の男を見た。十くらいの少年も見た。数日前、僕らは七月七日付の数通の手紙を受け取った。それは、コップ★がなんとかしてスペインから出したものだ。それには警察署長に対する抗議の手紙も一通入っていた。彼が言うには、彼とほかの全員が、裁判にかけれることも起訴されることもなく十八日間投獄されていただけではなく（もちろん、今ではもっと長い）、横になる余地さえほとんどない場所に監禁され、半ば飢え、多くの者が殴られ、罵声を浴びせられた。僕らは手紙をマクネアに回送した。その問題について話し合ったあと、マクストン[133]はスペイン大使に会う手筈を整え、もし外国人の囚人に対して何かがなされなければ、議会で真相を暴露すると言ったと僕は記憶している。また、マクネアは僕に言ったのだが、ニン[134]の死体と、僕が思うにほかの何人かのP・O・U・Mの指導者の射殺体がマドリッドで見つかったという、信じられない記事がフランスの新聞に出ている。それは「自殺」か、おそらくまたも盲腸炎だろう[135]。

一方、そうしたすべてのことについて何か記事にするというのは、ほぼ不可能だ……［ここから先オーウェルは、『ニュー・ステーツマン』とゴランツ★の反応について、**一九三七年七月三十一日**にレイナー・ヘプンストール★に書いたことを繰り返している。］

僕はほかの数人と一緒にブリストルに行った。それは、スタフォード・コットマンが、「我々は彼に労働者の敵という烙印を押す」という文句や、それに似た表現で彼をY・C・L(136)から追放したことに抗議する集会に参加するためだ。聞いたところでは、あれ以来、コットマンの家はY・C・Lのメンバーによって密かに監視されていて、出入りする者に誰彼なく質問しようとするそうだ。なんたる真似だ！　僕らは民主主義の英雄的擁護者として国を出、わずか半年後に、トロツキー＝ファシストとして警察に追われ、国境を密かに越えるということになった訳だ。一方、トロツキー＝ファシストであるというのは、この国の親ファシストにはよくないらしい。今日の午後、アイリーンと僕は一人の教区司祭の訪問を受けた。彼は、僕らが政府側だったことをまったく是認していない。もちろん僕らは、教会が焼けたのは事実だと認めざるを得なかったが、焼けた教会はすべてローマ・カトリックの教会だと聞くと、彼は大いに気分をよくした。

近況を知らせてくれないか。アイリーンがよろしくと言っている。

草々

エリック・ブレア

追伸［手書き］言い忘れたが、バルセロナにいる時、是非とも君に手紙を書き、警告したかったが、あえてそうしなかった。なぜなら、そんな手紙は単に、宛先人に望ましくない注意を惹いてしまうだろうと考えたからだ。

［タイプ］

オーウェルと『ウィガン波止場への道』は、共産主義者と極左の新聞に痛烈に攻撃された。ルース・ダドリー・エドワーズによると、オーウェルは一九三七年三月十七日付の『デイリー・ワーカー』紙上で、グレートブリテン共産党の党首、ハリー・ポリットに「ならず者」にされた（『ヴィクター・ゴランツ』、一九八七）。ポリットは書いている。「本書のオーウェルは幻滅した中産階級の少年で、帝国主義を通し、社会主義が……元帝国主義者の警官に……提供するものは何かを見つけようと思い立った。……オーウェル氏は極め付きのスノッブである。……オーウェル氏を悩ます主たるものは、労働者階級の「臭い」であると思う。臭いが本書の大部分を占めているようだからである。一つ確かなのは、こういうことである——もしオーウェル氏が、レフト・ブック・クラブのサークルが本書について言うであろうことに耳を傾けさえすれば、彼は自分に理解できない問題について二度と書かない決心をするであろう」。オーウェルに対する攻撃は夏のあいだ続き、ついにオーウェルはゴランツの助けを求めた。

ヴィクター・ゴランツ宛★

一九三七年八月二十日
ウォリントン
ザ・ストアーズ

親愛なるゴランツ様

同封した新聞切抜きはご覧になっていないと思います。あなたが私のために出版して下さったどんなものにも言及していませんので。

これ（切抜きの下線を引いた言葉をご覧下さい）は、労働者階級は「臭う」と私が言ったとされることについて『デイリー・ワーカー』に載った三つ目（と思います）の言及です。ご存じの通り、私はそのような類いのことは一度も言ったことがありませんし、それどころか、その反対のことをはっきりと言いました。『ウィガン波止場』の第八章で私が言ったのは、たぶんご記憶でしょうが、中産階級の人間は、労働者階級は「臭う」と信じて育つということです。それは容易に観察しうる事実です。拙著の読者から来た数多くの手紙はそのことに言及していて、私がそれを指摘したことを祝ってくれています。労働者階級が「臭う」と私が思っているという主張や仄めかしは、同書やほかの私のどの本も読んでいない人々を目標にした故意の嘘で、それは人々に、私が俗悪なスノッブだという考えを植え付けるためのものであり、その結果、私が関係してきた政党を間接的に攻撃しているのです。『ワーカー』のこうした攻撃は、私がP・O・U・Mの民兵に加わっていたことが共産党に知られるようになったあとで、初めて始まったのです。

私はそういう連中（『ワーカー』のスタッフ）となんの関係もなく、私の言うことは彼らに対してなんの影響力も持たないでしょうが、もちろん、あなたは違った立場におられます。多かれ少なかれ私個人の問題でお煩わせするのは甚だ心苦しいのですが、介入して下さって、そうした攻撃をやめさせるようにするのは、あなたのためにもなるのではないかと思います。そうした攻撃は、あなたが私のために出版して下さった本や、将来出版して下さるであろう本にとってよくないのは、もちろんです。したがって、いつであれ、もし、あなたが『ワーカー』のスタッフに対して強い影響力のあるどなたかと接触がおありになれば、その方々に次の二つのことを話して下されば幸甚です。

一、労働者階級は「臭う」と私が言ったという嘘を繰り返し続けるなら、必要な引用文を付けて返事を公表し、その中で、私がスペインに発つ直前（十二月二十日頃）、ジョン・ストレイチー[137]がその問題について私に言ったことを含める。ストレイチーがそのことを覚えているのは疑いないし、C・P〔共産党〕はそれが活字になるのを好まないと思います。

二、これは、もっと深刻な問題です。P・O・U・Mに入っていた者に対する組織的な名誉毀損運動がスペインで展開されています。戦線で知り合った十八歳の少年の私の同志[138]は、最近、P・O・U・Mと関わりがあったという理由でY・C・Lの支部から追放されたばかりではなく（P・O・U・MとC・Pはまったく両立し難いので正当化できるでしょうが）、ある手紙に、彼は「フランコから金を貰っていた」と書かれもしました。後者の主張は、まったく別の問題です。それが法令の意図の範囲内で名誉毀損に当たるかどうかはわかりませんが、私は弁護士に相談しているところです。というのも、もちろん、同じこと（すなわち、私がファシストから金を貰っているということ）が私自身について言われるおそれがあるので。そして、もう一つ。もしあなたが影響力のある地位の誰かと話すことがあるなら、私に対して何か起訴しうることが言われた場合、私は躊躇せず直ちに名誉毀損の訴訟を起こすと言って下さい。このような脅迫的態度はとりたくないし、訴訟に巻き込まれたくもないのですが（とりわけ労働者階級の、もう一つの党に対し）、人はそうした悪意的な人身攻撃に対して身を守る権利があると思うのです。そうした人身攻撃は、仮に、実際にC・Pがまったく正しく、P・O・U・Mがまったく間違っている場合でも、長い目で見れば、労働者階級の大義のために少しもなりません。同封したもの（下線を施した二つ目の節）は、私がファシストに対する戦いで「務めを果たさなかった」ことを仄めかしています。そこからは、私を臆病者、忌避者等と呼ぶまでほんの一足です。彼らは、大丈夫だと思えばそうするような連中です。

あなたにこうしたことを押しつけてまことに申し訳ないし、もし、あなたがそれについて何もできないとお感じになっても理解できますし、少しも腹を立てません[139]。しかし、私があえてあなたにお願いしたのは、あなたは私の本を出して下さり、たぶん、ご自分の評判がある程度私の評判に関わっていると、あなたはお感じになるのではないかと思うからです。

敬具

エリック・ブレア

［タイプ］

ジェフリー・ゴーラー★宛

一九三七年九月十五日
ウォリントン

ザ・ストアーズ

親愛なるジェフリー

　手紙をありがとう。君がデンマークで楽しく過ごしているのは嬉しい。正直に言うと、デンマークは行きたくないいくつかの国の一つだが。ロンドンに出た時、君に電話したが、もちろん、君はそこにいなかった。君は二十四日頃に戻ってくるんだね。僕らはここに十月十日までいて、それからサフォークに行って両親の家に数週間泊まるつもりだ。でも、もし君が二十四日と十日のあいだのいつでも都合がつけば、ちょっと知らせてくれたまえ。そうすれば戻ってきて、しばらくいる。僕らはいつでも君を問題なく泊められる。

　英国の国民のあいだの意見の不一致のおかげでファシストが国内に入り込んでこない、ということについて君が言っていることは、ファシズムが何かということ、また、意見の一致を不可能にしているのは誰で、何かということがはっきりしている限り、まったく正しい。もちろん、共産主義者の新聞と党、ゴランツと、彼から金を貰っている三文文士によって今、宣伝されている人民戦線という戯言は、煎じ詰めれば、彼らはドイツのファシズムに対抗する英国のファシズム（将来の）を好むと言っているのだ。彼らが目論んでいるのは、英国の資本主義的帝国主義をソヴィエト連邦と連携させ、その結果ドイツとの戦争に持ち込むというものだ。もちろん彼らは敬虔な顔で、自分たちは戦争が起こるのを望んでいない、また、仏英露同盟は昔ながらの勢力の均衡というやり方にもとづいて戦争を阻止しうる、というふりをしている。しかし僕らは、勢力の均衡というものが、この前どういう結果になったかを知っているし、また、とにかく、各国が戦う意図で軍備を整えつつあるのは明白だ。人民戦線という馬鹿げたものは、つまるところ、こういうことだ。戦争が起こると、共産主義者、労働者擁護団体等は、戦争をやめさせ政府を転覆させる代わりに、政府が「正しい」側にあるならば、すなわち反ドイツならば、政府の側につく。しかし、少しでも想像力のある者なら誰であれ、戦争が始まるや否や、ファシズム（もちろん、ファシズムとは呼ばれないが）が我々に押しつけられるのを予見することができる。そういう訳で、共産主義者が参加し、もし我々がソヴィエトと連携しているなら、指導的役割を演ずるファシズムが出現するだろう。それがスペインで起こったことだ。スペインで起こったことを目撃した僕は、資本主義を温存しようとしながら「反ファシスト」であるのは空しいという結論に達した。結局のところファシズムは資本主義の発展したものに過ぎず、いわゆる最も穏やかな民主主義は、危機が訪れるとファシズムになりやすい。イギリスは民主主義国だと我々は考えたがるが、例えば、我々のインド統治はドイツのファシズムに劣らず悪い。外面的には、それほど腹立たしいものではないかもしれないが。もちろん、自分自身の国を手始めに資本主義を転覆させようと努力する以外、ファシズムに対してどうやって反対するのか、僕にはわからない。もし「反ファシズム」すなわち競争相手の帝国主義に対する戦いにおいて、資本主義・帝国主義政府に協力するなら、まさに裏口からファシズムを入れるようなものだ。スペインにおける政府側の一切の戦いは、それが中心問題だった。無政府主義者、P・O・U・M等の革命を目指した党は革命を完遂することを望んだ。ほかの党は「民主主義」の名のもとに戦うことを望み、もちろん、自分たちの地位が確保されたと感じると、労働者たちを騙して武器を差し出させ、資本主義を再導入することを望んだ。スペインの外のほとんどの者がまだ理解していないグロテスクなことは、共産主義者が一番右寄りで、自由主義者よりも熱心に革命支持者を追跡して捕らえ、一切の革命的考えを踏み躙ったという事実だ。例えば、彼らは労働者の民兵組織を解体するのに成功した。その組織は労働組合が母体で、どの階級も同じ俸給を貰い、平等の基盤に立っていた。そして彼らは、大佐は兵士の八倍の俸給を貰う等のブルジョワ路線の軍隊にそれを替えた。もちろん、そうした変革は軍事上の必要という名目で推し進められ、革命的主義主張を口にする者は誰であれトロツキストでファシストから金を貰っている、と言い立てる連中の「トロツキスト」誹謗も一役買っていた。例えば、スペインの共産主義の新聞は、マクストンはゲシュタポから金を貰っていると断言した。スペインで起こったことを把握している者がごく少ない理由は、共産主義者が新聞を支配していることだ。彼らは自分たちの新聞以外に、資本主義者の反ファシストの新聞（『ニューズ・クロニクル』のような新聞）を味方につけている。なぜなら後者は、公式の共産主義は、いまや反革命だという事実を知ったからだ。その結果彼らは、前例のないほどの量の嘘を広めることができ、それと矛盾する記事を誰かに印刷させるのは、ほぼ不可能だ。五月のバルセロナの事件についての説明は（僕は不運にもそれに巻き込まれたが）、聞いたこともないようなひどい嘘だ。ところで『デイリー・ワーカー』は、なんとも汚い中傷をしながら僕につきまとい、僕を親ファシスト等と呼んでいるが、僕は奴らを黙らせるようゴランツに頼んだ。彼はそれをしてくれた。そう喜んではないと思うが。妙な話だが、僕はまだ、彼のために何冊かの本を書く契約をしている。もっとも、スペインについて書いている本の出版は、まだ一言も書いてないのに断ってきたが。

　イーディス・シットウェル[140]に是非会いたい。僕がロンドンに出ている時にいつか。彼女が僕のことを聞き、僕の本が気に入ってくれたということを知り、非常に驚いた。彼女の詩が大変いいと思ったことがあったかどうかわからないが、彼女のポープ伝は大いに気に入った[14]。いつかここに来てくれないか。君のスプルーが治っているといいのだが。

草々
エリック
［タイプ］

H・N・ブレイルズフォード★宛

一九三七年十二月十日
ウォリントン
ザ・ストアーズ

親愛なるブレイルズフォード様

　私はあなたの知り合いだとは正確には言えません。バルセロナでちょっとお会いし、そこであなたが私の妻に会ったのを知ってはいますが。

　私はバルセロナでの五月の戦いのいくつかの面について、真実を知ろうとしてきました。五月二十二日付の『ニュー・ステーツマン』を見ますと、あなたは、P・O・U・Mのパルティザンが、「政府軍の兵器庫から盗んだ」戦車と大砲で政府軍を攻撃したと書いています。私は、もちろん、戦いのあいだずっとバルセロナにいました。戦車については責任をもって言えませんが、どこであれどんな大砲も発射されなかったということは、確かめられる限り、間違いありません。P・O・U・Mは盗んだ数門の七十五ミリ砲をスペイン広場で使っていたという意味の、どうやら同じらしい話が、さまざまな新聞に載っています。この話が本当ではないのを、いくつかの理由から知っています。まず初めに、広場にはなんの大砲もなかったということを、現場にいた目撃者から知りました。第二に、私はあとで広場の周囲の建物を調べましたが、砲火の跡はありませんでした。第三に、戦闘のあいだ、私は砲声を聞きませんでした。それは、砲声を聞き慣れていれば間違いようがありません。したがって、誤りがあったようです。大砲と戦車についての情報源について教えて頂けないでしょうか。お手数をかけて申し訳ありませんが、できれば、この話の誤りを正したいのです。

　たぶん、私がジョージ・オーウェル名義で物を書いていることを言わねばならないでしょう。

敬具
エリック・ブレア
［タイプ］

H・N・ブレイルズフォード宛

一九三七年十二月十八日
ウォリントン
ザ・ストアーズ

親愛なるブレイルズフォード様

お手紙[142]、ありがとうございます。戦車と大砲についての情報源を知って、非常な関心を掻き立てられました。ロシア大使がそのことをあなたに正直に話したのは疑いありませんし、私の知っているわずかなことから推して、それが彼の話した通りであるのはまず確かだと思います。しかし、特殊な状況のせいで、そうした類いの事件は少々誤解を招きやすいのです。その問題について私が二、三付け加えても退屈なさらないことを望みます。

そう、ある時点で、大砲が盗まれたというのは十分に考えられます。というのも、私の知る限り（実際に見たわけではありませんが）、民兵隊が別の民兵隊から武器を大量に盗んだからです。しかし、義勇軍に実際に加わっていなかった者は、武器の状況について理解していないようです。武器はできる限りP・O・U・Mと無政府主義者の民兵隊の手に渡らないようにされていたので、彼らは攻撃はできないが戦線を保つには辛うじて足りる数の武器しか持っていませんでした。塹壕にいた兵士たちにライフル銃が行き渡らない時も実際にありました。そして民兵隊が解隊されるまで、どんな数であれ大砲がアラゴン前線に運ばれることは、いついかなる時も許されませんでした。三月から四月にかけて無政府主義者がハカ〔アラゴン地方の都市〕の街道を攻撃した時、大砲の掩護はほとんどないままに攻撃し、恐るべき数の死傷者を出しました。その時（三月〜四月）、ウェスカ上空で活動していた我々の飛行機は、わずか十二機ほどでした。人民軍が六月に攻撃した時は、攻撃に参加したある男が話してくれたところでは、百六十機だったそうです。とりわけ、ロシアからの武器は、後方の警察軍に支給されていた時には、アラゴン前線には送られませんでした。私が四月までに見たのは、たった一つのロシア製の武器、機関銃でした。九分九厘、盗まれたものでしょう。四月に、ロシア製の二組の大砲が届きました——これもおそらく盗まれたもので、ロシア大使が言っている大砲でしょう。塹壕戦では欠かせないピストルとリボルバーに関しては、政府側は、普通の民兵と民兵隊将校がそれを買う許可証を発行しようとしないので、無政府主義者から買うほかはありませんでした。こうした状況では、誰もがなんとかして武器を手に入れざるを得ず、すべての民兵は絶えず互いにくすね合っていました。自分とほかの数人が、どんな風にしてP・S・U・C[143]の銃置き場から野砲を盗んだかを、ある将校が私に話したことを覚えています。そういう状況に置かれたら、私自身も同じことをしたでしょう。こうした類いのことは戦時では当たり前ですが、P・O・U・Mは仮面をかぶったファシスト組織だという意味の新聞の記事のせいで、P・O・U・Mはファシストと戦うためにではなく、政府側と戦うために武器を盗んだということを示唆するのは容易でした。共産主義者が新聞を統制しているので、ほかの部隊による似たような振る舞いは隠蔽されています。例えば、三月に、P・S・U・Cの何人かのパルティザンが偽の命令書を使って政府側の兵器庫から二台の戦車を盗んだということには疑問の余地がほとんどありません。P・O・U・Mの機関紙『戦闘《ラ・バターリャ》』は、そのことを報じて五千ペセタの罰金を科せられ、四日間発行停止になりましたが、無政府主義者の機関紙『労働者連帯《ソリダリダー・オブレラ》』は、それを報じても罰せられませんでした。大砲についてですが、もし盗まれたのだとすれば、それがバルセロナにずっとあったというのは、まったくあり得ないように私には思われます。前線の兵士の何人かはそれについて間違いなく聞いただろうし、また、武器が取って置かれていることを知ったなら大騒ぎしたことでしょう。私は、バルセロナくらいの規模の町に二組の大砲を隠し続けることができるとは思いません。いずれにせよ、そのことはP・O・U・Mが弾圧された時に、のちに明るみに出るでしょう。P・O・U・Mのすべての拠点に何があったのかは、私はもちろん知りませんが、私はバルセロナでの戦闘中、三つの主な拠点にいたので、彼らが、建物を守っていた通常の武装護衛兵に足りるだけの武器しか持っていなかったのを知っています。例えば、彼らは機関銃を持っていませんでした。そして、戦闘中、砲撃戦はなかったはずです。「ドゥルーティの友」[144]は多かれ少なかれP・O・U・Mの統制下にあると、あなたは言っていますが、ジョン・ラングドン－デイヴィス[145]も『ニューズ・クロニクル』への報告の中で似たようなことを言っています。その話は、P・O・U・Mに「トロツキスト」という烙印を押すためだけに広められているのです。実際、過激派の組織である「ドゥルーティの友」は、P・O・U・M（彼らの観点からは、多少とも右翼の組織）に対してきわめて敵対的で、私の知る限り、両方のメンバーだった者はいません。その二つの組織の唯一の繋がりは、五月の戦いの際、P・O・U・Mは「ドゥルーティの友」が貼った煽動的なポスターを認める声明を出したと言われていることです。そこにもまた、ある疑問があります――『ニューズ・クロニクル』等が言っているようなポスターなどないのは確かですが、ビラのようなものはあったかもしれません。それを確認することは不可能です。一切の記録は始末されていて、スペイン当局は、ほかの新聞は言うまでもなく、P・O・U・Mの新聞のファイルでさえ私がスペインから送るのを許さないでしょうから。唯一確かなのは、五月の戦いと、さらに、P・O・U・Mによるとされるファシストの陰謀に関する共産主義者の報告は、徹頭徹尾虚偽だということです。心配なのは、こうした嘘が話されているということではなく（それは戦時にはよくあることです）、イギリスの左翼の新聞が、別の側に発言の機会を与えるのを拒否したということです。例えば新聞は、ニンとほかの者がファシストから金を貰っていると派手に書き立てていますが、その話になんらかの真実があることを、共産主義者のメンバーを除き、スペイン政府が否定していることを書いていません。自分たちは共産主義者に自由裁量を認めることによってスペイン政府を助けている、というのが根底にある考えだと私は思います。あなたにこういうことを書いてお煩わせし心苦しく思っていますが、スペインで起こったことについての真実を、もっと広く知らせるために私は微力を尽くしてきました。私がファシストから金を貰っていたと言われるのは、私個人には問題ではありませんが、スペインの監獄にいて、秘密警察に殺害されるおそれのある何千もの者にとっては違います。すでに非常に大勢の者が殺害されています。スペインにいる反ファシストのために多くのことができるのかどうか疑問ですが、たぶん、ある種の組織的抗議は外国人の多くを釈放することになるでしょう。

妻がよろしくと申しております。私たちのどちらも、スペインにいたことでどんな悪影響も受けませんでした。もっとも、当然ながら、一切のことはひどく悲惨で幻滅的でしたが。私の傷の影響は、思ったよりも早く消えました。もし興味がおありなら、スペインに関する拙著を、上梓した際にお送り致します。

敬具

エリック・ブレア

［タイプ］

アイリーン★からノラ・マイルズ★宛

一九三八年元日
ウォリントン、ザ・ストアーズ

ザ・ストアーズには電気が来ていなかった。この手紙は、どうやら蠟燭の光のもとで書かれたようで、手紙の最後のほうで、蠟燭が次第に溶けてなくなったため、わずかな数のタイプの打ち損ないがある。それらの誤りは断らずに訂正した。

［挨拶文句なし］

ペンもインクも眼鏡も明かりの見込みもありません。ペンとインクと眼鏡と蠟燭は、すべてジョージが仕事をしている部屋にあり、もし、また彼の邪魔をすると、今夜は十五回目になるからです。でも、必死で頭を働かせ、タイプライターを見つけました。盲人は闇の中でもタイプが打てると言われています。

また、五年か十年疎遠にしていた、ある女性が突然クリスマスプレゼント（結婚祝いのつもりだったのかもしれません）を送ってくれたのに対して礼状を書かなくてはなりません。彼女の住所を知る鍵はないかと探しているうちに、あなたへの手紙の断片、非常に奇妙なヒステリックな小さな手紙を見つけました。それは、私があの国で書くことができたであろうどんなものより、ずっとスペインに似ています。こういう手紙です。スペイン内戦の難点は、それがきわめて理不尽なやり方で、いまだに私たちの人生を支配していることです、というのも、~~エリック~~・ジョージ（それともエリックと呼んでいるの？）がそれについての本をちょうど書き終えるところで、私は彼にタイプした原稿を渡し（その裏は、彼にも読めない字の原稿修正で覆われています）、彼はいつもそれについて話しています。私は完全な平和主義者に戻りP・P・U[146]に入りました、一つにはそれが理由で。（ところで、あなたもP・P・Uに入らなければいけません。戦争は射撃に関する限りは面白いし、ショーウインドーの中の模型の飛行機よりずっと恐ろしくはありませんが〔事実を逆にした冗談〕、平常はごく正気で知的な人に恐ろしいことをします——ある種の誠実さを保とうと必死に努力する人もいれば、ラングドン＝デイヴィスのようにまったく努力しない人もいますが、ほとんど誰も、正直さはもちろん、理性を失わずにいることはまずできません。）ジョルジュ・コップ★[147]が置かれた状況は、これまで以上にDellian[148]じみてきました。彼はまだ監獄に入っていますが、私宛の数通の手紙をなんとか出すことができ、私がいなかったのでジョージはその一通を開け読みました。彼は非常にジョルジュが好きなのです。実際、ジョルジュはスペインで本当に優しく彼を大事にしてくれました。そしてとにかく、彼は実に瞠目すべき勇気を持った、賞讃すべき兵士です。また、何事にも飛び切り寛大です——ちょうどジョルジュが飛び切り寛大だったように。事実二人は、私には恐ろしく思えるようなやり方で、お互いに命を救い合いました、または、そうしようとしました。当時ジョージは、ジョルジュが私に少なからず「気がある」のに気づかなかったのですが。誰も私ほどの罪の意識を抱いた者はいないのではないかと、時折思います。自分がジョルジュと、いわゆる恋に落ちているのではないのは、いつもわかっていました——私たちの仲は少しずつ進みました。彼がほぼ間違いなく戦死すると思えるような攻撃や作戦の直前には必ず[149]。でも、最後に彼を見た時、彼は監獄にいて、二人とも覚悟していたのですが、銃殺されるのを待っていました。彼がジョージのライバルには決してなれないということを別れの挨拶にまた告げることは、とてもできませんでした。そういう訳で彼は、私が一番柔順だった時を思い出す以外のことは何もせず、半年以上、不潔な監獄の中で痩せ衰えていたのです。もし彼が二度と出獄しない場合（それは実際、非常にありうることなのです）、ある意味で楽しい思いを抱くことができたのはよいことですが、彼が再び自由になった瞬間、どうあってもあなたとは結婚しないということを言いそびれてしまったと告げることがどうやったらできるのか、わかりません。スペインの監獄にいるということは、大勢の他人と一緒の部屋に住むことを意味し（あなたの居間の広さの部屋に十五人から二十人いるのです）、外に出られないということです。もし窓に鋼鉄の鎧戸が嵌まっていれば（多くの場合そうですが）、日光を見ることはなく、手紙を手にすることもありません。そして、裁判にかけられることはないのはもちろん、起訴もされません。あす銃殺されるのか、釈放されるのかわからないのです。どちらの場合もなんの説明もありませんが。お金がなくなると、午後三時と午後十一時に、想像を絶するほどひどい一椀のスープと、パンのひとかけらしか食べられません。

総じて、私があの手紙を見つけたのは残念でした。というのも、スペインは今では、あれほどに実際は私たちを支配していないからです。私たちは今では、十九羽の鶏を飼っています——十八羽は飼うつもりで、一羽は偶然。私たちは何羽かの仔鴨を買ったのですが、鶏が一羽一緒についてきたのです。私たちはその鶏を今年の秋、煮て食べなければならないと思い、彼女がもっと長く生きる資格があることを証明するために卵を産むかどうか、交替で巣箱を看視していると、産んだのです。彼女はいい母親で、春には雛を孵します。今日の午後、私たちは新しい鶏舎を作りましたが——つまり、小さなものをつにしたのです——それが飼育用の檻の核です。私が答えられず、それもすぐさま答えられない、家禽飼育の問題は、たぶんないでしょう。たぶんあなたは、私の助言で得をするために浴室に一連のケージ（たとえば三つ）を置きたいと思うことでしょう。歯を磨く直前に卵を一つ採り、すぐさま食べるというのは感動的なことでしょう。それで思い出しましたが、私たちはサウスウォルドから帰って以来（そこで私たちは信じられぬほど家庭的なクリスマスをブレア家と過ごしました）、ほとんどしょっちゅう茹で卵を食べています。以前は、うちにはウルワースで買った茹で卵立て一つしかありませんでした——いいえ違います、ウルワースで買った二つと、結婚前に、復活祭の卵を入れてジョージにあげた一つ（それは卵込みで三ペンス）。だから、それは名案でした。それはとても素敵な形で、あなたのお母様から頂いたバター皿とパン切り台によく合います。そして食卓に風情を添えます。

また、私たちはプードルの仔犬を飼っています。私たちがマルクスを読んでいないことを忘れないよう、マルクスと名付けました。(150) 今では私たちは少し読み、あの男に対してきわめて強い個人的な嫌悪感を抱いているので、犬に話しかける時、顔をまともに見ることができません。彼、犬はフレンチ・プードルで、入賞した、毛が銀の小型種の血統だということになっています。今のところ毛は白黒で、こめかみの部分が灰色で、四ヵ月半なのに母親よりもかなり大きいのです。彼は非常に魅力的で、食欲旺盛です。私はそれが自慢です。彼は一度も具合が悪くなったことはありません。ほぼ毎日、この二十年、誰も目にしなかった骨を庭で見つけ、数枚の敷物と何脚かの椅子とスツールを食べました。彼の毛を刈るつもりがなかったのですが、乾き切った日でさえ、ふさふさした毛から文字通り泥が垂れています――彼は全部のクッションの上で代わり番に転げ回り、それから私の膝をするりと抜けます――そこで、毛を少し刈ろうと思いました。でも、すっかり剃り落として初めて毛は左右相称になるでしょう。ロレンス[151]（あなたがロレンスを見たことがないというのは恐ろしいことです）は驚くほどに彼に耐えていて、当惑して鼻の脇を掻くということさえありません。

私はメアリーのところに泊まりに行きました[152]。家庭内での変化があったことはお聞きでしょう。メアリーは、あの妊娠中のいとこの所に泊まりに行き、育児法の本を読みました。すると、ナニーがしていることの何もかも間違っているのを知りました。そしてもちろん、彼女は家に帰ってくると、そのことをナニーに言わねばなりませんでした。なぜなら、そうしなければナニーは子供を殺すことになったでしょうから。今ではノルウェー人のナース〔「ナニー」も『ナース』も「乳母」の意〕を使っています。彼女のほうがよいとは思いますが、それまでは太ったナニーに救いようのないほど甘やかされ、今度はノルウェー人のナースに駄目な子供と思われているデイヴィッドは不運です――ノルウェー人のナースは決して声を荒らげませんが、デイヴィッドを部屋の隅に立たせます。メアリー自身はよい母親になりました――子供がいる時には、という意味です。彼女は子供たちに対して完璧に理に適った態度をとっています。何が起こったのかはわかりません。デイヴィッドはとても頭がよく、私にほんの少し、嫉妬心を抱かせます。私は息子が欲しいのに、私たちには息子がいないからです。メアリーと私は、私がそこにいたあいだ、人類の歴史を恐るべき仕方で要約しました〔「世界情勢を痛烈に批判した」の意〕――私は月経前の痛みに苦しんでいましたが、非常に遅れて始まったので、その痛みは起こらないのではないかと思い始めていたほどでした。メアリーは月経前の痛みをまったく感じていなかったのですが、熱があり、麦角か、ほかの矯正薬を買いに薬屋に行こうとしていました。私たちは二つのパーティーを開きました――私たちはフィル・ギマレインズに会いに行きました。そして、今度は**「邪神《マメット》」がお茶に来たのです**[153]。彼女はガールガイドの制服を着ていてもよかったでしょうが、今では脚本朗読会を主催していて、セント・ヒューズのかつての女子学生が彼女の家に行き、『ジュリアス・シーザー』を読むのです。メアリーは一度行きましたが、何か食べるものが出ると思ったのです。でも、出ませんでした。パンも一杯の紅茶も。そこで彼女は気を悪くし、もはやよき卒業生ではありません。デイヴィッドとマメットは素敵な会話をしました。デイヴィッドは今日の早くに私に向かい、彼女がお茶に来るけれど、彼女を非常によく知っていると言いました。そこで彼女にそのことを伝えると、彼女は喜びました。彼が部屋に連れてこられると、こういうことが起こりました。

「ねえ、デイヴィッドちゃん（手を差し出す）、私が誰だか知っている？」

「うん――お祖母さん」（自信たっぷりに言い、手を相手に握らせ、さすられるままにした）。

「いいえ（ごく優しく）、私はお祖母ちゃんじゃないわ」

「へえ？　それなら何？」

フィルは、昔のように大変魅力的で、まったく変わりません。彼女にまた会い、楽しみました。いつか私たちは、ちゃんと再会の集いを開いてもよいのではないかと思います。彼女が勤めているあいだに、彼女と一緒に来て泊まり、クライテリオン座でポテトチップスを食べたらどうでしょうか（メアリーと私は、昔を偲ぶと同時に寒かったので、そうしました）？　株式仲買人組合員であるというのは（彼女はそうだと言っていますが）、ごく頭がよくなければならないように私には思えます。私は彼女と一緒にいるあいだ、ずっとそのことを考えます。

最後の蠟燭が燃え尽きようとしています。この手紙を書き終えるよい手立てがありません。でも、魔法は解けたのでしょう。あなたの手紙では、ジューンはオックスフォードにいるということでしょうか？　私は知りませんでした。いずれにしろ、彼女は十五歳以上ではあり得ません。ノーマンは？　ジョンは？　エリザベスは？　ジーンは？　ルースは？　お母様は？　お父様は？[154]　あなたとクウォータスについてのニュースは知りたいとは思いません。あなたのことはすべて知っていると確信していますし、まったく違ったことを聞いたら、とても恐ろしいでしょうから。私にできる唯一のことは、あなたに会いに行くことです。私は本が書き終わった時、休暇をとることになっています。今月書き終わるでしょうから。ただ、私たちにはお金が全然ないでしょう。とても金持ちだったのですが[155]。大売り出しには来ますか？　もう来ているのですか？　私は一日だけでもここが離れられるかどうか、わかりません。というのも、本が遅れていて、最終稿のタイプ原稿がまだ始まっていず、エリックが、一人のドイツ人を含む何人かと共同で一冊の本を書いているからです。私は彼の原稿を修正しているのですが、書かれていることは何もわかりません[156]――でも、もしあなたが大売り出しに来るのなら、こうしたことはあまり重要ではありません。

ピッグ。

あなたに新年の挨拶をしたでしょうか？　ご家族全員に、新年おめでとうとお伝え下さい。

エリック（ジョージという意味）がちょうど今入ってきて、明かりが消えたと言いました（彼は仕事をしていたので、アラジン・ランプを使っていたのです）。そして、灯油はあるかと訊きました（なんという無意味な質問）。私は、この明かりではタイプが打てません（たとえ打てたとしても、打った字は読めません）。そして彼は空腹で、ココアとビスケットを欲しがっています。今は真夜中過ぎで、マルクスは骨を食べていて、どの椅子の上にも骨の破片を残しています。これから彼はその上に坐るのです。

［タイプ］

一九三八年二月五日、オーウェルは、自分が書いたフランツ・ボルケナウの『戦乱の巷スペイン』の書評を載せた『タイム・アンド・タイド』に投書し、その書評が政治的理由で「別の有名な週刊誌」に掲載を断られたことを書いた。一九三八年二月八日、批評家で『ニュー・ステーツマン・アンド・ネイション』の文芸欄担当編集長レイモンド・モーティマーは、それに抗議してオーウェルに手紙を書いた。「もちろん、君が言っている『有名な週刊誌』は『ニュー・ステーツマン』ではないかもしれないが、僕はそれは弊誌のことだと解釈する。また、君の投書を読んだ者の大多数がそう解釈するのは疑いない」。『ニュー・ステーツマン』の社屋は戦時中爆撃され、その結果、当時の手紙はすべて失われたが、オーウェルは自分の書類の中に、『ニュー・ステーツマン』の編集長のキングズリー・マーティンと、レイモンド・モーティマーからの手紙の現物と、モーティマーへの返事のカーボンコピーを保存していた。次の手紙はそのカーボンコピーである。

レイモンド・モーティマー★宛

一九三八年二月九日
ウォリントン
ザ・ストアーズ

親愛なるモーティマー

二月八日の君の手紙に関して。もし僕が、君であれほかの誰であれ感情を傷つけたなら甚だ遺憾だが、関連のある一般的な問題について話す前に、君の言うことはまったく正しい訳ではないことを指摘しなければならない。君は言っている。「『戦乱の巷スペイン』の君の書評は、本の内容に関し、きわめて不十分に、かつ誤解を招くように書いているので掲載を拒否された。君は書評を、自分自身の意見を表明し、知られるべきだと君が考える事実を書くためにのみ使っている。そのうえ、この前君に会った時、君はそのことを認めた。ならば、なぜ今になって、まったく間違っているのだが、君の書評は『編集方針に反する』という理由で掲載を拒否されたと言い出すのか。君はその書評を、君がその前にくれた小論と混同していのではないだろうか。編集長がそれを拒否したのは、同じテーマの三つの小論を僕らが載せたばかりだからだ」。

キングリー・マーティン[157]の手紙の写しを同封する。その手紙から、僕の書評が「弊誌の政治的方針」に反するので、まさしく拒否されたということがわかるだろう（僕は「編集方針」ではなく「政治方針」と書くべきだった）。第二に、僕の前の小論は、「同じテーマの小論を僕らが載せたばかりだったから」掲載を拒否されたと君は言っている。僕が送った小論は、P・O・U・Mに対する弾圧、「トロキッスト＝ファシスト」陰謀説、ニン殺害等について書いたものだ。僕の知る限り、『ニュー・ステーツマン』はそのテーマについてどんな小論も載せなかった。僕の書いた書評が偏向しているということ、おそらく公正ではないのは確かに認めたし、今でも認めるが、同封した手紙からもわかるように、そうした理由で返却されたのではなかった。

こうした論争に巻き込まれること、また、僕が常々尊敬している人々や新聞に、いわば反対して書くほど嫌なことはないが、どういった類いの問題が関わっているのか、また、イギリスの新聞雑誌に真実を伝えさせるのがいかに難しいかということを、僕らは悟る必要がある。わかっている限り、三千人を下らぬ政治犯（すなわち反ファシスト）が目下、スペインの監獄にいて、その大半はなんら裁判を受けることも、起訴されることもなく、六、七ヵ月間、きわめて不潔な物理的状況に置かれている。僕は自分の目でそれを見た。その何人かは始末された。そして、もしスペイン政府が共産主義の新聞が騒ぎ立てていることを無視するだけの良識を持っていなかったなら、大量虐殺が行われたのは疑いない。スペイン政府の様々な閣僚が、マクストン、マクガヴァン、フェリシアン・シャレー[158]その他に対して、そうした人々を釈放したいのだが、共産主義者からの圧力があるのでそうできないと、繰り返し弁明した。スペインの政府支持者のあいだで起こっていることは、もっぱら外部の意見によって支配されているので、もし外国の社会主義者から一斉に抗議の声が上がれば、反ファシストの囚人が釈放されるのは確実だ。I・L・Pのような小さな団体の抗議でさえ、いくらかの効果はあった。しかし数ヵ月前、反ファシストの囚人の釈放を求める陳情をすることになった時、ほとんどすべての指導的なイギリスの社会主義者は署名を拒んだ。なぜかと言えば、彼らは「トロツキスト＝ファシスト」陰謀説を信じなかったのは疑いないが、無政府主義者とP・O・U・Mは反政府の活動をしているという全般的な印象を抱き、とりわけ、一九三七年五月のバルセロナにおける戦闘についてのイギリスの新聞に載った嘘を信じたからだ。一例を挙げると、ブレイルズフォード★は、『ニュー・ステーツマン』に載せた小論の一つで、P・O・U・Mが盗んだ大砲、戦車等で政府側を攻撃したと書くのを認められた。その戦闘のあいだ僕はバルセロナにずっといたが、その話がまったくの虚偽なのを、目撃者等によって完全に証明することができる。僕の書評を巡って手紙のやりとりをした際、僕はキングズリー・マーティンに、それはまったくの虚偽だと書いた。もっと最近になって、その話の出所は何かとブレイルズフォードに手紙で訊いた。彼は、確かな筋から訊いたのではないのを認めざるを得なかった。（スティーヴン・スペンダー★が今、その手紙を持っているが、見たければ君に見せることもできる）。しかし、『ニュー・ステーツマン』もブレイルズフォードも、自分たちの主張をおおやけに撤回していない。それは、多くの無実の人間に対する窃盗と裏切りの告発に等しい。『ニュー・ステーツマン』は、同誌に掲載された一方的な意見に対する責任の一端を負うと僕が感じたとしても、君は僕を責めることができないと思う。

繰り返すが、この件についてはひどく残念に思っている。しかし自分は、裁判も受けずに投獄され、新聞で名誉を毀損された人々が正当に扱われるために微力を尽くさなくてはいけないのだ。そのための一つの方法は、間違いなく存在する、親共産主義者の検閲に人々の注意を惹くことだ。スペイン政府を助けることになるのなら、こうしたことすべてについて僕は沈黙を守るだろうが（事実、僕らがスペインを去る前、投獄されていた何人かは、外国で真相を公表しないでもらいたい、政府の信用を失墜させるかもしれないので、と僕らに頼んだ）、イギリスでなされてきたように、真相を隠すことが長い目で見て有益なのかどうか疑問だ。共産主義者の新聞は僕らをスパイだと非難したが、当時外国の新聞で正しく検証されていたなら、それが戯言であるのがわかり、一切は忘れられたことだろう。ところが、トロツキー＝ファシストの陰謀説についての妄言は広く流布され、それを否定する記事は、無名の新聞以外には載らなかった。『〔デイリー〕・ヘラルド』と『マンチェスター・ガーディアン』には、ごくおざなりの記事が載ったが。その結果、外国からはなんら抗議の声が上がらず、何万もの者が監獄に入ったままで、多数の者が殺害された。その結果、社会主義運動全体に憎悪と軋轢を広めることになった。

　書評用に送ってくれた本を返却する。君たちのために、もう書かないほうがよいと思う。今度の件では甚だ残念だが、僕は友人たちを擁護しなければならない。そのために僕は『ニュー・ステーツマン』を攻撃することもあるかもしれない。同誌が重要な問題を隠蔽していると思える時は。

草々

［タイプ。加筆は手書き］

オーウェルは別の紙に手書きで短い文を書いているが、挨拶文句がないので、上記のタイプの手紙と一緒にレイモンド・モーティマーに送られたのは、ほぼ間違いない。オーウェルはH・N・ブレイルズフォードからの手紙を同封した。その手紙はスペンダーが持っていたとオーウェルは言っている。

レイモンド・モーティマーは早速オーウェルに手書きの短い手紙を書いた。「親愛なるオーウェル、僕の謝罪を受け入れてくれたまえ。僕はキングズリー・マーティンが、そういう言葉で君に手紙を書いたことを知らなかった。僕が君の書評を拒否した理由は、先に書いた通りだ。君が僕らのためにもう書かないというのは残念だ。また、過去の書評の場合同様、今度も正統的スターリン主義を重視したなどということはないのを信じてもらいたい」。二月十日、キングズリー・マーティンはオーウェルに手紙を書いた。「レイモンド・モーティマーから君の手紙を見せてもらった。『戦乱の巷スペイン』についての手紙に関して、僕らは君に詫びねばならないのは確かだ。君の手紙には、ある誤解を示唆する多くのことがほかにもある。それは、手紙でよりも直接会って話し合ったほうがよいと思う。来週のいつか、都合をつけて僕に会いに来られないだろうか。月曜日の午後なら空いているし、火曜日なら、まずいつでもいい」。オーウェルがマーティンの誘いに応じたかどうかわかっていないが、たぶん応じたであろう。ゴールズワージーの『瞥見と回想』の書評は一九三八年三月十二日の『ニュー・ステーツマン』に載り、一九四〇年七月から一九四三年八月まで同誌に書評を寄せた。しかし、友人との会話に記録されているように、スペイン内戦に関するマーティンの見方は決して許さなかった。

シリル・コナリー★宛

一九三八年三月十四日
ウォリントン
ザ・ストアーズ

親愛なるシリル

『ニュー・ステーツマン&ネイション』のリストを見

ると、君の本が今年の春のいつかに出るそうだね[159]。一部送ってくれたら、『ニュー・イングリッシュ』と、たぶん『タイム&タイド』で書評するだろう。僕のスペインの本[160]（来月出る）を一部君に送るよう、ウォーバーグに頼んでおいた。君に書評してもらえるといいのだが。魚心あれば水心ってやつだ。

　これをベッドで書いている。僕は結局はインドに行かないだろう。ともかくも秋の前には。行かないほうがいいと医者は思っている。また喀血していて、いつも大したことはないという結果になるが、喀血すると慌てる。X線検査を受けるためにケントのサナトリウム[161]に行くつもりだ。これまで同様、O・Kということになるのは疑いないが、いずれにしろ、それはインドに行かないいい口実になる。僕は、もともと行きたくなかったのだ[162]。ヨーロッパがひどく混乱しているので、僕は実際何も書けない。ゴランツは、すでに僕の次の小説[163]を出版予定リストに載せている。まだ一行も書いてはいず、構想も纏まっていないのに。僕らはみんな荷造りをして、強制収容所に行く準備をしたほうがよさそうだ。キング・ファーローが先日ここに来たが、サナトリウムを出たあと、来週の週末、彼の所に泊まりに行くつもりだ。ロンドンに出たら、君に会いに行こうと思っている。SE10、グリニッジ、クルームズ・ヒル二四番地[164]宛に、君の電話番号（もちろん、またしても失くしてしまった）を手紙で知らせてもらえないだろうか。そうすれば、僕から電話がかけられる。奥さんによろしく。

草々

［手書き］

　オーウェルがプレストン・ホール・サナトリウムに入院するまでの事件の経過は曖昧で、ジャック・コモン宛のアイリーンの手紙の日付に疑問があるため複雑なものになっている。オーウェルの病歴の記録（マイケル・シェルダンが発見した）は、オーウェルが三月十五日火曜日にプレストン・ホールに入院し、同日退院したこと、また、三月十七日木曜日に再入院し、一九三八年九月一日まで入院していたことを示している。また、その記録には三月十六日に行われたオーウェルの肺のX線写真の分析結果も含まれている。とすると、彼は三月十五日に病院に急遽運ばれたと考えてよいかもしれない。そして、アイリーンが書いている激しい喀血は、その時止まり、X線写真が撮影され、翌日、その結果が調べられ、治療のために入院が認められたと考えてよいかもしれない。治療には、絶対安静、コロイド状カルシウムの注射、ビタミンAとDの摂取が含まれ、それは肺結核の疑いが完全になくなるまで続いた。

　ケント州エイルズフォードのプレストン・ホール・サ

ナトリウムは、メイドストーンの北一マイルか二マイルのところにあった。それは英国在郷軍人会が作った、元軍人のための病院だった（そのためにオーウェルの病棟の名は、第一次世界大戦の提督、ジェリコーにちなんで付けられたのである）。最初、オーウェルは個室を与えられた。それは特別待遇だと言う者もいた。しかしオーウェルは他の患者と交わることに固執し、彼らと気楽に付き合った。（クリックとシェルダンの伝記を参照のこと。）

アイリーン・ブレア★からジャック・コモン★宛

月曜日［および火曜日。一九三八年三月十四から十五日］
グリニッジ
クルームズ・ヒル二四番地

親愛なるジャック

きのうのドラマについて、たぶんお聞きになったことでしょう。それを発見するのに、ずぶ濡れにならなかったことを願うのみです。[165] 出血は永遠に続きそうだったので、必要ならば実際に積極的な手段の取れるどこかにエリックを連れて行くことに、日曜日に衆議一決しました――出血を止める人工気胸か、輸血ができるどこかに。みんなは、ここの近くの小さな篤志病院に来る専門医に連絡しました。その医師はそうしたことに詳しく、彼もエリックを移したほうがよいと言いました。そこで救急車でエリックを運びましたが、救急車は車輪付きの大変贅沢な寝室でした。移動はなんの悪い影響もなく、病院に着くと血圧は一応正常でした――そして、人工気胸をしないで出血をとめてくれました。誰もが移動の直後の危険に責任を感じて不安でしたが、お互いに支え合いました。エリックは、人を殺すために作られた施設にいるので、ちょっと気が滅入っていますが、それ以外は、驚くほど元気です。彼は長く入院している必要はありません[166]が、専門医は、出血の実際の箇所を突き止め、将来のために適切に処置することに一種の希望を抱いていていてます。

とても遠くから、またあんな天候なのに、わざわざお出で頂いたことに心から感謝します。慰めにはならない村人以外に話す相手がいないと、人はヒステリー気味になります。

次にどういうことが起こるか、お知らせします。親戚の者に恐る恐る手紙を書かねばなりません。

メアリーとピーターによろしく。[167]

アイリーン
［手書き］

オーウェルは四月二日にスペンダーに手紙を書いた。スペンダーは日付のない返事の手紙の中で、『ロンドン・マーキュリー』に載せるために『カタロニア讃歌』の書評を書くことにしたとオーウェルに伝えた。そうしてから、自分に対するオーウェルの態度の問題を持ち出した。僕のことを何も知らずにオーウェルは僕を攻撃したが（とスペンダーは言った）、「依然として自分のことを何も知らないのに、一、二度会ったあと、そうした攻撃を、なぜ撤回したのかについても面喰らっている」、そのことについて話し合いたい、と書いた。一方、スペンダーはオーウェルが病気なのは非常に気の毒だと言い、彼に自分の戯曲『ある判事の裁判』を送った。オーウェルが手持ち無沙汰なら読んでくれるかもしれないと思ったのである。「読む気になれなかったら、読む必要はない。僕は気を悪くしない」

スティーヴン・スペンダー★宛

金曜日［一九三八年四月一五日？］
ケント、エイルズフォード
ジェリコー別病棟《パヴィリオン》

親愛なるスペンダー

　手紙と君の劇の脚本、ありがとう。後者を読むまで、返事を書くのは待った。僕の興味を惹いたが、どう考えたらいいのか、よくわからない。ああいう類いのものでは、演じられるのが見たいのだ。なぜなら、君は書いている際、韻文のビートを決定する、それぞれ違った場面効果、補助的騒音等が頭にあったはずだからだ。しかし、今度君に会った時に論じ合いたい多くのものが、そこにはある。

　君は、なぜ僕が会わずに君を攻撃したのか、また一方、会ってから決心を翻したのか訊いている。僕は実際のところ君を攻撃したのかどうかはわからないが、「オーデンとスペンダーのような口先だけのボリシェヴィキ」またはそういった言葉で侮辱するようなことを、ついでに書いたのは間違いない。僕が君を口先だけのボリシェヴィキの象徴として喜んで使った理由は、こうだ。a、君の詩は、読んだ限りでは、僕にはあまり意味がなかった。b、僕は君を、時流に乗った成功した人間、共産主義者あるいは共産党のシンパと見なした。そして僕は一九三五年あたり以降、C・Pに対して非常な敵意を抱いている。c、君に会っていなかったので、君を一つのタイプ、抽象的存在として見なすことができた。たとえ僕が君に会った際、君が好きになれなかったとしても、僕はそれでも自分の態度を変えざるを得なかったろう。というのも、人は肉体を具えた人間に会えば、相手は人間であって、ある理念を体現している戯画的存在ではないことに直ちに気づくからだ。そういうこともあって、僕は文学界の者とはあまり付き合わない。僕は一度誰かに会い、話をすると、その人間に対して知的残酷さを示すことは二度とできないということを、経験上知っているからだ。たとえ、そうすべきだと感じる場合でさえ。公爵に背中をポンと叩かれ、敵意を永遠になくしてしまう労働党の議員のように。

僕のスペインの本を書評してくれて、ありがとう。しかし、君の党とは問題を起こさぬように――そんな価値のある本ではない。けれども、もちろん君は、僕を実際に嘘つき呼ばわりすることなく、僕のすべての結論に反対する（いずれ、そうすると思うが）ことができる。もしそれほど面倒でなかったなら、是非いつか僕に会いに来てくれないか。[168] 僕の病気は感染しない。ここに来るのは、それほど難しくはない。グリーン・ライン[169]のバスが門の前で停まるので。僕はここにいてとても幸せだし、みんなが大変よくしてくれるが、当然ながら仕事ができないので退屈だ。もっぱらクロスワード・パズルをして時間を過ごしている。

草々

エリック・ブレア

［手書き］

『カタロニア讃歌』は一九三八年四月二十五日に出版されたが、慣例で、書評用の本が前もって書評担当者に送られた。ゴーラー宛のオーウェルの手紙が着く前のある土曜日（たぶん、四月十六日であろう）、ゴーラーは『カタロニア讃歌』は「掛け値なく第一級品」だと思うと書いた短い手紙をオーウェルに送ったが、『タイム＆タイド』に載せる予定の書評のカーボンコピーをそれに同封した。それは、同誌が「その途方もない長さに異を唱える」場合にそなえてだった。ゴーラーは、もし間違いがあれば、校正刷りが来る前に知らせてもらいたいとオーウェルに頼んだ。書評は四月三十日に載った。

ジェフリー・ゴーラー★宛

一九三八年四月一八日
エイルズフォード
ジェリコー・パヴィリオン

親愛なるジェフリー

君の素晴らしい書評に対し、礼を言わねばならない。自分が目を覚ましているのかどうか知ろうと、頬を抓《つね》り続けた。でも、もしT＆Tがそれを載せたら、やはり自分の頬を抓らねばならないだろう――同誌は、それがあまりに長く、讃美に終始していると考えないかと心配だ。同誌はテーマについては気にしないと思う。スペイン内戦については、同誌の態度は非常によかったので。しかし、同誌がそれをカットしても、君の気持ちに感謝する。ただ、二、三問題点がある。一つは、バルセロナでの戦闘は突撃隊によって引き起こされたと君が言っていることだ。実際には、治安警備隊によって引き起こされたのだ[170]。当時、そこには突撃隊員は一人もいなかった。また、その二つには違いがあるのだ。なぜなら、治安警備隊は十九世紀初頭に生まれた旧来のスペイン憲兵隊で、実際には多かれ少なかれ親ファシスト団体だ。そして、常にファシストと手を結んできた。突撃隊は一九三一年の共和制誕生の時に新しく結成されたもので、親共和制で、労働者にあまり憎まれていない。もう一つの問題点は、もし君が書評を短くしたり、修正したりしなければならなくなっても、特に固執する（君が今固執しているように）問題ではないということだ。僕はバルセロナの戦闘で、歩哨の役しかしなかったのだ。たまたまそうなったのだが、もし、実際に戦えと命令されたら、そうしただろう。なぜなら、ああいう混乱状態では、自分の側と直接の軍の上司の命令に従う以外、できることは何もないように思えたからだ。しかし、君が僕の本を好いてくれて、とても嬉しい。いろいろな人間が書評用の本を受け取ったようだが、僕自身はまだ受け取っていない。本のカバーがどんなか、不安な気持ちでいる。ウォーバーグは、カタロニアの旗で飾るということを話していたが、それは、a、スペインの王党派の旗か、b、M・C・C[171]の旗に容易に間違えられる。

君が万事順調なのを願う。僕はずっとよくなった。実のところ、自分のどこが悪いのか疑いさえでる。[172] アイリーンは鶏等で一人で悪戦苦闘しているが、二週間に一回は来る。

草々

エリック・ブレア

［手書き］

アイリーン・ブレア★からレナード・ムーア★宛

一九三八年五月三十日
ウォリントン
［ザ・ストアーズ］

親愛なるムーア様

私はエリックに、彼についてのニュースを手紙であなたにお伝えすることを約束しました。それは、彼が冬のあいだ外国に行くというものです。イギリスを発つまで、プレストン・ホールにいます——ということは、たぶん八月か九月までということです。そのあと、彼が家に帰って来られることを私たちは願っています。この家にではありませんが。ドーセットのどこかに住める所を探そうと考えています。もちろん、こうしたことは彼が前より悪くなったのを意味しません。実のところ、最初の診断が間違っていたのです。彼は気管支拡張症に罹っていたのであって、たぶん、癆《ろう》に罹ったのではないのでしょう[173]。どうやら、癆なら治すこともある絶対安静で、気管支拡張症を治療するというのは意味がないようです。天候が一応良くなればすぐ、起きてもよいと言われるでしょう。(174) 彼は七月か八月には、小説の軽い仕事ができるようにもなるでしょう。もちろん、サナトリウムの中で仕事をするのは容易ではありません。人が絶えず歩き回り、仕事に干渉するような時間割が課せられるのですから。でも、作品は彼の頭の中で沸騰していて、彼はしきりに書き続けたがっています。その小説について少し前にあなたにお手紙を差し上げるべきでした。エリックが、十月までには書き上げられないと最初に気づいた時に。でも彼は、クリスマス前にはとにかく間に合うだろうとゴランツに伝えてもらいたいと言いました。今は、彼は春には間に合うだろうと考えています。それは、十分可能のようです。あなたが適切とお思いになる言葉で、そのことをゴランツに伝えて頂ければ幸甚です。

『オブザーヴァー』に『カタロニア讃歌』(175) の素晴らしい書評が載ったということを聞きましたが、まだ見ていません。総じて、書評は本当に非常によいとお思いになりませんか? C・Pが無礼なことを言わない決心をしたのは興味深いことです——明確に共産主義の新聞では沈黙を守り、T・L・Sと『リスナー』に匿名で短い書評を書くというのは、なんとも賢いやり方です。(176) ところで、ウォーバーグがいつ前金を払ってくれるのか、ご存じでしょうか。私たちは、彼が一月に七十五ポンド、出版された時に七十五ポンド払ってくれると思っていましたが、間違いかもしれません。

エリックはまだ極度に従順で、あらゆることに関して穏やかです。誰もが彼の体調全般に喜んでいます。

敬具

［タイプ］

『リスナー』の編集長宛

一九三八年六月一六日
エイルズフォード

貴誌の評者(177)による事実の扱い方は、いささか奇妙です。五月二十五日の『リスナー』誌上での拙著『カタロニア讃歌』の書評において、評者は約五分の四のスペースを割き、P・O・U・Mとして知られたスペインの政治政党は、フランコ将軍から金を貰っていた「第五列」の組織だという共産主義の新聞の非難を蒸し返しています。評者は最初、この非難は「大袈裟」だと言いながら、あとになり、それは「信じうる」ものであり、P・O・U・Mの指導者は「政府の大義に対する裏切り者同然」だったと付け加えています。さて、フランコの「第五列」が労働者階級の最も貧しい人々から成り、大半が、フランコが再興しようとしていた体制のもとで投獄されていた者たち（そのうちの少なくとも一人は、フランコの「銃殺されるべき人物」のリストに載っていました）によって指導されたなどということが信じうるのか、という問題はいったん置きましょう。貴誌の評者は、そうした類いの話を信じることができるなら、信じる資格があります。しかし評者には、その非難（ついでながら、それは私自身に向けられたものなのです）を、誰から聞いたのかということ、また、私がそれについて言ったことに触れさえせずに繰り返す資格はありません。評者は、裏切りと諜報という馬鹿げた非難がスペイン政府から発せられたということを終始仄めかしています。しかし、私が詳細に指摘しているように（拙著の第十一章）、そうした非難は共産主義者の新聞以外では信じられていず、それを証拠づけるものは何も提出されていなかったのです。スペイン政府はそうした非難の信憑性を繰り返し否定し、共産主義者の新聞が糾弾した人々の罪を問うことを断固として拒否してきました。私はスペイン政府の声明にもとづいた確かな情報について書きましたが、それはその後何度か繰り返しました。貴誌の評者はそうしたことをすっかり無視していますが、評者は拙著を人々に読ませないように実に効果的に仕向けたので、評者の虚偽の陳述が気づかれずに終わることを、ひたすら願っているのです。

私は「好意的」書評を期待しているのではありません。もし貴誌の評者が自分のスペースの大半を自分自身の政治的意見を表明するのに使うことにするのなら、それは評者と貴誌の問題です。しかし私は、拙著がコラム一段全部を使って論じられる場合、私が実際に言ったことについて少なくともいくらか言及してもらう権利があると思います。

ジョージ・オーウェル

オーウェルの抗議に、『リスナー』の書評子は次のような回答をした。

編集部は上記の手紙を小誌の評者に送りました。評者からの回答は次の通りです。

「オーウェル氏の手紙は、バルセロナでの状況が一時きわめて悪化したので、スペイン政府は暴動に等しい事態を収拾するため軍隊を送らざるを得なかったという重大な事実を無視しております。暴動の指導者は、P・O・U・Mと連携した過激な無政府主義の分子でした。それは、共産主義者の新聞からの非難の〝蒸し返し〟という問題ではなく、歴史的事実なのです。私はスペイン内戦の相当の期間スペインにいましたので、私の得た情報は新聞記事に依存してはいません。

私が書評で明らかにしたように、P・O・U・Mの平の構成員は、フランコに対して戦う以外の意図を持ってはいませんでした。貧しく無知だった彼らは、革命という事態の複雑さは理解できなかったのです。フランコの第五列の一部だったということについて言えば、誰であれ中央政府と協力し、法律を守ることを拒む者は、事実、政府の権力を弱め、したがって敵を利しているのは疑いありません。戦時においては、無知は悪意からの破壊活動同様、非難されて然るべきだと考えます。重要なのは結果であって、行動の理由ではないのです。

　見事に書かれた本を読者に読ませないように私が望んだとオーウェル氏がお考えなら、残念です。私はそんなことは望みませんでした。私見では氏の分析が間違っていようと、人々がその本を読むことを私は望んでいます。誰もがすべての見解を知ることができるというのが、平和時の民主主義の要《かなめ》です」

　当編集部は評者の回答を載せるに当たり、同回答はオーウェル氏によってなされた指摘にほとんど答えていないと考えるということを言わねばなりません。オーウェル氏に遺憾の意を表します。――『リスナー』編集長[178]。

アイリーン・ブレア★からデニス・キング＝ファーロー★宛

一九三八年六月二十二日
ウォリントン
［ザ・ストアーズ］

親愛なるデニス

この前電話で、あなたに手紙を書いているところと言ったのは、まったく本当です。でも、流感に罹っていたのです。その時は信じられませんでしたが。時季がひどく妙でしたから。

あのお金のことは忘れてはいませんでした。それどころか、スペインの本の「前金」がいつまでも入ってこないので、いっそう感謝の念を強めながら、あのお金のことを何度も考えました。とうとう、前金を分割払いで出版社から引き出しました！　哀れな男――哀れな出版業者という意味です。あなたがお金の入用な時ではなかったのを望みます。ほとんどすぐに返金することに、いささかでも疑念を抱いていたらば、小切手は頂きはしなかったでしょう。そう思います。

　想像なさったように、エリックは誰もが考えたほど悪くはありませんでした。もちろん、彼は自分が「病気」だとは信じていませんでしたが、最初の二ヵ月ほどは両肺が癆に罹っているように思われ、かなり絶望的になりそうでした。今では、それが気管支拡張症とわかりました。本当に好ましい条件下なら、人はいつまでもそのままでいられるのです。私たちは冬のあいだ、サナトリウムに行く代わりに、外国に行けるかもしれないということは、彼が話したと思います。そして、そのあと、七シリング六ペンスほどの一切込みの家賃で、南の州のどこかに完璧なコテージを見つけなければなりません。私は、そうするために早く戻ってくるつもりです――彼は八月にプレストン・ホールを出て、イングランドで普通の状態でひと月ほど過ごせるかもしれないと、お医者さんたちは思っています。彼は、もちろん、非常に「慎重」でなければなりませんが、実のところ治療は、たっぷり休んでたくさん食べるというものでしかありません。私たちはどこかの農場に滞在するかもしれません。その頃までには、このコテージは家主か、または、借家人候補として考えられている、エリックの不運な老叔父かに引き渡しているでしょう(179)。

あなたがエリックに会いに行って下さって、彼を連れ出してくれたことを非常に喜んでいます。ベッドにいるよりも、こういう半監禁状態でいるほうが、実際、彼にとっては気が滅入ることだと思います。彼は、パーティーを開くことが大好きでした(180)。あなたが、お金を送ろうとおっしゃって下さる代わりに、実際に送って下さったことは、殊にありがたく思います。

深い感謝の念を込めて
敬具
アイリーン・ブレア
［手書き］

ジャック・コモン★宛

一九三八年七月五日

ケント、エイルズフォード
プレストン・ホール
ニュー・ホステル

親愛なるジャック

君も知っているように、僕は冬のあいだ外国に行くことになった。たぶん、八月末から半年ほど。さて、僕らのコテージを家賃なしで借りて、その代わり動物の面倒を見てくれる気はないだろうか。僕はすべての事実を話すので、君は自分でその良し悪しを考えてくれたまえ。

一、僕は、ずっと南のどこかで暮らさねばならないと、医師たちに言われている。それは、遅くとも僕らが戻った時にはコテージを明け渡すことを意味する。しかし、家畜を廃棄処分にはしたくない。今、家禽を約三十羽まで殖やしたからだ。来年までには約百羽まで殖やせる。また、鶏舎を売るということも意味するだろう。金がかかっているが、売るとなると、あまり高くは売れない。したがって僕らは、誰かにコテージに住んでもらうか、誰かに金を払って動物の面倒を見てもらうかのどちらかにしなければならない。それには、家具の保管を含めて、コテージの家賃を払い続けるのと同じくらいの費用がかかる。

二、君は僕らのコテージがどんなものか知っている。なんともひどいものだ。それでも一応住める。ダブルベッドのある部屋が一つと、シングルベッドのある部屋が一つある。二人の大人と一人の子供分のリンネル類等はあると思う。冬に突然雨が降ると台所は冠水しやすいが、それ以外は、家は一応乾いている。居間の暖炉は、君も覚えているだろうが、煙を出す。しかし、煙突は僕らが出る前に直す——とにかく、大規模な修理の必要はない。水は来るが、もちろん、湯ではない。キャラーガスのストーブが一つある。金がかかるが（ガスが、という意味だ）、修理できる小さな石油オーブンもある。収穫物についてだが、野菜は多くないが（もちろん、アイリーン一人では菜園のすべての世話はできない）、とにかく、冬のあいだもつだけのジャガイモは獲れる。一日、約一クオートの乳も飲める。山羊がちょうど仔を産んだところなので。山羊の乳に偏見を持っている者が多いが、実際は牛乳と変わらず、子供によいそうだ。

三、動物の世話について。それは、約三十羽の家禽に餌をやるなどし、山羊に餌を与えて乳を搾ることを意味する。僕は餌について細かい指示を残し、穀物商に穀物を届けてもらい、請求書は僕のところに来るよう手配する。また、君は卵も売ることができる（週に二回来る肉屋が、どんな数でも買ってくれる）。金は僕等のために取って置いてくれないか。卵は最初はそれほど多くないだろう。鶏のほとんどが、今年孵った初年鶏なので。でも早春までには、週に百個ほど産むはずだ。

君が借りたいかどうか、知らせてくれないか。借りてくれたら僕らにとって都合がいい。とにかく君にとっては、仕事をするには静かな場所だろう。[181]

メアリーとピーターによろしく。

草々

エリック・ブレア

［手書き］

編者注

（1）『牧師の娘』。

（2）オーウェルは一年半ほど前、『ビーグル号航海記』を読むようブレンダに勧めた。航海の話を彼が脚色したものは、一九四六年三月二十九日にBBCから放送された。

（3）ラフカディオ・ハーン（一八五〇〜一九〇四）。作家、翻訳家。イオニア諸島のレフカス島に生まれた。一八六九年から九〇年までアメリカに住み、市民権を獲得した。東京帝国大学に教授として奉職し、顕著な業績を残した。日本人の生活と文化に関する本を数冊書いた。一九六五年、幽霊譚の三篇が日本の映画『怪談』になった。

（4）ジョージ・リデル（一八六五〜一九三四。男爵、一九二〇年）著、『講和会議とその後の一九一八年から二三年までの個人的日記』（一九三四年）。彼は数紙の新聞、とりわけ『ニュース・オヴ・ザ・ワールド』を所有していた。

（5）O mihi praeteritos referat si Iuppiter annos.「おお、ユピテル神が過ぎ去りし年々を私に返したまへかし」。ウェルギリウス『アイネーイス』。

（6）マーク・トウェイン著。それは、十年前のネヴァダ州での銀鉱での著者の経験を書いたものである。一八七二年六月の『オーヴァーランド・マンスリー』に載った無署名の書評に、そのユーモアは大したものなので、「どの病室にも置かれるべきであり、患者の選ばれた伴侶にすべきである」とあった。

（7）デニス・コリングズとエレナー・ジェイクスは一九三四年に結婚した。彼はシンガポールのラフルズ博物館の副学芸員だった。

（8）「ヒズ・マスターズ・ヴォイス蓄音機工場近くの荒れ果てた農場にて」。

（9）ルース・ピッター、大英帝国三等勲爵士（一八九七〜一九九二）。第一次世界大戦以来、オーウェルを知っていて、一九三〇年、オーウェルは彼女の家に時折泊まった。のちに、彼女の詩集の二冊を書評した。一九三七年、彼女はホーソーンデン文学賞を受賞し、一九五五年、詩歌女王金メダルを授与された。彼女の『詩集』は一九九一年に出た。彼女は一九三〇年代にウォルバーズヴィック農民陶器製造有限会社を経営した。

（10）『牧師の娘』。

（11）パリで印刷された『ユリシーズ』は税関で押収の対象になった。

（12）『ビルマの日々』は一九三四年十月二十五日まで出版されなかった。

（13）『葉蘭をそよがせよ』。

（14）フランスの伝道師、エヴァリスト・レジース・ユク神父の書いたもので、フランス語では一八五〇年、英語では一八五一年に出版された。

（15）一九三四年八月末のブレンダ・ソルケルド宛の手紙を参照のこと。

（16）『ビルマの日々』の仏訳は一九四六年八月三十一日、パリのナージェル社から『ビルマの悲劇』という題で出版された。訳者はギヨ・ド・セだった。オーウェルは一九四五年九月二十九日、五ポンド十七シリング九ペンスの印税を貰った。

（17）アンドレ・マルロー（一九〇一〜七六）。小説家、左翼の知識人。二十一歳の時、パリを離れインドシナと中国に向かい、当時起こっていた革命運動に参加した。青年安南連盟を結成し、のちにアフガニスタンとイラクに旅をし、一九二六年にインドシナに戻った。その経験をもとに小説『征服者』（一九二八）と『王道』（一九三〇）を書き、その後、最も成功を博した『人間の条件』（一九三三）を書いた。彼は『パリ・ロンドンどん底生活』にも『ビルマの日々』にも序文を書かなかった。のちに、『カタロニア讃歌』に前書きを書いたらどうかと言われたが、スペインで内戦に参加したにもかかわらず、書かなかった。おそらく、右傾化していたからであろう。戦後、ド・ゴール臨時政府の情報相、文化相になった。一九二八年からガリマール書店の「原稿閲読委員会」の一員になり、一九二九年から同社の芸術担当役員になった。

(18) オーウェルはインド警察の試験で、ヒンディー語、ビルマ語、スゴー・カレン語の試験に合格した。

(19) オーウェルは『牧師の娘』の原稿を十月三日にムーアに送った。ヴィクター・ゴランツは早速それを読んだに違いない。十一月九日に、それについての懸念をムーアに書き送っているからだ。十一月十三日、ムーアはゴランツに次のような返事を書いた。「あなたのおっしゃることを考えますと、次のことをお知りになりたいのではないかと存じます。著者は原稿を私に送ってきた際、こう指摘しました。『問題が起きた場合のために書きますが、第四章の学校の記述はまったくの想像です。もっとも、もちろん、ああいうタイプの学校で行われていることについての自分の一般的知識にもとづいてはいますが』」。ムーアは、その小説に対するそれを含めたいくつかの好ましくない問題点をオーウェルに書き送ったのに違いない。この手紙は、それに対する返事である。

(20) これはドロシーが不意に記憶を喪失したことを指しているのであろう。記憶喪失は、ウォーバートンに襲われ、のちにその結果、気がつくとロンドンのニュー・ケント・ロードにいたということを暗に物語っている（第二章）。一九三〇年代では、強姦は小説の主題としてはタブーだった。ドロシーが教えていた学校についての長い箇所に、ゴランツは不安を覚えたであろう。というのも、彼は、ケンジントンにある学校をフィクションにしたロザリンド・ウェイドの『子供たちよ、幸福であれ』を出版し、訴訟事件になったことがあるからである。（三二年四月二十六日付の手紙の注（19）を参照のこと。）

(21) ムーアの事務所で付された注。「三・三〇 Geo Orwell」。たぶん、一九三四年十一月十九日のためのものであろう。

(22) 「ブックラヴァーズ・コーナー」〔オーウェルが店員として働いていた書店〕の電話番号である（三四年十一月二十日付の手紙の注

（23）を参照のこと）。

（23） これは印刷されたレターヘッドのある紙に書かれた。電話番号（ハムステッド二一五三）と共に「フランシス・G・ウェストロープ、書店」と書いてあり、枠に囲われた線画が添えられている。それには、「一八三三年のサウス・エンド・グリーン、現在は路面電車の終点」という説明文が付いている。

（24）「ロレンス&ウィシャート」は現在も活動している。アーネスト・エドワード・ウィシャート（一九〇二〜一九八七）は、ケンブリッジ大学で歴史と法律の学位を取得した直後、ウィシャート&カンパニーという出版社を興した。ナンシー・キューナードの『ニグロ』や、ジェフリー・ゴラー、ロイ・キャンベル、E・M・フォースター、オルダス・ハクスリー、バートランド・ラッセルの著書を出版した。ウィシャートは一九二五年から一九二七年にかけ、エッジェル・リクワード編の『現代文学のカレンダー』を出版した。ウィシャートはマルクス主義に共感していたにもかかわらず、共産党に入党するのは拒否した。一九三五年、マーティン・ロレンスと合併した。二人は、マルクス、レーニン、スターリンの全集を刊行した。

（25） ムーアの事務所で次のような注が付された。「切抜きはこの手紙と行き違い」

（26） ギリシャのマリーナ王女は一九三四年十一月二十九日、ケント公、ジョージ王子と結婚した。彼女は王室の優雅で、大衆に非常な人気のある一員になった。

（27）『パリ・ロンドンどん底生活』の仏訳の題名。（三五年十二月二十二日付の手紙の注（57）を参照のこと。

（28） シェイクスピアは「ノンパレイユ」という言葉を五つの劇で使っている。『十二夜』、第一幕、第五場、二百五十七行目、『マクベス』、第三幕、第四場、十八行目、『アントニーとクレオパトラ』、第三幕、第二場、十一行目、『シンバリン』、第二幕、第五場、八行目、『テンペスト』、第三幕、第二場、百行目。オーウェルが言及している劇は明らかではない。それらの三つの劇においては、その言葉は、『十二夜』におけるように（「比類なき美人《ノンパレイユ・ビューティー》」）、女に言及したものである。マクベスは殺人者の一人をノンパレイユと呼び、イーノーバーバスもシーザーをそう呼んでいる。

（29） イギリス英語にアメリカ英語が取り入れられることについてオーウェルは苦情を言い、「あらゆる動詞に不必要な前置詞を結びつけるアメリカ人のやり方」を例に挙げている。

（30） オーウェルはナーサリー・ライムとお伽噺に終生、関心を抱き続けた。彼が脚色した『赤頭巾ちゃん』は、一九四六年七月九日、BBCの番組「子供の時間」に放送された。彼は一九四七年一月二十五日にレイナー・ヘプンストールに宛て、シンデレラは「お伽噺の中で最高のもの」と書いた。そして、もちろん、オーウェルは『動物農場』の副題を「お伽噺」とした。

(31) オーウェルは一九三三年十二月まで、ミドルセックス州アックスブリッジのフレイズ・コレッジで教えた。その時、肺炎に罹り、教職を諦めた。

(32) オーウェルは『ザ・タイムズ』の投書欄で、ロンドン、ピカデリー一〇五番地、ホテル・スプランディードのM・ウンベルト・ポッセンティから文句を言われた。

(33) それは現存していないようである。しかし、フランス語版にはいくつかの罵倒の言葉が使われている。

(34) 必要な変更箇所に関するオーウェルのリストは、本書では割愛した。そのリスト中では、「バークレー銀行」は「地方銀行」になっていて、『チャーチ・タイムズ』への言及は削除されている。「ランベス公共図書館」は「一番近い公共図書館」に変更されている。ゴランツの名誉毀損担当弁護士、ハロルド・ルービンスタイン（一八九一〜一九七五）は著名な弁護士であると同時に明敏な文芸評論家、劇作家、著述家で、『ハイ・チャーチマンズ・ガゼット』は「驚くほど発行部数が少ない」という箇所を削除した。オーウェルはそんな新聞があるとは知らなかったと言ったが、侮蔑的な表現を、「発行部数は少ないが、選ばれた者を対象とした」に変更した。

(35) 当時ソルケルドは作家の自署を蒐集していて、オーウェルはそれを見つけてやっていた。

(36) 『葉蘭をそよがせよ』。

(37) 「聖アンドルーズの日、一九三五年」で、一九三五年十一月に『アデルフィ』に載った。そして二語変更され、無題で『葉蘭をそよがせよ』に使われた。

(38) H・W・ファウラー著『現代英語用法辞典』は一九二六年四月に初版が出たが、現在でもそれを完全に凌ぐものはない。

(39) オーウェルは一九四六年九月、その短篇を脚色する話をBBCにもちかけたが断られた。

(40) オーウェルが言う「数週間以上」とは、これから数週間以上ではなく、ウェストロープのフラットでそれまで過ごすことのできた合計の時間を指す。

(41) メヴァンウィー・ウェストロープ夫人は、ブックラヴァーズ・コーナーの持ち主の妻。

(42) 『葉蘭をそよがせよ』。

(43) サウスウォルドのフェリックス女学校。ソルケルドは同校の体育教師だった。

（44） 国王ジョージ五世の即位二十五周年祝典《シルヴァー・ジュビリー》。

（45） オーウェルは「月曜」と書こうとしたのだろう。

（46） 直接的に自伝的な関連はないが、『葉蘭をそよがせよ』の中でゴードンが、ラヴェルストンから十ポンド借りるのを断るが、結局は彼に「たかり」、金を貰う場面と比べるとよい。

（47） たぶん、『葉蘭をそよがせよ』の一部であろう。オーウェルは一九三五年五月十四日付のムーア宛の手紙で、エッセイ集の形で小説を書くつもりだったと言っている。「例のもの」は、別のジャンル、すなわち普通の小説になる過程にあったエッセイの一篇を指しているのであろう。

（48） 三三年七月二十日付の手紙の注（56）を参照のこと。

（49） オーウェルは、ブックラヴァーズ・コーナーから、この住所に移った。それはオーウェル名義で借りたものだが、レイナー・ヘプンストールとマイケル・セイヤーズ（一九一二〜二〇一〇）と一緒に住んだ。セイヤーズは『アデルフィ』に短篇と書評を寄稿した。ヘプンストールとオーウェルの関係は順風満帆ではなかった。ある時、オーウェルとヘプンストールは殴り合いの喧嘩をした（『思い出のオーウェル』を参照のこと）。オーウェルは、ブックラヴァーズ・コーナーの仕事を辞めた一九三六年一月末まで、そこに住んだ。

（50） アイリーン・オショーネシー（一九〇五〜一九四五）は一九三六年六月九日にオーウェルと結婚した。レティス・クーパーによると、二人は、一九三五年三月、パーラメント・ヒル七七番地に住むロザリンド・オーバマイヤー夫人が開いたパーティーで出合った。ジョージはその家を出る前、ある友人に言った。「僕が結婚したい女は、アイリーン・オショーネシーさ」。彼女はオーウェルに会った当時、ユニヴァーシティー・コレッジ・ロンドンの心理学の修士課程で学んでいた。リディア・ジャクソンの回想については『思い出のオーウェル』を参照のこと。また、アイリーン・ブレア★も参照のこと。

（51） エドナはマイケル・セイヤーズのいとこのエドナ・コーエンで、オーウェルは彼女と性的関係を持ったことがわかった。

（52） オーウェルは、初めてロンドンに来た時、ゴールダーズ・グリーンに住んでいたフランシス・フィアズと妻のメイベルの家にしばしば厄介になった。

（53） ブレンダ・イーソン・ヴァーストーン（一九一一〜　）はチェルシー美術学校で美術を学んだのち、紙と包装に関係する業界紙のためにジャーナリストとして働いた。モーリス・オートンは英国空軍の指導的な航空整備兵で、一九四二年に薄い詩集『忘却から』を出版した。それに彼の写真が入っている。

(54) T・E・ロレンス(「アラビアのロレンス」)は一九三五年五月十九日にオートバイ事故で死んだ。

(55) ヘプンストールはノーフォークのジョン・ミドルトン・マリーのところに泊まっていた。

(56) WC2、ロンドン、ストランド、ストランド・パレス・ホテルの厨房責任者ジャン・ポンス氏は、もしオーウェルが、彼が描いた大ホテルの厨房の生活に関する「補強情報」を必要とするなら、喜んで提供するという手紙を、『パリ・ロンドンどん底生活』の仏訳を出したフランスの出版社に送った。ポンス氏からの手紙は現存していない。

(57) 『La Vache Enragée』は『パリ・ロンドンどん底生活』のフランス語版の題である。一九三四年十月十五日、ランボー氏はオーウェルに、「manger de la vache enragée……は英語の表現"to go to the dogs"にほぼ照応します」と説明した。それは、窮乏生活を送るという意味である。オーウェルが知らなかったのは確かだが、それは一八九六年にパリで発刊された諷刺雑誌の題だった。トゥールーズ＝ロートレックは同誌のための見事なポスターを描いた。現在の仏訳の題名は『Dans la Dèche』〔「文無し」〕に変えられている。アーノルド・ベネットは『老妻物語』(一九〇八)の中で、パリの貧窮の情景を描く際、「Is he also in the ditch?」〔「あの人も文無しなの?」〕という表現を使っている。

(58) 『葉蘭をそよがせよ』は一九三六年四月二十日にゴランツから出版された。フランス語版は、一九六〇年にイヴォンヌ・ダヴェ★によって「Et Vive l'Aspidistra!」〔「葉蘭、万歳!」〕という題でガリマール書店から出版されるまで現われなかった。

(59) オーウェルは労働者の生活状態を調べるためにランカシャーにいた。その成果が『ウィガン波止場への道』である。(『ジョージ・オーウェル日記』〔二〇〇九〕を参照のこと。)

(60) オーウェルは本文が名誉毀損担当弁護士によって問題なしとされたにもかかわらず、名誉毀損で訴えられることを怖れたゴランツ社から数多くの変更を求められたことに、当然ながら憤激した。変更は校正刷りでしなければならず、しかも印刷されている文字と同じ文字数で変更しなければならなかった。『葉蘭をそよがせよ』はアメリカでは一九五六年になって出版されたが、それは変更された本文を使用したものだった。

(61) 『アデルフィ』の編集長は同誌についてこう言った。同誌は「時事問題に対する短いコメントや、我々自身のものとはまったく違う意見表明を歓迎」する。

(62)『ウィガン波止場への道』。

(63)『葉蘭をそよがせよ』。

(64)ノーマン・コリンズ(一九〇七〜八二)、作家、ジャーナリスト、ブロードキャスター。一九三四年から四一年までヴィクター・ゴランツ社の副社長を務め、のちBBCの海外放送に加わった。オーウェルは彼の意見表明にことごとく異議を唱えた。一九四五年十一月二十九日、オーウェルは彼の最も有名な小説『ロンドンは私のもの』を書評した。彼は一九四五年、BBCの軽番組の統括責任者《コントローラー》になり、のちには商業テレビの指導的人物になった。

(65)ミドルトン・マリー★の北部の崇拝者の何人かの発案で、『アデルフィ』の印刷と出版部門は、マンチェスターの労働者北部出版協会に引き継がれた。マリーは一九三〇年代初め、独立労働党からの離脱者が結成した独立社会党の党首になった。その党は短命だった。リチャード・リースはそうした『アデルフィ』の支持者を通して、北部で会うべき人間をオーウェルに紹介した。

(66)サム・ヒギンボトム(一八七二〜?)は『アデルフィ』の寄稿者、社会主義者、『我らが協会の歴史』(一九三九)の著者。同書は木工職人合同協会を扱ったものである。

(67)フランク・ミードは木工職人合同協会の役員で、『アデルフィ』のマンチェスターの事務所を取り仕切った。また、独立社会党の機関紙『レイバーズ・ノーザン・ヴォイス』の営業部長でもあった。

(68)准男爵サー、オズワルド・モーズリー(一八九六〜一九八〇)は保守党、独立党、労働党の議員になった。一九三一年、労働党から離脱し「新党」を結成した。のちに狂信的な親ヒトラーになり、党名を英国ファシスト連盟にした。彼の追随者は黒シャツ党員として知られた。彼は戦争が勃発してすぐ、拘留された。

(69)彼はまた、『マンチェスター・ガーディアン』にも投書した。『日記』の三六年三月二十日の項は、こう締め括られている。「『タイムズ』が載せるとはほとんど考えていなかったが、MGは載せるかもしれないと思っていた。その評判から考えて」。どちらの新聞も載せなかった。

(70)T・T――絶対禁酒者。

(71)エドワード・カーペンター(一八四四〜一九二九)は社会主義者の著述家で社会改良主義者だった。著書には、『民主主義へ向けて』(一八八三)、『中間の性――男女の過渡期のいくつかのタイプの研究』(一九〇八)がある。

(72) ワーズワースのソネットの二行目、「浮世の瑣事が余りに多し。」朝まだきより夜遅くまで金銭のために、自らの力を浪費し」。(田部重治訳)

(73) 『ウィガン波止場への道』。

(74) 『パリとアンコール』。

(75) 正しくは「Notes on the Way」〔「途中のメモ」〕。『タイム&タイド』、一九三六年五月二十三日。

(76) オーウェルは、この種の研究を提唱した点で時代のずっと先を行っていた。

(77) ルカ伝、第一四章、第二〇節。

(78) アラン・クラットン=ブロック(一九〇三頃~一九七六)、イートン校でのオーウェルの同級生。『ザ・タイムズ』の美術批評家になり、のちに一九五五年から五八年まで、ケンブリッジ大学の美術スレイド教授を務めた。

(79) ゴドフリー・メネルはイートン校でのオーウェルの同級生で、陸軍に入り、一九三五年、インド人の部隊を率いて戦闘中、インドの南西国境で戦死した。死後、ヴィクトリア十字勲章を授与された。

(80) ミラーの『黒い春』に対する書評は、一九三六年九月、『ニュー・イングリッシュ・ウィークリー』に載った。ミラーは彼の「驚くほどに好意的な」書評に感謝した。

(81) 『ウィガン波止場への道』。

(82) 『岩の水溜り』。

(83) 『葉蘭をそよがせよ』の中で、ゴードン・コムストックが、ジョン・ドリンクウォーターに、侮蔑的に「サー」をつけている箇所を参照のこと。

(84) オーウェルの両親の家。

(85) オーウェルは手で自分の煙草を巻くことができた。どうやらアイリーンは手動煙草巻き器を必要としたらしい。

(86) ネリー・リムーザンは夫のユージェーヌ・アダムと一緒にパリに住んでいた。アダムは、オーウェルがパリに住んでいた時(一九二八~二九)、熱心なエスペランティストだった。アダムはネリーを置いてメキシコに行き、一九四七年、同地で自殺した。

(87) アイリーンの母、マリー・オショーネシーは、結婚式の前の一週間、娘とオーウェルと一緒に過ごしたらしい。式の準備だったのに違いない。家が狭苦しく、貧弱で、電気も浴室も屋内便所もないという状況が結婚式前の緊張と一緒になり、アイリーンがひどく気が滅入っていたこと、また、ネリー叔母の長期の滞在が重荷になっていたことは明らかである。

(88) オーウェルは六月十二日、「象を撃つ」を『ニュー・ライティング』の編集長、ジョン・レーマンに渡した。レーマンは、それを一九三六年、『ニュー・ライティング』(2、秋期号)に載せた。

(89) オーウェルは結婚してからスペインに発つまでのあいだ、「象を撃つ」を書き上げるだけではなく書評で金を稼ぐのにも非常に忙しかった。また、『ウィガン波止場への道』も書いていた。そして、一九三六年十二月二十三日頃スペインに発つ直前に書き上げた。その時期に、三十二冊の本の十二の書評を書いた。

(90) 紛らわしいことに、特にアイリーンがスペインから出した手紙には、兄のロレンス・オショーネシー★は、家族のあいだで使われているエリックという名になっている。彼女が言及している校正刷りは、兄とザウアーブルッフの共著の『胸部手術』である。

(91) リディア・ジャクソン。★

(92) これはアイリーンの書いた通りである。何も省略されていない。

(93) 一家の背景はサー・バーナード・クリックの『ジョージ・オーウェル――ひとつの生き方』と家庭用聖書にわかりやすく要約されている。オーウェルの母は南ロンドンのペンジに生まれたが、生涯の初めの大半をビルマのモールメインで送った。エマ・ラーキンが『ビルマのティーショップでジョージ・オーウェルを探す』(二〇〇四)によると、「レイモージン」という道路標識がある。それは「オレンジ棚通り」という意味だが、リムーザン通りの訛ったものである。「〝紳士の体面〟の戦くような淵」というのはオーウェルの言葉らしくない。彼の「新しい本」(一九三六年四月二十日にヴィクター・ゴランツによって出版された『葉蘭をそよがせよ』であろう)には出てこないし、彼が書いていた『ウィガン波止場への道』にも出てこない。そのことは、アイリーンが読んだ草稿にはあったことを示唆しているのかもしれない。もしそうなら、それは、これまで考えられていたよりも、アイリーンがオーウェルの著作にもっと深く関わっていたことを示唆している(『動物農場』にはアイリーンが深く関わっていたことは証明されている)。

(94) アイリーンの愛称が、オーウェルが『動物農場』で笑い物にした動物の名だったのは皮肉である。

(95) その前金は『ウィガン波止場への道』のものである。

(95) オショーネシー一家のロンドン、SE10の家。

(96) salvo conducto――「安全通行権」。

(97) ジョン・マクネアはイングランド北部のタインサイド出身なので、彼の「電話の声は嘆かわしい」というのは北部訛りのせいだったかもしれない。やはりイングランド北部のサウス・シールズ出身のアイリーンには、その訛りはお馴染みのものだったのだろう。彼女はたぶん、コミカルに皮肉ったのだろう。

(98) 休暇は与えられなかった。

(99) そうした手紙は現存していない。

(100) オーウェルはレフト・ブック・クラブから委嘱されて『ウィガン波止場への道』を書くためにウィガンに行ったと思うのは、広く流布されている誤りである。それどころか、レフト・ブック・クラブは、オーウェルがウィガンに発った時にはまだ出来ていず、オーウェルが原稿を渡したずっとあとの一九三七年一月になって、レフト・ブック・クラブは同書を出すことに決めた。

(101) 彼女は前線から戻ってきたあとの三月二十二日、「またバルセロナを楽しんでいます」と母に書き送った。したがって、彼女が心配した最悪のことは起こらなかった。もっとも、共産主義者の「盟友」がＰＯＵＭを激しく弾圧した、バルセロナにおける「五月事件」で心をひどく痛めることになるが。

(102) オーウェルは頸部に貫通銃創を受けた（三七年七月二日付の手紙の前の注を参照のこと）。共産主義者がＰＯＵＭを攻撃したということは、二人が一九三七年六月二十三日に密かにスペインを去らねばならぬことを意味した（ジョン・マクネアと若いスタフォード・コットマンと一緒に）。

(103) このエリックは彼女の兄ロレンスで、エリックと呼ばれた（ミドルネームのフレデリックから）。

(104) アーネスト・ウィリアム・ヘイ・グローヴズ（一八七二〜一九四四）は傑出した外科医で、腰の再建手術を専門とした。骨の移植法を開発した。

(105) バーサ・メアリー・ウォーデルは、アイリーンと一緒にオックスフォード大学を卒業し、英国海軍中尉のテディー・（Ａ・Ｅ・Ｆ）・ラヴェットと結婚した。彼は戦艦グローリアス号に乗り組んでいた。同艦は護衛の二隻の駆逐艦、アーデント号とアカスタ号と共に、一九四〇年六月八日、ノルウェー沖で撃沈された。生存者はわずかで、グローリアス号では四十人、アーデント号では二人、アカスタ号では一人だった。

(106) ＰＯＵＭの機関紙『スペイン革命』の事務所。

(107) ロバート・エドワーズ（一九〇五〜九〇）。一九三五年に独立労働党議員に立候補し落選したが、一九五五年から一九八七年まで労働党および協同組合党の議員だった。一九三七年、ＰＯＵＭと提携したＩＬＰ分遣隊の隊長を務めた。三月末、グラスゴーで開かれたＩＬＰの会議に出席するためスペインを離れた。一九二六年と一九三四年に、トロツキー、スターリン、モロトフに会うため、代表団を率いてソヴィエト連邦を訪れた。一九四七年から七一年まで、化学労働者組合の書記長を務めた。一九七一年七六年まで運輸および一般労働者組合の全国幹事を務めた。また、一九七七年から七九年まで、欧州議会の一員だった。(『思い出のオーウェル』の中のロバート・エドワーズ「スペインの義勇兵」を参照のこと。また、シェルダンは『オーウェル』の中で、オーウェルは本の題材を見つけるためだけにスペインに行ったというエドワーズの非難を一蹴している。)

(108) アイリーンは「エリック」と書き始めたが、その上に「ジョージ」と書いた。

(109) フェナー・ブロックウェイ(一八八八〜一九八八。一九六四年、ブロックウェイ卿)は一九二八年および一九三三年から三九年までＩＬＰの書記長を務め、しばらくのあいだ、スペインでのその代表だった。数多くの大義のために、とりわけ平和のために献身的に働いた。一九六四年、ＩＬＰを去り、労働党に再入党した。一九五〇年から六四年まで、同党の議員だった。

(110) オーウェルは『カタロニア讃歌』の脚注で、ペセタの購買力を、十進法以前の通貨で「約四ペンス」としている。五百ペセタは約八ポンド六シリング八ペンスであろう。今日の価値では三百二十ポンドである。

(111) 当時、オーウェルの叔母のネリー・リムーザンは、オーウェル夫妻のコテージである、ウォリントンのザ・ストアーズに住んでいた。

(112) アイリーンは、ここでは夫を意味していたに違いない。

(113) 『ウィガン波止場への道』。

(114) たぶん、セカンドネームがモードだった、アイリーンのおばであろう。

(115) アイリーンの母、兄の「エリック」と妻のグウェン。

(116) 老ハチェットはウォリントンでの隣人で、オーウェルの菜園の仕事をよく手伝った。

(117) ハリー・ポリット(一八九〇〜一九六〇)はランカシャーのボイラー製造人で、一九二〇年にグレート・ブリテン共産党を設立したメンバーの一人で、一九二九年に、その書記長になった。ラジャーニ・パルメ・ダット(一八九六〜一九七四。マルクス主義のプロパガンダを広めようとした廉で、一九一七年にオックスフォード大学で一時停学処分になった。共産党執行委員会の委員で、一九三六年から三八年まで『デイリー・ワーカー』の編集長だった)と一緒に彼は、死ぬまで党を指導した。しかし、ファシズムに対する民主主義の戦争を一時提唱したため一九三九年秋に指導者の地位から追われ、一九四一年七月にドイツがロシアに侵攻した時に再びその地位に就いた。『ウィガン波止場への道』に対する彼の書評は、一九三七年三月十七日付の『デイリー・ワーカー』に載った。

(118) 『ウィガン波止場への道』は一九三七年三月十四日、『サンデー・タイムズ』ではエドワード・シャンクス、『オブザーヴァー』ではヒュー・マシンガムによって書評された。

(119) マイケル・ウィルトン、別名ミルトン(イギリス人)、バック・パーカー(南アフリカ人)、バトンショー(アメリカ人)は、オーウェルの部隊のメンバーだった。もう一人のメンバーのダグラス・モイルは、一九七〇年二月十八日、イアン・アンガスに次のように語った。バトンショーはヨーロッパの左翼に対して非常に好意的で、オーウェルを「典型的なイギリス人——背が高く、立ち居振る舞いが立派で、教養があり、話がうまかった」と評した。

(120) オーウェルは「楽しく」という言葉が皮肉に響いたことに気づいてはいなかったろう。サー・リチャード・リースは『愛あるいは金のため』(一九六〇)の中で、アイリーンがバルセロナで経験した重圧感について書いた。「アイリーン・ブレアの中に、政治的恐怖のもとで生きている人間の徴候を初めて見た」

(121) 国際旅団は外国人義勇兵から成っていて、大半は共産主義者だった。そして、マドリッドの防御で重要な役割を果たした。その本部はアルバセテにあり、そこに国際旅団の監獄があった。ジョージ・ウッドコックは言っている。オーウェルは「もし国際旅団に参加したなら、マルティの政治委員に目をつけられ、長くは生きなかっただろう」。アンドレ・マルティ(一八八六〜一九五六)はフランス共産党の指導的メンバーで、アルバセテの屠畜人として知られていた。彼は約五百人の国際旅団員を処刑したと自ら言った——そして国際旅団には六万人を少し下回る外国人がいた。

(122) ＩＬＰの分遣隊の隊員。彼はオーウェルと一緒にサナトリウム・マウリンにいた(『カタロニア讃歌』を参照のこと)。

(123) アイリーンは、年俸でではなく、教えた時間数に対してのみ俸給が支払われることに反対した。もし、授業期間中に拘束されていても、教える必要がなければ、待機中の時間に対する金銭的補償はなかった。

(124) オーウェルがＰＯＵＭと繋がりがある以上、『国際文学』は「貴下となんらかの関係を持つことはできない」というのが、同誌の返事だった。

(125) レイナー・ヘプンストール夫人。

(126) オーウェルは『カタロニア讃歌』の中で、彼のホテルの部屋がどんな風に私服の警官に捜索されたかを語っている。警官は「私たちが持っていたあらゆる紙片」を持ち去ったが、幸い、アイリーンと彼の旅券と小切手帳は残った。彼はのちに、警官が、サナトリム・マウリンで使った汚れたリンネルの束を含む、彼の所持品のいくつかを押収したことを知った。五十年以上経って、マドリッドの国立公文書館でカレン・ハザリーが、それをまさに裏付ける文書を発見した。

(127) フランツ・ボルケナウ著『戦乱の巷スペイン』のオーウェルの書評は『全集』第十一巻に収録されている。彼は一九三八年にボルケナウの『共産党インターナショナル』を書評した際、前者が「その問題に関する最良の本」だと依然として考えていると書いた。ボルケナウ博士（一九〇〇〜五七）はオーストリアの社会学者で、政治を論じる著述家だった。一九二一年から二九年まで、ドイツ共産党の党員だった。ナチが権力を握った時、英国に亡命した。オーウェルは彼とその著作を絶讃した。

(128)『カタロニア讃歌』。

(129) N・A・ホールダウェイは教師、マルクス主義の理論家、独立社会党の党員、『アデルフィ』の寄稿者、アデルフィ・センター〔一九三四年に設立されたコミューン〕の指導者だった。

(130) ジョック・ブランスウェイト（一九九七年没）は坑夫の息子で、オーウェルと一緒にスペインで参戦した。彼は『ウィガン波止場への道』が前線に届いたことを思い起こし、その本は彼の労働者階級の感情を害さなかったと言った。そしてスティーヴン・ウォダムズに、オーウェルはスノッブではないと言った。「あの男は素晴らしい人物だと思った」。彼はバルセロナからマルセイユまでの最後の脱出船でスペインを出た。

(131) マルソー・ピヴェールは『論争』の寄稿者だった。

(132) ハリー・ミルトンはオーウェルの部隊にいた唯一のアメリカ人だった。オーウェルが頸部を撃ち抜かれた時、彼とオーウェルは話をしていた（『カタロニア讃歌』）。彼はトロツキストで、スペインに到着したオーウェルを、「政治的に処女」と見なした。彼らは政治を論じながら何時間も過ごした。オーウェルは「冷静沈着」で、「非常に規律正しい人物」だった。

(133) ジェイムズ・マクストン（一八八五〜一九四六）は一九二二年から四六年まで独立労働党の議員だった。一九二六年から三一年まで、および一九三四年から三九年まで独立労働党の議長を務めた。

(134) アンドレス・ニン（一八九二〜一九三七）はPOUMの指導者だった。一度モスクワでトロツキーの個人秘書だったが、トロツキーがＰＯＵＭを批判したので袂を分かった。一九三七年五月、ソヴィエトによって通例の査問にかけられたあと、共産主義者によって殺害された。

(135) これはボブ・シミリーを指している。彼はバレンシアで投獄され、彼を捕らえた者によると、彼は盲腸炎で死んだ。

(136) 青年共産主義連盟。

(137) ジョン・ストレイチー（一九〇一〜六三）は政治理論家で、一九二九年から三一年まで労働党議員だったが、オズワルド・モーズリーの新党（親ファシスト）から立候補して落選した。その後、共産主義を支持した。一九四五年から五〇年まで労働党内閣の食糧相になり、一九五〇年から五一年まで、陸相を務めた。

(138) スタフォード・コットマン★。

(139) ゴランツはオーウェルに、手紙を「然るべき所」に渡すと言った。それはロンドンのキング通りにある共産党の事務所であるのがわかった。彼はポリットに宛て、こう書いた。「親愛なるハリー、君はオーウェルから来たこの手紙を読むべきだ。僕は電話でジョン［ストレイチー］に話した。自分が不謹慎なことは何も言わなかったのは確かだと彼は請け合っている」。ストレイチーが何を言ったのかは、わかっていない。

しかし、攻撃は当座はやんだ。

(140) イーディス・シットウェル（一八八七〜一九六四、大英帝国二等勲爵士、一九五四）は詩人、文人。一九一五年に最初の詩集を自費出版し、生涯著述をした。『ファサード』は広く認められ、長く残る作品になった。それは一九二二年一月、ウィリアム・ウォルトンが音楽を付け、コンサート形式で朗読された。彼女は多くの若い芸術家を励まし、オーウェルの作品に強い関心を抱いていた。彼女の『アレグザンダー・ポープ』は一九三〇年に出版された。

(141) ここでは喉の感染症の意。

(142) ブレイルズフォードは一九三七年十二月十七日に返事を書いた。そして、情報はバルセロナのソヴィエト総領事ウラジーミル・アントーノフ＝オフセンコ（一八八四〜一九三七）から得たと言った。彼は「その後、粛清された」。彼と妻のソフィアは「五月事件」のあとソヴィエト連邦に召喚され、一九三七年十月、娘のヴァレンティーナ（十五歳）と共に逮捕された。両親は一九三八年二月八日、銃殺された。娘のその後の人生については、オーランドー・ファイジズ『囁きと密告』（二〇〇七。ペンギンブックス、二〇〇八）を参照のこと。

(143) Partido Socialists Unificado de Cataluña（連合

カタロニア社会党。実際には共産党)。

(144)「ドゥルーティの友」はFederación Anarquista Ibérica(イベリア無政府主義者連盟)内部の過激な無政府主義者のグループだった。それは、ブエナベントゥラ・ドゥルーティ(一八九六～一九三六)にちなんで名付けられた。彼はマドリッドの戦いで致命傷を負ったので、その後「伝説的無政府主義者の戦士」になった。

(145)ジョン・ラングドン＝デイヴィス(一八九七～一九七一)はジャーナリスト、著述家。スペインで『ニューズ・クロニクル』のために記事を書き、共産主義者の弁護士ジェフリー・ビングと共に、コミンテルンが後ろ盾になった「スペインにおける非介入協定違反申し立て調査委員」の二人制幹事になった。「粛清と排除の政策」を拒否したオーウェルは、「筋金入りの共産主義者」に嘲弄された。ラングドン＝デイヴィスは、そうした共産主義者の一人だった(ヴァレンタイン・カニンガム『三〇年代の英国作家』[一九八八]を参照のこと)。バルセロナの経験をもとに『空襲』(一九三八)を書いた。それは、大規模な疎開と地下の幹線道路建設を提唱している。

(146)Peace Pledge Union〔平和誓約同盟〕。オーウェルはその一員だったと言われてきたが、それは九分九厘間違いであろう。オーウェルは同団体のパンフレットを何枚か買ったが、二〇一九四番の一枚の領収書がオーウェル・アーカイヴにある。値段は二シリング六ペンスで、日付は一九三七年十二月十二日である。宛名はE・ブレア夫人――アイリーンである。それはパンフレットの領収書と考えられてきたが、アイリーンの寄付金のようである。

(147)ジョルジュ・コップはスペインでのオーウェルの指揮官だった。二人は当時、非常に親密な友人同士だったが、一九四〇年代には、その友情は冷えた。オーウェルが頸部に傷を負ったあと、その看護に力を尽くしたのはコップだった。アイリーンがここでノラに心を打ち明けている事実は、二人の関係について従来推測されてきたより、ずっと多くのことを語っている。

(148)「Dellian」は、ギリシャのデロス島に関連する「Delian」を指しているのかもしれない。デロス島は、託宣者の住んだ所だった。あるいは、オーウェルが『葉蘭をそよがせよ』の中で酷評しているエセル・M・デルのロマンティックな小説を皮肉って指しているのかもしれない。

(149)そのような作戦は、オーウェル自身が控え目に言っているよりもウエスカでは激しい戦闘があったという印象を与える。

(150) オーウェルがいつ初めてマルクスを読んだのかについては諸説がある。リチャード・リースは『ジョージ・オーウェル——勝利の陣営からの逃亡者』(一九六一)の中で、一九三六年のアデルフィ夏期学校の誰もが、マルクスに関するオーウェルの該博な知識に驚いたと記している。

(151) これはアイリーンの兄のロレンス・オショーネシーに違いない。やはりロレンスという名の息子は、一九三八年十一月十三日まで生まれなかった。

(152) たぶん、バーサ・メアリー・ウォーデルであろう。彼女はアイリーンと一緒に大学を卒業した。(三七年二月十六日付の手紙の注(105)を参照のこと。)

(153) フィリス・ギマレインズはセント・ヒューズ学寮で現代語を専攻した。父はポートワインの船積み人だった。一家はサリー州レッドヒル、ペトリッジ・ウッドに住んでいた。マメットはセント・ヒューズ学寮のかつての個別指導教員だったか、上級教員連合と関係があったかだろうと、ジェニー・ジョゼフは私に言った。

(154) ノラには二人の姉妹、ジーンとルースがいた。ジーンはモーリス・デュラントと結婚し、マーガレット・デュラントの夫、ジョンの母になった。

(155) オーウェルは一九三八年二月十日、『カタロニア讃歌』の二つ目のカーボンコピーを、自分の著作権代理人レナード・ムーアのところに持って行った。自分たちは「とても金持ちだった」とアイリーンが言っているのは皮肉だったかもしれないが、『ウィガン波止場への道』のレフト・ブック・クラブ版の印税を指しているとも思える——約六百ポンドである。その多くをスペインで使ってしまったかもしれないが。アイリーンの言う「休暇」はオーウェルの病気のせいで遅れてしまったかもしれない。また、休暇は七月の半ばに、ウィンダミアのチャペル・リディングで過ごした。彼女が誰のところに泊まりに行ったのかは、わかっていない。

(156) ここでは、夫のエリックと兄のエリックが混乱しているようである。アイリーンが兄のことと、兄が共著で書いている医学書のことを言っていると考えてよかろう。

(157) バジル・キングズリー・マーティン(一八九七~一九六九)は左翼の著述家、ジャーナリストで、一九三一年から六〇年まで『ニュー・ステーツマン』の編集長だった。

(158) ジョン・マクガヴァン(一八八七~一九六八)は一九四七年から五九年まで労働党議員で、一九三四年、グラスゴーからロンドンまで饑餓行進の先頭に立った。フェリシアン・シャレーはフランスの左翼の政治家で、世界中の市民的自由を護る反ファシスト運動、La Ligue des Droits des Hommes〔人権連盟〕の委員会の委員だった。一九三七年十一月、スターリン主義者の専制に同運動が隷属していると抗議し、ほかの七人と共に辞任した。

(159)『希望の敵』(三八年十二月十四日付のコナリー宛のオーウェルの手紙を参照のこと)。

(160)『カタロニア讃歌』。

(161)プレストン・ホール・サナトリウムにあるオーウェルの病状の記録は、一九二九年、一九三一年、一九三四年に彼が具合が悪くなった時に喀血したことを示している。彼は一九一八年、一九二一年、一九三三年、一九三四年に肺炎に罹った。そして、ビルマにいた時、デング熱に罹った。

(162)オーウェルは、パキスタンのラクナウで発行されていた『パイオニア』のために、社説、書評を書き、投書整理をするよう誘われた。

(163)『空気を求めて』。オーウェルは、ここではあまりフェアではない。そうするように提案したのはオーウェルだった。

(164)アイリーンの兄の家。

(165)コモンはウォリントンからわずか六マイルほどのところに住んでいたが、交通が不便で、彼は車を持っていなかった。

(166)彼は一九三八年九月一日までサナトリウムを去らなかった。

(167)ジャック・コモンの妻と息子。

(168)スペンダーはエイルズフォードにオーウェルを訪ねた。しばしば長くて厄介な道程《みちのり》をやって来たほかの者には、スペインでの分遣隊のかつての同志たち、ジャック・コモン、レイナー・ヘプンストール、マックス・プラウマンと妻のドロシー、そして、二人が連れてきた小説家L・H・マイヤーズがいた。

(169)グリーン・ラインのバスは、限られたところにしか停まらない長距離バスで、本来のロンドンの外側の郊外から郊外、田園地区から田園地区に走った。

(170)オーウェルはその点では間違っていた。彼はのちに、『カタロニア讃歌』の第二版が出たなら――彼の生前には英語版は一つしかなく、アメリカ版とフランス版は彼の死後まで出なかった――この誤りを正すよう求めることになる。『全集』版ではその誤りは正されている。

(171)メリルボーン・クリケット・クラブ。当時、権威のあった代表的クリケット・クラブ。そのネクタイは赤と黄の縞だった。

(172) 四月二十七日(および五月十七日)のオーウェルの血液沈澱テストによると、彼の病気は「中程度の活動性」のあるものだった。七月四日になってやっと「鎮静」したが、正常にはならなかった。

(173) 気管支拡張症——気管支に影響を与える慢性のウイルス性病気。癆は肺結核。

(174) オーウェルは六月一日から、一日一時間起きているのを許され、一週間後、一日三時間起きているのを許されるようになった。

(175) 一九三八年五月二十九日の書評は、著述家、編集長、出版業者のデズモンド・フラワー(一九〇七〜九七、戦功十字勲章)によるものだった。彼は一九三一年にカッセル社の重役に、一九三八年に文学担当重役になり、一九五八年から七〇年まで社長を務めた。また、A・J・A・シモンズと一緒に『ブック・コレクター』を創刊し、編集長を務めた。

(176) The Times Literary Supplement〔「タイムズ」文芸付録〕。『リスナー』はBBCによって発行され、とりわけ、放送したトークを載せた(しばしば短くした形で)。オーウェルは『リスナー』のために書評をした。『リスナー』はオーウェルのトークのいくつかを載せた。(『リスナー』の書評に関しては、三八年六月十六日付の手紙を参照のこと。)

(177) フィリップ・ファーノー・ジョーダン(一九〇二〜一九五一)はジャーナリスト、小説家、書評家だった。パリの『デイリー・メール』のスタッフで、『シカゴ・トリビューン』のリヴィエラ版を編集した。一九三六年に『ニューズ・クロニクル』に入り、一九三六年から三七年までスペインで通信員を務めた。のちに同紙の特別記事編集長になり、その後、外国通信員になった。一九四六年から四七年までワシントンの英国大使館第一書記になり、のち、クレメント・アトリー首相の広報顧問になった。

(178) J・R・アカリー(一八九六〜一九六七)は一九三五年から五九年まで文芸担当編集長だった。評者の弁明にもかかわらずオーウェルを支持したことは印象的である。

(179) オーウェルの両親には十七人の兄弟姉妹がいたが、アイリーンが言及しているおじは、ボーンマスのパークストーンにあるゴルフクラブの幹事を一時務めたチャールズ・リムーザンと、アイヴィーと結婚したジョージ・リムーザンと、ネリー・リムーザンと結婚したユジェーン・アダムだけである。誰もコテージを借りなかった。

(180) もしパーティーが何かを祝うものだったのなら、

それは『カタロニア讃歌』が四月二十五日に出版されたことを祝うものだったかもしれない。あるいは、六月二十五日のオーウェルの三十五歳の誕生日を早めに祝うパーティーだったのかもしれない。

(181) 彼らはそのコテージを借りた。

モロッコからBBCへ

北アフリカの気候はオーウェルの健康にとってよいだろうと思われた。ところが、それは、もっぱら幻想だった。比較的安静にしていたことは役に立っただろうが。彼はイギリスにいた時と同じように、いくらかの野菜を育て、ごくわずかな鶏と山羊を飼った。彼はモロッコにいたあいだ、簡単には返せないほどの借金をしたことに悩んでいた。彼には知られずに、小説家のＬ・Ｈ・マイヤーズが贈り物として旅費と滞在費の三百ポンドを出してくれたのだが、オーウェルは多くの機会に、その「借金」のことを口にし、最終的には、借金だと思っていた金を、仲介者のドロシー・プラウマンに払った。

オーウェル夫妻はモロッコにいるあいだ、数日アトラス山脈で過ごした。彼は『空気を求めて』を書き、一九三九年三月三十日にイギリスに戻るとすぐ、そのタイプ原稿をゴランツに見せるために、自分の著作権代理人、レナード・ムーアに送った。一九三九年六月二十八日、オーウェルの父が癌で死に、オーウェルは、サウスウォルドの海岸通りを歩きながら、息を引き取った父の瞼に置いたペニー銅貨をどうしたらよいかと考えたことを、感動的に日記に書いた。結局、海に銅貨を放り投げた。

一九三九年九月三日に第二次世界大戦が勃発し、オーウェルにとって非常に焦燥感に満ちた時期が始まった。彼は連合軍の大義に貢献する仕事は何も得られず、軍隊に入るにはあまりに不適格だった。アイリーンは最初、(皮肉なことに)、政府の検閲部で働いた。さらに皮肉なことに、検閲した郵便物を記録するためにアイリーンが使ったノートの一冊は、オーウェルが内国歳入庁に申告するために収入を記録するのに使われた。彼は、本、劇、映画の批評をし、ダンケルクのあとの一九四〇年五月に、のちに国土防衛軍となる地域防衛義勇軍に入り、軍曹として積極的に働いた。本書に収められた、国土防衛軍と一緒に写っている写真は、彼の班の構成を示している。オーウェルの右にいるのは、彼の出版業者フレドリック・ウォーバーグである。ウォーバーグはパッセンダーレで中尉として勤務した。オーウェルの班のほかの者には、二人の食料雑貨卸売商、大きな自動車修理工場の経営者とその息子、セルフリッジのバン運転手、デンジル・ジェイコブズ（のちに英国空軍の航空士になった勅許会計士）とその父が含まれていた。ジェイコブズ父子は一九四九年、ユニヴァーシティー・コレッジ病院にオーウェルを見舞った。デンジル・ジェイコブズは編者に、オーウェルにとっては「献身がすべてだった」と語った。

　オーウェルの『ライオンと一角獣』は一九四一年二月十九日に出版された。彼はBBCから、四回の海外放送も含め、数回放送した。そして一九四一年八月十八日、年俸六百四十ポンドでBBCのトーク番組助手に任命された。彼は短期間の研修コースに出たあと（そのコースは、やや不当だが「嘘つき学校」と呼ばれた——実際には、それは非常に簡明で実際的なものだった）、二年間の辛い、根気の要る仕事を始めた。彼はのちにその二年間を「無駄にした二年間」と呼ぶようになったが、実際は、彼が気づいていなかったほど価値のあるものだった。それまでには、アイリーンはうんざりするほど単調な検閲部から、食糧省のもっと楽しい仕事に移り、「台所前線」のような計画に携わった。それは、厳しい配給制度のもとで手に入る食べ物の最大限で最良の利用法について国民に助言するというものだった。

母宛のオーウェルの手紙(1912年2月25日付)より

アイリーン★より、オーウェルの母アイダ★宛

一九三八年九月十五日
マラケシュ
マジェスティック・ホテル

最愛のブレア夫人

エリックが今日、彼が言うには私が「動顚」していることを説明した絵葉書を送ったことと思います。私たちは二人とも動顚していたと言えるでしょう。一つには、気候のせいで、一つには私たちがこの国に抱いていた恐怖心のせいで。私が成し遂げたもう一つのことは、一種の熱病です。おそらく食中毒が原因かもしれませんが、蚊が原因と考えたほうがよさそうです——エリックは私と同じものを食べていますが、まったく蚊に刺されていません。一方私は、ブリオッシュ〔干し葡萄を入れたパン菓子〕で出来ているかのように見えます。

私たちがタンジールを発つまでの旅はとても快適でしたので、私たちは甘やかされてしまいました。私たちは間違えてジブ〔ジブラルタル〕に行ってしまい、カサブランカ行きの船が満員だったためタンジールで足止めになりましたが、ジブはとても興味深く、タンジールは魅惑的でした。エリックの船酔いの薬はジブからタンジールまでの海峡を渡る時にも効きました。海は荒れていました（彼は天使のような笑みを浮かべながら船の中を歩き回り、人が吐く様を見て、私に「婦人用キャビン」に行って、その惨状を報告するように言い張りました。タンジールのコンティネンタル・ホテルは実際、とても素敵です。計画通りに、もしここに船で来たのなら、私たちはたぶん、モロッコがもっと気に入ったでしょうが、列車で来なければなりませんでした。そのため、午前五時に朝食をとり、列車に乗る前に、あらゆる国の警察と税関当局を納得させるという果てしない苦しみを経たのち、(a)列車が国際管理地区を離れる前に、(b)列車がスペインの管理地区に入る前に、(c)フランスの管理地区に入る前に、さらに警察と税関の尋問を受けねばなりませんでした。スペイン人は大層感じがよく、暢気でした。それはよいことでした。というのも、最後の瞬間になって一人の男がやって来て、大半の乗客が持っていて、スペインの保護領では許されていないフランスの新聞を集めたからです。私たちはスーツケースの中に、ファシスト系、反ファシスト系の約二十紙の新聞を持っていました。フランス人はいかにもフランス人らしく、私たちが法律を破りにモロッコに来たのではないということを、まったく信じませんでした。けれども彼らは、逮捕はモロッコ警察に任せることに同意しました。私たちは連絡駅まで行き、そこで食堂車付きの列車に乗り換えることになりました。その頃には午前十一時のはずでしたが、実際は十一時四十五分でした。誰もが、十歳から七十歳までのアラブ人のポーターの大群に囲まれながら、駅の中を疾走しまし

た。列車は私たちが中に入るか入らないかのうちに動き出しました。背が三フィート六インチの年少の私たちのポーターは、不自然でなくもないのですが、運んでいた二つのスーツケースを、チップを貰うために私たちを見つけようと、プラットフォームに置いていました（それから彼は、それは食堂車に置いたと言いました）。けれども、それを確かめるのに何時間もかかり、カサブランカでスーツケースを手にするのに二日かかりました。それから私たちはマラケシュに着き、再び午前七時に出発し、薦められたホテル・コンティネンタルに行きました。かつては、とてもよかったのかもしれません。そのホテルは経営者が最近替わり、紛れもなく娼館になっています。私は娼館について直接の知識はあまりありませんが、娼館は特別サービスを提供しているので、すべて汚くてもよく、ほかの便宜もなくてよいのでしょう。けれども、私たちは一日だけ滞在しました。一つには、エリックが、そこで暮らそうとするまではなんら妙なことに気づかなかったからと、一つには、その頃までには私の体温が一時間に約一度上がり、ひたすら横になりたかったのと（それは容易でした）、飲み物が欲しかったからです。飲み物は、見かけは恐ろしいが非常に親切な、際限もなく多様な通りのアラブ人によって持ってこられました。エリックはもちろん外で食事をしましたが、それはモロッコでは非常に高くつくので、私たちはできるだけ早くここに移ってきました。ここはマラケシュで二番目に高いホテルですが、レストランに行くより、ここで三食をとったほうがずっと安いのです（二人で一日九十五フラン）[1]。

日曜日。

エリックが、あの時点で私をベッドに行かせました。その後、私たちは多忙でした。彼は今朝、私が荷を解いているあいだ、あなたに手紙を書きました。ですからあなたは、マダム・ヴェラ〔二人は一時、彼女の家に滞在した〕と、これから住む別荘《ヴィラ》について知るでしょう。ヴィラは、私たちの観点からは面白いだろうと思います。ヴィラは、離れ屋に住み、それを囲むオレンジの森の世話をする数人のアラブ人以外誰もいない、まったく孤立した建物です。私たちは質素に暮らせるだけの家具を買うつもりです。それは手に入る最も安いフランス製の家具なので、美的効果は惨めかもしれませんが、家に持って帰りたいくらいの、ちゃんとした敷物を買いたいと思っています。大きな居間と、二つの寝室と、浴室と台所があります。調理設備はありませんが、中に炭を入れるいくつかの小さな壺と、プライマス〔携帯用石油コンロ〕を一つ買うつもりです。この国はほとんど砂漠ですが、雨が降れば違って見えるでしょう。いずれにしろ、私たちは山羊が一匹飼えます。エリックは気候の恩恵を実際に受けることでしょう。彼はマラケシュ自体では、その恩恵が受けられませんでした。ヨーロッパ人の住む地区は、二流のお上品ぶった人間がいて物が高いので我慢できません。土着の人間の住む地区は「絵画的」ですが、臭いを上回るのは騒音だけです。エリックはひどく気が滅入っていたので、家に帰るべきかと思っていましたが、今ではヴィラのことですっかり興奮していて、そこに行けば幸せになると思います。ディオ医師（パリにいる、兄の友人が推薦しました）によると、気候はエリックに打ってつけです。または、数週間のうちにもう少し涼しくなると。そして、ヴィラには屋根に展望台のようなものが付いていて、仕事をするにはよいでしょう。

二つ目の寝室は、もちろん、アヴリルが欲しい時には彼女のものです。もし彼女が船でタンジールに行くなら、船賃は往復約十二ポンドでしょう。タンジールでは、コンティネンタルに、すべて込みで一日十シリングで泊まれます。タンジールからマラケシュまでの列車での料金は、二等で百五十五フランです。運悪く、列車はカサブランカに午後三時かそのくらいに着き、マラケシュまでの次の列車は八時に出発し、一晩中かかります。カサブランカで一晩泊まったほうがよいでしょう。その場合、合計あと十シリングかかると思います。そして、朝の列車に乗ってここに来ればいいでしょう。四時間しかかかりません。そして、大したことはありませんが、田園を見ることができます。私たちは嫌悪感を抱きましたが、それはもっぱら、私たちが半年ここで暮らすことという宣告を受けていたためです。マラケシュに近づくにつれ次第に駱駝の姿をよく見るようになり、やがては驢馬と同じくらい普通になります。土着の村は、五フィート平方（しかし、大抵は円い）の小さな草葺き屋根の小屋の驚くべき集まりで、時には、枯れた材木の一種の生け垣か泥の壁で囲まれています。壁がなんのためなのかは、わかりません。壁は何かの侵入を防ぐほど丈夫でも高くもないのです。マラケシュ自体は泥で出来ていて、巨大な泥の塁壁があります。土は乾くと赤っぽい色になり、土のままですと非常に美しいのですが、マラケシュを「赤《ラ・ルージュ》」と呼びたがるフランス人が、絵の具でおおよそ再現すると惨めです。土地の産物のいくつかは愛すべきものです。とりわけ、彼らが使う陶器の壺と水差しは。

ディオ先生はまだ実際にはエリックを診察していませんが、診察するつもりでいます。彼は特に好意的という訳ではありませんが、よい医者には違いなく、私たちは彼を通して、胸部が実際に適切に反応しているか知ることができるでしょう。

ブレア氏とアヴリルによろしくお伝え下さい。ブレア氏が家の外に出、アヴリルがモロッコまで出てくることを願っています。写真を撮るには、ここの光は素晴らしいと言われています。彼女の観点からはマラケシュに滞在していたほうが面白いかもしれませんが、涼しい時には片道は歩くことができます（約三マイル）。タクシーだと二シリング六ペンスほどかかると思います。彼女は、もし、来る前に国際運転免許証を取得したいなら、車を借りることができるでしょう。いずれにしても、マラケシュからほかのどんな所にもバスが通っています。

愛を込めて
アイリーン
［手書き］

アイリーン★よりマージョリー・デイキン★宛

一九三八年九月二十七日
フランス領モロッコ
マラケシュ
エドモン・ドゥート・メディーナ通り
マダム・ヴェラ宅

親愛なるマージョリー

　私たちは最初の手紙を受け取りました――ブレア夫人から。よい知らせで溢れていました。あなたのご家族がお元気であること、また、マルクスが自分の幸運を理解していることを知り、とても嬉しく思っています(2)。ただ、マルクスが、みなさんの言う通り、行儀よくしていることを願うのみです。

　きのう、戦争が勃発する前に届くようにと思って、数通のビジネス・レター風の手紙を一心不乱に書きました。今日の新聞はやや落ち着いていますが、モロッコで発行されたもの以外の新聞がまったく読めないというのには、ひどく苛立ちます（ほかの新聞も手に入るのですが、四日から八日遅れ、今あるのは数年前のものと言ってもいいのです）。異常なのは、ここの誰もそういうことに関心を持っていないらしいということです。きのう、私たちがカフェにいた時、夕刊が届きましたが、一人しか買わず、買っても広げませんでした。でも、ここにはフランスで動員されるだろう若いフランス人が大勢いると思います。誰もがモロッコは内陸にあるので安全だと考えています。アラブ人はまだ問題を起こしそうにありません。もし起こせば、哀れな彼らは、マラケシュにおいてだけで、大砲等すべてを完備した一万五千の正規兵を相手にしなければならないでしょう。私たちは、ここにいるのを許されている限り（それは、私たちのお金が続く限りでしょうが）、ほかの大方の者より生き続ける見込みがあるでしょう。なんのために生き続けるのかは、神のみぞ知る、ですが。戦争が勃発したあとでは、エリックが新しい本を出す見込みはほとんどないようです。ハンフリー★の防空壕(3)のことを聞いて、ちょっと楽しくなりました。エリックはこの二年、防空壕を作ろうとしてきました。その計画は、スペインで実際に一つ作ったあと、二日後に天井が彼と仲間の頭上に落ちてきて以来、頓挫していますが。落ちたのはどんな砲撃のせいでもなく、単に引力のせいなのですが。でも、防空壕は総じて息抜きのためです。彼の専門は強制収容所と饑餓です。

彼は饑餓にそなえ、いくらかのジャガイモを埋めました。すぐに黴が生えなければ大変役に立つでしょう。驚いたことに、彼は何が起ころうと、ここにとどまるつもりなのです。理屈の上では、それは彼の性格に合い、ごく理に適っていて、快適でさえあるように見えます。でも実際は、それほど快適ではないでしょう。いずれにしろ私は、二人がここに来たことに感謝しています。もしイギリスにいたら、彼は今頃は投獄されていたでしょう。それなのに、私はここに来ることに医師全員から実に厳しい警告を受けました。どうやって私がそれをやめさせることができるのかは教えてくれませんが。どんな解決策であれ、戦争が起こらないことを、今でも必死に願っています。戦争になれば、チェコの人々にとっていっそう悪いことになるのに決まっています。結局、政治的弾圧は、盛んに宣伝されていますが、一国のごくわずかな人々しか惨めにしません、なぜなら政体は、とりわけ独裁体制は人気を得なければならないのですから。私たちは、なんのための示威行進なのか知らないのに、ロンドンの群衆が「示威行進」をしている写真をしょっちゅう見て、苛々しています。逮捕された「過激派」についての言及を時折目にしますが、過激派が、チェンバレンの宥和政策に反対して示威行進をしている共産主義者なのか、ファシストなのか、社会主義者なのか、平和主義者なのか私たちは知らないのです。何はともあれ特異な政治的素朴さを持ち続けているエリックは、彼の言う、庶民の声を聞きたがっています。その声は戦争をやめさせるかもしれないと彼は考えていますが、その声はただ、戦争は欲しないが、もし政府が宣戦布告をしたなら、もちろん戦わねばならないだろうと言うだけでしょう。チェンバレンが唯一の希望だと感じるのはとても変なのですが、あの人も今、戦争を欲していないと私は信じています。あの人は確かに勇気を持っています。(4) でも、まさに今、あなたたちが防毒マスクをつけようとしているのかもしれないと考えると、異様で恐ろしい気がします。(5)

私たちがマラケシュを嫌っていることを、たぶんお聞きになったでしょう。面白い所ですけれども、ともかく最初は住むにはおぞましい所に見えました。美しいアーチ門からは悪臭が漂い出、可愛らしい子供たちは白癬と蠅に覆われています。夕陽を眺めるための広々とした場所を見つけましたが、私たちから西の土地のその箇所が墓地なのに気づくのが遅れました。私は実際、辺りは目に見えない虫だらけだったので、その眺めについてのエリックの話に耐えることができませんでした。二人は日没を見ずに帰らねばなりませんでした。でも、総じて、私はここの風土に慣れました。エリックも同じ方向に進んでいるものと思いましたが、彼は違うと言っています。でも、ヴィラに入れば（十五日に移ります）、彼は幸せになるでしょう。彼は、その家のための物を買ってさえいます。その一つは幅四フィートの銅製のトレイですが、私たちのこれからの人生を支配してしまいそうです。また、二羽の鳩も飼っています。ここでは鳥籠に入れていますが、ヴィラでは放し飼いにするつもりです。ここでは人に馴れた動物は、どんなものでも飼えません。なぜなら、総じて、ここの動物は半年甘やかされると、その将来がいっそうひどいものになってしまうので。そのほか、数匹の驢馬を飼っています――一匹百フラン(6)で買えます。

この手紙の一語も読めないのではないかと思います。私たちにはテーブルが一つしかなく、エリックがその上で日記をタイプしています。マルクスを含め、みなさんによろしくと、彼は言っています。私もです。

アイリーン

万一戦争になったら、ブリストル(7)が、あるいは実際どこであれ、どうなってしまうのか、わかりません。でも、いつであれ、子供たちをもっと辺鄙な場所に移したいと思ったなら、私たちのコテージはほぼ間違いなく空いているでしょうから使って下さい。コモン夫妻はどうするのかわかりませんが、私たちは兄に、コテージはともかく現状のままにしておいてくれるよう頼みました。そこは、イギリスのほかの場所に劣らず安全で、比較的自立しています。ですから、誰かがそこに住むのを喜ぶのではないかと私たちは思いました。もちろんコモン夫妻はそこにとどまるかもしれません。兄の家（SE10、クルームズ・ヒル二四番地）の誰かは知っているでしょう。兄はすぐに動員されると思います。RAMC(8)に入っているので。

［手紙の一番上］Eの健康についての実際の報告は、まだありません。お医者さんが言うには、多くのことを期待する前に、「気候順化」に三、四週間見なくてはならないそうです。

［手書き］

ジャック・コモン★宛

一九三八年九月二九日
マラケシュ
マダム・ヴェラ宅

親愛なるジャック

戦争になった場合、君はどうすべきかいくつか提案をした手紙を僕は昨日書いたが、今朝、戦争は実際起こりそうもないと君は思っているような手紙を受け取ったので、今、前よりもっと普段の気分で書く。世界のこっちの果てでは、戦争に関してよくわからない。軍隊は一応完全武装をして待機し、大砲は「騒動が起こった場合にそなえ」、町のプロレタリアが住む地区に向けられていて、今日の午後、よくわからない空襲避難訓練のようなものがあった。一方、フランス人はまったく無関心で、戦争が近づいているとは思っていないようだ。もちろん彼らは、ここではすべての危険の外にいる。動員されるだろう若者を除いては。たぶん、そのことが彼らの態度に影響しているのだろう。一切があまりに気違いじみているので、吐き気がするほどだ。一つのことははっきりしている。例えば、イギリスやフランスが何もしないうちにヒトラーがチェコスロヴァキア全土を占領するとか、おそらくそれと同時に英国大使の尻を緑に塗ってイギリスに追い返すとかいった、威信の大失墜がなければ、チェンバレンは次の選挙で大差で無事に勝つだろう。いわゆる左翼政党は、みずからの馬鹿げた政策によって彼を利することになった。

　若い雄鶏がまったく金にならなかったと聞いて、申し訳なく思う。雌鶏とレグホンを交配させたのはよく卵を産むからで、食卓用の鶏にするよりも卵を産ませたほうがずっと儲かる。実際、一番いいのは、それを食べることだ。食べる分には問題ないが、あまりに軽いので、金にならない。一番早い初年鶏は今月卵を産むはずで、ほかのは十一月頃に産むと思う。もっとよくするために、カーズウッド〔家禽の餌の商品名〕をちょっとやってみるといい。ミュリエル(9)が行儀よくしていることを願う。彼女の食べ物についてどんな手配をしたのか、まだ思い出せない。クラーク商会は、まだ品物を届けてくれているだろうか？　もしそうなら、請求書について訊いてみてくれないか。同商会は僕がきちんと払うのを承知しているので、請求書をここの僕の所に送るのかどうか何か言ってくれるだろう。そう、もし電話が切られていなかったら、切るようにしてくれないか。義兄がそうしてくれたと思っていた。彼にそのことを一言手紙で言ってくれないだろうか。この前の手紙に彼の住所を書いておいた。菜園の林檎の木に実が生っただろうか。この何年か、三十ポンドか四十ポンドの林檎が生った。非常によい料理用林檎だが、長くはもたないので使い切る必要がある。

　君がイギリスから外に出たことが一度もないと聞いて悲しくなる。とりわけ、ただホテルからホテルに泊まり、気温以外の違い以外、どこであれなんの違いも見ずに旅行をする輩《やから》のことを考えると。同時に僕は、旅行が人をどのくらい益するのか、よくわからない。これまでずっと信じてきている一つのことは、人は、外国で働くか、住民と実際に関わる何かをするのではない限り、外国から本当には何も学ばない、ということだ。今度の旅は、僕にはまったく新しい何かだ。なぜなら、僕は初めて観光客の立場にいるからだ。その結果、アラブ人となんらかの形で接触をするのは、とにかく現在は、まったく不可能だ。一方、もしここに銃砲弾薬の密輸で来ているのなら、言葉の壁にもかかわらず、直ちにあらゆる種類の興味深い社会に入ることが許されるだろう。もし、自分と他人が本当に運命を共にしているなら、他人に自分を当然の存在として受け入れさせるのはなんと容易か、そうでなければなんと難しいかということに何度も気づかされた。例えば、僕が浮浪者と一緒にいた時、彼らは僕が放浪していると思い込んだだけで、僕が中産階級のアクセントで話すという違いには一顧だもせず、僕が望んだ以上に、実際、親しくしてくれた。ところが、もし、浮浪者を自分の家に連れてきて話させようとすれば、それは保護者と被保護者の関係に過ぎず、まったく無意味だ。僕は目に映るものすべてを入念に記録しているが、あとでそれをどう使うことができるかどうか、よくわからない。ここマラケシュでモロッコの状況について知るのは、さほど典型的でもないアラブの町でよりも、ある意味でもっと難しい。カサブランカのような町には無数のフランス人と白人のプロレタリアートが住んでいて、その結果、社会党や何かの地元の支部がある。ここはインド居住の英人社会と大差はなく、僕らは多かれ少なかれパカ・サヒブ〔「立派な紳士」。原地民がインド在住の英国人に対して用いた尊称〕にならざるを得ないか、報いを受けるかだ。僕らは町にあと二、三週間いてから郊外のヴィラを借りるつもりだ。そこは、ここよりほんの少し高いが、仕事をするには静かだし、僕は小さな菜園と数匹の動物がどうしても要るのだ。また、アラブの農民の暮らしぶりを見ることにも関心がある。町のここでは状況はかなり悲惨で、賃金は普通、一時間一ペニーか二ペンスで、僕はここで、乞食が文字通りパンを乞い、貰うとがつがつ食べる様を見た。まだかなり暑いが、凌ぎやすくなってきていて、僕ら二人はまずまず元気だ。実際、僕には悪いところはない。時間を浪費しているのが大いに腹立たしいが、七ヵ月仕事をしないというのは、たぶん僕のためになるのだろう。物を書かない人間は、物を書くのは仕事ではないと思っているが、君や僕は、その反対なのを知っている。ありがたいことに、僕はちょうど仕事を始めたところだ。新しい小説を書き出したのだ。それは今年の秋に出ることになっていたが、たぶん、春に出版されるだろう。もちろん、戦争になったら、本の出版が続くのかどうかさえわからない。僕にとっては、戦争というのは、まったくの悪夢だ。リチャード・リース★は、戦争でさえ今の状況よりましかのように話していたが、それが本当に意味するのは、有用だと感じる平和時の自分の活動は何かが、彼にはわかっていないということだ。多くの知識人がそう感じている。いわゆる左翼の人間がいまや主戦論者になったのは、一つにはそのためだと思う。僕個人は、たくさんのしたいこと、それもあと三十年くらいし続けたいことがある。それを放棄しなければならないとか、くたばるとか、汚らしい強制収容所送りになるとか考えると、ただもう怒り心頭に発する。アイリーンと僕は、もし戦争になったら、一番いいのは、生き延びることによって正気の人間の数を増やすことだと決めた。
　当座は上記の住所にいる。何かニュースがあったら知らせる——たぶん、局留めの住所で。僕らの行くところには郵便を配達してくれないと思うので。メアリーとピーターによろしく。アイリーンからもよろしく。

草々
エリック

追伸　［最初の頁の一番上に手書き］そう、アレック・ヘンダソン(10)にはパーティーで一回だけ会った。村人は実際、非常に感じがいい。とりわけ、ハチェット一家、アンダソン夫人、ティトリー、キープ、エディー（リドリー夫人の娘）、彼女の夫のスタンリー、そして、R夫人のもう一人の義理の息子、アルバート。老H［ハチェット］に実際何をしてやれるのか、わからない。彼の鶏が卵を産まない時、時折卵をやる以外。彼は好々爺《こうこうや》だ。僕から便りがあり、僕がよろしく言っていたとみんなに伝えてくれないか。

［タイプ］

マージョリー・デイキン★よりアイリーン・ブレア★とオーウェル★宛

一九三八年十月三日
ブリストル
セント・マイケルズ・ヒル一六六番地

親愛なるアイリーンとエリック
　お手紙と同封の一ポンド、ありがとうございます。マルクスは、決して根絶できない生来の邪悪さ以外、申し分ありません。彼は戸外では大変従順で、呼ばれると真っ直ぐに来ます、また、躾のため、人通りの少ない道路では革紐から放し、舗道をずっと歩くことを教えています。マルクスは、とりわけ丘陵では、子供たちと盛んに遊びます。でも、ダモクレスの剣が彼の頭上から吊されています。彼は食糧不足になったら、ソーセージにされそうなのです。トール〔犬の名前〕もそうです。もっとも彼はちょっと固くなっていますが。
　ご想像なさったと思いますが、戦争について、みんなすっかり不安になっていました。今度こそ本当に戦争になると誰もが思いました。実際、これからなるかもしれませんが。あらゆる準備が、相変わらず整えられています。私は先日、子供たちを連れて防毒マスクを買いに行きました。防毒マスクはあまり信用はしていませんが、それを用意するのは正しいことです。A・R・Pはこれまでのところ茶番で、もし本当にひどい空襲があったら、ほとんど誰もどうしていいのかわからないだろうということを聞きました[11]。また、ブリストルではすべての警報は四分前に鳴らされ、ロンドンではわずか二十五秒前だということも聞きましたが、それが本当かどうかわかりません[12]。もしそうなら、何をしても無駄のようです。私は自分が四分で子供たちに防毒マスクをつけさせ、防空壕に入れることができるとは思いません。

ハンフは一時的に運輸省に移され、ソールズベリーにやらされましたが、もう間もなく戻ってくると思います。彼にわかる限り、ロンドンの高官たち（運輸省の）は、妻子と一緒に集団でイングランド南部に移ったそうです。主任はトルロ〔イングランド南西部コーンウォール州の州都〕地区を引き受けました。ハンフは唯一の局外者なのでソールズベリーを割り振られました。そこは最も危険な場所なのです。

ここの何もかもまったく静かで、どんな種類の集会もありません。どの公園も庭も掘られて防空壕になっています。イギリスでは波形鉄板と砂嚢が払底しています。食品雑貨商は「クリスマスを上回る」大儲けをしたと思います。私自身は食料買い溜めはしませんでした。食品雑貨商が提供してくれた一袋のジャガイモを買った以外。

デヴォンとコーンウォールは、すし詰めです。いくらお金を積んでも借りられる家も部屋もありません。金曜日にロンドンに行った人が言うには、ロンドンはがら空きで、ハイドパークとケンジントン公園には何マイルもの塹壕があったそうです。いまや付けを払わねばならない訳です。

チェンバレンが事を丸く収め、委任統治領の植民地をドイツに返し、さらに関税を撤廃してくれることを願っています。それでなければ、チェコを犠牲にして私たちは無事に逃れたのですから、万事恥ずかしいことになってしまうと思います。でも、あの人はそうしないに決まっています。哀れなフランスは、協定がフランスに関係なく同意されたので、下品な言葉を使えば、尻《けつ》を蹴っ飛ばされたようなものです。個人的には、ヒステリー状態が少し治まったら、こうしたこと全体を巡ってきわめて恐ろしい騒動が起こると思います。あと二年は戦争の準備ができないし、政府は戦争が起こるのをそれまで延ばすためになんでもやるだろうと考えている者もいますし[13]、「地の上の大いなる者」〔聖書の文句にもとづく〕は、戦争が「無規制」のものに実際になり、単に息子を「差し出す」というようなケースではないのを知っているので、事態は違った様相を呈するだろうと言う者もいます。

もし戦争になれば、私はハンフをツー、ツーで[14]精神病院に入れるでしょう。彼の神経は今ひどい状態で、気の毒に、彼がソールズベリーに行った時は、事実、私は大いに喜びました。彼が状況の恐ろしさをいっそう掻き立てていたからです。そして、もちろん、子供たち[15]は平然としていて、すべてを楽しんでいて、ヘン［ヘンリー］は歩き回って探照灯と機関銃を実際心ゆくまで眺め、ジェインはまったく無関心だったのです。ただ彼女は、美術学校が病院にならないことを願ってはいましたが。

あなたの四フィートのトレイには心から同情します。私も似たようなものを一つ持っていますが、その下に置く架台を作らせ、テーブルとして使っています。かなりBと言っていい家具をデイキン医師[16]から押しつけられました。それは、私が子供の頃から大嫌いだったものですが、近いうちに、そっと捨てることができればいいと思っています。タイプの打ち損ないをお許し下さい。私は友人と親戚の者全員を相手に孜々としてタイプの練習をしているのです。

R・C・ハッチンソン[18]という男の書いた本を何かお読みになりましたか。

『輝く鞘』という彼の本を読んだところですが、とてもいいと思いました。彼の最新作『遺言』は、さらにいいと思います。

コテージについての申し出、ありがとうございます。でも、もし事態が本当にどうしようもなくなったら、ミドルズムア[19]に行ってみようかと思っています。そこのコテージには、まだ家具が入っていて、私の友人がそこを借りました。そして、私たち全員が住めると思います。それは魔法のコテージで、何人でも無限に人を収容するのです。

あなた方二人に、最大の愛を込めて
マージ
［タイプ］

アイリーン・ブレア★よりジェフリー・ゴーラー★宛

一九三八年十月四日
マラケシュ
マダム・ヴェラ宅

親愛なるジェフリー

お手紙が届いたところです。もちろん、私たちが悪いのです。エリックがあなたにお手紙を書いたと思ったのですが、そうできたはずがありません。私自身について言えば、イギリスにいた最後の数週間のことは、私たちがほぼ完全に列車の中で過ごしたということ以外、覚えていません。人と別れの挨拶をしなければならず、国中から物（エリックを含め）を集めなければならず、コテージは家具付きで、しかし裸でコモン夫妻に渡さなければなりませんでした。コモン夫妻は、そこで冬を過ごし、山羊等を呼び集めています。私たちは、一つには戦争が起こる場合にそなえたので、一つにはエリックが反抗的になり、私が反抗したので、イギリスから大急ぎで突き出されました。その結果は、かなり惨めなものでした。マラケシュは流行の薬の最新型です。確かに、気候は乾いています。三年間旱魃で、そのうちの十七ヵ月はまったく雨が降りませんでした。でも、どんな年でも気候は九月末まで我慢できるものにはならず、暑い天気がいまだに続いています。私たちは二人とも、屍衣を選んでいたところですが（アラブ人は鮮やかな緑のものを好み、柩は使いません。それは、葬式の日には蠅にとっては結構なことなのです。蠅は、通りかかった死体の味見をしようと、レストランをも数分、あとにします[20]）、今はその代わり、ヴィラを選びました。それは、爽やかな空気が流れてくるアトラス山脈の麓の、棕櫚の木が生えている地方のオレンジ園の真ん中にあります。そこに行けばエリックは本当に恩恵を蒙るでしょうが、十五日までは移れません。私たちは家具を買いました――約十ポンドで。その家は一度五分間見ただけです。鎧戸を開けることは許されず、人工照明はありませんでしたが、とても魅力的のように思います。その家に入るのは私たちと十ポンド分の家具だけなので、見た目には奇妙でしょうが、精神には快適でしょう。私たちは山羊を飼うつもりですが、それは情緒的にも物理的にも重要です。なぜなら、新鮮な乳はそうやってしか手に入らないのですから。そこはマラケシュから五キロのところにあります。

　モロッコをご存じでしょうか。ひどく荒涼とした国だと思いました――厳密には砂漠ではない土地が何マイルも何マイルも続くのです。つまり、灌漑すれば耕せるのですが、水がないと、ほぼ同じ割合の土と石でしかなく、草一本、生えません。私たちは先日、すっかり興奮しました。波止場を見つけたからです。ヴィラは、もっと肥沃な土地の一つにあります。マラケシュ自体は所々美しいのです。塁壁と、地下約五フィートのところから掘られた土で作られたたくさんの建物があります。その土は乾くとくすんだ赤みを帯びた色になるので、フランス人はマラケシュを「ラ・ルージュ」と呼び、土でない物はすべて嫌らしいサーモン・ベージュ色に塗ります。一番いい物は地元の陶器です。残念ながら、たいてい釉薬《うわぐすり》がかかっていませんが、（観光客用に恐るべき模様に塗った、いくつかの物を除き）、水が漏れないようになっている物を探しています。ごく素朴な黒の模様のある、精巧な白の粘土のマグがあります。一フランします。一般にここの人々は、一時間、約一フランから二フラン稼いでいるようです。

　エリックは、あなたに手紙を書くところです。政治危機については彼に任せます。私はチェンバレンに満足することに決めています。休養が欲しいからです。いずれにせよ、チェコ＝スロヴァキアは彼に満足すべきです。地理的に言って、あの国がどんな防衛戦においても早々に侵略されるのは確実なようです。しかしもちろん、イギリスの左翼は常にスパルタ流です。彼らも、スペイン人が最後の一人になるまでフランコに対して戦っています。
　古い本と新しい本が順調なのを願っています。(21)あなたはアメリカに行くのでしょうか。もしヨーロッパの南部に来ることがあれば、私たちを訪ねて下さい。それほど難しくはありませんし――なんと、タンジールから飛行機が飛んでいます――私たちには空いている部屋があります（家具さえないので、すっかり空いています）、驢馬に乗って（たぶん、砂漠では駱駝に乗って）、田舎を探索することができるでしょう。それは大変楽しいことでしょう。
　エリックの手紙が遅れるといけないので、私たち二人からよろしく、と言ったほうがいいでしょう。彼は小説(22)を書き始めています。また、大工仕事もしています――山羊の餌箱と、鶏小屋を作っているのです。まだ山羊も鶏もいないのに。

草々
アイリーン

　ヴィラは郵便配達区域外なので「私書箱」が必要だと思います。正しい住所がわかった時にはお知らせします。

［手書き］

ジャック・コモン★宛

一九三八年十月十二日

マラケシュ
マダム・ヴェラ宅

親愛なるジャック

　手紙をありがとう。君と話したい重要な事柄がいくつかあったのだが、ヨーロッパ情勢によって頭から追い払われてしまった。第一。WCでは厚い紙を使わないようにと警告するのを忘れてしまったと思う。厚い紙を使うと汚水溜めが詰まってしまい悲惨な結果になる。使うのに一番いい紙はジェイズ社製の紙で、一包み六ペンスだ。値段の違いはごくわずかで、一方、詰まった汚水溜めは悲惨だ。第二。居間の暖炉が耐え難いほどに煙を出したら、必要なことなのだが、煙突にブリキを張ってもらうといいと思う。費用はほとんどかからない。ヒッチンのブッカーズがそれについて、万事話してくれるだろう。それとも、君が自分でやったらいいかもしれない。僕はそうしようとずっと思っていたのだが、延ばしてきた。第三。三ポンドの小切手を同封する。そのうちこれを現金にして、二ポンドをサンドンの郵便局長のフィールドに渡してくれないか。畑の借り賃だ。実際のところ、支払期限はとっくに過ぎているのだが、Fはそのことをまったく思い出さない。フィールドは毎週火曜日、ヒッチン市場に行く途中、畜牛を運ぶのに使う灰色の車で通りかかるが、道路の真ん中に飛び出して手を振れば、止めることもできる。残りの一ポンドだが、冬のいつか、菜園の土のいくらか、できれば全部を掘り起こしてもらえないだろうか。老H［ハチェット］はひどく年を取っているので、そうした仕事をあまり頼みたくないのだが、彼はいつも喜んでやってくれる。もちろん、ごく安い労賃で進んでやってくれる。急いではいない。空いた土地を冬のいつかに耕してもらう、できれば肥料を掘った土に施してもらうという問題に過ぎない（山羊の糞は、中の藁が多過ぎなければ上等だ）。正式には、僕らはコテージを来年の春に返すことになっているのだが、効率的なビジネスの原則に立てば、芽キャベツを大量に収穫して土を疲弊させ、あとは野となれ山となれという風にすべきだと思う。しかし、土を飢えさせるのは嫌だし、加えて、コテージを手放すかどうか、まだよくわからない。君はもう今頃は、それがまさしく、いかに貧しくとも我が家が一番というケースなのに気づいたことだろう。実際、雨露を凌ぐことさえできれば、という訳だ。そして引っ越しは、惨めなうえに、ひどく費用がかかる。僕は来年の四月までコテージをそのまま持っていたいと思う。仮に、その時になっても僕らは実際にはそうしないとしても。なぜなら、来年の僕の財政状態がどうなるのか、わからないからだ。スペインに関する僕の本がいずれにしろ売れたとは思わないし、もし僕がイギリスに帰って、また新しい本を手持ちの約五十ポンドで書き始めなければならないとしたら、最初から頭の上に屋根があったほうがいい。たとえ雨漏りがしても、頭の上に屋根があるのは大事なことだ。アイリーンと僕が結婚した時、僕は『ウィガン波止場』を書いていたが、僕らは無一文に近かったので、次の食事がどうなのかさえ、よくわからなかった時があった。だが、ジャガイモその他で見事になんとかやっていけるのに気づいた。鶏が卵を産み始めていることを願う。もう今頃は、何羽かは産み始めていると思う。とにかく、産んでもいいはずだ。僕らは、これから移る家で飼うために鶏を買った。その家には土曜日に移る。この国の鶏はインドの鶏のように小さくて貧弱で、チャボくらいの大きさだ。そして、卵をよく産む（一週間に一度産むということ）とされている雌鶏は一シリングを少し下回る。鶏は六ペンスほどでいいのだが、一年のこの時期には、値段が上がる。この町に一万三千人いるユダヤ人が「贖いの日」のあと、十二時間断食をしていたストレスを解消するため、鶏を丸ごと一羽食べるからだ。

　そう、一九四一年まで、人界《にんかい》の太陰《ムーン》は能《よ》く其《その》蝕に耐えつ[23]、だと思う。チェンバレンの株が、危険が去ったあと少し下がったことに驚く必要はないと思う。故郷から来た手紙で判断すると、人々は、飛び板からまさに飛び込もうとした時に思い直した者のような気がしているのだと思う。本当の問題は、選挙で何が起こるかだ。僕は、保守党が真っ二つに割れなければ、彼らはやすやすと勝つと予言しよう。なぜなら、ほかの馬鹿者どもは「我々は戦争を欲する」という以外のなんの政策も打ち出せず、我々がチェコスロヴァキア（あるいは誰であれ）を裏切ったあと、いかに恥ずかしいと思っているにせよ、土壇場になればみんな戦争から尻込みするからだ。労働党が勝つのは、何か途轍もない災害が起こった場合、さもなければ、さらに百万人が失業している一年後に選挙が行われた場合のみだ。僕らは、緩慢なファシズム化、つまり、チェンバレンとその仲間がおそらく導入するだろう、ドルフース＝シュシュニクのファシズム[24]の類いの時代に向かっていると思う。しかし僕は、大衆の心の中で戦争党と見なされている左翼政党よりも、そのほうがよいと思う。唯一の希望は、もしチェンバレンが勝って、ドイツとの戦争の準備を真剣に始めるなら（もちろん、そうするだろうが）、LP［労働党］は戦争反対政策に引き戻され、徴兵等に対する人々の不満を利用することができるだろう。戦争政策を大声で求めると同時に徴兵、再軍備等を非難するふりをするのはまったくのナンセンスで、一般大衆はそれがわからぬほどの大馬鹿ではない。もし戦争になった場合の結果について言えば（ある種の革命的状況が生まれるのは疑いないが）、左翼が最初から戦争反対でなければ、戦争がファシズム以外のものに至るということは理解できない。僕は、まず国を民主主義のための戦争に追い込み、国民が少々飽きると、不意に回れ右をして、「さあ、我々は革命を起こそう」と言えると思っている馬鹿者共には軽蔑の念しか抱いていない。左翼の連中、とりわけ知識人の腹立たしい点は、物事の実際の起こり方にまったく無知だということだ。僕はビルマにいて反帝国主義の新聞をよく読んだ時に、いつもそのことに強い印象を受けた。戦争においてL・Pが政府を支持する際の条件について、キングズリー・マーティン（ペンネームは「批評家」）が先週のN［ニュー］S［ステーツマン］に書いた小論を見たかい？　まるで、政府が何かの条件を認めるかのようだ。戦争はクリケット試合のようなものだと、馬鹿者共は思っているらしい。僕が今年の初めに書いた反戦のパンフレット[25]を誰かが印刷してくれるといいのだが、むろん誰も印刷してはくれないだろう。

　それでは、また。メアリーとピーターによろしく。Eからもよろしく。

エリック

追伸　［最初の頁の一番上に手書き］この住所に僕らはいる。

［タイプ］

ジョン・スキーツ★宛

一九三八年十月二十六日
フランス領モロッコ
マラケシュ
ゲリーズ局
私書箱[26]四八

親愛なるスキーツ[27]

　万事順調だろうと思う。イギリスを発つ前に会うつもりでいたのだが、サナトリウムからほとんど真っ直ぐに船に乗ることになり、ロンドンにはたった一日しかいなかった。もちろん、その一日はかなり忙しかった。僕は専門家の助言を求めようと、今、この手紙を書いている。僕が書いている小説[28]の人物は保険代理業者だ。彼の仕事は物語にはまったく重要ではないのだが、その男を、週に約五ポンド稼ぎ、郊外に家のある典型的な中年男にしたいだけなのだ。そして彼はまた、かなり内省的で、一応教育があり、やや本好きなのだ。そうなると、例えば巡回販売員よりは保険代理業者にしたほうがもっともらしい。しかし、彼の仕事についてのどんな言及も正確にしたい。ところが僕は、保険代理業者が何をするのか、ごく漠然としか知っていない。僕は彼を単なる会社の従業員ではなく、旅回りをし、収入の一部を手数料として貰う男にしたい。そうした男は「担当地区」を持ち、巡回販売員のように定期的にそこを回るのだろうか。彼はあちこち勧誘に行くのだろうか、それとも、人が保険をかけたい時に契約するのだろうか。彼は勤務時間の全部を旅に費やすのだろうか、それとも、勤務時間のいくらかは会社で過ごすのだろうか。自分の事務所を持っているのだろうか。大きな保険会社は全国に支店があるのだろうか（この男はヘイズまたはサウソールの郊外に住んでいる）、それとも、本店だけしかなく、そこからすべての代理業者を派遣するのだろうか。そして、そういう男は、資産評価をするのだろうか。また、同じ男が生命保険と損害保険を扱うのだろうか。こうした点について教えてもらえると大変ありがたい。この男の人物像は、こういうものだ。彼は自分の住んでいる郊外の支店で週に二日ほど過ごし、あとの時間は車に乗って州の半分の担当地区を回るのに費やし、保険に入りたいと手紙で言ってきた者に会い、家屋、全資産等の評価をし、さらに、あちこち勧誘に行き、取れた契約に対して割り増し手数料を貰い、会社に十八年勤めたあと（ごく下のところから始めた）週に約五ポンド稼ぐ。これがもっともらしいかどうか知りたい。

　そう、「人界の太陰《ムーン》は能く其蝕に耐えつ、又、悲しき卜師《ぼくし》らはわれとわが豫言を嘲りぬ[29]」。そして彼らの何人かは、『ニュー・ステーツマン』から判断すると、実際非常に悲観的なのだ。しかし、彼らは渇望している戦争を、あと二年ほどで手に入れるだろう。こうしたことに対する支配階級の真の態度は、僕がジブラルタルに足を踏み入れた瞬間耳にした、守備隊の言葉に要約される。「ヒトラーがチェコスロヴァキアを手に入れるのは、かなりはっきりしている。奴にやってしまったほうがずっといい。俺たちは一九四一年には準備が整っているだろうから」。一方、総選挙での最終結果は、保守党の全面的な勝利だろう。いささか保守的な故郷の親戚から来た手紙から判断すると、いまやすべて終わったので、誰もが少々うんざりしていて、「我々がもう少し頑張れば、ヒトラーが譲歩したのに残念だ」と言っている。このことから、L［労働］P［党］の馬鹿者共は、結局イギリス人は世界を民主主義にとって安全なものにするため、再び戦争をしたいと心から思っている、また、自分たちの最良の策は反ファシストの機運を利用することだと推論している。彼らは、選挙で危機意識が復活し、合い言葉が「チェンバレンと平和」になること、また、L・Pが「我々は戦争を欲する」と言って回れば（一般の人間は、まったく正しいのだが、ヒトラーに対する断固たる態度をそう解釈する）、自分たちは負けるということがわかっていないようだ。この二年間、多くの人々はレフト・ブック・クラブのようなものに迷わされてきたと思う。イギリスには、スペイン、中国等について進んで騒ぎ立てる約五万人の者がいるのだ。そして、大多数の国民は普通は沈黙しているので、レフト・ブック・クラブ贔屓が、ごく少数派ではなく国民の声だという印象を与える。重要なのは、すべてが静かな時に少数の者が何を言うかではなく、危機の時に大多数の者が何をするかだ。唯一の希望は、L・Pが選挙で負ければ（ほぼ確実に負ける）、そのことで彼らが徐々に本来の政策に戻らざるを得なくなるということだ。しかし、そうなるには一年か二年かかるのではないかと思う。

冷めないうちに食事に行かねばならないので、オー・ルヴォワール。いつかそういう問題について教えてくれたら大いに感謝するが、今すぐという訳ではない。

草々

エリック・ブレア

［タイプ］

ジョン・スキーツ★宛

一九三八年十一月二十四日
マラケシュ
私書箱四八

親愛なるスキーツ

保険会社についての非常に役に立つ情報の手紙、どうもありがとう。小説の人物を販売代理人にしなくてはいけないこと、彼の収入を少し低く見積もり過ぎたことがわかった。僕はかなり多くの仕事をしたのだが、残念ながら、さまざまな新聞に小論を書いて二週間も無駄にしたあと軽い病気に罹ったので、正しく言うと、三週間なんの仕事もしなかったことになる。時の経つのは恐ろしいほど早い。こうやって病気をしていたので、一九三八年は空白の年とすることにし、カレンダーから、いわば消すことに決めた。しかし一方、強制収容所は目前に迫ってきたし、したいことは山ほどある。僕は、あと五年平穏に暮らせれば良い小説が書けると思う段階に今はあるが、目下は、それは月で五年過ごしたいと願うようなものだ。

ここは総じて退屈な国だ。クリスマスのあとのいつか、アトラス山脈に行って一週間過ごしたいと思っている。そこはここから五十マイルか百マイルあり、山容はかなり刺激的だ。下のここは平坦で乾き切った土地だ。「元に戻った」巨大な市民農園にちょっと似ている。実際、オリーヴの木と棕櫚の木以外、なんの木もない。貧困は恐ろしいほどだ。当然ながら、通例、暑い気候に住む者には、それはなんとか我慢できることだが。ここの人間はごく狭い土地を持っていて、モーセの時代でさえ時代遅れに思われる農具で畑を耕す。国のどこにもほとんど野生動物がいず、食べられるすべてのものが人間によって食べられているという事実から、瀰漫《びまん》している饑餓がどんなものかわかる。インドの貧しい地方と比べてどうなのかはわからないが、ビルマはここに比べれば天国に見えるだろう。フランス人は、この国をかなり仮借なく搾取しているようだ。鉱物のみならず、肥沃な土地のほとんどを取り上げてしまい、税金は、人々の貧しさを考えればかなり重いようだ。表面上は、彼らの統治の仕方は我々のそれより優れているように見え、彼らは有色人種に対する偏見をほとんど持っていないので、従属人種のあいだにさほど敵意を掻き立てていないのは確かだ。しかし表面下では、同じようなものだと思う。僕に判断できる限り、アラブ人のあいだにはどんな規模の反フランス運動もないが、もしあるとすれば、それはまず間違いなく社会主義者の運動ではなく、国粋主義者の運動だ。国民の大多数が封建時代の段階にいて、フランス人は、僕の思うに、彼らをその段階にとどまらせようとしているからだ。地元の社会主義運動の規模については何も言えない。なぜなら、それは違法な存在としてのみ、しばらくのあいだ存続してきたからだ。僕はI・L・Pに、フランス社会党を通し、ここにある社会主義運動に接触させてくれと頼んだが（そうやって、この地方の状況をもっと知るためだけにも）、彼らはそうしなかった。おそらく、あまりに危険だからだろう。地元のフランス人はインド在住のイギリス人とはまったく違うけれども、もっぱら小商人、さらには肉体労働者から成っていて、古風な保守主義者で、やや親ファシストだ。僕は『クォータリー』のために、地元の状況について二つの小論を書いたが、載せてくれることを願っている。(30) それはさほど不正確ではなく、微妙にトロツキスト的だからだ。ところで、『論争』が廃刊になったのではないことを望む。(31) もしそうなったら悲惨だ。また、もしN・Lが月刊にな(32)らざるを得なくなったらもっと悲惨だ。『論争』について言えば、バックナンバーを配布するのにもう少し頑張って努力すれば売上は伸びるはずだ。帰国したら、一番近い町で、自分にできることをやってみるつもりだ。

総選挙についての噂を何か聞いただろうか。ここで僕が接触しうる、何かを知っていそうな唯一の人物は英国領事だ。彼の考えでは、政府は選挙をできる限り延ばすつもりでいる。また、昔の自由党を復活させる試みがなされるかもしれない。僕は個人的には、不測のスキャンダルが起こらなければ、チェンバレンの勝利をどうやっても妨ぐことはできないと思う。労働党はいくつかの補欠選挙で勝つかもしれないが、総選挙はまったく違った情緒的雰囲気の中で戦われるだろう。望みうる最上のことは、それが労働党のいい薬になることだ。ここではイギリスの新聞は間歇的にしか入ってこないので、補欠選挙のいくつかの結果を見ていない。労働党がダートフォードでは勝ったことは読んだが、保守党がオックスフォードでは勝ったと思う。

そのうち手紙で、事態がどう進展しているか知らせてくれないか。

草々

エリック・ブレア

［タイプ］

チャールズ・ドーラン★宛

一九三八年十一月二十六日
マラケシュ
私書箱四八

親愛なるチャーリー

『ソリダリティー』と手紙、そして僕の本のなんとも思いやりに満ちた書評、どうもありがとう。『ニューズ・クロニクル』のあの嘘つきどもが、P・O・U・Mの裁判の結果を、「スパイに判決」という見出しを付けて報じたため、P・O・U・Mの囚人はスパイ容疑で判決を受けたという印象を与えたのを、『ソリダリティー』の第一面から知った。『オブザーヴァー』も、もっと遠回しにだが、それに似たようなことをし、この国の、もっぱら親フランコのフランスの新聞も、P・O・U・Mに対する嫌疑を報じ、それは「すべて証明されている」と述べたものの、評決については報じていない！　こうした類いのことは恐ろしいと思う。それは、真実に対する最も基本的な尊敬の念が、共産主義者とファシストの新聞においてだけではなく、いまだにジャーナリズムの古い伝統に口先だけの敬意を払っているブルジョワの自由主義的新聞においても失われつつあるのを意味している。それは、我々の文明が、いかなる真実も見つけられない、一種の嘘の霧の中に墜ちて行きつつあるという感じを与える。一方、僕はI・L・Pに手紙を書き、その事件を報じた『労働者連帯《ソリダリダー・オブレラ》』(33)を一部送ってもらいたいと頼んだ。必要ならば、新聞に、つまり、僕の手紙を載せてくれるような新聞に、P・O・U・Mの囚人が実際なんの理由で判決を受けたのか明確に述べた手紙が書けるように。けれども、もう誰かがそうしたものと信じる。ここでは外国の新聞、とりわけ『労働者連帯』のような新聞を手に入れるのは難しい。ジブラルタルより近くでは手に入れられなかった。ジブラルタルでさえも、苦労してやっと手に入れた。

　君も知っていると思うが、僕は肺のためにここで冬を過ごすように命じられている。ここに僕らはもう三ヵ月近くいるのだが、一定の効果はあったと思う。ここはある面で退屈な国だが、フランスの植民地の統治の仕方を垣間見て、僕らのそれと比較するのは興味がある。僕にわかる限り、フランス人は僕ら同様まったくひどいものだが、表面上はややよい。それは一つには、ここには大勢の土着の白人がいるという事実があるためと、一つには、その一部がプロレタリアかプロレタリアに近いためだ。その理由から、インドの僕らとは違い、万事白人が責任を負うというような雰囲気を保ち続けるのは、まったく不可能なのだ。また、有色人種に対する偏見が少ない。しかし経済的には、帝国を成り立たせている、例の詐取に変わりはない。アラブ人の大多数の貧困は恐ろしいほどだ。僕らにわかる限り、平均的家族は一日約一シリングで暮らしているようだ。そしてもちろん、国民の大半は農民かしがない職人で、時代遅れの方法を用いて遮二無二働かねばならない。同時に、判断しうる限り、いかなる規模であれ反フランス運動はない。もし生まれたとしたら、最初は単に国家主義的なものだろうと思う。国民の大多数はいまだに封建的段階にいて、かなり厳しいマホメット教徒なので。カサブランカのような大都市のいくつかでは、白人と有色人種の両方のプロレタリアートがいるし、社会主義運動も確かに存在する。しかし、アラブ人の社会主義のいくつかの党に関して言えば、彼らは少し前から弾圧されている。民主主義体制における労働者階級（事実、事態は彼ら次第なのだ）が一、二年のうちに戦略を変えなければ、アラブ人がファシストに簡単に騙されてしまうのは、かなり確実だと感じる。ここでのフランス人の考え方は圧倒的に親フランコで、モロッコがあと何年かでフランコのフランス版の出発点になるのを見ても、僕は大して驚かないだろう。現在の危機、マクストン等についてどう考えたらいいのか皆目わからない。マクストンは、チェンバレンに対してあまりに友好的であることによって窮境に陥ったと思う。また、チェンバレンを本当の仲裁人《ピース・メーカー》と見なすのは馬鹿げていると思う。また、チェコの裏切られ方について誰もが言うことに、まったく賛成する。しかし、僕らは一、二の事実に直面したほうがいいと思う。一つは、なんであれ欧州戦争よりましだということだ。欧州戦争は何千万人が虐殺されることになるだけではなく、ファシズムが拡大することにもなるということだ。チェンバレンとその仲間が戦争の準備をしているのは確かで、参戦する可能性のあるほかのどの政府も戦争の準備をするだろう。しかし一方、僕らには二年の余裕があるが、その間、イギリスとフランス、とりわけファシストの国において民衆の反戦運動が起こるかもしれない。もし僕らが、いかなる政府も国民がついてこないので戦争をしないのは火を見るより明らかだ、という段階にまで反戦運動を拡大することができれば、ヒトラーは破滅すると思う。もう一つの事実は、労働党は、主戦派だという考えを大衆の心に植え付けることによって恐るべき損をしていると思う。私見では、何か予期せぬことが起こらない限り、いまや彼らは総選挙には勝てない[34]。したがって彼らは、政府がすでに向かっている方向に政府の後押しをする野党になるだろう。つまり彼らは、まったく存在しなくても同じことなのだ。実際、来年か再来年、アトリーとその仲間が折れ、新しい型の国家政府の要職に就いたとしても僕は驚かないだろう[35]。反戦の機運は、これから数ヵ月はチェンバレンにとって有利だろうということは認めるが、あらゆる傾向の反戦運動が、戦争の準備に伴うファッショ化に抵抗しなければならない段階が間もなく訪れるだろう。

君にとって万事つつがないことを願う。病気だったせいで恐るべき時間の無駄をしたあと、小説に取り組み始めた。四月頃には出ると思う。アイリーンもよろしくと言っている。

草々

エリック・ブレア

追伸［手紙の一番上］僕のスペインの本についての尽力に大いに感謝する。それで本が売れる——方々の図書館で借り出されることになるので。

［タイプ］

レナード・ムーア宛★

一九三八年十一月二十八日
マラケシュ
私書箱四八

親愛なるムーア様

アラン・レインから手紙を受け取ったところです[36]。どうやらペンギン叢書を出しているようです。彼はこう書いています。

「貴殿の作品のいくつかを私の叢書に入れることは可

能かどうかを知るために、この手紙を書いております。実のところ私は、しばらく前ボドリー・ヘッドにいた時に『ニュー・ライティング』に載せた貴殿の短篇の一つに大変感銘を受けました。(37)もし、貴殿の小説の一つを頂けなければ、一冊にするのに足りる数の短篇を頂けないでしょうか」

　私たちは、できたらこの機会を利用すべきだと思います。もちろん、先方に渡す短篇小説はありません。短篇小説はどうしても書けないのです。しかし、この手紙から、先方が私の小説の一つを欲しがっているのがわかります。私は、『どん底生活』(38)、『ビルマの日々』(39)、『葉蘭をそよがせよ』はどうかと返事をしました。先方がそのうちのどれを選ぶかはわかりません。しかし私はレイン氏に、もし関心があればあなたに連絡するよう頼みました。そして、彼が望むどの本でも、あなたが送ると言っておきました。もし『どん底生活』でしたら、私は一部も持っていないし、あなたもお持ちではないと思います。一部持っている唯一の人間は私の母です。もし一部要求されましたなら、母に手紙を書いてそれを母から貰ってもらえないでしょうか。そうすれば時間の節約になります。母の住所は、サフォーク、サウスウォルド、本通り三六番地、R・W・ブレア夫人です。もし、あなたから連絡があった場合、その本を渡すようにという手紙を母に書きます。ペンギン側が、それらの本の一つを出す場合、どういう条件を出してくるのか皆目わかりません。しかし、必要なら、私たちにとってあまり有利ではない条件でも、先方に一冊出してもらうのは価値のあることでしょう。なぜなら、それは第一級の宣伝になるからです。

　例の惨めなパンフレット(40)のことはご放念下さい。すでに大変なご迷惑をおかけしたことをお詫びします。おっしゃる通り、パンフレットは売れません。いずれにしろホガース・プレスは共産主義者に牛耳られているので(ともかく、レーマンはその一人です)(41)、彼らは、できれば私の作品を出版しようとしないでしょう。

　気候はずっと涼しくなりました。ここの気候は私にとってよいようです。小説はかなり順調に進んでいます。四月初めに書き上がるとお約束していいと思います。ゴランツがさらに訊いてきましたら、そのことをお話しになってもよいかと思います。その際、時期について期待に添えなかったことは大変済まなかったと伝えて下さい。しかし、私が八月末までサナトリウムに実際にいたことを彼は知っていると思います。

　ミス・ペリアム(42)が快方に向かっていることを願っています。妻がよろしくと申しております。

敬具

エリック・ブレア

［タイプ］

リチャード・ウォームズリー・ブレア★宛

一九三八年十二月二日
マラケシュ
私書箱四八

親愛なる父上

少し快方に向かい、時折起きておられるということを母から聞き、嬉しく思います。食欲がひどく衰えたようでしたら、ハリボレンジを試してみることをお考えになったらどうでしょう。私は時折飲んでいますが、飲みにくくはまったくありません。それ自体滋養に富んでいて、しばらくすると食欲が増すようです。コリングズ先生も認めると思います。それは、大鮃《ハリバット》肝油にオレンジその他のもので風味を付けただけのものです。

ここの気候はずいぶん涼しくなり、上ビルマの寒い気候にかなり似ています。たいてい晴れていて日が照っていますが、暑くはありません。ほとんど毎日火を焚きますが、実際には夕方までその必要はありません。しかし、火があると快適です。この国には石炭がありません。炉火は薪で、料理には木炭を使います。菜園も少しやってみましたが、あまりうまくいきませんでした。種を発芽させるのが難しいからです。それは、総じてあまりに乾いているせいだと思います。ここではほとんどのイギリスの花は、いったん根付くとかなりよく咲きます。同時に、ブーゲンヴィリアのような熱帯植物もあります。農民はビルマによく生えていたような唐辛子を摘み取っています。ここの人間は約十フィートの泥壁に囲まれた村に住んでいます。泥棒防止のためだと思います。壁の内側には幅が十フィートほどの小さくて惨めな藁小屋があり、彼らはそこに住んでいます。草木のない非常に剝き出しの国で、所々は砂漠同然です。本当の砂漠とは考えられていませんが。彼らは羊、山羊、駱駝等の群れを、食べるものが何もないような場所に、草を食《は》ませるために連れて行きます。哀れな動物どもは辺りを嗅ぎ回り、石の下の乾き切った小さな草を見つけます。子供たちは五歳か六歳で仕事をし始めるようです。彼らは驚くほど従順で、一日中山羊の番をし、鳥をオリーヴの木から追い払います。

ここの気候は私にはいいようです。先週は少し具合が悪かったのですが、概して前よりずっとよくなり、体重も少し増えました。仕事もかなりしています。家の写真も含め、あと何枚か写真を撮るつもりです。現像したらお送りします(43)。お体をお大事に。そして早くよくなって下さい。

愛を込めて
エリック
［タイプ］

アイリーン・ブレアよりメアリー・コモン宛★

一九三八年十二月五日
マラケシュ
私書箱四八

親愛なるメアリー

　私たちはクリスマスの買い物から帰ってきたところです。まず、私の自転車がパンクしたことから始まりました。次の段階は、私がマラケシュに、銀行が閉まったあと二分後に無一文で到着したことです。エリックが昼食に来るまでには、私は助けを求めて町（知っている者は誰もいない）を歩き回り、小切手を現金にし、ガイドやポーター等の従者を集めるのに成功しました。彼らはみな、お金を貰うまで非常に長いあいだとても辛抱強く待っていましたが、その甲斐があったと言えるでしょう。昼食後、私たちは買い物を始め、二十人もの男や子供に囲まれ、二時間半ほど買い物を続けました。その間、彼らはみな大声を出し、多くの者は泣いていました。私たちのどちらかが話そうとすると、何も言わぬ先から、そこにいた誰もが、「イェス、イェス、わたし、わかる。ほかの者、わからない」と叫びました。私たちはある一つの店でたくさん買い物をしました。イギリスに郵送してくれるからです――少なくとも、その店ではそう言っています。品物は三つに分けて、三人の主な受け取り手に送られます。その受け取り手が品物を配る訳です。あなたは主な受け取り手で、ハチェット夫人のための大皿、アンダソン夫人のための真鍮のトレイ、あなた自身（とジャック）のための「毛布《クーヴェルテュール》」を受け取るはずです。もちろん、あなたは何かまったく別のものを受け取るかもしれないし、全然何も受け取らないかもしれません。ポーターは、何かの品物を摑むのに成功すると雇われるのです。そして、私が各品物を、積んである品物の適当な山に置くや否や、それは一人から四人の手伝い人に鷲摑みにされ、どこかほかの場所に置かれるか、いくつかの違った場所に置かれるかします。あなたが何か受け取ったら、関税を払わなければならないかもしれません。三、四シリング以上にはならないと思います。只であることを望みます。私たちはいくつかすでに家に送りましたが、問題はありませんでした（お金を払うという意味で）。税関吏はクリスマスには親切であるべきですが、クリスマスに特に不親切な職員を配置したということは大いにあり得ます。いずれにしろ、もし関税がかかりましたら、もちろん、私たちが帰国した時に返済しますし、または、その前に代理人を通して返済しますが、今のところはピーター[44]に払ってもらう手配をするよりよい手段は思いつきません。ピーターには、私たちのすべての若い友人同様、クリスマスにはお金を送ります。というのもここでは、ウルワースのほうがうまく作る物に三十フランほど払わなければ、子供向きの物は何も買えませんので。お金は五シリングです。それが無事に届くことを願っていますが、当然ながら、私たちはこうしたことをするのに大変手間取っています。でも、いずれにしろひどく遅くなってしまったことでしょう。実のところエリックが病気で一週間以上寝ていましたし、よくなるや否や今度は私が病気になったのです。実際には、彼より前に罹り始めたのですが、当然ながら、私の病気は後回しになりました。私は病気を楽しみました。私はいつものように料理はすべてしなければなりませんでしたが、ガウン姿でそれをやり、断固として自分のトレイをベッドに持って行きました。今は二人とも非常に元気です。あるいは、昨夜、自分たちは非常によくなったと思ったのを思い出します。今夜は、私たちは文字通りふらふらしています。そして、以前はマッシュルーム・ソース、スフレ等を含んでいたメニューは改訂され、こういう具合です――茹で卵、パン、バター、チーズ。パン、ジャム、クリーム。生の果物。召使は昼食のあと家に帰ります。彼はここの一種の厩舎の中で寝ることになっていたのですが、午前と晩、マラケシュまで五、六マイル自転車で行くほうが好きなのです。私もそのほうがずっといいのです。晩には夕食の時に使ったものを洗う以外、彼のすることは何もないのです。そして、彼はそうしたものが汚れるまで台所の階段に坐り（しばしば涙を浮かべ）、十分くらい置きに立ち上がって台所を綺麗にし、私が料理に使おうとしていたものを片付けます（たいていは地下室に）。アラブ人のあいだでもフランス人のあいだでも、遅くとも五時に起きるのが慣例で、彼は朝食用の新鮮なパンと牛乳を持って七時頃ここに来ます。私たちにとっては、十分早い時間です。私たちはお互いにかなりよくわかり合えるようになりました。彼が話しているのがフランス語なのかアラビア語なのか滅多にわからず、私自身は英語でよく話しかけますが。気候はめっきり寒くなりました。それは喜ばしいことです。実際、今は気候がよく、私たちは気候のせいで死ぬことはないと思います。ごく最近まで、私の場合、死ぬおそれがありましたし、エリックの場合は確実のようでした。彼の病気は、よくなるまでの一種の必要な段階でした。彼はここに来て、これまで見たことのないほど具合が悪くなりました。この国はいずれにしろ、耐え難いほど気を滅入らせます。砂漠だけではなく。今はよくなりました。というのも、いくつかのものが伸び、ガイドブックによると、二月かその頃までには全土が野花の絨毯で覆われるからです。先日、私たちは野花を見つけて大いに興奮しました。それは茎のない百合のようなものでしたので、野花の絨毯の最初の一片だと思います。私たちの菜園では胸が引き裂かれるような経験をしました。約二十袋の種を蒔いたと思うのですが、結果は、少しの凌霄葉《のうぜんは》蓮《れん》と、ごく少しのマリゴールドと、いくらかのスイートピーでした。それらは芽を出すのに三、四週間かかり、同じペースで伸びるか、半インチ以上には高く伸びないかです。でも、もちろん、たいてい芽を出しません。今では二匹の山羊が前より問題が少なくなりました。乳を出さなくなり、手がかからなくなったからです。最近まで、山羊は日に二回乳を搾らねばなりませんでした。マジューブ[45]が頭と後ろ脚の一本を持ち、エリックが乳を搾り、私が苦悶の叫び声に応じ、上質の乳が噴きこぼれるという訳です。そして、二匹の一日の乳の総量は半パイントよりずっと少ないのです。しかし鶏は非常に生産的になりました――四日で十個の卵を産みました。私たちは十二羽の雌鶏から始めましたが四羽がすぐに死にました。あなたにその気があれば、私がしようと思ったものの、あまりに難しいのでやめた卵の合計をすることができます。ウォリントンのあの立派な雌鶏が恥じ入ることを望みます。実際、もう、かなりよく卵を産んでいなければならないのです（すなわち、週に約四個）。去年のクリスマスには鶏は大量の卵を産んだので、たくさん人に送りましたが、その結果、すべての幸運な受け取り手たちはP・M・G[46]から手紙を貰いました。それには、受け取り手に宛てた小荷物が嫌な臭いを発するので、残念ながら廃棄したと書いてありました。私は何通かのクリスマスの手紙を書かなくてはなりません。ですから、これをタイプし続けているのです。私はまったく同じことを二回言わねばならない時は耐え難いほど憂鬱になります。そういう訳で、十通目か十五通目では驚くべき挨拶を人に送りますが、二十通目までには耐え難い憂鬱に陥り、ほかの人にはハッピー・クリスマスとだけ書きます。それをあなたにも望みます。そしてもちろん、素敵な新年も。エリックも同じなのは確かです。私たち二人から愛を込めて。

草々

アイリーン

［タイプ］

シリル・コナリー★宛

一九三八年十二月十四日
マラケシュ
私書箱四八

親愛なるシリル

君の本[47]が出たのを知った。一部送ってくれないか。ここではイギリスの本が手に入らない。『ニュー・イングリッシュ「ウィークリー」』が書評用に送ってくれることになっていたのだが、まだ送ってこない。おそらく本がないのだろう。僕はここに三ヵ月ほどいる。ここで冬を過ごすのは肺にとって良いということになっているからだ。僕は、ある気候が人に「良い」という理論をまったく信じていない。調べてみると、それが観光業者と地元の医者によって仕組まれたペテンだということが必ずわかるが、今ここに来たからには、四月頃までは滞在すると思う。モロッコは、僕にはひどく退屈な国に思われる。森もないし、文字通りどんな野生動物もいないし、大都市の近くに住む人間は、観光ペテンと貧困が合わさり、すっかり堕落してしまっている。それは彼らを、乞食と骨董品売りの人種にしている。来月のいつか、僕らはアトラスにちょっと行くつもりだ。もっと面白いかもしれない。今、秋に出る予定の小説を書いているが、この忌々しい病気のせいで、二、三ヵ月前まで書き始められなかった。もちろん、春に間に合うよう、急いで書かねばならない。実際、残念な話だ、着想がいいので。もっとも、君が読んだら気に入らないと思うが。当今、自分たちは断崖に向かって突進している、そして、僕らやほかの者が断崖から墜ちるのを実際には止めることはできないにしても、ある種の抵抗はしなければならないという、恐ろしい気分の影が、人が書く一切のことに落ちている。実のところ僕らは、銃が発射されるまで、あと二年くらいだと思う。君の本が早く見たい。書評から察すると、その多くはイートンについてのものだと思う。君の持っている印象が僕の印象に近いものかどうか大いに知りたい。もちろん、君は学校ではあらゆる面で僕より成功していたが、僕自身の立場は複雑で、実際、周囲のほとんどの者よりも、ずっと金がなかったという事実に左右されていた。しかし、外面的には、僕らは一九一二年から一九二一年まで、ほとんど同じ経験をした。そして、僕らの文学上の嗜好も、ある点で影響を受けた。一九一四年頃、セント・シプリアン校で、僕らのどちらかがH・G・ウェルズの『盲人の国』を手に入れ、それにすっかり夢中になってしまい、お互いに絶えず盗み合ったのを覚えているかい？　真夏の朝の四時頃、廊下を忍び足で歩き、君の寝ている寄宿舎に入り込み、君のベッドの脇からそれをくすねたのを今でも非常に鮮明に覚えている。そして同じ頃、僕がコンプトン・マッケンジーの『不吉な街《シニスター・ストリート》』を持って学校に戻ってきたのを覚えているかい。それを君が読み始めると、あの薄汚いおいぼれ雌豚のウィルクス夫人に見つけられ、「ああした類いの本」（当時僕は「シニスター」の意味さえ知らなかった）を学校に持ち込んだことでえらい騒ぎになった。僕はそのうちセント・シプリアン校についての本を書こうと、常々思っている。パブリック・スクールはそう悪くはないが、人は、パブリック・スクールに入る齢になるずっと前に、ああした薄汚い個人経営の学校に駄目にされてしまうと、僕はいつも言っている。

　奥さんによろしく伝えてくれたまえ。戻ったら君に会いたい。

草々

エリック・ブレア

追伸［手書き］オックスフォードの選挙で勝ったクウィンティン・ホッグ[48]は、僕が卒業した時ファグ〔上級生の雑用をする下級生〕だったチビの生意気な奴じゃないかと思う。

［タイプ］

アイリーン★よりノラ・マイルズ★宛

一九三八年十二月十四日〜十七日
マラケシュ
私書箱四八

［挨拶文句なし］

私の可愛い娘さんが、クリスマスプレゼントと同様、新年の贈り物を喜んで貰ってくれるようですね。彼女があとでそれをどうするつもりかは、私にはわかりません。中にお金を入れる物だそうですが、実際、そうすると、魅力的な格好でぴんと坐ります。でも、お好きなように。ただ、一九三九年のあいだずっと、それがお金で一杯になること、また、もっとよい別の富も手にすることを願います。

お知らせしたいのは、私が今、大層幸福に感じているということです。判断しうる限り、その幸福感は、昨日の知らせから直接生まれたものです。それは、(a)ブレア氏が癌で死にかけているということ、(b)グウェンの赤ん坊のロレンス[49]がグレート・オーモンド・ストリート〔グレート・オーモンド・ストリート小児科病院〕に連れて行かれねばならなかったこと（彼は生後四週間半か五週間）、ジョルジュ・コップ★がモロッコに来て私たちのところに泊まりたいと言ってきたこと（彼は文無しで、私たちは一昨日電報で、彼が監獄とスペインを出たことを知りました[50]。その電報に対するエリックの反応は、ジョルジュは私たちのところに滞在しなければならないというもので、実際に来ることを告げるジョルジュの手紙に対するエリックの反応は、私たちのところに滞在してはならない、というものですが、解決策は、ジョルジュはここに来るのに必要なお金を貸してくれる者が誰も見つけられないというものではないかと思います。）けれども、エリックは良くなりました。九月初めには、私はここに来ることに大いに反対しました。そして、自分が正しかったのはよいのですが、正し過ぎたと感じています。気候は耐え難いほどです。ここに着いて二十四時間経たぬうちに体温が百二度になり、エリックはなんの実際の危機もないのに、最初のひと月で九ポンド痩せ、一日中、とりわけ一晩中咳をし、そのため私たちは十一月まで三十分続けて休むことができませんでした。彼は今また五ポンドほど太り、あまり咳もしません（イギリスにいた時よりは咳をしますが）。ですから、彼はここでの冬の終わりには、最初の頃よりずっと悪くはなってはいないと思います。彼の人生は一年か二年短くなったと思いますが、すべての全体主義者が、そのことをどうでもよいことにしてしまいます。私があの時ここに来るのに気が進まなかった一つの理由は、プードルのマルクスを連れ、ブリストルに行く手筈をすっかり整えていて、あなたのところに泊まるつもりだったからです（マルクスは、そこに住むエリックの姉のところで冬を過ごしています）。もちろん、あなたには知らせませんでしたが、それを知ればあなたは喜んだことでしょう。私たちが国から放り出されたのは、エリックが、癌の疑いはまだなかったのですが、すでに病気だった彼の父を見舞いに行くほどに、私の兄のエリックに反抗したからです。兄のエリックは彼を気遣っていましたが、病気についてそれ以上の嘘を考えつくことができませんでした（プレストン・ホールでは、彼が癆《ろう》ではないということを知ったあとも二ヵ月、確固として絶えず繰り返された癆という診断にもとづき彼をそのまま置いておきました。そしてついに私はまさに最初のX線写真にもとづき、最上の意見は、癆という仮の診断にさえ反することを知りました）。そこで、彼の注意をモロッコに向けました。もちろん、ここに来た私たちは愚かでしたが、来ることを拒否するのは不可能でしたし、エリックは、来る義務があると感じていました。もっとも、まったく意図的な嘘作戦によって人生で初めて借金をし[51]、働けるであろうごく少ない歳月から、ほぼ一年を無駄にしたことに絶えず、正しくも苦情を言っていますが。けれども、いまや私たちはこの国の全体的なひどさに慣れたので、大いにこの国を享受しています。エリックは、私たち二人を大いに楽しませる本を書いています[52]。そして、生まれながらのファシストである兄のエリックが、その事実を知って実際に気が動顚しているのを、ある意味で私は許します[53]。

　モロッコについてのニュースが知りたければ、絵葉書を送ります。しょっちゅう煙草（できれば葉巻）を吸い、決して下を見なければ、市場は魅力的です。最初、私たちはマラケシュの中のペンションに住みました（トマス・クックのリストが少々時代遅れのせいで、売春宿で最初の夜を過ごしたあと）。マラケシュにはあらゆる種類の病気が蔓延《はびこ》っています。白癬系、結核系、赤痢系。レストランで昼食をとっていると、蠅は墓地に向かう死体を味わおうと一瞬外へ急いで出て行くので、何かの黒い塊ではなかったことが初めてわかります[54]。今、私たちは数キロ外のヴィラに住んでいます。家には、六フランで注文して作ってもらった草と柳の椅子（肘掛椅子で、なかなか快適です）、二枚の敷物と祈禱用マット、数枚の銅のトレイ、一台のベッドと数枚の駱駝の毛の毛布《クーヴェルテュール》、三脚の白色木材のテーブル、料理用の二つの木炭火鉢、必要不可欠の陶磁器の三分の一ほど、それにチェスの駒があります。なかなか魅力的です。家はオレンジ園の中に建っていて、何もかも、オレンジ園の持ち主でありながら肉と一緒に暮らすほうが好きな肉屋のものです。唯一の隣人はオレンジの面倒を見ているアラブ人です。私たちにも、マジループ[55]という名のアラブ人が一人います。彼の経歴は、「Moy dix ans et dooje ans avec Francais-soldat」〔「十二年フランス人と一緒――兵士」〕というものです。彼はたくさんの良いことを言います、聖書風です。「Dire gaz」は、「プリムス〔携帯用石油コンロ〕のメタノール変性アルコールのカップにオイルを入れると発煙する」という意味です――それはミヅパ[56]と、ほとんど違いません。彼は最近、「魚」のフランス語が思い出せないので悩んでいましたが、今週、やっと思い出しました――「oiseau」[57]。私たちは今では、とてもよくわかり合っています（彼は私を「Mon vieux Madame」〔「老奥様」〕と、よく呼びます）、彼がフランス語を話しているのかアラビア語を話しているのか滅多にはわかりませんが。私自身はよく英語で話します。彼は買い物をし、水をポンプで汲み上げ、床を洗い、私は料理をし、妙な話ですが洗いものをします。洗濯屋は非常に高く（シーツ一枚十フラン、ワイシャツ一枚十一フラン、婦人服一着十四フラン）、たいてい二、三週間かかります。私以外おそらく誰も洗濯屋は使わないらしく、私が何か送るごとに、スタッフを雇わなければなりません。私たちは二匹の山羊を飼っていますが、以前は二回の搾乳で二匹で毎日半パイント乳がとれたものですが（搾乳は、マジループが頭と後ろ脚の一本を押さえているあいだにエリックが行います）、今では乳の出は落ちました。けれども、雌鶏は非常によく卵を産みます。私たちは十四羽買いましたが、すぐに四羽死に、残った雌鶏は三日間に十個卵を産みました――モロッコの雌鶏の記録、というのが答えです。それを買おうと、裏口に人が来ます。また、鳩も二羽、飼っています。鳩は卵を産みませんが、その気になれば、私たちの枕に巣を作るのは疑いありません。一日の大半を家の中を歩き回って過ごすのですから――縦に並んで。

忘れてはいけないのは、エリックの姉です。私はあの週末のあいだ、あなたを「接触」させようとしていました。あの人たちは七月頃、ブリストルに来たばかりです。名前はデイカム[58]です。マージョリーは四十歳、ハンフリーはかなり年上だと思います。あの人たちはセント・マイケルズ・ヒルに住んでいます。番地は一六六だと思います。心の奥底では、私は正直ではないマージョリーが嫌いですが、会うのはいつも楽しんでいます。私たちみんな一緒にクリスマスを過ごしましたが、ハンフリーは子供たちにはふさわしくない話を私にしたがりました。とても長い話で、誰もがあらゆる通路を通り、最後はいつも、どんな場所よりも寒い食料置場に集まる、というものです。子供たちはいくつかの要点を話してくれましたが、それが何についての話なのか、私にはわかりませんでしたが、よい話でした。子供たちは素敵な子供たちです。もしあなたが子供たちを訪ねてくれれば嬉しく思います。あなたは子供たちが気に入ることでしょう。ハンフはフランク・ガードナー(59)をちょっと思い出させますが、それは名誉毀損です、なぜなら、彼は同じ習慣を持っていないからです。私は本当に彼が好きです。もしあなたがあの家を訪ねないのなら、私が春にマルクスを引き取りに行く時に会いましょう。でも、ハンフ一家を訪ねてもらったほうが私の評判にとってはいいことでしょう。ところで、一家は概して赤貧洗うが如し、です。もちろん、一番素敵なブレアはブレア氏です。哀れな老人は八十二歳で、死にかけていますが、なんの痛みも感じていません。それはいいことです。

あなたのお母様のためのクリスマス・カード選びは、いつでも楽しみの一つですが、今年はその機会を逃しました。一つには、クリスマス・カードのせい。一つには、二週間前、不意にひどい神経痛に罹り、発熱したせいです。普通なら、非常に短い脚の者のために日本で作られた赤い自転車に乗ってマラケシュに行くのですが、今回はX線検査を受けにタクシーで行きました。また嚢胞が出来たのは間違いないようでした――実際私は、再入院しなければならない場合に備え、バッグに持ち物を詰めさえしました。顎にはなんの問題もなく、熱は二、三日ですっかり引きました。今日、頭にネッカチーフを巻いて初めて外出しました。小包を二つ送りましたが、十二枚の用紙に記入し、中身より送料のほうが高くつきました。でも、クリスマス・カードには遅過ぎるので、その代わり、お母様によろしくお伝えください。そして、お父様、ルース、ジーン、ビリー、モーリス、ノーマン、ジョン、エリザベスにも。さらにクウォータスにも。そして、とりわけノラを愛しているのは、

ピッグ。
[手書き]

ジャック・コモン★宛

一九三八年十二月二十六日
マラケシュ
私書箱四八

親愛なるジャック

手紙をありがとう。あの忌々しい雌鶏については、なんともまことに済まない。僕らはたくさんの厄介物を押しつけてしまったようだ。どうしたらいいのか、僕にはわからない。もしはっきりした病気であれば次々に死んでいき、単に卵を産まなくなるというのではないように僕には思える。それが土に原因があるのではないかということについてだが、なんの根拠もないと思う。まず第一に、雌鶏が畑のどこにいようと、前に歩き回っても大丈夫だった土の上にいるに違いない。一九三五年頃まで

その畑を持っていた老デズボロの雌鶏はコクシジウム症で死んだが、そもそも、その病原菌が土の中にそれほど長く残っているかどうか疑わしいし、第二に、なぜ雌鶏はもっと早く悪くならなかったのか、第三に、君はコクシジウム症を見誤ることはないだろう。それは、鶏が死なないとしても（大抵は死ぬのだが）、鶏を衰弱させる。僕が本当にわからないのは、なぜ古い鶏（数羽はいるのではないか）が卵を産まないかだ。初年鶏について言えば、八月、九月に産卵期に入らないということは時々起こる。そして、羽根が抜け変わったり天候が寒くなったりで、春まで卵を産み始めないこともある。しかし、君はその間、餌代の請求書を送りつけられる。数日のうちに、その費用として、君に数ポンド（せいぜい二、三ポンドだろう）送るよう努める。最近、僕の銀行に手紙を出し、いくらかでも金が残っているかどうか尋ねたが、数日のうちに返事が来る。もちろん、ともかく借金でした今度の旅行は非常に金がかかり、三ヵ月か四ヵ月で入ってくる金は、これと言うほどのものではないと思う。小説は四月初めには書き終えるはずだ。実際のところ雑然としているが、気に入っている部分もある。そして、実のところこれまでは触れなかった大きな問題が不意にはっきりとしたが、今はそれを十分に扱うだけの時間の余裕がない。これから数年、監獄にも入らず、金の心配もなく生きていたいとどんなに痛切に思っているか、君には言えない。この本のあと、金儲けのためのお粗末な本のようなものを書くかもしれないが、数巻に及ぶ大作を書く考えも、心の中にごくぼんやりと持っている。そして、数年かけて平和にその計画を練りたい。もちろん、僕が平和という時、それは戦争がないという意味ではない。実際、戦っている時でさえ、平和な気分でいられるのだから。しかし、僕の言う平和は、現代の全体主義との戦いとは相容れないと思う。ところで、ペンギンの連中が僕の本の一冊か二冊を再刊する動きをしている。そうしてもらいたいと思う。なぜなら、あまり金にはならないと思うが、考えうる最上の宣伝にはなる。僕の本の一冊、『どん底生活』は完全に絶版なので、僕も、僕の知っているほかの誰も、母以外、一冊も持っていない——ダートムアの図書館で一番貸し出されている本なのに。ウォーバーグ★が、とにかく一冊の本で意外な幸運に巡り合ったのは嬉しい。彼のために言わねばならないが、彼は進取の気性に富み、誰よりも多岐にわたる本を出版してきた。僕のスペインの本はまったく売れなかったが、大した問題ではなかった。僕の著作権代理人が前もって彼から金を貰っていて、書評がよかったからだ。

あの小包が着くかどうかは神のみぞ知る、だ。フランスの郵便局について知っていることから推して、それが一九三九年のクリスマスにちょうど間に合ったとしても、僕は驚かないだろう。実を言うと、僕はその小包とほかの多くの小包を、店主に送ってもらうようにしたのだ。というのも、午後の長時間の買い物で疲労困憊してしまっていたからだ。この国では、買い物はほかのほとんどの東洋の国同様、実に疲れる。アラブ人はインド人よりもふっかける。彼らはそれが好きなのだと結論せざるを得ない。もし、ある品物の値段が一シリングだとすると、店員は二シリング要求することから始め、買い手は三ペンスから始める。そして、一シリングに落ち着くのに三十分は優にかかるだろう。両者ともそれが正当な値段なのを最初から知っているのだが。外国において人との接触に非常に影響する一つのことは、イギリス人の神経は、ほかの人種のそれよりも丈夫ではないということだ。例えば、イギリス人は騒音に耐えられない。僕はアラブ人が好きだ。彼らは友好的で、彼らの立場を考慮すれば卑屈では全然ない。しかし、僕は彼らと真の接触をしていない。一つには、彼らは大抵一種の紛いのフランス語を話し、僕は怠けていてアラビア語を学ばないからだ。この国のフランス人は退屈で途轍もなく野暮ったく思える。インド居住のイギリス人より遥かにひどい。アラブ人のあいだに真の政治運動があるのか疑わしい。左翼政党はすべて弾圧されてしまったが（人民戦線によって）、もともと大したことはなかったのだと思う。人々は完全に封建的段階にいて、その大半は自分たちがまだサルタンに統治されているのだと考えているようだ。それはフィクションなのだが。フランスの新聞における以外、チュニジアの騒動の影響はない。もし、大きなアラブ人の運動が起こるとすれば、それは親ファシストの運動に決まっていると思う。リビアにいるイタリア人は彼らを残酷に扱っていると聞いたが、彼らの主な抑圧者は、いわゆる民主主義国だった。この帝国主義に対するイギリスとフランスのいわゆる左翼の態度には、ただもう吐き気を覚える。もし彼らが今と同じ調子でやっていったなら、物を考える有色人種の人間はすべて、ついにはファシストになってしまうだろう。その下にあるのは、イギリスとフランスの労働者階級は有色人種の労働者階級とまったくなんの連帯感も持っていないという事実だ。

君は、マラケシュはどこにあるのかと訊いた。それはアフリカの左上の隅の近く、アトラス山脈のすぐ北にある。変な話だが、ここにも一時的寒波が襲来し、クリスマスイヴにはひどい霜が降りた——それがここではいつものことなのか知らないが、草木から判断して、そんなことはないと思う。木に生っているオレンジとレモンがすっかり霜に覆われているのを見たが、それは奇妙で少々愉快な経験だった。霜はオレンジやレモンに被害を与えなかったようだ。霜の影響は非常に不思議だ。少し前に蒔いた凌霄葉《のうぜんは》蓮《れん》は霜ですっかり萎れたが、南太平洋から来た熱帯植物であるサボテンとブーゲンヴィリアは影響を受けなかった。ここしばらく、山は低い斜面でさえも雪に覆われている。小説の草稿をざっと書いたら、僕らは一週間仕事を休み、山に入るつもりだ。ローマ人はその山が世界の終わりと考えた。確かにそうかもしれないと思わせる。日中はおおむね快晴だが、一日中、火を焚いている。唯一の燃料はオリーヴの木だ。というのも、何マイルにもわたって野生の木が一本もないからだ。この国は砂漠にごく近い状態で、わずかな人間と獣を辛うじて養うことができるだけだ。人は食べられるものはなんでも食べ、地表の燃やせるものはなんでも燃やす。その結果、一人でも人間が増えれば、饑餓が発生する。ローマ時代には北アフリカはライオンや象が群れている壮大な森で一杯だったと考えると不思議だ。今では、野兎より大きな野生動物は実際一匹もいないし、人間の数さえ少なくなっていると思う。ちょうど僕はフロベールの『サランボー』の中の、ほぼこの辺りについて箇所を読んでいたところだ。なぜかいつも避けていた本なのだが、ただもう素晴らしい。

　僕は、J・M・M［マリー］★が聖職に就いたことに驚いていない。しかし、彼は長くは聖職に就いてはいまい。近いうちに、「ファシズムの必要」[60]という本が出るだろうと思う。しかしいまや、誰かがファシズムを真剣に研究すべき時だと思う。左翼の新聞から推測するよりも多くのことがあるに違いない。ムッソリーニは一九二六年以来、挫折「寸前」だった。

　フランス人はクリスマスをほとんど祝わず、新年だけを祝う。アラブ人は、たぶん新年を祝うだろうが、僕らとは同じではないだろう。彼らはかなり厳格なマホメット教徒だ。ただ貧しいせいで、自分たちが食べるものについて、あまり細心ではないが。僕らはまだ全然クリスマスを祝っていないが、イギリスからプディングが来たら祝う。アイリーンがキリスト降誕日に病気になったので、僕は実のところ、その日がなんの日か晩になるまで忘れていた。何もかも陰気だ。父は重病だし、こっちに来ることになっていた妹は結局来られない。二人の友人がスペインから帰ってきたところだ。一人はロバート・ウィリアムズ[61]という男で、内臓に砲弾の破片を一杯入れてやって来た。彼が言うには、バルセロナは見る影もなく破壊され、誰もが半ば飢え、一ポンドが九百ペセタだ。もう一人はベルギー人のジョルジュ・コップ★で、僕の本には彼のことがたくさん書いてある。彼は一年半G《ゲー》・P《ペー》・U《ウー》[62]の監獄にいたあと逃げ出したところだ。監獄にいるあいだに七ストーン〔約四十二キロ〕痩せた。彼に対してああいうことをしたあとで彼を逃がした、あの連中は大馬鹿だったが、どうしようもなかったのだと思う。共産主義者がその力の大半を失ってしまったということ、また、ＧＰＵが非公式な形でのみ存在するということは、いくつかの事柄から明らかだ。

　メアリーとピーターによろしく。アイリーンからもよろしく、また手紙をくれたことに対してアイリーンはメアリーに感謝している。銀行から何か言ってきたら、また手紙を書く。寒さが緩むことを望む。寒いと小さなコテージでは辛い。二月頃、僕らはミュリエルを番《つが》わせることを考えなくてはいけないだろうが、急ぐことはない。何が起こっても、ミュリエルを、ニコルズ氏[63]のあのくたばり損ないの老いぼれの所へは行かせないように。奴は自分の妹、娘、孫娘、ひ孫娘と二十年ほどファックした祟りですっかり駄目になっている。

草々

エリック

［タイプ］

追伸　初年鶏に強力マッシュをやっていたのかい？　クラークのはかなりいい。

ハーバート・リード★宛

一九三九年一月四日
マラケシュ
私書箱四八

親愛なるリード、

手紙とマニフェスト[64]ありがとう。妙な話だが、僕はそれを『矢《ラ・フレーシュ》』〔当時のフランスの進歩的新聞〕ですでに見て、いくつか質問をしようと思っていたところだ。もちろん署名する。もし、イギリスを代表するいくつかの名前が欲しいだけなら、もっと有名な者に頼んだらいいのだが。しかし、いずれにしろ、僕の名前でよかったら使ってくれたまえ。マニフェストに変更したいところがあるかどうか、君は尋ねた。僕がちょっと疑問に思っている唯一の点は、次の点だ。どうしても変えろとは言わないが。第二頁で君は言っている。「ロシアは官僚制度を安全にするために、まずドイツの労働者、次にスペインの労働者、さらにチェコスロヴァキアの労働者を窮地に置き去りにした」。そのことが正しいのは間違いないが、僕らのような立場の人間がこの時期にチェコ問題を持ち出すのは戦略的に賢明だろうか？　疑いもなくロシアは苦境に陥ったチェコを見捨てたが、ロシアは英仏政府より悪く振る舞ったとか、非常に違ったように振る舞ったとかには僕には見えない。また、ロシアはチェコを防衛するために戦争をすべきだったと仄めかすのは、英仏も戦争を起こすべきだったと仄めかすことであり、それこそまさに人民戦線の連中が言うだろうことで、僕はそれを信じていない。僕はこの点に固執はしない。単に提案しているだけだ。いずれにしても、僕の名前をマニフェストに加えてくれたまえ。

僕はここで肺のために冬を過ごしている。ここの冬は肺に少しよいと思う。この忌々しい健康問題のせいで、僕は一年をまさに棒に振ってしまったが、長い休養は僕のためになった。僕は新しい小説に取り掛かっている。一年前、スペインであの恐ろしい悪夢のような経験をしたあとでは、もう二度と小説は書けないだろうと真剣に思った。一方、妙な話だが、ここしばらく、非常に気になっていた事柄について君に手紙を書こうと思っていた。こういうことだ――

迫りくる戦争に反対する意思を持っている僕らが、違法の反戦活動のために組織作りをするのが、きわめて重要だと僕は信じている。公然で合法的な世論喚起活動は、戦争が始まってしまった場合のみならず、戦争が目前に迫ってきた場合にも不可能で、また、パンフレット等を出す準備を今しなければ、僕らは決定的な瞬間が訪れた時、そのことがまったくできないのは明々白々だ。今のところ、出版には相当の自由があり、印刷機や用紙のストック等の購入は規制されていないが、こうした状況が今後も続くとは、僕は一瞬たりとも信じていない。もし僕らが準備をしなければ、戦争か、戦争前のファッショ化が起こり始めた時、僕らは沈黙させられ、すっかり無力になってしまうだろう。人々にこの危険を悟らせるのは難しいだろう、なぜなら、イギリス国民の大多数は、何かが変わるということを信じるのが、体質的にできないからだ。加えて、本当の平和主義者を相手にしなければならない時、彼らが違法行為と地下の仕事に対する、一種の根深い道徳上の嫌悪感を抱いていのが大抵わかる。人々、とりわけ知名度の高い人物が公然と闘うと最良の結果を得るということには、まったく同意するが、地下組織も持つのはきわめて有効であるということに、僕らは気づくかもしれない。なすべき常識的なことは、パンフレット、スティキーバック〔裏面に接着剤が付いた用紙〕等を作るのに必要な物を集めて目立たない場所に保管し、必要になるまで使わないということのように思える。そのために僕らは組織と、わけても金が必要だ。たぶん、三、四百ポンドほど。しかし、徐々に勧誘できる人々の援助があれば、それは不可能ではないだろう。この考えに興味があるかどうか、一筆知らせてくれないだろうか。しかし、関心がなくとも、このことは他言しないでくれたまえ。

署名したマニフェストを同封する。

草々

エリック・ブレア

追伸［手書き］『クレ』[65]のリーフレットは取ってある。マラケシュに行って郵便為替が買えたら寄付金を送る。

［タイプ］

フランシス・ウェストロープ★宛

一九三九年一月十五日
マラケシュ
私書箱四八

親愛なるフランク

次のものを送ってくれないだろうか。

サッカレーの『ペンデニス』（ネルソン、二巻本、二シリング）。

トロロープの『ユースタス家のダイヤモンド』（ワールズ・クラシック）。

H・ジェイムズの『ねじの回転』（エヴリマン、No. 912）。

J・Sミルの『自叙伝』（ワールズ・クラシック）。

僕らの預けてある金はそれでほぼお仕舞いになると思うが、もし君に借金をすることになれば知らせてくれないか。

君に手紙を書いてから長い時間が経つ。僕らがイギリスを発つ頃にウェストロープ夫人[66]がくれた手紙に返事を出さなかった。僕らはこの国にすでに約四ヵ月いるが、四月初めまでいるつもりだ。［このあと、**三八年十一月二十四日付**、**三八年十一月二十六日付**、**三八年十二月二十六日付**の手紙に書かれているような、フランス領モロッコでの生活ぶりが要約されている。］

戦争の危機が迫っているので、ヨーロッパの外にいることに大いに感謝している。ここの人間は、それにはまったくと言っていいほど注意を払わなかった。一つには、アラブ人を刺激したくなかったからだと思うが、また、戦争が起こるとは、どうやら信じていなかったからだ。この状況の決定的要因の一つは、フランス人はフランスが侵略されない限り戦争に巻き込まれることはないということ、また、フランスの政治家もそれを知っているということだと思う。次に起こる紛争は、ウクライナを巡るものだと思う。したがって、僕らはもし途中でドイツの潜水艦に沈められなければ、家に帰るとそのまま真っ直ぐ強制収容所に入るということになるかもしれない。そうならないことを願うし、信じてもいる。僕の小説の草稿をざっと書き上げたところだ。その手直しを始める前に、これから僕らはアトラス山脈に一週間行ってくる。手直しは四月初めまでかかるかもしれない。ここの気候は僕のためになったと思う。今はほとんど咳はしないし、体重も少し増えた。すでに半ストーンほど。戦争や何かでしょっちゅう仕事が中断されるのは実に腹立たしい。

ところで、親切にもアラビア語の本を送ってくれたことに礼を言っていないと思う。残念だが、アイリーンと僕はほとんどアラビア語を学んでいない。学ばざるを得ない数語以外。というのも、どのアラビア人も一種のピジン・フランス語を話すからだ。ともかく、もし彼らがフランス人と接触する場合は。もちろん、彼らはこの辺では、ベルベル語と、さらにはスペイン語を交ぜた一種の方言を喋る。この辺りの大勢の人間はシュルー族だ。

それは、フランスがごく最近征服した人種だ。また、一定の数のニグロの血統の者もいる。僕らはここに来る途中、スペイン領モロッコを通らねばならなかった。言うまでもなく垣間見ただけだが、いくつかのフランコの部隊を見た。一年前によく見た政府軍と見分けがつかなかった。ここのフランス人はもっぱら親フランコで、一切が明るみに出ると、直接的にせよ間接的にせよ、彼らがフランコを大いに援助したことがわかるだろう。ここには夥しい数のユダヤ人がいて、その結果、強い反ユダヤ感情がある。ユダヤ人の大半は恐ろしく貧しく、アラブ人と大体同じような暮らしをしている。銅細工等のようなモロッコの特徴的な仕事の多くがユダヤ人によって行われていることを、これまで知らなかった。地元で作られた物は素敵で、もちろん安い。残念ながら一番いいものの多くは持ち運べないが。

みんなによろしく。次に僕らが会う時は、有刺鉄線の後ろではないことを信じたい。

草々

エリック・ブレア

［タイプ］

レディー・リース宛

一九三九年二月二十三日

マラケシュ

私書箱四八

親愛なるレディー・リース様[67]

リチャード★がつつがないことを願っております。プラウマン夫妻から数ヵ月前にきた最後の手紙によりますと、彼はまだバルセロナにいるようですが、当然のことながら、退却以来、彼についてのニュースは何もありません。彼が無事に脱出し、それまで経験したにことすべてに打ちのめされていないのを願い、信じています。もし彼が家にいて、手紙を書く気があれば、三月末頃まで上記の宛先にお送り下さい。私が病気だったことを妻が話したと思います。その病気は、何度もX線検査をしたあと、結核ではなく、長い名前の何かだと、医師たちはやっと診断しました。私はサナトリウムで半年ほど過ごしましたが、医師たちは、ここで冬を過ごすようにと言いました。それが私にとってどのくらいよかったのかわかりませんが、今年の冬は非常に厳しかったようなので、イギリスから離れていたのはよかったのは疑いありません。もちろん、そのために仕事が大幅に遅れました。しかし、新しい小説はほとんど書き終え、四月初め頃に仕上がったらすぐに家に帰るつもりです。医師たちはずっと南に住むべきだと言っていますので、別のコテージが見つけられましたら、ドーセットかそういった所に落ち着くと思います。

ここは非常に静かで平穏です。私たちはマラケシュから数マイルのところに小さな家を借りています。外人部隊の何人かの兵士が訪ねてくる以外、ほかのどんなヨーロッパ人も見かけません。少し前、私たちは山の標高五千フィートほどのところで一週間過ごしました。そこには、シュルーと呼ばれるベルベル族が住んでいます。彼らはちょっと面白い人々で、実に素朴で、全員が自由で平等です。非常に汚いのですが、特に女は見た目は素晴らしいのです。彼らは草の生えた美しい小さな牧場を持っています。イギリスによく似ています。そして、強烈な陽光のもとで、雪の上に横になれるのです。下のここでは、土地は平坦で非常に乾燥しています。自然の木は一本もありません。インド北部によく似ていると思います。アラブ人は恐ろしいほど貧しく、大半は一時間約一ペニーで働いています。ヨーロッパ人は非常に安く暮らせる訳ではありません。フランスほど安くはないと思います。いくつかの物は途方もなく安いのですが。例えば、その気になれば、一頭の駱駝を三百フランで買えます。ここで作られる真鍮と銅の品物は美しいのですが、なんと言っても最も魅力的なのは、地元で作られるごく安い陶器類です。残念なことに、持って帰るのはまず無理です。

戦争の危機のあいだにイギリスから離れていられるというのは、大いに感謝すべきことです。帰国した途端、もう一つの戦争の危機に出会うことがないのを信じています。戦争は、私にとってはまさしく悪夢です。戦争はほんの少しよいことだとか、どっちが勝っても大差はないだとかいうことは信じません。もしリチャードが帰国していて、まだ手紙を書く気になれないようでしたら、私たちからよろしくとお伝え下さい、また、私たちは帰国したら会いたがっているともお伝え下さい。

敬具

エリック・ブレア

［タイプ］

ジャック・コモン宛

一九三九年二月二十三日
マラケシュ
私書箱四八

親愛なるジャック

ミュリエルの交配についてミス・ウッズに手紙を書いたろうか？　まだだったら、葉書を出してくれないだろうか？　正確な住所は覚えていないのだが、サンドン付近、ウッドコーツ、ウッズ、だと思う。いずれにせよ、パブで訊けばわかるだろう。［オーウェルは、ニコルズ氏の「老いぼれのくたばりそこない」とミュリエルを交尾させないように気を配り（**三八年十二月二十六日**付の手紙を参照のこと）、ミス・ウッズに連絡するよう彼に頼んだ。」ところで、今年は口蹄疫が発生しないことを祈る。口蹄疫が流行っている時に、人間と犬の移動は禁止しないが動物の移動は禁止するのは正しいと思う。しかし実際、ただ一つの症例で一群れの畜牛を殺処分するという気違いじみた真似はやめるべき時だ。

僕らは正確にいつ帰るのかはわからないが、四月のいつかだと思う。あとで正確な日を教える。今はいいのだが、病気になって二週間ベッドの中にいたので遅れている小説を書き終えなくてはならない。それに船の問題もある。できることなら、僕らはカサブランカからずっと船で行きたいが、船はひと月に一回しか出ず、出航の日もまだわかっていない。帰ったら、真っ直ぐにサウスウォルドに行って父を見舞わなくてはならない。そしてアイリーンは、できるだけ早く新しい家を探すことになっている。これはすべて、それまでに戦争が勃発しなかったらの話だ。というのも、もし勃発したら、その時になって慌てるのが嫌なので、コテージをそのままずっと借りるつもりだ。しかし、四月末頃までコテージにいるのが君にとって都合がよいなら、僕らにとっても都合がいい。一方、もし君がそれより少し前に出たかったら、僕らはそれでも大丈夫だ。いずれにしろ、Eか僕かが商品を処分するためにウォリントンに行かねばならないだろうからだ。もちろん、期待には添わなかったけれども、鶏は持って行くが、たぶん鶏小屋は処分して新しいのを買うだろう。運搬費より高くはないだろうし、手間もかからないだろう。庭に何かの芽が出ただろうか。間もなく、スノードロップとクロッカスの芽が少し出るはずだ。

世界情勢がよくなったのか悪くなったのか、わからない。僕は今、雨が降るのか降らないのかという、気象学的な目で見ているだけだ。しかし、いったん戦争が始まってしまえば、例によってそれから逃れることはできないだろう。もし僕が生物学的に立派な見本で新しい王朝を創ることができるなら、戦争が続いているあいだなんとか生き残って誰からも見られないよう全力を尽くすだろう。リチャード〔リース〕の消息は知らないし、便りもないが、何かニュースはないかと彼の母に手紙を書いたところだ。彼は無事に逃げ出したと思う。何もかもひどく混乱していて、仮にこの混乱状態〔スペイン内戦〕に深く個人的に関わっていなくとも、最もひどいのは、左翼がこの災厄から何も学ばず、恐るべき不毛の議論が何年も続き、誰もが互いに非難し合うだろうということだ。

★マリーが聖職者に任職される話は順調に運んでいるのだろうか。彼はすでに学位を持っているので、そう長く勉強する必要はないのだろう。しかし彼は、三十九箇条(68)等について、まったく正統的なのだろうか。僕はそうは思わなかった。彼が主教になったら滑稽だ。ところで、ラッシュデン・カム・ウォリントンの教区司祭、ロスボロ氏に会ったことがあるだろうか。それほど見栄えのする人物ではないが、感じのいい小柄な男で、素晴らしい息子を持っている。息子のロブはヘイリーベリーにいるが、P・P・U[69]に入り、O・T・C[70]に入るのを拒否した。僕が感銘を受けたのは、そのことよりも、父がよく考えた末に息子を支持したということだ。彼はアフリカで宣教師をしていて、土人の取り扱われ方を目にしたので、いくつかの問題に対し、やや非正統的な見方をするようになった。それは宣教師の場合、よく起こることだ。妻は非常にいい人物だが、少々気が変だという印象を僕は受けた。ところで、彼女の祈禱仲間は、僕の健康を定期的に祈ってくれている（このことは誰にも話さないように、僕も知らないことになっているので。R夫人がアイリーンに内緒で話したことだ）。

　メアリーとピーターによろしく。アイリーンからもよろしく。

草々

エリック

リディア・ジャクソン★宛

一九三九年三月一日
マラケシュ
私書箱四八

　リディア・ジャクソンは一九三八年、エイルズフォード・サナトリウムにオーウェルを訪ねた。その時の訪問について、次のように書いた――

　ジョージは、ちゃんと服を着て外のデッキチェアに坐っていた。私がそこに着くと、彼は立ち上がり、公園を散歩しようと言った。私たちはあまり遠くまでは行かなかった。建物が見えなくなると、私たちは芝生に坐った。彼は両腕を私の体に回した。ばつの悪い状況だった。彼は男として私を惹かず、彼が不健康であることに、私はわずかな嫌悪感さえ覚えた。同時に、彼が病人であること、妻との親密さに飢えていたことが、彼を撥ねつけるのを難しくした。私は淑女ぶる女のように振る舞ったり、そのちょっとした出来事を重大な事件のように扱ったりしたくなかった。私にキスをすることで彼が数分の快楽を得るのなら、なんで自分は彼を押しのけねばならないのか？　私は、彼がアイリーンを非常に好いていて、自分がどんな意味でも彼女のライバルではないのを確信していた。（『一ロシア人のイギリス』、一九七六）。

親愛なるリディア

　君に手紙を書いてから随分長い時間が経つ。そして、君も手紙を僕に書いていない、そうだろう？　万事つつがないことを願う。僕はたぶん、三月二十三日にこの国を発つ。その場合、三十日頃に戻るだろう。僕の家族等に会いに行く前に、しばらくロンドンにいると思う。だから君に会うのが楽しみだ！　四月一日後の数日の一日か二日を空けておいてくれないか。君の仕事はどんな具合だい？　僕は出航する前に小説を仕上げてしまいたい。それまでには、とてもタイプで打てないだろうが。ある部分は大いに気に入っているのだが、ほかの部分はそうではない。アイリーンは元気だ。ちょっと具合が悪い時は一、二度あったが。僕は最近、どうやら流感でかなり具合が悪くなり、二週間ベッドにいたが、もう大丈夫だ。僕は、人の言うここの気候の素晴らしさを信じていない。ここの気候は、ほかのどの場所より良くも悪くもない。僕らがここで冬を過ごしたということは、借金の莫大な額を使ったということしか、実際には意味しない。しかし、戦争の危機のあいだイギリスにいなかったというのは、大いに救いだ。僕らが帰国した、まさにその時に、また戦争に出くわすなどということがないのを願う。

君の今の若者は誰なのだろう。[71]僕は君のことをしきりに考えた——僕のことを考えたことがあるだろうか？　そんなことを手紙に書くというのは不謹慎なのは承知しているが、君は賢いので、これを焼いてくれるだろうね。君に会い、いろいろ話すのを楽しみにしている。アイリーンもイギリスに帰りたがっている。僕らはウォリントンのコテージを諦めなければならないと思うが、できれば、ドーセットかどこかにコテージを借りるつもりだ。体には気をつけて。四月の初めに君に会うのを願っている。[72]

愛を込めて
エリック
［手書き］

ジャック・コモン★宛

一九三九年三月五日
マラケシュ
私書箱四八

親愛なるジャック

万事順調なのを願う。僕らの計画について。もし銀行が、間に合うように金を送ってくれたら、二十二日か二十三日にカサブランカから出航する船に乗るつもりだ。そしてロンドンには三月末に着くはずだ。そのあと、サウスウォルドに行って家族に会わねばならない。また、ほかの雑用も片付けなければならない。いろいろ考えた末、僕らはコテージに夏が終わるまで住み、秋までは引っ越さないことに決めた。何はともあれ、僕の本が出るまでなんの金も入ってこないだろう。その結果、引っ越すのがひどく厄介なことになる。とにかく、時間をかけて探せば、いい所が見つかるだろう。戦争が起こらなければ、僕らは間違いなく引っ越す。僕はそこで冬を過ごさないように言われているので。そして、もっと離れた所に行けば、ずっと衛生的なコテージを今よりそう高くない家賃で借りられるだろうが、夏はそこで過ごしてもほかと同じだろう。さらに、もし秋に引っ越すなら、僕らが植えた果物の灌木等の何本かを持って行くことができる。だから、君がした仕事、あるいはハチェット爺さんにやってもらった仕事は無駄にはならない。君にとってはどうでもいいことかもしれないが。

　ところで、一つお願いがある。もし、君がどこかほかに行く所を見つけるのと、僕らが帰るのとのあいだに、たまたま間隔があると、物事が楽になるかもしれない。君は僕が書いたスペイン内戦に関する本の中で、ジョルジュ・コップ[73]について読んだのを覚えているかもしれない。彼はしばらくのあいだ、僕の旅団の指揮官だった。彼はここしばらくグリニッジに住むアイリーンの兄の家に泊まっているが、いつまでも泊めてやってくれと頼むわけにはいかない。家はすでに一杯で、家の者には迷惑だからだ。そこで、もし必要となったら、彼をウォリントンに泊めてやってはくれないだろうか。コテージにという意味ではない。彼はアンダソン夫人のところに泊まることができるのだが、彼の食事の面倒を見てやってはもらえまいか。アイリーンの義姉のグウェン・オショーネシーが彼の食事等の金は出す。だから、君の懐は痛まない。たぶん、メアリーにとって、もう一人の食事を用意するのはそれほど面倒なことではないのではなかろうか。彼は、至極簡単に満足する男だということがわかるだろう。もちろん、そんなことは必要がないということになるかもしれない。その間に、彼のための仕事が見つかるかもしれない。しかし、一年半、監獄で飢えの体験をしたあとなので、仕事ができるかどうか疑わしい。そして、もし君が、僕らが帰る前に出たいと思ったなら、彼は僕らのために家を暖めておくことができるだろう。

　しかし、いずれにしろ、彼は僕らが帰るまでそこにいて、仕事が見つかるまで、しばらく滞在できるだろう。彼は結局は仕事が見つかると思う。万一、そうしたことが必要となったら、君にあまり迷惑がかからないことを願う。

　イギリスが、また見たい。ここは暑くなり始めた。少しばかりの緑があるのは、一年で今だけだ。すべての駱駝、驢馬等が、この時とばかりに草を貪り喰っている。かなりたくさんの野花はイギリスと同じだ。桜の木が咲いていて、林檎の木は葉が出たばかりだ。これを僕らがイギリスでまた見ることができるというのは素敵だ。スノードロップとクロッカスは庭に咲いているだろうか。船に乗る前に僕の小説はちょうど書き上がると思うが、船上でタイプしなければなるまい。百頁ほどは気に入っているが、その他は失敗だ。ペンギンの件[74]ではなんの音沙汰もない、駄目になったのではないことを望む。

　君はミュリエル[75]のことでミス・ウッズに葉書を出したかい？　リチャード［リース］★については一言も聞かな

いが、彼の消息について、彼の母に手紙で尋ねた。もし手紙をくれるなら、十五日以降は送らないように。僕らのところに着かないかもしれないから。メアリーとピーターによろしく。

草々
エリック

追伸[76] アイリーンからよろしく――追伸は、本当はメアリーに。ジョルジュ・コップ★は大変な財産だとわかると思います、もし、あなたがガス・オーブンから離れているのに耐えられるなら。彼は家の中では大変役に立ちます。そして料理をするのが大好きです。でも問題は、これなのです。もしあなたが彼を泊めることができるなら、手紙を書き、来るようにと言ってくれませんか。もちろん、誰かが彼の食費を払うということは言わずに。グウェンは赤ん坊を産んだばかりなので少し疲れていて、家は赤ん坊と乳母と、赤ん坊のせいで必要な代診（グウェンは医者なのです）で天手古舞いではないかと思います。一方彼女は、ジョルジュにどこかに行ってくれないかとは言えません。でも、私たちの招待を受けるようにさせることはできます。彼は、もし私たちがイギリスにいれば私たちのところに泊まっていただろうし、私たちの村を見たいだろう（見たがるはずです）ということを理由にできます。彼は人が自分と会って喜ぶところなら、どこであれ幸せに感じるような人物です。話すと面白い人物だということがわかるでしょう――彼は英語をとても流暢に話します。もしジョルジュに手紙は書きたくないが、彼を泊めても構わないと思っているのでしたらグウェンに手紙を書いて下さい。あなたが招待していることを彼女が伝えます。大事な唯一のことは、あなたが自発的に彼を招待していると彼に思わせることです。

［アイリーンは手紙の一番上に書いた。］グウェンの住所。ロンドンS・E10、グリニッジ、クルームズ・ヒル二四番地、グウェン・オショーネシー博士。

［タイプ］

ハーバート・リード宛

一九三九年三月五日
マラケシュ
私書箱四八

親愛なるリード

手紙をありがとう。僕はたぶん三月二十二日か二十三日頃この国を発ち、イギリスには月末に着くはずだ。たぶんロンドンに数日いるだろうから、君に会う手筈を整えようと思う。できれば『リヴォルト』[77]に協力したい。でも、それがどんな新聞になるのかを見るまでは、僕が役に立てるかどうかわからないが。問題は大抵そうなのだが、もし僕が本を書いていると、ほかの創作的仕事をするのはほぼ不可能だということだ。しかし一方、僕は書評をするのが好きなのだ。もし同紙がそうした類いのものを必要とするなら。もし僕らが、左翼だが非スターリン主義の評論紙を存続させることができれば（実際には、それはすべて金の問題だ）、多くの人が喜ぶだろう。大衆すべてが馬鹿である訳ではない、彼らはこの「反ファシスト」のふりをするペテンをすぐに見抜くに違いない。どの世代も（文学では、それは約十年だ）、前の世代に反抗すると考えると、僕の気持ちは大いに明るくなる。ちょうど、オーデンたちがスクワイアー[78]たちやドリンクウォーター[79]たちに反抗したように、オーデンたちに立ち向かう連中がいるに違いない。

新聞に関連して。地下作戦[80]というのは、誰が作戦を開始するのか、なんのためかを知らなければ、その準備はある意味で馬鹿げているということに、まったく同意する。しかし問題は、前もっていくらか準備をしなければ、始めようとする時（遅かれ早かれ確実にそうなる）には、お手上げだということだ。何も訊かれずに印刷機が買える時代が永遠に続くとは思えない。似たような例を挙げよう。僕が子供だった頃は、自転車屋か金物屋で、野砲以外のなんでも気に入った火器を買うことができたが、ロシア革命とアイルランド内戦で、そうした状況が終わるとは大方の大衆は思わなかった。印刷機等についても同じだろう。僕らがやがて関わるようになる活動について言えば、僕の意見はこうだ。労働党あるいは左翼の連合が選挙で勝つ見込みは、私見では零で、いずれにせよ、もし政権を取ったにしても、チェンバレンたちよりよいかどうか、また、彼らと大きな違いがあるかどうか疑問だ。したがって、僕らはあと二年で戦争をするか、長期にわたる戦争準備をするか、ほかの目的を隠すための、単なる偽りの戦争準備をするかだが、いずれにしても独裁主義体制、すなわちある種のオーストリア・ファシズムに至る、ファッショ化に進むだろう。本当のものであれ、うわべだけのものであれ、目的がドイツに対する戦争である限りは、左翼の大半はファッショ化に進み、それは最終的には、賃金引き下げ、言論の自由の弾圧、植民地における残虐行為に関わることになるだろう。したがって、そうしたものに対する反抗は、右翼に対してだけでなく左翼に対してのものでもあるべきだ。反抗は二つの種類に分かれるだろう。僕らのような反体制の左翼の反抗と、ファシストの反抗とに。ファシストは、今度は理想主義的なヒトラー＝ファシストで、イギリスでは、多かれ少なかれモーズリーに代表されている。モーズリーにドイツとの戦争に頑強に反対するだけの見識と勇気があるかどうかわからないが、彼は愛国主義なるものを利用する決心をするかもしれない。その場合は、誰かが彼に取って代わるだろう。もし、戦争が災厄と革命に至れば、公式の左翼はすでにその大義を裏切り、公衆の心の中では主戦派と見られているので、戦争反対であると同時に反ファシストの団体がなければ、ファシストが思い通りにするだろう。事実、そうした人々はいるだろう、たぶん夥しい数の。しかし、彼らが何かできるどうかは、もっぱら、不満が高まっていく時期に、自分たちの考えを表明する手段を持っているかどうかによる。僕はある種のファシズムから英国が救われる希望が大いにあるかどうか疑問に思うが、僕らが戦いを挑まねばならないのは明らかだ。そして、自分たちは前もっていくつかの準備をしなかったからというだけで、抗議すべき時に黙っているのは馬鹿げている。もし、印刷機等を目立たぬ場所に置いておけば、次に僕らは文書を配布する者を慎重に集める手配ができ、「さあ、災難が襲ってきても、用意は出来ている」と思えることだろう。他方、災難が襲ってこなければ実に喜ばしいので、少しばかりの努力の無駄を惜しみはしないだろう。金についてだが、何か予期しないことが起こらない限り、今年はこれからずっと無一文だ。たぶん、もし僕らがある行動を起こすのをはっきりと決めれば、君の友人のペンローズ[81]が少し融通してくれるだろう。金が必要なのを認めてくれるほかの何人かがいると思う。例えば、バートランド・ラッセル[82]はどうだろう？　彼はいくらか金を持っていると思う。また、言論の自由が脅かされているということを納得させれば、彼はすぐさまその考えに同調するだろう。

僕は帰ったら手紙を書くか電話をするかし、会う手筈を整える。もし君が四月初め頃ロンドンに出てくるなら、あるいは逆にどこかに行くのなら、知らせてもらえまいか。しかし、上記の住所に宛てて手紙を出さないほうがいい。僕は手紙を受け取らないかもしれないので。この住所に手紙を出してくれたまえ。SE10、グリニッジ、クルームズ・ヒル二四番地。

草々

エリック・ブレア

［タイプ］

ジャック・コモン★宛

一九三九年三月十九日
マラケシュ

親愛なるジャック

ジョルジュ・コップ★によくしてくれて、心から感謝する。彼は、君にウォリントンに来るよう招待されたが行かないという手紙を寄越した。それで君はほっとしなかった訳ではないと思う。君は彼を好いたと思うが。すべて少々具合が悪いのだ。アイリーンの義姉のグウェン・オショーネシーが彼をふた月ほど泊めているのだが、無期限にそうしてくれと僕らは頼む訳にはいかない。一方、そのことで僕らが戻ることを難しくするのかどうか、わからない——つまり、そこに誰もいない、ということだ。もし君が、僕らの戻る前に出たいなら、つまり、別な家に移る機会が生じたならば、僕らが到着するまで生き物の面倒をハチェット老人に頼むのは至極簡単だろうと思う。彼は僕らがその償いをするのを承知している。いずれにしろ、彼は快くそうしたことを引き受けてくれる。着いたら、真っ直ぐ父に会いに行かねばならない。父は死にかけていると思う。気の毒な老人だ。父が今年の冬持ちこたえたのは素晴らしい。今年の冬はサフォークではひどく寒かったのに違いない。父はあまりに衰弱していて動かせなかった。父は八十一だ。だから、死ねば天寿を全うしたと言えるが、子供の頃から知っている者が死ぬと、大きな穴がぽっかりと空くように思える。僕らはもっと早くは帰れない。というのも、僕らが二十三日に乗ることになっていた船が、何かの理由で航行中に遅れたからだ。もちろん、どんな旅でもそんなことが起こらなかったら、それは自分の人生ではないと思う。しかし数日後に、茶の積荷を降ろすためにカサブランカに停泊する日本の船がある。僕らは代わりにそれに乗るつもりだ。僕はこれまで日本の船に乗ったことはないが、非常にいいという話だ。僕らはスペイン領モロッコからタンジールまでの、ここに来た時のルートで行くこともできるが、手荷物が多いと、それは耐え難い。ここに来る時、僕らは手荷物の大半を失くしてしまい、数週間取り戻せなかった。というのも、どの駅にもアラブ人が犇《ひし》めいていて、ポーターの仕事を貰おうと文字通り喧嘩をしているからだ。列車が停まるたびに彼らは列車に入り込み、目に入ったすべての手荷物を引っ摑み、それを運び去って、駅にたまたま停まっているほかの列車に積む。そのあと、乗客は何が起こったのか、アラビア語しか話さない連中に説明しようとするが、そのあいだに手荷物は蒸気機関車でアフリカの様々な土地に運ばれて行ってしまう。僕はできる限り船で行きたい。なぜなら船上では、違った駅に降りてしまうという問題はないからだ。

僕の小説は書き上がった。だから僕はペンで書いているのだ。小説をタイプしているところなので。ペルピニャンにいるリチャード［リース］から便りがあったが、当然だろうが、かなり疲れているようだ。次の戦争まで、五年の中休みがあるかどうかと考えてしまう。ありそうもない。いずれにしろ、大騒ぎになった時、頭上に屋根があり、ジャガイモ畑があればありがたい。ミュリエルの交配がうまくいったことを願う。ところで、君がたまたま見ていれば、それはきわめて非啓発的光景だ。メアリーとピーターよろしく。手紙は書かないように。行き違いになるから。もし書くことがあったら、グリニッジの住所に出してくれたまえ。

草々

エリック

追伸　大黄《だいおう》は芽が出ただろうか。たくさんあったのだが、去年、霜で台無しになってしまった。それを生き延びたかどうかわからない。

［手書き］

リディア・ジャクソン★宛

［一九三九年三月三十日］
絵葉書(83)

親愛なるリディア

君のフラットの玄関をノックし、君が家にいないのを知ってがっかりした。荷物運び係《ホール・ポーター》から、君が実際にロンドンを去ったのではないということを聞いた。僕はあす、週末に両親に会いに行かねばならないが、火曜日頃に戻ってきた時、君に会うことを願っている。ところで、都合がついたら、あすの午前中、一時間ほど寄れるかもしれないので、午前中は家にいるようにしてくれないか。

愛を込めて
エリック
［手書き］

リディア・ジャクソン★宛

金曜日［一九三九年三月三十一日］
サウスウォルド
本通り三六番地

親愛なるリディア

僕が頼んだように、今朝、家にいてくれなかったのは意地が悪い。でも、そうできなかったのかもしれない。僕は三度電話した。僕に怒っているのかい？　僕はモロッコから二回手紙を出したが、君は返事をくれなかった。でも、聞いてくれないか。僕は月曜か火曜にロンドンに戻ってくる。アイリーンはここにもう少しいるつもりだ。僕は雑用があるので、ロンドンに数日いなければならないだろう。だから、僕らは会う手筈を整えることができる——君が会いたくないのでなければ。電話をする。

草々
エリック
［手書き］

レナード・ムーア★宛

一九三九年四月二五日
ウォリントン
ザ・ストアーズ

親愛なるムーア氏

お手紙ありがとうございます。ミス・ペリアムがいないので[84]、また、あなたご自身お体の具合が悪かったので、過労に違いないと推察します。このようなことでお煩わせし、申し訳ありません。

私はゴランツが抵抗すると思います。もちろん私の本『空気を求めて』は小説に過ぎず、今日、本がそうでありうる限り、多かれ少なかれ非政治的なものですが、その全体的な傾向は平和主義的で、レフト・ブック・クラブの集まりを描いた一章（第三部の第一章――あなたは、その原稿をまだご覧になっていないと思います）があり、ゴランツがそれに異議を唱えるのは疑いありません。また、ゴランツの共産主義者の友人たちの何人かが、彼の著作者リストから私と、政治的に疑わしいほかの著作者を外すように働きかけているということは、十分に考えうることだと思います。この政治騒動がどういうものかご存じでしょう。もちろん、私のような人間がドイツのスパイだと証明している本を出すと同時に、私自身の本を出しているというのはゴランツにとって、いずれにしてもロレンスとウィシャートにとっては少々具合の悪いことです。ところで、私たちの契約はどうなっているのでしょうか。私は、私たちの一番新しい契約は見ませんでした。それは、ご記憶でしょうが、私がスペインにいたあいだに結ばれたものです。けれども妻の話では、ゴランツは私の次の三つのフィクションを出版し、前金としてそれぞれ百ポンド払うと約束したそうです。彼はまた、私が病気だったせいで、この本を近刊リストに三度載せました。しかし、もし彼がその本を本当に出したくないのなら、彼を契約に縛りつけないほうがずっとよいと思います。第一に、彼は私を非常によく遇してくれたので、彼に不快な思いをさせたくありません。第二に、彼がその本に本当に反対しているなら、それがいったん出版されれば、彼がそれを宣伝することは、ほとんど期待できないでしょう。彼と腹蔵なく話し合ったほうがよいと思います。もし私たちがほかの出版社にするとすれば、どの出版社を推薦なさいますか？　もし引き受けてくれれば、大きな出版社に当たってみたほうがよいと思いますが、相当の遅れもあることでしょう。それはすべて大変不愉快なことです。私は去年の春からほとんど、あるいはまったく金を稼いでいません。そして、ひどく困窮していて、借金をしています。次の小説に取り掛かっているあいだ、この本の印税で夏が過ごせればよいと思っています。また、次の本については、まだ完全に考えが決まっていません。私は二冊の本のアイディアを持っていますが、同時に書こうかとも考えました。もし私たちが出版社を変えるなら、そのことについても話し合う必要があるかもしれません。そういう訳で、この件が片付くのが早ければ早いほうがよいでしょう。大変ご迷惑をかけ、申し訳ありません。

流感はすっかり治ったことでしょう。私はまた非常に元気になり、無駄にした時間を取り返すために菜園の仕事に精を出しています。妻がよろしくと申しております。

敬具

エリック・ブレア

追伸［手紙の一番上］もしGがこの本の変更を望むのでしたら、名誉毀損訴訟を避けるために例によって小さな手直しはしますが、構造的な変更はしません。

［手書き］

レナード・ムーア宛★

［一九三九年七月四日？］(85)
ウォリントン
ザ・ストアーズ

親愛なるムーア様

　お手紙ありがとうございます。きのう、あなたの事務所を訪ねましたが、お留守で残念でした。遅くとも九月までには仕上げたいと思っていたエッセイ集(86)が大変遅れています。もちろん、こうした忌まわしい病気に罹ったせいで数ヵ月無駄にしてしまったのです。また、残念ながら父が亡くなったことを申し上げねばなりません。私は哀れな老人の人生の最後の一週間、そばにいました。そして、葬式等がありました。すべてひどく気持ちを乱し、気を滅入らせるものでした。しかし、父は八十二でしたし、八十を越えるまで非常に活動的でしたので、よい生涯を送ったと言えます。そして父は、最近、以前ほど私に失望していなかったことに大変喜んでいます。奇妙なことに、父は意識があった最後の時に、『サンデー・タイムズ』に載った私の本〔『空気を求めて』〕の例の書評について聞いていたのです。父はそのことを知り、それを見たがりました。そして妹がそれを持って行き、父に読んでやりました。それから少しして、父は永遠に意識を失いました。

　本について。私はエッセイ集を纏めたあとになるまでは、小説は書き始めません。何かで計画が駄目にならない限り、次は長い小説を書くつもりです。実際、途方もない小説、一種のサガ（！）の第一部で、それは三部作として出版すべきものです。私はエッセイ集を十月に仕上げなくてはならないと思いますが、戦争や病気などがなくともその小説は長い時間がかかり、一九四〇年の晩夏の前には書き上がりそうもありません。ともかく、それが私の計画です。エッセイ集についてですが、ゴランツがそれを欲しがるかどうかはわかりません。それは彼の路線から少し外れているかもしれませんので。そして、それは一種の文学・社会学的エッセイなので、所々で政治に触れています。私はそれに関して、彼が認めないことをはっきり申し上げます。主題はチャールズ・ディケンズ、少年週刊誌（『ジェム』、『マグネット』等）、アメリカの小説家ヘンリー・ミラーです。今、ディケンズに関するものの草稿を書き終えたところですが、ほかのも、たぶんそう時間がかからないでしょう。五万語から六万語の短いものになると思います。それがゴランツの関心を惹くようなものかどうかはわかりませんが、もし先買権が得たいのなら、それは彼とあなた次第です。もし彼がその本に賭けてみようと思い、彼の出版リストに載せるなら、題を考えますが、見本を送る訳にはいきません。まだかなり雑然としているので。

『空気を求めて』が再版になりましたが、かなり健闘しているのだと思います。いくつか素晴らしい書評をしてもらいました。とりわけ、ジェイムズ・エイゲット[87]に。『カタロニア讃歌』を翻訳していたフランス人女性は翻訳を終え、様々な出版社に当たっていますが、いつもうまくいきません。当然でしょうが、人はスペイン内戦に関する本にうんざりしているので。しかし彼女は、無料でその翻訳を、あるいは一部を誰かに出版させることができるかもしれないと考えています。しかし彼女は、ウォーバーグがそれに反対するのではないかと心配しています。彼がフリーダ・アトリーのある本[88]の時にそうしたように。翻訳の出版がうまくいった場合、ウォーバーグに同意させることができると思います[89]。それは、いつも宣伝になりますし、いずれにしても、フランスの出版社から多くの利益を得ることはできません。このことに関連して思い出しましたが、あの人たちが私に手紙で言ってきた、『ビルマの日々』のビルマ語への翻訳の話がどうなったか教えて頂けないでしょうか。去年のいつかのことでしたが[90]。

万事うまくいくことを願っています。妻がよろしくと申しております。

敬具
エリック・ブレア
［タイプ］

レナード・ムーア★宛

一九三九年八月四日
ウォリントン
ザ・ストアーズ

親愛なるムーア様

アルバトロスの件では、当然ながら喜んでおります[91]。見事なお手際です。私はつねづね大陸版で出したいものと思っていました。外国にいるイギリス人は、手に入る数少ないイギリスの本を、いつも非常に注意深く読むので、それは最上の宣伝だと確信しています。

もちろん、彼らがしたいと思う変更に異存はありませんが、四つの場合のうち二つは、ただ空白で残すのではなく、別の文句を代わりに入れることを提案しました。

もちろん、彼らは好きなようにできますが、その二つの場合、別の文句を挿入せずにその文句をただ削除すると、パラグラフのバランスを崩すことになると感じました。また、彼らは活字を新しく組むので、私の見過ごした二つの誤植を正すでしょう。そうしたすべてのことに関して、添付文書にメモしました。あなたから彼らに説明してやって下さい。

草々
エリック・ブレア
［タイプ］

レナード・ムーア宛★

一九三九年十月六日
ウォリントン
ザ・ストアーズ

親愛なるムーア様

週刊誌の発行部数がわかる何かの手立てがあるかどうか、教えて頂けないでしょうか。お話ししたと思いますが、本のエッセイの一つは、『ジェム』や『ウィザード』等のようなタイプの少年向けの二ペンスの週刊誌を扱っています。そこで、発行部数を知りたいのですが、どうやって見つけたらよいのかわかりません。もしあなたが編集長に手紙を書いて尋ねて下さったら、編集長は教えてくれる場合もあると思うのですが。十数誌をリストにしたのですが、それを見つけるのに手を貸して頂ければ幸甚です。

妻はすでに政府機関での仕事に就いています[92]。私はこれまでのところ、うまくいっていません。今後、またやってみますが、当分はここにいて、本[93]を書き終えるつもりです。そして、冬に備え、菜園を整えるつもりです。来年はできるだけたくさんのジャガイモを収穫したいので。本は十一月のいつかに書き終えるはずです。もう書き終えてなければならないのですが、もちろん、この戦争のせいで数週間、調子が狂いました。

草々
エリック・A・ブレア
［タイプ］

レナード・ムーア宛★

金曜日［一九三九年十二月八日］
ウォリントン
ザ・ストアーズ

親愛なるムーア様

本を書き終えました（エッセイ集――題は『鯨の腹の中で』）。その大半をタイプ原稿にしましたが、妻がほかの部分をロンドンでタイプしております。ところで、ご存じかと思いますが、『ホライズン』という新しい月刊誌を創刊したシリル・コナリーとスティーヴン・スペンダーが、エッセイの一つを彼らの雑誌に載せたい場合もあるので、原稿を見たいと言っています。[94] そのどれが実際にそれに適うのかどうかわかりませんが、もし彼らが本当にその一つを使うことになれば、出版社のほうは大丈夫なのでしょうか。そうした手配ができるのでしょうか。ご記憶でしょうが、ゴランツはその本が見たいと言いましたが、彼がそれを出版するかどうかはわかりません。ともかく、政治的に彼には気に入らないであろう一節があるので。[95] もしゴランツが断ったら、ウォーバーグにまた当たってみたらどうでしょう。私は少し前に彼に会いました。彼は私の次のノンフィクションの本をしきりに欲しがっていました。そういう訳で、その本について彼から好条件のオファーを引き出せるかもしれません。もちろん、できれば前もって金を貰ったほうがいいのは言うまでもありませんが。私はコナリーに、原稿を数日だけ持っているようにと言っておきました。このことは、どの出版社にも前もって言わないのが一番よいと思います。なぜなら、もしコナリーとその仲間がどのエッセイも欲しがらなかったら(そういうことは十分あり得ます)、出版社はその本に対して偏見を抱くでしょうから。

アルバトロス社に何が起こったのか、ご存じでしょうか。[96] 戦争が勃発する直前に、『空気を求めて』の契約をしたことをご記憶でしょう。同社は潰れたのでしょうか。

敬具

エリック・ブレア

[タイプ]

ヴィクター・ゴランツ宛★

一九四〇年一月八日
ウォリントン
ザ・ストアーズ

親愛なるゴランツ様

今のところは、『北回帰線』をお貸しできません。押収されてしまったからです。私がこの前の本を書いている時、私が「郵便で受け取った」すべての本を押収するようにという、公訴局長官の命令を帯びて二人の刑事が、突然我が家にやって来ました。オベリスク・プレスに宛てた私の手紙が押収され、郵便局で開封されたのです。警官は命令を実行していただけで、非常に慇懃で、公訴局長官でさえ、作家である私が、所持するのが違法である本を必要とするかもしれないのは理解できると、手紙に書いていました。そうした理由にもとづき、彼は何冊かの本、例えば『チャタレー夫人の恋人』のような本を返してくれましたが、どうやらミラーの本は、出版されてから恥ずかしからぬものになるほど長い時間が経っていないようです。けれども、シリル・コナリーが『北回帰線』を持っているのを私は知っています。彼は今、流感で寝ていますが、彼にまた連絡でき次第、彼から借りて、あなたにお送りします。

私の本に関するあなたの言葉について。あなたが、それを好いて下さったのを嬉しく思います。私がペシミスティック過ぎるという、あなたのお考えは正しいかもしれません。思想の自由等が経済的に全体主義の社会において生き延びるという可能性は十分あります。西欧のある国で、集産主義経済が試してみられるまでは、なんとも言えませんが。目下私が心配しているのは、イギリスのような国に住む普通の人間が、自分たちの自由を守りたいと思うほどに、民主主義と専制政治の違いを理解しているかどうかが確かではないということです。人は、自分自身が、まったく紛れのないやり方で脅されるまでは、それがわからないのです。今、民主主義とファシズムは同じものだ等と指摘している知識人は、ひどく私の気持ちを暗くします。けれども、いざ危機が訪れれば、庶民はいわゆる利口な人間よりも知的であるのがわかるでしょう。私は心からそう望みます。

敬具

エリック・ブレア

［タイプ］

ジェフリー・ゴーラー★宛

一九四〇年一月十日

ウォリントン

ザ・ストアーズ

親愛なるジェフリー

君に会ってから、あるいは君から便りを貰ってから随分経つような気がする。今この瞬間、君はどっちの半球にいるのかわからないが、とにかく、転送してくれることを信じ、この手紙をハイゲイトに送る。戦争が始まった頃君に電話したが、君の弟さんが出て、君はアメリカにいると言った。

僕らは春にモロッコから戻ってきた。僕は新しい本を書き始めた。すると、残念ながら父が死んだ。非常に心が痛み、気持ちが乱れたが、気の毒な老いた父があの世に行ったのは嬉しかった。というのも父は八十二で、最期の数ヵ月、非常に苦しんだからだ。それから僕は、また本を書き続けた。すると戦争で調子が狂った。そういう訳で、四ヵ月で書けるはずの短い本が六ヵ月か七ヵ月かかってしまった。三月に出るはずだ。いくつかの部分は君の関心を惹くかもしれない。僕はこれまでのところ、どんな資格であれ、英国政府に奉仕するのに完全に失敗してしまった。奉仕したいのだが。いまや僕らはこの忌まわしい戦争のさなかにいるが、勝たねばならないし、僕は手を貸したい。僕が軍隊に入れないのは、ともかく今は、肺のせいなのだ。アイリーンは政府のある部門で仕事を貰った。例によって彼女はつてを頼って仕事を貰ったのだ。僕も仕事が欲しい。書くのをしばらくやめたいし、書くことがなくなってしまい、ここで休まねばならないと感じるからだ。僕は今、大長篇、一族のサガのようなものの構想を練っている。ただ、すっかり準備が出来る前には始めたくない。出版社の翼を持った二輪戦車《チャリオット》が後ろから迫ってくる(97)という、この気持ちは甚だよくない。シリル・コナリーとスティーヴン・スペンダーがやっている『ホライズン』という新しい雑誌を見たかい。あの二人は忌々しい政治的な栗鼠籠〔回転筒を取り付けた籠〕から出ようとしている。潮時でもある。僕は最近ゴランツに会ったが、彼は共産主義者のかつての友人たちにひどく腹を立てている。彼らの嘘のせいなどで。だから、たぶんレフト・ブック・クラブは再び相当の影響力を長く持つものになるかもしれない。もし、なんとか生き延びれば。来年のいつか、深刻な紙不足になり、出版される本の数が減らされるだろう。しかし今のところ出版社はかなり上機嫌だ。戦争で、人が前より本を読むようになったので。君の近況を知らせてくれないか。君がイギリスにいようと、いつイギリスに来ようと。そして、もし仕事が見つかる手蔓を教えてくれれば、もちろん恩に着る。アイリーンがここにいれば、よろしくと言うだろう。

草々

エリック

〔手書き〕

ジェフリー・ゴーラー宛★

一九四〇年四月三日
ウォリントン
ザ・ストアーズ

親愛なるジェフリー

手紙を貰い、君がともかくもかなり快適で性に合った仕事に就いているのを知って大変喜んでいる。ウォリントン戦線異常なし、だ。ほかのほとんどの者同様、僕もどんな種類の「戦時労働」にも就けなかった。しかし、政府の訓練センターになんとかして入り、機械製図を学びたいと思っている。一つには、面白そうだからだ。そして僕らはみな、ほぼ一年以内に、なんらかの形で徴兵されると思うので、多少なりとも熟練を要する仕事がしたい。また、一つには、戦時中に何かの商売を身につけるというのはいいことだと思うからだ。しかし、それがうまくいくかどうか、まだわからない。アイリーンはまだ政府のある部門で働いているが、僕らの財政上の問題が片付いて余裕が出来たら、彼女に仕事を辞めさせたい。僕らは一緒にいられないうえに、彼女は死ぬほどこき使われているからだ。もし僕がただ書くことに専念すれば僕らはなんとかやっていけると思うが、今のところ、ゆっくりやって、次の本を急いで書かないようにしようと、しきりに思っている。これまで八年間で八冊本を出したが、多過ぎる。君は数週間前に出た僕の一番新しいもの(『鯨の腹の中で』)を見ていないと思う。君の関心を惹きそうなエッセイが一つ入っている。それは少年週刊誌に関したもので、君自身の研究と少し重なる。僕は数年前、非常に大衆的なフィクションを調べるべきだと君に言って、エドガー・ウォレスを例に挙げたのを覚えているだろう。そのエッセイはやや縮めた形で、最初にシリル・コナリーの月刊誌『ホライズン』に載った。そして今、君も少年時代から覚えているはずの『マグネット』の編集長が、僕の「非難」に答えるための紙面をくれと言ってきている。僕はいささか不安な気持ちで、それを待っている。というのも、多くの間違いをしたのは疑いないからだ。しかし、彼がおそらく文句をつけるのは、そうした週刊誌が上流階級崇拝を植え付けようとしているのではないかと僕が言った点だろう[98]。手元に一部も残っていないので君に送れないが、図書館から借りられると思う。君にも関心があるかもしれない、ディケンズに関するエッセイもある。僕はこうした類いの半社会科学的文芸批評には大いに関心がある。ほかの大勢の作家を扱いたいのだが、残念ながら金にならない。ゴランツがその本の前金としてくれたのは、二十ポンドだった！ 小説のほうが売れるのは確実だが、今、本当に大きな小説を書く構想を持っている、分量が多いという意味だ。僕は、それに取り掛かる前に休みたい。もちろん、将来、物を書いて生活ができる見込みがあるのかどうか、また、数年後、僕ら全員がどうなるのかは神のみぞ知る、だ。もし戦争が本当に起こるなら、結局、チャンスはないだろう。今日まで、軍隊に加わろうという気にはあまりなれなかった。身体検査に合格しても、年配の者はすべて工兵等にされてしまうから。人がいかに「年配」になるのかは恐ろしいほどだ。

　イギリスではあまり出来事がない。推測しうる限り、みんな戦争にうんざりしているが、身に沁みてそうである訳ではない。平和主義者等の少数派を除いて、みんな戦争の方をつけたがっていて、誰もが同じような犠牲を払う(それは残念ながら、現在の政権では起こりえない)と思ったなら、十年でも喜んで戦い続けると思う。政府は愚劣極まるやり方で一切の政治宣伝をしてきたように思える。そして誰もが、戦争をするということは一日十二時間労働等を意味するということを悟り始めると、おそらく大変な事態になるだろう。新しい雑誌『ニュー・ホライズン』は非常によくやっていて、すでに六千部から七千部売れた。ゴランツはひげを生やした。そして、共産主義者の仲間と仲違いした。一つにはフィンランドを巡って[99]、一つには彼らが総じて不正直なのにやっと気づいて。最近、三年間で初めて彼に会った時、内戦のあいだG《ゲー》・P《ペー》・U《ウー》がスペインで活動していたのは本当なのかどうかと私に訊き、彼が一九三六年に共産主義者と提携していた時、共産主義者が人民戦線政策以外の政策を持っているのを知らなかったと言った。それほどに無知な連中が非常な影響力を持っているのは恐ろしいことだ。食糧事情は大丈夫だ。今行われている配給制度（肉、砂糖、バター）[100]は実際には不要で、国民を懲らしめたに過ぎないと思う。政府は最近、ストックが腐り始めているので、バターの配給量を二倍にした。僕は菜園を掘り起こすのに忙しい。今年は半トン[101]、ジャガイモを獲るつもりだ。今度の冬、食糧不足を目にしても驚かないだろうから。もし、ここにずっといるつもりなら、もっとたくさん鶏を繁殖させ、兎を飼うつもりだ。

アイリーンから、よろしく（もし、ここにいれば）。

草々

エリック

［手書き］

レイナー・ヘプンストール★宛

一九四〇年四月十六日

ウォリントン

ザ・ストアーズ

親愛なるレイナー

お子さんの誕生、本当におめでとう。母子共に健全なのを願うし、信じる。マーガレットに、おめでとうと伝えてくれたまえ。自分の子供を持つというのは、なんと素敵なことだろう。僕は前々から子供が欲しかった。でも、レイナー、哀れな赤ん坊に、誰もどう綴ったらいいのかわからないようなケルト風の名前を付けて苦しめるのはやめてくれないか。そんなことをすると彼女は霊媒か何かになってしまう。人は名前にふさわしく成長する。僕はエリックと呼ばれる影響から脱するのに三十年近くかかった。僕は、もし娘が美しく育つのを願うなら、エリザベスという名前を付けるだろう。もし、正直で料理上手に育つのを願うなら、メアリーかジェインというような名前を選ぶだろう。問題は、娘をエリザベスと名付けると、女王にあやかって名付けたと人に思われることだ。彼女はたぶん、いつか女王になるだろうから。

写真をありがとう。でも、君はネガ等の費用について何も言わなかった。僕はみんなに送るために、3と5の印のあるのを選んだ。3の印のあるのが一番似ていると思ったが、当然ながら、僕は正面からの自分の顔を一番よく知っている。その写真が望んだ通りの出来映えになることを願おう。それは、世界の別の端にいる人々に送るためのものなので、英国空軍か何かにいる美男子の若者の写真を送ってはいけない理由がわからない。僕はまさしく魅力に欠ける。近頃、読者からかなりたくさん手紙が来るが、僕の犯した誤りを偉そうに指摘する連中からばかりで、あなたは色男だと書いてある若い女からの手紙は全然来ない。一度、助産婦から数通の素晴らしい手紙を貰った。僕は自分が既婚者であるのは伏せて返事を書いたが、結局、彼女は三十五で四人の子持ちなのがわかり、アイリーンは大喜びした。

　僕はいつロンドンに出るか、わからない。書評をしている本の山に埋もれていて、自分の本の仕事ができない。果たしてそれが書かれるのか、また、小説を出版するなどということが二年後もまだあるのか、一向にわからない。では、元気で。

草々

エリック

［タイプ］

ジェフリー・トリーズ★宛

一九四〇年五月一日
ウォリントン
ザ・ストアーズ

親愛なるトリーズ様

　私のではない便箋[102]で失礼しますが、私は、いわばロンドンを急遽訪問している次第です。お手紙を頂き、大変嬉しく思います。あなたのおっしゃったことから察しますと、あなたは私の一番新しい本『鯨の腹の中で』か、『ホライズン』に載ったそのうちの一篇のエッセイをご覧になったものと思います。また、それに関連し、二人の方が、私にあなたの『男爵に引く弓』等について手紙で書いてきました。私はそれらを手に入れるつもりです。『それは至極当然[103]』を大いに楽しんだからばかりではなく、子供のための知的フィクションという問題は非常に重要でもあるからです。それについて何かできるかもしれない時が近づいてきていると信じます。『ニューズ・クロニクル』のような新聞が子供向けの新聞を発行することは想像できなくはないと思いますし、T・U・C〔労働組合会議〕がそうすることも考えうると思います。もちろん、極左の政党がそんなことをしたら、まったく絶望的でしょう。『合同国家保安部《オーゲーペーウー》の若者たち』あるいは『若き粛清者』のような。しかし、誰もそんなものは読まないでしょうし、もし読んだら、いっそう悪いことでしょう。しかし、現在の少年週刊誌よりほんの少し「左」で、もう少し時代遅れではない少年週刊誌が生まれる見込みはあると思います。二十年前なら「ボリシェヴィキ」と見なされたのは確かな週刊誌『ピクチャー・ポスト』や週刊紙『ニュース・レヴュー』が、たちまち成功したことは、世の中の考えが変化しているのを示しています。

　ところで、『ホライズン』に載った、私の小論に対するフランク・リチャーズの反論をご覧になりましたか。それがどの程度ペテンなのかよくわかりませんが、まったくのペテンではないのは確かです〔それは実際にフランク・リチャーズが書いたものだった〕。そうした人間がいまだに歩き回っている、ましてや少年週刊誌を編集しているなどとは、ほとんど信じられません。

あなたが私を「有名」とか「成功した」とかおっしゃっているのを見ると笑ってしまいます。私の本がどのくらい売れるのかご存じでしょうか――大抵約二千部です。私の最上の本、スペイン内戦に関する本は千部も売れませんでしたが、その頃までには、人はスペイン内戦についての本に飽き飽きしてしまっていたのです。当然のことながら。いつかお会いしたいと思います。(104)

敬具

ジョージ・オーウェル

［手書き］

『タイム・アンド・タイド』宛

一九四〇年六月二十二日

イギリスがあと数日、または数週間のうちに侵略されるのはまず確実で、海上輸送の部隊による大規模侵略が十分考えられます。そのような時には、我々のスローガンは、**国民に武器を持たせよ**、でなければなりません。私には侵略を阻止する際のより広い問題を扱う資格はありませんが、フランスにおける作戦とスペインにおける最近の内戦が二つの事実を明らかにしたのではないかと思います。その一つは、市民が武装していない場合、敵の落下傘兵、オートバイ兵、はぐれた戦車が恐るべき混乱を引き起こすばかりではなく、主要な敵に対して戦うべき正規軍の非常に多くの者を引き離しもするということです。もう一つの事実（スペイン内戦によって証明された事実）は、国民に武器を持たせる利点は、武器が不適切な人間の手に渡るという危険を上回るということです。戦争が始まってからの補欠選挙は、イギリスの一般市民のあいだの不満分子はごく少数なのを示していて、その大半はすでにマークされています。

国民に武器を持たせよというのは曖昧な文句で、どんな武器が直ちに配布できるのか、もちろん私は知りません。しかしとにかく、**今**、すなわち、あすから三日以内になしうる、また、なさねばならぬいくつかの事柄があります。

一、手榴弾。これは速く簡単に製造できる唯一の近代兵器で、最も有効な兵器の一つであります。イギリスにいる何万という者が手榴弾の扱い方に慣れていて、ほかの者にそれをすぐに教えるでしょう。手榴弾は戦車に対して有効だとされていて、もし機関銃を持った敵の落下傘兵が我々の大都市に居坐った場合、絶対的に必要でしょう。私は一九三七年五月のバルセロナの市街戦を目の当たりにしましたが、機関銃を持った数百人の者が大都市の生活を麻痺させることができる、なぜなら、味方の銃弾は彼らの占拠した建物の普通の煉瓦の壁を貫通しないから、ということを確信しました。彼らを大砲で追い出すことはできますが、大砲を効果的に使うのはいつも可能とは限りません。一方、スペインにおける初期の市街戦では、正しい戦術が用いられたら、武装した者を手榴弾で、さらには棒状ダイナマイトで石の建物から追い出せることが証明されました。

二、散弾銃。地域防衛義勇軍[105]の分遣隊のいくつかを散弾銃で武装させるという話があります。それは、もしすべてのライフル銃とブレン銃が正規軍のために必要な場合には必要かもしれません。しかしその場合は、配布は今なされるべきであり、すべての武器は鉄砲鍛冶店から直ちに徴発されねばなりません。そうするという話が数週間前にありましたが、実際は、多くの鉄砲鍛冶店のショーウインドーには何列もの銃が飾ってあります。それは、そこにあれば無用であるのみならず、事実、危険でもあります。そうした店は簡単に襲われてしまうからです。散弾銃の能力と限界（鹿弾は約六十ヤードまで致死能力がある）を、ラジオを通して公衆に説明すべきです。

三、飛行機の畑への着陸阻止。これについては盛んに語られてきていますが、散発的にしか実行されていません。その理由は、それが自発的努力に委ねられてきたことです。すなわち、十分な時間もなく、資材を徴発する権限もない人々に。イギリスのような小さくて人口稠密な国においては、飛行機が飛行場以外の場所に着陸するのを不可能にすることが、ほんの数日のうちにできるでしょう。必要なのは労働力だけです。したがって地元当局は労働者を徴集し、必要な資材を徴発する権限を持つべきです。

四、地名をペンキで消す。これは道標に関してはちゃんと行われていますが、自分たちの土地の名前が書いてある店舗の正面や商人のバン等が至る所にあります。地元当局は、それらを直ちにペンキで消させる権限を持つべきです。それには、パブに書かれているビール醸造会社の名前も含まれるべきです。その大部分は比較的狭い地区に限られていますが、論理的に考えるドイツ軍はそのことを悟るでしょう。

五、無線機。地域防衛義勇軍の本部には無線機があるべきです。必要ならば命令を電波で受けるために。緊急時に電話に頼るのは致命的です。武器の場合同様、政府は必要なものを徴発するのに躊躇してはなりません。

こうしたことのすべては、わずか数日のうちに行えるでしょう。その間我々は、**国民に武器を持たせよ**、と繰り返しましょう。それに賛同する声が次第に増えることを願って。我々はこの数十年で初めて、想像力のある政府を持ちました。少なくとも、彼らが人の意見を聞く可能性はあるでしょう。

［タイプ］

サシェヴェレル・シットウェル★宛

一九四〇年七月六日
NW1、アイヴァー・プレイス
チャグフォード通り
ドーセット・チェンバーズ一八番地

親愛なるシットウェル様

『ホライズン』で書評をするために、ポルターガイストに関する貴著が手元にありますが、大変興味を唆《そそ》られました。約六百語でしか書評できなかったのですが、同誌がその全部を載せるかどうかはわかりません。同誌の紙面の余裕がないので。家の中で人台《ダミー》に服を着せたり、衣服を整えたりしている少女の霊媒について、あなたが書いておられる非常に気味の悪い例の事件の件《くだり》を読んだ時、あなたがお聞きになりたいような、十年前の記憶が蘇りました。あなたのお書きになっていることに、ほんの少し関わりがあると考えますので。

私は十年ほど前、サフォークのサウスウォルド近くにあるウォルバーズウィックの入会地《コモン》に、当時家庭教師として教えていた知恵遅れの少年と一緒に散歩をしていました。(106)少年は針金雀枝《はりえにしだ》の灌木の下に、きちんと縛った小包があるのを見つけ、それに私の注意を惹きました。それは、縦横が約十インチ×六インチで厚さ三インチのボール紙の箱でした。内側は布が貼ってあり、小さな部屋のようになっていて、マッチ棒と布切れを糊でくっつけた、ごく小さな家具がありました。また、下着も含め女物のごく小さな衣服がいくつかありました（それらが同じ箱にあったのか、別の箱にあったのかは、厳密には確かではないと言わざるを得ません）。さらに、「これは悪くないでしょう？」（もしくは、それに近い言葉）と書かれた紙切れもありました。あきらかに女の筆跡でした。すべてが小綺麗に、繊弱に出来ているので、女が作ったものだと感じました。私がもっぱら強く感じたのは、作るのに数時間もかかるであろう物を誰かがわざわざこしらえ、それから小包にして丁寧に縛り、灌木の下に押し込んだということです。それも、かなり辺鄙な場所の。そうした「直感的」な感情に価値があるのかどうかわかりませんが、私は次のように感じたと言っていいかもしれません。(a)それは、誰かに見つけてもらうつもりで、そこに置かれた。(b)それは、ある種の性的異常者によって作られた。ウォルバーズウィックは非常に人口の少ない所なので、誰がそれを作ったのかを、あまり苦労せずに突き止めることができたでしょう。私と一緒にいた少年はまったく関係がないということを付け加えてもよいでしょう。彼は非常に知恵が遅れているのみならず体が不自由でもあり、ひどく不器用なので、そのようなものはとても作ることはできません。奇妙なのは、結局その箱がどうなったか覚えていないことです。思い出すことのできる限りでは、私たちはそれを灌木の中に戻しましたが、数日後戻ってみると、なくなっていました。いずれにせよ、私はそれを取って置きませんでした。そうするのが自然なことに思えたのです。その後、その出来事について何度となくあれこれ考えましたが、そのたびに、あの小さな部屋と衣服には何か漠然と不健康なところがあると感じました。そして、あなたはご著書の中で、人形に服を着せたいという少女の中にある衝動と、明確な精神異常とを結びつけておられました。この事件は、そのテーマに一種の関連があるという印象を私は受けました。ご著書のその箇所を読んで、すぐにあの出来事を思い出したという事実は、一種の繫がりを証明しているように思われます。

あなたを存じ上げていないのに、あえてあなたにお手紙を差し上げました。しかし、たぶんあなたは私の本の何冊かをご覧になったことでしょう。いずれにせよ、あなたのお姉様はジェフリー・ゴーラー★という私たちの共通の友をお持ちですので、私を知っていらっしゃると思います[107]。

敬具

ジョージ・オーウェル

［タイプ］

レナード・ムーア★宛

一九四〇年十月二十二日

NW1、チャグフォード通り
ドーセット・チェンバーズ一八番地

親愛なるムーア様

一週間ほど田舎に行っていましたので、たった今、お手紙を拝読しました。その中で触れておられる前便は受け取りませんでした。郵便というものは、そうしたものです。

よく考えましたが、ハッチンソン社のために、そのことができるとは思いません。そのことでお手数をお掛けし申し訳ありません。しかし、そのテーマについては、本当に何も知らないのです。書くには調査をしなければなりませんが、今はとても無理です。とりわけ、どんな期間であれロンドンを離れることはできませんので。私に代わって同社に詫びて下さい。また、あなたご自身にもお詫びをします[108]。

ウォーバーグのために書いている短い本は、ほとんど書き終えました。約十日ほどで完成するでしょう。もっと早く書き上げたかったのですが、病気だったので、そうはできませんでした。田舎に行ったのは、病気だったからです。題は『ライオンと一角獣[109]』にする予定です。

敬具

エリック・ブレア

［タイプ］

アイリーン★よりノラ・マイルズ★宛

［一九四〇年十二月五日頃?］
SE10、クロームズ・ヒル二四番地

［挨拶文句なし］

これは「魅力的な贈り物」と一緒に出すはずのものでしたが、贈り物がなんなのか、まだわかりません。贈り物は今日の午後買うので。そうできるよう願っています。私は**病気**でした。ひどい病気でした。四週間寝た切りだったのですが、まだ衰弱しています。たぶん、あなたもクウォータスも知っているでしょう。でも、それは地元のお医者さんたちが知っている以上のものですが。あの人たちは、膀胱炎と診断してから次に腎石病[110]と診断し、その次に、卵巣の合併症を伴うマルタ熱と診断し、その次に、結核性感染症という診断を下すあいだ、みんな秘密にしました。何を調べているのか、私にわからないように。お医者さんたちは、癌とかG・P・I[111]とかの診断はしていませんが、間もなくそうすると思います。お医者さんたちは、もうすぐ駄目になると思われていた私の心臓に何も悪いところがないので大いに心配しています。ところで、鷦鷯《みそさざい》のようになんとも可憐な病理学者が通常の血球算定をしてくれ、ヘモグロビンが五七%まで下がっていることを発見しました。これは臨床医には大いに軽蔑されていますが、実際にはほかの何も見つけることができないのです。そんな訳で、私は体重が九ストーンになったら治ったと言われるでしょう。目下、服を着て七ストーン十二ですので、全快する前にお医者さんたちは私に対する興味を失ってしまうでしょう。私は二週間の回復期を過ごすためにノーフォークに行きました。そして馬鹿な話ですが、月曜日に仕事を始めたいと思っていましたが、健康証明書がなければ仕事に戻れないのです。なんとも嫌な男は、それに署名しようとしません。けれども今は、医学的根拠から買い物に行くのは許されています。財政的根拠はあまりよくありませんが。

あなたのペンキはどうかしら?[112]　クリスマスの挨拶を期待しています。マージョリー（旧姓ブレア）が言うには、みんな元気です。でも、S・マイケルズ・ヒル[113]はどこにあるのか知りません。そして、ブリストルに対する電撃作戦についての内部情報はありません。いずれにしろ、私は今の仕事をしばらく辞め、被害状況を自分で確かめにブリストルに行くと思います。私は長い週末を過ごすことにしていました（あなたと一緒に過ごすつもりでした）。というのも、痛みがいっそうひどくなったからです。でも、ずっと悪くなり、長い週末は病気休暇になってしまいました。

ジョージは小さな本を書きました。サーチライト叢書の第一号です（セッカー&ウォーバーグ、一シリング）。

来月、出ます。どうぞ、お忘れなく。保守主義者だけれども社会主義者である方法を説いたものです。値段は一シリングの予定でした。そのほうがよかったのでしょうが、ウォーバーグが土壇場で変更したのです。その結果、二倍の値段の価値があるものにするため、さらに一万語増やさねばなりませんでした。あとのもののいくつかは、よいようです。

　あなたが、まずまずのクリスマスを送ることを願っています。私たちは、「クリスマスの贈り物の日《ボクシング・デー》のディナー」をするつもりです。建前は孤独な兵士たちのためですが、彼らはあまりに孤独なので、私たちはまだ彼らを知らないのです。もちろん、母はまだ外出中です。これから買い物に行きます。でも、封筒をメアリーに送ってもらえませんか。彼女の住所はわかりません。また、彼女がテディーについて、もっと何か新しいことを知ったかどうかもわかりません。彼はグローリアス号が沈没してから数ヵ月後に、『タイムズ』の行方不明者名簿に載りましたが[114]。そのことについての彼女の態度は実に立派でした。私は望みはないと思っていましたが、もちろん、捕虜になっているということも考えられます。やはり死んだと思われていたジョルジュ・コップ★は、胸に二つの弾丸が入り、左手の一部を撃たれて失うという状態で捕虜になりました。そのあと、彼はフランスの非占領地帯に逃亡し、現在、ここに来ようとしていますが[115]、彼の手紙がここに来るまで二ヵ月ほどかかりますので、何が起こっているのか、よくわかりません。

　ところで、ノーマン[116]はどこにいるのでしょう。エジプトではないのを願っています。

　これから買い物に行かなければなりません。相変わらず忠実なるピッグなので。

　母のために踵付きの柔らかいスリッパを探して十二マイルか十四マイル歩いたあと、ほかのみんなに、hcfsを[117]、なんともひどい店で買わなければなりませんでした。去年の贈り物も同じだったと思いますが、あなたは寒い日のための白の hcfs の素敵なストックを持つことになるでしょう。

［手書き］

Z・A・ボカーリ★宛

一九四一年三月十七日
NW1、チャグフォード通り
ドーセット・チェンバーズ一八番地

親愛なるボカーリ様

　文芸批評についての四回の放送[118]のおおまかな概要をお送りします。一、二週間前にあなたと話し合ったものです。それがあなたのお望みになったようなものかどうか、それで十分おわかりになると思います。もしそうでしたら、台本を書き続けます。これがインドの聴取者が関心を持っているものかどうか、事実わかりませんが、私の関心のある方向に沿って話すようにと、あなたはおっしゃいました。当然ながら、私はその機会を得たことを喜んでおります。

敬具
ジョージ・オーウェル
［タイプ］

ウェイヴェル将軍の書いた、アレンビー陸軍元帥の伝記のオーウェルの書評は、一九四〇年十二月に『ホライズン』に発表された。オーウェルは一九四一年一月二日の「戦時日記」の中で、その書評は、ウェイヴェルが北アフリカで勝利を収めた日に出たと書いている。二月二十一日、「スペクテイターのノートブック」の中でヤーヌスは、シーディ・バラーニが英軍の手に落ちた日にその書評が出たというのは皮肉である、と言った。そして、とりわけオーウェルの次の評言を取り上げた。アレンビーは「おそらく……駄目な連中の中では一番ましな人物……彼は徹頭徹尾、興味を唆らない人物である――その事実はまた、ウェイヴェル将軍について多くのことを語っている」。それに続き、A・C・テイラーの投書が一九四一年三月七日付の『スペクテイター』に載った。彼はヤーヌスの言葉に注目し、もう一つの興味深い偶然の一致に読者の注意を惹いた。『ホライズン』のその号には、オーウェルの「支配階級」というエッセイが載っていたのである。その中でオーウェルは、銃剣というものは缶詰を開ける以外に使い道がないと一蹴した。実はテイラーはその頃、イタリア軍は「突撃してくる敵の手にその武器があるのを見た瞬間、何千人も投降した」と書いた。

『スペクテイター』宛

一九四一年三月二十一日

A・C・テイラー氏の投書は銃剣の価値についての問題を提起していると同時に、先週の「スペクテイターのノートブック」に言及しています。たぶん私は、両方の批判に一緒に答えることができると思います。もちろん、私はウェイヴェル将軍について間違っていたし、神に誓って、自分が間違っていたことを喜んでいます。アレンビーの生涯について書いた彼の本の書評で私が言ったのは、ウェイヴェル将軍は現在の戦争で重要な司令官の地位の一つを占めているので、局外者がその時点で手に入る唯一の証拠、すなわちその本自体から、彼の知能を計ろうとするのは重要だ、ということです。それは、有能な軍人であったかもしれないが退屈な人物についての退屈な本ではないかと私は思います。私が間違っていたのは、ウェイヴェル将軍の文学的欠陥が、ともかくも司令官としての氏の技倆に反映していると思ったことです。これが氏の目に留まるようなことがあれば、私は氏に詫びますが、私が氏について言ったことで氏がひどく傷つけられるようことがあるかどうかは疑わしく思います。

　銃剣についてテイラー氏は、イタリア軍は「リビアにおいてもアルバニアにおいても、突撃してくる敵の手にその武器があるのを見た瞬間、何千人も投降した」と述べておられる。私は、戦車や飛行機等も、イタリア軍の投降に何か関係があるのではないかと思います。我々は常識を働かさなければなりません。数百ヤード先から人を殺す武器は、数フィート先からしか人を殺せない武器より優れています。それでなければ、なぜ火器を使うのか。銃剣が恐ろしいのは真実ですが、トミーガンも恐ろしい。トミーガンは、それで人が殺せるという、いっそうの利点を持っています。ライフル銃の筒先に銃剣を付けた兵士が攻撃的になるのは確かですが、手榴弾で一杯の雑嚢を背負った兵士も同様です。この前の戦争において、英国の新聞にもドイツの新聞にも「銃剣の威力」についての、まったく同じプロパガンダ用の話が盛んに載りました。決まって尻に銃剣による傷を負った何千人ものドイツ軍捕虜の何千もの話があったし、英軍兵士がやはり尻を銃剣で突かれて遁走する、無数のドイツの漫画がありました。敵の尻を突くというこの幻想が、なぜ坐業の市民にそれほど強く訴えかけるのかを、精神分析学者が説明してくれるのは疑いありません。しかし、戦後に公表された統計によると、銃剣による傷は死傷者の傷の約一パーセントです。自動火器がいっそう重要になった今度の戦争では、そのパーセントはずっと低いでしょう[119]。

　しかし、テイラー氏が言及している雑誌の中で、なぜ私は銃剣訓練が続けられていることに苦情を言ったのか。それは、歩兵が実際にしなければならない事柄の訓練に費やさるべき時間が無駄にされるからであり、また、原始的な武器に対する神話的な信頼の念は、戦時の国家にとって非常に危険だからであります。過去百年の経験によると、イギリスにおける軍事上の考え方は敗北後は現実的になるが、戦争と戦争の合間の時期には、もし士気が高ければ、元込め銃の威力をなぜか無視できるという信念が常に有力になる。一九一四年以前のイギリスの司令官の大多数は機関銃を「信頼しなかった」。その結果は、フランス北部の巨大な墓地で学ぶことができます。士気は重要ではないとは私は言いません。もちろん、重要です。しかし、ドイツの機械化された師団を、ライフル銃と銃剣で負かすことができると考えるような自己欺瞞には絶対に陥らないようにしましょう。フランドルでの作戦が、それが可能かどうかを示したはずです。

［タイプ］

アイリーン★よりノラ・マイルズ★宛

［一九四一年三月？］

［挨拶文句なし］

半分の紋章は、便箋が［私の文章で］花開く前に破られ無駄になったことを意味します。政府の官吏としての私の時間についても同じことが言えます。紙幅があまりありませんので、要約します。

身体的状況——空襲のおかげで、ずっとよくなりました。たぶん今、これまでの人生でなかったほど、夜に数時間余分に寝るからでしょう。

精神的状況——気分転換になった空襲のおかげで一時的によくなりましたが、空襲が単調なものになりそうなので、いまや再び悪化しています。

戦争勃発以来の出来事——考えられないくらい退屈な日々の仕事。グリニッジを出ようという毎週の努力が常に挫折。前より汚くなっただけで今も変わらないコテージを毎月訪問。

将来の計画——ベイカー街の私たちの住んでいる家具付きフラット（「貸し室《チエンバーズ》」[120]）を出て、国土防衛軍のジョージの担当地区にいるようにするため、ベイカー街の北の、家具付きではないフラットを、二人一緒に住めるよう借りるという可能性を想像する——おそらくそれは、使うべき五シリングに絶えず不足しているということと、破壊されていないフラットが次第に稀になってきていることと、おそらく、私たちがどこかに住むのをやめてしまうということによって挫折するでしょう。でも、最後のことの可能性はないでしょう、なぜなら、さらに短い正確な要約は、次のようになるでしょうから、

ピッグの身には

何も起こらない。

お手紙を下さい。問題は、私があまりに気が滅入っていて手紙が書けないということです。ブリストルに行けるのではないかと何度も考えはしましたが、文字通りもう何年も前から週末は自分の自由にならないし、ジョージがひどく興奮するでしょうからやめました。実のところ、ロンドンは来るような場所ではないと思いますが、もしお出でになったら、NATIONAL 3318に電話をして下さい。私の部の部長は自分で事の決断を下すのを恐れているくらい私を恐れているので、私は時間が自由になります。皆さんによろしく。E。[122]

［手書き］

ヨーワース・ジョーンズ師宛★

一九四一年四月八日
ロンドンＮＷ８
アビー・ロード
ラングフォード・コート一一一番地

親愛なるジョーンズ様

お手紙ありがとうございます。おそらく一、二のケースで、少々曖昧な表現をしたのではないかと思いますので『ライオンと一角獣』の中で」、ご質問のいくつかに答えることで、もっと明確にできると存じます。

一、「アメリカは大企業を服従させうるとしても、その資源を戦時体制にするのに一年を要するだろう」。生産を停頓させているのはストライキ参加労働者だと、あなたはおっしゃっています。もちろん、その通りですが、私は現時の妨害活動より深い問題を探ろうとしました。戦時の国家が今必要とする努力は、労働者と資本家の双方が徴集されることによってのみなされうるのです。究極的に必要なのは、労働者も軍隊同様の規律のもとに置くということです。この状況は実際にソ連邦と全体主義国家において見られます。しかし、それはすべての階級が等しく規律に服させられた場合のみ、実行可能です。それでなければ、絶えざる怨恨と社会的摩擦が生じ、それはストライキと生産妨害活動になって現われます。結局のところ、服従させるのが一番厄介な人間は実業家だと思います。彼らは現体制がなくなることによって失うものを一番持っているのです。そして、ある場合には意識的に親ヒトラーです。ある点を越えると、彼らは自分たちの経済的自由を失うことに対して抵抗するでしょう。そして、彼らがそうする限り、労働不安の原因は存在するでしょう。

二、戦争目的。むろん私は我々の戦争目的を宣言することに賛成です。戦後の再建のための詳細な計画を発表することには危険がありますが。なぜなら、約束を守る意思の毛頭ないヒトラーが、我々の戦争目的が宣言されるや否や、もっと気前のいい戦後再建計画を提案するでしょうから。私が拙著の中で反対したのは、軍事力を示すことなしにプロパガンダでなんでも為しうるという考えです。アクランドの著書『我らの闘争《ウンゼル・カムプフ》』は、もし我々がドイツに向かい、我々は平和を望んでいるだけだと言ったらドイツは戦いを止める、と思い込んでいるようです。それと同じ考えが、人民会議[123]の連中（プリット[124]とその仲間）によって流布されています。この場合は、誠実にではありませんが。

三、インドにおける親ファシストの反乱。私はもっぱらインド人による反乱のことを考えてはいませんでした。インドにおける英国人社会のことを考えていたのです。ファシスト的クーデターを起こそうとする英国の将軍なら、おそらくインドを起点として使うでしょう。フランコがモロッコを使ったように。もちろん、戦争のこの段階ではその可能性はありませんが、我々は将来のことを考えねばなりません。もし、あからさまで露骨なファシズムを英国に押しつけようという試みがなされるなら、有色人種が使われるのは、ほぼ確実だと私は思います。四、ガンディーと平和主義。平和主義者とは、常に、個人としては、過保護の人生を送ってきた人々だと、私は仄めかすべきではなかったかもしれません。「純粋な」平和主義者は大抵中産階級に属し、やや特殊な環境で育ったのは事実ですが。しかし、運動としての平和主義は、人が外国からの侵略と征服のおそれを感じない社会にしか、ほとんど存在しないというのは事実です。そのために、平和主義運動は常に海洋国に見られるのです（日本においてさえ、相当の規模の平和運動があると私は思います）。政府は「純粋の」平和主義的方針ではやっていけません。なぜなら、どんな場合でも力の行使を拒否する政府は、力を進んで行使しようとする誰にでも、個人によってさえも転覆させられてしまうからです。平和主義は、統治という問題を直視するのを拒否し、平和主義者は統治する立場には決して立たない人間として常に考えます。だから私は、彼らは無責任だと言うのです。

ガンディーは二十年間、インド政府によって腹心の人物の一人と見なされてきました。私は自分が何を話しているのかわかっています――私はインド警察の警官でした。ガンディーは英国がインドを統治するのを容易にした、なぜなら、彼の影響力は現状を変えるような動きを常に抑えるようなものだったから、ということは、きわめてシニカルな話ですが、いつも英国に認められてきました。そのためにガンディーは、監獄にいる時は、常に非常に寛大に扱われ、彼が断食を危険なほどに長く続けようとした際、時折ちょっとした譲歩がなされたのは、彼が死んだら、「魂の力」よりは爆弾を信じる者に取って代わられるのを英国の役人が恐れているからです。もちろん、個人的にはガンディーは、ごく正直で、自分がどんな風に利用されているのか気づいていませんが、彼の誠実さが、彼をいっそう利用しやすくしているのです。長い目で見て、彼の手法が成功しないなどとは、私は言いません。暴力を防ぎ、したがって諸関係が一定の限度を越えて悪化するのを防ぐことにより、インドの問題が最後は平和裡に解決される可能性を高めたと、ともかくも言うことはできます。しかし、英国をそうした手段によってインドから追い出すことができるとは、ほとんど信じられません。現地の英国人もそう考えていないのは確かです。英国が征服されるということに関してガンディーが、ドイツ人と戦うよりはドイツ人に統治されたほうがよいと我々に助言するのは間違いありません――事実、彼はまさにそう提唱したのです。そして、もしヒトラーが英国を征服したなら、彼は全国規模の平和主義運動を起こそうとするでしょう。それは本格的な抵抗を妨げ、その結果ヒトラーは統治しやすくなるでしょう。
　ご意見、ありがとうございます。

敬具
ジョージ・オーウェル
［タイプ］

ドロシー・プラウマン★宛

一九四一年六月二十日
NW8、アビー・ロード
ラングフォード・コート一一一番地

親愛なるドロシー
　マックスの死については多くのことが言えない。わかると思うが、誰かが死んだ時、慰めようとするのは、どうやら無駄のようなのだ。僕が一番悲しいのは、彼がこの忌まわしい戦争がまだ続いているあいだに死んだことだ。僕は彼に二年近く会っていないし、平和主義の問題では彼と意見が非常に違っていた。しかし、そのことは残念だけれども、僕は心の底では、それは大したことではないと感じていると言ったら、たぶんわかってもらえるだろう。マックスとの場合、きわめて基本的な意見の不一致があっても、個人的関係はまったく変わらないと、いつも感じていた。それは、彼がどんな狭量なこともできなかったからだけでなく、人は彼が持っていた誠心誠意の意見に対しては、どんな反感も抱くことはできないようだからでもある。マックスと僕は、ほとんどどんな問題についても意見が違っていたが、言ってみれば、僕は彼の人生観に共鳴することができたのだ。僕は彼がとても好きだったし、彼は僕に対し、いつも非常に親切だった。記憶に間違いがなければ、彼は、十二年かそれ以上前に、僕の書いた物を印刷してくれた最初の編集長だった[125]。
　君を通して匿名の恩人[126]から借りた三百ポンドが、まだそのままになっている。そのことが君を個人的に困惑させるようなことがまったくなければいいと思う。今はとても返せないが、僕が返却の意思を捨てたのではないのは理解してもらいたい。近頃は生活費を稼ぐのがやっとだ。この悪夢が続いている限り、本を書くことはできない。僕はジャーナリズムと放送の仕事はたくさんあるが、その日暮らしの生活と言っていい。僕らは戦争が勃発してから、ほとんどロンドンにいる。僕らはコテージを今でも持ってはいるが、家具付きのまま貸してしまい、ごく稀にそこに行くだけだ。アイリーンは一年以上、検閲部で働いているが健康を害しているので、しばらくやめるように言った。彼女はたっぷり休んでから、さほど空しくも、苛立たしくもない仕事を見つけることになっている。僕は医学上の等級がDクラスなので軍隊には入れないが、国土防衛軍には入っている（なんと軍曹！）。

リチャード・リースからはしばらく便りがないが、この前の便りによると、彼は石炭船の砲手だ。

アイリーンがよろしくと言っている。ピアズ[127]とみんなによろしく。君の葉書から、ピアズは今イギリスにいると推測する。君が彼を危険から守ることができるのを願う。今は生きるのにはなんともひどい時代だが、ピアズの齢の者なら誰でも、もっといい何かを見るチャンスがあると思う。

草々

エリック・ブレア

［タイプ］

編者注

（1） ポンドに対する百七十フランの交換レートでは、約十一シリング二ペンス（現在の貨幣価値では約二十二ポンド）。

（2） オーウェルの黒のプードル、マルクスは、マージョリーと、彼女の夫ハンフリー・デイキンが世話をしていた。

（3） 防空壕は裏庭に掘られた。そうした防空壕――波形の鋼鉄の板に土をかぶせたものに過ぎない――は、一九三八年十一月、内務大臣のジョン・アンダソンの提唱で作られ、彼の名で呼ばれた。二百万以上のものが立てられるか、掘られるかした。年収二百五十ポンド以下のものには無料で提供され、それ以上の年収がある者には七ポンドで提供された。かなり揶揄され、冠水しやすかったけれども、多くの命を救ったであろう。

（4） 一九三八年九月初旬、ズデーテン地方在住のドイツ人は、コンラート・ヘンライン（一八九八～一九四五、自殺）に率いられ、チェコの国境地帯をドイツに再統合せよという集会を組織した。九月十四日までには、チェコ政府はズデーテン地方において戒厳令を敷き、フランス政府はマジノ線を強化し、九月二十六日には英国海軍の動員命令が発せられた。仏英政府はチェコに対し、ドイツの要求に応ずるよう促したが、九月二十三日、チェコ政府は総動員を発令した。戦争は避け難いように見えた。アイリーンが手紙を書いた翌日、ヒトラーはチェコ、フランス、英国の会議を招集した。ネヴィル・チェンバレン首相は、その会議に出席するためにミュンヘンに飛んだ。チェコは束の間の息つく暇を得るため、ドイツの要求を受け入れざるを得なかった。ズデーテン地方の併合は十月一日に始まった。ポーランドはその機を捉えてチェコのスレスコを占領した。チェンバレンが十月一日にラジオ放送した、盛んに批判された声明、自分は「それが我らの時代の平和……名誉ある平和」だと信じるという声明に照らすと、アイリーンの言葉はとりわけ印象的で、たぶん多くの者が、後知恵の恩恵なしに、当時感じていたことを反映しているのだろう。

（5） 防毒マスクは一九三八年九月下旬に配られた。

（6） 当時、約十一シリング二ペンスで、今日の二十二ポンドに相当するだろう。

（7） マージョリーとその家族が住んでいた所。

（8） Royal Army Medical Corps〔英国陸軍衛生隊〕。ロレンス・オショーネシーは一年後に宣戦が布告された直後に召集された。

（9） オーウェルの山羊。その山羊と一緒にいるオーウェルの写真は非常によく知られている。また、それは『動物農場』の山羊の名前でもある。

（10） たぶん、ウォリントンの隣人であろうが、「村人」とは別になっているので、地元の人間ではないかもしれない。「アレック」は「アーサー」、すなわちアーサー・ヘンダソン、シニア（一八六三〜一九三五）の間違いである可能性がある。彼の息子（一八九三〜一九六六）は父同様、労働党議員だった（一九二三〜二四、一九二九〜三一、一九三五〜六六）。

（11） 一九三八年一月、政府は子供たちに防毒マスクを支給するように命じ、一九三八年四月には、その他の国民は防毒マスクのために顔の寸法を測るように命じた。それはミュンヘン危機の何ヵ月も前のことだった。A・R・P＝空襲対策（それは、マージョリーが心配していたよりも効果的だった）。

（12） それは正確ではなかった。防空壕に入るまで、一般に十分な時間があった。ブリストルは激しく爆撃されることになった。

（13） それは事態に対する理に適った見通しだった。

（14） 一九三〇年代には、それは急いで外出する際に両頬に紅と白粉を軽く付けるのに必要な短い時間〔元来は、「ツー」すなわち二を二回言う時間の意〕を意味した。十九世紀においては、それは紅と白粉をつけ過ぎた街の女を意味した。

（15） ハンフリー・デイキンとマージョリーのあいだには子供が三人いた。一九二三年に生まれたジェインと、一九二五年に生まれたヘンリーと、一九三〇年に生まれたルーシーである。

（16） Bloody〔ひどい〕。

（17） ハンフリーの父。彼とハンフリーの二人は第一次世界大戦に従軍し、ソンムに一緒にいた。ハンフリーは負傷し、片目を失った。英国陸軍衛生隊の大尉だった父が、ハンフリーの傷の手当てをした。

（18） レイ・コリトン・ハッチンソン（一九〇七〜一九七五）。『輝く鞘』は一九三六年に出版され、『遺言』

は、ちょうど出たところだった。

（19） オーウェルは「ウィガン波止場日記」の一九三六年三月九日の項で、マージョリーとハンフリーと一緒に、そこに泊まるために行ったと書いている。

（20） オーウェルのエッセイ、「マラケシュ」（一九三九年のクリスマスに発表された）の冒頭の一節と比べること。「死体が通り過ぎると、蠅が雲のようになってレストランのテーブルを離れ、そのあとを勢いよく追ったが、数分後に戻ってきた」。（また、三八年十二月十四日〜十七日付の手紙の注（54）も参照のこと。）

（21） たぶん、『セクシーなストリップショー、その他のアメリカ文化に関するノート』（一九三七）と『ヒマラヤの村——シッキムのレプチャ族の話』（一九三八。アメリカ版、一九六七）であろう。

（22） 『空気を求めて』。

（23） 「人界《にんかい》の太陰《ムーン》は能《よ》く其《その》蝕に耐えつ／又、悲しき卜《ぼく》師《し》らはわれとわが豫言を嘲りぬ」（シェイクスピア、『ソネット』、百七、坪内逍遙訳〔一語変更〕）。

（24） エンゲルベルト・ドルフース（一八九二〜一九三四）は、一九三二年から三四年までオーストリアの首相だった。彼は自分が中心になって、イタリア型の擬似ファシスト体制を作り上げた。その結果、オーストリアでは議会政治は終わりとなったが、その際、流血の惨事が起こった。彼はナチ党の党員によって暗殺された。クルト・フォン・シュシュニク（一八九七〜一九七七）はオーストリアの法相および文相になり、のちに首相になって、オーストリアの独立を維持しようとした。一九三八年にオーストリアがドイツに併合されたあと、第二次世界大戦が終結するまで投獄された。

（25） 「社会主義と戦争」。オーウェルはレナード・ムーアに宛てた六月二十八日付の手紙の中で、自分は五千語から六千語の小論を書いていると言った。それは発表されなかった。

（26） オーウェルのタイプライターにはアクサン記号がなかったので、私書箱の「Boîte」を「Boite」といつも綴った。オーウェルはフランス語が非常によくできたので、正しい綴りを十分に意識していたであろう。

（27） ジョン・スキーツは、一九三八年の五月か六月に、プレストン・ホール・サナトリウムでオーウェルに一度会っただけだった。「私たちは、もっぱら政治と哲学の話をした。自分の最上の作品（言うまでもなく、最も新しい作品を除いて）は『ビルマの日々』だと思う、と彼が言ったのを覚えている。当時、彼はカフカを読んでいた。彼は最近までPOUMと関わりがあったにもかかわらず、自分はマルクス主義者ではないと、すでに思っていた。そして、無政府主義の哲学のほうに関心を抱いていた。[……]彼はもちろん反ナチだったが、対独戦争という考えを（当時は）受け入れることができなかった。事実、彼はマックス・プラウマン★（午後にやって来た）と話しながら、適切な秘密の手段を使い、プラウマンと一緒にそうした戦争に反対することを仄めかした」。スキーツは最後の文に星印を付け、脚注を施した。「実際、常識的考えを述べたのはマックスだった」

(28)『空気を求めて』。

(29) シェイクスピアの『ソネット』、百七。三八年十月十二付のジャック・コモン宛の手紙にも、その一部が引用されている（同手紙の注（23）を参照のこと）。

(30) 徹底的に調査したが、それらがどうなったかは不明。

(31) 存続はしたが、一九三九年に『レフト・フォーラム』になった。

(32)『ニュー・リーダー』。同誌は、存続するためには篤志家の寄付に頼らねばならなかった。同誌は一九三八年十一月、二回寄付を募った結果を載せた。一回目は六十三ポンド、二回目は五十一ポンド六シリング七ペンス集まった。寄付者一人の平均は六シリング十一ペンスだった。オーウェルは五シリング七ペンス寄付した。

(33) 当時のスペインの無政府主義者の日刊紙。

(34) 主に保守党から成る政府——国民自由党と国民労働党の支持者も入っていた——は、一九三五年十一月十六日に召集された。保守党は二百四十七議席の過半数で勝ち、任期は最長五年だった。オーウェルは、一九三九か一九四〇年に総選挙があることを予期していたが、戦争が勃発したため、一九四五年まで総選挙は行われなかった。

(35) 一九四〇年五月、ネヴィル・チェンバレンの政府が倒れ、ウィンストン・チャーチルが首相に任命された時、労働党は真に国民的な政府に参加した。クレメント・アトリーは副首相になった。労働党は、一九四五年の選挙で百四十六議席の過半数で勝った。

(36) アレン・レイン（一九〇二〜一九七〇、勲爵士、一九五二）は二十世紀の英国の最も影響力のあった出版業者の一人で、一九一九年、ボドリー・ヘッドのおじのジョン・レインのもとで徒弟になった。一九三六年に辞め、ペンギンブックスを設立した。それは英国におけるペーパーバックの出版に大きな革命を起こした。

(37)『ニュー・ライティング』は一九三六年秋の第二

号に「象を撃つ」を載せた。オーウェルの「マラケシュ」は一九三九年のクリスマス号に載り、「象を撃つ」は一九四〇年十一月、『ペンギン・ニュー・ライティング』の創刊号に転載された。

(38) 一九四〇年十二月、ペンギンブックスから出版された。

(39) 一九四四年五月、ペンギンブックスから出版された。

(40) 「社会主義と戦争」。このパンフレットは出版されなかった。

(41) ジョン・レーマンは正式には共産主義者ではなかったろうが、短い期間、ロレンス&ウィシャートと関わり、『デイリー・ワーカー』のために書評した。

(42) ミス・ペリアムはムーアの秘書で、当時重い病気に罹っていた。

(43) 口絵写真（5頁と6頁上）を参照のこと。

(44) メアリーとジャック・コモンの息子。

(45) オーウェル夫妻の召使、マジューブ・モハメド。オーウェルとマジューブが山羊の乳を搾っている口絵写真（5頁下）を参照のこと。

(46) Postmaster-General〔郵政大臣〕。

(47) 『希望の敵』。この本は作家に不利に働く人生のいくつかの側面をもっぱら扱っているが、セント・シプリアン校（セント・ウルフリック校となっている）とイートン校の生活をも描いている。コナリーはその両方の学校でオーウェルと一緒だった。オーウェルは頻繁に言及されている。オーウェルとクリストファー・イシャウッドは、「若い作家の中で、口語的文体の最も有能な使い手」と書かれている。ウィルクス夫人は校長の妻。

(48) クウィンティン・ホッグ（一九〇七〜二〇〇一。第二代ヘイルシャム子爵）。弁護士、保守党政治家、著述家で、オーウェルのすぐあとイートン校に入った。一九三八年にオックスフォード市選出の下院議員になった。

(49) ロレンス・オショーネシー、ジュニアは一九三八年十一月十三日に生まれた。その後四週間半というのは十二月十四日頃であろう。五週間後というのは十二月十七日頃であろう。

(50) オーウェルは一九三八年十二月二十日にフランク・ジェリネックに手紙を書き、こう言っている。「今日、ジョルジュ・コップ★から手紙を貰った。前線で僕の指揮官だった男だ。スペインから出たばかりだ……」。しかしオーウェルは最初、「スペイン」の前に「監獄」とタイプし、横棒で消した。コップが正確にいつ監獄とスペインを出たのかについては、オーウェルの理解とアイリーンの理解のあいだには、やや食い違いがあったのかもしれない。

(51) オーウェルは借金をしていると思い込んでいた。なぜなら、小説家のL・H・マイヤーズ★から借りた三百ポンドでフランス領モロッコの滞在費を出していると考えていたからだ。実際には、それはマイヤーズからの贈り物だったのだが、そのことはオーウェルには隠されていた。それどころか、彼は寄贈者の名前すら知らなかった。というのも、金はマックス・プラウマンを通して渡されたからである。オーウェルは、『アデルフィ』に寄稿した時代からプラウマンを知っていた。オーウェルは十分な金が入った時（『動物農場』の印税から）、マックス・プラウマンの寡婦ドロシーを通して贈り物の金を返済した（四六年二月十九日付の手紙を参照のこと）。

(52) 一九三九年六月十二日にゴランツから出版された『空気を求めて』。

(53) アイリーンが敬愛した兄を「生まれながらのファシスト」と言っているのは、ロレンスが至極もっともな理由で病状についてオーウェルを騙そうとしたことを示唆しているのは疑いない。

(54) オーウェルのエッセイ「マラケシュ」の冒頭と比較のこと（および三八年十月四日付の手紙を参照のこと）。

(55) マジューブ・モハメドとしても知られていた。オーウェルは一九三八年十一月二十二日の「モロッコ日記」の中で、アラブの前線連隊に十五年勤務し、一日約五フランの年金を貰っていると書いている——今日の貨幣制度では約三ペンスだが、たぶん今日の価値では約一・二〇ポンドであろう。

(56) 観望楼《ミツパ》——創世記、第三一章、第四九節に言及されているパレスチナの地名で、親密な繋がりを表わす言葉あるいは印として使われる。「神我と汝のあひだにいまして證《あかし》をなしたまふ」という文句は、恋人同士のあいだで交わされるブローチや指環によく彫られる。

(57) マジューブはpoisson（魚）とoiseau（鳥）とを混同したのである。

(58) 実際にはデイキン。アイリーンはセント・ヒューズ学寮で一緒だったアーシュラ・デイカムの姓と間違えたのではないかと、ジェニー・ジョゼフ★は言っている。デイキン一家は官吏の給料では豊かとは言えなかったが、決して「赤貧洗うが如し」ではなかった。

(59) 不詳。

(60) マリーはそうした題を好んだ——『芸術の必要』（共著）（一九二四）、『共産主義の必要』（一九三二。

ニューヨーク、一九三三)、『平和主義の必要』(一九三七)。

(61) POUMの民兵の仲間。

(62) ソヴィエト連邦の秘密警察。

(63) ウォリントンの隣人。

(64) 『自由な革命的芸術に向けて』。これは、独立革命芸術国際連盟の結成を呼びかけたものである。シュールレアリスム運動の創始者で指導者のアンドレ・ブルトンと、メキシコ革命の画家ディエゴ・リベラが署名した。それは、彼らが第三インターナショナルを政治的にも文化的にも拒否した時だった。

(65) 『ラ・クレ〔鍵〕』。独立革命芸術国際連盟の月刊ニュースレター。

(66) メヴァンウィー・ウェストロープはブックラヴァーズ・コーナーの店主、フランシス・ウェストロープの妻。オーウェルは一九三四年から三五年まで、その店員として働いた。オーウェルは誤って、フランシス・ウェストロープを、別の書店主、フランク・シモンズのファーストネームで呼びかけている。

(67) サー・リチャード・リースの母。リースはスペインで救急車の運転手をしていた。

(68) イングランド国教会で聖職位を授けられる者は、三十九箇条に同意しなければならない。それには、教会は宗教改革に従うという教義上の立場が含まれている。

(69) Peace Pledge Union〔平和誓約同盟〕★。一九三四年に設立された。マックス・プラウマンは一九三七年から三八年まで、その書記長だった。その同盟は『ピース・ニュース』を発行した。オーウェルは一九三七年一月二十七日、F・J・シードの『共産主義と人間』の書評をそれに書いた。

(70) Officers' Training Corps〔将校養成団〕。将校要員を養成する手段として、第一次世界大戦前に、大法官(一九一二〜一五)だったホールデイン卿によって設立された。それは主にパブリックスクールにある。

(71) それはカール・シュネッツラーだったが、リディアの言うところによると、二人は友人であったものの、どちらも相手を恋してはいなかった(『一ロシア人のイギリス』。(四六年四月九日付のイーネズ・ホールデン宛の手紙の注(39)を参照のこと。)

(72) この手紙の数行を引用している『一ロシア人のイギリス』の中でリディア・ジャクソンは、この手紙を複雑な気持ちで読んだと言っている。「私はアイリーンに会うのを楽しみにしていたが、ジョージに会うのはそうではなかった。とりわけ、彼の手紙の調子が、私があまりに気が弱くて、メイドンヘッドの病院で撥ねつけることができなかった好色的な行為を繰り返すことを匂わしていたからだ」（その病院とは、メイドストーンの近くのエイルズフォード・サナトリウム）。さらに、こう書いている。「私には当時、数人の男友達がいたが、どの男もジョージより魅力的だった。そして私は、彼の男性的自惚れに不愉快になった。私はとりわけ、彼とアイリーンの関係を乱したくなかったし、彼女から隠しておくようなことはしたくなかった」

(73) オーウェルの文書の中に、『インデペンデント・ニュース』の三つの号がある。「バルセロナにおけるP・O・U・M裁判」のみを扱った、一九三八年十一月末か十二月初旬の（たぶん）特別号と、「P・O・U・M裁判以後」と題した小論が載った、一九三八年十二月十六日付の五十九号、ジョルジュ・コップの投獄と釈放に関する報告を含む、一九三八年十二月二十三日付の六十号である。オーウェルとアイリーンは彼を監獄に訪ねた。

(74) 三八年十一月二十八日付のレナード・ムーア宛の手紙を参照のこと。

(75) ジャック・コモン宛の三九年二月二十三日付と三九年三月十九日付の手紙を参照のこと。

(76) 最初の「アイリーンからよろしく」以外、アイリーンが書いた。

(77) 『リヴォルト！』。ヴァーノン・リチャーズと共同でロンドンで編集された。一九三九年二月十一日から六月三日まで六号発行された。それは、反スターリン主義の見地からスペイン内戦を説明することを目的とした。

(78) ジョン・スクワイアー（一八八四～一九五八、勲爵士、一九三三）は一九一三年から一九年まで『ニュー・ステーツマン・アンド・ネイション』の文学担当編集長を務めた。『ロンドン・マーキュリー』を創刊し、一九一九年から三四年まで編集した。一九一八年に労働党から、一九二四年に自由党から立候補したが、共に落選した。彼が書き、編集した数多くの本の中に、『女流詩集』（一九二一）と『滑稽なミューズ』（一九二五）がある。

(79) ジョン・ドリンクウォーター（一八八二～一九三七）は詩人、劇作家、エッセイストで、どうやらオーウェルにとっては軽蔑の対象だったらしい。『葉蘭をそよがせよ』の中で、コムストックは彼を嘲笑し、サー・ジョン・ドリンクウォーターと言っている。勲爵士ではなかったが。

(80) 三九年一月四日付のリード宛の手紙を参照のこと。

（81）ローランド・ペンローズ（一九〇〇〜一九八四、勲爵士、一九六六）は画家で著述家。私財を使って多くの画家や、芸術的、左翼的計画を援助した。

（82）バートランド・ラッセル、第三代ラッセル伯（一八七二〜一九七〇）は哲学者、ノーベル賞受賞者。平和の著名な擁護者で、そのために精力的に書き、運動した。第二次世界大戦を支持し、冷戦の始まりに、ソヴィエト連邦を原爆で脅すことを提唱した。彼の『権力——新しい社会分析』のオーウェルの書評も参照のこと）。

（83）その絵葉書は、エドガー・ドガの〈フォーブール・モンマルトルのカフェ〉だった。それと次の手紙は、直前直後の手紙を参考にして日付を記入した。次の手紙とほかの手紙は、彼女の『一ロシア人のイギリス』に、さほど正確ではない形で収録されている。

（84）ミス・ペリアムはムーアの秘書で、数ヵ月病気だった（三八年十一月二十八日付の手紙の注（42）を参照のこと）。

（85）この手紙の日付は、ムーアの事務所での受領書簡記録簿による。オーウェルは誤って十四日としている。

（86）『鯨の腹の中で』。

（87）イヴォンヌ・ダヴェ★。

（88）一九三九年六月十九日付のイヴォンヌ・ダヴェ宛のオーウェルの手紙に言及されている『中国における日本の賭け』であろう。

（89）ムーアの事務所でこの手紙に付けられた注によると、ウォーバーグは「一ポンドの名目料」で、それを許可することに同意したらしい。

（90）その申し出はそのままになってしまったが、それは、一九九〇年代末、「ペンギン二十世紀クラシックス」版の海賊版の写真複写で「出版」された。一九九九年、クドードオ・パゴダ社に連絡すると六百チャト（米ドルで約二ドル）で買えた。

（91）「アルバトロス・モダン・コンティネンタル・ライブラリー」は、大陸で販売するために、ジョン・ホルロイド＝リース（ヨハン・ヘルマン・リースとして生まれた）によって出版された、ペーパーバックの英語の叢書だった。大半はドイツで売られた。ホルロイド＝リースはまた、のちにタウフニッツ叢書を買収した。記録によると、契約はオーウェルと有限会社アルバトロス書店のあいだで交わされ、その日付は一九三九年八月三十一日である。本は一九四〇年八月以前に出版されることとなっていた。出版社はドイツの出版社だったが、パリのシャノワネス通り一二番地から発行された。

(92) アイリーンは政府の検閲部で働いていた。

(93) 『鯨の腹の中で』はエッセイ集で、三九年七月四日付のレナード・ムーア宛の手紙で説明されている。

(94) 『鯨の腹の中で』は、その題のエッセイ、「チャールズ・ディケンズ」、「少年週刊誌」から成っていた。最後のエッセイを短くしたものが、一九四〇年、同書が出版されたのと同じ月の三月に『ホライズン』に載った。

(95) 実際には、ヴィクター・ゴランツは『鯨の腹の中で』が非常に気に入り、それを出版した。彼は一九四〇年（一九三九年と誤記されている）一月一日、オーウェルに手紙を書き、喜びを表明した。「それは、こう言っていいなら、第一級です」。彼はオーウェルの総体的な政治観にすっかり共鳴していた。「もっとも私はペシミズムに対しては戦いますが」。彼は、為すに値する唯一のことは、「不可避的な全体主義的経済を個人の自由と和解させる道を探ろうとすること」ではないかと言った。最後に彼は、ヘンリー・ミラーの『北回帰線』を貸してもらえまいかとオーウェルに訊いた。それについて、彼は聞いたことがなかった。ゴランツが手紙を書いてからちょうど四週間後、オーウェルは『鯨の腹の中で』の頁校正刷りを返却した。エッセイ集は一九四〇年三月十一日に発行された。

(96) アルバトロスとタウフニッツはドイツの出版社だったが、オーウェルがサインした契約書はパリの事務所で作られた。（三九年八月四日付の手紙を参照のこと）。ウィリアム・B・トッドとアン・ボウデンは、共著『英語のタウフニッツ・インターナショナル版』の中で、出版社が一九四〇年に依然として『空気を求めて』を出版したいと思っていた事実を示す文書が、アルバトロス保管文書の中にあることを書いている。一九四〇年六月十四日にパリがドイツ軍に占領されたあと、一八七〇年以後に初めて出版された英国の本の販売を禁ずる命令が出された。その結果、アルバトロス版を出すというオーウェルの希望はついに潰えた。

(97) オーウェルはマーヴェルの『内気な恋人に』の第二十二行をもじっている。原詩では、「〈時〉の二輪戦車《チャリオット》」。

(98) 「フランク・リチャーズ」（＝チャールズ・ハミルトン、一八七六〜一九六一）は数多くの短篇小説の筆者で、（彼の言うところによると、人の手を借りなかった訳ではない）、一九四〇年五月号の『ホライズン』に寄稿した。彼は、わけても「上流階級崇拝」の問題を取り上げた。

(99) ソ連邦は一九三九年十一月三十日にフィンランドに侵攻した。激しい冬の戦闘が行われたあと、一九四〇年三月十三日、平和条約が締結された。

(100) 食糧の配給は一九四〇年一月八日に始まった。成人は、週に四オンスのバター、十二オンスの砂糖、四オンスの生のベーコンとハム、三オンス半の調理済みのベーコンとハムが認められた。肉の配給は一九四〇年三月十一日から始まり、衣料の配給は一九四一年六月三日から始まった。戦争が続くにつれ、配給はずっと厳しいものになり、事実、平和になってからの最初の数年間、さらに悪化した。

(101) あまりに野心的な量で（千百二十ポンド）、オーウェルはのちに六ハンドレッドウェイト（六百七十二ポンド）に下げた。

(102) オーウェルは、「ロンドン、W・1、ハーリー通り四九番地」というレターヘッドのある、ロレンス・オショーネシー医師の便箋を使った。

(103) 正しい題は『至極当然』。オーウェルは一九四〇年四月二十六日にそれを書評した。

(104) 一九四〇年五月五日、トリーズはカンバランドのゴスフォースから、かなり長文の返事を書いた。その中で彼は、もしオーウェルが子供のための出版物――「正しい観点に立つ、良質の生き生きした文で書かれたもの」――の計画をさらに進める時間と意思があれば協力することを約束すると言った。トリーズは労働組合会議が「そうした新しく、興味深いアイディアを受け入れることができる」とは考えなかったが、協同組合運動は「もっと見込みがある」と思った。トリーズはまた、ダーティングトン・ホール（デヴォンにあった、諸芸術に非常に重きを置いた、実験的なインデペンデント・スクール〔公費補助を受けない私立学校〕）の校長、W・B・カリーの名を出した。そして、「あの実験の背後にある数百万ポンド」のうちのいくらかを引き出すことができるかもしれないと言った。

(105) オーウェルは一九四〇年七月十二日、ローズ・クリケット競技場で開かれた、地域防衛義勇軍（彼はそれに加わった）の結成会議に出席した。それはのちに国土防衛軍と改称された。オーウェルは間もなく、ロンドン大隊第五州C中隊の軍曹に昇進し、熱心で革新的な一員になった。彼の講義ノートが遺っていて、『全集』に収められている。

(106) 小児麻痺で体が不自由になったブライアン・モーガン。

(107) シットウェルは七月二十二日に返事を書き、もっと早く返事をするはずだったのだが、本を書き上げようとしていたと言った。そして、オーウェルの話は「なんとも興味深い――そして、確かに不気味です。その秘密が知りたいものです」と言った。彼はまた、いつか会いたいと言い、さらに、姉のデイム・イーディス・シットウェル（一八八七〜一九六四）が彼のところに泊まっていて、自分は「あなたがお書きになったほとんどすべてのものを賞讃の念をもって読んだ」ことを伝えてもらいたいと姉に頼まれたと言った。

(108) その提案がどんなものだったかは、わかっていない。

(109) これはサーチライト叢書の最初の一冊だった。この叢書は、フレドリック・ウォーバーグ、トスコー・ファイヴェル、オーウェルによって企画された。完全な題名は『ライオンと一角獣——社会主義とイギリスの精神』である。一九四一年二月十九日に出版された。初版は七千五百部で、再版は五千部だった。不運なことに、売れ残った在庫と活字は、『カタロニア讃歌』のそれと一緒に、プリマスのメイフラワー・プレスが爆撃された時に焼失した。（四〇年十二月五日付のノラ宛のアイリーンの手紙を参照のこと。）

(110) マルタ熱——関節の腫れと脾臓の肥大を引き起こす、波状熱。マルタでよくあった病気だったので、そう呼ばれた。特に山羊が罹る病気だった。

(111) G・P・I。General Paralysis of the Insane〔精神異常者の全身麻痺〕。アイリーンは確かに病気だったが、相変わらずコミカルで皮肉っぽかった。

(112) たぶんアイリーンは（皮肉であろうが）、空襲による家のペンキを塗った部分の表面的な損傷を言っているのであろう。

(113) セント・マイケルズ・ヒルはブリストル大学のキャンパスに沿い、南東から北西に続いている。

(114) 三七年二月十六日付の手紙のバーサ・メアリー・ウォーデルの注（105）を参照のこと。

(115) コップは、戦時の長い期間をマルセイユ近くで「一種のエンジニア」として働き、最後にイギリスに着いた。アイリーンが麻酔を施された最中に死亡する直前、彼は彼女がキングズ・クロスからストックトン＝オン＝ティーズまで北に旅をするのに手を貸した。

(116) ノーマンはジョン・デュラントの兄。（三六年十一月三日付の手紙の頭注を参照のこと。）

(117) hcfs=handkerchiefs。贈り物は戦時でも容易に買えた白で、男にも女にも合い、味気ないほどに普通のものでなければならなかった。衣料は、一九四一年六月一日まで配給制ではなかった。配給制になると、成人一人、一年間六十六枚のクーポンが貰えた。ハンカチ一枚で一枚のクーポンが必要だったろう。

(118) これは一九四一年四月三十日と五月七日、十四日、二十一日に放送された。そして、一九四一年五月二十九日、六月五日、十二日、十九日に『リスナー』

に載った。

(119) オーウェルの言ったことは正しかった。銃剣が当初の目的に使われることは比較的稀だった。

(120) オーウェルは依然としてウォリントンでいくらかの時を過ごしていて(アイリーンはそこを毎月訪れた)、アイリーンはまた、グリニッジにある死んだ兄の家に時折行き、兄の寡婦グウェン・オショーネシー★(やはり開業医)と一緒に住んだが、オーウェル夫妻は一九四一年四月一日に、ドーセット・チェンバーズ(この手紙に「貸し室《チェンバーズ》」とあるのは、そのためである)NW8、アビー・ロード、ラングフォード・コート一一一番地に移った。その街区はベイカー街の北にある。この手紙の日付はわかっていないが、オーウェルは「戦時日記」の一九四一年三月三日の項に、グリニッジ教会の地下室にある防空壕をグウェンと一緒に見に行ったと書いている。また、オーウェルは「戦時日記」の一九四〇年五月二十九日の項に、アイリーンは政府の検閲部で働いていると記している(そのために電話番号の交換局がNATIONALで、仕事が「考えられないほど退屈」だったのである)。彼女はのちに食糧省で働いた。そこの雰囲気はずっと友好的で、そこで働いていた者の一人、レティス・クーパー★は彼女の親友になった。

(121) アイリーンの気が滅入っていた理由は数多くあった――住むべき場所が決まらなかったこと、金の不足、戦争と空襲、彼女自身の病気。しかし、特に彼女に応えたのは、兄のロレンスがダンケルク撤退の際に戦死したことだった。彼女は兄を失った悲しみから完全に立ち直ることはなかった。

(122) ノラに書いた手紙の中で、アイリーンが自分の名前を記したのは、この場合だけである。

(123) 人民会議は共産主義者によって一九四一年一月に結成された。表向きは公的権利、より高い賃金、さらに効果的な防空対策、ソヴィエト連邦との友好のために闘うというものだった。その本当の目的は、戦争遂行に反対する機運を煽ることだったと言う歴史家もいる。ソ連が参戦したあと、一九四一年七月、人民会議は第二戦線を構築することを直ちに求めた。一九四二年までには、その積極的な活動は止んでいた。

(124) D・N・プリット(一八八七〜一九七二)は一九五三年から四〇年まで労働党議員だった。そして、政策上の意見の不一致で同党から追放され、一九五〇年まで独立社会党の議員を務めた。有名な法廷弁護士だった彼は、左翼の大義とソヴィエト連邦の熱心な支持者だった。

(125) 『G・Kのウィークリー』〔G・K・チェスタトンが創刊した週刊誌〕は、一九二八年十二月二十九日、オーウェルが英語で書いた最初のエッセイ、「ファージング〔一九六一年に廃止になった四分の一ペニー銅貨〕新聞」を載せた。マックス・プラウマンは、『アデルフィ』でオーウェルに執筆の機会を多く与えた。

(126) L・H・マイヤーズ。

(127) プラウマン夫妻の息子。

BBCと戦争

オーウェルはＢＢＣで信じられぬくらい懸命に働いた。インドおよび占領されているマラヤとインドネシア向けの百五本の英語のニュース解説を書いた。また、インドの諸言語に翻訳するための百十五本のニュース解説を英語で書いた。そのいくつかのものが、日本軍の占領地域で聴取されたことがわかっている。マラヤの尼僧、マーガレット修道女は、陸軍婦人部隊の将校バーバラ・リグビーに、どうやって自分とほかの修道女が命懸けで放送を聴き、何マイルも歩いてそのニュースをほかの修道女たちに伝えたのかを話した。尼僧たちはオーウェルに元気づけられた、と彼女は言った。「私たちはあの善人を祝福したものです」。オーウェルの考えるプロパガンダとは、教育的、文化的番組を放送することだった。彼はオープン・ユニヴァーシティーが生まれるずっと前に、カルカッタ大学とボンベイ大学の教授細目《シラバス》にもとづき、文学、科学、医学、農業、心理学のコースを編成した。講師はＴ・Ｓ・エリオット★、ジョゼフ・ニーダムといった、際立って高名な様々な人物だった。彼は『コーラン』や『資本論』、音楽と詩についての番組を企画した。また、オーウェルが物語の冒頭を書き、あとは、Ｅ・Ｍ・フォースターを含む五人の著名な作家がそれぞれ書き継いで完成させるという奇妙な番組もあった。そしてオーウェルは脚色もした。

それはすべて、どのくらいの効果があったのだろうか。オーウェルは、自分の時間を無駄にし、視聴者調査は芳しくないと思った。それと逆のことを示唆する二つの記録がある。バルラージ・サーニ★は一九四五年十一月二十日、アイリーンの死を悼む手紙をボンベイからオーウェルに送った。バルラージとその妻ダミヤンティは、劇を上演する際の技法に関するシリーズ「自分で演じてみよう」でオーウェルと一緒に仕事をした。バルラージ・サーニは書いている。「私たちはあなた方二人にほとんど会っていませんが、あなたの仕事と誠実さを通し、あなた方は、私たちにとって大変親しい存在になりました」。

サーニ夫妻はインド国民劇場で仕事をしていた。それは、「私たちに金はもたらさないが、多くの幸福をもたらす」。二人は五十に近い新作劇を書いてもらい、合計百万人以上になる観客を相手に上演した。ダミヤンティは一九四七年に早世した。バルラージは非常に有名な映画俳優になった。オーウェルはまた、サンスクリットで書かれた劇「Mrocchakatika」（「小さな粘土の荷馬車」）のように、短くした形で一連のインドの劇を英語で放送した。それは四十年後にロンドンで上演された時、「初演」だと言われた。

　第二に、一九四三年八月七日、東洋部長のラッシュブルック・ウィリアムズ★は、オーウェルに関する極秘年次報告の中で、こう書いている（BBC文書アーカイヴズ・センターの許可を得て再録）。「彼はすらすらと文を書き、その仕事を際立ったものにする文学的素質を持っている……彼は病弱という相当の重荷を不平も言わずに担っている。それが彼の仕事に影響することはないが、時折、神経を緊張させる。私は彼の知的能力同様、そのモラルも高く評価する。彼は清廉潔白で、誤魔化すことができず、昔であれば、聖者の列に加えられたか、火刑に処されたかであろう！　どちらの運命であれ、彼はストイックな勇気をもって耐えたことだろう。特異な同僚――しかし、本物で、傑出した価値ある精神と魂の持ち主である」。彼の業績はまさに第三プログラム（今日のラジオ3）が生まれるきっかけになった（**四六年九月十九日**付の手紙の注（96）を参照のこと）。

　その最中、一九四三年三月十九日、オーウェルの母が肺気腫を併発した気管支炎で死亡した。息子のオーウェルは母の枕元にいたが、ゴードン・バウカーが指摘しているように、その母の姿を見ても、刺激臭のある紙巻き煙草を吸うのをやめることはできなかった。

ローラ・バディコム夫人宛のオーウェルの手紙（1920年6月27日付）より

これは、BBC東洋部委員会を設立する際の覚書の、残存している唯一のものからの抜粋である。これは、当時の国際放送《エンパイア・サーヴィス》部長R・A・レンドルによって書かれ、その写しは情報省インド課のR・W・ブロックに送られた（同省はロンドン大学の評議員会館にあったが、『一九八四年』の真理省のモデルであろう。

一九四一年十月十六日
［宛先なし。BBCの内部メモ］

BBCの東洋部を統合し拡大するために、我々は東洋部委員会を設けることに決定したのをご承知と思う。同委員会は、二週間に一度定期的に開かれる。BBCの内部機関である同委員会には、インド課と情報省の代表が加わる……同委員会の委員長は、最近東洋部長に任命されたラッシュブルック・ウィリアムズ教授★が務めるであろう……

第一回会合は、十月二十二日、水曜日、ポートランド・プレイス五五番地の一〇一号室で開かれる予定である。

それには会議事項が同封されていた。オーウェルは第一回会合に招かれなかった（彼の上司、ズルファカー・アリ・ボカーリ★は出席したが）。ポートランド・プレイス五五番地は、放送局の建物に近い一棟のフラットで、インド課はオックスフォード街二〇〇番地に引っ越すまで、そこを使っていた。それは、BBCに戻された時は完全に改装されていて、現存している設計図はBBCが使っていた当時の配置を示していないので、一〇一号室がどこかは不明である。たぶん、一階にあったのだろう。放送局の建物自体の中にあったのではないのは確かである。オーウェルは同委員会の会合に少なくとも十二回出席したことがわかっていて、一九四二年十月十四日の会合では、インドで劇と詩のコンテストを催すことができるかどうかを調べる小委員会の招集者に名前が挙がった。その頃までにはBBCはオックスフォード街二〇〇番地に移っていて、会合は三一四号室で開かれた。

『一九八四年』でオブライエンは、一〇一号室にあるものがこの世で最悪のものだと言う。最悪のものとは、溺死、焼死、串刺しの刑のようなものと考えるのは妥当だが、オーウェルの場合は、もっと微妙だった。多くの者にとって、そして彼にとって、この世で最悪のものは、官僚にとって最も重要なもの、すなわち会合への出席だった。

E・ロウアン・デイヴィス★宛

一九四二年五月十六日

ビルマ作戦に関する情報

ビルマ政府に対してすると有益だと私が考える質問

――

i、英軍等と共に何人のビルマ人が自主的にインドを去って避難し、そのうちの何割が公務員だったか。

ii、敗北が目睫に迫っているように見えた時のビルマ人公務員の態度。忠誠心において、ビルマ人公務員とインド人公務員のあいだに顕著な違いがあったか。ビルマ人公務員は、日本軍占領下においてどの程度職務を果たしたか。

iii、砲火を浴びた際のビルマの連隊と憲兵隊の態度。本当のビルマ人（カチン族その他ではなく）が英軍のために戦ったかどうか。

iv、政治的態度において、本来のビルマ人とカレン族、シャン族、チン族、カチン族(1)のあいだにどんな違いが見られたか。

v、特にラングーン、モールメイン、マンダレーにおける欧亜混血の社会の何人が英国人と共に撤退し、何人が日本軍占領下にとどまったか。とどまった者のうち、忠誠の姿勢を変えた者がいたか。

vi、空襲下におけるビルマ人の行動。それが日本軍に対する怒りを生み出したか、日本空軍の優勢に対する賞讃の念を生み出したか、あるいは単なるパニック状態を生み出したか。

vii、土着のキリスト教徒。特にカレン族(2)。民族主義運動が、いささかなりと彼らのあいだに浸透しているかどうか。

viii、日本軍の侵攻以前に、ビルマ人、インド人、欧亜混血人が所有していた短波受信機の数。

ix、ビルマの民族主義的、左翼的政党に関する詳細な情報。主な点は次の通りである――

a、タキン党(3)の党員数と、その地域的、社会的構成。

b、仏教の僧侶はどの程度支配力を有しているか。

c、ビルマの民族主義的政党、国民会議派、その他のインドの政党とのあいだに、どんな提携が結ばれているか。

d、もし存在するならば、ビルマの共産主義者、および彼らの提携相手。

e、ビルマの労働組合運動の規模と、それがインドあるいはヨーロッパの労働組合と提携しているかどうか。

x、日本軍側に付いて実際に戦っているビルマ人の推定数。身分の高い者か、主にダコイト〔インド・ビルマの武装ギャング〕等か。彼らは勇敢に戦ったと報じられたかどうか。

xi、侵攻以前(4)の日本人の潜入の程度。多くの日本人が地元の言語、とりわけビルマ語を話すことが知られているか、また、どの程度彼らは情報の傍受や解釈一般においてビルマ人に依存しているようか。

エリック・ブレア
［タイプ］

一九四二年六月二十七日、『ピクチャー・ポスト』は、「重要な新シリーズの最初の小論」、J・B・プリーストリーの「英国の沈黙の革命」を載せた。同シリーズは、「英国で何が起こっているのか？　戦争によって、どんな種類の国が形作られているのか？」と問うた。プリーストリーの小論の冒頭に、次のような文句が肉太活字で印刷されていた。「我々は衰退に脅かされている――しかし、戦争が我々を救った。古きもののいくつかは根こそぎにされた。新しい天恵のいくつかが徐々に育ちつつある。今が、真に健全な社会を作る大きな機会である」。七月四日、ヴァーノン・バートレット議員は「政党政治に対する反乱」について同誌に書き、七月十一日、次のようなコラムが載った。「バートレットとプリーストリーについて彼らが言うこと」。プリーストリーの小論に対して二つの投書が掲載された。一つはブラッドフォードの主教からのもので、もう一つはオーウェルからのものだった。

『ピクチャー・ポスト』宛

一九四二年七月十一日

我々の社会が向かっている全体的な方向に関してはプリーストリー氏に賛成ですが、古い連中が再び我々を害するのを妨げるほどに速く物事が必然的に起こるという、氏の明らかな信念を私は共有しません。私は二年前なら現在よりも自信をもって、氏の楽観的な発言を繰り返したでもありましょう。当時は、恐るべき災厄が、我が国を革命の第一段階と思える状態に置きました。そして階級的特権と経済的不公平が、危機的事態の圧力のもとに急速になくなるだろうと信じても許されたでしょう。そういうことが起こらなかったのは明らかです。しかし、私たちが一九三九年以前に知っていたような社会が戻ってくることはないだろうという点では、プリーストリー氏とまさに同意見です。「これは資本主義者の戦争」で、もし我々が勝てば英国の支配階級が再び権力を握るだけだと、いまだに考えているらしい人々とは、私は意見を異にします。私がプリーストリー氏の次の小論で聞きたいのは、「何が？」ではなく「どうやって？」です――まさにどうやって、私たちの欲する真に民主主義的な社会を作るのか。

NW8、アビー・ロード、ジョージ・オーウェル
［タイプ］

アレックス・カムフォート★宛

一九四二年七月十五日
ロンドンNW6
モーティマー・クレセント一〇a番地

親愛なるカムフォート様

『パーティザン・レヴュー』が、あなたが同誌に宛てて書いた手紙の写しを、ほかの何通かの手紙と一緒に送ってきました。同誌は、全部の手紙あるいはその抜粋と私の返事を載せるつもりだと思います。あなたは、私が『アデルフィ』における「反ユダヤ主義」について言及したことについてお尋ねになっています（ところで、私は反ユダヤ主義とは言わず、ユダヤ人いじめと言いました。それは非常に違ったものです）。もちろん私は、ユダヤ人を憎んだマックス・プラウマン★のことを考えていたのです。彼は自分の中にあるその傾向を自覚し、それに抗いましたが、編集方針が時折それに影響されてしまいました。私は特に二つの例が念頭にありました。最初の例は、マクマリーの『歴史への鍵』〔正しくは『歴史の鍵』〕が一九三八年に出版された時のことです。それはかなりバランスを欠いた本で、極端に親ユダヤ的な傾向のものでした。マックスは憤激し、その本を、自分自身と私を含む五人の評者で、『アデルフィ』のある号で書評することにしました。彼自身の書評は（あなたはご覧になれると思います——一九三八年十二月頃です）、挑発的な調子のものでした。のちに彼は、ユダヤ人の戦争挑発活動と言われたものについての、あるユダヤ人（名前は思い出せませんが、コーエンだったかもしれません）との論争に『アデルフィ』を巻き込みました。マックスはそのユダヤ人を激怒させ、自分はきわめて傲慢な態度で言いたいだけのことを言ったあとで、論争は終わったと突然宣言し、そのユダヤ人に反論の機会を与えませんでした。それは一九三九年のことだったと思います。マックスは戦争勃発後、ヒトラーのユダヤ人「排除」を、はっきりと肯定する発言を、少なくとも一度しています。

私がそのことについては何も活字にしたくないのは、マックスが私の旧友で、私に非常によくしてくれ、もし私が彼の名を挙げ批判すれば、彼の妻がそれを聞いて傷つけられるかもしれないからです。『パーティザン・レヴュー』に載った私の答えの中で、自分はそれに個人的に答えているという意味の注を付けましたが、同誌はそれとあなたの質問の両方を削除するでしょう[5]。私が事情をドワイト・マクドナルド★に説明したので。

敬具

ジョージ・オーウェル

［タイプ］

アレックス・カムフォートは一九四二年七月十六日に

返事を書いた。

親愛なるオーウェル様

　ご返事を下さり、ありがとうございます。私はそうした関連でのマックスは知りませんでした。あなたはまったく正しかったのです。『アデルフィ』に関する件では、ご返事をすべきではありませんでした。同誌は、戦争勃発後のものしか知りませんので。私は、あなたがユダヤ人いじめは最近のことだとおっしゃっていると取ったのです——あなたが書いておられた時期に突如現われた現象だと。（マックスの弱点は、かなり長期にわたるものだったのですね。）

　あなたのおっしゃった事柄のいくつかには、もっと十分にお答えすべきだと思ったのですが、P・R〔『パーティザン・レヴュー』〕は、紙面の都合でごく短い返事しか載せられなかったのではないかと思います。我々の世代の人間は前の世代の人間より積極的に親ファシストだとは正直なところ思いませんが、私の会う人々から判断すると、彼らは現在のどんな考え方よりもロシアの虚無主義に近かったと言えるでしょう。

　けれども、私はしばしば『ピース・ニュース』を諫めたくなります。ファシストであるという理由からではなく、言ってみれば詭弁を弄して逃げおおせようとしているという理由から。J・M・マリーに「威嚇」の手紙を出しましたが、彼はそれを載せませんでした。彼にもう一通の威嚇の手紙を書く必要があります。「相反する見解に立ち、結果的にどっちが正しかろうと、自分の主張が正しいと言えると思う者は呪われよ」という書き出しの。

　あなたが『ホライズン』にお書きになったドナルド・マギルに関する小論を、この機会に祝します。私がこれまでに読んだ最上の分析だと思います。

　私はPRの編集長に手紙を書き、その小論にまったく賛成である旨を説明しようと思います。私はあのような個人的質問で困らせるつもりはありませんでした。私の無知をお詫びします。

敬具

アレックス・カムフォート

　あなたの例の書評〔カムフォート『そのような自由ではなく』の書評〕について議論したいと思いますが、『アデルフィ』には私の文を載せる余裕がありません。いずれにせよ、書評して下さってありがとうございます。おかげで、いくつかの考えが変わりました。

有限会社ラウトリッジ&サンズ宛

一九四二年七月二十三日
ロンドンW1

BBC放送会館

拝啓

　貴社が出版した『勝利あるいは既得権益』と題する本の中に、昨年、私がフェビアン協会でした講演が入っているのに気づきました。私はこの講演をタイプした形で貴社にお送りし、校正刷りに手を入れたと思います。あなた方は私に相談もせず、きわめて不当な改変をしたことに今気づきました——それは、もし私がその本を買わなければ発見することはなかったであろう事実です。貴社は私に一冊送って下さらなかったので。この取り扱い方に対しどのような救済措置がとれるか、私の著作権代理人と相談しているところですが、貴社から説明して頂ければ嬉しく存じます。早々にご返事を頂ければ幸いです。(6)

敬具

ジョージ・オーウェル

　一九四二年八月八日、バジル・リデル・ハート大尉はオーウェルに手紙を送り、オーウェルほどに洞察力のある者が、フィリップ・バレの『シャルル・ドゴール』（オーウェルは八月二日に『オブザーヴァー』でそれを書評した）に、同書が機械化された戦争と、機甲師団の使い方の発展を論じている箇所に惑わされたことに驚くと言った。彼はオーウェルに六頁にわたるメモを送り、ドゴールが戦車戦の近代的方法を考案したのではなく、一九二七年に英軍将校、J・F・C・フラー大佐（一八七八～一九六六。バス勲位勲爵士、殊勲章）が考案したのであり、それを採用したのはフランス軍や英軍ではなくドイツ軍だったと説明した。（フラーは国家保安機関から、「軍の実力者で、英国のヴィシー政権〔英国がドイツに敗れた場合に出来る政権〕というものがあれば、それを取り仕切らないまでも、それに喜んで参加するような人物」と目されていた。）二年後、英国陸軍省は、「新しい考え方にもとづく……機械化された戦争に関する最初の公式手引書」を出した。それには、機甲部隊による攻撃の基礎となる組織的方法が含まれていた。ドゴールの著書、Ver L'Armée de Métier（一九三四）〔『職業軍の建設に向けて』〕の英訳には、戦術には百二十二頁のうちわずか十頁しか充てられていなかった。それは驚くには当たらない、なぜなら、ドゴールが「最初にみずから戦車がどのようなものかを知ったのは、三年後の一九三七年だったのだから」とリデル・ハートは言った。ニール・ファーガソンは『世界の戦争』（二〇〇六）の中で、リデル・ハートが戦車と飛行機の戦術に相当の影響を与えたことについて論じている——残念ながら、彼は「英国においてではなく、ドイツにおいて大きな影響を与えた」、とりわけ、第一九ドイツ軍団司令官ハインツ・グーデリアンに。

B・H・リデル・ハート宛

一九四二年八月十二日
NW6
モーティマー・クレセント一〇a番地

親愛なるリデル・ハート大尉

お手紙ありがとうございます。ドイツ軍がドゴールから自分たちの戦車戦術を学んだという伝説を、あまりに簡単に受け入れたことを後悔しています。『オブザーヴァー』は、一九四〇年初めのドゴールの覚書の一節を削除してバレの本の私の書評を縮めました。私はその覚書を、バレの本の中で見るまで見たことがありませんでした。確かにそれは、数ヵ月後に起こったことを相当の先見の明で予言しているように私には思えました。「ドイツが学んだ男」の話はすでにほかにも伝わっていて、私も、言うまでもなく軍事の文献に詳しくなかったので、すでに多少とも受け入れていました。私はあなたご自身のお書きになったものの多くを拝読しましたが、ドイツ軍がそれほどにそれに依存したことを認識していませんでした。そして、ドゴールを革命的革新者として簡単に受け入れていました。なぜなら、フランス軍は総じて明らかに古い体質を持っているからです。私は一九三八年の秋から一九三九年の春までフランス領モロッコにいました。そして、戦争が明らかに目睫に迫ってきていたので、私は当然ながらフランスの植民地軍をできるだけ間近に観察しました。歩兵操典を手に入れるほどに。私は軍事についてはまったくと言っていいほど知らないのですが、あらゆることが時代遅れだという印象を受けました。もしお望みなら、私は間違っていたと『オブザーヴァー』に手紙を書き、あなたの怒りの幾分かをドゴールに移してもいいのですが、政治的観点から、ドゴールについてあしざまに書きたくありません。私たちが、地位のある左翼の政治家をフランスから外に出すことができなかったのは不運でしたが、目下ドゴールは、自由フランスを代表する唯一の人物なので、彼を最大限に利用しなければなりません。

いいえ、『全員に幸あれ《プレス・エム・オール》』は私が書いたのではありません。[7] 私は軍隊に入っていません、身体的に不適格だからです（第四級！）。しかし、初めの頃から国土防衛軍には入っていて、それについて似たような小冊子は書けたでしょう。著者については、オーストラリア人だという以外、何も知りません。その小冊子は一万五千部から二万部という、かなりの部数が売れています。そして、たぶん、非常に役に立ったものと思います。

あなたがいつかロンドンにお出でになった際、お会いしたいものです。私はBBCで働いているので、ロンドンの外には出ません。ハンフリー・スレイターが私たちの相互の友であるのを期待します。

敬具
ジョージ・オーウェル
［タイプ］

トム・ウィトリンガム★宛

一九四二年八月十七日

親愛なるウィトリンガム

君が送ってくれた文書に僕はおおむね賛成だ。(8) 僕の知っている者のほとんども。でも、プロパガンダの手法の観点からは、まったく間違いだ。実のところ、それは平均的読者なら混同してしまう二つの別々の物を要求している。第一は、委員会の設立、第二は、その委員会が議論の根拠として使う番組。僕なら、これがインドの政治指導者が受け入れるものだろうという言葉を添えて、大胆に、そしてなかんずく、わかりやすさを目的にして、インド向けの番組をまず提出するだろう。僕なら、委員会を設立することについての話で始めはしない。そもそも、委員会について聞くだけでも人は気が滅入るからだ。そしていずれにせよ、君が口にしている手順は、実行するのに数ヵ月かかり、おそらくは曖昧な声明に終わるだろう。僕なら、自分のリーフレット（あるいはなんであれ）の冒頭に、**ネルーを釈放せよ――交渉を再開せよ**、と書き、それから六つの簡潔な項にして、インド向けの計画を述べるだろう。

(1) インドの独立を早急に宣言する。
(2) 勢力の比例配分をもとに主要政党による暫定政府を作る。
(3) インドを連合国と完全に提携させる。
(4) 主要政党を、戦争遂行にその能力の限界まで協力させる。
(5) 戦争が継続しているあいだは現政権にできるだけ干渉しない。
(6) 英国の利益を適切に自己防衛することを認める一種の貿易協定を結ぶ。

それが六つの点だ。それには、自分たちはその条件を喜んで受け入れる（彼らはそうするだろう）、また、そうした条件が満たされるなら、自分たちは親日派打倒に協力するという、国民会議派の権威ある声明が付けられねばならない。六つ目の点は、英印両政府は、駐印英国人公務員の年金を合同で保証するという意味の添え書きを付けねばならない。このようにすれば、わずかな費用で、この国における、無視できない反対分子を無力にすることができるだろう。

私の言ったすべてのことは、一頁か二頁のリーフレットに書けるだろうし、人に読んでもらえると思う。この問題を単純で人目を惹くものにすることがきわめて大事だ。新聞でこのことは恐ろしいほど間違った形で伝えられてきていて、大衆はインドに飽き飽きしていて、その戦略的価値に半分も気づいていないので。アメリカについても同様だ。

草々
［名前、地位なし］
［タイプ］

レナード・ムーア宛★

一九四二年九月四日
NW6
モーティマー・クレセント一〇a番地

親愛なるムーア様

十ポンド十七シリング一ペニーの小切手と明細書、ありがとうございます。明細書はお返しします。

残念ながら、目下非常に忙しく、時たまの新聞雑誌用の文しか書けません。BBCにいるだけではなく、国土防衛軍に入ってもいるので、自分の自由になる晩は多くありません。けれども、一九四〇年から一九四一年のあいだ私は日記をつけていました。そして、しばらく日記をつけたあと、いつの日か出版できるのではないかという考えが浮かびました。五年か十年経ったほうが、もっと興味のあるものになりそうだと感じましたが。しかし、様々な出来事が矢継ぎ早に起こったので、一九四〇年から今まで十年も経ったとも言えるかもしれません。いくつかの出版社に当たってみる価値があるかどうか、自信はありません。やはり日記をつけていた友人が、二人の日記をまとめて一冊にするということを思いつきましたが、その案は流れました。(9) 目下、私の手書きの日記をタイプで打っていますが、あと十日ほどで終わりましたら、私たちはそれをどうすることができるか、考えてもいいでしょう。ゴランツは日記のことを聞き、見てみたいと言いましたが、人々が戦時日記に少々食傷していないかどうか、よくわかりません。こうした類いのものを出版するのに最適な場所は、アメリカだと思います。もし、アメリカの出版社と関係が出来、原稿が検閲を通れば。私の本はUSAでは決してよく売れてはいませんが、この一年半、『パーティザン・レヴュー』に時折載せたロンドン便り」を通して、そこの少数の読者に名を知られるようになったかもしれないと思っています。あるニューヨークの出版社が、「ロンドン便り」はパンフレットの形で再録する価値があるかもしれないと言ったと、編集長は私に話しました。もしそうなると、日記が出版される機会もあるかもしれません。日記は約二万五千語から三万語で、半端な長さですし、そうした本は少部数しか売れないとは思いますが、どこかの出版社が、それでわずかな額の危険を冒す価値があると考えるかもしれないと思っています。

商売繁盛であるのを願っています。本さえ手に入れば、誰もが読書をしているように見えます。

敬具

エリック・ブレア

［タイプ］

ムルク・ラージ・アーナンド★

一九四二年十月七日

親愛なるムルク

『戦争と平和』の君の台本を返送する。『戦争と平和』の社会学的な面をもっと扱うために、後半、おおまかに言って四頁から先を書き直してもらいたいので。トルストイは小説に対する新しい態度の始まりを告げたというのは至極本当だと思うが、それ自体は、「世界を変えた本」という題にふさわしいほど大きくはない。僕が望んだのは、戦争に対する新しい態度を体現しているものとしての『戦争と平和』についての話だ。その小説は、戦争をリアリスティックに描こうとした最初の小説でないとしても、最初の小説の一つであるのは確かだ。そして、たぶん平和主義を含め、多くの現代の思潮は、そこから発している。もちろん、僕は平和主義のプロパガンダを望んではいないが、アウステルリッツ(10)の戦いのトルストイの描写と、例えばテニソンの「軽騎兵旅団の突撃」との比較を利用すると有益かもしれない。

ゴランツは、インドについての本の君のアイディアに関心を示した(11)。それは速く書くべきだと彼は言っている。しかし、僕らがとろうとしていた方法なら、それはごく簡単だろう。彼は来週の今日、十月十四日の午前十一時に自分の事務所に君に来てもらいたいと言っている。君が駄目なら僕に。その本の概要が書けるよう、その時までに僕に会いに来られると思うだろうか。

敬具

ジョージ・オーウェル

［タイプ］

ロレンス・ブランダー★よりL・F・ラッシュブルック・ウィリアムズ★宛

一九四二年十月八日付、オーウェル宛の写し付き

『土曜週刊ニュース』

今朝、エリック・ブレア氏と話しているうちに、何人かのインド人が放送原稿を読んでいる、我々の『土曜週刊ニュース』を彼が書いていることがわかりました。インドの聴取者は、原稿を読んでいる者は執筆者だと思っ

ています。そして、現在の聴取者は少数です。ご存じのように、我がインドの聴取者の誰もが求めているのは有名なイギリス人です。したがって、もし、このニュース解説がもはや匿名のものではなく、「ジョージ・オーウェル」の書いたもので、彼が読んでいることがわかるようにすれば、[12] 今のようにもっぱら無視されているようなことにはならず、非常な関心をもって待ち望まれるでしょう。目下、ジョージ・オーウェルという名前ほどインドの聴取者に高く評価されている名前はごく少ないのですから。

［タイプ］

『ザ・タイムズ』宛

一九四二年十月十二日
NW6
モーティマー・クレセント一〇A番地

英国政府がドイツ人捕虜に報復することを決意したことについて、一、二の感想を述べさせて頂けるでしょうか。これまでのところ、それに対し驚くほどに抗議の声が挙がっていませんので。[13]

ドイツ軍に倣《なら》ってドイツ人捕虜を鎖で繋げば、ともかく普通の人間の目から見れば、敵のレベルに下がるのです。過去十年の歴史を考えてみると、民主主義とファシズムのあいだには道徳上の大きな違いが確かにあるのです。しかし、もし我々が、目には目を、歯には歯をの原則でやっていくなら、その違いをまったく忘れさせてしまいます。そのうえ、無慈悲さの点では、我々は敵に敵《かな》いそうもありません。イタリアのラジオ放送が言明した通り、ファシストの原則は、一つの目には二つの目を、一本の歯には一組全部の歯をなのです。ある点で、イギリスの世論は、その言明の暗に意味することに怯むでしょう。そして、何が起こるかを予見することは、そう難しくありません。我々の行動の結果、ドイツ軍はさらに多くの英軍の捕虜を鎖で繋ぎ、我々はそれに倣ってさらに多く枢軸軍の捕虜を鎖に繋がざるを得なくなるでしょう。そうなると、論理的にはそれは双方の捕虜が全員鎖で繋がれるまで続きます。もちろん、実際にはその過程で我々のほうが先に嫌気が差し、鎖で繋ぐということは、もうやめたと宣言し、まず間違いなく、枢軸国の捕虜よりも英国の捕虜のほうが足鎖をつけられているままになるでしょう。このようにして我々は、野蛮であると同時に気弱に行動し、敵を怯えさせることに失敗し、我々の評判を傷つけるでしょう。

ドイツ軍の行動に対する文明人としての答えは、次のようなものだろうと思います。「君たちは、ディエップが空襲を受けているあいだ五、六人のドイツ兵が一時的に鎖で縛られたという理由で数千人の英国人捕虜を鎖に繋いでいると公言している。それは唾棄すべき偽善だ。

なぜなら第一に、過去十年、君たちはそうしてきたという記録があるからだし、ドイツ兵を捕虜にした部隊は、彼らを安全な場所に移すことができるまで、なんとかして彼らを確保しなければならなかったからだ。そうした状況において人間の手を縛るというのは、すでに収容所に入れられている無力な捕虜を鎖で繋ぐというというのとは、まったく異なる。目下我々は、君たちが我々の捕虜を虐待するのをやめさせることはできない。我々は和平調停の際に、たぶんそのことを覚えているだろうが。しかし、我々が同じことをして報復するなどと恐れることはない。君たちはナチで、我々は文明人なのだ。君たちの最近の行動は、その違いをはっきりと示している」

　今、この瞬間、これは非常に満足のいく答えには見えないかもしれませんが、あと三ヵ月経って振り返ってみる人々に私は言いたい。それは、我々が現在していることよりもよいことに思われるだろうし、無力な人間に対する本質的に愚かな報復行為がさらに続けられることに抗議するのが、冷静でいられる者の義務である、と。

ジョージ・オーウェル

［タイプ］

R・R・デサイ宛★

一九四三年三月三日

親愛なるデサイ

　インド政府が僕らに電報を打ってきて、ベヴァリッジ報告書〔英国の経済学者ウィリアム・ベヴァリッジが一九四二年に提出した、大戦後の福祉制度の基本計画〕についてグジャラート語で何か放送するよう求めている。そこで僕らは、そのために次の月曜に、君のグジャラート語の時間を使わねばならないだろう。どうやら彼らはすべてのこと、すなわち、その制度の目的、また、議会の討論の経緯を知りたがっているようだ。君に言う必要もないが、いかなるものであれコメントは、すなわち政府はベヴァリッジ計画の規模を縮小したという批判になる僕らのコメントは検閲にひっかかるだろう。一方、その問題に関する論議、つまり、報告書に対する賛成、反対の議論は客観的に伝えることはできるだろう。僕は報告書の条項をそのまま伝えたらいいと思う。その際、あまりに詳しいことには触れず、ただ、重要な部分、特に家族手当を強調し、それから論議に言及し、政府は実際に報告書のどのくらいを採用するつもりなのかを説明すればいい。ほかのどんなものが消えようと、ある程度の規模の家族手当は確実に採用されると言っても安全だ。そして、それ自体は重要な進歩で、英国の出産率を上げるだろうと付け加えるのは価値がある[14]。けれども、彼らは、プロパガンダめいた声明ではなく、ベヴァリッジ計画に関する客観的報告を望んでいるのは明らかだ。君は自分の持ち時間全部をベヴァリッジに使うか、それに十分ほど使い、あとの三分ほどは週のヘッドライン・ニュースに取って置くことができる。それは君次第だ。台本を早く見せてくれないか。僕らは今週、ベヴァリッジを扱うつもりだと、インドの僕らの仲間にすでに電報を打った。

草々
エリック・ブレア
インド課
トーク番組プロデューサー

追伸　その台本を土曜日［六日］に貰えれば、非常にありがたい。

［タイプ］

ペンギンブックス宛

一九四三年三月八日
NW6
モーティマー・クレセント一〇a番地

拝啓

四三年三月五日の貴社からのお手紙に関して。私は自著の権利について自分がどのような立場にあるのか、契約書を見ないと確かなことはまったくわかりませんが、もし出版社が刊行後二年以内に廉価版を出さなければ、権利が私に帰属するのは九分九厘確かです。それを確認することもできますが、いずれにせよ私の本を出した出版社が、数年前に出た本の再刊に文句を言うことはないと思います。再刊の価値があるかもしれない私の本は、以下の通りです（それぞれに刊行年を付けました）。

『ビルマの日々』（一九三四〜一九三五）
『カタロニア讃歌』（一九三八）
『空気を求めて』（一九三九）
『鯨の腹の中で』（一九四〇）

『ビルマの日々』が最も有望だと思います。それは最初、USAのハーパー社から出版され、それから一年後、ほんのわずか削除された版がゴランツから出版されました。イギリス版は三千部から四千部売れ、アメリカ版は約千部売れました[15]。それは再刊の価値があると思います。そして、ビルマにおける軍事行動を扱っているので一種の時事性があります。ゴランツ社では在庫切れで、完全に絶版ですが、私はアメリカ版を一部持っています。『鯨の腹の中で』も完全に絶版で、在庫分は空襲でやられましたが、私はその校正刷りを持っています。それはあまり売れませんでしたが、その一部がいくつかの雑誌に転載されたおかげで一種の名声は得ました。『カタロニア讃歌』はいつか再刊されるべきだと思いますが、今がその時期かどうかはわかりません。それはスペイン内戦についてのもので、人は今更それが蒸し返されるのを望まないでしょう。一方、もしスペインが参戦すれば、しばらくのあいだは、スペインの国内事情についての情報を与えてくれそうなものならなんでも売れるだろうと思います。もっとも、間に合うように印刷できればの話ですが。

　さらに何かお望みの情報がありましたら、喜んでお伝え致します。

敬具

ジョージ・オーウェル

［タイプ］

ドワイト・マクドナルド★宛

一九四三年五月二十六日
NW6
モーティマー・クレセント一〇a番地

親愛なるマクドナルド

　手紙をありがとう（四月十三日付で、きのう届いた！）。それと小切手も。PR『パーティザン・レヴュー』[16]の予約購読者になりそうな十五人のリストを同封する。僕の知っている、そのうちの何人かは同誌を知っている。また、何人かは予約購読者かもしれない。僕の知る限りでは、そうではないが。僕は彼ら全員の支持を求めている。そして、同誌は外国からの予約も受け付けると彼らに言った。また、どんな雑誌か彼らが見られるよう、同誌を貸そうとも言った。フォースターはしばらく前、一冊見せると関心を示した。だから、君が促せば、ほぼ確実に予約購読者になるだろう。マイヤーズもリースも。

　この前の手紙［『パーティザン・レヴュー』の「ロンドン便り」］が評判がよかったのは嬉しい。できるだけ早く次のを送る。上記の住所からわかるように、僕は探していた仕事（北アフリカでの）が見つからなかったので、まだBBCにいる。PRのためのこうした手紙を書くのは非常に楽しい。自分が現在の状況について本音を書くというのは、時には大変な気晴らしになる。もし、やめたいという徴候を時たま見せたとしたら、それは君の雑誌の読者が、いつも同一の人物からイギリス事情について聞くのに飽きるのではないかと心配しているからだ。僕の見解が唯一の見解という訳ではないし、アレックス・カムフォート★等からの様々な手紙から君もわかったように、僕の見解にかなり強く反対している者も何人かいる。[17]しかし、僕は自分の枠内で本当のことを語ろうとしてきた。君が満足してくれる限り、是非このまま続けたいと思っている。

　僕らは、僕の課からインドに向けて放送したものを一冊の本にして、間もなく出す。[18]何部かはUSAに送られるだろう。PRにも一部送るようにする。もちろん、放送したものを集めた本はどれもひどく退屈だが、インドに対する英国のプロパガンダのいくつかの見本を見るのは、君にとって興味のあることかもしれない。

次の手紙は約二週間後に送る。郵便がまた混乱しなければ七月末前に着くはずだ。

それでは元気で。

ジョージ・オーウェル

［タイプ］

アレックス・カムフォート宛★

一九四三年七月［十一日？］日曜日
NW6、モーティマー・クレセント一番地

親愛なるカムフォート

『新しい道』を送ってくれてありがとう。『トリビューン』紙上での僕らのやり合い(19)で、君に対し少々無礼だったのではないかと思うが、君も何人かの者に対してまったく礼儀正しかったとは言えない。僕はただ、政治的でしかもモラルの面（たぶん）からの返事をしていただけだ。一篇の諷刺詩としては、君の寄稿したもののほうが遥かによかった。その詩について僕に話した大半の者が気づかなかったことだが。君のスタンザが最後まで同じ韻を踏んでいたことに、誰も気づかなかった。当節は名人芸に対する尊敬の念が見られない。君はそのジャンルでもっと長いものを書くべきだ。『審判の幻影』(20)のような。近頃はそういった類いのものの読者がいると思う。

『新しい道』について。僕は君が集めた詩の分量と総体的なレベルに大いに感銘を受けた。作者の半分はこれまで知らなかったと思う。アラゴン(21)とほかの者に関してだが、敗戦が文学と国民生活に及ぼす復活的影響について君が言ったことを考えてみた。君は正しいとは思うが、そのような復活は何かに抵抗してのもの、つまり、外国からの弾圧に抵抗してのものに過ぎないように思える。そして、その弾圧が最終的に撥ねのけられない限り（それは軍事的手段によるほかはないのだが）、ある点よりは先に行かない。しかし人は、弾圧は究極的に自然にお仕舞いになるという神秘的な信念を抱いて敗北を受け入れるかもしれない。僕にとって本当に邪悪なことに思えるのは、「交渉による」平和だ。それは一九三九年、さらには一九一四年に戻ることを意味する。僕はこのことについて、インドに関するフィールデンの本を書評した際、『ホライズン』に長い文を書いた。でも、コナリーがそれを載せるかどうかはわからない(22)。

僕はフォースターが毎月しているインド向けの本の話の中で、『ニュー・ライティング』の最新号と一緒に、『新しい道』について彼に話してもらおうと思っている(23)。もし今月が駄目なら、来月やってくれるかもしれない。それで別に売上が伸びる訳ではないが、君の本が少し広く知られるようにはなる。また、戦時にそうした事柄が放送されれば、どこかで小さなランプが灯され続けているという気持ちを人は抱く。君はその本の数部を、なんとかしてインドに送らなくてはいけない。インド人の中には、そうしたものを好む、アーメッド・アリ(24)のような人間がいるのだ。彼らは目下、本に飢えている。僕らはかなりの量の現代詩をインドに向けて放送したが、今は、中国語で注釈を付けて中国にそれを放送している。また、放送したもののいくつかをインドで小冊子に印刷し、数アンナで売った。それは有益なことなのだが、役人の無気力と妨害のせいで、その手配は恐ろしいほど難しい。君の本にタンビムットゥの詩が入っていた。もし、『新しい道』の続きを出すつもりなら、ほかのインド人にも書いてもらわなくてはいけない。数人の実に才能のあるインド人がいるのだが、彼らは冷遇され、自分たちの書くものがどこにも載せてもらえないと考えているので、ひどく憤っている。ヨーロッパとアジアの、ちゃんとした文化的関係を強めようとするのは、いくつかの観点から見て、きわめて重要だ。その方面で人がする努力の九割が徒労に終わるが、時折、小冊子や放送や何かが、意図した相手に届く。それは政治家の五十回の演説より役に立つ。ウィリアム・エンプソン(25)は知的な番組を中国に向けて放送しようとして疲労困憊したけれども、小規模ながら成功したと思う。君がBBCについて言ったことで僕が少々腹を立てたのは、彼のような人物のことを考えていたからだ。もっとも、BBCが大部分、売春宿と精神病院のごたまぜなのだと判断する最上の手立てを僕が持っているのは確かだだが。

敬具
ジョージ・オーウェル
［タイプ］

八月二十八日、アイヴァー・ブラウンは『オブザーヴァー』の編集長としてオーウェルに手紙を書き、オーウェルがBBCを辞めるということを聞いたが、「通常の戦地特派員」としてではないが、陸軍省の「お墨付き」でアルジェとシチリアに行く気はないかと言った。そして、費用を分担するために、『オブザーヴァー』だけではなく、ほかの新聞にも書いてよいが、「もっぱら君は『オブザーヴァー』の人間」だとブラウンは言った。

アイヴァー・ブラウン★宛

一九四三年八月三十一日
NW6、モーティマー・クレセント一〇a番地

親愛なるブラウン様★

お手紙ありがとうございます。手筈が整えば、もちろん北アフリカに是非とも行ってみたいと思います。しかしながら、もし手筈が整うなら、日時について教えては頂けないでしょうか。私はまだBBCに正式に辞表を出

していませんが、辞意は何人かの直属の上司に伝えてあります。そして、正式に辞める際には、二ヵ月前に通告することになっています。しかし、ともかく数週間前に通告できる限り、それを守らなくともよいでしょう。一方、私は今週末に、毎年恒例の休暇（二週間）を取る手配をしました。もちろん、北アフリカに直ちに行くことになれば、休暇はとりやめます。しかし、そうでなければ、十四ヵ月休暇を取っていないので、休暇を諦めたくはありません。むしろ、休暇が必要なのです。そういう次第ですので、その計画が実現するとすれば、いつ頃実現するのか、大体のところを教えて頂ければ幸甚です。

敬具

ジョージ・オーウェル

［タイプ］

L・F・ラッシュブルック・ウィリアムズ★宛

一九四三年九月二十四日

B・B・C

親愛なるラッシュブルック＝ウィリアムズ［Rushbrooke-Williams］[26]様

先に私的にお話ししたことを確認するため、BBCを退職する旨の書状を提出致したいと存じます。本状を然るべき筋に転送して頂ければ幸いです。

お話しした際、退職の理由を明確にしたと思いますが、誤解がないよう、書面で申し上げたいと存じます。私が退職するのは、BBCの方針に賛成できないからでも、ましてやなんらかの不平があるからでもありません。反対に、BBCとの関わりでは終始、非常に寛大に扱われ、きわめて広範な自由裁量を許されてきました。また、個人では言わなかったであろうことを、放送で無理に言わされることも、まったくありませんでした。そしてこの機会に、あなたが私の仕事に対し、いつも示して下さった深い理解と寛大な態度に、心から感謝致します。

私が辞表を提出するのは、なんの結果も生み出さないことをして、自分の時間と公金を無駄にしていると、ここしばらく感じているからです。現在の政治情勢では、英国のプロパガンダをインドに対して放送するのは、ほぼ絶望的な仕事だと思います。こうした放送を続けるべきかどうかは他の人々が判断することでしょうが、私自身は、それとわかる効果をあげるジャーナリズムに専念できる時に、こうした放送に時間を使いたくはありません。

退職の通告をどのくらい前にすべきか、私は知りません[27]。『オブザーヴァー』は私が北アフリカに行くという企画をまた立てました。それには陸軍省の許可が必要なので、またも駄目になるかもしれませんが、このことを申し上げるのは、私が通常よりも短い期間の通告で辞めなければならない場合があるかもしれないからです。いずれにしろ私は、番組がしばらく先まで決まるよう手配致します。

敬具

エリック・ブレア

［タイプ］

S・ムース★宛

一九四三年十一月十六日

NW6、モーティマー・クレセント一〇a番地

親愛なるムース様

同封の原稿にコメントをし、ご返却するのが大変遅れ申し訳ありませんが、この数週間、体の具合が悪かったのです。ご想像頂けるかもしれませんが、非常に忙しくもあったのです。

あなたのおっしゃることは大変興味深いのですが、一般的に批判すべき点が二つあります。第一は、「何が」に少し力点を置き過ぎて、「どうやって」がないがしろにされていると私は思います。現代の工業社会の諸悪を理解するのは比較的容易です。また、社会主義者等の提唱している解決法の不十分さを理解するには、それを一歩越えるだけでいいのです。本当に厄介なことは、そうした考えを、社会の流れを実際に変えるだけの数の大勢の人々に伝えたいと思う時に始まります。確かに私たちは、どんな社会を作りたいのかを決めなければなりませんが、今、知識人の前にある最大の問題は、権力の征服だと思います。あなたは、「新しいエリート」を形成するということをおっしゃっています（それは存在すべきだと思います。私はその考えから尻込みする傾きがありますが）。しかし、どうやって、そのエリートを形成し始めるのか、そうした事柄を阻止するのが自分の利益になる人間によって管理されている強力な現代の国家の中にあって、どうやってそんなことができるのか――それがもう一つの問題です。新しい政党を作ろうという、この二十年間の無数の試みを見たならば、私の言う意味がおわかりでしょう。

第二に、あなたは「素晴らしき新世界」の危険を過大評価しておいでです――つまり、享楽主義にもとづいた、完全に実利主義的な卑俗な文明を。そうした類いの危険は過ぎ去り、私たちはまったく違った種類の世界の危険に晒されていると思います。その世界とは、実際には新しい支配者階級である少数の徒党によって支配された、中央集権化した奴隷国家です。いわば彼らは世襲ではなく、養子縁組み的でしょうが。そうした国家は享楽主義的ではなく、逆に、その活力は、文字通り絶え間ない戦争によって支えられている、ある種の狂信的なナショナリズムと指導者崇拝から生まれてくるでしょう。そして、

その平均的な生活水準は、おそらく低いでしょう。私は、一時的な不均衡によって以外は大量失業を再び目にすることはないと思います。私たちは強制労働と実際の奴隷制度という、もっとずっと大きな危険に陥ると思います。目下私は、(a)戦争による疲弊と、今の戦争に続いて生じる権威主義に対する嫌悪感、(b)インテリゲンチャのあいだに残っている民主主義的価値観によって以外、それに対する防衛手段は見当たりません。

　以上のようなおおざっぱなコメントが、あなたにとって大いに役立つかどうかわかりません。しかし一考の価値はあるかもしれません。フェイバー社か、それに似た出版社があなたの原稿を小冊子として出版するかもしれないと思います——ともかく、試してみる価値はあるでしょう。しかし、私なら英語にもう少し磨きをかけ（構文がかなり入り組んでいて、所々、外国語風です）、出版社に送る前に、原稿をタイプし直すでしょう。

　繰り返しますが、ご返事が遅れたことをお詫びします。

敬具

ジョージ・オーウェル

［タイプ］

編者注

（1）ビルマという国は、ビルマ人に加え、数多くの民族グループから成っている。そのうちの四つが最も重要である。当時、総人口は約千七百万だったが、百万人以上のシャン族、百二十五万人のカレン族、五十万人のチン族、二十万人のカチェン族がいた。その多くは高地人である。一九八四年までには、人口は倍になった。

（2）大部分のビルマ人は仏教徒で、カレン族もそうだが、約十七万五千人のカレン族はキリスト教徒である。

（3）タキン運動は、英国の支配に憤慨した、青年仏教徒協会の学校（のちの国民学校）の急進的分子の中から生まれた。一九三六年の学生ストライキのあと、その運動に参加した二人の大学生、アウンサンとウー・ヌが、ビルマを独立に導く主導的な役割を果たした。アウンサンは、一九四七年七月、前首相ウー・ソーに唆かされた部下によって殺害された数名のビルマの政治家の一人だった。ウー・ヌは、一九四八年一月四日にビルマが独立共和国になった時、首相になった。アウンサンが殺害される少し前に生まれた娘スーチーは、ビルマ（ミャンマー）の軍事政権に対して長い戦いを挑んでいる。彼女の国民民主連盟は一九九〇年、選挙で圧倒的勝利を収めたが、国を統治することは許されなかった。彼女はノーベル平和賞を授与された。

(4) オーウェルはビルマのインド帝国警察に勤めていた時、ビルマ語とスゴー・カレン語の試験に合格した。

(5) 『パーティザン・レヴュー』はこの問題に関する一切の言及を削除した。

(6) 社長のT・マリー・ラッグは七月二十四日に返事を書き、なんの改変もしていない、また、フェビアン協会の指示に従って本を発送したと言った。彼は同協会の誰かが改変したのではないかと言った。

(7) 『全員に幸あれ』を書いたのはあなたかとリデル・ハートがオーウェルに訊いたのは、ハートがその小冊子にすっかり感心し、「相当の部数を……役に立つと思われる方面に配った」からである。「ブーメラン」という匿名で出されたその小冊子の完全な題は『全員に幸あれ――内情にもとづいて書かれた、英国の軍隊の分析、その士気、能力、リーダーシップ』(一九四二)。「ブーメラン」はアラン・W・ウッドで、彼は戦前、ビーヴァブルックの新聞で働き、フレドリック・ウォーバーグによると、「あまりに若くして死んだ」オーストラリア人だった。その小冊子は出版されてから一年三ヵ月で三万七千六百二十五部売れた。

(8) トム・ウィントリンガムは、一九四二年八月十五日に英連邦全国委員会から出されたプレスリリースを一部オーウェルに送った。それは、J・B・プリーストリー(委員長)、リチャード・アクランド、トム・ウィントリンガム★(副委員長)の名で出された。J・B・プリーストリー(一八九四~一九八四)の小説家、劇作家、評論家としての地位は当時相当に高く、とりわけダンケルク以後の、国民を鼓舞する放送によっていっそう高くなった。彼は頑固一徹な点でチャーチルに似ていると、多くの者に思われた。最も形勢が不利な時でも、彼は最後は英国が勝つと思っていた。また、平和が訪れた時、よりよい英国のために力強く論じた。

(9) その友人はイーネズ・ホールデン★だった。二人の日記を一冊の本にして出版するという計画は流れた。

(10) アウステルリッツは、一八〇五年、ナポレオンがオーストリア軍とロシア軍に対して大勝利を収めた場所。トルストイのその描写は、『戦争と平和』の第三巻、第十四章~第十九章にある。この手紙はインド向けの放送に対するオーウェルの考えをはっきり示している。つまり、単なるプロパガンダを遥かに超える、教育的、文化的なものを考えていたのである。

(11) アーナンドは、一九四二年十月十一日付のオーウェル宛の手紙(それは、放送の実際面について論じたもの)の追伸で、その本について話し合うために月曜日（たぶん翌日）に電話をすると書いている。そして、シンポジウムのための唯一の本当の基盤は、インドの防衛のための建設的計画だと言った。そうすれば、いくつかの違った観点を一つにまとめ、「反動的態度の愚かさをもっとはっきりと露わにする」かもしれない、という訳だった。計画された本についてのものは、それ以外ファイルに何もない。

（12）そのことは同意された。オーウェルは一九四二年十一月二十一日から週刊ニュース（第四十八号）を読んだ。

（13）オーウェルは「戦時日記」の一九四二年十月十一日の項に、ディエップに対する空襲が不首尾に終わったあと、カナダ当局は「ドイツで鎖に繋がれている英軍捕虜と同数のドイツ軍捕虜を鎖に繋いだ」と書いた。この手紙は新聞に載らなかった。

（14）オーウェルの予言は当たった。のちに、一九九九年の労働党政府が児童手当を増額した時、財政研究機関の報告書「福祉改革は出生率に影響するか」は、改革が導入されたあとの一年で、ほとんど教育を受けていない母親から生まれた子供は四万五千人増えたと推定している（二〇〇八年十二月二十二日付『デイリー・テレグラフ』）。

（15）のちにオーウェルが、ゴランツによる『ビルマの日々』の「歪曲」の仕方を苦々しく思っていたことを考えると、「ほんのわずか削除された」という彼のコメントは驚くべきである。アメリカ版はオーウェルが記憶していたよりも売れた。事実、再版された。初版部数は二千だった。ペンギン版は一九四四年五月に出版された。

（16）名前のリストについては『全集』第十五巻を参照のこと。

（17）オーウェルは一九四二年一月一日の「ロンドン便り」で、カムフォートその他の者を攻撃した。（オーウェルの「平和主義と戦争——論争」を参照のこと。）

（18）オーウェル編の『インドに話す』は一九四三年十一月十八日に出版された。

（19）オーウェルの詩《ヴァース》＝手紙《レター》「一人の非戦闘員として、もう一人の非戦闘員に」（「オバダイア・ホーンブルック〔アレックス・カムフォートは、この筆名で『トリビューン』に諷刺詩を書いた〕」への手紙）を参照のこと。

（20）桂冠詩人ロバート・サウジーは、ジョージ三世が死んだ時、型通りの挽歌「Vision of Judgement〔『審判の幻影』〕」を書いた。バイロンはそれに痛烈に応答した「The Vision of Judgement」を書いた。その諷刺があまりに苛烈なものだったので、ジョン・マリーはそれを出版する危険を冒すのを拒否した。『リベラル』の編集長だったリー・ハントは一八一二年にそれを同誌に掲載し、百ポンドの罰金を科された。

(21) ルイ・アラゴンは、フランスが敗北したのち、愛国的な詩で頭角を現わした――その中に、詩集『断腸の思い』(一九四一)、『エルザの目』(一九四二)がある。(また、四六年四月九日付のフィリップ・ラーヴ宛の手紙の注(42)も参照のこと。)

(22) ライオネル・フィールデン(一八九六〜一九七四)は第一次世界大戦に従軍し(ガリポリで戦った)、国際連盟と、ギリシャ、レヴァントの難民高等弁務団のために働いたのち、一九二七年、BBCに入った。一九四三年、イタリアで参謀将校として勤務した。そして、一九四四年から四五年まで、イタリアにおける連合国管理委員会の広報部長だった。オーウェルは一九四三年九月、「インドにおける英国の帝国主義に対する皮肉な攻撃」であるフィールデンの『乞食、我が隣人』の長文の書評を『ホライズン』に載せた。フィールデンはそれに対し、「ブルームズベリーの練り歯磨」を書いて応えた。

(23) オーウェルは約束を守り、一九四三年八月七日、フォースターは『新しい道』について論じた。

(24) アーメド・アリ(一九〇八〜)は著述家、学者で、当時、BBCのインドにおける「聴取者・調査部長」だった。

(25) ウィリアム・エンプソン(一九〇六〜八四。勲爵士、一九七九)は詩人、批評家。戦前は東京と北京の英文学教授で、戦後はシェフィールド大学教授(一九五三〜七一)。『曖昧の七つの型』で学者として認められた。『ザ・タイムズ』の死亡記事で、「詩の読み方を一新させた」、「彼の時代の最も有名な洗練され過ぎた人物」と書かれた。

(26) ラッシュブルック・ウィリアムズは、ハイフンも「e」も付かない正しい形の自分の名前〔Rushbrook Williams〕を、この綴りの間違った名前の上に書いた。間違えたのはオーウェルである。

(27) 九月二十九日、海外放送の責任者、サー・ガイ・ウィリアムズはオーウェルに手紙を書き、「誠に残念ながら」彼の辞任を認めた。サー・ガイは、オーウェルは通常、退職の通告期間の二ヵ月は働かねばならないことを認めながら、こう書いた。「もし、貴殿の言うように、さらに短い通告期間で辞めなければならない場合、当方は貴殿にそれを許すであろう」。オーウェルは、「もっと早く退職したいと私に申し出なければ」、十一月二十四日に退職することになった。一九四三年十月七日、ブラウンはオーウェルに手紙を書き、あなたが十一月末に自由の身になるということを聞いた、『オブザーヴァー』にお越し頂き、同紙のために書評その他の文をどのくらい書いてもらえるのかについて話し合えればかたじけない、と言った。また、「ラスキ」の本（『現代革命の考察』）の書評（一九四三年十月十日付『オブザーヴァー』）は大変よいとも言った。

ジャーナリズムとアイリーンの死

一九四三年〜一九四五年

オーウェルは一九四三年十一月末にBBCを辞めるとすぐ、『トリビューン』の文芸担当編集長として働き始めた。彼の八十の閑談「気の向くままに」の最初のものが、一九四三年十二月三日に『トリビューン』に載り、クリスマスイヴに同紙は、「ジョン・フリーマン」――オーウェルの仮名――による小論「社会主義者は幸福になれるか？」を載せた。その後の二年間、彼は小論、書評、コラム、あらゆる種類の新聞雑誌記事《ジャーナリズム》を書くのに忙殺された。彼は、一九四六年二月十九日にドロシー・プラウマンに語ったように、「ジャーナリズムのもとで窒息しかかって」いて、なんとかして逃れたかった――ジュラ島へ。それにもかかわらず、窒息しかかっていようといまいと、彼の卓越したエッセイのいくつかは、この時期に書かれた――「ラフルズとミス・ブランディッシュ」、「聖職者の特権」、「P・G・ウッドハウス擁護」、「滑稽だが下品ではない」、「よい悪書」、「スポーツ精神」。一九四四年秋から一九四五年春にかけては、短い事務的なもの以外、オーウェルの手紙は比較的少ない。一九四五年二月十五日、彼は『オブザーヴァー』と『マンチェスター・イヴニング・スター』の戦地特派員としての三ヵ月の勤務を始め、十九本のレポートを送った。こうした記事は、一つには、あまりに長い歳月顧みられなかったので、いとも簡単に無視されやすい。この時の経験の一つの結実は、一九四五年十一月九日に発表された、もう一つの優れたエッセイ、「復讐の味は苦い」である。その間、彼に代わって『トリビューン』にはジェニー・リー★が、『マンチェスター・イヴニング・ニュース』には批評家のダニエル・ジョージが寄稿した。

それは、オーウェルにとっては個人的に得たものがあったと同時に、失ったものがあった年だった。一九四四年六月、彼とアイリーンはリチャードを養子にした。二十八日に二人のフラットは爆撃されたので、引っ越さざるを得なかった。オーウェルは毎日昼休みに、本を手押し車に乗せて『トリビューン』の事務所までガタゴトと四マイル押して行った。アイリーンは、ダンケルク撤退中の兄、エリックの死を、完全には受け入れなかった。彼女は戦時中、体の具合が悪く、過労で、気が滅入っていた（一九四〇年十二月五日付のノラ・マイルズ宛の彼女の手紙と、一九四一年三月のノラ・マイルズ宛の手紙の謎めいた調子――まったく彼女らしくない――を参照のこと）。グウェン・オショーネシーが手配した検診の結果、子宮の腫瘍が判明した。手術はニューカースル・アポン・タインで行われることになった。彼女は、グレイストーンで手術を待った。ストックトン＝オン＝ティーズの近くの、オショーネシーの生家のある所だった。飛行爆弾が落ち始めた時、グウェンと子供たちはそこに避難した。リチャードも、オーウェル夫妻の家が爆撃された時、そこに行った。彼はオショーネシー家の乳母、ジョイス・プリチャードに世話をしてもらった。その時期にアイリーンから夫に宛てた、長い、感動的な手紙が残っている。それは、二人の将来の計画と希望を書いたものである。不運にも、彼女は一九四五年三月二十九日、麻酔をかけられているあいだに死亡した。オーウェルは急遽ヨーロッパから帰り、リチャードをコップ夫妻に預け、ヨーロッパに戻って仕事に没頭した。その後間もなく、ヨーロッパ戦勝記念日（五月八日）になった。それはオーウェルにとっては、ほとんど何も意味しない日だった（多くの者もそう感じた）。「私は戦勝記念日にはイギリスにいなかったが、誰もが非常に礼儀正しかったという話である。大群衆が集まったが、ほとんど熱気もなく、ましてやどんちゃん騒ぎなどもなかった。ちょうどフランスと同様に。それは両者の場合、アルコールの不足にも起因しているのは疑いない」（「ロンドン便り」）。それを裏付ける優れた描写は、デイヴィッド・キナストン著『耐乏のブリテン、一九四五〜五一』（ブルームズベリー、二〇〇七）の第一章である。

　オーウェルは一九四三年十一月から一九四四年二月にかけて『動物農場』を書き、多くの困難に直面したあと（そのいくつかは情報省で働いていたＫＧＢの諜報員のせいだった）、同書は一九四五年八月十七日、フレドリック・ウォーバーグによって出版された。対日戦勝記念日の二日後である。その後、九月、漁師のコテージに泊まった時、ジュラ島――彼の「黄金の国」――との恋が始まったのである。

母宛のオーウェルの手紙(1912 年 5 月 17 日付)より

ドワイト・マクドナルドは一九四三年十月二十二日、オーウェルに手紙を書き、『パーティザン・レヴュー』を辞めたと告げた。彼の言うところでは、辞表は「私の元同僚たちからのかなり熱烈な応答と一緒に」、七月、八月合併号に載った。彼は新しい雑誌を始めようとしていて、オーウェルに、「大衆文化」（括弧をしたのはマクドナルドである）について最近何か書いたかどうか訊いた。彼はオーウェルに、戦後の英国の広告について何か書かないかと言い、また、スペイン内戦について何か書いたことがあるかと尋ねている。

ドワイト・マクドナルド★宛

一九四三年十二月十一日
NW6、モーティマー・クレセント一〇a番地

親愛なるマクドナルド

十月二十二日付の手紙、ありがとう（やっと着いた！）。君の新しい雑誌が成功することを願う。それに何か書きたいが、PR［『パーティザン・レヴュー』］との取り決めがあるので、厳密に政治的な性質のものは何も書けないと思う。とりわけ、僕が定期的に書いている「ロンドン便り」は、言ってみれば、この国の現状について言うべきすべてのことを言い尽くしている。君に話した、スペイン内戦についてのあの小論はとうとう書き上げたが、アレックス・カムフォートとその仲間が編集している、一九四三年の『新しい道』に送った。ところが彼らは、少々不愉快なことに、それをずたずたに切った形で載せた。(1) 最近僕は、イギリスの探偵小説に関する短いものを、フランスの雑誌に載せた。(2) そして、この五十年くらいのあいだに犯罪小説に起こった倫理観の変化について、何か面白いものが書けそうな気がした。このテーマは非常に大きいのでそのほんの一部にしか取り組めないが、ラフルズ（「素人夜盗」）についての小論は君の気にいるだろうか。彼を現代の犯罪小説、例えば大衆雑誌の何かと比較する訳だ。（戦後、この国では大衆雑誌は買えないので、かなりおおざっぱにしかできないが、僕は何年もそうした雑誌の読者だったので、その道徳的雰囲気は知っている）。シャーロック・ホームズとほぼ同時代のラフルズは、イギリスでは非常に好かれていた。USAでもそうだったと思う。彼がO・ヘンリーの短篇に言及されていたのを覚えているので。そして、そのエッセイの中に、エドガー・ウォレスを持ち込むことができるだろう。私見では、彼は重要な作家で、一種の道徳観の転換点を印している。それが気に入るかどうか知らせてくれないか。もし気に入ったら、語数も。君から連絡があり次第、かなり早く書けると思うが、どのくらい早く君に届けられるかはわからない。(3) 近頃の郵便事情が、君も知っての通りだからだ。

僕は二年間無駄に過ごしたあとでBBCを辞めた。そして『トリビューン』の編集長[4]になった。君も知っていると思うが、左翼の週刊紙だ。その仕事では少し余暇が出来るので、ようやくまた本の執筆に取り掛かっている。三年近く何も書いていなかったのだ。

草々

ジョージ・オーウェル

［タイプ］

レナード・ムーア★宛

一九四四年一月九日

NW6、モーティマー・クレセント一〇a番地

親愛なるムーア様

お手紙ありがとうございます。目下、まだ計画に過ぎませんが、さらに一つか二つ書いたなら、再録した評論で一冊の本にするベースが出来るのではないかと思います[5]。すでに二回印刷されたものは再録する価値はないと思いますが、ほかのもので再録の可能性のあるものは

「チャールズ・ディケンズ」（約一万二千語？）
「ウェルズ、ヒトラー、世界国家」（約二千語）
「ラドヤード・キプリング」（約四千語）
「W・B・イエイツ」（約二千語）
「メイフェアのガンディー」（約三千語）

最後の四つはすべて『ホライズン』に載ったものです。それに加え、本が手に入ったなら、「ラフルズ」についてのエッセイをアメリカの雑誌に書くつもりです。たぶん、約三千語から四千語でしょう。また、自由フランス軍の雑誌『フォンテーヌ』[6]のためにシャーロック・ホームズについて約二千語のエッセイを書きました。それを入れることができるのではないかと思いますが、いくらか書き足すこともできます。さらに、放送でジョナサン・スウィフトを相手に行った「架空の会話」と、また、もし台本が手に入れば、ジェラード・マンリー・ホプキンズに関する、もう一つのトークの要旨も入れたいと思います。合計、約三万語の本が出来るでしょう。

今はそれにかかることはできません。仕事に忙殺されているので。目下、本の執筆にかかっていて、病気か何かにならなければ、三月末までに終わらせたいと思っています[7]。そのあと、図説英国叢書のために一冊書く契約をしていますが、それは長くかからないでしょう[8]。

今やっているのはごく短いものになります。約二万語から二万五千語です。お伽噺ですが、政治的寓話でもあります。ただ、私たちは出版社を見つけるのに、いくらか苦労するのではないかと思います。ゴランツに当たっ

てみても無駄でしょう。またおそらくウォーバーグも駄目でしょうが、私が間もなく本を一冊書き上げるということを、ほかのところでそれとなく言うのはよいかもしれません。あなたはどの出版社が紙を持っていて、どの出版社が持っていないかをご存じだと思います。

敬具

エリック・ブレア

［タイプ］

グレープ・ストルーヴェ★宛

一九四四年二月十七日
NW6、モーティマー・クレセント一〇a番地

親愛なるストルーヴェ様

『ソヴィエト・ロシア文学の二十五年』という大変親切な贈り物と、そのさらに親切な献詞に、もっと早くお礼を申し上げるべきだったことをお許し下さい。私はロシア文学については不案内ですので、貴著が私の知識の多くの隙間のいくつかを満たしてくれることを願っています。貴著を読み、ザミャーチンの『我ら』〔反ユートピア小説〕に対する興味が早くも湧いてきました。その本については、これまで聞いたことがありません。私はそうした類いの本に興味があり、遅かれ早かれ書くかもしれない本(9)のためにメモをとってさえいます。ブロック(10)のちゃんとした翻訳があるかどうか、教えて頂けないでしょうか。十年ほど前、『生涯と書簡』でいくつかの断片的翻訳を見ましたが、翻訳として良いものかどうか、私にはわかりません。

出版されたらあなたを楽しませるかもしれない諷刺的な話を今書いていますが、政治的にそれほどOKではないので、誰かが出版してくれるかどうか、前もって確信が持てません。たぶんそれで、そのテーマが何か推測できることでしょう(11)。

敬具

ジョージ・オーウェル

［タイプ］

C・K・オグデン宛

一九四四年三月一日
『トリビューン』

親愛なるオグデン様

小冊子をありがとうございます。私はあなたがエスペラントの連中から盛んに批判されたこと、また、そのためあなたが、動詞「to be」（あるいは、なんであれ）に対して彼らが非常に嘆かわしい選択をしたのを指摘したことを、もちろん知っていました。私たちもベイシック・イングリッシュに言及して以来、彼らに攻撃されま

したが、撃退しました。イド語[12]の連中の場合も同じです。

私がBBCにいた時にお話ししたように（今は退職しました）、ベイシックについて何か放送することには非常な抵抗がありました。とにかくインド向けには。その主な敵は英語の教科書の筆者ですが、英語に堪能なインド人は、当然ながら、その考えに反対です。いずれにしろ、ミス・ロカートに放送させるのに非常に苦労しました[13]。

G・M・ヤング[14]のことはあまり知りません。彼は普通の利口馬鹿な「知的」保守主義者で、なんであれ新しい考えに対し、それはすでに言われたことだと指摘するのが習慣になっています。彼に一度だけ会いましたが、ありきたりのスノッブだという印象を受けました。彼は戦争等のせいで上流階級が払った恐るべき犠牲について話しました。また、「不健全な」考えを放送したという理由で、BBCの私たちの小さなインド課を追放しようともしました。彼は宥和政策の支持者だったと思います。彼について知っているのは、それだけです。

いつかあなたにお会いしたいものです。

敬具

ジョージ・オーウェル

文芸担当編集長

［タイプ］

ロイ・フラー★宛

一九四四年三月七日

NW6 モーティマー・クレセント一〇a番地

親愛なるフラー様

お手紙を頂いてから、『リトル・レヴューズ・アンソロジー[15]』を一部入手し、あなたの短篇「フレッチャー」を拝読しました。私自身は反ユダヤ主義的なものは何も見つけられなかったと言わねばなりません。セドリック・ドーヴァー[16]が言ったのは、中心人物がユダヤ人で、あまり感心できない人物だということだと思います。近頃では、おそらくそれだけのことで反ユダヤ主義と見なされるのでしょう。それは残念なことですが、文芸担当編集長としての私は、書評用に送られてくるすべての本を読むことはできませんし、書評者の判断を当然のものとして受け入れざるを得ないことをご理解頂けるでしょう。もちろん、もし彼があなたを反ユダヤ主義者として闇雲に攻撃したのなら、それが印刷される前にチェックしたはずですが、彼は「微妙に反ユダヤ的[17]」あるいはそんな意味の言葉を使っただけだと思います。あなたにご迷惑をおかけしたことを申し訳なく思います。けれども、私自身の経験では、トラブルに巻き込まれずに、ユダヤ人について、好意的にであれ批判的にであれ、活字で言及するのは、ほぼ不可能だと付言せざるを得ません。

敬具
ジョージ・オーウェル
［タイプ］

レナード・ムーア宛★

一九四四年三月十九日
NW6、モーティマー・クレセント一〇a番地

親愛なるムーア様
　本[18]を書き終えたところで、数日のうちに原稿をお送り致します。今、タイプで打っているところです。約三万語です。時間の無駄をしないために、私たちはそれをゴランツに見せることについてどうすべきか、前もって決めておく必要があると思います。私たちの契約によると、彼は私のフィクションの本の第一先買権を持っていますが、これは一種のお伽噺、実際には政治的意味を持った寓話なのでフィクションの部類に入ります。しかし、それは傾向がきわめて反スターリンなので、ゴランツは出版しないだろうと思います。また、ウォーバーグに話して時間を無駄にするのも意味がありません。たぶん彼はこうした傾向のものには手を触れようとしないでしょうし、私の知る限りでは、ひどく紙に不足しています。したがって、私たちはゴランツに話す必要がありますが、今度の本は彼には合いそうもないということを知らせ、もし本当に見たい場合のみ送ると言ったらどうでしょうか。私はこれから、その意味の手紙を彼に書くつもりです。問題は、もしゴランツと原稿閲読者が原稿を手にすれば、たとえ結局は出さないとしても、おそらく数週間も原稿を自分のところに置いたままにするでしょう。ですから、私は彼に手紙を書くつもりです、そうすれば、あなたが原稿を手にする前に、彼はそれについて知るでしょう。

　どの出版社に当たってみるかですが、ニコルソン・アンド・ウォトスンが一番いいと思います[19]。私は同社の一人に、もうすぐ本が書き上がると話したところ、欲しいように見えました。あるいは、ハッチンソンがいいかもしれません。私は同社のロバート・ニューマンを知っています。または、次のような者なら誰でもいいでしょう。(a)紙を持っている者。(b)スターリン崇拝者ではない者。後者は重要です。この本は共産主義者の観点からは非常に不愉快な代物ですから。名前は挙げていませんが。こうした問題が解決できれば、この本は、近頃印刷される本から判断して、出版社が見つけられると思います。

　原稿を二部お送りするつもりです。アメリカの出版社にも当たってみてもいいと思います。一年ほど前、ダイヤル・プレスから手紙が来て、次の本を書いたら送ってくれと言いました。この本は気に入るかもしれません[20]。

　私は今、「図説英国叢書」の一冊を書く契約を結んで

います。六週間から八週間かかると思います。そのあと、二つの長めの文学的エッセイを書くことになっています。一つは『ミス・ブランディッシュの蘭』についてのもので、もう一つはサルバドール・ダリについてのものです。二つの雑誌のためです。その二つを書き終えましたら、エッセイを再録して本にするのに十分な材料が出来るでしょう。

敬具

エリック・ブレア

［タイプ］

レナード・ムーア宛★

一九四四年三月二十三日
NW6、モーティマー・クレセント一〇a番地

親愛なるムーア様

お手紙ありがとうございます。昨日、本の原稿を二部、お送りしました。無事に届いたことを願っています。ゴランツからは何も言ってきませんが、彼はあなたに直接手紙を書くと思います。

私たちは、この本をエア&スポティスウッドやホリス&カーターに絶対に持って行ってはいけません。どちらもカトリック系出版社で、とりわけホリスは出版社を始めて以来最も有害な代物を出しました。その二社から本を出せば、私にとって永久に不利になるでしょう。ハッチンソン社とN&W[21]にとって何が障害かわかりませんが、たぶん、あなたが教えて下さるでしょう。ケイプも可能性があると思います。あるいはフェイバー。私はフェイバーと繋がりがあり、ケイプにも少し繋がりがあります[22]。しかし、どこにそれを持って行くのか教えて下さい。できるだけ早く話が決まるといいのですが。

敬具

エリック・ブレア

［タイプ］

レナード・ムーア宛★

一九四四年四月十五日
NW6、モーティマー・クレセント一〇a番地

親愛なるムーア様

ニコルソン&ウォトスンは『動物農場』の出版を断ってきました。理由はゴランツの場合とほぼ同じで、ああいう風に連合国軍政府の長を攻撃するのは悪趣味だ云々というものです[23]。とにかくこの国では、この本で私たちは大いに苦労するだろうということは、わかっていました。ところで、原稿の写しをケイプに渡しました。同社のミス・ウェッジウッド[24]が、何か見せてくれと何度も言ったからです。しかし、同社が同じ返事をしても私は驚

かないでしょう。フェイバーはほんのわずか可能性があります。ラウトリッジは紙さえあれば、もう少し可能性があります。ケイプのところに原稿があるあいだに、エリオットとハーバート・リードに当たってみます(25)。最近、エア・アンド・スポティスウッドから出た本を見ましたが、同社は問題のない出版社に違いないと思います——おそらく、私はあなたがおっしゃるように、同社をバーンズ、オーツ・アンド・ウォッシュバーンと混同していたのでしょう。ほかがすべて駄目なら、小さなハイブラウの出版社に当たってみます。実際、それが一番見込みがあるとしても驚きはしません。最近出版を始めたばかりで、使えるある程度の金を持っている、そうした出版社を知っています。当然ながら、私はこの本を出版したいのです。当節では流行らないものの、この本が言っていることは言う必要があると思うからです。

　原稿の写しはUSAに行ったならいいのですが。あなたはまだ写しを一部お持ちだと思いますが、リードに見せるために（彼と連絡が取れましたら）、それを送って頂けたらと思います。

　ゴランツと私の著作権の関係は、どうなっているのでしょう。必要な量のものを書き終えれば、エッセイを本に纏めたいと思っています。その際、ゴランツが印刷したディケンズについてのエッセイを是非入れたいと思います。『動物農場』をほかの出版社、たとえばケイプから出すように決めた場合、私の次の本を要求するでしょうが、それはエッセイ集になるでしょう。私はディケンズのエッセイを再録する権利を持っているのでしょうか、それを収めた本は絶版なので。

敬具

エリック・ブレア

［タイプ］

ノエル・ウィルメット宛

一九四四年五月十八日
NW6、モーティマー・クレセント一〇a番地

親愛なるウィルメット様

　お手紙ありがとうございます。全体主義、指導者崇拝等は実際に増加しているのかどうかお尋ねで、それらは見たところこの国とUSAでは強まっていないという事実を挙げていらっしゃいます。

　世界全体としては、こうしたものは増加しているのではないかと思いますし、増加するのを恐れる、と言わねばなりません。ヒトラーが間もなく姿を消すのは間違いありませんが、その代わり、(a)スターリン、(b)英米の百万長者、(c)ドゴール・タイプのあらゆる種類の小物の指導者《フューラー》の勢力が増大するでしょう。至る所の国家主義的運動は、ドイツの支配に抵抗して生まれたそれでさえ、

非民主主義的な形をとり、何人かの超人的指導者（ヒトラー、スターリン、サラザール（一九七〇年に没したポルトガルの政治家で、ファシスト的独裁者）、フランコ、ガンディー、デ・ヴァレラ（一九七五年に没したアイルランドの政治家）はすべて、タイプは違うがその例です）の周りに集まって徒党を組み、目的は手段を正当化するという理論を採用するでしょう。世界全体の動きは、中央集権化した経済の方向に向かっているように見えます。それは、経済学的意味では「有効な」ものにすることができますが、民主主義的に組織されていず、カースト制度を作る傾向にあります。それと共に、感情的ナショナリズムの恐怖と、すべての事実は無謬の指導者の言葉と予言に合わねばならないので、客観的真実の存在を信じない傾向が生まれます。すでに歴史はある意味で存在しなくなりました。つまり、普遍的に受け入れられる現代の歴史などといったものはなく、精密科学は、軍事上の機密保持の必要から一般の人間の手の届かないものになるや否や危殆に瀕します。ヒトラーは、ユダヤ人が戦争を起こしたと言うことができます。そして、もし彼が生き残れば、それが公的な歴史になるでしょう。しかし彼は二足す二は五だとは言えません。なぜなら、例えば弾道学上の目的のためには、二足す二はどうしても四でなくてはならないからです。しかし、もし私が恐れているような世界が出現したなら、つまり、互いに征服することのできない二つか三つの超大国しかない世界が出現したなら、もし指導者が望めば、二足す二は五ということになるでしょう[26]。私にわかる限り、私たちは実際にその方向に向かっているのです。もちろん、その過程を逆にすることは可能ですが。

　英米がそうした危険から比較的免れていることについて。平和主義者等がなんと言おうと、私たちはまだ全体主義的国家になっていません。それは非常に希望の抱ける徴候です。私は拙著『ライオンと一角獣』で説明したように、イギリス国民と、自由を損なうことなく経済を中央集権化する彼らの能力を非常に深く信じています。しかし、英米は本当の意味で試煉に遭ったことがないのです。敗北も非常な苦しみも経験したことがないのです。そして、よい徴候と同時に、それを相殺するような悪い徴候もあるのです。第一に、一般の人間は民主主義の衰退に無関心なのです。例えばイギリスでは、現在二十六歳以下の者は誰も選挙権を持っていず、その年齢の大多数は、そのことをまったく気にかけないのに、あなたはお気づきでしょうか。第二に、知識人は一般庶民より、考え方が全体主義的なのです。概してイギリスのインテリゲンチャはヒトラーに反対しましたが、その代わりスターリンを受け入れました[27]。彼らの大半は、独裁的手法、秘密警察、歴史の組織的歪曲等を、それが「味方」だと感じる限り、完全に受け入れる用意があるのです。実際、イギリスにはファシスト運動はないという言い方は、今の若者は指導者をどこかほかに求めているということを、もっぱら意味しているのです。それが変わらないということは確かではありません。また、一般庶民が十年後、知識人が今考えているようには考えないということも確かではありません。彼らがそう考えないことを望みます。(28)私は、彼らがそう考えないことを信じてさえいます。そのためには大変な努力が必要でしょうが。万事めでたしと言って不吉な徴候を指摘しなければ、人は単に、全体主義を招き寄せるのに手を貸しているだけです。

世界の趨勢がファシズムに向かっていると私が考えるなら、なんで戦争を支持しているのかと、あなたはお尋ねです。それは、悪の選択なのです——ほとんどの戦争もそうだと思います。私は英国帝国主義をよく知っているので、好んではいませんが、ナチズムや日本帝国主義に対抗するものとして、より小さい悪として支持します。同様に、私はドイツに反対しソ連邦を支持します。なぜなら、ソ連邦はその過去から完全に逃げることはできず、自国をナチ・ドイツよりも希望に満ちた国にするに十分なほど、革命の最初の理念を保持していると考えるからです。戦争が一九三六年頃に始まって以来、我々の大義のほうがよいと考えてきましたが、我々はそれをさらによいものにする努力を続けねばなりません。それには、絶えざる批判が必要です。

敬具

ジョージ・オーウェル

［タイプ］

レナード・ムーア宛★

一九四四年六月八日

NW6、モーティマー・クレセント一〇a番地

親愛なるムーア様

お手紙(29)ありがとうございます。ゴランツの件では具合の悪いことになりました。けれども私は、その契約書の中の長篇小説についてのことは覚えていません。私の記憶では、私の次の三つのフィクションに言及されているだけです（そのことを、契約書を見て確認して下さい）。もしそうなら、『動物農場』は確かにフィクションの作品（また、とにかく「長篇」）でしょう。しかし、たとえそうにしても、もう一つ小説を書かねばなりません。ゴランツが私の次の小説（もし『動物農場』が小説と見なされないなら、あと二つの小説）の先買権を持っているが、ただし、ゴランツとの契約が切れたあとの小説を含め、ほかのすべての作品はケイプに行くということをケイプに話してもらえないでしょうか。その場合、ケイプに行かない私の本は、一冊か、せいぜい二冊でしょう。（ところで、次の小説をいつ書くかはわかりません。今は小説を書くのにふさわしい時代ではありません）。い

ずれにせよ、ノンフィクションの場合、二度とゴランツに話を持って行くつもりはありません。彼の方針はあまりに早く変わるので、とてもついていけません。それに関してケイプはどう考えているか、探って頂けませんか。

ところで、再録の本については、私たちはどういう立場にあるのでしょうか。ケイプは、望むなら、それも出せるでしょう。しかし、私が是非再録したいディケンズについてのエッセイは、ゴランツの本に収められています。その版権は彼が持っているのでしょうか、または私が持っているのでしょうか。あと一つだけエッセイを書けば、本に纏めることができます。

『葉蘭をそよがせよ』では申し訳ありませんでしたが、自分の気に入らない本は再刊する価値はないと思います。あの本は再刊したくないとレインに言ってもらえれば、同社は『空気を求めて』の話をすぐに纏めようとするでしょう[30]。

ケイプとの話がうまくいき、この本がまたほうぼう回り始めることのないのを願っています。できれば、それが今年陽の目を見るといいのですが。

敬具

エリック・ブレア

［タイプ］

レナード・ムーア宛★

一九四四年六月二十四日

NW6、モーティマー・クレセント一〇a番地

親愛なるムーア様

ケイプの件は残念でした[31]。T・S・エリオットに電話して事情を説明しました。月曜に原稿の別の一部を渡すつもりです。エリオットは、この件に関しては私の味方なのは間違いありませんが、彼の言うように、フェイバーのほかの重役の意見を変えることはできないかもしれません。

ゴランツとの契約について。もし三万語が「長篇の長さ」ではないなら、長篇の長さとはどのくらいなのでしょう？　実際の語数が私たちの現在の契約書に書かれているのでしょうか[32]？　もしそうでなければ、小説の長篇の長さとはどのくらいと考えているのか、ゴランツにはっきりしたことを言ってもらってもよいと思います。明確に定義せずに、その条項を契約書に入れるのは甚だ不満足なのは言うまでもありません。

敬具

エリック・ブレア

［タイプ］

T・S・エリオット宛★

一九四四年六月二十八日
NW6、モーティマー・クレセント一〇a番地
（または、『トリビューン』CEN2572〔電話番号〕）

親愛なるエリオット

この原稿[33]は空襲を受けたところで、そのため渡すのが遅れてしまい、少し皺になっていますが、まったく破損はしていません。

近いうちにフェイバー社の結論を知らせて下さるとありがたいのですが。もし、貴社が私のほかの作品も見ようと思って下さるなら、ゴランツとの現在の契約に関する詳細をお伝えすることができます。それは厄介なものでもないし、長く続きそうなものでもありません。

もし、あなた自身が原稿をお読みになれば、今の状況では受け入れられない、作品の持つ意味がおわかりになるでしょうが、いずれにしろ変更しようと思っている最後の些細な箇所以外、なんらかの変更を加えることに同意できません。ケイプか情報省かが（彼の手紙の言葉遣いでは、そのどっちかよくわかりません）、ボリシェヴィキを表わすのに豚以外の動物にしたらどうかという馬鹿な提案をしました。もちろん、そうした類いの変更はできません。

敬具

ジョージ・オーウェル

あなたがロンドンにいらっしゃる時、いつか昼食を一緒にとることはできないでしょうか。

〔手書き〕

ジョン・ミドルトン・マリー宛★

一九四四年七月十四日
『トリビューン』

親愛なるマリー

手紙[34]をありがとう。現物が手元にないのだが、君は『アデルフィ』に、大体次のような意味の小論を書いた。「我々は日中戦争について、あたかもそれがヨーロッパ的な意味での戦争であるかのように書く習慣がある。しかし、それはそうした類いのものではまったくない。なぜなら、平均的中国人は征服されるのを予期しているからである。数千年の歴史が、彼らにそう予期させるのである。中国は日本を吸収するだろう。そして日本は中国を活気づけるであろう。インドの場合も同じである」

これが、日本の中国侵略を賞讃し励ましているのでなければ、一体なんなのかわからない。これは、一九一二年以来中国で起こっていることを全然考慮に入れていず、我々のインド統治を正当化するためにいつも持ち出されたのと、まったく同じ論法（「これらの民は征服される

のに慣れている」を用いている。いずれの場合も、その教訓は「中国人を助けるな」である。
　君たちの雑誌〔『アデルフィ』〕の寄稿者が言及している、「暴力の讃美」に対する一般的な非難について。近年、君たちの発言の多くは、もし暴力が激しいものであれば、暴力に異議を唱えないということを暗に言っているよう思われる。そして、君たちは我々よりもナチのほうを好むように僕には思われる。または、思われた。少なくとも、ナチが勝っているように見えた限り。
　本を送ってくれれば、当然ながら喜んで紹介するが、ほかの誰かに回すかもしれない。できれば僕自身がするが。僕は仕事に埋もれている。そして、空襲で焼け出されたうえ、ごく幼い赤ん坊を抱えている[35]。そのすべてが仕事に加わる。

草々
ジョージ・オーウェル
［タイプ］

レイナー・ヘプンストール宛★

一九四四年七月二十一日
『トリビューン』

親愛なるレイナー
　例の本[36]を同封する。君の書評の語数は六百語くらいだろう。小さなリチャードのために是非星占いをして運勢図を作ってもらいたい[37]。彼は五月十四日に生まれた。しかし、話したと思うが、彼は養子なのだ。それは星占いに影響するだろうか。ロンドンに来たら、僕に会うのを忘れないように。当座は上記の住所が一番安全だ。

草々
エリック
［タイプ］

アイリーンはリチャードを養子にした時、食糧省での仕事を辞めた。オーウェルはレナード・ムーアに、自分と妻が借りることになっているキャノンベリー・スクエアのフラットに九月一日には入れるが、たぶん九月九日に移るだろうと話した。しかし実際に移ったのはもっと遅かった。アイリーンは次の手紙で「リチャードが来たらば」と書いているが、それは、当時彼がオーウェル家に住んでいなかったことを意味している。彼女が北に行ったのは、ストックトン＝オン＝ティーズ付近のオショーネシー一家の家にいたリチャードに会うためだと考えられる。アイリーンは、この手紙を書いた時は食糧省を辞めていたが、同省のレターヘッドのある便箋をまだ使っていた。

アイリーン★よりリディア・ジャクソン★宛

水曜日［一九四四年八月九日？］
ロンドンW1
ポートマン・スクエア
ポートマン・コート
食糧省

親愛なるリディア

あなたへの手紙をどこに出したらよいのかわかりませんでした。そして、これがいい考えなのかどうかわかりません、というのも、フロリーに出したグウェンの手紙が届くまで十日かかったのですから。でも希望は持ちましょう。

私にわかる限り、コテージはまたディズニー風になりそうです。これから二人の赤ん坊が住むことになっていて、一人は母と父がいて、もう一人は母がいるのです（幸い、父はノルマンディーかどこかにいます）。みなさんにはお気の毒ですが、スペースがそれほど十分に活用されることに私は満足しています。ホートン夫人(38)はそこを見たので、決めるのは彼女の責任です。そして、それについてですが、あなたがそこにいるあいだに私が一、二時間そこに行って、がらくたを整理したらいいのではないかと思いました——主に書類ですが。古いブリキ製のトランクは鍵を掛けたままにしておくようにしましたが、食料置き場の一番下に入れておくのが（もし入れれば）、いい考えだと思います。また、リンネルの収納箱は私たちの物やあなたの物を入れるのに使えるでしょう。あの人たちは、もちろん自分たちのリンネルを準備しますが、それが収まる何かに入れて持ってくるでしょう。あの人たちは家具の大半を動かし、廊下の突き当たりの二つの部屋が、また使われることになるでしょう。ところで、あなたは……（長電話で中断され、この大事な質問がなんだったか、まるで思い出せません。）

でも、あなたに本当に書きたかったことは覚えています。それは、告白でした。レティス・クーパー★とその妹が週末にコテージに行きました。妹のバーバラは神経衰弱から立ち直りかけているところですが、今の暮らしが彼女にとってはよくないのです。彼女はレティスがいないとどこにも出掛けられず、レティスは週末寸前まで自由の身になれませんでした。自由の身になった時には、もちろん、通常の手配をするには遅過ぎました。彼女たちは素敵な時間を過ごしたと言っています。アンダソン夫人(39)は火曜日に掃除をすると約束しましたが、約束通りにしてくれたことを望みます。でも、もの好きにもレティスは家事が好きで、自分ですっかり掃除したのは疑いありません。本当の危機は、例によってシーツについてのものでした——みんなに一枚ずつしか渡りませんでした。いずれせよ、あなたが気にしないといいのですが。一般公休日にそこが空いていたのは残念に思えましたが、あなたに連絡できなかったのです。あの人たちがいかに楽しみ、いかに元気そうだったかを見ると、ああいう赤ん坊たちが、結局そこを好かないのならいいのにと思いました〔アイリーン独特の逆の表現〕。年中、人をそこに送るのは面白いでしょう。とにかく、夏の残りの日々に一晩空けておく必要があったとは思いません。でも、もちろん、これからは空くことはないでしょう！

　お茶に来られないですかって？　それは、ちょっとした仕事です。私たちはグウェンと一緒に［八月］十七日に、主に手荷物をまとめるのを手伝いに北に行くことになっているので。でも、土曜か月曜ならなんとかなりそうです――または、日曜でもいいと思いますが、帰りに大変苦労します。それはきつい旅になるはずです、というのも、私たちは引っ越しの最中と言ってもいいのですから。私たちはキャノンベリー・スクエアにフラットを借りています――少なくとも、身元証明書は受け取ってもらっています。そして、わずかの差で爆弾にやられなければ（やられる可能性はかなりあります）。それは最上階のフラットで、近くにかなりの数の爆弾が落ちましたが、スクエア自体の建物は一つか二つの窓以外、なんの損害もありません。私は今のフラットが気に入っています。事実、ある面で非常に気に入っています。外観は魅力的で、屋根は平らで横三ヤード、縦二ヤードで、可能性に満ちているようです。不便なのは、そこに達するには、無数の石段を昇らなければならないということです――フラットに達するには、という意味です。屋根に達するには、ごく小さな鉄の横桟の付いた避難梯子を昇ります。空襲が終わったら、リチャードをどうやって昇らせないようにしたらよいのか、わかりません。映画で象を持ち上げるような具合に、クレーンと吊革で運び上げたらいいのではないかと私は考えました。でもジョージは、それは適当ではないと考えています。

　どの日がよいか、ですって？　土曜か月曜が好ましい。いいえ。郵便がこんな具合なので、駄目だという連絡がない限り、土曜に行き、あなたにお会いしたいと思います。いずれにしろバスには乗れないと思いますので、午後のいつか行き、書類を片付け、もしかしたら一つか二つの物を集めてから午後遅く帰ります。リチャードが来たらば、いくつかの物が必要でしょうが、たぶん、一番よいのは、それを、使う前に爆弾でやられないよう、リンネルの収納箱に当座は入れておくことでしょう。私はホートン夫人と一緒に行った時に、そのことについてじっくり考えるつもりでしたが、ホートン夫人は帰らなければならなかったので、私たちはコテージで三十分しか一緒ではなく、じっくり考える時間があまりありませんでした。

　土曜日にお会いできればと思っています。

愛を込めて

アイリー[40]

[手書きの追伸] あなたと一緒にしたい一つのことは、あなたが菜園の欲しいものをチェックすることです。ケイは、もちろん、あなたに収穫物を貰ってもらいたいと思っていますが、みんなが来る日に、林檎の災難が繰り返されないよう、ケイに前もって警告しておいたほうがよいでしょう。

　また、石炭とキャラーガスを買う手配をしたいと思っています。

[手書き]

レナード・ムーア宛★

一九四四年八月十五日
『トリビューン』気付

親愛なるムーア様

　八月十四日のお手紙、ありがとうございます。ええ、ゴランツが『ウィガン波止場』の版権を持っているということについてはOKです。

　ウォーバーグは『動物農園』を出版すると思います——「思う」というのは、Wは出版に同意しましたが、紙について問題があるかもしれないからです。しかし紙が確保できれば、彼は出版するでしょう。そうなれば、私が自分で出版する手間が省けます。

　今、あなたにお話ししたエッセイを書いています。[41] そうすれば、エッセイを纏めて本にすることができるでしょうが、タイプをしてくれる誰かを見つけなくてはならないでしょう。自分でそうする時間がないので。

　私たちは今月末に、イズリントンでフラットを借りるつもりです。引っ越しましたら住所をお知らせ致します。

敬具

[手書き]

レナード・ムーア宛★

一九四四年八月二十九日
『トリビューン』気付

親愛なるムーア様

　ウォーバークに会ったところです。彼は一九四五年三月頃に『動物農場』を出版する手筈をすっかり整えました。ついては契約に関して彼に連絡して下さい。彼は前金として百ポンド払うつもりです。その半分が今年のクリスマス頃支払われます。私は彼に私が今後書くすべての本の選択権を与えるでしょうが、その際、もしある特別の理由で、本をどこかほかの出版社に持って行きたい場合に制約を受けないようにしたいと思います。エッセイ集のための最後のエッセイを書き終えました。できるだけ早く全部をタイプし、その写しをお送りします。ウォーバーグは来年にならなければ出版できないでしょうが、その間、私たちはアメリカ版を出す試みをしなくてはなりません。ダイヤル・プレスがその本を見たいと言ってきましたので、それを送るという約束を一応しました。

敬具
E・A・ブレア

追伸　私の住所は九月一日以降、ロンドンN1、イズリントン、キャノンベリー・スクエア広場二七b番地になりますが、九月八日まではそこに移らないでしょう。したがって、当座は『トリビューン』の住所が一番安全な住所です。

[手書き]

[アイヴァー・ブラウン★より]トマス・ジョーンズ★宛

一九四四年十月十四日

親愛なるT・J

ジョージ・オーウェルによるこの書評に対する君の意見に大いに感謝する。その書評は今週の新聞に出さなかった[42]。非常に遅く届いたので、それについて彼と話し合う時間がなかったのだ。その全体的調子から、キリスト教に対する嫌悪感が発散しているように僕には思える。それは弊紙の非常に多くの読者にとっては不快だろう。アスター卿にとっては、ほぼ間違いなく。嫌な思いをしている信者の一人として僕自身は異議を唱えないが、プロテスタントのキリスト教の伝統を持つ新聞の編集長としてのみ異議を唱える。社長はその伝統を維持しようとしていると思う。そのことは、オーウェルのような書評子をこうした話題から閉め出す必要があるということを意味しないが、彼は別なやり方で自分の意見を表明しようとすべきだということを意味する。

彼の書評を読んで、こう感じた――国教徒あるいは非国教徒はこんな風に思うだろう。「この男は我々と我々の考えをひどく嫌っているので、この男からなんら公正な意見は引き出せない」。僕がこう感じるのはまったく間違っているのかもしれないので、君の考えが聞きたいのだ。この書評は総じて僕が言ったような印象を与えやすいか、何箇所か小さな変更をすれば大丈夫か、僕が鉛筆で印を付けたような所をいくつか変えれば問題は解決すると君は考えるか。

君に面倒をかけて済まないが、これは一つの書評で醸し出される雰囲気が非常に重要になるケースなので、その雰囲気に対する君の感じ方がどうしても知りたい。

草々
[署名なし]

アイリーンは、ニューカースル・アポン・タインで手術を受けるのを待ちながら、グレイストーンにある生家のオショーネシー家に泊まっていた。一方、オーウェルは『オブザーヴァー』と『マンチェスター・イヴニング・ニュース』の戦地派遣記者になって外国に行き、まずフランス、のちにドイツとオーストリアから記事を送った。彼の送った記事の詳細については巻末の年譜を参照のこと。

アイリーン・ブレア★よりレナード・ムーア★宛

一九四五年三月二日
ダラム
ストックトン＝オン＝ティーズ付近
カールトン
グレイストーン

親愛なるムーア様

お手紙と様々な新聞の切り抜き、ありがとうございます。ご返事が大変遅れ申し訳ありませんが、エリックがお話ししたかもしれない、男の子を養子にする手続きを完了するためにロンドンに行かなくてはならなかったのですが、そこで病気になり、その間、私宛の郵便物はここで私を待っていた訳です。

彼に代わって署名することはできないのではないかと思います。もし、彼が行く準備をしているあいだに私がロンドンにいたなら、たぶん、これまで通り私は代行権を持っていたかもしれませんが、今はごく非公式の権限しか持っていません。そこで私はお手紙を彼のところに送りました。それは三週間ほどで戻ってくると思います。一通の手紙が来ましたが、届くまでに十一日かかっています。私はまた、お手紙の件でウォーバーグにも手紙を書きました――私は、エリックがそれについてフレデリック《(ママ)》・ウォーバーグに話したのを知っております。それについては、なんの問題もないと思います。あなたにすれば、こうした未解決の状態は非常に不満足なのは重々承知してはおりますが。

エリックからは本当の意味でのニュースはありません。彼はパリに着いた翌日手紙をくれましたが、戦地派遣記者で一杯らしい、ごく快適なホテル（セントラル・ヒーティング付きです）以外、ほとんど何も見ていませんでした。次の手紙はもっと情報が盛られていることを期待しています。もっとも、私たちが養子にした息子のことに、もっぱら関したものでしょうが。エリックは息子に熱烈な関心を寄せています。赤ん坊は今、生後九ヵ月で、その新しい父親によると、非常な才能に恵まれています――とても美しいだけではなく、「甚だ思慮深い小さな男児」なのです。事実、とても素敵な赤ん坊です。いつかご覧にならなければいけません。名前は、リチャード・ホレイショーです。

敬具

アイリーン・ブレア

［タイプ］

サリー・マキューアン夫人宛★

一九四五年三月十二日
パリ九区
クスリーブ通り
オテル・スクリーブ(43)
三二九号室

親愛なるサリー

元気でやっていることと思う。僕なしに、とは言わないが、僕の留守中。『トリビューン』がまだ届かない。郵便事情のせいだろう。君は『オブザーヴァー』を通し、煙草を頼むという必死のS・O・Sも受け取ったことと思う。でも、目下、事態はそう悪くない。というのも、友人がイギリスからいくらか持ってきてくれるからだ。言うまでもなく、郵送では何も届かない。パリで僕らの新聞に対応する『リベルテ』（『トリビューン』が同紙と記事を定期的に交換するよう取り決めたらいい）は、僕らの新聞が購入できないので、国立図書館《ビブリオテーク・ナショナル》で抜粋を頻繁に訳している。僕は同紙の読者の半ば公的な集いに行った。それは『トリビューン』の金曜の集いに非常によく似ていたが、知的レベルはもっと高いと思った。ルイ・レヴィ(44)がTの大陸版を作るという自分のアイディアについて、ベヴァンとストラウスに会いに行ったかどうかは知らないが、もしそれが駄目なら、ここに毎週いくらかの部数、五十部でも送ってくるというのはいい考えに違いない。ここではたくさんの英米の新聞が定期的に売られているが、Tを喜んで買う相当の数の公衆はいる。

数日ケルンに行く手配をしている。もしケルンが駄目なら、とにかく占領地区のどこかに。そのあと、トゥールーズとリヨンに行ってからパリに戻り、四月末にイギリスに帰るつもりだ。郵送にかかる時間から判断し、四月十日頃からあとには、どんな手紙も転送する価値はないだろう。それでないと、手紙は僕が去ったあとに届き、おそらく永久に失われてしまうだろう。でも、僕がパリから出ているあいだに手紙を転送するのは大丈夫だ。なぜなら、僕はいずれにしろ自分の荷物を取りにここに戻ってくるのだから。僕のために一つ頼まれてくれないだろうか。僕はイギリスを出る前に、ステファン・シマンスキー(45)にほんのちょっと会った。彼は僕の戦時日記を持っていて、ある本にその抜粋を使いたがっていた。彼に電話をして（リンゼー・ドラモンズ《（ママ）》のところにいると思う）、そうした抜粋を使いたいのなら、僕が前もって見ない限り絶対に駄目だと念を押してくれないだろうか。

裁判所の件はうまくいき、幼いリチャードはいまや法的に僕のものだということを聞いたと思う。彼は歯が五本生え、少し動き回り始めたそうだ。先日、ある店でニットのスーツを見かけ、彼に着せれば素敵だろうと思った。そこで店内に入り値段を訊くと二千五百フラン、つまり約十二ポンド十シリング[46]だった。ここでは物価はそういう具合なのだ。もし昼食に二人連れて行くと、三人で少なくとも千フランかかる。けれども、払うのは僕ではない。ここに来る時、たくさんの石鹸とコーヒーを持ってきたので喜んでいる。そのどっちでも少量配れば凄い効果があるからだ。イギリスの煙草も。幸い、今はまったく寒くない。僕がベレー帽をかぶるようになったと聞いて、君は喜ぶだろう。みんなによろしく。そして、絹の靴下など期待しないよう、もう一度念を押してくれないか。そんなものは、ここにはないからだ。アメリカ人がとっくの昔に買い占めてしまった。

草々

ジョージ

追伸　この手紙を送ることができる前に、つまり、ここにはふんだんにはない封筒を手に入れる前に、三月六日付の手紙と、三月二日付と九日付の『トリビューン』が届いた。『トリビューン』に再会するのは素敵だった。また、フランスの新聞に比べ、ひどく厚くて重いように見えた。

［タイプ］

ロジャー・センハウス★宛

一九四五年三月十七日
パリ九区
スクリーブ通り
オテル・スクリーブ
三二九号室

親愛なるロジャー

手紙をありがとう、また、『カタロニア讃歌』を送ってくれてありがとう。結局僕はそれをアンドレ・マルローに贈らなかった。彼はパリにいない。しかし、人もあろうに、ホセ・ロビラに贈った。彼はスペインで僕の師団の指揮官だった。ここの友人の家で会った。

『動物農場』が間違いなく印刷に付されたかどうかわからない。まだ実際に印刷されていないのなら、さらに一語変更したい。第八章（第八章だと思う）の、風車が吹き飛ぶ場面だ。僕は「ナポレオンも含め、すべての動物が身を伏せた」と書いた。僕はそれを「ナポレオン以外、すべての動物は」に変更したい。もし本が印刷されてしまったのなら構わないのだが、変更したほうがJ［ヨシフ］・S［スターリン］に対してフェアだろうと思っただけだ。彼は、ドイツ軍が前進してくるあいだモスクワにとどまったのだから[47]。

フレッド［ウォーバーグ★］が長く十分に休めるといいと思う。元気を取り戻すのにいかに時間がかかるか、僕は知っている。僕は数日、ケルンに行く手配をしているのだが、遅れるだろう。四月末にイギリスに帰る。

草々

ジョージ

［タイプ］

アイリーン・ブレア★より夫宛

一九四五年三月二十一日水曜日
カールトン(48)
グレイストーン

最愛の人に。あなたのお手紙が今朝来ました――あなたが私の最初の手紙を受け取ったあと、七日に書いた手紙が。間が二週間近くあったので、ちょっと心配していました。でも、これは十四日かかり、その前のは十日かかりました。だから、おそらくそういうことなのでしょう。または、一通は行方不明になったのかもしれません。

私は庭でタイプを打っています。素敵でしょう？　膝掛けとタイプライターがあるだけで、風が絶えず吹いてきて紙をタイプライターにかぶせてしまいます。それは、タイプを打つにはそれほどよくはありませんが、私にはとてもよいのです。風は大変冷たいのですが、日差しは暑い。リチャードは乳母車《プラム》の中で起き直っていて、人形に向かって話しています。彼はプラム・スーツの上半分を着ていますが、少し前、そのほかは脱ぎ捨て、おしめの下は、彼と空のあいだに何もありません。日差しが強くなって見事に日焼けする前に、彼を空気に晒したいのです。ともあれ、それが私の考えです。そして彼は、いずれにしろ、そうした準備段階を楽しんでいます。私は小児用食事椅子《ハイ・チェア》を買ってやりました――手に入った唯一の種類。それは真ん中で二つに折れるようになっていて、甲虫のように「尾」の部分を上げることができます。また、小さなテーブルにくっつけてある低い椅子もあります。それには車輪が付いています。ハイ・チェアには車輪は付いていず、椅子の前に例のトレイの役をするものが付いています。彼はそれが大好きで、それに両手を伸ばします。私は少し心配です、というのも、椅子の中で通常起こることは、食べることだからです。低い椅子の場合、ロレンス(49)が彼を乗せて子供部屋をぐるぐる回り、廊下に押して行きます――実際ロレンスは、駅から家までそれを押してきました。私は手荷物用トロリー代わりに押して行くと大変重宝するのに気づきました。私はジョルジュ・コップ★(50)がキングズ・クロスで私を見送ることができるよう（それは、とても素敵でした）、結局、夜ここに帰ってきました。でも、ソーナビーまたはストックトンにはポーターが一人もいませんでした――ダーリントンにはたった一人いましたが、私が捉まえました。

リチャードについては、なんの本当のニュースもありません。彼はまことに元気です。彼から一週間離れているのは嫌でした、というのも、私がウェイター役をしないと、彼は必ず食べるのをやめるからです。でも今日は、皿からスプーンを自分で取り上げ、口に入れました――もちろん、逆さまに。でもかなり粘りのあるプディングを食べていたので、ちゃんと食べました。呆れるほど高価なトラックも買ってやりました。値段をすぐに忘れる必要がありましたが、彼がそれを持つのは重要だと思います。

　私たちは、もう庭にはいません。実のところリチャードはベッドにいます。少し前から。ブラックバーン[51]がやって来て、彼のほかの仕事のことや、ウィルソンさんがどんな風に魚を釣ったかということや、サー・ジョンがかつて八月十二日〔八月十二日は英国では「栄光の十二日」と呼ばれ、雷鳥狩猟の解禁日〕に事務所に行かねばならなかったのに、彼の車には銃とサンドイッチが満載されていて、一時三十分までには狩猟場に着いたということを全部私に話してくれました。そして、ブラックバーンのここの前任者は、銃で自分を撃ってしまったのです。おそらく、射撃の一般的水準は、サー・ジョンのところより、かなり低かったのでしょう。なぜなら、この男は一羽の森鳩を撃ち、茂みの中に落ちた森鳩を、銃を使って引っ張り出そうとしたからです（もっと上手な表現があるかもしれませんが、推測はできるでしょう）。当然ながら、茂みが引き金を引っ張り、双銃身のもう一つの銃身にはもう一発弾がありました。そして、その愚か者は、実際に銃身を腹に当てていたので、空襲による被害者にそっくりになったと言ってもいいかもしれません。そのことで私は、リチャードに銃を決して持たせてはならないとは考えず、銃の扱い方を忘れないよう、ごく幼い頃から銃を持たせるべきだと考えました。

　グウェンはハーヴィー・エヴァーズ[52]に電話をしましたが、二人は私にすぐに手術を受けさせたがっています。それは、少々難しい話です。恐ろしいほどの額のお金が要るのです。病棟のような所のベッドは週に七ギニーかかり、ハーヴィー・エヴァーズの手術代は四十ギニーです。ロンドンでなら、私は病院で週に約五ギニー払わねばならないでしょうが、外科医の費用はもっと高いだろうとグウェンは言っています。馬鹿げているのは、本当に安い料金で手術を受けるには、私たちがあまりに裕福だということです――年収が五百ポンド以下でなければならないのです。それはある意味でショックでした。というのも、あなたが病気のあいだ、私は医者に何も払わなかったからです。でも、もちろん、エリック[53]が手配してくれたからに過ぎません。あなたの気管支鏡検査法も約四十ギニーかかっただろうと思います――そして、その値段では安かっただろうと言わねばなりませんが、私を悩ませるのは、そんなにお金をかける価値が自分にあるとは、本当に思っていないことです。もちろん、一方、ほうっておけば、これは私を殺すのに長い時間がかかり、その間ずっと、いくらかお金がかかるでしょう。唯一考えられるのは、やり方がわかれば、ヘアフィールドの家[54]を売ることができるかもしれないということです。また、私が元気になった時、いくらかお金を稼ぐことができればいいと思っています——もちろん、何かの仕事はできますが、私の言うのは、いわば家にいていくらか実際にお金を稼ぐことです。とにかく、このまま進み、早くけりをつけてしまうこと以外、何ができるのかわかりません。私は来週入院しようと考えています。彼は早く手術をするつもりだと思います——私の徴候は、血のない患者に手術を施すのは好ましくないが、それを償うほどに緊急なものと彼は考えているのです。事実、彼は、どんな治療をしても、月ごとに私がさらに血がなくなるのを防ぐことはまったくできないと明言しています。そういう訳で、みんなは私に輸血をし、さほど時を置かずに手術をするでしょう。

　私はロンドンにいたあいだに、イーヴリン[55]の原稿を『トリビューン』に持って行きました。私はそれを持って元気に家を出、途中で銀行に寄りました。すると、痛みに襲われました。それは、北にやって来た日の前日の痛みにそっくりでした。ただ、もっとひどかったのです。セルフリッジでお酒を飲もうとしましたが駄目で、あらゆる種類の異常なことが起こりましたが、しばらくしてから、なんとか食糧省に入りました。それ以上歩けなかったので、ミス・スパロー[56]がイーヴリンに電話をしてくれ、二人が原稿を届けてくれることになりました。そのあと『トリビューン』の人がとても親切な口調で電話をかけてきて、私の面倒を見るために来る、私に必要な物を持ってくる、あなたをイギリスに帰すと言うのです。私はぞっとしました。でも、きのう、あなたが認めないのはわかっている手術に、あなたのお金をすっかり使ってしまうのはひどい話だと思うようになりました。そこでグウェンは『トリビューン』に電話をし、あなたと至急連絡を取り、あなたの裁定を得る手段を持っているかどうか知ろうとしました。すると、持ってはいないが『オブザーヴァー』に電話をしたらどうかと言いました。彼女はそうし、アイヴァー・ブラウン★と話しました。彼によると、あなたは今ケルンにいると思う、手紙は、あなたのところに着くとしても相当時間がかかるだろうとのことでした。そして、電報と電信で私についてのメッセージをあなたに伝えようと彼は言いました。同社の者の場合と同じように。グウェンが言うには、彼はこのうえなく親切でした。でも、それは断りました。そのやり方では事実をあなたに伝えるのはまったく不可能ですし、すべては緊急事態、さらには危機的事態に思われるのに決まっていますので。その代わり私は、一切が終わってからグウェンがそういう意味のメッセージをあなたに送ることを『オブザーヴァー』にグウェンが頼むように手配しました。一つのとてもよいことは、あなたが家に帰ってくる時までには、私が回復期にあることです。とうとう本当の回復期に。ですからあなたは、ひどく嫌っている病院の悪夢は経験しないでしょう。あなたはいずれ私を見舞わねばならないでしょうが、病棟の誰かを見舞うというのは、病院の好きな私にとってさえ、実際、悪夢です——とりわけ、患者の症状がひどく重い場合には。もちろん、私も最初はそうでしょうが。ただ、いわばあなたの承認をうることができさえしたならよかったのにと思います。でも、それは騒ぎ過ぎだと思います。私は明らかに、一つの腫瘍や、いくつかの急速に増大してゆく腫瘍を抱えたまま生きていくことはできません。結局、手術はどこかほかでもっと安くやってもらえたのではないかという、落ち着かない気持ちを持っています。覚えていらっしゃるでしょうが、ちょっとした処置に過ぎない焼灼に対するミス・ケニーの料金は十五ギニーなので、彼女は、これには少なくとも五十ギニー要求するはずです。グウェンの夫なら古馴染みなので、もっと安くやってくれるはずですが、彼は腕がなんとも悪く、また、前もって私に数週間入院させたがったことでしょう——そして私は、手術後も数週間入院するのは、まず間違いありません。ハーヴィー・エヴァーズの名声は非常に高く、ジョージ・メイソン(57)は彼をとても買っていて、エリックもそう考えていたと言っています。そして彼は、手術を適切に行うだけではなく、イギリスの誰にも劣らぬほど素早く私をあの世に送るのは確実です——ですから、彼は結局安くつくでしょう。あなたが行く前に、そのことについて話し合っておけばよかったと思っています。私は自分に腫瘍が出来ているのを知っていました。でも、とにかく、あなたに心安らかに行ってもらいたかったのです。それに、癌だといけないので、養子の件が片付くまではハーヴィー・エヴァーズに会いたくありませんでした。私たちは親になるには年を取っているので、判事が私たちの健康について訊くことはありうると思いました。そしてとにかく、余命半年と宣告された二週間後に、理想的な親のふりをするのは落ち着かないことだったでしょう。

あなたにこの手紙が届かないかもしれませんが、もちろん、田舎の家については急を要します。イーネズ［ホールデン★］はアンドーヴァー近くの彼女のコテージを、私たちが一緒になんとかしたらどうかと考えています。かなり大きいのですが（六部屋と台所）、不利な点もあります。家賃は週二十五シリングで、彼女はそれが普通と思っていますが、私はひどく高いと思っています。なんの下水設備もなく、蛇口は一つだけで、電気もガスも来ていず、ロンドンに出るのに費用が嵩むのを考えれば。

彼女とヒュー［スレイター］は（ちなみに二人は目下一緒に住むのをやめていますが、また一緒になると思います）、私たちがそこに行けば要らなくなる家具を、さらに週二十五シリング払って借りています。また、次のことは可能でしょう。(a)もっと安い家賃で長期賃貸借契約をする。(b)近代的設備を備え付ける。あと数ヵ月で丈夫になることに今では大変自信を持っているので、また原始的生活をすることに、前ほど実際には恐怖を感じてはいませんが（考えてみると、私たちが結婚したすぐあと、あなたが病気になった時、私はウォリントンの下水設備を全部掃除しましたが、バケツを空けるより辛くはありませんでした）、大変な時間の無駄にはなります。そういう訳で、私たちはそのことを考えてみましょう。ところで、ジョルジュ・コップ★は気の利いた案を持っています。どうやら人は『タイムズ』に絶えず広告を出し、田舎の家をロンドンのフラットと交換したがっているようです。その大半は（たぶん全部）N1地区より立派な所のフラットを欲しがっていますが、私たち自身も広告を出してもよいかもしれません——相応に慎ましい田舎の住まい。これからの数ヵ月、戦争のせいで田舎に住んでいる人はロンドンのどこかに住みたがるでしょうから、私たちはそれをうまく利用できるかもしれません。ところで、アードラッサの土地差配人から、バーンヒル(58)の修理の工事請負人による見積書を同封した手紙が来ました——二百ポンドです。その手紙が来た日に電話で住所を教えたのに、困ったことに、ジョルジュがそれをあなたに転送しなかったのを知りました。彼にあなたから連絡がなかったからです。市からの一通の手紙を開けてみると、係員がバーンヒルの中に入れたらすぐに電気を止めると書いてありました。私はその料金を払い、ほかの郵便物も読んだほうがよいと思いました。BBCの学校番組からの、あなたの二回分の放送原稿についての手紙以外、ほかにあまり緊急のものはありませんでした。BBCはできるだけ早く台本を送れと言っています！　契約書もあります。私はすぐには何も送りませんでした。あなたはいつも移動しているかもしれないと思ったからです。アイヴァー・ブラウンから得たあなたについての情報で判断して、今も送りませんが、あなたが外国にいて、来月帰国することになっているという手紙は書きました。放送は、結局六月まではありません。もし、あなたが来月帰ってこなければ考え直さなければならないでしょうが、もっと確かな宛先が決まるかもしれません。私はこれをオテル・スクリーブに送り、転送してくれるのを願う以外、何もできません。バーンヒルの話に戻ります。あなたは外国にいて私は病気なので、あなたが帰ってくるまで待ってくれと、土地差配人に手紙で言うつもりです。彼は返事が遅れ、私たちを待たせていることで大変恐縮していますが、ほかの誰かにその家は貸さないのは確かだと思います。この二百ポンドはうんと引いてもらえると思いますが、家はとても広いのです――寝室五つ、浴室一つ、W・Cと給湯と給水の設備、広い居間、台所、様々な食料貯蔵室、酪農室等があります。それに、「付属建造物」の一つの村落――実際、まさしく私たちが年十二ヵ月住みたいような家。でも、その全部に壁紙を貼りペンキを塗る必要はありません。私はフレッチャー夫人[59]に期待しています。唯一心配なのは、それが修理に二百ポンド使う価値のあるものなら、家主の頭にある家賃は、私たちの考える二十五ポンドから三十ポンドより、ましてやデイヴィッドの考える五ポンドより、ずっと高いに違いないということです。ちなみに、パリであなたに会い損ねたデイヴィッド「アスター」★から手紙が来ました。

　妙な話です――私たちは何ヵ月も話し合うべきことが何もなかったのに、あなたが国を出た途端、話し合うべき数十のことが出てきました。でも、それはすべて解決しうるし、少なくとも、あなたが今週休暇をとって戻ってきたなら片付くでしょう。ギャリギル[60]については知りません。それは、あなたがいつ帰ってくるかによります。でも、最悪でも、ここに帰ってこられるでしょうね？　もしあなたがここに来れば、私たちは主に私の部屋にいるでしょう。実際、いずれにしろ退院したら、しばらくそこにいるつもりです。リチャードもいることでしょう。メアリー[61]とロレンスは、二人とも今、私と一緒にいる時間が多いのですが、二人を始末することができます。ところでロレンスは、見違えるほどよくなりました。彼は情熱の対象を三つ持っています。農場、お伽噺、リチャード。その順序ではありません――たぶん、リチャードが最初に来るでしょう。ですから、あなたはうまくやっていけるはずです。彼は今、お伽噺を作り始めました。魔法の猫や何かが出てくるものです。それは本当に大した進歩です。残念なのは、田舎はよくなっていないことですが、どんな田舎でも五月頃はよいので、もし私が回復期の画趣に富んだ段階〔実際には見るも哀れな姿〕にまだいれば、あなたは田園の隅々まで知っているブラックバーンと外出できるし、田園を享受する農夫のスウィンバンク氏と楽しくやっていけると思います。または週末、ギャリギルに一人で行って釣りをすることもできるでしょう。

　ウッドハウスについてのお話は気に入りました[62]。そして、あなたがケルンに行くのをとても喜んでいます。たぶん、あなたは家に帰ってくる前にライン川の東部に行くかもしれません。私は数え切れないほど訊きたいことがあります。

　あなたがまた本を書くのは大変大事なことです。ご存じのように、私は『トリビューン』のほうがBBCより上だと思っていましたが、今でもそうです。それどころか、市のゴミ収集人の仕事のほうが、作家としてのあなたの将来にとってもっと立派で優れていると思います。でも、私がロンドンを去る前に言ったように、あなたはすぐに編集の仕事は止めなくていけないと思います。編集委員（あるいは、なんと呼ばれていようと）であるのが価値のあることと考えているにせよ、いないにせよ。そして、もちろん、書評の仕事はずっと減らし、書評をするにしても、特殊なものだけにすべきです。私としては、ともかくいくらお金を使うにせよロンドンで暮らすより、二百ポンドで田舎で暮らすほうが遥かにいいのです。ロンドン暮らしが私にとってなんという悪夢か、あなたにはわからないと思います。あなたにとってもそうなのを知っていますが、あなたはまるでそれが好きかのように、よく話します。私は、あなたが好きな物さえ好きではありません。そこら中に人がいるのに耐えられませんし、食事をするごとに気分が悪くなります。というのも、どの食べ物も二十本の汚い手で扱われたもので、実際、煮て清浄にしたもの以外、食べる気がしません。空気は吸えないし、息苦しい時には思うほどには明晰に考えられないし、ロンドンでは自分を退屈させるあらゆることが、しょっちゅう起こっているし、私の関心を惹くことはまったく起こらないし、詩も読めない。これまでも読めませんでした。結婚する前にロンドンに住んでいた時は、間違いなく月に一度、スーツケースに詩集を一杯に詰めて遠くに行ったものです。そうすると、次の時まで心が慰められました――またはオックスフォードに行き、ボドリーアン図書館で本を読み、夏ならばチャー〔チャーウェル川〕を平底舟《パント》で遡ったり、ポート牧場を歩いたりし、冬ならばゴッドストウに行きました。でも、この何年か、そう厳しくない強制収容所にいるような気分でした。ロンドンには、もちろんそれなりの面白いところがあり、一週間は楽しめました。例えば、私は本来は劇場に行くのが好きです。でも、ロンドンに住んでいるという事実が、その快適な施設を利用して得られるかもしれない、どんな楽しみをも駄目にしてしまうのです。実際には、あなたも知っているように、私は劇場には行きません。レストランで食事をするということについて言えば、それはきわめて野蛮な習慣で、ごく時たま、その野蛮さを楽しむくらいの気分になるまでお酒を飲む場合に、どうにか我慢できるものになります。そして私は、そうたくさんはビールは飲めません。（私がロンドンに来た次の日の夜、ジョージ・メイソンはディナーに連れて行ってくれ、私が平時にまさに飲んだであろうものを飲ませてくれ――グラス四杯のシェリー、瓶半分のクラレット、いくらかのブランデー――おかげでいい気分になったことは認めます。）私はキャノンベリーのフラットは好きですが、パン屋まで歩いて行くたびに自殺したくなります。そして、リチャードが歩けるようになったら、そのフラットは彼にとって非常に悪いでしょう。本当の話、最悪の場合、彼は夏のあいだウォリントンに行っていたほうがよいと思いますが、もっと広いところを探したほうがよいでしょう。というのも、あなたとリチャードでコテージはすぐさま手狭になるからです。また、彼の妹(63)がどこに行けるのか、わかりません。そして、コテージはあなたを病気にしてしまうでしょう——それは、湿気と煙だと思います。

この手紙を書いているあいだに、ロレンスにいくつかの物語を読んでやり、目を覚ましたリチャードの面倒を見（彼は十時の食事をやめたところです）、夕方になるといつも泣くメアリーの面倒を見、自分の夕食をとり、オートバイを買ったばかりのレイモンド(64)についてのブラックバーン夫人の悩みを聞きました。だから、この手紙はとても長いのです。そして、そのためもあって、とても入り組んでいるのです。でも私はあなたがジャーナリズム暮らしをやめて、また小説を書き始めるのを見たいと思っています。それは、リチャードにとってもずっといいことでしょう。そうなれば、あなたはそれについて葛藤に苦しむことはないでしょう。リチャードは、こういうメッセージをあなたに送ります——自分にはなんの葛藤もない。もし、何かにぶつかって目の周りに黒い痣を作るとすると、それが痛むあいだは泣きますが、涙で頬を濡らしながらも、彼に向かってニャーオと鳴く新しい青猫を見て心から笑って、優しい言葉をかけて猫を抱きます。新しい状況に直面すると、彼はそれが刺激的で望ましい状況であるのを確信します。そして、世界の誰もが自分のよき友達であるのを十分に知っていて、たとえ、その人物が彼を傷つけても、それは偶然であると解釈し、信頼の念を少しも失いません。彼は自分の権利のために戦いますが（彼は今日、実際にメアリーを青猫のところから追い払い、彼女に向かって杖を振り回し、叫びました）、悪意はありません。彼がその確信を難しい二年目にも持ち続けられるかどうかは、もちろんわかりませんが、もし彼が田舎で暮らし、あなたが自分自身を満足させるような生活ができれば、その可能性はずっと大きくなるでしょう——そして、私をも。実際、リチャードは何事にも満足し、バランスのとれた性向を本当に持っていると思います。彼は要求しますが、はっきりとした何かを要求します。自分の欲しいものを知っていて、それを、または、その代わりになりうるものを手に入れると、満足します。メアリーのようにただ要求するのではありません。私は彼を過保護にはしていません。つまり彼は、その年齢にふさわしいと私の考える苦労をしています。彼の顔が洗われる時はなんの同情もされず、転んで頭を打った時はほんの少し同情されます。子供たちが彼と一緒に遊ぶ時にちょっとした瘤をこしらえても、彼がそれを善意にとることを私は期待しています。でも彼は、本当に正しいとわかっている場合のみ頑固です。

　これからベッドに行きます。あなたはこの手紙を受け取る前に、この手術について連絡を受けることでしょう。そして、あなたが、アイヴァー・ブラウンの言う「移動」をし続ければ、イギリスにまた戻っていることは十分にありうるでしょう。なんという無駄なことでしょう。
　私とリチャードからよろしく。

E

　メアリーはリチャードを「ホイッチ」または「ホイッチャー」または「ホイッチ＝ホイッチ」と呼んでいます。リチャード自身も、自分をそんな風に呼んでいます。ホイッチャーはなかなか魅力的です。彼女は今では彼との関係がよくなりましたが、彼が彼女を恐れるより彼女が彼を恐れる傾きがあるのを見ると、私は誇らしくなると言わねばなりません。悲しいことですが。私は彼女がきのう、彼に向かい、「駄目、駄目、ホイッチャー、メイミーを傷つけない」と言うのを実際に聞きました。彼女は彼から物を取り上げますが、彼女は自分が歩けることに頼り、彼から逃げ出します。ひとたび彼が歩けるようになれば、彼女はそんな真似はしないと思います――彼女はいったん物を手にすると、彼の手が届くところには決していません。彼女は、**赤ちゃん**、**おもらし**と年中言って、自信を得ようとしています――彼はいまやおまるを拒否する段階に入ったので、それは総じて正しいのですが（それは大抵、「下《しも》の躾」をする予備段階で、私たちがその段階に間もなく達することを私は願っています。今はその兆しが少しもありませんが）、彼女が今日、二度目にパンツを汚した時、乳母《ナース》とのこういう会話を聞きました。「メイミーに怒ってるんじゃないでしょ、ナース？」「怒ってますよ、今度は」。「ヨードチンキは怒ってないんでしょ？」「ええ、ヨードチンキも怒ってますよ」。「ホイッチャーは怒ってる？」「ホイッチャーは、あなたにおしめを貸してやろうって言ってますよ」。「いらない……あれは赤ちゃんの」。そして彼女は泣き始めました――そういう訳で、彼女はその点でさえも自分のほうが偉いのかどうか自信がないのです。彼女はそれほど傲慢でもないのです。今日は悪日でしたが、哀れな小娘は乾いたパンツで一日を過ごすことは決してないのです。

　最愛の人、本をありがとう――『シティーのスミス』[65]で声を出して笑ってしまいました。彼はきのう到着し、ほかの三冊は今日の午後到着しました。あなたのお手紙によると、あなたはその三冊を先に郵送したそうですが。オレンジも届きました。[66]それから脂も。あなたは気前が良過ぎると思いますが、届いたオレンジは食べるつもりです。ブラックバーンは先日オレンジをいくつか手に入れましたが、私は自分の分とリチャードの分のほとんどを子供たちにやったので、今のところはみんな大丈夫です。リチャードは一日置きにオレンジ半個分の果汁を飲み、メアリーは残りの半分の果汁を飲み、ロレンスは一個丸ごとの果汁を飲んでいます。

この手紙を苦労しながらタイプしています。メアリーが膝に乗っていて、キーに手を出そうとするからです。

あす、ニューカースルに行きます。主な目的は、イングランド北部の「福祉食糧」の責任者に会うためです。私にわかる限り、ストックトン食糧局がクーポンを盗んだので、リチャードが貰えたはずのオレンジジュースは取り戻せませんが、彼らが同じ手を使って成功しないよう手配できたらと願っています。彼らはそうした余分のクーポンを使って、ストックしてあるオレンジジュースをくすねて売っていると思える根拠がありますが、もちろんその説をワトキンズに言うつもりはありません。私はまた、ネル[67]と一緒に、三つの食糧集会と二つの幼児福祉診療所に行くつもりです。最後まで頑張れれば。それは非常に興味深いでしょう。また、得になることも望みます。どこかでいくらかオスターミルク[68]を手に入れねばならないので。

毛布については気を遣わないように。サンダーランド〔イングランド北部の港市〕のビンズで二枚買いました。それぞれ二十二シリングで、毛布というよりは膝掛けですが、十分用をなします。その一枚を自分のフロックに仕立てたいと思っています。濃いグレーで、毛布に選ぶ色ではないと思いますが何かの役に立つでしょう。そして、安いのは確実です。あなたが今いる所で十分に毛布を持っていて、寝床の下に敷く毛布を倹約しないことを望みます。なぜなら、それがないと、上に十二枚の毛布を掛けたところで寒いでしょうから。

ベビーサークルが届き、子供たちはみんなそれに魅せられています。リチャードはそれに入れられた途端に心の底から笑い、ほかの子供たちも加わり、大騒ぎになりました。その中に一人で置かれたらどうするかわかりませんが、彼は大丈夫と思います。彼が大好きなビーズの紐を作ってやりましたが、今では一人でいつまでも、実に楽しそうに遊びます。彼は歯では問題がありましたが、もう生えてきません。でも、二十一日までには、あと二本生えてくるかもしれません。彼の食欲についてですが、彼は昼食にメアリーとほとんど同じ量を食べましたが、牛乳は欲しがりませんでした。これから昼のミルクは水に替えると告げたばかりだったので、それは非常にいいタイミングでした。でも、彼を夕方、風呂に入れたあとはシリアルに替えなくてはなりませんでした。二晩か三晩ファレックス[69]を与え、この二晩は、うんと薄くしたMOF〔MOFすなわち食糧省が配った、子供用オレンジジュース。注の（66）を参照のこと〕をまた飲ませています。彼はミルクだけの日は夜になると落ち着かなくなり、九時までには遅い食事を求めて泣き喚きます。そこで私は、彼が太り過ぎになる危険を冒しています——彼の体重は年齢と身長の割には、まだ確かに平均以下だと思っています。彼はオスターミルクの代わりに牛乳を飲み始めていますが、あまり早く切り替えることはできません。なぜなら、彼はオスターミルクが嫌いになるのではないかと恐れるからです。私たちはロンドンではそれに依存するでしょうから。あまり進歩していないもう一つのことは、彼の飲み方です。歯が生えてきて以来、ずっと下手になりました。でも問題の一つは、今では使ってもいいはずのマグが扱えないということです。ニューカースルで一つか二つのカップかマグを買ってこようと思っています（私は一晩そこに泊まり、こうした一切のことに方を付けるために金曜に戻ってきます）。

私はあなたが行ってから、毎日ちゃんと服装を整えていますが、リチャードに食べ物の大半を与え、五時と六時のあいだに彼に「社交生活」をさせ、リチャードに食事を与えてからメアリーと三十分遊びます。というのも、ごく当然のことですが、彼女はひどく彼を嫉妬しているので。今朝

［手書き］ここで、タイプするのは不可能になりました――私は今、列車の中にいますが、ゆうべ（水曜）、あなたからの電報を受け取りました。あなたが裁判の件[70]をうまくやることができればいいと思っていますが、もちろん、フランス旅行を台無しにしてはいけません。

金曜か土曜の晩に電話をしてもらえないでしょうか。ごく簡単です――二九、ダラム、スティリントン。もちろん、長距離電話です――TRUとダイヤルを回し、番号を言うのです。そうすれば、私たちは様々な計画について話すことができます。もちろん、あなたがこの週末に来るのでなければ。来るとなれば素敵でしょう。私は金曜日の午後はグレイストーンの家にいます。

アイリーン[71]

［タイプと手書き］

アイリーン・ブレア★よりレティス・クーパー★宛

一九四五年三月二十三日かその頃
カールトン
グレイストーン

親愛なるレティス

紙とタイプライターについてはご免なさい。でも、メアリーが両方取ってしまったのです。ここでは実際、紙が買えないので紙を無駄にできません。タイプライターについては何かできたかもしれませんが、リボンを纏めて一応取り換えるのに二十分ほど費やしたあと、飽きてしまいました。タイプライターのリボンは世界で一番長いものです。かなり広い家の各椅子の脚に巻きつきます。それを発見したところです。

リチャードは自分のコートがすっかり気に入り、夏のあいだ、それで間に合いそうです。彼は大変大きくなっ

たので、ジャケットに大変不足していたところでした。メアリーのお下がりは、とても着られません。とにかくニットのものは。彼は、彼女がロレンスのパジャマを引き継いだあとの日に、彼女の寝間着を貰いましたが、それでさえ大き過ぎません。彼はいまだに知恵遅れですが大変魅力があり、それは彼にとって才能よりもずっと役に立つでしょう。彼はモガドール[72]ほど愚かではありません。なぜなら、生後十ヵ月になる前に、トラックを紐で引っ張ることを発見したし、一つの物を使って別の物を引き寄せたり拾い上げたりする原理を目下調査中なのですから。彼は勤勉な働き手です。

実際、もっと早く手紙を書いたでしょうが、歯医者に診てもらいに二週間ほど前にロンドンに出たので、あなたに電話をしようと思っていたのです。すると私は病気になり、誰にも電話をせず、最後は食糧省であらゆる種類のドラマを演じてしまいました。ロンドンに行く途中、ニューカースル出身の外科医に会いに行きました。というのも、リチャードの養子縁組が完了したので、出来てしまった腫瘍に（誰も腫瘍には反対できませんでした）、今度は対処してもよいと思ったからです。彼はそれを難なく見つけ、私は来週、それを取り除いてもらうため、彼の個人病院に入院するつもりです。子宮摘出についての問題は解決されていると思います。なぜなら、腫瘍が出来た場合、多少ともほかのすべてのものを除去せずに済む見込みはほとんどないからです。そのため、全体としてそれはとてもいいことです。北国に来た甲斐がありました。なぜなら、ロンドンで受けるはずだった手術の前に病院で太るということはまったくないからです。ロンドンの外科医は未知の結果に対する保障として、患者に準備させるのが好きです。実際、彼らは皆、自分たちのメスを恐れているのです――おそらく彼らは、患者が手術室に辿り着く前に死んでしまい、自分たちは責められないことになるのを潜在意識で願っているのでしょう。彼らは私に、ロンドンでは準備として一ヵ月輸血等せずにはどんな手術も受けられない、と言いました。私は来週の水曜日に入院し、木曜日に手術を受けます。それはほかの利点とは別に、お金の節約になります。多額のお金の。結構な話です。ところで、もしあなたが手紙を書くことができれば素敵でしょう。建前は、どんな見舞客にも会いたくありません。とりわけ、個室に入れないので。本音は、誰も見舞いに来なければ怒り狂うでしょう――そして、誰も見舞いには来られません。ニューカースルにいる私の友達は、学校の休暇でどこかに行っていますから。そういう訳で、時間があったら、ニューカースル、クレイトン・ロード、ファーンウッド・ハウス宛に手紙を下さい。ジョージが遠くにいるのは幸いです――目下、ケルンにいます。ジョージが病人を見舞う姿は、世界のどんな哀れな病人よりも遥かに惨めです。

［手書き］あなたがもう食糧省にいず、これが、ミス・トムキンズの会話からの最後の抜粋になると考えるのは嫌です。私は、優しく美しいスノードロップの絵を鮮明に覚えています。

フラットの件が実現するのかどうか教えて下さい。完璧のようですね。ところで、もしあなたがどこか働く場所か暮らす場所が欲しいのなら、孤独のうちに腐っていく私たちのフラットを使って下さい。キャノンベリー・スクエア一四aに住むドリーン・コップ(73)が鍵を持っています。私たちのフラットはキャノンベリー・スクエア二七bです。そして彼女の電話番号はCAN四九〇一です。彼女には、非常に大きくて、才能のある音楽家特有の髪と手をした息子がいます。私は嫉妬すると思いましたが、リチャードより好きだという訳ではないのがわかりました。彼は好ましいのですが。フラットの話に戻りますが、ドリーンが、その設備（シーツは含まれません）についてあなたが知らないことを、なんでも話すでしょう。私が北に来て以来、シーツはなくなってしまいました。でも、泥炭の暖炉は使えるでしょう。それは素敵なことです。

レイモンド・ブラックバーンがストックトンに行きますが、この手紙を手ずから持って行くことになっています。この手紙は書くのに約一週間かかりました……(74)でも、その間ずっと、私たちはリチャードへのあなたの贈り物に感謝していました、彼と私は。

たくさんの愛を込めて
エミリー(75)
［タイプと手書き］

アイリーン・ブレアより夫宛★

一九四五年三月二十五日
カールトン
グレイストーン

最愛の人

早めに手紙を書いています。水曜日に（今日は日曜日）個人病院に入るので。もちろん、間に合わないでしょう。子供たちが起きているあいだは手紙を書くことも、ほかの何かをすることもできません。いつもは八時十五分前頃にロレンスに本を読んでやるのを終え（今夜は八時五分前）、八時か八時十五分に夕食をとり、九時のニュースは今では必ず聴きますが、ニュースは少なくとも九時半まで続きます（この二晩の戦況報告は素晴らしいものでした）(76)。それから、湯たんぽに湯を入れる時間になります。私たちは早くベッドに入るからです。そういう訳で、私はベッドで手紙を書き、タイプでは打ちません。ちなみに、密猟の法律について私の知っていることをロレンスに説明しながら、遺言(77)を書きました――手書きで。というのも、手書きの遺言は、ほとんどいつも有効ですから。それに署名をし、立会人にも署名をしてもらいました。それが使われることはあり得ませんが、私がそのことについて言うのは、私が妙なことをしたからです。私はリチャードに何も遺さなかったのです。あなたが、もし私より長生きした場合、唯一の受遺者です（あなたの相続財産は、数百ポンドにはなるはずのヘアフィールドの家、保険、家具です）。もし、私より長生きしなければ遺産はもっと増えるでしょう。私はそれをグウェンに遺しました。なんの法的義務もないがリチャードのために使ってもらいたい、とはっきりと注釈を付けて。その注釈は、リチャードに、私が彼を相続人排除にしているのではなかったということを納得させるためです。でも、私がそんな風にしたのは、リチャード本人にお金をどう工面したらいいのかわからないからです。一つには、戸籍本署からまだなんの連絡もないため、リチャードの名前は依然としてロバートソンだと思うからです。もう一つには、彼には受託者が必要ですが、あなたが誰を望んでいるのか、また、その人たちに頼まなくてはいけないのかどうかわからないからです。さらにもう一つには、もし彼が子供のうちに相続すれば、彼の受託者が、彼が未成年のあいだ、彼ができるだけよい教育が受けられるよう、彼のお金を使うことができるのが大事だからです。私たちはあなたが帰国した時にこうした一切のことをきちんとしなければなりませんが、あなたが次の数日のうちに殺されるおそれも考慮しなければならないし、私が木曜日に手術台の上で死ぬかもしれないこともあると思ったからです。私が死んだあと、あなたが殺されるとしたら最悪ですが、でも私の小さな遺言書で、私が何をしてもらいたいかがわかるでしょう。育児におけるグウェンの成果はこれまでのところ芳しくはありませんが、戦争が終われば、彼女は子供たちと自分が住むにふさわしい家を田舎に見つけるでしょうし、彼女はリチャードを愛し、ロリーは彼を崇敬しています。そして、使用人の全員が彼を深く愛しています。彼はマージョリー〔オーウェルの姉〕と一緒にいるよりは、その家にいたほうが幸せなのは確かです。マージョリーは彼を引き取ると思いますが。アヴリルはいずれにしろ彼を引き取らないと思いますし、それを願っています。私はそれには耐えられないでしょう[78]。ノラとクウォータス[79]は彼を引き取り、大変うまく育てるでしょうが、あなたは二人のどっちも見ていません。クウォータスはインドにいるので、連絡できません。そういう訳で、現状ではこれが最上の緊急策だということに賛成してくれるだろうと思いました。

リチャードに六本目の歯が生えました。また彼は、ベビーサークルに入れると手摺りを摑み、ほかの支えがなくともそれにしがみついて立ちました。でも彼はどうやって立ち上がるのかは、実のところ全然わかっていないので、あまり多くの期待をしないように。昨日、乳母と私は三人全部を、百日咳の予防注射をさせに医者のところに連れて行きました。医者は二マイル半から三マイル離れた、野原をちょっと越えたところに住んでいます。私たちは道に迷い、耕地を横切らねばなりませんでした。乳母車は動こうとせず、メアリーも動こうとしませんでした。彼女は畝間《うねま》に坐り込み、抱き上げるまで泣き喚きました。ロレンスも、抱かれようと泣きました……[80]けれどもロレンスは、注射針が刺さった時は泣きませんでしたが、メアリーは泣き、そのうえ診察室の床に巨大な水溜まりを作ってしまいました。リチャードが最後でした。彼は私の膝の上でマッチ箱で遊び、腕が摑まれると少しびっくりした顔で医者の顔を見てから、私のほうを愕然として振り向きました。まるで、こう言うかのように。「なんでこの一見いい人が僕に針を刺すのだろう？　正しいことなのだろうか？」そうだと言われると、彼は再び医者をやや重々しい表情で見上げました――それから微笑みました。彼はなんの音も立てず、一日中、申し分なく良い子でもありました。腕に傷のようなものが出来たにもかかわらず。不運なことに、ほかの二人は注射をされたことを覚えていて、どっちかの腕が触られると苦悶の叫びをあげました。楽しい日でした。

　でも、リチャードは恐ろしいことをしました。彼はおまるを使おうとせず、おまるに載せられると、ほとんどいつも癇癪を起こし、おまるの上になんとかして坐らせると、それ以上何もしないのです。歯が彼の内側も乱してしまったのです。昼食後、ほかの二人をベッドに行かせ、私が洗い物の手伝いをしているあいだ、リチャードをベビーサークルに一人にしておきました。すると、苦悶の叫びが聞こえました。彼は、メアリーが「カチコチ」と呼ぶことをしたのです。三度目です。彼は両手をあれの中に突っ込み、両手を口の中に入れたのです。吐いてくれないかと願いながら、彼の口の中を洗おうとしました。でも、駄目でした。彼は、私が注ぎ込んだ水の大半を飲み込んでしまったようなのです。そのため、役に立たなかったどころか、もっと悪いことになりました。結局、彼の口の中を生綿で擦って拭い、お湯を少し飲ませ、最善を期待しました。今、彼は大変元気です。哀れな子。私は自分も情けなくなり、吐きそうになりました。けれど、ブラックバーンによると、大勢の子供が毎日こういうことをするそうです……[81]

『ウィンドミル』[82]は届いていません。校正刷りも届いていません。同誌から校正刷りを送ってくると、あなたは確か言っていましたが。頼まれた週のものに違いない『オブザーヴァー』を買い損ねました。今日のも買い損ねましたが、手に入るのを望みます。

　『動物農場』の文書が同封してあるあなたの手紙が、きのう来ました。同封してあったものをムーアに送りました。喜ぶことでしょう。これは、私たちの手紙のやりとりで、ほぼ一番速かったものです。
もう、寝たほうがよいと思います。ところで、六本の歯は上が三本、下が三本で、ちょっと妙な顔付きになっていますが、上に四本目の歯がすぐに生えてくることを望みます。

私とリチャードのすべての愛を込めて

E

［タイプと手書き］

アイリーン・ブレア★より夫宛

一九四五年三月二十九日
ニューカースル＝オン＝タイン
クレイトン・ロード
ファーンウッド・ハウス

最愛の人
私はこれから手術を受けます。すでに浣腸され、注射され（困ったことに右腕にモルヒネを）、清められ、生綿と包帯で貴重な像のように包まれています。それが済んだら、この手紙に短い追伸を書くでしょう。それはすぐに書けるでしょう。仲間の患者たちの様子から判断すると、短い追伸になりそうです。誰もが手術を済ませています。不愉快です――優越感を覚える機会がないでしょうから。
ここに来てからハーヴィー・エヴァーズに会っていません。どうやらグウェンは彼に連絡していないようで、私がどんな手術を受けるのか誰も知りません！　ハーヴィー・エヴァンズが本当に決断を私に任せたとは、誰も信じていません――彼はいつも「自分で最上と思うことをする」ので！　彼は、もちろん、そうします。でも、私は模範患者ではあるものの苛立ちを覚えていると言わざるを得ません。誰もが、私は素晴らしいと思っています。とても落ち着いていて、楽しげだとみなは言います。まさにその通りなのです。私は、ほかの誰かに身を委ねることができるのです。
ここは素敵な部屋です――一階なので、庭が見えます。喇叭《らっぱ》水仙《ずいせん》と、ハタザオと思われるもの以外、あまりたくさんありませんが、素敵な小さな芝生の庭です。私のベッドは窓際ではありませんが、正しい方向に向いています。暖炉も時計も見えるのです。

［手書き］

この手紙は、ここで終わっている。どんな追伸もない。アイリーンは心臓発作を起こし、麻酔をかけられたまま死んだ。三十九歳だった。オーウェルはアイリーンが死んだという知らせを受け取った時、パリにいた。彼は三月三十一日、土曜日にグレイストーンに着いた。アイリーンは、ニューカースル・アポン・タインのセント・アンドルーズ・アンド・ジェスモンド墓地に埋葬された。墓はB区画の第百四十五号である。オーウェルはリチャードをロンドンに連れて帰り、オーウェルは任務を果たすためにフランスに戻った時、ドリーン・コップがリチャードの世話をした。

リディア・ジャクソン★宛

一九四五年四月一日
カールトン、グレイストーンにて

親愛なるリディア

　君が非常に悪い知らせを、ほかの誰かから聞いたかどうか僕は知らない。アイリーンが死んだ。君も知っての通り、彼女はここしばらく病気だった。そして、切除の必要な腫瘍が出来ていると、最後は診断された。手術はそれほど危険なものとは思われていなかったが、彼女は麻酔を施された直後に死んだようだ。どうやら、麻酔の結果らしい。この前の木曜のことだった。僕はパリにいて、彼女が手術を受けるのを二日前まで知らなかった。きわめて残酷な出来事だった。恐るべき衝撃だった。なぜなら、彼女はリチャードを心から可愛がるようになり、戦争が終わったらすぐ、田舎で正常な暮らしをするのを待ち望んでいたからだ。唯一の慰めは、彼女が苦しんだとは思わないことだ。というのも、どうやら、何か悪いことが起こるとは思わずに手術室に行ったらしいし、意識を回復しなかったからだ。リチャードがもう少し大きくなかったのは、たぶん幸いだろう。なぜなら、彼は彼女がいなくなって淋しいとは実際に感じていないと思うからだ。いずれにしろ彼は、健康であると同時に元気潑剌としているようだ。僕は彼をロンドンに連れて帰るつもりだ。そして、彼は当座は、僕と同じスクエアに住み、自分も生後一ヵ月の赤ん坊のいるドリーン［コップ］のところにいる。僕は二人が共有できる乳母を見つけられると思う。戦争が終わったら、彼だけのための乳母を見つけ、田舎に彼にふさわしい家庭を作ることができると思う。彼が非常に魅力的になり始めた時にアイリーンが死んだのは残念だが、彼女は人生の最期の数ヵ月、彼と一緒にいて非常に楽しい思いをした。パットによろしく言ってくれないか。これからどうするかはわからないが、もし『オブザーヴァー』が望むなら、リチャードの問題が片付き次第、一、二ヵ月フランスに戻るだろう。

草々
ジョージ
［タイプ］

アントニー・ポウエル★宛

一九四五年四月十三日

パリ九区
オテル・スクリーブ

親愛なるトニー

　先週ロンドンにいた時、君に連絡しようとしたのだが、駄目だった。僕の身に起こったことについて、ほかから聞いたかどうか知らない。アイリーンが死んだのだ。彼女は三月二十九日、さほど危険とは思われていなかった手術中に、まったく不意に、予期せずに死んだ。僕はここにいて、何か悪いことが起こるとは予期していなかった。実際、誰も予期していなかったようだ。僕は検死の最終結果を見なかったし、実際、見たいとも思わない。彼女が生き返る訳ではないからだ。しかし、麻酔に原因があると思っている。なんとも恐るべき出来事だ。なぜなら、彼女は健康を害し、過労で実に惨めな五年を過ごし、物事がやっとよくなり始めていたからだ。唯一のよいことは、彼女が苦しんだり、不安を覚えていたりしたとは考えられないということだ。彼女は実際、病気を治すために手術を待ち望んでいた。彼女の書類の中に、死ぬたった一時間ほど前に書いたに違いない手紙を見つけた。彼女は麻酔から覚めた時に、それを書き終えようと思っていた。しかし、彼女がリチャードを心から愛するようになり、彼を上手に育てていた、まさにその時に死んだというのは、ひどく悲しい。リチャードは、嬉しい話だが、非常に元気で、今のところ、ちゃんと養われている。彼は、彼の叔母のような人(83)のところにいる。彼女は僕と同じスクエアに住んでいて、自分にも幼児がいる。近いうちに、ずっと雇っていい、良い乳母が見つかることを願っている。乳母と家が見つかり次第、彼を田舎に移すつもりだ。ロンドンで歩くのを覚えてもらいたくないからだ。僕は彼の落ち着き先を見つけ、それから真っ直ぐここに戻ってきた。家ではひどく気持ちが乱れたので、少しあちこち動き回っているほうがいいと思ったからだ。僕は最近数日ドイツにいたが、これからそこに一、二週間戻るつもりだ。

　君に手紙を書いたのは、マルコム・マガリッジの住所を訊きたかったからでもある。彼はパリを去ったが、どうやって連絡したらいいのか、さっぱりわからない。僕はウッドハウス事件〔ウッドハウスは一九四〇年、フランス滞在中にドイツ軍に拘禁され、釈放されたあと、ドイツからアメリカに向け放送し、英国民の憤激を買った。放送の内容は無害のものだった〕が絡むある種の騒ぎがあったと薄々聞いたが、それが何か全然知らない。手紙は大抵二週間くらいかかるが、上記の宛名で大丈夫だ。ヴァイオレット(84)によろしく。

草々
ジョージ
［タイプ］

リディア・ジャクソン★宛

一九四五年五月十一日
パリ九区
オテル・スクリーブ

親愛なるリディア

君とパット(85)から、ほぼ同時に手紙を受け取った。僕はコテージを再び貸すつもりはない。時折週末に行く場所として、当分取って置きたいからだ。けれども、君と次のような取り決めのどちらかをすることはできる。いつでも君の都合のよい夏のひと月、コテージを君に貸す。または、僕がいつであれ好きな時に一週間ほどそこに住むという条件で、君はずっとそのコテージを使い続けることができる。どちらの場合でも、君から家賃を貰おうとは思わない。僕は五月二十五日頃ロンドンに戻ると思うが、その時、君と最終的に取り決めることができる。前もって教えてくれれば、君は六月でも七月でも、実際いつだって使っていい。目下、田舎で家を見つけるのは不可能のようだ。だから僕は、リチャードが時折、田舎の空気が数日吸えるよう、コテージを取って置きたいのだ。アイリーンと僕は、彼がロンドンで歩くのを覚える必要がないのを望んでいたが、それは無理なようなので、フラットをずっと借りておくつもりだ。

グウェン［オショーネシー］の話では、君は彼女の冷蔵庫を借りたそうだ。僕らにそれを返してもらえないだろうか。夏のあいだ牛乳が酸敗するのを防ぐのは非常に難しく、そのため子供たちでひどく苦労するので。

僕はアイリーンが死んでから真っ直ぐここに戻ってきた。ほぼいつも仕事をしているので、やや気分が持ち直した。ドイツの荒廃ぶりは恐ろしいほどで、イギリスにいる者たちが想像するより遥かにひどいが、僕の旅はとても興味深いものだった。もう一回旅をする。オーストリアへだといいと思っている。それから来週末に帰国する。ドリーンからリチャードについての報告が来たが、彼は大変元気なようで、生後十一ヵ月で生まれた時の体重が三倍に増えた。次にしなくていけないのは、彼のために乳母を見つけることだが、当節では不可能に近い。この手紙が君のところに届くまでどのくらいかかるのかわからないが――わずか四日しかからないこともあるし、三週間ほどかかることもある――僕が帰る前に届き、君がコテージに行きたいのなら、そうしてくれたまえ。君たち二人に会うのを楽しみにしている。

草々
ジョージ
［タイプ］

『トリビューン』宛の未発表の手紙

一九四五年六月［二十六日？］

この手紙は活字に組まれたが、オーウェルはゲラ刷りの余白に、「『トリビューン』が翌週態度を変えたので撤回した」と書いた。

ポーランド人の裁判

モスクワにおける十六人のポーランド人の裁判[86]に対する貴紙のコメントを読み、いささか失望しました。その中で貴紙は、彼らが恥ずべき振る舞いをし、罰せられるのは当然だと仄めかしているように思えました。

法的手続きが取られ始めた頃、被告には狭義には罪があると私は考えました。ただ、なんの罪があるのか？　どうやら、自国が外国の勢力に占領された時にするのが正しいと誰もが考えることをしただけの罪であるようです――すなわち、軍隊を存続させようとした罪、外部の世界との連絡を維持した罪、生産破壊活動を行い、人を殺した罪。言い換えれば彼らは、選挙によらない傀儡政権に反抗して自国の独立を保とうとした罪で、また、当時ソ連邦以外の世界中の国から承認された政府に忠実であった罪で告発されたのです。ドイツも占領期間中、彼らをまったく同じ理由で告発し得たであろうし、彼らはやはり有罪になったでしょう。

ポーランド人が独立を維持しようとした努力が、「客観的に」ナチを助けたことになったと言って済ますのは無益でしょう。左翼が非難しなかった多くの活動が、「客観的に」ドイツを助けました。例えば、E・A・M[87]はどうなのでしょう？　彼らも軍隊を存続させようとし、連合国軍の兵士を殺しましたが――この場合は英軍兵士――彼らは、誰かに合法と認められた政府の命令のもとで行動したのでさえなかったのです。しかし、それがどうしたというのでしょうか。我々は彼らの行動を非難はしない。もし、十六人のE・A・Mの指導者が今、ロンドンに連れてこられ、長期の懲役刑に処されたなら、我々はまさしく抗議すべきであります。

反ポーランド、反ギリシャであるのは、政治道徳の二重基準を設けて初めて可能なのです。一つはソ連邦のための、もう一つはその他の国々のための。こうした十六人は、モスクワに行く前は、政治使節と新聞では書かれました。そして、彼らは新政府を作るための話し合いに参加するよう呼び寄せられたと書かれました。彼らが逮捕されたあと、彼らの政治使節としての地位は英国の新聞ではまったく言及されなくなりました――それは、二重基準を大衆に受け入れさせるためには必要な一種の検閲の例です。情報通の人間なら誰しも、似たような例を知っています。一つだけ挙げましょう。目下、国中の雄弁家は、ロシアには「売国奴がいなかった」という理由で、ロシアの粛清を正当化していますが、同時に、数人の将軍を含む相当数のロシアの軍人が寝返ってドイツ軍のために戦ったということを書くのは、用心深い編集長によって抑えられています。こうした類いの糊塗策は、いくつかのそれぞれ違った動機から生まれていて、中には理由のあるものもありますが、それが長く続けば、社会主義運動に壊滅的な影響を与えるでしょう。

　私は貴紙のコラムに書いた時、もし、ロシアのこの行為、あの行為を批判するなら、自分が道徳的に優れているというふりをする必要などないと、繰り返し述べました。ロシアの行為は資本主義国家の政府の行為より悪くはなく、その実際的結果は、もっとよいかもしれません。また我々は、ソ連邦の指導者に向かって、君たちを認めないと言うことによって、彼らの行為を変えさせることはあり得ないでしょう。大事なのは、ここの社会主義運動に対するロシア崇拝が与える影響です。現在、我々はほぼ公然と道徳の二重基準を適用しています。我々は、大量強制移送、強制収容所、強制労働、言論の自由の抑圧は恐るべき犯罪だと言う一方、そうしたことがソ連邦とその衛星国によって行われたのならまったく問題ないと公言しています。そして必要な場合、ニュースを改竄し、都合の悪い事実は削除することによって、それをもっともらしく見せています。ソ連邦が行うのならどんな犯罪でも大目に見ざるを得ないなら、健全な社会主義運動は生まれません。現今、なんであれ反ロシア的なことを言うのは不人気なのを、私よりよく知っている者はいないでしょう。しかし、それがどうしたというのでしょう。私はわずか四十二歳で、今日、なんであれ反ロシア的なことを言うのは危険であるのと逆に、なんであれ親ロシア的なことを言うのは危険だった時代を思い出すことができます。事実、私は「社会主義」という言葉を使った演説者に対し労働者階級の聴衆がブーイングをし、野次るのを見たほどには年を取っています。こうした流行は過ぎ去るものですが、もし、物を考える人々が、現在の迷妄に対して進んで声を挙げなければ、それが過ぎ去るかどうかは断言できません。社会主義運動がともかくも存在しているのは、過去百年にわたって、少数のグループと孤独な個人が不人気を甘受してきたからです。

ジョージ・オーウェル

C・E・デサリス宛

一九四五年六月二十九日
ロンドン、N1
イズリントン
キャノンベリー・スクエア二七B番地

拝啓

　お手紙が『オブザーヴァー』より送られてきました。『ロード・ジム』に関し、船を沈めると書いたのはひどい間違いで、申し訳ありません[88]。もちろん、船を見捨てると書くつもりでした。校正刷りが見られるくらい早くこの書評を送っていたなら、たぶん訂正していたでしょう。

　お手紙のほかの点について。『ロード・ジム』のその他の部分は私には馬鹿げて見えます。あんな風に振る舞った青年は贖罪を求めないからではなく、マレー人のあいだでのジムの暮らしに起こる実際の事件は信じ難いものだからです。コンラッドは密林の光景と港町の生活に重点を置いて、極東の生活を船員の視点から書くことができましたが、もし人が実際にそうした国の一つに住んだならば、内陸の生活の描写は納得のいくものに思えないでしょう。『ロード・ジム』は全体として、主人公がトランプのいかさまで自分のクラブから追放され、大きな獲物を撃とうと中央アフリカに行くようなタイプの本の、非常に際立ったものに思えます。ドロシー・ラムーア[89]風人物さえ登場します。冒険ができて、それを楽しみもする人々についてあのように書いた時、私はあなたがおっしゃっているT・E・ロレンスのことを考えていましたが、結局のところ、そうした人々はどのくらい一般的で典型的なのでしょうか。マーロー自身、私にはまったく信じ難い人物に思えます。そのような人間は船長などにはならないでしょう。コンラッド自身は、たぶん多少そうした人間だったのでしょうが、重要なのは、彼が船員をやめ、物を書くようになったことです。あのような本の書き方も、私には不十分に思われます。なぜなら、読者はこう考えて、読むのをしばしば中断するからです。

「誰だってこんな風には話しはしない、こんなに長くは話しはしない」

　『オブザーヴァー』の書評は、私がコンラッドについて言いたかったことを、かなり歪めています。非常によくあることですが、同紙は紙面の都合で三百語ほど削らねばならなかったからです。ポーランドで育ったコンラッドは革命運動の雰囲気を驚くほどよく理解しているという点を一節か二節で詳述しました――それを理解しているイギリス人はごく少ないし、コンラッドのような政治観を持っているイギリス人はいないのは確かです。私はとりわけ『密使』を褒め、今では手に入れるのがきわめて難しいこの本は、再刊されるべきであると書きました。

敬具

ジョージ・オーウェル

［タイプ］

「オーウェルと悪臭を放つ者たち」――往復文書

一九四五年六月二十九日

『トリビューン』

　一九四五年六月二十九日、『トリビューン』は、ジョン・シンガー編集の『ミリオン――第二集』[90]のサブラメイニアム[91]による短い書評を載せた。それは、内容を短く要約し、『ミリオン』を推薦したものだが、その半分を、J・E・ミラーによるエッセイ「ジョージ・オーウェルと現代」に充て、それは別の一節を使って論じる価値があるとサブラメイニアムは言った——

この小論は、オーウェルのどんな小論にも劣らず挑戦的で、分析的で、刺激的で、見事と言っていい。しかしミラー氏は、一つの点で失敗している。彼は、オーウェルが政治的小論に文学的形式を与える数少ない書き手の一人だという事実に十分な重要性を与えていない。その代わり彼は、どの程度までジョージ・オーウェルが自分の信念を正しい社会主義者的行動に相互関連させたかにもっぱら関心を寄せ、いくつかの点で長々と非難している。

そのあと活潑なやりとりが続き、『トリビューン』ができる限りそれを煽ったのは明らかである。二通の手紙は、議論に負けぬほど挑戦的に、「オーウェルと悪臭を放つ者たち」と「悪臭を放つ者たちについてのいっそうの見解」と題された。最初の手紙はポール・ポッツ[92]からのもので、一九四五年七月六日に載った。

サブラメイニアムは先週『ミリオン』を書評した際、J・E・ミラーが書いたジョージ・オーウェルに関する小論に言及しました。その小論の中でミラーは、『ウィガン波止場への道』が初めて世に出た時に取り沙汰された、オーウェルが同書のどこかで、労働者階級の人間は悪臭を放つと書いているという、オーウェルに対する昔の中傷を繰り返しています。彼が言ったのは、イートンの学童だった彼は、彼らがそうだと信じるように育てられた、ということです。その中傷を流布するミラー氏に、その間違いを指摘しておきます。彼が提唱する社会主義は、卑劣な虚偽によっては決して助けられないということを彼に思い出させてよいでしょうか？

それに関するさらに何通かの手紙が『全集』第十七巻に収められているが、『ミリオン』の編集長宛の手紙は『失われたオーウェル』に収められている。次は『トリビューン』へのオーウェルの返事からの抜粋である。

［……］私が『ウィガン波止場への道』のその章で論じたことは、労働者階級はいわば生まれつき臭うという、私たちが子供の時に教えられた説です。私たちは「下層階級」（当時は彼らをそう呼ぶのが慣わしでした）は、私たちとは違うにおいがし、それは嫌なにおいだと教え

られました。私たちは、ユダヤ人、ニグロ、その他の様々な人間のカテゴリーも、まったく同じだと教えられました。同書で私は、どんな風にそう教えられたのか、どんな風にそれを受け入れたのか、どんな風に、なぜあとになってそういう考えから脱却したのかを詳述しました。ミラー氏はそれをすべて無視し、彼の理論を裏付けるように思える断片的文章を単に拾い上げただけです。その手法を使うと、誰にでも当人の言わないことを言わせることができます。[93]

レナード・ムーア宛★

一九四五年七月三日
N1、イズリントン
キャノンベリー・スクエア二七B番地

親愛なるムーア様

契約の件についてウォーバーグと話しました。私が将来書くすべての本を彼に渡す、ただし、特殊な性格の本（例。あの図説英国叢書[94]）は別の所に行くのを認めてもらう、と確約したことに、彼はすっかり満足していました。彼は内容の変更を許さない厳密な契約を結ぶようせっついてはいませんが、ほかの問題が片付いたら、そうした契約を結びたがっているのは疑いありません。

本当の問題はゴランツです。彼に私の次の二つの小説を渡すという契約は依然として有効で、彼は『動物農場』をその一つと数えるのを拒否したので、その契約をそのままにしておきたいようです。同時に、正直に言えば、契約が解消できれば、これ以上彼に本を渡したりオファーしたりしたくありません。私は個人的に彼と喧嘩をした訳ではなく、彼は私を寛大に扱ってくれ、私の作品をほかの誰もが出版してくれなかった時に出版してくれましたが、政治的理由で本の出版を受諾したり拒否したりする出版社に縛りつけられるのは不満なのです。しかも、その政治的見解は絶えず変わるのです。例えば、『動物農場』を書いた時、その出版社を見つけるのは非常に難しいことは前もって知っていました。そして、それをゴランツのところに持って行ったのは、単に時間の無駄でした。そういうことが今後も何度も起こるでしょうし、彼がこの一、二年のあいだに出版した本のいくつかから判断して、ゴランツが気に入るようなものが書けるかどうか疑問です。例えば、最近、小説[95]を書き始めました。ほかのところでどのくらい仕事をしなければならないかを考えますと、一九四七年までは書き終えることはできないでしょうが、完成した時にゴランツが拒否するのは、かなり確実です。もし、その時までに彼の見解が、また変わっていなければ。彼は小説に関する限り、どんな見解を表明していようと構わないと言うかもしれませんが、小説をある出版社に渡し、ノンフィクションを別の出版社に渡すというのは、よくないやり方です。

例えば、私の書いたものの中で最上のものと言ってよい、スペイン内戦の本は、ゴランツから出版されていたなら、たぶんもっと売れたでしょう。その頃には、私はゴランツの読者に名前が知られかけていたので。ウォーバーグの場合は、そうした問題は起こりません。彼はプロパガンダにはさして興味がなく、いずれにしろ、彼の見解は私の見解に近く、深刻な対立にはなりません。ゴランツ自身の見方からすれば、私は彼にとって得になる存在でもないと思います。私を彼の著者リストに載せているということは、彼も彼の友人たちも是認できない本を時折出版することを意味します。もし彼が同意すれば、契約を破棄したほうがよいように思われます。もし同意しなければ、私は契約を厳密に実行するでしょう。つまり、さらに二つの小説に関して。そして私は、この点についてはウォーバーグに理解してもらえるものと信じています。このことについて、ゴランツに話してみて頂けないでしょうか。お望みなら、この一節を引用して下さって結構です。

先日、W・T・ターナーに会い、図説英国叢書について訊いてみました。彼の話では、エドマンド・ブランデン[96]が姉妹篇を書いていて、二冊同時に出版されるそうです。原稿を一年前に渡したのだから、いくらか金を貰って然るべきだと思うと私は言いました。約束の前払い金は五十ポンドだったので、私は今、二十五ポンド貰いたいと言いました。それには異存はないと彼は言いました。私はあなたが彼に手紙を書くだろうと言いました。すでに、そうして頂いたかもしれませんが。

ヘイミッシュ・ハミルトンから手紙が来て、ハーパーズが私の書いたものをもっと見たがっていると言っています。私はエッセイ集のことを話しましたが、もしダイヤル・プレスがそれを断りましたら、ハーパーズに見せる価値があると思います。あまり彼らの好みではないと思いますが。

敬具
エリック・ブレア
［タイプ］

リディア・ジャクソン★宛

一九四五年八月一日

親愛なるリディア

もちろん、八月の後半、コテージを使ってくれたまえ。仮に僕がいつかそこに行けるとしても、その頃ではないだろう。

僕は依然として、ヘブリディーズ諸島のあのコテージを借りようとしている。その話が実現するかどうかはわからないが、もし実現すれば、ウォリントンの家具をそこに送るつもりだ。でも、来年初めまでは、そうならないだろう。

僕は恐ろしく忙しいが、嬉しいことに、よい乳母が見つかった。彼女はリチャードの面倒を見、僕の食事まで作ってくれる。リチャードは、歯が急速に生えてきているにもかかわらず、きわめて元気だ。彼は今、生後十四ヵ月半で、体重は約二十六ポンドだ。支えなしに立ち上がることができるが、まだ実際には歩けない。体重が両脚に重過ぎるかもしれないので、急かすつもりはない。実際まだ話さない。つまり、言葉に似た音は発するが、実際の言葉は発しない。これまでの短い人生における多くの変化から、なんらかの害を受けたようには見えない。戻ってきたら、僕ら二人に会いに来てくれないか。僕は午後ほとんど家にいる。リチャードは四時半頃お茶を飲み、僕は七時頃ハイ・ティーをとる。

パットによろしく。

草々
エリック
［タイプ］

グレープ・ストルーヴェは一九四五年八月二十八日にオーウェルに手紙を書き、『動物農場』は「愉快です。評者の一人が、あなたの〝トロツキスト的偏見〟と呼んでいるものに私は必ずしも同意しませんが」と言った。彼はオックスフォードの夏期学校でロシア部門を教えていた。学生たちは同書を買おうと行列していた。彼は、同書を褒めはしたがその本当の攻撃目標に言及するのを避けた評者たちの「遠慮」に非常に面白がった。彼は『動物農場』を翻訳したかった。ロシアの亡命者のためにではなく、外国にいる時にのみ自国についての真実のことが読める、国外にいるロシア人のために。彼はオーウェルに、『トリビューン』と縁を切ったのかどうか尋ねた。彼はオーウェルの小論が読めなくなったのを残念に思っていたのである。彼自身のソヴィエト文学に関する本は、間もなくフランス語で出版された。それには、ソ連邦には表現の自由はないという事実を強調した、特別の前書きが付いていた。

グレープ・ストルーヴェ★宛

一九四五年九月一日
N1、イズリントン
キャノンベリー・スクエア二七B番地

親愛なるストルーヴェ様
八月二十八日付のお手紙、ありがとうございます。『動物農場』を翻訳するというあなたのお考えを頭に入れておきます。そして当然ながら、もしなんらかの形で手筈が整い、あなたが翻訳なさるのであれば非常に光栄に存じます。問題はその手順について私が知らないということです。ロシア語の本はこの国で出版されるのでしょうか、つまり、非公式の所から？　あなたのお手紙を受け取ったのとほぼ同じ頃、同書をポーランド語に訳したいという手紙が、あるポーランド人から来ました。もちろん、訳書を出版し、翻訳の労に報いる方法が見つからない限り、そうするようにと彼に勧める訳にはいきません。あなたの場合も同様です。翻訳者に相応の報酬が入るようにする、なんらかの手段があれば、私は喜んでその手段を取ります。当然ながら私は、同書がほかの言語に訳されるのを願っていますので。もしスラヴ語への翻訳が行われれば、私自身はそこからどんな額の金も貰うつもりはありません。[97]

　いいえ、『トリビューン』と縁を切った訳ではありません。同紙のための編集の仕事はやめましたが。私は二月と五月のあいだフランスとドイツにいましたし、私の仕事がほかの面でごたごたしていましたので、しばらくジャーナリズムの仕事を減らさざるを得ませんでした。けれども、十月から再び『トリビューン』の週一度のコラムを書き始める予定です。元の題ではありませんが。

　あなたの本がフランス語に翻訳されるというのは嬉しい話です。フランスでの私の印象では、大きな共産党があるにもかかわらず、フランスではソヴィエト崇拝がイギリスにおけるほど盛んではありません。

　私は休暇で間もなくロンドンを出ますが、二十五日頃戻ってきます。いつであれ、あなたがロンドンにいらっしゃる時にお会いしたいと思います。私の電話番号は、CAN三七五一です。

敬具

ジョージ・オーウェル

［タイプ］

ケイ・ディック宛★

一九四五年九月二十六日
N1、イズリントン
キャノンベリー・スクエア二七B番地

親愛なるケイ

　君の手紙を受けとって大変嬉しい。君となんとかして連絡と取ろうとしていたので。『ジョン・オー・ロンドン』[98]に電話をしたら、君は辞めたと言われただけだった。そして、君の家の住所を失くしてしまっていた。

　今のところ、短篇のための構想はまるでない。無理に書こうとも思わない。あとになればわからないが。ある時、一人の男についての短篇を書こうとした。その男は庭の雑草にうんざりして、雑草だけの庭にしようと思い立つ。簡単に生えてくるようだからだ。するともちろん、そうし始めるとすぐ、自然に生えてきた花と野菜で庭が覆われる。でも、実際に書くまでには至らなかった。

君は四日頃ロンドンに戻ってくるそうだが、そのあと連絡する。今度は君の住所を失くさないようにする。いつかここに来て、僕の小さな息子を見てもらいたい。彼は今、生後十七ヵ月に近い。もしハムステッドから来るなら、エンジェル駅に行き、それからバスに乗る。または、シティーから来るなら、四番バスでハイベリー・コーナーに来る。僕はほとんどいつも家にいる。もう、勤めていないからだ。子供は六時頃ベッドに行き、僕は七時頃ハイ・ティーをとる。

面白い話があるのだが、哀れな老ウッドハウスは、『ウィンドミル』に書いた僕の小論に、哀れなほどひどく感激した。僕は彼にパリで会い、その後、一、二度手紙が来た。

君に会うのを楽しみにしている。

草々

ジョージ・オーウェル

［タイプ］

レナード・ムーア宛★

一九四五年十一月二十九日
ロンドンN1
キャノンベリー・スクエア二七B番地

親愛なるムーア様

ナジェル・パリ社のエルヴァルから手紙が来たところです。あなたが『動物農場』のために結んだ契約では一年以内に出版のこととなっているが、それは無理な条件だと彼は言っています。彼が挙げている主な理由は、外国人作家による二冊の本を十八ヵ月か二十ヵ月以内にそれぞれ発行するのはフランスでは異例だということです。『ビルマの日々』は二月に出ることになっているので、『動物農場』は、もし一九四六年に出版されれば、それにぶつかってしまうという訳です。また彼は、政治的観点からは、今は『動物農場』のような本を出すのにふさわしい時期ではないかもしれないと仄めかしています。そして、ナジェル・パリは出版に適した時を判断したいと言っています。第二の異議は本当のことだと思います。現在フランスでは、本はどんなものでも非常に不足しているので、第一の考慮はあまり説得力がないでしょう。

この件はあなたに一任すると彼に書くつもりです。大事なのは、私たちがA・Fの出版を、できるなら、十八ヵ月から二十ヵ月も延ばしたくないということです。今は、そうした本はフランスで敵意をもって迎えられるだろうということは疑いありませんが、いずれにせよ、一九四六年の後半のいつかに出版するという問題でしょう。その頃までには、親ロシア感情は冷めているかもしれません。ここでそうであるらしいように。マルローが情報相である限り、その本は発売禁止になるとは思いません。私はパリにいた時、彼に会いました。非常に友好的な人物で、物の見方は親共産主義的ではまったくありません。まさかの時は、別のフランスの出版社に持って行くことはできないでしょうか。ご記憶でしょうが、フォンテーヌがその本について尋ねてきました。ナジェルとの契約はどうなっているのでしょうか。同社は私のすべての本に対し選択権を持っているのでしょうか。この件について、あなたが何をなさっているのかをお聞かせ下されば幸いです。

　私は妻が死んだ時、新しい遺言状を作らねばなりませんでした。ちょうど今、それを正式な法的形式にしているところです。遺すべき多くのものがある訳ではありませんが、著作権と再刊について考えておかねばなりません。私はクリスティー&ムーアを私の著作権代理人に指名し、サー・リチャード・リースを私の文学作品に関する遺言執行者に指名しました。また、なんであれ、私が遺す未発表のもの、あるいは再刊可能なものを整理し、保存する価値のあるものを決める仕事も彼に委ねました。さらに私は、新聞雑誌に発表するすべてのものの記録も残すつもりです。ある形で再録するために「救い出す」価値のあるものがかなりあるかもしれないので。こうしたことをすべて、はっきりとさせておいたほうがよいと思います。原爆等のことがありますので。

敬具

エリック・ブレア

［タイプ］

マイケル・セイヤーズ宛★

一九四五年十二月十一日
ロンドンN1
キャノンベリー・スクエア二七B番地

親愛なるマイケル

　返事が遅れたのを許してくれたまえ。君に会って以来、少々忙殺されていたのだ。

　君に是非また会いたいが、クリスマスまでは空いている日があまりない。今のところ、昼食時も都合がつかない。秘書[99]を雇うことでひどく苦労している最中だからだ。彼女が仕事を始めれば、時間がどういう具合になるか、見てみたい。

　僕はロシア嫌いと言ってよいとは思わない。僕はすべての全体主義に反対なのだ。そしてロシア神話は、英国その他の左翼運動に恐るべき害を与えたと思う。とりわけ、ロシアの体制の実態（つまり、僕が考える実態）を人々に理解させるのが必要だ。しかし、僕はこうしたことすべてについて早くも一九三二年かその辺りで考えていて、かなり自由にそう言ってきた。仮に可能だとしても、僕はソヴィエトの体制に干渉したくはない。僕はここで真似られているその手段と思考習慣を欲しないだけだ。そしてそれは、この国のロシア化推進者に対して闘うことを意味する。僕の考える危険というのは、僕らがロシアに征服されるということではない。それは起こるかもしれないが、もっぱら地理的条件による。危険は、全体主義のある種の土着の形態がこの国で発達し、ラスキ、プリット、ジリアーカス、『ニューズ・クロニクル』のような連中とその他の者が、それに至る道をひたすら用意しているように僕には見えることだ。僕が『ポレミック』(100)の最初の二号に書いた小論は、君にとって興味のあるものかもしれない。

　君に会うのを楽しみにしている。

草々
ジョージ

追伸　今ではほとんど誰もが僕をジョージと呼ぶ。僕は名前を変えた訳ではないのだが(101)。

G・H・バントック宛

一九四五年末から一九四六年初め

　次はオーウェルがG・H・バントック（一九一四〜　）に宛てて書いた手紙からの抜粋である。バントックは当時、一九五六年に出版された『L・H・マイヤーズ――批評的研究』のための調査をしていた。マイヤーズは一九四四年に死んだ（四六年二月十九日付の手紙の注（17）を参照のこと）。

　僕は戦争が勃発した時、彼と一緒に住んでいた。彼は英国の支配階級のことを痛烈無比に批判し、彼らの多くは、ドイツに対する態度において実際に国を裏切っていると言った。彼は連中のことをよく知ったうえで話しているのだが、金持ちは一般的にひどく階級意識が強く、自分たちの利害が他国の金持ちの利害と一致するのをよく心得ているので、その結果、愛国心はまるでない、と言った――「彼らなりの愛国心さえない」と付け加え、ウィンストン・チャーチルさえ例外にしなかった……

……僕は戦争中、レオ〔マイヤーズのこと〕に、そうたびたびは会わなかった。僕はロンドンにいて、彼は大抵田舎にいた。最後に彼に会ったのは、ジョン・モリスのフラット(102)でだった。僕らはロシアと全体主義についてのお定まりの議論をし始めた。モリスは僕の側に立った。僕は自由《フリーダム》について何か言うと、もっとウィスキーを取りに立ち上がったレオは、「僕は自由なんか信じない」と激しい口調で言った。（注。彼の正確な言葉は、「僕はリバティーなんか信じない」だった。）僕が、「すべての進歩は異端者によって生まれる」と言うと、レオは即座に同意した。彼の考えには、解決されていない矛盾があるという印象を受けた。それが最初という訳ではないが。彼の本能はリベラルな人間の本能なのだが、彼はソ連邦を支持するのが自分の義務だと感じていて、したがって、リベラリズムを拒否したのだ。彼の考えが揺れ動いていたのは、一つには、彼が莫大な遺産を相続したせいだと思う。疑いなく、彼はある意味でそれを恥じていた。彼はかなり質素な暮らしをし、金を人に惜しげもなく与えたが、自分は正当な理由のない特権を享受している人間だという気持ちを拭い去ることができなかった。そのため、自分にはロシアを批判する権利がないと感じていたのだと思う。ロシアは私有財産制が廃止された唯一の国だった。そして、もし私有財産制廃止を批判したなら、自分の財産を守ろうと無意識に願っていると人に思われるのではないかと恐れていたのかもしれない。これは間違った分析かもしれないが、僕の得た印象だ。あのような優しい性格で偏見のない人間が、思想の自由が抑圧されていた体制を認めるというのは不自然だったのは確かだ。

［タイプ］

編者注

（1）「スペイン内戦を振り返って」。その頭注に、削除した箇所が言及されている。

（2）「Grandeur et décadence du roman policier anglais〔「イギリスの探偵小説の栄華と衰退」〕」、『フォンテーヌ』、一九四三年十一月十七日。

（3）オーウェルは「ラフルズとミス・ブランディッシュ」を書いた。それは一九四四年十月に『ホライズン』に載り、翌月、マクドナルドの新しい雑誌『ポリティックス』に、やや長い題で再録された――「探偵小説の倫理性――ラフルズからミス・ブランディッシュまで」。

（4）実際には文芸担当編集長。

（5）エッセイ集はイギリスでは一九四六年二月十四日、セッカー&ウォーバーグから『評論集』という題で出版された。アメリカでは、一九四六年四月二十九日、『ディケンズ、ダリその他――大衆文化の研究』という題で、ニューヨークのレイナル&ヒッチコック社から出版された。言及されているエッセイの中で、「メイフェアのガンディー」、また、シャーロック・ホームズ、スウィフト、ホプキンズに関するエッセイは含まれていない。ここに言及されていないが含まれているのは、「少年週刊誌」、「ドナルド・マギルの芸術」、ダリ、ケストラー、P・G・ウッドハウスに関するエッセイである。

（6）自由フランス軍。ドゴール将軍のもとで連合国軍と一緒に戦った兵士。ダンケルクの海岸で、約二十五万人の英軍兵士と一緒に救出された約十万人のフランス軍兵士のうち約一万人はドゴールと行動を共にし、約九万人はフランスに戻った。
(7)『動物農園』。
(8)『英国人』。著者に断りなく変更を加えられた形で、遅れて一九四七年にコリンズから出版された。
(9)それは『一九八四年』になった。
(10)アレクサンドル・ブロック(一八八〇〜一九二一)は、象徴主義に大きな影響を受けたロシアの抒情詩人。一九一七年の革命を歓迎したが、たちまち幻滅した。
(11)『動物農場』。
(12)エスペラントにもとづいた人工言語。
(13)レオノーラ・ロカートはC・K・オグデンの助手だった。オーウェルはベイシック・イングリッシュについて彼女がインド向けに放送する手配をした。ベイシック・イングリッシュは一九二〇年代に開発され、厳密に限られた語数にもとづく、容易に学べる「英語」を目指した。
(14)ジョージ・マルコム・ヤング(一八八二〜一九五九)は、ヴィクトリア朝のイギリスを専門とする歴史家、エッセイスト。彼の『チャールズ一世とクロムウェル』は一九三六年に出版された。一九四一年、図説英国叢書の『英国の統治』を書いた。
(15)『リトル・レヴューズ・アンソロジー』は、小説家、短篇作家、編集者のデニス・ヴァル・ベイカー(一九一七〜一九八四)によって編纂された。一九四三年、一九四五年、一九四六年、一九四七年〜四八年、一九四九年に全部で五号出た。セドリック・ドーヴァーは、一九四四年二月十八日付の『トリビューン』で、ベイカーの『リトル・レヴューズ、一九一四〜一九四三』も同時に書評した(「役に立つが平凡な記録」)。T・S・エリオットの『四つの四重奏』の三篇(最初、一九四二年十月〜十一月号の『ポエトリー』に載った)のオーウェルの書評は『リトル・レヴューズ・アンソロジー』に収められた。
(16)セドリック・ドーヴァー(一九〇四〜五一)はカルカッタに生まれ、同地で教育を受けたのちエディンバラ大学で学んだ。いくつかの本や小論を書き、自分の特別なテーマは「人種、色および社会問題、インド、混血およびニグロのアメリカ」だと言った。彼はBBCでオーウェルと一緒に働き、『インドに話す』で「Negro」を「negro」と印刷するのは人種差別主義的ではないかと言ったのは彼だった。『気の向くままに』の一九四三年十二月十日の項を参照のこと。
(17)ドーヴァーは次のように書いた。「ロイ・フラーの〝フレッチャー〟は微妙な人物で、微妙に反ユダヤ主義的である。実際、アレック《（ママ）》・カムフォートが文句を言っている反ユダヤ主義が強まっている一つのいい例である」。それは、「英米映画の社会慣習」についてのアレックス・カムフォートの鋭い分析に言及したものである。その物語がどうして反ユダヤ主義的と見なされうるのか理解に苦しむ。フレッチャーがユダヤ人であることに直接、間接に触れた言及は、次のもののみである。「フレッチャーは先祖がユダヤ人の中年の独身者で、知的な趣味を持ち……」。彼は繊細で孤独な男として描かれている。フラーの短篇は、ユダヤ人であろうと女であろうと、傷つきやすい者を攻撃する人間の観点からのみ書かれている。

（18）『動物農場』。紙は極度に不足していた（もちろん、官庁向け以外）。

（19）ムーア宛のこの手紙の一番上に、誰かがもう二つの出版社の名前を書いた――エア＆スポティスウッドとホリス＆カーター。

（20）『パーティザン・レヴュー』第六十三号（一九九六）でウィリアム・フィリップスは、自分はアメリカで『動物農場』を読んだ最初の人物だと言った。彼はそれをダイヤル・プレスに推薦した。

（21）ニコルソン＆ウォトスン。

（22）フェイバー＆フェイバーのT・S・エリオットと、ケイプのC・V・ウェッジウッド。ダニエル・ジョージ（『トリビューン』のために小説の書評をした）は、ケイプの主任原稿閲読者だった。

（23）一九四四年にニコルソン＆ウォトスンに勤めていたアンドレ・ドイッチュは、一九八〇年十一月二十三日、『オブザーヴァー』に投稿し、一九四三年にジョージ・ミケシュ〔一九八七年に没した、ハンガリー生まれの英国のエッセイスト〕からオーウェルに紹介され、一回一ポンドで『トリビューン』に時折書評を書いた経緯について語った。オーウェルは一九四四年の聖霊降臨日の頃、『動物農場』のタイプ原稿を彼に読ませた。彼はニコルソン＆ウォトスンがオーウェルの本を喜んで出版すると確信した。彼らはゴランツのように政治的な懸念は抱かなかったが、残念なことに、『動物農場』の中の誤りと見なしたことについてオーウェルに説教した。オーウェルは冷静だったが、気が滅入った。ドイッチュはひどく戸惑った。ドイッチュはその時、自分で出版社を始めたいと思っていた。オーウェルは『動物農場』を出版したらどうかと、二度彼にもちかけ、彼もそれを是非出したかっただろうが、自分はまだ新参者と感じていて、出版社を設立することはできなかった。

（24）ヴェロニカ・ウェッジウッド（一九一〇～一九九七。大英帝国二等勲爵士、一九六八）は歴史家。当時、ケイプに勤めていた。
(25) T・S・エリオットはフェイバー&フェイバーに勤め、ハーバート・リードはラウトルッジに勤めていた。
(26) および (27) 『一九八四年』を予示している。
(28) 『一九八四年』の次の文と比較のこと。「もし希望があるなら、とウィンストンは書いた、希望はプロレタリアにある」
(29) ジョナサン・ケイプは一九四四年五月二十六日にヴィクター・ゴランツに手紙を書き、『動物農場』と、オーウェルの将来の作品を出版する意向があると言った。そして、ゴランツがそれを受け入れるかどうか知りたがった。六月一日、ゴランツはムーアに手紙を書き、自分はオーウェルの三冊の小説を出版する契約を一九三七年二月一日に結んだが、まだその一冊『空気を求めて』しか貰っていないと言った。彼は、『動物農場』を断ったことが、その契約に影響することはないと論じた。そこでムーアはオーウェルに手紙を書いたが (その手紙は所在不明)、これがそれに対するオーウェルの返事である。
(30) ペンギンブックスは、オーウェルの存命中は『空気を求めて』を出版しなかった。それは、一九四八年五月、セッカーの最初の、装丁の統一された著作集で再刊された。
(31) ジョナサン・ケイプは一九四四年五月二十六日にヴィクター・ゴランツに手紙を書き、『動物農場』を出版したい気持ちがあると言った。当時、ケイプに勤めていた、主任原稿閲読者ダニエル・ジョージとC・V・ウェッジウッドの二人は、同書の出版を強く勧めた。しかし、一九四四年六月十九日、ケイプはレナード・ムーアに手紙を書き、同書を出版しないと言った。彼は、オーウェルが次のフィクションの二つの作品をゴランツに渡さねばならないことを、いささか懸念してはいたが、彼が出版を断った理由の根拠は、彼が相談した「情報省の重要な地位にある役人」の考えだった。彼は、「今の時点でそれを出版するのは甚だ思慮に欠ける」という結論に達した。一つには、それが独裁制に対する一般的な攻撃ではなく、特にソヴィエトを標的にしていたからであり、一つには、「支配カーストとして豚を選んだ」ことは、きわめて侮辱的だったからである。(クリックは背景の細部と一緒に、その手紙の全文をオーウェルの伝記に引用している。) イーネズ・ホールデンは、一九六七年五月二十七日付のイアン・アンガス宛の手紙の中で、ケイプが『動物農場』の出版を断った理由と、それに対するオーウェルの反応を要約している。「『スターリンがそれを好かない』のを恐れるので出版できないと彼は言った。ジョージはそれを面白がった。それについて彼が言ったことを引用しよう。『クレムリンの中でオールド・ジョー〔スターリン〕（どんなヨーロッパの言語も一語として知らない男）が坐って『動物農場』を読み、『おれはこれは好まない』と言っているのを想像するといい』」。「情報省の重要な地位にある役人」がピーター・スモレットであるのが、今ではわかっている。彼は本名ペーター・スモルカで、一九三〇年代にイギリスに来たオーストリア人で、ソヴィエトのスパイだった。暗号名は「アボ」だった。スモレットは非常に巧みに人を欺いたので、彼に感謝した英国から大英帝国第四勲士に叙されたばかりではなく、彼は寝返ったとソヴィエトは考え、彼を無視するようになった。

（32）モリスの事務所で、「契約書には『長篇』とあるだけ」という注が付された。

（33）『動物農場』の原稿。オーウェル夫妻のフラットは、彼がエリオット宛の手紙に日付を書いた、まさにその日に爆撃された。

（34）一九四五年七月十一日、マリーはオーウェルに手紙を書き、ある寄稿者（たぶん、平和誓約同盟の支援者、アルフレッド・ソールター博士〔一八七三〜一九四五〕であろう）から、オーウェルがある書評で、マリーが日本の中国侵略を賞讃したと言っていることについてコメントするように頼まれたと言った。マリーはオーウェルに、オーウェルは自分に対して「口から出任せの非難」をしているが、そうではなく、自分の最新の著書『アダムとイヴ』を書評することによって率直に向かってきたらいいと言った。

（35）オーウェル夫妻は六月にリチャード・ブレアを養子にした（彼は一九四四年五月十四日に、グリニッジで生まれた）。オーウェルは一九四四年十月十九日、『マンチェスター・イヴニング・ニュース』で『アダムとイヴ』を書評した。その書評は、批判しなかった訳ではないが、次のように結論付けている。「本書は興味深い本で、我々はもしヒトラーを取り除き、それから、労働時間が短く失業者がいなかった一九三九年に戻れば誰もが完全に幸福になるという当節の考えに対する、よい解毒剤である」

（36）たぶん、『スティーヴン・ヒーロー』〔ジョイスの『若き芸術家の肖像』の未完の習作〕であろう。オーウェルは一九四四年七月十七日付のヘプンストール宛の手紙の中で、それに言及している〔ヘプンストールは一九四四年九月十五日付の『トリビューン』で、『スティーヴン・ヒーロー』の書評をした〕。

（37）ヘプンストールは星占いをして運命図を作り十月十四日に送ったが、星占いをする技と勘をなくしたようだと言った。

(38) ホートン夫人がウォリントンのザ・ストアーズの新しい借り手だったのは明らかである。
(39) アンダソン夫人はウォリントンでオーウェル夫妻の隣人だった。彼女は夫妻が留守の時、二人のための用をした。
(40) アイリーンは判読不能の殴り書きで署名している。彼女は、「With best wishes/Eilee」と書いているのかもしれないが、「With love/Eilee」である可能性のほうが少し高い——殴り書きのせいで、二語なのか三語なのか、はっきりしない。はっきりしているのは、「Eilee」の最後に「n」がないことである。彼女は食糧省で、アイリーという愛称で呼ばれていたのかもしれない。
(41) 「ラフルズとミス・ブランディッシュ」は、オーウェルの報酬記録簿によると、一九四四年八月二十八日に書き終わった。それは、一九四四年十月に『ホライズン』に載った。
(42) これはC・S・ルイス〔一九六三年に没した英国の学者、批評家、作家。宗教関係の著作が多い〕の『人格を超えて』の書評のことに違いない。『オブザーヴァー』はその書評を載せなかった。
(43) 非常に数多くの戦地派遣記者が、パリの彼らにふさわしい名前のホテル、スクリーブ〔耕筆〕をベースにしていた。
(44) ルイ・レヴィは『リベルテ』の編集長だった。
(45) ステファン・シマンスキー(一九五〇年没)はジャーナリストで編集者(例えば、一九四三年から四七年まで、年刊の『トランスフォーメーション』をヘンリー・トリースと一緒に編集した)。彼とトリースは『嵐の中の葉——日記の本』(一九四七年にリンゼー・ドラモンドによって出版された)を編纂した。オーウェルの日記は含まれなかった。シマンスキーは『ピクチャー・ポスト』のために朝鮮戦争を取材旅行中、乗っていた飛行機が爆発して死亡した。
(46) 一九四五年二月八日付の『マンチェスター・イヴニング・ニュース』は、再定住委員会が、五年間軍務に服し民間の仕事に戻る兵士に週四ポンドの報奨金を出すことにしたと報じた——雇用主は一ポンド十五シリング出した。したがってニットのスーツの値段は、兵士の三週間分の俸給に等しかった。
(47) この変更は行われた。オーウェルが訂正しようという気持ちになったのは、パリでジョゼフ・チャプスキに会ったからなのは、ほぼ確かである。彼は、スタロビェルスク〔ポーランド人将校の収容所があった場所〕と、ロシア軍によって行われたポーランド人捕虜の一連の虐殺、特にカチンでの虐殺に関連する虐殺を生き延びた。(四六年三月五日付のアーサー・ケストラー宛のオーウェルの手紙を参照のこと。)

(48) グレイストーンはオショーネシーの生家だった。オショーネシー家の乳母だったジョイス・リチャードは、一九六七年九月二十七日付の手紙の中で、アイリーンは一九四四年七月(子供たちがそこに連れて行かれた月)と一九四五年三月のあいだに、グレイストーンを何度も訪れたとイアン・アンガスに話している。

(49) ロレンス(一九三八年十一月十三日生まれ)は、共に医師のロレンス・オショーネシー★とその妻のグウェン★の息子。アイリーンは父のほうのロレンスの妹だった。

(50) ジョルジュ・コップ★はスペインでのオーウェルの指揮官で、グウェン・オショーネシーの腹違いの妹ドリーン・ハントンと結婚した。彼とドリーンはキャノンベリー・スクエアでオーウェル家の数軒先に住んでいたので、彼はオーウェル家に来た郵便物を取りに行くのに遠くまで行く必要はなかったが、郵便物を転送しなかった。

(51) レイモンド・ブラックバーンはグレイストーンの庭師、便利屋だった。

(52) ハリー・エヴァーズはアイリーンの外科医だった。

(53) グウェン・オショーネシーの夫(注(49)を参照のこと)。

(54) アイリーンは、ミドルセックス州ヘアフィールドに、レイヴンズデン荘という家を持っていた。

(55) イーヴリン・アンダソンは『トリビューン』の外信部長。彼女はフランクフルトで学び、イギリスに難民として来た。オーウェルは「本にするために彼女の英語を直す……アイリーンの手助けを進んでした」。その本は『鉄槌あるいは鉄床――ドイツの労働者階級運動の物語』で、オーウェルはそれを一九四五年八月三十日付の『マンチェスター・イヴニング・ニュース』で書評した。

(56) ミス・スパローは、アイリーンが一九四四年六月まで働いていた食糧省の秘書だったと考えられる。

(57) ジョージ・メイソンは外科医で、かつてロレンス・オショーネシーの同僚だった。

(58) オーウェルは日記の一九四〇年六月二十日の項で、「ヘブリディーズ諸島の私の島のことを、いつも考える」と書いている。それは、一九四〇年六月二十一日に書評したE・L・グラント・ウィルソンの『プリースト島〔ヘブリディーズ諸島の島〕』の影響があったのかもしれない。オーウェルがジュラ島を選んだのは、そこの土地を所有していたデイヴィッド・アスターが推薦したからなのは疑いない。アスターはまた、バーンヒルが数年空き屋であるのを彼に教えた。アヴリルは四六年七月一日付の手紙の中でバーンヒルを描写している。

(59) マーガレット・フレッチャー(一九一七〜。のちにネルソン夫人)は、バーンヒルが建つアードラッサ私有地《エステート》を夫のロビンが相続した際、夫と一緒にジュラ島に行った。

(60) ギャリギルは、カンブリア州オールストンの近くの村。ペンリスとヘクサムのほぼ中間にある。

(61) キャサリン・メアリー。グウェン・オショーネシーの養女。彼女は従妹のメアリー・コップが生まれるまでメアリーと呼ばれていたが、その後、キャサリンをファーストネームにした。また、「メイミー」とも呼ばれていた。

(62) オーウェルはP・G・ウッドハウスとその妻を、パリのレザールの近くの小さなレストランに連れて行った。

(63) アイリーンとオーウェルは、幼女をリチャードの妹として養女にすることを望んでいた。

(64) レイモンド・ブラックバーンは、家政婦のブラックバーン夫人の息子。

(65) P・G・ウッドハウスの小説『シティーのスミス』(一九一〇)は、「P・G・ウッドハウス擁護」の中で論じられている。

(66) オレンジは戦時中の大半、手に入らなかった。脂は厳しく配給制が守られていた。子供には福祉食糧として濃縮オレンジジュースの特別割当があった。

(67) 誰であるのか正確にはわからないが、たぶん、アイリーンの友人のネル・ヒートンであろう。二人は食糧省で働いていた時に出会った。一九四七年、ネル・ヒートンは『完璧な料理人』を公刊し、その前書きに次のように書いた。「ジョージ・オーウェルとエミリー・ブレアに……感謝したい。二人の思いやりと励ましに負うところが非常に多い」。アイリーンは、食糧省ではエミリーと呼ばれていた。

(68) オスターミルクは乳幼児用粉ミルクの商標である。

(69) ファレックスは離乳したばかりの幼児向けの食べ物の商標である。

(70) これは、リチャードの養子縁組のための最後の手続きに関連して裁判所に行くことを意味しているのかもしれない。もっともアイリーンは、レティス・クーパー宛の手紙(四五年三月二十三日付)で、「リチャードの養子縁組が完了しました」と書いているが。もう一つ考えられるのは、オーウェルが「ケルンの混乱から秩序を創る」と題したレポート(一九四五年三月二十五日付『オブザーヴァー』)で言及しているような裁判〔占領軍に非協力的な元ナチの裁判〕である。

(71) 署名は判読不能の殴り書きである。

(72) 不明だが、たぶん「モギー」の大袈裟な言い方だろう。したがって、アイリーンが四五年三月二十一日付の手紙で言及している青猫だろう。

(73) ドリーン・コップはグウェン・オショーネシー医師の腹違いの妹で、ジョルジュ・コップ★の妻。

(74) 現物通りで、何も省略されていない。

(75) 「エミリー」は愛称で、アイリーンは食糧省で、その名前で知られていた。

(76) 三月二十三日に、ライン渡河作戦、暗号名「プランダー」が始まった。アイリーンが言っているのは、それについての報告かもしれない。

(77) アイリーンの遺言は、『全集』第十七巻に収められている。

(78) オーウェルが死んだあと、リチャードの面倒を見たのはアヴリルだった。彼は彼女と一緒にいて幸せだった。アイリーンの心配は杞憂だった。

(79) ノラ・マイルズと、夫である開業医のクウォータス。(三六年十一月三日付の手紙の頭注を参照のこと。)

(80) (81) と同様何も消去されていない。点とダッシュはアイリーンの付けたもの。

(82) 「P・G・ウッドハウス擁護」が載ることになる雑誌『ウィンドミル』。

(83) ドリーン・コップ。

(84) レディー・ヴァイオレット・ポウエル★(一九一二〜二〇〇二)、アントニー・ポウエルの妻。

(85) パトリシア・ドナヒューは、ウォリントンのオーウェルのコテージを、リディア・ジャクソンと一緒に使った。

(86) 英国は、ポーランド国家統一政府の樹立に関するヤルタの決定の実行について論議するため、ポーランドの地下運動の指導者の会合を開こうとした。その予備的会合がモスクワで開かれることになり、それに続いてロンドンでの会合が計画された。しかし、ポーランドの代表団はモスクワに着くと裁判にかけられた。

(87) E・A・M (Ethnikon Apeleftherotikon Metopon)、「国民解放戦線」はギリシャがドイツに侵略されたあと、一九四一年、ギリシャで結成された。それは、ほぼ全国民をメンバーとして、真の抵抗運動として始まった。一九四二年の初めには、それは実際には共産主義者が組織した運動なのがわかった。当時、国民ゲリラ部隊がドイツ軍と戦うために結成されたが、同部隊はE・A・Mとも戦うことになった。一九四五年にギリシャに戻った英軍もE・A・Mと戦うことになった。

(88) これはオーウェルが一九四五年六月二十四日に発表した書評である。

(89) ドロシー・ラムーア(一九一四～九六)は、一九三六年、ハリウッドの映画『密林の王女』で、映画史上初めてサロンに似た服装をし、異国風美女を代表するようになった。彼女が出演した一九四〇年の映画『タイフーン』は、同名のコンラッドの小説とはなんの関係もない。オーウェルは一九四一年七月五日、彼女の『ビルマの月』をごく短く批評したが、ミス・ラムーアよりも象とコブラのほうにもっと注意を向けている。

(90) 『ミリオン』は三号続いた。日付は入っていなかったが、一九四三年から四五年にかけて発行された。グラスゴーで発行され、次の二つのうちのどちらかの副題が付いていた。「ニュー・レフト・ライティング」または「ピープルズ・レヴュー」。

(91) 不詳。

(92) ポール・ポッツについては、四六年七月一日付の手紙の注(73)を参照のこと。

(93) オーウェルは『ウィガン波止場への道』で、こう書いた。「それが、我々の教えられたことだった――下層階級は臭う」。それから彼は次の四頁で、そのことについて論じている。労働者階級は臭うと、はっきりと書いたのはサマセット・モームだった。オーウェルはモームの『支那の屏風』から十数行引用し、同書は、この問題が「誤魔化しなく述べられている」、自分の知っている唯一の本だと言った。オーウェルはモームの次の文章を引用している。「私は労働者階級の人間が臭うからといって非難はしないが、まさしく臭うのである」。オーウェルは議論を次のように締め括っている。「実際、風呂があれば、人は大抵入浴するだろう。しかし重要なのは、中産階級の人間が、労働者階級の人間は汚いと信じていることである」

(94) 『英国人』。この手紙の最後から二番目の節を見ること。ターナーは叢書の編集長だった。

(95) 『一九八四年』

(96) エドマンド・ブランデン(一八九六～一九七四。大英帝国三等勲爵士)は詩人、編集長、文人。オーウェルのためにインド向け放送で英文学について話した。彼の『イギリスの村』(一九四一)は、図説英国叢書の第十一である。

(97) グレープ・ストルーヴェは、M・クリーゲルと一緒に『動物農場』をロシア語に翻訳した(『Skotskii Khutor』)。それは最初一九四九年、『ポセーフ〔種蒔き〕』(フランクフルト＝アム＝マイム)の第七号から第二十五号まで連載され、その後、二種類の本になった。西欧で発売するための普通の紙に印刷されたものと、鉄のカーテンの背後で発売するための薄い紙に印刷されたものである。オーウェルは共産圏で発売される自著からはまったく印税を貰わない主義だった。

(98)『ジョン・オー・ロンドンズ・ウィークリー』は一九一九年に創刊された大衆的文芸誌。

(99) ミス・シリオル＝ジョーンズ。

(100)「ナショナリズム覚え書き」、『ポレミック』1(一九四五年十月)、「文学の禁圧」、『ポレミック』2(一九四六年一月)。オーウェルは一九四五年五月十五日に、前者の報酬は二十五ポンド、一九四五年十一月十二日に、後者の報酬は二十六ポンド五シリングと記録している。「文学の禁圧」は翻訳され、フランス、オランダ、イタリア、フィンランドの雑誌に載った。

(101) この重要な手紙は、本書の印刷中に発見された、マイケル・セイヤーズ宛の二通のうちの一通である。編者は、それを本書に収めることを許して下さったことに対し、マイケル・セイヤーズ(現在九十八歳でニューヨークに在住)と、二人のご子息、ショーンとピーターに厚く感謝する。オーウェルは一九四五年十一月二十九日付の最初の手紙で、セイヤーズ氏から便りがあったことを喜んでいる旨を書き、昼食を一緒にしようと提案している。セイヤーズ、レイナー・ヘプンストール、オーウェルは、一九三五年、フラットを共有していた(三五年九月二十四日付のヘプンストール宛の手紙の注(49)を参照のこと)。

(102) ジョン・モリスはBBCでオーウェルの同僚だった。二人の関係はかなり悪かった。

ジュラ島

一九四六年と一九四七年

『動物農場』は今では二十世紀の最も偉大な本の一つと見なされているので、それを英米で出版するのがいかに難しかったかは瞠目に値する。イギリスでは単なる物理的問題があったが——紙が非常に不足していた——ほかの要因も重なったためオーウェルは、方々から出版を断られたことにひどく苛立ち、自費出版をすることも考えた。フェイバー&フェイバーに勤めていたT・S・エリオットは、重役たち（彼もその一人だった）を代表して意見を述べた。彼らは、「これが現時点で政治状況を批判する正しい視点なのかどうか……まったく自信がない」。そして、その報告書のあとのほうで、次のように言った。「あなたの豚はほかの動物より遥かに知的です……したがって必要だったのは……いっそうの共産主義ではなく、もっと公共心のある豚でした」。ウォーバーグは乗り気だったが紙がなく、いくらか用紙を手に入れた時、最初は四千五百部しか刷らなかった。どのアメリカの出版社も、同書の長所がわからなかったが——動物物語には市場がないと、ある出版業者は言った——やがてハーコート、ブレイスが賭けてみることにし、一九四六年八月二十六日、五万部発行した。そして、「ブック・オヴ・ザ・マンス・クラブ」版になると、四十三万部、続いて十一万部発行され、オーウェルは突如、多額の印税を手にすることになった。最初の前払い金は三万七千五百ドルだった。外国語版が急増し（オーウェルは抑圧されている人々からは印税を貰わなかったが）、時には、思わぬ滑稽なことにもなった。例えばフランス語への翻訳は「Union des Républiques Socialistes Animales」——URSA、「熊」になるはずだった。それでは共産主義者を怒らせるかもしれないので、「Les Animaux Partout!〔『どこもかしこも動物だらけ!』〕」に変えられた。ナポレオンはカエサルになった。誤訳に満ちていた。オーウェルは『動物農場』に「お伽噺」という副題を付けていた。オーウェルの生存中、その副題が付いていたのは英国版とテルグ語版だけだった。その副題は、アメリカではまったく受け入れられなかった。しかし、『動物農場』の元となったものの一つは、ビアトリックス・ポターの『ピグリング・ブランド』だった。それは、オーウェルとジャシンサ・バディカムの子供時代の愛読書だった。

　オーウェルは依然として執筆に忙しく、この時期に、「文学の禁圧」、「イギリス風殺人の衰退」、「政治と英語」（彼の最も重要なエッセイの一つ）、楽しい「蟇蛙《ひきがえる》考」、「なぜ私は書くのか」、「政治対文学」、「貧乏人の死に方」（一九二九年三月にパリの病院に入っていた時のことを回想したもの）を書いた。また、三つの放送劇も書いた。〝子供の時間〟のために「『ビーグル号』航海記」、「赤頭巾ちゃん」、『動物農場』の脚色。

　オーウェルは一九四六年十月十三日からジュラ島のバーンヒルを借り、『一九八四年』を書き始め、その年、約五十頁を書き上げた。彼はバーンヒルに四月十一日から一九四七年十二月二十日まで住んだ。時折病気だったものの、大変幸福な時期でもあった。彼は菜園を耕し、散歩をし、釣りに行き、リチャードと遊んだ。『一九八四年』を書き上げようとしていたが、「ほんに、ほんに、この通り楽しかったよ」を書く時間を見つけた。それをウォーバーグに送ったが、名誉毀損で訴えられるのを恐れた結果、彼の死後まで発表することはできなかった。

　一九四六年五月三日、姉のマージョリーが死に、彼は葬式に参列するために南に行った。妹のアヴリルがバーンヒルにやって来て、一緒に住むことになった（四六年七月一日付の彼女の手紙を参照のこと）。彼は一九四七年九月、ザ・ストアーズを手放した。十月には病勢が募り、ベッドで執筆しなければならなくなり、その年末には「広範囲の」結核と診断され（四七年十二月二十三日付の手紙を参照のこと）、ジュラ島を去って、グラスゴー近くの東キルブライドにあるヘヤマイアーズ病院に入院した。

母宛のオーウェルの手紙(1912年3月24日付)より

ドワイト・マクドナルド★宛

一九四六年一月三日
N1、イズリントン
キャノンベリー・スクエア二七B番地

親愛なるドワイト

　十二月三十一日の手紙、ありがとう。君が『動物農場』を読み、気に入ってくれて大変嬉しい[1]。君に一部送るようウォーバーグに頼んだのだが、彼のところにある初版がごく少ないのを知っているので、君が受け取るかどうか確信がなかった。今、彼も僕も初版は一冊も持っていない。ひと月かふた月前、女王からウォーバーグに、初版を一冊送るよう言ってきた（それは政治的に何も意味しない。女王の文学上の顧問がオズバート・シットウェル★で、彼がたぶん、ああいったタイプの本を読むよう助言するのだろう）。そして、一部も残っていなかったので、王室の使いはジョージ・ウッドコック★が経営している無政府主義者の書店に行かざるを得なかった。それは少々喜劇的に思える。けれども、今、一万部再版され、たくさんの翻訳が行われている。僕は、よい会社だと思っているハーコート&ブレイスという出版社からUSAでそれを出してもらうことにしたところだ。それをUSAで出すには大いに苦労した。何か本をくれと、しばらくしつこく言っていたダイヤル・プレスは、「アメリカの読者は動物に関心がない」（または、それに近い言葉）という理由で断ってきた。『タイム』が電話をかけてきて、それを書評するつもりだと言い、通例の細かい点について訊いたが、それはUSAでのちょっとした前宣伝になると思う。僕はまた、この国でそれを出してもらうのにも悪戦苦闘した。ウォーバーグ以外、誰もそれを見ようともせず、Wは紙がなかったので出版を一年延ばさざるを得なかった。それでも彼は、売れたであろう数の半分くらいしか出せなかった。MOI［情報省］でさえ干渉してきて、それを絶版にしようとした。滑稽なのは、こうした大騒ぎのあと、『動物農場』は出版されると、ほとんどなんの敵意も招かなかったことだ。実のところ、このロシアを巡る馬鹿げたことにみんなうんざりしていて、誰が最初に「皇帝は服を着てない[2]」と言うかの問題にしか過ぎない。

　僕は、君のためにまだ「漫画雑誌」について例の小論を書いていないので、甚だ済まなく思っている。問題は、考えられないほど忙しいということだ。週に平均四つの小論を書かねばならず、本格的な仕事のためのエネルギーはほとんど残っていない。けれども、いつかは書く小論の腹案はある。その題を「アメリカの白日夢」としようと思う。その中で僕は、そうした漫画雑誌を、僕らの齢の人間の大半が子供時代に親しんだアメリカの漫画本や雑誌と比較しようと思う[3]。ドイツにいるG・Iが大抵そうした類いのものを読んでいるのを見て面白いと思った。そうしたものは、子供と大人を区別なく狙ったもののようだ。

　間もなくUSAで別の本が出る。小論を再録したもので、君が載せてくれた例の「ミス・ブランディッシュ」に関するものを収めた。君の許可を求めなかったと思うが、気にしないと思ったのだ。通例の謝辞は書いた。

　ハンフリー・スレイター★が始めた新しい雑誌『ポレミック』を見ただろうか。創刊号は三千部しか刷らなかったので、君のところには行っていないと思う。第二号は五千部で、彼らは八千部にまで持って行きたいと思っているが、人に気づかれぬうちに月刊になるだろう。今は新しい定期刊行物を発行するのを許されていないが、自分は出版業者だと名乗れば、少し紙が確保できる。そして、自分は本や小冊子を発行しているのだというふりを、まずはしなくてはいけない〔『ポレミック』は最初定期刊行物ではなく本として発行された〕。創刊号はかなり退屈で、外見がなんともひどいが、大いに期待はしている。長くて真剣な文学・政治の小論を載せることのできる雑誌がどうしても必要だからだ。

　デイヴィッド・マーティン(4)はカナダにいるが、ニューヨークにいれば君に会うつもりだった。彼は数ヵ国語の国際的評論誌を創刊するという壮大な計画を持っている。アーサー・ケストラー★も、スターリン化される以前の「人権連盟」のようなものを、しきりに始めたがっている。そのことについて彼が君に連絡をするのは疑いない。

では元気で。手紙をありがとう。

草々

ジョージ・オーウェル

［タイプ］

アーサー・ケストラー★宛

一九四六年一月十日
N1、イズリントン
キャノンベリー・スクエア二七B番地

親愛なるアーサー

　今日、バーバラ・ウォード(5)とトム・ホプキンズ(6)に会い、僕らの計画について話した。二人とも、ちょっと臆病だった。もっぱら、そういうタイプの組織は実際には反ロシアであるか、あるいは反ロシアにならざるを得ないだろうということに気づいているからだと思う。また、彼らは反アメリカ主義の危険な局面に入りつつある。けれども、僕らの考えをもっと聞きたがっていて、それに対して敵意を持っていないのは確かだ。次の段階は、なんであれ書き上がったらマニフェストの草稿の写しを二人に見せることだろうと、僕は言った。君はバートランド・ラッセルに会ったことがあるのだろうか、もし会ったのなら、なんと彼は言ったのだろうか。あの二人が僕らの考えを他人に伝える程度には力を貸してくれるだろうが、ある段階でハルトン(7)と個人的に接触したほうが有効かもしれない。それは僕にできる。「人権連盟」については何も重要なことはわかっていない。それについての資料は、誰もあまり持っていないようだ。僕にわかっているのは、それがまだフランスにはあり、ヒトラーまではドイツにも存在していたということだけだ。だから、国際的な組織だったに違いない。ウェルズの『アンサタ十字』[8]に、それについて何か書いてあり（手に入れることができない）、したがって、ウェルズがいつもまくし立てている人権宣言を起草することは可能だ。しかし、戦争前の数年で、それがスターリン主義の組織になってしまったのは確かだと思う。なぜならスペインで、同組織がトロツキストのために介入するのを断ったのを、はっきりと覚えているからだ。また、覚えている限り、モスクワ裁判では何もしなかった。でも、こうしたことはすべて確かめる必要がある。

君たちみんな元気なのを願っている。僕は相変わらずひどく忙しい。先日、ネグリン[9]と昼食を共にしたが、彼からあまり情報が得られなかった。彼とたった二人で会うことはできない。しかし、彼がロシア側の人間ではないのは確かだと、いまだに感じている。彼は内戦のあいだ、そう言われていたが。けれども、それはどうでもいいことのように思う。フランコが去ったあとネグリンとその仲間が戻るという見込みはあまりないからだ。僕は来週、ビーヴァブルックとも昼食を共にすることになっている。ともかく彼と対等に話す機会があれば、スターリンについて訊いてみようと思う。ともかく彼はスターリンを何度か間近に見ているのだから。

『動物農場』の翻訳の契約に署名したフランスの出版社が怖じけづき、「政治的理由」で出版は不可能だと言っている。そんなことが、こともあろうにフランスで起こっていると考えると、実際悲しくなる。けれども、別の出版社が危険を冒すだろうと思う。アメリカ版が決まったという話をしただろうか。

評論集は印刷されているところで、本文の変更はできないと言っているが、僕らは正誤表を付けるつもりだ。ともかくも独英のことに関し[10]。

マメーヌ[11]によろしく。リチャードは大変元気だ。シーリアが火曜日にお茶に来て、彼を風呂に入れてくれた。

草々
ジョージ

追伸　僕らが泊まったことへの礼を言っていないと思う。僕はそういうことに一種の抵抗を感じている。というのも、子供の時、パーティーのあと、「お招きありがとうございます」と言えと教えられたが、それは恐ろしく面映ゆい文句だったからだ。

［タイプ］

ジェフリー・ゴーラー★宛

一九四六年一月二十二日
N1、イズリントン
キャノンベリー・スクエア二七B番地

親愛なるジェフリー

　こうしたものを送ってもらい、なんともかたじけない。ここではみんな大喜びだ。とりわけリチャードが。彼はプラムプディングの大きな塊をパクパク食べたが、あとでまったく具合が悪くならなかった。小包の外に書いてあった、「これは頼まれていない贈り物です」という文句が面白かった。それは、ここでは人が物乞いの手紙を書くせいで必要になった決まり文句だろうと思う。僕は、なかなかいいクリスマスを過ごした。僕はウェールズのアーサー・ケストラーのところに数日泊まりに行き、乳母は自分の子供のところに行った[12]。リチャードは、子供は彼だけのパーティーに頻繁に出た。そして、時折ズボンを汚す以外（まだ排泄の躾けができていない）、非常に落ち着いて振る舞い、普通の椅子にきちんと坐った。でも、もちろん、クリスマス前後の旅行はひどいものだった。ロンドンを出るには列車の出発時間の二時間前に並ばねばならず、帰りの列車は四時間遅れ、地下鉄が止まってから三十分後にロンドンに着いた。けれども幸い、リチャードは旅を楽しむ。子供連れだと、ポーターが見つかるチャンスがほんの少し増すと思う。

　ここでは凍えるような寒さで、燃料不足は最悪だ。冬の初めから終わりまで石炭は一トンしかなく、丸太を手に入れるのはほぼ不可能だ。一方、ガスの圧力はごく低いので、ガスストーブを点けることはほとんどできないし、灯油は週に一ガロン半くらいしか手に入らない。僕は残してあるわずかな石炭で火を熾し、たまたま少し持っている濡れたピートの塊で一日中、火を埋めておく。田舎なら、万やむを得ない場合でも遥かに容易に対処できる。外に出て薪を掻き集めることができるからだ。それ以外は、事態はここでは悪くない。食料はほぼこれまで通りだ。きのう、シローネ[13]とその妻を食事に連れて行った。二人は数日ここにいただけだが、食べ物にいまだに驚いている状態だ。ローマにいるイギリス人の誰もが、ここの僕らは飢えていると話したからだ。人がそんな風に思い込んで初めてイギリスに来ると、僕はいつも恥ずかしくなり、「平時のイギリスはこんな風だと考えてはいけない」と言う。しかしS夫妻は、清潔さと修復の点では、ロンドンはローマと比べると夢のようだと言った。二人が言うには、ローマでは金を出せば何でも手に入るが、例えばオーバーは百二十ポンド相当する。

　君はマラヤでデニス・コリングズ★に会ったことを僕に言わなかっただろうか。彼は人類学者で、最近はシンガポールの博物館の学芸員だったと思う。僕は彼を非常によく知っていた。彼は最近母国に帰ってきて、先日、便りをくれた。彼はジャワで捕虜になったが、収容所の通訳をしていたので、それほどひどい目には遭わなかったらしい。

君が去る前に、僕が『イヴニング・スタンダード』のために毎週小論を書き始めたことを言い忘れた。多額の報酬——僕の基準では——にもかかわらず、それは財政的には僕の役にあまり立たない。というのも、週にもう一つ余分な小論を書くことで事態が変わってしまい、秘書[14]を雇わねばならぬことになったからだ。けれども、余分な小論を書くことになっても、彼女のおかげで、骨折り仕事の量がいくらか減った。僕は彼女にパンフレットのコレクション[15]を整理し、その目録を作ってもらっている。これまでに約千二百点集めたことがわかったが、もちろん、これからも増え続ける。僕は五月には『イヴニング・スタンダード』の連載と、ほかのほとんどのジャーナリズムの仕事をやめ、また小説を書くために半年休む手配をすっかり済ませた。もし、今年中にジュラ島の家をちゃんと住めるものにすることができたら、そこに行くが、そうでなければ、田舎のどこかの家具付きの家を借りるつもりだ。できれば海沿いの。いずれにしろ、電話のかかってこない所の。僕の小論を再録した本は間もなく出るはずで、アメリカでの題は『ディケンズ、ダリその他』だ。スクリブナーズ[16]がそれをやっていて、ハーコート・ブレイス（そういう名前だと思う）が『動物農場』を手掛けている。僕の本はUSAでは売れないと思う。もっとも、もちろん、大いに売れるかもしれないが。アメリカでは大抵の本は、十万部売れるか全然売れないかだ。僕はA・Fの翻訳をたくさん取り付けたが、最初に契約書に署名したフランスの出版社は早くも怖じけづき、今は「政治的理由」で出せないと言ってきた。そういうことが、事もあろうにフランスで起こると考えると悲しくなる。

もう書きやめねばならない。今日はスーザンの休みの日なのだ。これから外出して買い物をしなくてはならない。リチャードがこの手紙をタイプで打つのを手伝おうとしている。彼は今、生後二十ヵ月で、体重は約三十二ポンドだ。いまだに話さないが、ほかの面では非常に機敏で、甚だ活動的だ。実際、一瞬たりともじっとさせておくことはできない。彼は先月三度、ガスストーブから白熱する部分を全部取り出して、粉々に砕いてしまった。滅多に買えないものなので困っている。彼はその気になれば話せると思うが、自分の望むものを、不明瞭な声を出したり、指差したりするだけで（正確に言えば指差さす）大抵手にするので、話す必要がほとんどない。

君がどんな具合か、USAではどんな状況か聞かせてくれないか。今、彼らは我々をこれまで以上に憎んでいると聞いている。

草々
ジョージ
［タイプ］

ドロシー・プラウマン★宛

一九四六年二月十九日
N1、イズリントン
キャノンベリー・スクエア二七B番地

親愛なるドロシー

一九三八年に匿名の人物から借りた三百ポンドの返済の第一回目の分として百五十ポンドの小切手を同封する[17]――返済を始めるにはひどく長い時間が経ってしまったが、今年まで実際そうできなかったのだ。ごく最近になって、金が出来始めた。君の住所はリチャード・リース★から教えてもらった。君から手紙を貰ってから長い時間が経つ。また、マックスが死んだ時、僕は君に手紙さえ書かなかったと思う。ああいうことが起こった時は、人はなんと言っていいのかわからないものだ。僕はマックスの書簡集を『マンチェスター・イヴニング・ニュース』で書評した。君も見たかもしれない[18]。僕の本『動物農場』は、とてもよく売れた。単に再刊した本[19]だが、新しいものもよく売れているらしい。アイリーンが『動物農場』が出版されたのを見ずに死んだのは、なんとも残念だ。彼女はそれが特に気に入っていて、構想を練る際に助けてくれさえした。彼女が死んだ時に僕がフランスにいたのを、君は知っていると思う。そんなことが起こるというのは、ひどく残酷で馬鹿げたことだった。君が知っているのは疑いないが、僕にはリチャードという名の幼児がいる。一九四四年、生後三週間だった時に養子にしたのだ。彼はアイリーンが死んだ時は生後十ヵ月で、今は二十一ヵ月だ。彼女が最後に僕に寄越した手紙には、彼が這い始めたと書いてあった。いまや彼は大きくて丈夫な子供に育ち、非常に活潑で知的だ。まだ話しはしないが。うちには彼と僕の面倒を見てくれる乳母兼家政婦がいて、幸い、掃除婦も雇うことができる。彼はすこぶるやんちゃで、フラットに置いておくのは難しいので、夏のあいだ中、ロンドンから外に連れて行きたい。僕らがどこに行くのかは、はっきりしていない。僕はヘブリディーズ諸島のコテージの借家人になることになっているが、今年中に、家主は住めるような状態にしてくれないかもしれない。その場合は、東海岸のどこかに彼を連れて行くだろう。車の心配なく、彼が一日中駆けずり回って家に出入りできる場所が欲しい。僕は自分のためにもロンドンを出たいのだ。絶えずジャーナリズムに忙殺されているので――目下、毎週四つの小論を書いている。僕はまた小説を書きたいのだが、六ヵ月静かに過ごせない限り不可能だ。僕は戦争の初めから終わりまで、ほとんどずっとロンドンにいた。アイリーンは政府機関で四、五年間、大抵、一日十時間かそれ以上働いた。彼女を殺したのは、一つには過労だ。たぶん一九四七年には田舎に戻るが、目下、家具付きではない家を見つけるのは不可能だ。だから、フラットを手放さない。

リチャード・リース★はチェルシーに住んでいる。復員したのに、ひげはそのままだ。レイナー・ヘプンストール★はBBCで仕事を見つけ、なかなか気に入っているようだ。君がロイストンにいるとは面白い。僕らが住んでいた所にごく近い(20)。僕はまだそこに持っているコテージに、家具と本を整理するためにいつか行かねばならないが、延ばしているのだ。最後にそこに行ったのはアイリーンと一緒だったので、そこに行くと気持ちが動揺するからだ。ピアズ(21)はどうなった？　君たち二人、万事順調なのを望む。

草々
エリック・ブレア
［タイプ］

アーサー・ケストラー★宛

一九四六年三月五日
N1、イズリントン
キャノンベリー・スクエア二七B番地

この手紙は右側の端が細長く切れてなくなっている。なくなっている言葉は、推測によって補った。

親愛なるアーサー

君がチャプスキ(22)のパンフレットを送ってくれたというのは面白い。僕はしばらくのあいだ、それを誰かに訳させて出版させようとしていたのだ。ウォーバーグはやらないだろう、なぜなら、それは具合の悪い長さだと言ったからだ。僕は最近、それを無政府主義者（フリーダム・プレス）の連中に渡した。彼らがどんな決断をしたのかは知らない。僕はパリでチャプスキに会い、一緒に昼飯をとった。彼が本物であるばかりではなく、かなり特異な人物でもあるのは疑いない。画家として優れているのかどうかは知らないが。彼は、僕にあることを言ったのだが、それを君に話したかどうか忘れてしまった。彼は強制収容所での窮乏と苦しみについて何か言ったあと、こんな風なことを言った。「一九四一年と一九四二年のあいだしばらく、ロシアには敗北主義が蔓延していた。事実、ドイツが勝つかどうかは予断を許さぬ情勢だった。あの時、ロシアを救ったのは何か、知っているかい？　私見では、スターリンの個性だった――僕はそれを、スターリンの偉大さに帰する。彼はドイツ軍がモスクワを占領しそうになった時、モスクワにとどまった。状況を救ったのは彼の勇気だった(23)」。チャプスキが経験したことを考えると、それは彼が信頼できる人物であることの十分な証拠のように思える。僕は、パンフレットについて、ここでできることはするつもりだと彼に言った。もしフリーダム・プレスが駄目なら、アーサー・バラードはどうだろう。彼は今、パンフレットを出版し始めているので、引き受けてくれるかもしれない。[24]君は、このパンフレットを返してもらいたいだろうか。無政府主義者たちが僕のを持っているのだが、それは僕のコレクションの中でかなり大事なものなのだ。

『オブザーヴァー』は君に書評を書いてもらいたがっている。僕はメインの書評をする者を探している。その書評は毎週、同じ人物によって書かれなければならない——僕は隔週に書評しているが、四月末にやめるつもりだ。メインの書評とは別に、メインの小論文の下の中央の頁に約八百語のエッセイを、ごく近いうちに載せ始めようと思っている。君はその両方の仕事でいい報酬が得られると思う。

君の家に是非行きたいが、抜け出せるかどうか疑わしい。一切を片付け、家具を送る手配をするなど非常にたくさんの、あらゆる種類の仕事がある。北極探検に行く船に荷物を積んでいるような具合だ。マメーヌによろしく。

草々

ジョージ

[タイプ]

アン・ポパム宛★

一九四六年三月一五日
N1、イズリントン
キャノンベリー・スクエア二七B番地

親愛なるアンディー

きみをそう呼ぶのは、ほかの者たちが君をそう呼んでいるのを聞いたからだ——君がなんと呼ばれたいのか、実は知らない。君が去ってから二週間近く経つに違いない。もっと早く書くべきだったが、今週ずっと、胃炎《ギャストライティス》と呼ばれるもので具合が悪かったのだ。そんな言葉は、医者という職業について多くのことを語ると思う。腹が痛ければ、それは胃炎と呼ばれ、頭が痛ければ、それは脳炎《セファアライティス》と呼ばれる、等々。とにかく、それはまったく不愉快なものだが、幾分か良くなり、今日初めて起き上がった。リチャードはうんざりするほど元気で、そこら中跳ね回っている。僕はとうとう、どんなインクも入っていないペン[25]を入手した。だから、インク壺を「抑圧」することができた。彼はこの一週間か二週間、三度それを摑んだ。彼は今、新しい防水ケープを羽織っている。なかなか粋だ。夏に僕らが出掛ける時は、彼は生まれて初めてブーツを穿く。

君はどんな旅をしたのだろう。今、ドイツはどのくらい我慢できるところになったのだろう。そうした生活では、多くのことが、自分の乗り物を持っているかどうか、また、ほかの者からちょっと離れていられるかどうかにかかっていると思う。どんな具合か、また、ドイツ人が今、僕らについて何を言っているのかについて、なんでもいいから君が耳にしたゴシップを手紙で教えてくれないか。君は七月にはイギリスに戻ってくると言ったと思う。僕はその時にはどこにいるのか定かではない——僕は夏のあいだ中ロンドンを出るつもりだが、どこに行くかはまだ決めていない。僕は六ヵ月すべてのジャーナリズムの仕事をやめる手配を済ませた。その時が始まるのを首を長くして待っている。僕はまだいくつかのうんざりする仕事、つまりいつものとは違う仕事を抱えている。そして病気気味なので、何もかも遅くなる。僕がBBCのために書いていたくだらないもの[26]は、やっと書き終わったが、今度はブリティッシュ・カウンシルのためにイギリス料理についてのパンフレットを書かねばならない。なんで愚かにもそんなことを引き受けてしまったのか、わからない——けれども、ごく短いので、一週間で片付けられるだろう。そのあとは、どんなものであれ本当に愚劣なものは書く必要はない。ここを出たら、小説に取り掛かるつもりだ。そうしたものを書いてから六年ほど経つので、書き始めるのはおそらく大変な仕事だろうが、正味六ヵ月あれば峠を越すだろう。

君が国を出る前のあの夜、僕は君にいわば言い寄ったが、君が怒ったのか驚いたのか、わからない。君はそれについて返事をする必要はない——僕の言うのは、君が返事をしなくとも怒らないという意味だ。僕は、君が言うまで、君の若い男については知らなかった[27]。君は淋しく侘びしそうだと思った。そして、僕に関心を抱くかもしれないとも思った。なぜなら、一つには、君は実際よりも少し年上の気がしていたからだ。だが、若くて可愛らしくて、まだ人生から何かを得るのを期待することのできる、君のような人には僕はふさわしくないのを十分に承知している。僕の人生には、仕事と、リチャードが幸先よく世の中に出るのを見届けること以外、実際何も残っていない。僕はただ、時々ひどく孤独に感じる。僕には数百人の友人がいるが、僕に関心を抱き、勇気づけてくれることのできる女は一人もいない。こうしたことについてどう考えるか、手紙で教えてくれないか。もちろん、僕のような人間が君くらいの年の誰かと愛を営みたいと思うのは馬鹿げている。僕は是非ともそうしたいのだが、わかってもらいたいが、君がただノーと言ったとしても怒りもしないし、気持ちが傷つけられさえもしない。いずれにしろ、君がどう感じるか手紙で教えてもらいたい。

僕が君に何かできることがあるだろうか、または、送ってもらいたいものがあるだろうか。君の読みたい本があるだろうか。または、新聞雑誌が。例えば、『トリビューン』を送ってもらいたいだろうか。君の男の同僚の何人かは、それをあまり認めないのではないかと思う。本と言えば、僕はヘンリー・ミラーの本の何冊かを、また手に入れることができた――パリで再版されているらしく、数部がこの国に違法に入ってくるのだ。最近、その他の興味のある本が出たかどうか知らない。僕が最近書評する本の大方はひどい代物なので、何を言っていいのかわからない。『ポレミック』を送ってもらいたいだろうか。第三号は四月末に出る予定だが、果たしてそうかどうか、まったくわからない。というのも、印刷の際いつも手違いが生じるからだ。彼らは今、エール〔アイルランド共和国のゲール語名〕で印刷しようという途方もない計画を練っているが、検閲問題にぶつかるかもしれない。すぐに手紙をくれないか、そして、君の好きなものがあるかどうか、また、物事をどう感じているかについて教えてくれないか。

草々
ジョージ・オーウェル
［タイプ］

追伸　この手紙にどのくらい切手を貼ったらいいか、よくわからない。三ペンスでいいと思うが。

アーサー・ケストラー★宛

一九四六年三月二十二日

N1、イズリントン
キャノンベリー・スクエア二七B番地

親愛なるアーサー

『マンチェスター・イヴニング・ニュース』が、同紙のために僕が書評をするのをやめたあと（四月末）、半年君が代わってやってくれるかどうか知りたがっている。君がやることはまずないだろうと答えておいたが、訊いてはみると言っておいた。単調な仕事だが、週に定期的に八ギニー入ってくる（それは僕が貰っている額だ――君はもうちょっと貰えると思う）。一回九百語だが、一応言いたいことが言える語数だ。一番退屈なのは書評用の本を読むことだ。一方、時には一般的な小論を書いたり、すでに知っている再刊ものを書評したりすることができる。自分の書いたものを再録する権利はある。この考えが君にとって少しでも魅力のあるものかどうか、できるだけ早く知らせてくれないか。君が駄目なら、同紙は誰かほかの者を探さなくてはならないだろうから。

マメーヌによろしく。

草々
ジョージ

追伸［手書き］マロリー・ブラウン[28]に連絡した。彼は復活祭にはたぶん出てこられると思っている。四月三日に昼食を共にして話し合うつもりだ。ところで、どの日に、彼が君の家に行くのか知らせてくれないか。

［タイプ。追伸は手書き］

ケストラーは三月二十三日に返事をした。彼は『マンチェスター・イヴニング・ニュース』の仕事を引き受けないことにした——「今度ばかりは、ピューリタニズムを快楽主義《ヘドニズム》に勝たせよう（わかるだろうか）」。これは、オーウェルがケストラーについて書いたエッセイの終わりから二番目の節にある、「彼の書く物には、はっきりとした快楽主義の傾向」があるという文句に言及したものである。

アーサー・ケストラー★宛

一九四六年三月三十一日
N1、イズリントン
キャノンベリー・スクエア二七B番地

親愛なるアーサー

IRRC(29)の者たちから来た手紙を同封する。彼らについては、君に前に手紙で説明した。それと、彼らの会報も。ジェニー・リー★とマイケル・フット(30)に関するその一部はかなり漠然としていて、彼が僕に何をしてもらいたいのか、はっきりしないが、あすジェニー・リー★に会い、それについて話すつもりだ。マイケルはテヘランにいると思う。

僕は水曜日にマロリー・ブラウンに会い、復活祭の会合〔人権擁護機関を設立するための会合〕は中止になったと言おうと思う。誰かマイケルに話しただろうか。

僕のジュラ島のコテージは五月までには準備が整いそうで、四月末頃に家具を送るつもりだ。そして、万事順調なら五月初めにそこに行く。もし何かがうまくいかなければ、どこかほかに行くが、いずれにしてもロンドンを離れ、二ヵ月は何も書かないつもりだ。疲労困憊し、へとへとだ。リチャードは至極元気で活潑だが、まだ話さない。

君に話した例の科学者の書いた本を、やっと手に入れた。ジョン・ベイカー(31)の。僕らの計画の草案が出来たら回すべき者たちの一人なのは明らかだ。また彼は、全体主義的考えを持っていないほかの科学者について話してくれるという意味で役に立つだろう。それは重要なことだ。なぜなら、団体としての彼らは、全体主義的思考習慣に、作家よりもずっと染まりやすく、もっと大衆的な名声を博しているからだ。ハンフリー［スレイター★］は、ボーダーラインのケースであるウォディングトン(32)に、『ポレミック』のために小論を書いてもらった。それは、よいやり方だったと思う。なぜなら、それは『モダン・クオータリー』(33)に対する僕らの最初の一斉射撃と同じ号に載るからだ。残念ながら、それは非常に悪い小論だった。
　マメーヌによろしく。とうとう美しい春の季節になった。喇叭水仙が至る所で咲いている。毎年冬になると、春が本当に来るのが、ますます信じられなくなる。

草々
ジョージ
［タイプ］

イヴォンヌ・ダヴェ★宛

一九四六年四月八日
N1、イズリントン
キャノンベリー・スクエア二七B番地

親愛《シェール》なるマダム・ダヴェ
　六日付のお手紙を受け取ったところです。二、三日前、『動物農場』を出してくれる出版業者のマドモワゼル・オディール・パテに会いました。彼女がロンドンにいるのは知りませんでしたが、電話をかけてきました。あなたが『カタロニア讃歌』をお訳しになったこと、また、あなたが彼女に翻訳を送ったことを話しましたが、彼女は来週まではフランスに戻らないと思います。彼女は大方の出版業者より勇気があるように見えました。自分はモロッコにいるので、紙以外は、恐れるもの[34]がほかの者より少ない、と言っていました。いずれにしろ『カタロニア讃歌』は『動物農場』よりずっと危険ではありません。いまや共産主義者はフランスの出版業者に対して直接検閲を行っているらしく（彼らはガリマールがヘミングウェイの『誰がために鐘が鳴る』を発行するのを「禁じた」ということを聞きました）、彼らが『動物農場』を出させまいとするのは、ごくはっきりしています、もし、それを禁圧する方途を彼らが見つけられさえすれば。もし、マドモワゼル・パテが一冊の本を出版する勇気があれば、もう一冊の本を出版する勇気もあるでしょう。財政的にその価値があるようなら。
　エッセイについてですが、事情を説明させて下さい。一九四〇年に私は『鯨の腹の中で』という本を出しましたが、あまり売れませんでした。その後間もなく、同書のほとんどすべてがロンドン大空襲で焼けてしまいました。今度出した本には、未発表のエッセイ（三篇だけ）のうちの二篇と、この五年間に雑誌に発表した八篇のほかのものが入っています。たぶん、一篇か二篇は、イギリス人しか関心を持たないものでしょう（一篇は少年週刊誌に関するもの、もう一篇は漫画の絵葉書に関するもの――そうした絵葉書は、フランスのとかなり似ています）。目下、ナジェル・パリが『鯨の腹の中で』を一部持っています――同社は、『評論集』を出す前にそれを送れと言ってきたのです。『評論集』がフランスのどこかの出版社に送られたのかどうか、よく覚えていませんが[35]、私の著作権代理人に訊いてみます。どっちかを翻訳するという問題でしたら、当然ながら、『評論集』を選んだほうがよいでしょう。いずれにしろ、できるだけ早く一部お送りしますが、目下、手元に一冊もないのです。初版は絶版で、第二版はまだ出ていません。純粋に地方的関心しか惹かないエッセイを省いた本は、容易に出版できるでしょう。ディケンズに関するエッセイは翻訳の価値があると確信しております。

ついこのあいだ、メキシコにいるヴィクトル・セルジュ[36]から手紙が来ました。彼は回想録の原稿を送ってくるところです。私の出版業者のウォーバーグがそれを出してくれるといいのですが。

四月末に私はロンドンを離れてスコットランドに半年行ってきますが、正確にいつ行くかは、まだよくわかりません。家具を送るのに問題があるのは間違いありません。私の家はヘブリディーズ諸島にあります。新しい小説が書き始められるくらいに静かなところであるのを願っています。この数年、私は週に三つの小論を書いてきましたので、恐ろしいほど疲れています。私の小さな息子は大変元気です。私たち二人の写真をお送りします。私が彼のお尻を強く叩いているように見えますが、実は彼のズボンを替えているのです[37]。ここを去る前に新しい住所をお知らせします。

Très amicalement〔友情を込めて〕

ジョージ・オーウェル

［タイプ。元はフランス語］

イーネズ・ホールデン宛★

一九四六年四月九日
N1、イズリントン
キャノンベリー・スクエア二七B番地

親愛なるイーネズ

この前の手紙に返事を出さなかったのは申し訳ない。例によって仕事に忙殺されていたのだ。三月三十一日付の君の二番目の手紙は、きのう着いた。君は実に波瀾に富んだ生活をしているようだね。君の病気が治ったと聞いて嬉しい——僕はいつも言うんだが、病気になるというのは、そういう行程の旅の一部なのだ。隙間風か食事の変化か何かのせいだ。『オブザーヴァー』に君の書いたものが載ったのを見たかどうか、何度かいぶかった——それとも君は、帰国したら書くための題材を集めているだけなのだろうか。君はたぶん、並みの観察者よりも、人が何を食べているのかについて、もっと注意を向けると僕は思っていた。また、週に一度「海外居住者」[38]の一部を書いたのではないかと思っていた。

ここでは大したことは起こっていない。今月末にはここを離れたいと思っているが、家を修理したり家具を送ったりという悪夢のようなことが、まだたくさんある。

スーザンが病気で、入院しなければならないかもしれないのは残念だ。もしそういうことになったら、リチャードをふた月ほど保育園に預けなければならない。そんな長い期間、一人では彼の面倒を見ることができないからだ。修理が終わり次第、ジュラ島に行って家を住めるものにしたい。僕はあす、家具と本を整理するためにウォリントンに行くつもりだ。ピクフォーズ〔引っ越し業者〕の男が来て、いつ荷物が運べるか言ってくれるのを待っているところだ。また、たくさんのものを買わなくてはならない。こうした類いのことは僕にとってはまったくの悪夢だが、任すことのできる者が一人もいないのだ。

　ここでは、時々、うららかな春らしい気候になる。リチャードはすこぶる元気だが、まだ話さない。彼は最近、ホイッスルを吹くのを覚えた。それは数日間、悩みの種だったが、幸い、飽きてしまった。『動物農場』は合計九ヵ国語に翻訳された。一つか二つの翻訳が届いた。USAで間もなく出る予定だ。フランスでそれを出している人物に会ったが、モンテカルロに会社を置いている女であることがわかった。彼女は、そこでならフランスにいるよりもやや安全なのだ。フランスでは非公式の検閲がひどいようだ。

　僕は手紙を書いて、カール[39]に彼の両親のことを話すつもりだ。彼には、君が去ってから会っていない。彼はドイツに戻ることが許されないので非常にしょげている——もちろん、同時に、母国に帰りたくないほかの者は、帰国させられている。君はいつ戻ってくるのか言わなかった。僕らがジュラ島の家に住むようになったらすぐ泊まりに来てくれないか。家がきちんと片付いたら、そこで夏を過ごすのは実に快適だろうと思う。

愛を込めて
ジョージ

追伸　不思議な話だが、最近、真空掃除機を買ったところ、リチャードが怖がるのだ。スイッチを入れる前から、見ただけで泣き叫び始める。実際、彼が家の中にいる時はそれが使えない。彼は電気ショックを与える一種の振動を受けるのではないか、というのが僕の説だ。［タイプ］

フィリップ・ラーヴ★宛

一九四六年四月九日
N1、イズリントン
キャノンベリー・スクエア二七B番地

親愛なるラーヴ

　四月四日の手紙、ありがとう。次の「ロンドン便り」を五月二十日頃までに欲しいということだが、五月初めに発送する。僕はここでのジャーナリズムの仕事を全部やめ、四月末から半年、スコットランドに行くが、ここを発つ日は、まだ正確には決めていない。決まり次第新しい住所を教えるが、いずれにしろ、上記の住所に送られる手紙は僕のところに来るだろう。

そう、僕は『タイム』の記事[40]を読んだ。それはちょっとした幸運だった。あの本[41]がなんらかのボイコットに遭うのは間違いないが、この国に関する限り、敵対的な反応がなかったということに驚いている。あの本は九ヵ国語に訳された。一番苦労したのはフランス語版だった。ある出版社は契約書に署名してから、政治的理由で出版は「不可能」だと言ってきた。ほかの出版社も似たような返事をした——けれども、モンテカルロにいるのでほかの出版業者よりやや安全に感じている出版業者と契約を結んだ。その出版業者は女で、オディール・パテという名だ。不人気の本を訳す者は覚えておくに値する女だ。勇気のある女のようだから。それはこの数年間、フランスでは珍しいことなのだ。カミュが言ったことは本当だ、というのは疑いない。フランスの出版社は、今ではアラゴン[42]とほかの者に、好ましくない本（僕の持っている情報では、ヘミングウェイの『誰がために鐘が鳴る』もその一つだった）は出版しないよう「命じられて」いるそうだ。共産主義者はこの問題でなんら実際の司法権を持ってはいないが、例えば、警察の黙認のもとに出版社の建物に放火する力は持っているだろう。こうした類いのことが、あとどのくらい続くのかわからない。イギリスでは、共産党に対する反感が次第に募っているのは間違いない。フランスでは、ほとんど誰も出版等の自由についてもはやなんの関心も持っていないという印象を、一年前に受けた。占領〔ドイツ軍によるフランス占領〕は、トロツキストのような人々にも恐るべき破壊的影響を与えたように僕には見えた。あるいは、一種の知的デカダンスが、戦争が始まる数年前から生まれていたのかもしれない。当時、僕の会ったフランス人の中で、自由に話せると感じた唯一の人物はランボーという名の男だった。彼は傴僂《くる》で、トロツキストに近い小さな週刊誌『リベルテ』の編集者の一人だった。奇妙なのは、こうした道徳的頽廃にもかかわらず、この十年ほど、イギリスよりも、あるいはほかのどこよりも、ずっと多くの文学的に才能のある者が現われたということだと思う。

君が『ポレミック』を見たことがあるかどうか知らないが、それは新しい隔月刊の評論誌だ。僕は第三号に、ジェイムズ・バーナムに関する長いエッセイを書いた。あとでパンフレットの形で再録するだろう[43]。彼は気に入らないだろう。しかし、それが僕の考えだ。

草々

ジョージ・オーウェル

〔タイプ〕

次の手紙は、ドイツ北部のクヴァーケンブリュックから出されたもので、『動物農場』を難民、とりわけウクライナからの難民のために翻訳する必要性を力説している。そして、イホル・シェフチェンコ(44)がソヴィエト難民のために『動物農場』を翻訳した際の読み方を生き生きと伝えている。

イホル・シェフチェンコ★よりオーウェル宛

一九四六年四月十一日
B・A・O・R(45)、P40-OS、K・A・イェレンスキ様気付

親愛なるオーウェル様

今年の二月半ば頃、『動物農場』を読む機会がありました。この物語をウクライナ語に翻訳すれば、我が国の人々にとって非常な価値があるだろうという考えが、すぐに浮かびました。

それが、ほんの偶然にしか現代のイギリスの文学界に触れていない（それは一つには西欧からある程度離れているためですが）我が国のインテリゲンチャに恩恵をもたらすということとはまったく別に、そうした翻訳は、いくら強調してもし切れない、より広い「精神的」影響を持つことでしょう……この作品は「東」の読者もイギリス人に劣らぬ程度に味わうことができると思います。翻訳によって必然的に起こる歪みは、物語のほとんどあらゆるエピソードに照応する現実の事件は何かがわかるように正確に訳すことによって、帳消しにできると思います〔例えば第七章で、麦の穂を六本隠した廉で鵞鳥が処刑されるエピソードは、一九三二年から三三年まで続いたウクライナ大飢饉の際に、わずかな穀物を隠した廉で農民がスターリンによって虐殺された事件に照応する〕。何度か『動物農場』のいくつかの場面を即興《エクス・アブルプト》で訳してみました。ソヴィエトの難民が聞き手でした。その効果は瞠目すべきものでした。彼らは、あなたの解釈のほとんどすべてを肯定しました。そして、動物が丘の上で「イギリスの獣《けもの》たち」を歌う時のような場面に深く感動しました。そして、彼らの注意が、自分たちの住む現実と物語のあいだの「照応」を見つけることにもっぱら向いていたにもかかわらず、その本の「絶対的な」価値と、物語の「タイプ」と、その本の根底にある著者の信念等に非常に生き生きと反応しました。そのうえ、その本の雰囲気は、彼ら自身の実際の精神状態に照応するように見えました。

こうした理由、またそれに似た理由から、私は『動物農場』のウクライナ語への翻訳を認めて頂きたいのです。その仕事は、すでに始めております。

イェレンスキ氏(46)の母堂(47)が、現状(48)においてその翻訳を出版するというデリケートな問題について、すでにあなたと話し合ったということを同氏から聞きました。したがって、私の名前をあまり口にしないよう、また、この件は今のところ非公式なものとお考え下さるようお願いしなければなりません。

この種の本を読むと、人は著者の「本当の」意見につ

いて推測したい気持ちに、しばしば駆られます。正直に申し上げますと私自身、その種の推測をしました。あなたにすべき多くの質問があります。主にソ連邦の現状についてのあなたの見解に関するものですが、固有名詞の訳のような多くの技術的質問もあります。しかし、それは別の手紙が必要でしょう。ところで、あなたにお手紙を差し上げるのが遅れたことをお詫びします。私はドイツ南部に行っていて、マダム・イェレンカへのあなたのお手紙は、今まで私のところに着きませんでした。

敬具

イホル・シェフチェンコ

アンドルー・S・F・ガウ宛

一九四六年四月十三日
N1、イズリントン、キャノンベリー・スクエア二七B番地

親愛なるガウ様

ひさしぶりにお便りを頂き大変嬉しく思います。ほとんど同時にM・D・ヒル[49]からも便りがありました。彼は『ジェム』と『マグネット』[50]について手紙をくれたのです。それに、ジョージ・リトルトン[51]。彼は今、ホーム&ヴァン・トル〔出版社〕のためにシリーズ物の編集をしていますが、私に何か書いてくれと言ってきました。残念ながら、ともかく当座は駄目だと言わざるを得ませんでした。というのも、半年間、ジャーナリズムの仕事とその他の臨時仕事をすべてやめるところだからです。そのあいだに新しい本を書き始めるかもしれません。私はしばらく、やっつけ仕事はしないことにしました。この二年間、週に三つの小論を書き、その前の二年間BBCにいて、本棚の一段が一杯になるほどくだらぬもの（ニュース解説等）を書いたからです。私は次第に搾り滓のようになりましたが、そこから抜け出し、半年、スコットランドに行くつもりです。そこには電話はなく、郵便もあまり来ません。

あなたにお会いしてから、いろいろなことが起こりました。残念ながら、一年少し前、妻を亡くしました。まったく突然で予期しませんでした。妻はしばらく健康が優れませんでしたが。私には小さな養子の息子がいますが、今、二歳になろうとしています。彼の母、つまり私の妻が死んだ時は生後十ヵ月ほどでした。養子にした時は生後三週間でした。素晴らしい子供で、幸い非常に健康で、私にとっては大きな喜びです。私は戦時中は大したことはしませんでした。第四級で、気管支拡張症という病気があり、さらに、子供の時には見つからなかったのですが、片肺に障害があるからです。しかし、実際、MアンドB[52]のおかげで、この数年、私の健康状態はずっとよくなりました。ロンドン大空襲と国土防衛軍勤務の際以外に、私が戦争を垣間見たのは、ドイツが崩壊した

時期に戦地派遣記者として、ほんのしばらくドイツにいた時でした。それは実に興味深いものでした。私は内戦の時にちょっとスペインにいて、喉に貫通銃創を受け、声帯が麻痺しましたが、声は影響を受けませんでした。ご推察の通り、私は最初、文筆で生計を立てるのに苦労しました。もっとも今振り返ってみると、また、文学ジャーナリズムがいかにいかがわしいかを知ってみると、自分が事情に明るければ、もっとずっとうまくやっていけたでしょうが。当節、私の知っているすべての作家の悩みは、ジャーナリズムや放送で生計を立てるのはごく簡単なのに、本を書いて生計を立てるのは事実上不可能だということです。戦前、妻と私は私の本の印税で生活していましたが、当時、私たちは田舎で週に五ポンドで暮らしていたのです。その頃はそれができたのです。それに、私たちには子供がいませんでした。この数年、生活費がぞっとするほど高くなったので、本が書ける唯一の手段は、雑誌のために長いエッセイを書き、それを再録することです。しかし、この数年で私のしたやっつけ仕事には、新しい読者を獲得するという利点はありました。また、私が本を出すと、戦前よりずっと売れるようになりました。

あなたはフレディー・エイヤー[53]のことをお書きになっていません。あなたが彼をご存じとは知りませんでした。彼は私の親友です。新しい雑誌『ポレミック』はこれまでのところ二号までしか出ていませんが、よいものになっていくだろうと大いに期待しています。もちろん、バートランド・ラッセルが星座の主星です。ボビー・ロングドン[54]が戦死したのは残念です。ウェリントン校は、彼がそこにいたあいだに非常に啓発されたと思います。あなたもご存じかもしれないマイケル・マイヤー[55]という若者は英国空軍にいて、今はケンブリッジに戻ったと思いますが、ウェリントン校でボビーに教わり、彼を非常に尊敬しています。

今度ケンブリッジに行った際には必ずお訪ねしますが、それがいつになるかはわかりません。二年前、そこに疎開していたロンドン・スクール・オヴ・エコノミックスの学生に講義していた時、あなたのことを考えました。

私の名前について。私は十数年、オーウェルという名前をペンネームとして使ってきましたが、知人の大半は私をジョージと呼びます。しかし、私は自分の名前を実際に変えたわけではなく、何人かはいまだに私をブレアと呼びます。非常に煩わしくなってきているので、平型捺印証書《ディード・ポール》〔公式に改名する時に必要なもの〕で変えようと思ってはいるのですが、事務弁護士等のところに行かねばなりません。それでやめているのです。

草々

エリック・ブレア

追伸　あなたが元生徒の出したすべての本をお読みになる訳がありませんが、私の最新刊の前の本『動物農場』をご覧になったでしょうか。もしご覧になっていなければ、喜んで一部お送りします。ごく短いもので、面白いかもしれません。

［タイプ］

アン・ポパム★宛

一九四六年四月十八日
N1、イズリントン
キャノンベリー・スクエア二七B番地

親愛なるアンディー

君の手紙を七日頃に受け取ったのに違いない。その手紙について長いあいだ、じっくりと考えた。この手紙の日付からわかるように。僕は君に近づくことは一種の犯罪行為ではないかと考えてしまう。ある意味で、僕のような人間が君のような人に言い寄るのはスキャンダラスな話だ。でも、僕は君の様子から、君が孤独で不幸であるばかりではなく、もっぱら知力に頼って生きている女でもあるので、ずっと年上で肉体的にもさして優れていない男に興味を抱くかもしれないと思ったのだ。そもそも僕は君の何に惹かれたのかと、君は訊いた。君は非常に美しい、君もそれをよく知っているはずだ。しかし、それだけではなかった。僕は、残された人生と仕事とを共有してくれる人が欲しいのだ。それは、一緒に寝る人という問題とも言えない。もっとも、もちろん、それも時には望むけれども。君は、たぶん僕を愛さないだろうと言う。それも無理はないと思う。君は若くて新鮮で、君には心から愛していた人がいた。僕はその人の水準にはとても及ばない。もし君が、再出発できるといまだに感じていて、君に大勢の子供を与える眉目秀麗な若者が欲しいなら、僕は君にとっては役に立たない。僕が本当に君に訊いているのは、君が文人の寡婦になりたいかどうかということなのだ。もし物事が一応今の通りなら、それにはある程度の面白さがある。君はたぶん、入ってくる印税が貰えるだろうし、未発表の作品等を編集するのは興味のあることだろう。もちろん、僕があとどのくらい生きるのかわからないが、僕は「虚弱」だと思われている。僕には、常に肺炎になるおそれがある気管支拡張症という病気がある。しかも片方の肺に、昔からの「非進行性」の結核性病変がある。僕はこれまで数回、死ぬと思われたが、病気に負けまいという気持ちだけで生き続けている。実際、MアンドBのおかげで健康状態がよくなった。僕は子供が作れないとも思う――とにかく、子供を持ったことはない。もっとも、検査は受けたことはないが。ひどく忌まわしいので。一方、君が誰かほかの者によって自分の子供が持ちたいと思っても、僕は一向に構わない。なぜなら、僕には肉体的嫉妬心がほとんどないからだ。僕は、誰が誰と寝ようと、あまり気にしない。大事なのは、情緒的、知的意味で貞節であるということだと思われる。僕は何度かアイリーンを裏切った。また、彼女にひどい仕打ちをした。そして、彼女も時に、僕にひどい仕打ちをしたと思うが、僕らの結婚生活は、二人で恐るべき苦難を一緒に乗り越え、彼女は僕の仕事等をすべて理解してくれたという意味で、本当の結婚生活だった。君は若くて健康で、僕より優れた人物と一緒になる資格がある。一方、もし君がそうした人物を見つけないのならば、そして、もし君が自分のことを生来の寡婦だと思っているのなら、僕と一緒になっても悪くはないかもしれない——僕が実際に君にとって忌まわしくないならば。あと十年生きられれば、たくさんの半端仕事のほかに、もう三冊価値のある本を書くことができると思うが、平穏と静寂と、僕を好いてくれる誰かが欲しい。また、リチャードもいる。君が彼に対してどんな感情を抱いているのかは知らない。こうしたことすべてを考えてみてくれないか。僕は率直に話した。なぜなら、君は稀な人間だと思うからだ。そして、戻ってきたら、ジュラに来て泊まってくれないか。その時までには家はかなり住み心地のよいものになっていると思うので。そして、リチャードとスーザンと、たぶんほかの何人かが、君のためのシャペロン〔若い女性の付き添い〕としているだろう。僕は君に、やって来て愛人になってくれと頼んでいるのではない。ただ、やって来て泊まってくれと頼んでいるだけだ。そこは気に入ると思う。美しい所で、まったく何もなく、荒涼としている。

ここでは大したニュースはないようだ。ここしばらく美しい春の陽気で、スクエアの栗の木が真っ盛りだ、つまり葉が、ロンドンで見ることなど思いもよらないほど瑞々しい緑なのだ。スーザンとリチャードが復活祭の週末を過ごすために田舎に行ったので、僕は一人だ。僕が残ったのは、仕事にけりをつけ、ジュラ島に送るものの荷造りをするためだ。僕は先週、ハートフォードシャーのコテージに行った。ピクフォーズの者が取りにくる前に、そこの家具と本を整理するためだ。それを延ばしていたのは、アイリーンが死んで以来、そこに行かなかったのと、行けばひどく気持ちが乱れると思ったからだが、実際には、さほど悪くはなかった。古い手紙を見つけた時以外は。そこにある家具を送っているが、やたらに物も買わなければいけない。まるで船に荷物を積み込んでいるような具合だ。ピクフォーズは来週の二十五日頃、一切運んでくれることになっているが、そこに着くまで少なくとも十日はかかると同社は見込んでいる。そのあと、荷物はトラックで家まで運ばれる。だから、どう考えても五月十日頃前にロンドンを離れることはありそうもない。もちろん、この引っ越しは途轍もなく費用がかかる[56]——一方、引っ越してから、家がひとまず住めるようになれば、ほとんど家賃なしの素敵な夏の居宅になる。僕はそのことを、とりわけリチャードのために望んでいる。というのも、彼は実際、夏にフラットにいるには大きくなり過ぎたからだ。今の仕事は、彼を庭の中に入れておくことだ。彼は門の開け方を知っていて、時々外に出てしまうからだ。僕らが戻ってくる次の冬には、彼を保育園にやろうと思う。彼が話したがらないようなのはおかしい——ほかのどんな面でも非常に知的なので。彼は今、自分で靴と靴下を穿こうとしている。そして、釘の打ち方を心得ている。もっとも実際には、指をトンカチで叩かずには打てないが。彼は、いまだに真空掃除機を怖がっているので、彼がそばにいる時は使えない。

君はフランスについての僕の本について尋ねたね——『パリ・ロンドンどん底生活』だと思う。僕は一冊も持っていない。ペンギン版でさえ。いつか再刊されると思う。エッセイ集のアメリカ版が出たところだと思う。僕のほかのアメリカの出版業者が電報で、『動物農場』がブック・オヴ・ザ・マンス・クラブというものによって選ばれたと言ってきた。それは、少なくとも二万部[57]売れることを意味するに違いない。そして、英米で税金を払ったあとでさえ、また不利な契約をしたとしてさえ（たぶん、そうしたと思うが）、数ヵ月何もせずに暮らせるだけの金が入ってくるはずだ。ただ、彼らは秋まで出版しないだろう。それに、「好事魔多し」という諺もある。

君は郭公の声を聞いただろうか。僕は去年の今頃、ドイツにいた時、郭公の声をかすかに聞いたと思う。「リリー・マルレーン」[58]とトラックと戦車の轟音のあいだで。その前の年、僕はロンドンにすっかり縛りつけられていたので、郭公の声を一度も聞かなかった。そんな年は僕の人生で初めての年だった。つまり、ロンドンでは。僕が今年、まだ郭公の声を聞いていないのは、ウォリントンに行くのが数日早過ぎたからなのだが、列車で戻ってくる時、電線に郭公が一羽止まっているのを見たと思う。『トリビューン』に蟇蛙についてエッセイ[59]を書いたあと、僕らが昔イモリを捕まえに行った、使われていない小さな貯水池に行ってみた。すると、例によってオタマジャクシが出来かかっていた。少々物悲しかった。僕らは毎年、七ポンドのピクルスの広口瓶で小さな水族館を作り、イモリが卵の中の小さな黒い斑点から十分に成長した生き物に育つのを観察したものだ。また蝸牛やトビケラも捕ったものだ。

ここで書きやめよう。朝食の食器を洗ってから昼食をとりに外出しなければならないので。体を大事にするように。よくなっていることを願っている。淋しくて慰めのない、そうした環境で病気になるというのは実に嫌なことだ。君は、雑誌か何かを送ってくれとは言わなかったね。できるだけ早く手紙をくれないか。君がジュラ島に来て泊まってくれることを望んでいる。島の西側まで歩いていくのは素敵だろう。そこはまったく無人で、約二十フィート下まで見えるくらい澄んだ緑の海水の湾があり、海豹《あざらし》が泳ぎ回っている。君の意思に反して僕が君と愛の営みをするなどとは思わないように。僕が文明人なのを知っているだろう。

愛を込めて
ジョージ

追伸［手書き］君の言う通りにして、これには一ペニー半の切手しか貼らない。今日は聖金曜日で、切手はこれしか見つけられないので。(60)

［タイプ。追伸は手書き］

スタフォード・コットマン宛★

一九四六年四月二十五日
N1、イズリントン
キャノンベリー・スクエア二七B番地

親愛なるスタッフ

君から便りを貰い、とても嬉しかった。君がまだ英国空軍にいたとは知らなかった。僕がここにいる時にもしロンドンに来たら、是非会いに来てくれないか（ここにいれば上記の電話番号(61)で電話をくれれば、必ず僕が出る）。でも、間もなく、ここを半年離れる。僕はこの数年、ジャーナリズムのやっつけ仕事をやり過ぎたので、しばらくやめようと思っている――二ヵ月はまったく何もしないつもりだ、それから新しい本を書き始めるかもしれないが、いずれにしろ次の秋までジャーナリズムの仕事はしない。僕は二年間、週に三つ小論を書いてきた。その前の二年間は、BBCのために戯言を書かねばならなかった。僕はハートフォードシャーのコテージを手放し、ヘブリディーズ諸島のジュラ島のコテージを借りることにした。五月十日頃にそこに行こうと思っている。もし、僕の家具がそれまでに着いていれば。そこに行くのはすこぶる不便だけれども素敵な家で、少し手を入れればとても住み心地のよいものにすることができると思う。そうなると、そこはほとんど家賃なしで時折引き籠もることのできる素敵な場所になる訳だ。君は見たことがないと思うが、僕の小さい息子は、今二歳に近く、甚だ活潑だ。それが、僕が夏のあいだロンドンを出たいとしきりに思っている理由の一つだ。彼はアイリーンが死んだ時は生後十ヵ月だった。実に残念な話だった――彼女は何年もひどく働き過ぎ、健康状態も惨めだった。そして、物事がまさに上向き始めた時に、ああいうことが起こった。唯一の救いは、彼女は手術で何か悪い事態が起こるとは予期していなかったと思えることだ。彼女は麻酔が施されたほとんど直後に、麻酔で死んだのだ。僕はその時、フランスにいた。二人とも、手術が非常に危険なものとは思っていなかった。息子は彼女の死を悲しむには幼過ぎたと思う。彼は、これまで健康面でもその他の面でも、まったくつつがない。僕には、彼と僕の面倒を見てくれる良い家政婦がいる。

先日、エッジウェア・ロードでパディー・ドノヴァン(62)に出くわした。彼は窓掃除の仕事をしていて、僕に電話をすると言ったが、まだかけてこない。彼はドイツでライン川を渡った頃に負傷した。今度の秋にロンドンに来た時は電話をかけてくるのを忘れないように。

草々

エリック・ブレア

［タイプ］

マージョリー・デイキン宛★

一九四六年四月三十日
N1、イズリントン
キャノンベリー・スクエア二七B番地

親愛なるマージ

姉さんの病気についてアヴリルから聞いたところだ。当然ながら、僕は妹から短い説明しか聞かなかったが、妹の話では悪性貧血だそうだね。姉さんが回復しつつあり、適切な治療を受けていることを切に願っている。僕はこの手紙と同時に数冊の本を送る。そのうちの何冊かは未読であればいいが(63)。

僕は半年、ジュラ島に行くところだ。家具はなくなったが、船便のため着くまでに長くかかりそうだ。僕はこのフラットを家具付きで貸す（lend）つもりだ。実は、ある人物(64)に貸すことにしている。僕らは転貸し（sub-let）してはならないことになっているので〔lend と sub-let のあいだには法的に微妙な違いがあった〕。家具が向こうに届いたら、僕は先に行って家を整え、そのあとでリチャードを連れて行く。スーザンは治療のために入院しなければならないが、ひと月くらいかかるだろう。その間、僕は彼を保育園に入れるつもりだ。残酷なようだが、僕一人ではそんな長い期間面倒が見られない。それに彼は大変人懐っこいので、問題なくやっていけるはずだ。僕らはジュラ島に十月頃まで居る予定で、その期間はジャーナリズムの仕事は一切やめる。家がきちんと片付いたら、新しい本の執筆に取り掛かりたいと思っている。もちろん、引っ越しは非常に金がかかるが、いったん引っ越してしまえば、ほとんど家賃なしの夏の住まいになるだろう。そして、子供が滞在するには素敵な場所になるだろう。

リチャードはきわめて元気で、かなり大きくなっている。体重は約三十七ポンドで、すぐに今までの服が着られなくなる。五月十四日には二つになる。まだ話さないけれども、ほかの面では非常に積極的で、非常に進取の気性に富んでいる。道具が大好きで、トンカチで釘を打つといったことをする方法を早くも心得ている。また、自分から進んで階下に降り、自分の靴と靴下を穿こうとする。夏のあいだ彼をどうしても田舎にやりたい、というのも、フラットに置くにはあまりに活潑になってきたからだ。ここには庭はあるものの、庭に彼を一人にしては置けない。通りに出てしまうからだ。

返事の必要はない。僕はハンフリーにも手紙を書いている。ロンドンをいつ発つかははっきりしないが（たぶん五月十日頃）、僕のジュラ島での住所は、アーガイルシャー、ジュラ島、バーンヒルになるだろう。

愛をもって
エリック
［タイプ］

マイケル・マイヤー★宛

一九四六年五月二十三日
アーガイルシャー
ジュラ島
バーンヒル

親愛なるマイケル

君の努力に心から感謝する。いや、僕は許可証[65]を持っていない（この島には一人の警官もいない！）。黒色火薬については気にしないように。売っているものほどよくはないが、役には立ちそうなものを少し作った。雷管を手に入れてくれたら、大いにありがたい。店にある一番大きなもの、と言ってくれないか。

僕はここに落ち着き始めたところだ——家を整えるのにかかり切りだが、素敵な家だ。リチャードは六月末まで来ない。スーザンがちょっとした手術をしなければならず、一人では彼の面倒が見られないからだ。そこで、彼をよそに預けた。けれども、彼は元気にやっているという報告があった。目下の問題は、(a)ジープが手に入らないので（月末には手に入ることを願っている）、ここの道路で走らせるのは地獄の苦しみのオートバイで間に合わせなければならないということ、(b)旱魃のせいで風呂用の水がないことだ（飲み水は十分にあるが）。けれども、ここではあまり体が汚れない。いつか泊まりに来てくれたまえ。それほどひどい旅でもないし（ロンドンから約四十八時間）、この家は広々としているので。もっとも当然ながら設備はお粗末だが。

それでは、また
ジョージ
［タイプ］

レイナー・ヘプンストール宛

一九四六年六月十六日
アーガイル、ジュラ島、バーンヒル

親愛なるレイナー

七月十四日頃来たまえ。その日が都合がよかったら[66]。

君に会う手筈を整えるため、一週間前に知らせてくれないか。ここに来る郵便は、そう頻繁ではないので。月曜、水曜、金曜にジュラまでの船が出る。行程は次の通りだ（しかし、時間が変更になっているかもしれないので、L・M・S[67]に問い合わせてもらいたい）——

午前八時にグラスゴー中央駅を発ち、グーロックに行く
グーロックで船に乗る
正午頃、東ターバートに着く
バスで西ターバートに行く（船の時間に合わせて運行されている）
西ターバートで船に乗る
午後三時頃、ジュラに到着[68]

グラスゴーから通して予約できる。または各船で料金を払う。グーロック－ジュラ間の料金は約一ポンド。なんであれ、手に入る食べ物を持ってきてくれないか。それとタオルも。丈夫なブーツとレインコートが必要だろう。

君に会うのを楽しみにしている。

草々
エリック

［手書き］

アヴリル・ブレア★よりハンフリー・デイキン★宛

一九四六年七月一日
ジュラ島
バーンヒル

親愛なるハンフ

あなたとご家族がご健勝と聞き、喜んでおります。今度お手紙を書く時、私に代わってヘンリー[69]におめでとうと言って下さい。

ここは素晴らしい所です。気が滅入っていらっしゃるなら、ちょっとここにお出でになったらいかがでしょう。唯一の難点は——ビールがないこと。ですから、お飲みになりたければ、ご自分のを持ってきて下さい。

ここは素敵な農家で、五つの寝室と浴室、二つの居間、台所の大きな食料貯蔵室、酪農室などがあります。家は南に面していて、そこここに小さな島が点在するジュラ湾の美しい景色を眺めることができます。エリックが小さなボートを買ったので、私たちは魚が上がってくる時間の夕方に釣りに出掛けます。魚は海から獲ったばかりですので、ただもうおいしいのです。実際、おおむね私たちは贅沢に暮らしています。たくさんの卵と牛乳と、配給分に加え毎週二分の一ポンドの余分なバター。私たちの家主[70]は、少し前、鹿肉の大きな塊をくれました。な

んとも美味でした。それに、地元のロブスターと蟹がいます。さらに、兎がそこら中にいます。私たちの一番近い隣人たちは一マイル先に住んでいます。そして、地元の地主である私たちの家主一家が住んでいるアードラッサまで、八マイルほど、細長い、荒涼とした辺鄙な田園地帯が続きます。そこはいわゆる村ですが、お店は一軒もありません。この島で唯一のお店はクレイグハウス[71]にあります。クレイグハウスは週に三回船が来る港です。私たちはEが買ったおんぼろのフォード・バンで週二回、アードラッサまで手紙を取りに行きます。道はひどい悪路です。

　私は本当に、何もかも心から大いに楽しんでいます。焜炉で料理をすることも含め。最初はそれを相手に悪戦苦闘しました。でも、バケツ二杯分の煤を煙道から取り去ると、今では申し分なく料理もできますし、湯も沸かせます。ここをミドルズムア[72]に比べることはできないでしょうが（まったく違うので）、ミドルズムアは、ここの隣に置くとブラックプールのように見えます。この一帯の海岸線は岩だらけで、山が島の中央を端から端まで通っていて素敵です。私は野花の押し花を本格的に蒐集しています。ここに、Eの友人でポール・ポッツという人が泊まっています。彼は私の才知溢れる警句をすべて至極真面目に受け取り、癇癪を起こしますが、私は彼をもっと人間的な形に溶接しつつあると思います[73]。

愛を込めて
アヴリル
［手書き］

サリー・マキューアン宛★

一九四六年七月五日
ジュラ島
バーンヒル

親愛なるサリー[74]

　二十二日に君に会うのを大変楽しみにしている。しかし、君は最後の八マイルは歩かなければならないというのは、まことに申し訳ない。僕らには君を乗せる車がないからだ。しかし、持ち物をリュックサック程度の手荷物に出来れば、歩いてもそれほどひどくはない――例えばリュックサックと二つくらいの雑嚢。それくらいならば、僕のオートバイ（僕の持っている唯一の乗り物）の後ろに乗せて運ぶことができるが、重いスーツケースは駄目だ。食べ物は、君が到着する前に確実に着くように、うんと早めに前もって送ってくれないか。例えば、もし君が十五日の月曜に送ってくれれば、君が着く前の金曜にここに配達されるだろう。ここに来るまでの指示は、全部君に伝えたと思う。グラスゴーで列車に乗り遅れないように――今は八時ではなく七時五十五分に出る。ジュラ島に着いたら、マケニーの店でハイヤーを頼んだ、もし、ハイヤーが埠頭に出迎えに来ていなかったら。それに乗ってアードラッサまで来れば、僕らが待っている。僕は、もう三マイル、リールトまで君を乗せて行くよう手配できるかもしれないが、運転手はアードラッサから先には車を走らせたがらないことがあるのだ。きのう、リチャードとスーザンを連れて帰ってきた（ロンドンに着いた時、君に電話をしたが、君が印刷所にいた日だった）。そして、きのうは運転手に賄賂を使い、バーンヒルから二マイルのところまで行ってもらったが、彼は道路の悪さに呆れたので、二度と行ってはくれないと思う。そこから僕はリチャードを家まで運び、二人の手荷物は小作人の荷馬車で持ってきてもらった。ゆっくり歩けさえすれば、実に快適だ。レインコートと頑丈なブーツか靴があれば、着る物はたくさん必要ではない。その時までには、僕らはボートで使う一足のスペアのゴム長靴が手に入れられることを望む。列車では君がどうするのか知らないが、グーロックとターバートからの船では、三等に乗ったほうが得だ。設備には違いがないし、食べ物はいずれにしろ、ひどいものだからだ。

愛を込めて
ジョージ
［タイプ］

サー・リチャード・リース宛★

一九四六年七月五日
ジュラ島
バーンヒル

親愛なるリチャード

一日付の手紙、ありがとう。君が提起した問題について、時折考えてみた。僕は自分の伝記が書かれるほど偉くなるかどうかわからないが、そういうこともありうると思う。そして、誰かがそれをすると考えると、ぞっとする。僕に言えるのは、適宜に計らって、もし誰かがB・F〔大馬鹿者〕のようだったら、どんな書類も見せてはいけない。僕は、そういうことが起こる場合にそなえ、自分の個人的文書の中に、僕の人生の主要な事件についての短いメモを入れておこうと思う。それは主に日付とその場所だが。なぜなら、人が誰かについて書く時、その人物をよく知っている者でさえ、そうした類いのことをいつも間違えるからだ。もし僕があと数年のうちにあの世に行ったら、再刊について出版社と交渉し、雑多なわずかな書類のどれを保存するか否かということを除き、君のすることがたくさんあるとは思わない。僕は遺言状の中で君を僕の遺著管理者に指名し、それを弁護士に正式なものに作成してもらった。そして、僕にもしものことがあればリチャードの後見人になるグウェン・オショーネシーが、そのことについてすべて知っている。リチャードは不自由なく暮らせるようになっていると望むし、そう信じてもいる。僕はこの一、二年、少々蓄えも出来、本が運よくアメリカのブック・オヴ・ザ・マンス・クラブの選定書になったので、その金は手つかずで残しておくことができる。それはいわば、僕のいつもの稼ぎのおまけなので。

僕は五月中旬からここにいるが、今ではすっかり落ち着いた。二ヵ月、全然なんの仕事もしていない。庭仕事等以外。妹がここにいて料理をしてくれる。スーザンとリチャードが数日前に来た。すぐにまた仕事を始めねばならないと思うが、十月まではジャーナリズムの仕事は一切しないつもりだ。これは浴室のある、素敵な大きい農家で、僕らはそれを大変快適なものにしている。ここでの唯一の本当の難点は、輸送だ――何もかも、不便な道路を使って八マイル先から運んでこなければならない。そして僕はオートバイ以外、乗り物がないのだ。けれども、パンと配給品を取りに週に一度、行くだけでいい。僕らは食べ物には恵まれている。牛乳はたっぷりあり、近くの小作人から、かなりの量の卵とバターが手に入る。その小作人は六マイル以内の唯一の隣人だ。そして、僕らは海で何匹も魚を釣る。また、兎を撃つ。数羽の鵞鳥も飼っているが、段々に食べるだろう。この家は十二年間無人だったので庭は荒れ放題だが「by little and little」[75]に整えるつもりだ。今年の秋には果物の灌木等を植えるつもりだ。家の維持費は少しかかるが、家賃はなしに等しいし、好きな時に姿を消し、電話等に追いかけられない、こうした隠れ家があるというのは素敵だ。今のところは、ロンドンより戸口から戸口の旅は、ほぼ二日かかるが、もし近くの島（アイレイ〔アイラとも発音される〕）に飛行機で行けば、その旅は数時間でできるだろう。僕らは今度そうできるだろう。服や何かをここに残しておけるので。もし君が、例えば九月にここに来て泊まりたいなら、大歓迎だ。知らせてくれれば行程を教える。最後の八マイルは歩かなければならないということ以外、実際、さして恐ろしいものではない。

草々
エリック

追伸　ここは、かなり絵になると君は思うかもしれない。[76]海面の色は信じられないくらいだが、絶え間なく変化している。君は本物のハイランド牛のスケッチができるだろう。牛は、ランドシーアの絵[77]にそっくりに、至る所にいる。

［タイプ、追伸は手書き］

イヴォンヌ・ダヴェ★宛

一九四六年七月二十九日
ジュラ島

バーンヒル

親愛《シェール》なるマダム・ダヴェ

『カタロニア讃歌』をムッシュー・シャルロ(78)が引き受けて下さったら、もちろん大変嬉しく思います。そうなった場合、訂正を要する箇所（誤植等）がいくつかあるので、ご連絡致します。また、スペインとスペインの政治について詳しい誰か（できればスペイン人）に序文を書いてもらって付け加えたほうがよいと思います。同書がイギリスで再刊されたら、一章か二章、本の後ろに付録として移すつもりです(79)。それはとりわけ、新聞等からの記事を引用して五月の戦いを克明に描いた章に関係しています。それは歴史的価値はありますが、スペイン内戦にさほど関心のない読者には退屈でしょうし、本文を損なわずに巻末に持っていくことができるでしょう。題についてですが、変えたほうがよいでしょう。英語でさえ、題はあまり多くのことを意味していません。しかし、その問題については、あなたにはお考えがおありでしょう。外国語で題を選ぶのは不可能だと思います(80)。

残念ながら、ムッシュー・シャルロに渡す小説はありません。『ビルマの日々』、『動物農場』、『空気を求めて』(81)はどれも翻訳されているところで、それ以外はありません。つまり、私は確かにほかに小説を二篇書きましたが、ずっとあまり誇りに思っていないので、再刊はすまいと、ずっと前から心に決めていました。今、書き始めたばかりの小説についてですが、それは、たぶん一九四七年に書き終えるでしょう。書き出したばかりですが。三ヵ月近く、私はまったく何もしていません、つまり、何も書いていないのです。週に三つの小論を何年間か書いたあとなので私は疲れ果てていて、長い休暇が是非とも必要なのです。ここスコットランドでは、私たちは非常に原始的な暮らしをしています。そして、食べるのに十分なくらいに兎を撃ち、魚を釣るなどして大忙しです。私は『ポレミック』のために長いものを書きましたが(82)、それを書き終えたあと、十月にロンドンに戻る前に、二ヵ月、その小説に取り組もうと思っています。十月にジャーナリズムの仕事を再開しますが、もし少なくともその小説の数章を書き上げていれば、遅かれ早かれ書き終えることができると思います。難しいのは、週に五日か六日忙しい時に新しい本を書き始めることです。

私はここに十月初めまで、あるいはその数週間あとまで滞在します。その後は、私のロンドンでの住所は、いつもの通りでしょう。私の出版社（『カタロニア讃歌』の）は、ロンドンW・C・1、ジョン通り七番地、セッカー・アンド・ウォーバーグ社です。

Très amicalement〔厚い友情を込めて〕

ジョージ・オーウェル

追伸　私の小冊子『ジェイムズ・バーナムと経営者革命』を同封します。「ジェイムズ・バーナム再考」という題で『ポレミック』に最初に出た小論です。どこかの月刊誌が、それは翻訳に値すると考えることはありうると思います。

［タイプ］

リディア・ジャクソン★宛

一九四六年八月七日
ジュラ島
バーンヒル

親愛なるリディア

手紙をありがとう。もしここに来たければ八月の後半、つまり十五日と九月一日のあいだのいつでも家に君を泊めることができる。八月後半には誰かが来ることになっていると思う。［行程の詳細については、**四六年六月十六日**付の手紙を参照のこと］[83]車を借りる手配ができるよう、数日前に知らせてくれないか。スーザンの幼い娘が十六日金曜日に来ることになっている。その場合、僕は彼女を迎えにグラスゴーまで行くつもりだが、まだ確かではない。

ブーツを送ってくれて、どうもありがとう。ここでは、手に入るどんな履き物も必要なのだ。というのも、もちろん、履き物は絶えず濡れてしまうからだ。とりわけ、釣りに行く時は。最近、天候は悪いが、まずまずの天候の時は、僕らは夜釣りに行ってたくさん魚を釣る。食料品室の助けになる。

修理について[84]。僕は賃借人ということになっているので、キープからの請求書を僕に送ってもらい、僕が払うのが一番いいだろう。そして、僕が領収書をディアマンに送り、どのくらい彼から貰えるか見てみよう。僕らは全額貰えるとは思わないが、いずれにせよ、僕らはあとで決済することができる。キープは途方もない額を請求することはないと思う。彼がどういう人物か知っているので。

パットによろしく。

草々
エリック
［タイプ］

アン・ポパム★宛

一九四六年八月七日
ジュラ島
バーンヒル

親愛なるアンディー

返事を出すのが数週間あるいは数ヵ月遅れたのは、今度は僕だ。君はそんなに謝る必要はなかったのだ――僕は手紙の返事を書くのがいかに難しいか、また、言ってみれば、手紙が毎日毎日いかに立ち上がってきて襲ってくるかを、嫌と言うくらい知っている。

　君の手紙について、いろいろ考えてみた。君の言うことが正しいと思う。君は若い。そして、自分にふさわしい誰かを、たぶん見つけるだろう。いずれにしろ、そのこと[85]については、これ以上言うのはやめよう。僕がロンドンに戻ったら（たぶん、十月頃）、君に会えればいいと思っている。一週間ほど前、ルース[86]から便りがあった。彼女は親切にも、送られてくるものの、ここに届けてもらいたくない本を受け取り、管理してくれている。僕らはここで皆元気で、リチャードは少し話し始めた。もっとも、手ですることのほうに遥かに興味を抱いていて、道具の使い方が非常にうまくなりつつある。妹がここにいて料理をしている。スーザンがリチャードの面倒を見、家の世話をしている。僕のほうは、庭仕事と大工仕事をしている。二ヵ月僕は何もまったく書いていない。先月、小論[87]を一つ書きはしたが。ロンドンに帰る前に小説を書き始めるかもしれないが、自分を縛るようなことはしない。何年もやっつけ仕事をしたあとでは、たっぷり休む必要があったのだ。それは僕にとって非常によかった。ここにいるあいだ、これまでのところ風邪一つ引かなかった。週に数回ずぶ濡れになるのだが。僕らは釣りをしたり猟をしたりして食べ物を手に入れねばならないのだが、僕はそうするのが好きで、実のところ、今はロンドンにいるよりもいいものを食べている。これは素敵な大きな家で、さらに完全に家具調度を設え、電灯設備を備え付ける価値のあるほど長く借りられれば、本当に住み心地のよい家にすることができるだろう。いずれにしろ、僕は今年の夏、果樹を植え、その恩恵にあずかるくらいの期間、ここにいられることを願っている。また、リチャードが家から走り出ても車に轢かれる危険のない所にいるというのは非常にありがたい。彼にとっての唯一の危険は蛇だが、僕は家の近くにいるのを見るたびに蛇を殺す。今年の冬は、空きがあれば彼を保育園に送るつもりだ。

　暇があったら、また手紙をくれたまえ。

草々
ジョージ
［タイプ］

シーリア・カーワン宛★

一九四六年八月十七日
ジュラ島
バーンヒル

最も親愛なるシーリア

　ブランデーを手に入れ送ってくれたというのは、なんと素晴らしいことだろう。九ポンド十五シリングの小切手を同封する。それに関して、ほかの費用がかからなかったのならいいが——もしかかったのなら、教えてくれないか。

言い忘れたが、スウィフトについてのエッセイ[88]で一、二の題名（パンフレット等の）が正確ではないと思う。記憶に頼って引用していたので。しかし、校正刷りを見さえすれば、直すのは簡単だろう。

君がロンドンで嘆き暮らしているというのは気の毒な話だ。とりわけ、ロンドンもこの一週間か二週間のここの素晴らしい天気と同じような天気だとしたら、一年の今の季節にロンドンにいるのは惨めに違いない。僕は依然として、これと言った仕事は何もしていない。ほかにすべきことが、いつも山ほどあるように思える。そして、ここでは移動するというのは実に大変なことなのだ。きのうスーザンの子供がここに来た。僕はグラスゴーに行って彼女を迎えることになっていた。僕はおとといの朝出発したが、途中でオートバイがパンクし、そのため船に乗り損なってしまった。そこで、まずトラックに乗せてもらい、次に車に乗せてもらった。そして、グラスゴー行きの飛行機があるだろうと期待して次の島までフェリーで渡った。けれども、飛行機は満員だったので、バスでポート・エレンに行った。金曜日の朝、そこから船が出るのだ。ポート・エレンは畜牛品評会があるので人で溢れていて、どのホテルも満員だった。そこで僕は、ほかの大勢の人たちと一緒に警察署の独房の中で寝た。その中に、乳母車を持った夫婦がいた。翌朝、僕は船に乗り、スーザンの子供を預かり、彼女を連れてきて、それから最初の二十マイルほど車を雇い、家までの最後の五マイルを歩いた。今朝、モーターボートに乗せてもらって、僕のオートバイのあるところまで行き、パンクを直し、オートバイに乗って家に帰ってきた——合計、三日かかった。僕らはモーターボートを買おうと思う。つまり、船外モーター付きボートを。ここでは、それが天気が一応いい時の最上の移動手段なのだ。現在、僕らは小さな手漕ぎ舟しか持っていない。釣りにはいいが、それでは沖までは行かれない。僕らは、ほぼ毎晩釣りに行く。食べ物の一部は魚に依存しているので。僕らはまた、ロブスター捕りの罠籠を二つ持っていて、何匹かのロブスターと蟹を捕まえる。僕はロブスターの鋏の結び方を覚えた。ロブスターを生かしておくつもりなら、それを覚えなくてはいけないのだ。しかし、それは非常に危険だ。特に、闇の中でそれをしなくてはならない時は。僕らはまた、食料品室が淋しくなると、兎を撃たねばならない。また、野菜を育てなければならない。もちろん、まだ、土地から多くの収益があるほど長くここにはいないが。ここに来た時は、土地は密林そっくりだったのだから。こういう訳なので、僕が大した仕事をしていないのが想像できるだろう——けれども、新しい本の執筆に実際に取りかかったのだ。十月に戻るまでには、四章か五章書き終えていることを望んでいる。ハンフリー[89]が本を書き続けているのは喜ばしい——『異端者』[90]の売れ行きはどうなのだろう？　ノーマン・コリンズ[91]が『オブザーヴァー』でそれを横柄に書評していたのを見た。

リチャードは今、本物のショーツを穿いている。それは、ある子供が、大きくなったので穿けなくなったものだ。ズボン吊りもしている。また、農場労働者用の本物のブーツも与えた。普通の靴だと脱げやすく、ここには蛇がいるからだ。君はここが気に入ると思う。その気があるなら、いつでも来たまえ。でも、来る時は前もって知らせてくれないか（約一週間前に手紙をくれという意味だ。ここでは週に二回しか手紙が来ないので）。知らせてくれれば、車を雇う手配ができる。また、リュックサックと雑嚢以外の手荷物は持ってこないように。ただ、できれば小麦粉を少し持ってくるように。配給制になって以来、僕らは、ほとんどいつもパンと小麦粉に不足している。レインコートと頑丈なブーツか靴さえあれば、衣服はたくさんは要らない。船は月曜、水曜、金曜に出ることを忘れないように。そして、グラスゴーを八時頃に発たなくてはいけない。僕は十月十日頃まで、ここにいると思う。

愛を込めて
ジョージ

追伸　フレディー[92]によろしく。今彼は精神哲学の教授だ。非精神哲学〔編者によると、精神に関わらない哲学は存在しないので、「哲学」に「精神」を付したことをオーウェルは皮肉っている〕の教授でもあるが。

［タイプ］

ジョージ・ウッドコック宛★

一九四六年九月二日
ジュラ島
バーンヒル

親愛なるジョージ

紅茶を送ってくれてありがとう——まことにいい時に来た。というのも、今週、家の前の麦畑で刈り入れをするために、一番近い村の全員が数台のトラックでここに運ばれてきているからだ。もちろん、みんな仕事中、紅茶をがぶがぶ飲むだろう[93]。

僕らは、唯一の隣人である小作人を、干し草や麦の仕事がある時に手伝っている。少なくとも、雨で仕事ができない時以外は。ここでは何もかもが信じ難いほど原始的なやり方で行われている。畑がトラクターで耕される時でさえ、麦は依然として手で散布され、それから大鎌で刈り取られ、手で束に纏められる。スコットランドのどこでも、麦すなわちオート麦は手で散布されているようだが、機械で散布する場合とほとんど同じくらい均等に蒔かれているようだ。雨のせいで、干し草は九月末か、もっとあとまで、時には十一月まで刈り入れられない。そして、戸外に放置することはできず、すべて納屋の二階に入れる。麦の多くはあまり熟さず、干し草のように束にして牛の餌にする。小作人は非常に精を出して働かねばならないが、多くの面で都会の労働者より豊かで、もっと独立している。そして、もし機械、電力、道路の面で少し助けてもらい、地主に干渉されないようになり、鹿が除去されれば、彼らは大変快適な暮らしができるだろう。この動物はこの島にはやたらにいて、実に呪わしい。彼らは本来は羊がいるべき牧場を食い荒らし、柵を必要以上に金のかかるものにする。小作人は鹿を撃つことは許されていず、狩猟期には、地主のために、絶えず鹿の死骸を丘から引きずり下ろして時間を無駄にしなければならない。何もかもが鹿のために犠牲になっている。なぜなら、鹿は肉の手近な供給源で、したがって、鹿の所有者にとっては得なのだ。こうした島々は、遅かれ早かれ管理され、乳製品と肉の第一級の地域になるか、または、牛と魚で暮らす大勢の小作人を養うものになるかだろう。十八世紀には、ここの人口は一万だった――今は三百以下。

インジによろしく。十月十三日頃までにはロンドンに戻りたいと思っている。

草々

ジョージ

［タイプ］

レイナー・ヘプンストール★宛

一九四六年九月十九日
ジュラ島
バーンヒル

親愛なるレイナー

僕の企画していた『脂肪の塊』はナレーターがいるだけで、批評的な解説も伝記的説明もない、物語を中心にしたもので、それは「ドラマ」だと思う。君は番組制作者の関心が惹けるなら、僕が望んでいるやり方は、僕らが一九四三年に東洋向け放送のために様々な物語を演出したやり方だと言ってよいかもしれない。また、君が親切にも僕にやらせてくれた『赤頭巾ちゃん』のあの番組のやり方だと。僕の経験では、BBCはなんでもコピーを最少六部作るけれども、台本のバックナンバーは一つも見つからない。しかし、僕が注意を惹きたい物語は、『クランクビーユ』（アナトール・フランス）、『狐』（シローネ）、『顕微鏡下の過ち』（H・G・ウェルズ）だ。僕らはそれをみんな、物語の本文にできるだけ忠実に沿い、無意味な断片的音楽で台無しにしたりせず、すべての会話を劇にし、いくつかの違った声を使った形で放送した。もし誰かが興味を抱いて、そうした台本が見たいと言ったら、僕はそれらを大急ぎで書き上げざるを得なかったと言ってもらいたい。僕は管理上の仕事で忙殺されていて、どの場合にも、わずか一日しか仕事に充てられなかったからだ。もし、国内向け放送のためにその仕事をしていて、もう少し時間が貰えたのなら、もっといいものを作っただろう。[94]

ポンテオ・ピラト〔キリストに死刑を宣告したユダヤの総督〕について。僕は彼についての台本がどうしても書きたい訳ではないが、これまでずっと、彼は不当な扱いを受けてきたと感じていて、なんとか、そのことからよい対話が作れるかもしれないと思った。[95]『脂肪の塊』はC放送[96]が何にも拘束されないかどうかの試金石だ。ところで、それはうまく英訳されていないと思う（少なくとも、僕が見た唯一の翻訳は悪訳だった）。

僕は十月十三日にロンドンに戻ろうと思っている。この天候は、この二週間なんともひどいもので、彼らは収穫物を取り入れようと悪戦苦闘している。僕らは最近の荒れた天候のせいで、ボートの底に穴を空けてしまった。けれども、そのボートで一シーズン楽しんで、たくさん魚とロブスターを捕った。来年はモーター付きのもっと大きいのを買おうと思う。そうすれば移動問題の解決に役立つ。ここでは、移動が唯一の大問題だ。一度に数ヵ月分の蓄えが用意できる通常の時なら、それは問題ではないだろう。今のところは、僕らは食べ物と燃料の面ではロンドンでよりも恵まれているが、そのためには大いに働き、どこに行くにも恐ろしいほどの苦労をしなければならない。君にロンドンで会うのを楽しみにしている。マーガレットによろしく。

草々

エリック

［タイプ］

ハンフリー・スレイター★宛

一九四六年九月二十六日
ジュラ島
バーンヒル

親愛なるハンフリー

十月十三日日曜日、フラットに昼食をとりに来られないだろうか。できれば、僕らの共通の友の一人を連れてきてくれないか。僕はその日の朝、ロンドンに戻るが、妹がリチャードと一緒に一日か二日、先に行っている。昼食には鵞鳥が出せると思う。旅の途中で二人がそれを失くしてしまわなければ。僕らがここを出る時、まだ鵞鳥が一羽残るのだが、それも絞めてから持って行くか、先に郵送するかしよう。もしそうしたなら、僕らだけでは食べ切れないので、誰かに手伝って食べてもらわなければならない。

君に電報で頼まれた通り、文書はシリル[97]に送った。間に合うように着いたことを願うが、至急送れなかったのは、ここでは郵便は週にたった二回だし、電報も、島に着くと、手紙より早くは届かないからだ。それが彼の役に立つことを願っている。現状はかなり厳しいが、予想通りに過ぎない。最も興味深い点は、君も指摘したことだ――初めから終わりまで両面価値《アンビヴァレンス》〔同一の対象に対し相反する感情を抱くこと〕なのだ。つまり作家は、文学は退屈で想像力に欠けていると絶えず不平を言うくせに、それを、芸術家の翼〔想像力のこと〕を少し短く切ることによって正そうとする。

僕は今年の夏は、実際どんな仕事もしなかった――本当のことを言えば、未来についての新しい小説を、とうとう書き始めたのだが、まだ五十頁ほどしか書いていず、いつ書き上がるかは神のみぞ知る、だ。けれども、書き始めたということは大したことだ。もし、しばらく定期的なジャーナリズムの仕事から遠ざからなかったら、書き始めなかったろう。間もなくジャーナリズムの仕事に戻ると思うが、そのいくつかはやめ、数をこなす必要のない、ごく稿料の高い仕事をするようにしようと思う。『ニューヨーカー』のために何冊か書評をすることになったが、もちろん稿料はいい。みんなによろしく。もし来られなければ、フラットのほうに返事を出してもらいたい。ここに手紙を出すと、僕と行き違いになるかもしれないので。

草々
ジョージ

［タイプ］

ジョージ・ウッドコック宛★

一九四六年九月二十八日
ジュラ島
バーンヒル

親愛なるジョージ

コレッツ[98]がS・B・C[99]を乗っ取ったと君から聞いて驚いている。どうして、そんなことになったのだろう。S・B・Cは、なんの問題もなくやっているように見えたのだが。同店の出版物、例えば時折発行しているパンフレットはどうなるのだろう。数ヵ月前、僕のパンフレットの一つを出してもらったが[100]、何部売れたのかも知らない。CP［共産党］の支配下にない大きな左翼の書店がなくなるとすれば、まったく由々しい事態だ。けれども、ライバルを作って成功させるのは不可能ではないと思う。なぜなら、どんなCPの書店も、「不適切な」種類の出版物を置くことができないとなれば、書店として制約されるに違いないから。僕が戻ったら、そのことについて話し合わねばならない。在庫が豊富な書店を作るのにどのくらいの資本が要るのか知らないが、数千ポンドだと思う。ハルトン[101]のような善意の人間から金を出してもらえるかもしれない。もしその人物が、採算が合うのを知れば。大事なのは、左翼系の本を売るのとは別に、よい書店であり、貸出し図書館を持ち、本についていささか知っている人物によって管理されている書店を持つことだ。僕は書店で働いたことがあるので、その問題については自分なりの考えを持っている。戻ったら、そのことについて君に話そう。

もちろん、『ポリティックス』のあの小論[102]は非常に嬉しい。僕は『葉蘭をそよがせよ』を一部も持っていない。数ヵ月前、古本屋で一冊見つけたが、人にやってしまった。僕が恥じていて、再刊も翻訳も許さない二冊か三冊の本があるが、それがその一冊だ。『牧師の娘』という、もっと悪いのもある。それは単に習作として書いたもので出版すべきではなかったのだが、どうしても金が必要だったのだ。『葉蘭』を書いた時も同じだった。当時、僕はなんの本も書くつもりもなかったのだが、半ば飢えていたので、百ポンドかそのくらいになるものを書かねばならなかったのだ。

僕はここを九日に発ち、ロンドンには十三日に着くだろう。着いたら君に電話する。インジによろしく。リチャードは元気旺盛だ。

草々
ジョージ
［タイプ］

ドワイト・マクドナルド宛★

一九四六年十月十五日
N1、イズリントン
キャノンベリー・スクエア二七B番地

親愛なるドワイト

手紙をありがとう。[103] ジュラを出る寸前に受け取った(僕は来年四月頃まで、また上記の住所にいる)。約束をしたのに何も送っていないのは、まことに済まないが、その理由の一つは、五ヵ月ほとんど何も書いていないということだ。僕は、もっぱら書くという目的でスコットランドに行った。なぜなら、疲労困憊していて、書き尽くして種切れになったように感じたからだ。

あそこにいたあいだに、小論[104]を一つ書き、新しい本を書き始めたが（いつ書き上がるかは神のみぞ知る——たぶん、一九四七年の末頃だろう）、それだけだ。今、また僕は書き始めはしたものの、『トリビューン』以外、普通の日刊、週刊の新聞からはできるだけ離れるつもりだ。『ニュー・リパブリック』〔一九一四年創刊のアメリカの週刊誌〕についてだが、僕は前に書いたあの小論を送った。電報を打ってきて、それが欲しいと言ったからだ。君に喜んで渡しただろうが、あれは特に君の関心を惹くようなものとは思わなかった。その後間もなく、『ニュー・リパブリック』から手紙が来て、僕が『トリビューン』に書いている小論からどれかを選んでいいかどうか訊かれた。彼らは

『トリビューン』と小論の相互交換の取り決めをしているのだ。僕は承諾の返事をしたが、そう度々選びはしないと思う。というのも、『トリビューン』にまた書き始めると、僕はたぶん、「気の向くままに」のコラムを再び続けるだろうからだ。それは主にイギリスの話題を扱ったものだ。僕はN・Rの連中がスターリン派のリベラルなのを知ってはいるが、彼らが僕の書くものに干渉しない限り(取り決めではそうなっている)、僕はあの陣営とも関係を持っていたいのだ。ここでの彼らと同類のものである『ニュー・ステーツマン』は、僕と関わりを持つのは真っ平だろう。実際、僕が彼らと最後に接触したのは、僕が『トリビューン』に書いたあるものを撤回しないと名誉毀損の訴訟を起こすと言って脅してきた時だった。[105]ところで僕は、ともかくまた書き始めたら、アメリカの新聞雑誌にもっと書こうと思う。僕は『ニューヨーカー』のために時折書評をすることになると思う。そして、マキントッシュ・アンド・オーティスという著作権代理人が、僕のすべての小論を送ってくれとしきりに言ってくる。そのうちのいくつかをU・Sで売ることができると彼らは言っている。僕はすでに、『ポレミック』と、僕が彼らに送る小論は、なんでも同時にUSAにその写しを送るという取り決めをした。もちろん、代理人の考えは、僕の小論を発行部数の多い雑誌に売ることだが、君の好みに合いそうなものがあったら、まず君のところにそれが行くようにする。

今ではこうした手紙が穿鑿《せんさく》好きな者によって開けられることはないと思うが、法律違反だと思うことを(僕にとってであって、君にとってではない)、一つ頼まれてくれないだろうか。僕のために靴が買えると思うだろうか。それとも、USでも衣服に関しては同じなのだろうか。衣料クーポンを持っていてさえ(僕は持っていない)、ここでは僕のサイズ(12!)の靴はまったく手に入らない。僕が買った最後の新しい一足は一九四一年に買ったもので、それが今どんな具合か、君には想像つかないだろう。値段はいくらでも構わないのだが、頑丈で重いウォーキング・シューズが欲しい。できれば二足。アメリカのサイズはイギリスのと同じだと思う。[106]それが買えると思うかどうか、値段はどのくらいか知らせてもらえないだろうか。USAでいくらかドルを持っているので、あるいは今後も持つことになるので、君に金が払える。仮に君がそれをなんとか手に入れることができたとしても、送ってくれるには工夫が要る。そうしたものは埠頭で盗まれやすいからだ。そのことについてはあとで話そう。この闇市というものは君にはひどく汚いものに思えるだろうが、僕はこの数年、襤褸《ぼろ》同然のものを着ていて、ついには苛立たしく、気が滅入りさえするようになったので、ともかくあるルートで、わずかな衣服を手に入れようと全力を尽くしているのさ。

ジョージ・ウッドコックが君のために僕についての小論を書いていると知って、非常に嬉しかった。彼は僕が再刊しないことにした本の一冊を送ってくれと手紙で言ってきた。(107) 彼はまた、『ポレミック』で僕が無政府主義について言った何かにひどく憤慨していた。そして、反論を書いている。(108)『ポレミック』は「反論」を売り物にしている。同誌はいまや体をなしてきていて、発行部数から見ると、かなり順調なようだ。『動物農場』がこれまで十ヵ国語に翻訳されたと聞いて、君は喜ぶだろう。様々な秘密出版や、被占領国からの難民が外国でした翻訳を除き。では、また。

草々

ジョージ・オーウェル

［タイプ］

レナード・ムーア宛★

一九四六年十月十八日
N1、イズリントン
キャノンベリー・スクエア二七B番地

親愛なるムーア

十月十七日のお手紙、ありがとうございます。『動物農場』がノルウェー語でシリーズ化されるということを聞き喜んでいます。(109) 最近、ドイツ語版を数冊送ってもらいましたが、もし本がよく売れれば、アムストゥッツ(110)が前金として払ってくれた額より多い印税が入るかもしれません。もしそうなら、スイスにいくらかフランを残しておける手立てはないでしょうか。スイスから帰ってくる誰もが、スイスでは衣服を買うのがいかに簡単かということを話しています。配給制度になってから数年経つ今、私はワイシャツ、下着等が極度に不足しているので、あれこれいくつか買うことができればいいと思っています。あるいは、外貨はすべてこの国に持って帰らねばならないのでしょうか。これは緊急の事ではありません。仮に余分な印税が貯まるとしても、数ヵ月先の話ですから。しかし、どういう状況なのかがわかれば嬉しく思います。USAでの将来の収入に関しては、ハリソン氏(111)の話では、USAで私が特許会社を作れば〔その話は実現しなかった〕、私は望むなら金をそこに残しておくことができ、ここではなく、そこで使う限り、アメリカの所得税がかかるだけなのです。私は、まるでUSAに行くかのように、そうしたいと言いました——今はそうしたくはありませんが、一九四八年のいつかに、そうするかもしれません。そこにいくらか金を持っていれば便利でしょうし、高い税金を逃れることもできるかもしれません。

彼はまた、ハリウッドに行くとも言っていました。私のために映画化権の交渉をしてみることもできるだろうとも言いました。あなたに連絡するよう彼に言いましたが、出発する前にそうしたかもしれません。

敬具

エリック・ブレア

［タイプ］

レナード・ムーア宛★

一九四六年十月二十三日

N1、イズリントン

キャノンベリー・スクエア二七B番地

親愛なるムーア

二十二日のお手紙、ありがとうございます。例の『ポレミック』の二冊をアメリカに送るという件は構いません。私はほかのを手に入れることができます。非常に手に入りにくくなっているのは第一号で、ひどくぼろぼろになったものしか残っていません。

ご存じのように、ウォーバーグは私の著作集を作るのに少し時間を欲しがっています。また、いずれにしろ、一九四七年のいつか、古い本の一つを再刊したがっています。一九四八年以前には新しい本は公刊できそうもないので。したがって、著作権の問題が起こってきます。今日までのところ、再刊の価値のある本は——

『カタロニア讃歌』

『動物農場』

『評論集』

『どん底生活』

『ビルマの日々』[112]

『空気を求めて』

最初の三つは、最初、ウォーバーグが自分で出したものです。ほかの三つはゴランツが出したものです。その三つの再刊についてはどうなのでしょうか。著作権は私のものなのでしょうか。著作権は二年経ったので自分のところに戻ってきた、というのが私の印象です。そして、『ビルマの日々』のアメリカ版（実際にはその本の初版）の著作権は私にあるのを知っています。問題は、まず『空気を求めて』で起こってきます。それは今まで再刊されたことはないので、ウォーバーグは初めに出すのに打ってつけだろうと考えています。協定について交渉できるよう、彼に連絡してもらえないでしょうか。

あなたは『評論集』のアメリカ版を数部[113]、私のために取って置いてくれたと思います。もし、そうでしたら、それを送ってもらうと嬉しいのですが。その本が一冊もないので。その際、ハーコート・ブレイスの住所を教えて頂けないでしょうか。USAではなく、ここで出版された、私の友人の小説を推薦する手紙が書きたいので。

敬具

エリック・ブレア

［タイプ］

ドワイト・マクドナルドは一九四六年十二月二日、オーウェルに手紙を書いた。依然として彼は、『ポリティックス』のためにオーウェルに何か書いてもらおうと思っていた。同誌の発行部数は落ち（一九四六年春には五千五百部から五千部になった）、財政上の危機を招いていた。彼は、『ポリティックス』の最新号に載った、オーウェルについてのジョージ・ウッドコックの小論に言及した――「おもねったものでも、その逆でもない」。彼は、オーウェルが自分の書いたものを、そう扱ってもらいたがっていると考えた。(114) 彼はオーウェルのために靴を八・九五ドルで買った。それは物価が「最近上がった」ことを示していた。彼はそれをどう荷造りしたらいいのか、また、ワイシャツやセーターを途中で盗まれぬよう、例えば束にして「古着」と書く必要があるのかどうか訊いた。彼は、もし靴が合えば、もう一足オーウェルのために買うつもりだった。アメリカとイギリスのサイズ12が同じではないのを恐れたのである。(115) 彼はまた、『動物農場』の寓話は、革命は常に敗者にとって不利に終わる、「したがって革命など真っ平だ、現状維持万歳」ということを意味していると、自分の知り合いの反スターリンの知識人は主張していると報告した。彼自身は、その本はロシアにのみ当て嵌まり、革命の哲学について、なんら大袈裟なことを述べてはいないという風に読んだ。「僕の知っているいかに多くの左翼の人間が、互いに無関係にその批判をするかということに、強い印象を受けた――強い印象を受けたのは、その本を読んだ時に、そんな批判は浮かばなかったし、それはいまだに正しいとは思われないからだ。どっちの見方が、君自身の意図に近いと君は言うのだろうか」

ドワイト・マクドナルド宛★

一九四六年十二月五日
N1、イズリントン
キャノンベリー・スクエア二七B番地

親愛なるドワイト

靴については感謝のしようもない。僕は直ちに僕の代理人に、君に金を送る手配をするよう手紙を出した。最初の一足が合うかどうか見たほうがよいと思う。アメリカのサイズも同じだと思うが。君の言う通り、古着として荷造りすれば大丈夫だろう。しかし、靴を二つの包みで送るのがいいと僕に言った者がいる。そうすれば、埠頭に片脚の男がいない限り、誰にとってもそれは盗む価値のないものになる訳だ。

『動物農場』についての君の質問に関して。もちろん、僕はそれを第一に、ロシア革命に対する諷刺として書いた。ああいう類いの革命（無意識に権力に飢えた者たちによって指導された、暴力的で陰謀に満ちた革命）は、主人が替わるだけの結果になる、と僕は言おうとしたのだ。革命というものは、大衆が機敏で、指導者が使命を果たしたなら、すぐさま、その指導者を放り出す手段を知っている時にのみ、根本的な改革が成し遂げられる、というのが僕の意味した教訓だ。この物語の転換点は、豚が牛乳と林檎を自分たちのために取って置いた時だろう（クロンシュタット）[116]。もし、ほかの動物が断固たる態度を取るだけの思慮があったら、大丈夫だったろう。もし、僕が現状を擁護していると人が考えるなら、それは人がペシミスティックになってしまい、独裁制か自由放任の資本主義以外の選択の余地がないと思い込んでいるせいだと思う。トロツキストの場合は、彼らが一九二六年までのソ連邦での出来事に自分たちは責任があると感じ、その頃に不意に政治・社会情勢の深刻な悪化が起こったと思わざるを得ないという複雑な事情がある。ところが僕は、事態のすべての展開は、まさにボリシェヴィキ党の性格から予見しうるものだったと思う――わずかな人々、例えばバートランド・ラッセルはそれを予見していた――。僕が言おうとしていたのは、「自分のために革命を起こさなければ革命は成功しない。慈悲深い独裁制など存在しない」ということだ[117]。

目下、この本のラジオ版で悪戦苦闘している。ぞっとするほど難しい仕事で、長くかかるだろう。しかし、そのあと、『ポレミック』のために書いている長いエッセイに戻る。たぶん、『ポリティックス』向きだと君は思うかもしれない。いずれにしろ、写しが君のところに最初に行くようにする。それは、シェイクスピアに関するトルストイのエッセイについてのものだ。君も読んだと思うが。君は僕の言うことを認めないと思う。僕はトルストイは好きではない。昔は彼の小説が好きだったが。ジョージ・ウッドコックは、トルストイ、スウィフト、無政府主義について僕が『ポレミック』に書いたものを攻撃する文を書いているところだと思う[118]。

『ポリティックス』の発行部数の件は残念だ。君は、こっちでもっと部数が売れるようにしなければいけないが、どうやって部数を伸ばしたらいいのか、僕にはわからない。以前、予約購読者になりそうな者のリストを送っただろうか。『パーティザン・レヴュー』の発行部数を伸ばそうとしていた時に発見した一つのことは、アメリカの雑誌に金を払う定期的なルートがあるのかどうか、誰も知らないという事実だった。だから、もし君が購読契約の勧誘をしているのだったら、そのことを彼らにはっきりとさせなければならない。もちろん、誰しも少々懐が寒い。『トリビューン』の発行部数は、この一年で落ちた。この半年、それも当然だと言わねばならない。けれども、彼らは今ではもっと紙を持っているし、キムチが編集長として戻ってきたので、持ち直すと思う。問題は、労働党が政権を握っているので、彼らは政府を攻撃すべきかどうか決心しかねていたということだった。とりわけ、重役に数人の労働党議員がいるからだ。また、同紙はベヴァンに強い影響を受けていた。彼は今ではなんの関係も持ち得ないが。ところで、不法居住者に対する『トリビューン』の態度について君の言ったことはフェアではなかった。もちろん、同紙は不法居住者を銃殺させたかったのではないが、ああした類いの行動は、人をよりよい家に移すことを、すっかり妨げてしまう。不法居住運動の後半、すなわちフラットの占拠は、問題を起こし、近づいた市会議員選挙で人気を得ようという下心で共産主義者によって「仕組まれた」ものだった。したがって彼らは、大勢の不運な人々を騙し、家が手に入ると思わせ、その結果、それらすべての人々は公営住宅入居の順番から外れてしまった。共産党が市会議員選挙で大敗したのは、そのせいだと思う。

　僕は『ニュー・リパブリック』に書くのをやめてしまった。今書いているのが、彼らには興味のないであろう、もっぱらイギリスに関するものだからだ。僕はN・Rを滅多には読まないし、同紙がどの程度、共産党の同調者なのかもよくわからない。同紙が『トリビューン』と頻繁に小論を交換し合い、僕の書くものを欲しがっているところから判断すると、さほどの同調者でもないと思っていたが、ウォリスが主筆になったと聞き、ちょっと驚いた。[119]

草々
ジョージ
［タイプ］

マメーヌ・ケストラー宛

一九四七年一月二十四日
N1、イズリントン
キャノンベリー・スクエア二七B番地

親愛なるマメーヌ

　紅茶を送ってもらい、お礼の言いようもない。[120] いつも僕らは合法的に手に入る以上の量の紅茶を飲んでいるようだ。そして、いつも、ねだって回る傾向がややある。でも、不足は悲惨なほどだという印象を君に与えたくはない。

　本についてだが、もし、やたらに邪魔が入らなければ一九四七年末までに書き上げたいと思っている小説は、ほんの少ししか進んでいない。フランスの出版社との契約がどうなっているのか、僕は本当に知らない。僕の数冊の本が今翻訳されているところか、最近翻訳されたかだが、自分がそのどの出版社と専属契約を結んでいるのか知らない。いずれにしろ、本が書ける前に契約を結びたくない。縁起が悪いと思うので。

これまで手に入らなかった『夜の泥棒』[121]を読み終わったところだ。楽しんで読んだが、君はこのテロリズムに関しての僕の見解を知っている、あるいはともかく、アーサーは知っている。アーサーに言ってもらいたいのだが、割礼の普及についての彼の考えは、まったく間違っている。この風習は、誰かにユダヤ人という烙印を押すどころか、非常に広まっていたので（とりわけ富裕階級で）、パブリックスクールの少年は割礼を施されていないと、プール等で具合の悪い思いをしたものだ。今は前ほど当たり前のことでなくなりつつあるが、労働者階級ではもっと普及していると思う。そのことについて、いつか僕のコラムで是非書いてみたい[122]。

『動物農場』のラジオ版が気に入ってくれて嬉しい。ほとんど誰もが気に入ってくれたようで、新聞でも好評だ。連中がそれを台無しにしてしまったという感じがしたが、なんであれ放送用に何か書くと、ほとんどいつもそう感じる。

リチャードは大変元気で、前よりはっきり話す。

愛を込めて
ジョージ
［タイプ］

レイナー・ヘプンストール★宛

一九四七年一月二十五日

N1、イズリントン
キャノンベリー・スクエア二七B番地

親愛なるレイナー

手紙をありがとう。『動物農場』に関して[123]。何人かの者がここでそれを最初の日に聴き、誰もがよいと思ったようだ。その本を読まなかったポーティアス[124]は、数分聴いただけで何が起こっているのかを把握した。二、三通のファンレターも来たし、新聞の批評もいい、僕の故国、すなわち『トリビューン』以外では。僕自身がどう思ったかについてだが、客観的に見るのは難しい。というのも、僕は放送のために何かを書くたびに、必然的に結果が考えていたことと違ってしまうので。ナレーターの部分が多過ぎるということについては、同意しない。どちらかと言えば、もっと説明があってもよかったと思った。誰でもいつもナレーターを省こうとするが、いくつかの問題を克服するまでは、ナレーターを省いてしまうと、何が起こっているのかを聴取者にわからせるために、多くの馬鹿げた小細工を施さざるを得ない。大事なのは、ナレーター自身を重要な存在にすることだ。それは、真面目なナレーションを書き（誰もそうしていない）、俳優がギャグを入れたり、何もかもくつろいだ現実的なものにしようとするのはやめ、ナレーションを忠実に読ませることを意味する。

今のところ忙し過ぎるので、これ以上何か書くことはできないし、約束もできない。いくつかのお伽噺についてのアイディアは、まだある。僕が脚色した『裸の王様』を局が掘り出して再放送してくれることを願う。それは、東洋向け放送とアフリカ向け放送でやったものだが、当時僕は国内向け放送でやってもらうほど、いいコネがなかった。しかし、ディスクはスクラップになったと思う。僕は商業スタジオで違法に再録音してもらったが、多くのディスクはなくなってしまった。僕は「シンデレラ」についてよく考えてみた。もちろん、それはお伽噺としては最高のものだが、見たところ、あまりに視覚的過ぎて、放送には向かない。しかし、シンデレラが、教母に仕込まれ、誰よりも高音で歌える素晴らしい歌手に変身できると、君は思うだろうか。一番いいのは、トリルビー〔ジョージ・デュモーリアの小説『トリルビー』（一八九四）の主人公。音痴だが催眠術で人気歌手になる〕のように、素晴らしい声を持ってはいるが調子外れなのを教母が直すという筋にすることだろう。意地の悪い姉たちにキーキー声で歌わせて、大いに喜劇的なものにすることができるだろう。いつか話し合ってみる価値があるかもしれない。マーガレットによろしく。

草々
エリック[125]
［タイプ］

レナード・ムーア宛★

一九四七年二月二十一日
N1、イズリントン
キャノンベリー・スクエア二七B番地

親愛なるムーア

十八日と十九日の二通のお手紙に関して。

『動物農場』をドラマにしたいという申し出は、あまり見込みのあるものに思われません。実際、ドラマ版が存在することになる以外、私たちがそれから何を得るのかわかりません。それは、『動物農場』が舞台にかけられる可能性をほんの少し増すでしょうが。しかし私たちは、その脚色者に少なくとも一年間縛られてしまうでしょうし、その間に、ほかの誰かがもっとよい条件の申し出をしてくるかもしれません。ただ、それは上演用に脚色するには適していない本だと思いますが。もちろん、彼とその協力者がどんな版を作るのかわかりませんが、Animal Farm に The を付けているところから見ると、彼は、その本をごく注意深くは読んでいないようです。彼の申し出に応じるべきではないと思います[126]。

ところで、ニューヨークのある人物から、映画化の権利について問い合わせの電報が来ました。この手紙が着く前に、お電話することになるかもしれませんが、そうでなければ、電報を別の手紙に同封します。

ウォーバーグについて。私はウォーバーグが私の正規の出版社になることを望みます。なぜなら、彼は本を大部数は売らないかもしれませんが、私の書くものはなんでも出版してくれると信じられるからです。同時に私たちは、装丁を統一した著作集についてのこの問題を解決しなければなりません。すでに出ていて、したがって大部数はすぐには売れる見込みのない様々な本を、ばらばらな判型でただ再刊することにはあまり意味がないと思うので。紙が手に入るようになったので、私の本のすべてを、統一した装丁で廉価で出すというのが著作集の意図だと理解していました――あるものは、ほかのものよりずっと長いので、値段は必ずしも同じでなくてもよいと思いますが。けれども、長さのばらつきについてですが、大抵の場合、約八万語と五万語の差に過ぎません。例外は『動物農場』ですが（三万語）、彼がそれを出すのは最後になると思います。そして、それを適切な長さにするため、ほかの何かと一緒にしたらよいかもしれません。廉価版についてのお尋ねですが、その点、何が関係するのか、よくわかりません。それは、ウォーバーグが廉価版の権利もすべて持っているのかどうかという問題でしょうか。私の本のどれかを再刊してくれそうな唯一の出版社はペンギン・ライブラリーです。同社は、すでに二冊出してくれました。ウォーバーグは、本がペンギンになることに反対はしないだろうと思います。それが通常の本の売上にさして影響を与えないと思いますので。

このことを、できるだけ早くウォーバーグと取り決めるのは可能とお思いでしょうか。私は彼が私の正規の出版業者になることになんの異存もありませんが、次の条件を認めてもらいたいということを伝えて下さい。

(i) 彼は、望むなら、私の本のどれでも普通の版で出してよいが、私たちが同意した六冊の本と、将来の適切な本の著作集版を出すことも引き受ける。

(ii) すべての長篇の第一先買権を与えるが、私は希望した場合、序文、文集への寄稿等のような、他の出版社のための臨時の仕事をすることができる。

直ちに完全な協定を結ぶことができなくとも、『空気を求めて』については、できるだけ早く取り決めをしたいと思っています。ウォーバーグは、再刊の最初のものとして、それを出そうと言っています。そして、この問題が早急に決まり次第、三月の紙の割当てをそれに当てるつもりだと言っています。そうしてもらいたいのです。なぜなら私は、一九四八年までは出版するものが何もないからです。また、今年、何かを出すというのは悪い考えではないでしょう。さらにあの本は、戦争の勃発直前に出たので、かなり影が薄くなったと思います。また、今では文字通り絶版になっています。[127]

敬具

エリック・ブレア

［タイプ］

ドワイト・マクドナルド★宛

一九四七年二月二十六日
N1、イズリントン
キャノンベリー・スクエア二七B番地

親愛なるドワイト

　靴を送ってくれて、かたじけない。今日届いた。彼らは靴代を送ったと思う——そうするよう、念のため僕の著作権代理人に手紙を書いたが、彼は、そうすると言った。残念ながら、結局、靴は小さ過ぎた。しかし、構わない。一年ほど前に僕と同じサイズの靴を注文し、届いたら欲しくなくなった男から、その靴を最近譲り受けたので。君に送ってもらった靴はドイツに送る。ドイツではありがたがられるのは疑いない。

　トルストイに関する小論の抜粋を君が転載する際(128)、もし金を払ってもらえるのなら、僕のアメリカの著作権代理人、マキントッシュ＆オーティスに払ってくれないだろうか。僕はUSAで稼ぐ金を、そこに行く場合に備え、そのまま貯めておこうと思う。行くかどうかはわからないが、行かなくとも目下金に不足していないので、それに対する英国の所得税を払うより、そこにそのままにしておいたほうがいい。

　ここの冬は、燃料不足、前代未聞のこの天候でなんともひどかった。ここの状況は今、例えばパリでの戦後の通常の状況だと思う。『ポレミック』は、『ポリティックス』に載った僕の長い小論を君から貰って非常に喜んでいた。同誌は今次第に形を成しつつあって、発行部数の面からはかなりうまくいっていると思う。例によって組織上の問題に拘束されてはいるが。僕は同誌の編集委員になったが、大したことはできないだろう。四月にスコットランドに戻り、目下手掛けていて、一九四七年末までに書き上げるつもりの小説の執筆を続けるので。僕はロンドンにいるあいだに、例によってやっつけ仕事に忙殺された。この週刊誌が二週間発行不能になった(129)のは、ひどく迷惑なことだった。ついでながら、『トリビューン』は大損した。

草々
ジョージ
［タイプ］

フレドリック・ウォーバーグ★宛

一九四七年二月二十八日
N1、イズリントン
キャノンベリー・スクエア二七B番地

親愛なるフレッド

　僕らが電話で話したあとで君に手紙を書くと、僕は言った。僕は数日前ムーアに手紙を書き、『空気を求めて』

の問題を早く片付け、できるなら契約を正式に結んでくれと頼んだ。君が僕の正規の出版業者になってもらい、僕のすべての本の第一先買権を持ってもらいたいと彼に言ったが、それにはいくつかの条件があった。そのどれも、君が反対するようなものではないと思う。第一は、君は著作集を出版しなければならないというもの。第二は、序文や文集への寄稿のような、ほかの出版社のための臨時の仕事をする権利を僕に認めるというもの。もう一つは、ほかで、例えばペンギン社で作られている廉価版に異議を唱えないというもの。これは、また起こってくることだと思う。

ムーアはちょうど手紙を書いてきて、ゴランツと以前僕が結んだ契約についての問題点を指摘した。ゴランツは、フィクションの二つの作品に対する選択権を依然として持っているということになっている。僕の考えでは、一つの作品に対してのみのはずだ。彼は『動物農場』の出版を断り、それは長篇小説ではないと主張したからだ。ムーアは、この点をすっきりさせたがっている。僕は、それは未解決のままにしておこうという気持ちだった。なぜなら、実のところ、ゴランツとの契約を回避する手立てを考えつくことができるからだ。けれども、もし解決しなければならないなら、僕がゴランツにじかに会ったほうがよいだろう。[130] しかし一方、僕らはこのことで『空気を求めて』の再刊を遅らせる必要があるのだろうか。その著作権は僕自身のものだと思う。[131]

敬具

ジョージ・オーウェル

［タイプ］

一九四七年三月七日、イホル・シェフチェンコはオーウェルに手紙を書き、『動物農場』に序文を書いてもらいたいと頼んだ。ウクライナ語への翻訳は、一九四六年初秋に出版社に渡されていた。一九四七年二月十九日、出版社は序文を要求した。同書がウクライナ人に正しく受け入れられるには序文がどうしても必要だと考えたのである。シェフチェンコの説明によると、翻訳の出版が遅れたのは、彼が依然としてドイツで働いていたものの、ミュンヘンからベルギー（同地でその本は印刷されていた）に移ったためと、ドイツに手紙を送るのが難しいためだった。『動物農場』の印刷会社と出版社は占領軍の許可を得ていたものの、シェフチェンコは『動物農場』の出版許可を印刷会社と出版社が申請したかどうか、知らなかった。オーウェルは、もし序文が送れなければ略歴を送るよう頼まれた。

シェフチェンコは、次に出版社の政治的背景について述べた。同社の社員は主にソヴィエトのウクライナ人で、その多くはボリシェヴィキ党のかつての党員だったが、のちにシベリアの収容所に送られたので、『動物農場』に「心《しん》から関心を抱いて」いた。彼はオーウェルに、「AFはウクライナのジョーンズたちによって出版されているのではない」ことを請け合った――『動物農場』の農場主を指しているのである。

イホル・シェフチェンコ宛★

一九四七年三月十三日
N1、イズリントン
キャノンベリー・スクエア二七B番地

親愛なるシェフチェンコ様

七日付のお手紙、ありがとうございます。今日、届きました。

私は多忙をきわめていますが、A・Fの短い序をお送りするようにします。今から一週間以内に発送しましょう。あなたは、その中に略歴と、その本がどのようにして書かれるに至ったのかの説明も含まれていることを望んでいらっしゃると思います。訳書は、カバーになんのイラストもないごくあっさりした形で出版されると思いますが、万一必要な場合に備え、写真も一葉お送りします。

A・Fの翻訳に関わった人々について聞いたことに、非常に関心を唆られました。[132] また、そうした類いの反対勢力がソ連邦に存在すると知り、勇気づけられました。それがすべて、強制追放者が送還されるとか、大方がアルゼンチンに行くことになるとかいった結末にならないことを強く願っています。我々の労働力が極端に不足しているため、多くの強制追放者をこの国に定住させるよう仕向けざるを得ないのかもしれませんが、今のところ政府は、召使等として彼らを入国させるという話だけをしています。なぜなら、失業を恐れ、外国人労働者を国内に入れることに対する労働者階級の抵抗が、まだあるからです。そして共産主義者と「シンパ」は、それにつけ込むことができるのです。

あなたの新しい住所は書き留めました。今後、連絡があるまで、そこにいらっしゃることと思います。私は四月十日まで上記の住所にいます。その後は、スコットランドの住所にいます。すでにご存じと思いますが、念のため書いておきます。

スコットランド、アーガイルシャー、ジュラ島、バーンヒル

敬具
ジョージ・オーウェル
［タイプ］

ヴィクター・ゴランツ宛て

一九四七年三月十四日
N1、イズリントン
キャノンベリー・スクエア二七B番地

親愛なるゴランツ

私がまだあなたと交わしている契約について、また、私がそれを解除したいと思っていることについて、レナード・ムーアがすでにあなたに話したと思います。私たちのあいだで依然として残っている契約は、一九三七年に結ばれた『葉蘭をそよがせよ』のための契約だと思います。それによると、私の次の三つの小説の第一先買権をあなたに与えることになっています。『空気を求めて』はその一つでしたが、あなたは『動物農場』を三つの小説の一つではないとして受け入れませんでした（一九四四年にあなたはそれをご覧になり、断りました）。そのため、契約条件によると、あなたにはまだ私の二つの小説の先買権がある訳です。

契約を破棄してくれと頼むのは、大変虫のいい話なのは承知しています。しかし、その契約を結んでからの十年に、様々な状況が変化しました。その契約を終わりにするのが、あなたにとって有利かもしれません。私にとって有利なのが確かなように。それ以後、あなたは私の三冊の本を出版して下さいましたが[133]、政治的理由でほかの二冊の本は断りました[134]。また、あなたが断った訳ではないものの、ほかの出版社に持って行くほうが自然に思えた、もう一冊がありました[135]。決定的なケースは『動物農場』でした。この本が書き上がった時、それを出版してもらうのに実に苦労しました。その時私は、できれば、将来自分が書くすべてのものを、それを出してくれる出版社に持って行こうと決心しました。なぜなら、この本を出す危険を冒そうとする者は、どんなものでも出す危険を冒すのを、私は知っているからです。セッカー・アンド・ウォーバーグは『動物農場』の出版を引き受けただけではなく、紙が手に入るようになったら、現在完全に絶版になっているものを含め、私が再刊の価値があると思う私の本の著作集版を喜んで出そうとしています。同社はまた、私の小説『空気を求めて』を、今年普通の版で再刊したがっています。しかし、不自然なことではないと思うのですが、なんであれ私の書くものを自由に扱うことのできる総合的な契約が結べたら初めて、そうするつもりなのです。

私見では、私の小説をある出版社に渡さねばならず、同時に、ノンフィクションを別の出版社に渡さねばならない（ともかくも場合によっては）というのは、明らかに非常に変則的なことです。今ではあなたの政治的立場は、あなたが『動物農場』を断った当時のままではないのは、もちろん認識しています。また、いずれにしろ、自分の政治上の主義にまったくそぐわない本は出版したくないという、あなたの態度を尊敬しています。しかし、この問題は、なんらかの形でまた起こってくるように思われますし、さらに、あなたがこうしたことにけりをつけるのに積極的ならば事態は改善するでしょう。

このことに関し私に直接会うことをお望みなら、いつでも伺います。私は四月十日まで、上記の住所にいます。

敬具

ジョージ・オーウェル

［タイプ］

オーウェルは子供の頃から科学に興味を持ち、いつの日かウェルズの『現代のユートピア』のような本を書きたいと言っていたことが、ずっと以前から知られている。サー・ロジャー・マイナーズ（**二〇年八月**［?］の手紙の注（4）を参照のこと）の回想によると、イートン校にいた時、彼とオーウェルは「生物学が大好きになり、生物実験室で課外の解剖をする許可を貰った。パチンコの名人だったオーウェルは、ある日、学校の礼拝堂の高い屋根にいた黒丸烏《こくまるがらす》を撃ち殺した。二人はそれを生物実験室に持って行き、解剖した。「私たちは胆嚢を切り裂くという過ちを犯し、そこら中に、そう、あれが溢れ出てしまった。なんともひどい惨状だった」（『オーウェル回想』）。

研究者たちは、オーウェルがいつ、『一九八四年』を書こうと思い立ったのかについて、いろいろ考えてきた。当時、インペリアル・コレッジ・ロンドンで博士論文のための研究をしていたラルフ・デマレは、オーウェルとC・D・ダーリントン博士との手紙のやりとりに私の注意を惹いた。それは、一九四四年八月の二十二日から二十六日にかけて開かれたPEN大会でジョン・ベイカーがした講演をオーウェルが聴いたことが、いかに重要だったかを示していた（**四七年三月十九日**付の手紙の注（138）を参照のこと）。オーウェルがルイセンコ★に関心を抱いていたことはすでに知られていて、『ヨーロッパ最後の人間』のためのメモに、「ベイカー主義とイングソックのペテン」と書いてある。オーウェルがウォーバーグに宛て、その小説の着想を得たのは一九四三年で、テヘラン会談（一九四三年十一月二十八日）〔第二次世界大戦中に米英ソ首相によって開かれた会議で、三大国の協力を確認した〕のあと、「世界を〝勢力範囲〟に分割する意味について考える」ようになったと書いている。したがって、オーウェルがこの小説の着想を得たのは一九四三年末だが、ダーリントンとの手紙のやりとりは、オーウェルが一九四四年に『一九八四年』に真剣に取り組み始めたのは、ベイカーが講演でルイセンコを引用するのを聞いたためであることを示唆している。ルイセンコは、伝統的な雑種形成理論を否定した。スターリンは彼の考えを熱烈に支持したので、一九四八年、彼の理論に反対するのは禁止された。彼はソヴィエトの穀物生産量を大幅に増大させることができると主張したが、その方法は完全に失敗したため、一九六四年、ついに信用を失った。

C・D・ダーリントン博士★宛

一九四七年三月十九日
N1、イズリントン
キャノンベリー・スクエア二七B番地

親愛なるダーリントン博士
『ディスカヴァリー』[136]のあなたの小論の切抜きをお送り下さり、まことにありがとうございます。非常な興味をもって拝読しました。私がルイセンコ★のこの話に関心があることを、誰かがあなたに話したものと思います。あなたとは、私がB・B・Cにいた時に一度お会いしたと思いますが[137]。
私はそのことについて、ジョン・ベイカーが一九四四年にPEN大会でした講演で初めて聞きました。その後、ベイカーの著書『科学と計画国家』[138]で、そのことについて詳しく読みました。その時、ベイカーのした話は本当だと思いました。そして、それが裏付けられて非常に喜んでいます。あなたに頂いた情報を、いつか私のコラムで使いたいとは思いますが、私は科学者ではありませんし、そもそも科学的な事柄について書こうという気はありません。けれども、このような科学者に対する迫害と、結果の捏造は、作家と歴史家に対する迫害の当然の帰結のように思われます。英国の科学者は、文人に過ぎない者が強制収容所に送られるのを坐視していてはならないということを何度か書きました。
あなたが『ネイチャー』[139]にお書きになった、ヴァヴィロフ〔ルイセンコに反対して投獄され、栄養失調で一九四三年に死亡したソヴィエトの遺伝学者で植物学者〕についての死亡記事を手に入れようと思います。彼が死んだことが確認されていると、最近、アメリカの新聞に出ているのを読みました。

敬具
ジョージ・オーウェル
［タイプ］

ブレンダ・ソルケルド★宛

一九四七年三月二十日
N1、イズリントン
キャノンベリー・スクエア二七B番地

最愛のブレンダ
ゆうべ君に電話をかけたが、どうしても通じなかった。
この手紙が金曜日の午前に間に合うように着く場合。金曜日は僕にとっては、どうしようもない日だ。外で昼食をとることになっているし、乗り気ではないのだが、晩飯も外でとらねばならないと思う。午前中は十二時半頃まで、午後はずっと家にいるだろう。チャンスがあったら電話をくれないか。

　僕には今、文字通り燃料がまったくない。けれども、さほどひどい寒さではない。実際、一度ならず太陽の顔をはっきりと見た。先日の朝、数羽の鳥が歌い始めたのを聞いた。僕は目の回るほど忙しかったが、もう、緊急のものはやってしまった。あと一つだけ仕事があるが、僕らがバーンヒルに発つ前にそれを片付けてしまいたいと思っている。どんな半端な仕事も持って行きたくないので。僕らは四月十日に発つ手筈を整えた。もし切符の手配ができれば、グラスゴーからアイレイまで飛行機で行くつもりだ。飛行機で行けば、あの惨めな旅が約六時間短縮されるはずだ。リチャードは熱の出る嫌な風邪を引いていて、この二日、熱があったが、今は大丈夫だと思う。僕らが発つ前に是非会いに来て、バーンヒルに来て泊まる件を決めてくれないか。このひどい冬が過ぎれば、今年の天候は、前よりよくなるはずだ。

　体を大事にするように。あす、電話を貰いたい。お茶を飲みに、午後、例えば三時か四時に来たらどうだろう。

多くの愛をもって

エリック

［タイプ］

アーサー・ケストラー★宛

一九四七年三月二十一日
N1、イズリントン
キャノンベリー・スクエア二七B番地

親愛なるアーサー

　手紙をありがとう。自由擁護委員会について。それは非常に小さい機関で、不十分な資金で頑張っている。彼らが求めていた寄付の額は今回は二百五十ポンドで、それより少し多い額の寄付が集まった。当然ながら、彼らは施設と職員と定期的な法律家の支援の費用を払うために安定した収入が必要だ。彼らが今、実際に持っているのは、小さな施設と一人の秘書と、あまり多くの報酬は求めない一人の弁護士の当てにならない援助だ。もちろん、そんな小さな団体ではほんの少しのことしかできないが、人から金を貰わなければ、もっと大きくすることは、まずできない。これまで、彼らは一定の成果は収めたと思う。かなりの数のケースを取り上げ、国務大臣を手紙責めにしたが、普通、それが限界だ。問題は、N・C・C・L[140]がスターリン主義者の機関になったことで、それ以来、市民的自由の擁護を主な目的にする機関はなくなってしまった。このような小さな「核」でさえ、ないよりはましで、もし、もっと知られるようになれば、もっと金が入り、もっと大きくなるだろう。遅かれ早かれ、同委員会の大きな目的に関して論争が起こるかもしれない。なぜなら、その中心人物は無政府主義者で、それを無政府主義者のプロパガンダに使う傾向があるからだ。けれども、その機関がもっと大きくなれば、それは自然と正されるかもしれない。というのも、新しい支持者の大部分は、普通のリベラルな考えの持ち主だろうから。その委員会は、僕らが年に五ポンド出す価値があると確信している。もし、九人のほかの者が同額を出すことを約束すれば、年に五十ポンド確実に入ることになる。それは相当な収入だ。例えば、それで文房具が買える。

僕は四月にジュラに帰る。そして、去年書き始めた小説に戻る。僕はロンドンにいたあいだ、例によってくだらない仕事に忙殺されていた。天候と燃料不足は耐え難いものだった。ひと月ほど、暖かくしていようと努めた以外、何もしなかった。リチャードは元気で、前よりずっと話している——話すこと以外のすべての面で、彼はかなりませているようだ。マメーヌによろしく。

草々
ジョージ
［タイプ］

ヴィクター・ゴランツ★宛

一九四七年三月二十五日
N1、イズリントン
キャノンベリー・スクエア二七B番地

親愛なるゴランツ

思いやりの籠もったお手紙、ありがとうございます。私はお手紙の内容について、よく考えてみました。それでも私は、あなたが同意して下されば、私たちの契約を終わりにしたほうがよいと思います。今、私が書いている本の何かが問題を起こしそうだというのではありませんが、私は全般的な状況を考えなければなりません。ウォーバーグもほかの誰も、私の全作品（いずれにしろ非常に多いという訳ではありませんが）の選択権が持てなければ、私をよい相手と見なすことはできません。もし私が一つの出版社からのみ本を出せば、そのほうがよいのは自明です。そして、私は時折政治について書くのをやめるとは思いませんので、これまで同様、さらに齟齬が生ずるのを恐れます。問題は何か、ご存じでしょう。ロシアです。私は十五年はたっぷり、あの体制を紛れもない恐怖心を抱いて見てきました。そして、もちろん、もし状況が変われば考えを変えるでしょうが、共産党が権力の座にある限り、私の気持ちが変わるとは思えません。最近のあなたの立場は私の立場とそうかけ離れてはいないのは承知していますが、もし、例えば、これからの数年間に起こりうる、ロシアと西欧とのあいだの友好回復らしきものが再びなされれば、あなたの立場がどうなるのか、私にはわかりません。あるいは、事実上の戦争状態になれば。もちろん、戦争が勃発するのは望みませんが、もしロシアとアメリカのどちらかを選ばざるを得なくなれば、私はいつでもアメリカを選ぶでしょう。私は、ウォーバーグとその考えについて、彼が私の書くものを政治的理由で拒否することはまずあり得ないのを重々承知しています。おっしゃる通り、どんな出版社も、ある作家が書くものすべてを出すと約束することはできませんが、ウォーバーグは、大方の出版社より断る率は低いと思います。

　私は、自分が無理なお願いをしていることを承知しております。私は契約に自分の意思で署名し、その契約に今でも縛られているからです。もし、その契約は守られねばならないとお考えでしたら、もちろん、私はそれを破りはしません。しかし、私の気持ちとしては、それを終わりにしたいのです。恩知らずに見えるに違いないことをお願いし、こうしたご迷惑をおかけしたことを、どうかお許し下さい。

敬具

ジョージ・オーウェル

［タイプ］

ヴィクター・ゴランツ★宛

一九四七年四月九日

N1、イズリントン

キャノンベリー・スクエア二七B番地

親愛なるゴランツ

　数日前にお手紙を差し上げるべきでしたが、病気で伏せっておりました。あなたの寛大な措置(141)に心から感謝致します。

敬具

ジョージ・オーウェル

［タイプ］

ソニア・ブラウネル★宛

一九四七年四月十二日

ジュラ島

バーンヒル

最愛のソニア

　これを手書きしているのは、タイプライターが階下にあるからだ。僕らはきのう、無事に到着した。リチャードは至極おとなしかった。そして、辺りの見慣れぬ様子に慣れると、寝台車のベッドを独り占めにして嬉しがり、グラスゴーで飛行機に乗ると眠ってしまった。おそらく騒音のせいだろう。僕はそれまで飛行機で行ったことはないのだが、船より確かにいい。費用は二ポンドか三ポンド余分にかかるが、約五時間と、船の退屈さを省いてくれる。そして、もし酔ったとしても四十五分だけのことだ。ところが船だと、悪天候なら五、六時間酔う。ここの何もかもイングランド同様遅れていて、芽はほとんど出ていない。きのうは実に多くの雪を見た。けれども、今は美しい春の陽気で、新年に植えた植物はほとんど生きているらしい。喇叭《らっぱ》水仙《ずいせん》が至る所に咲いている。咲いている唯一の花だ。僕は、未開拓と言ってもいい牧場を相手に悪戦苦闘しているが、来年までには、大変素敵な菜園がここに出来ると思う。もちろん、僕らは終日、家の中の物をきちんと整理しようと悪夢のような思いをした。リチャードが、やたらに手を貸そうとしたのだ。しかし、今は一応片付いた。家は、ごく文明化したように見え始めた。足の問題を完全に解決するには数週間かかるだろうが、そのほかの点では、設備はかなり整った。鶏舎を作ったら、すぐに数羽の雌鶏を取り寄せるつもりだ。今年はアルコールの手配ができたので、毎日、ほんの少し、ラム酒の配給のような具合に飲んでいる。去年は、僕らは実際に絶対禁酒をせざるを得なかった。あと一週間ですべてが片付き、庭の大事な仕事は終わるので、執筆にかかることができると思う。

　僕はジェネッタ[142]に手紙を書き、いつでも来るようにと言い、行程について教えた。子供を先に送ってくるのではなく、一緒に連れてくるのなら、ごく簡単だ。君に、行程について詳細を教えたい。紙に書いたものを見るほどは恐ろしくはない。

　月曜、水曜、金曜にジュラまでの船がある。午前八時にグラスゴーで臨港列車に乗ること。それは、前夜、グラスゴーで寝たほうが安全だということを意味する。なぜなら、終夜列車は一、二時間遅れるという嫌な傾向があり、そのため臨港列車に乗り遅れるからだ。［旅についての指示および旅についての似たような詳細に関しては、**四六年六月十六日**付の手紙を参照のこと。］もし飛行機で来たいというのであれば、飛行機は毎日出ている（僕の思うに、日曜以外）。そして、霧が非常に濃くなければ、ほとんどいつも飛ぶ。行程は、次の通りだ——

　十時半にグラスゴーのセント・イーノック駅にあるスコットランド航空に着く（航空事務所は鉄道駅の中にある）。

　十一時十五分に飛行機でＩＳＬＡＹ（「アイレイ」と発音される）に向かう。

　車を雇い（またはバスに乗る）、ジュラ行きのフェリーに乗る。

　午後一時頃、フェリーで渡る。

　車を雇ってリールトに行く。

　君がいつ来るか、前もって知らせてくれるのが重要だ。車を雇うので。ここでは郵便は週に二回しか来ず、車を頼むためクレイグハウスに手紙を出す機会は二回しかない。君が船で来るなら、埠頭で訊けばたぶん車は大丈夫だろうが、もし飛行機で来るなら、渡し場（クレイグハウスから数マイルのところ）には車はないだろう、前もって頼んでおかなければ。したがって、もし君が、例えば六月十五日に来るつもりなら、六月五日頃に手紙をくれると都合がいい、というのも、曜日に従うと、それは君の手紙が着く四、五日前かもしれないし、僕が連絡することのできる三、四日前かもしれないので。電報は無駄だ、なぜなら電報は郵便配達夫が持ってくるので。

君はレインコートと、頑丈なブーツか靴が必要だろう——もし、持っていたらゴム長。ここに余分なゴム長があるかどうか、よくわからない——余分なオイルスキンとかそういうものはかなりあるが。君がその週の配給分を持ってきてくれると助かる。ここでは新来者の配給が来るのが遅いので。それと小麦粉少々と紅茶。

こうしたことを書くと、君をひどく怖じけづかせるかもしれないが、実際には、ごく暢気で、家はまことに快適だ。君の泊まる部屋はかなり小さいが、海に面している。君に是非ここに来てもらいたい。ボート用のエンジンを手に入れたいが、もしよい天候だったら、島の西側の完全に無人の入江に行ける。そこは美しい白い砂で、澄んだ海水に海豹《あざらし》が泳ぎ回っている。入江の一つに洞窟があり、雨が降るとそこに避難できる。別な入江には、無人だが十分に住める羊飼い小屋があり、そこで一日か二日、ピクニックさえできる。とにかく、是非来たまえ。いつでも好きな時に来て好きなだけ泊まっていい。ただ、前もって知らせるように。では、体を大切にして、元気でいるように。

今思い出したのだが、君が送ってくれたブランデーの代金を払っていなかった。だから、三ポンド同封する。そのくらいだったと思うが、そうだろうか？　ブランデーは非常に旨く、ここに来る道中、大いに楽しんだ。ここではアルコールは簡単には手に入らないので。隣の島のアイレイではウイスキーを蒸留しているが、すべてアメリカに行ってしまう。トラックの運転手にたっぷり飲ませてやったが（ダブル以上）、あんまり速く消えたので、彼の腹の底にカチッ当たったように思えた。

多くの愛を込めて
ジョージ
［手書き］

次の手紙は、一九四七年四月九日のドワイト・マクドナルドからの手紙に答えたものである。マクドナルドは、オーウェルに最後の手紙を送って以来、『ポリティックス』の五・六月号をソ連邦に充て、その次の号をフランスに充てることにした。したがって紙面の余裕がなくなり、オーウェルの「リア、トルストイ、道化」の短縮版でさえ、いくら早くとも九・十月号まで掲載を延ばさざるを得なくなった。彼はオーウェルのその小論を出したかったが、もしオーウェルが望めば、ほかの者に渡す用意があった。その小論は『ポリティックス』には載らなかった。彼はオーウェルに、「今日のロシアを理解しようと思っている門外漢にとって基本的なものと言えるであろう」五十点から六十点の本と小論の推薦図書目録を作成するのに手を貸してもらいたいと頼んだ。オーウェルには「お気に入りのめっけもの」があるか。ロシアについて無知だが真実を知ろうとしている友人にどんな十冊の本を推薦するか。マクドナルドはまた、ソヴィエトの美術、映画、文学の最上のものに関する、より専門的な五十冊から六十冊の本を知りたがった。彼は、『ニュー・リパブリック』の編集者の上層部になんの親しい繋がりもないと言った。彼の友人たちは「どんどん排除され」ていて、彼はオーウェルに、もう「気の向くままに」のコラムは掲載されなくなるだろうと推測した。いまや「その雑誌はウォレス一味によって、ひどく俗なものになってしまった」ので。彼はオーウェルに、自分の著作権代理人に、『ネイション』に当たることを頼んだらどうかと言った。マクドナルドはヘンリー・ウォレスの横顔を書いたものを航空便で送ってきた。ウォレスは今イギリスにいるので、オーウェルはそのことを読者に告げたいかもしれないと考えたからである。マクドナルドは、オーウェルのために買った靴の代金を確かに受け取ったと書いた（残念ながら、その靴は小さ過ぎた）。

ドワイト・マクドナルド宛★

一九四七年四月十五日
ジュラ島
バーンヒル

親愛なるドワイト

ウォレス[143]に関する君の非常に興味深く有益な小論に大いに感謝する。それは、きのう届いた——残念ながら、僕が夏を過ごすためロンドンを発った数日後だった。僕はそれを『トリビューン』に送った。同紙がその一部を、少なくとも背景についての資料としてうまく使うことができると思ったからだ。僕はW［ウォレス］がアルバート・ホールで大規模な公開集会を開いた前日にロンドンを発ったが、彼が到着して歓迎されたことについて二言三言言うのは聞いた。そして、彼は非常に懐柔的になろうとしていて、彼がUSAではしていた「英国帝国主義」についての発言のようなことは言わないようにしているという印象を受けた。彼がここにやって来たタイミングは最悪のものなのだが、ほとんど誰にもうやうやしく迎えられているのを知って僕はやや驚いた。ちなみに、過去において彼をひどく攻撃したことのある『トリビューン』もその中に含まれている。

　トルストイについての小論は構わない。もし君がその一部を遅かれ早かれ使いたいと思うなら、その時まで、そのままにしておいてくれないか。そうでなければ、済まないが僕の著作権代理人のマキントッシュ&オーティスにそれを送って、事情を説明してくれないだろうか。彼らがそれをうまく使うことができるかもしれない。もっとも、彼らは別の『ポレミック』の小論（スウィフトに関するもの）で失敗しているので、これもアメリカの市場向きではないのかもしれないが。

　ソ連邦の本に関して。推薦図書目録を作るのは非常に難しいと思う。振り返ってみると、あの国について僕が何を学んだにせよ、または推測したにせよ、それは新聞記事の行間を読んで得られたものだ。僕は「親ソ」の本でいいものはないかと考えたが、ごく初期の『世界をゆるがした十日間』[144]のようなものしか思いつかなかった（僕はそれを通読はしていないが、もちろん、所々は読んだ）。僕は読んでいないが、ウェッブ夫妻の『ソヴィエト共産主義』[145]にたくさんの事実が含まれているのは疑いない。しかし同書についてマイケル・ポラーニは短いエッセイ[146]で、W夫妻がいくつかの点で虚偽の陳述をしていると非難している。僕の知っている、ベアトリス・ウェッブ[147]の甥は、ソ連邦については書かないほうがよいいくつかの事柄があると、密かに彼女が認めたと私に話した。革命が起こった頃については、クループスカヤの『レーニンの思い出』にいくつかの興味深いことが記されている。アンジェリカ・バラバーノフの『反抗者としての我が人生』[148]も同様だ。クループスカヤの本ののちの版は少し改竄されている。ともかくイギリスでは。同じ時代を扱ったものでは、バートランド・ラッセルの『ボリシェヴィズムの理論と実際』（彼が再刊しようとしない稀覯本だ）は、彼がトップの人間全員に会っただけではなく、その後に起こった事柄の多くを、一般的な言葉で予言することもできた点で興味深い。ローゼンベルクの『ボリシェヴィズムの歴史』は良く書かれていて偏見がないと言われているが、僕は読んでいないし、ドイツ共和国に関する彼の本は、僕にはかなり無味乾燥で慎重過ぎるように思えた。革命が辿った一般的な方向について、どの本よりも教えられるところが多かった本は、フランツ・ボルケナウの『国際共産主義者』だった。この本はもちろん、ソ連邦自体には部分的にしか触れていないし、一つの論点についてあまりに多くの頁を割いているかもしれないが、事実が充満していて、それを論駁し得た者はいないと思う。「暴露」の本について言えば、ヴァルチンの本の真正さは疑わしいが、クリヴィツキーの本[149]は本物だと思った。安っぽいセンセーショナルな文体で書かれてはいるが。僕自身の経験と重なる部分では、本質的に真実のように思えた。クラフチェンコの本[150]は、まだイギリスでは出ていない。強制収容所については、アントン・ツィリガの『ロシアの謎[151]』は優れている。また、もっと最近では『月の暗い側[152]』がある（今ではUSAでも出版されていると思う）。それは、亡命した多くのポーランド人の経験をもとにしたものだ。ポーランドの女性が書いた小さな本『ロシア流儀の解放[153]』は戦時中に出版され、人の興味を惹かなかった。それは『暗い側』と重なる部分があるが、もっと詳しく書かれている。最近出た本の中で一番重要だと思われるのは、カナダのスパイ裁判の青書《ブルー・ブック》[154]だ。それは、心理学的に非常に面白い。文学について言えば、グレープ・ストルーヴェの『ソヴィエト・ロシア文学の二十五年』は貴重な手引きで、非常に正確だとのことだ。ミールスキーの『ロシア文学、一八八一年から一九二七年まで』（それが題だと思う）は、革命後の文学の初期を扱っている。また、マックス・イーストマンの『制服の芸術家』もある。君はたぶん、僕が挙げた青書以外の本をすべて読んでいるだろう。もし後者を読んでいなければ、是非読みたまえ――本物のスリラーだ。

　僕はここに半年いる。去年、僕は六年間、休みなしにジャーナリズムの仕事をしたあとで休暇をとっていたが、今年は小説を書き続けるつもりだ。半年では終わらないが、最も厄介な部分は書き終えねばならない。年末には書き終わるかもしれない。何年も精神病院で暮らしたあとでは、静かな連続的な仕事に戻るのは至極難しい。今、状況が戦時中よりよくなったというのではない――多くの面で悪くなった。今年の冬は、まったく耐え難かった。今でも天候は凄まじいが、食べ物と燃料を手に入れるのがロンドンよりも少しいいので、ここは、ちょっとばかり暮らしやすい。

草々

ジョージ

［タイプ］

フレドリック・ウォーバーグ★宛

一九四七年五月三十一日

ジュラ島

バーンヒル

親愛なるフレッド

　手紙をありがとう。本を書き始めたが一応順調に進んでいて、草稿の三分の一近く書いたに違いないと思う。この時期までに予定していたほどは書けていない。というのも、今年は一月頃以来、ひどく体の具合が悪く（例によって胸だ）、治り切っていないからだ。けれども、こつこつ書いているので、十月にここを発つ時には、草稿は書き終えているか、ともかくも最も厄介な部分は書き終えていればいいと思っている。もちろん、草稿は常にひどく雑然としていて、完成したものとは、ほとんどなんの関係もないが、でもやはり、それは仕事の主な部分だ。そういう訳で、もし十月までに草稿が書き上がれば、一九四八年のかなり早い時期に本を書き終えるかもしれない。ただし、病気さえしなければの話だが。本が書かれる前に、その本について話したくはないが、これは未来についての本だと君に言っておこう――つまり、ある意味でファンタジーなのだが、写実的小説の形式で書かれている。それで仕事が難しくなっている――もちろん、未来を予想するだけの本は、書くのが比較的楽だろう。

君に別便で長い自伝的小品(155)を送る。それは初め、シリル・コナリーの『希望の敵』の一種の付録として引き受けたものだ。僕らが一緒に通った進学予備校の思い出を書いてくれと彼に頼まれたので。僕は実際には、それをコナリーにも『ホライズン』にも送らなかった。雑誌に載せるには長過ぎるということは別にして、活字にするにはあまりにも名誉毀損になるおそれがあるからだが、名前以外、どこも変えたくはない。しかし、ほとんどの関係者が死んでしまえば、遅かれ早かれ活字にされるだろうし、遅かれ早かれ、僕は小品を集めたものを出すかもしれない。タイプ原稿について謝らなくてはならない。カーボンコピーのせいだけでなく、商売のタイピストがひどく下手だったせいでもある。僕が相当直さねばならなかった――けれども、実際の間違いは大方なくなったと思う。

リチャードは、様々な災難にもかかわらず大変元気だ。まず、前のめりに転んで額を切り、二針縫ってもらわなければならなかった。そのあと、痲疹《はしか》に罹った。今では、前よりずっと話すようになっている（一、二週間前、三つになった）。天候は実にひどいものだったが回復し、処女密林から僕らが創り出している菜園は(156)、なかなかよいものになりつつある。パメラとロジャーによろしく。

草々
ジョージ
［タイプ］

レナード・ムーア★宛

一九四七年七月十四日
ジュラ島
バーンヒル

親愛なるムーア

「図説英国叢書」の担当者に連絡を取って頂き、私が三年か四年前に同叢書のために書いた小冊子『英国人』はどうなっているのか調べて頂けないでしょうか。(157)その経緯は次のようなものです。

一九四三年、同叢書を編集していたW・J・ターナー(158)が、英国の風景、英国の鉄道等の本はあるが、英国人についてのものはないので、私に書いてもらえまいかと言いました。私はその考えにあまり乗り気ではなかったのですが、短い本ですし（一万五千語）、自由に書いてよいと約束してくれたので引き受けました。仕事に取り掛かる前に、詳しい概要を渡し、承認されました。そして、私は本を書きました。それを送るや否や、同叢書を出していたコリンズ社の原稿閲読者が数々の異議を唱えました。それは事実上、私の本をひどく露骨なプロパガンダに変えろという要求と同じでした。私は合意の上の概要に忠実に従ったと指摘しました。そして、一言一句も変えるつもりはないと言いました。ターナーは私を支持してくれました。事は解決したように思えました。ほぼ一年経っても何も起こりませんでした。私は通りでターナーに会った時、その本の原稿料を支払うよう彼に言いました。私は五十ポンドの前金を貰うはずになっていたのです。彼は、二十五ポンド払えると言い、その通りにしてくれました。その頃彼は誰かほかの者に、同じテーマで私の本の姉妹篇を書いてもらうことに決めたと言いました。いわば、二つの角度から見るために。彼らはエドマンド・ブランデン[159]に、まず頼みました。ところが彼はひどく不適切なものを書いたので、タイプ原稿を活字にすることができませんでした。そのため、また遅れたのです。彼らはそのあと、名前は忘れましたが、誰かほかの者に姉妹篇を書いてもらいました。ターナーと助手のミス・シャノンは、私の本に対する異議は却下されたので、本はやがて出ると何度か私に言いました。一年ほど前、校正刷りが送られてきたので、私は校正をしました。その時か、それから間もなく、挿図を選んでいるところだと言われました。そして、私の記憶に間違いがなければ、ミス・シャノンはどんな挿図なのかを私に言いました。去年の冬、ターナーが急死しました。するとミス・シャノンが手紙を寄越し、そのためまたも少し遅れるが、本は間もなく出ると言ってきました。それ以後、何も起こっていないのです。原稿を渡してから四年以上経つはずです。

私はその本にこれっぽっちも関心はないし、また、それが出版されることを望んでもいません。それは単なる戦時の本で、英国をUSAに「売り込む」目的の叢書の一冊に過ぎません。そうではあるものの、私がもっといくらか貰うべきなのはっきりしています。少なくとも前金の五十ポンドの、あと半分は。ちなみに、五十ポンドはかなり少額の前金です。なぜなら、これらの本はいったん売り出されれば、大抵、大部数が売れるからです。残念ながら、私は契約の自分の写しを持っていません。それは、私のフラットが一九四四年に爆撃された際に焼失した文書の一つだったのです[160]。けれども、それは問題ではないと思います。そしてミス・シャノンは、もし、まだ同叢書を出す手伝いをしているのなら、協力してくれるのは確実だと思います。

敬具
エリック・ブレア
［タイプ］

リディア・ジャクソン★宛

一九四七年七月二十八日
ジュラ島
バーンヒル

親愛なるリディア

ウォリントン・コテージを立ち退くようにという通告を受けたばかりだ。(161) それは、遅かれ早かれ起こるに決まっていたことだ。そして、もちろん週極め賃貸契約に過ぎないので、彼らは短時日の通告でそうできる訳だ。けれども、立ち退きを通告された日付は八月四日なので、建前は、君の家具をその日までに運び出す必要がある。僕はすぐさま事務弁護士に手紙を書き、君はそんな短時日の通告ではとても立ち退けないと伝えた。君は家具を置く場所を見つけねばならないから。もし、君から直接手紙を出したいなら、宛先は、ハートフォードシャー、ボールドック、ボールダストン・ウォレン事務弁護士事務所だ。君がもっと時間を貰えるのは疑いないが、もちろん、立ち退きを命令されれば、そうせざるを得ない。とりわけ、表向きの借り手である僕がコテージを全然使っていず、君は週末にだけしか使っていないのだから。実際には、週極め貸借契約の場合、立ち退くまで六週間貰えるものと思う。こうなったのは実に残念だ。

ここに来て泊まりたいなら、いつでも歓迎だ。(162) 僕はここに十月までいる。ここにはいつでもベッドがある。ただ、余裕をもって知らせてくれないか。君に会う手筈を整えることができるので。天候はひどかったが、ここに来てまた好天になった。パットによろしく。

草々
ジョージ
［タイプ］

レナード・ムーア★宛

一九四七年七月二十八日
ジュラ島
バーンヒル

親愛なるムーア

校正刷りを同封します。(163) 私に判断できる限り、なかなかいい翻訳のようです。数箇所直しましたが、主に句読などです。

図説英国の件ではお世話になり、ありがとうございます。

小説はかなり順調に進んでいて、草稿は十月までに書き上がると思います。そのあと、さらに半年必要と思いますが、いつ完成するのかは、まだ言えません。私がどこにいるかが、はっきりしないからです。私は十月にロンドンに戻らねばなりません。いずれにしてもひと月は滞在するでしょうが、私たちは冬の大部分をここで過ごそうかと考えています。というのも、ここはそれほど寒くはないと思いますし、燃料もロンドンよりはいくらか手に入りやすいからです。もし、このままここにとどまれば、ロンドンにいてジャーナリズムに巻き込まれるよりは早く小説の推敲ができるでしょう。いずれにしろ、来年のかなり早い時期に書き上げたいと願っています。

敬具
エリック・ブレア
［タイプ］

ジョージ・ウッドコック★宛

一九四七年八月九日
ジュラ島
バーンヒル

親愛なるジョージ

やっと、七月二十五日の君の手紙に返事が書ける。僕は君が言っているシリーズの小論を書く用意が、いわば原則的には出来ていたのだ。「原則的に」というのは、おおかた正しい。というのは、僕は忙しくて、これからしばらく、これ以上どんな仕事も引き受けたくないからだ。僕は、一九四八年初めまでに完成したいと思っている、この小説と悪戦苦闘している。十月頃前には草稿さえ書き上がらないと思っている。十月にはロンドンに一ヵ月ばかり滞在し、雑用をこなし、約束した二、三の小論を書き、それから原稿の推敲にかかる。たぶん、四、五ヵ月かかるだろう。ほかに何もしていない時でも、本を書くのはいつも非常に時間がかかるのだが、時折、主にアメリカの雑誌のために小論を書かざるを得ない。時には金を稼がねばならないからだ。

僕はたぶん十一月には戻ってきて、僕らはここで冬を過ごすだろう。ここだと仕事が中断されることは少ない。ここは、そう寒くないだろうと思う。天候は雨がちだが、イングランドほどは寒くないし、燃料を手に入れるのがずっと楽だ。僕らは石炭をできるだけ節約していて、三トンの蓄えがある状態で冬を迎えたいと思っている。ここでは、四十ガロン入りのドラム缶で石油が手に入れられる。ところが去年ロンドンでは、二週間に一度一ガロンを手に入れるのに跪かねばならなかった。さらに、ここには木材と泥炭がある。集めるのは骨が折れるが、石炭の節約になる。冬のある期間はかなり侘びしく、一週間か二週間、本土と切り離されることがあるが、スコーンが作れるだけの小麦粉がありさえすれば、そんなことは問題ではない。最近、天候はまったく信じられないほどで、間もなく、その報いを受けるのではないかと心配している。先週、僕らはボートで島をぐるりと回り、島のまったく無人の大西洋側にある羊飼い用の小屋で二日ばかり過ごした――ベッドはないが、そのほかはごく快適だった。島のその側には美しい白浜がある。そして丘を一時間ほど登れば、鱒で一杯の湖があるが、あまりに近寄り難いので釣ったことはない。もちろん、先週僕らは干し草を取り入れるのを手伝って、みんな大いに苦労した。リチャードも一緒だったが、彼は素っ裸で干し草の中を転げ回るのが好きだ。ここに来たい時は、もちろん、いつでも来てくれ。ただ、迎えに行く必要があるので、一週間前に知らせてもらいたい。九月以降は天候はかなり荒れる。真冬でも非常に暖かい日があるのを知っているけれども。

　ＦＤＣの[164]公報を二部貰った。ナン・メイ事件の続報は、あまり気に入っていない。つまり、犠牲になった善意の人間に彼を仕立てるということは。内務大臣は、その気になれば、この主張をひっくり返すことができると思う。僕は懸念なしにというわけではないが、最初の嘆願書に署名した。十年というのは厳し過ぎると思ったからに過ぎない（なんであれ刑が正当であるとして）。もし僕がその事件を弁護しなければならなかったとすれば、彼が情報をＵＳＡに伝えたとしたら、せいぜい二年の刑で済んだということを指摘しただろう。しかし、実際には彼は普通のスパイで――彼が金のためにスパイをしたという意味ではない――スパイ組織の一員としてカナダに行った。君はその問題について青書[165]で読んだことと思う。情報が自分たちの同盟国に渡されていないと彼が感じていたというのは、議論として弱いようにも僕には思える。なぜなら、彼は立場上、ロシアが軍事情報を決して誰にも伝えないのを知っていたはずだからだ。けれども、彼を刑務所からやや早めに出してやるという目的に関する限り、僕は反対ではない。

草々
ジョージ
［タイプ］

ブレンダ・ソルケルド★宛

一九四七年九月一日
ジュラ島
バーンヒル

最愛のブレンダ

　やっと君の手紙に返事が書ける。ここでは、この六週間、聞いたこともないほどの天候だ。連日、日が照りつけ、実際、このところ僕らはひどい旱魃に苦しんでいる。これはこの地方ではよくある悩みではない。二週間近く蛇口からは水が出ず、誰もが二百ヤード離れた井戸までバケツを持ってよろよろと往復せざるを得ない。けれども、家は泊まり客で溢れていたので、大勢の者がそれをしてくれた。僕らはグレンギャリスデールまで数回遠出をし、羊飼いのコテージで二晩寝た――ベッドはなく、毛布と蕨の束だけだが、そのほかは快適だった。運の悪いことに、最後の遠出の際、帰りにボートでひどい事故を起こしてしまい、リチャードを含め僕ら四人は危うく溺れ死ぬところだった。僕らは潮の状態が悪いところで湾を抜けようとしたため［コリヴレカンの］渦巻きに入り込み、船外モーターがボートから吸い取られてしまった。僕らは櫂を使ってなんとか脱出し、小さな島の一つに辿り着いた。それは、その辺に点在する海鳥で覆われた岩に過ぎない。海はかなり荒れていたので、ボートは岸に近づいた時、ひっくり返り、櫂と十二枚の毛布を含め、何もかも失ってしまった。本来なら、僕らはそこに翌日までいなければならなかったかもしれないが、幸い数時間後、一艘のボートが通りかかり、僕らを乗せてくれた。また幸い、暑い日で、僕らは火を熾し、服を乾かした。リチャードは海に沈んだ時以外、終始楽しんでいた。僕らを拾い上げてくれたボートは、僕らがＷ湾[166]と呼び習わしている湾で降ろしてくれた。それから僕らは丘を越えて家まで歩いて行かねばならなかった。裸足だった。というのも、僕らのブーツの大半は、ほかの残骸と一緒になくなってしまったからだ[167]。僕らのボートは幸い、エンジンがなくなった以外、損傷していなかったが、もっと大きいのを手に入れようと思っている。こういう旅は、小さな手漕ぎボートでは実際、ちょっと危険だから。僕はグレンギャリスデールの近くの湖に二度、釣りに行った（タイプライターのワイヤーが外れてしまったので、ペンで書き続ける）、かなりたくさん鱒を釣った。そうした湖のいくつかは鱒で一杯だが、まだそこで釣ったことはない。どの方向から行っても、そこに着くのに一日かかるからだ。

　僕らは冬をここで過ごすつもりだが、大体十一月にはロンドンにいるだろう――日にちは決めていない。僕の小説の草稿をいつ書き終えるかにもよるからだ。ロンドンに行く日が決まったら、あとで連絡する[168]。

愛を込めて
エリック
［タイプおよび手書き］

アーサー・ケストラー★宛

一九四七年九月二十日
ジュラ島
バーンヒル

親愛なるアーサー

　イホル・シェフチェンコという名のウクライナ人の難民が、君に手紙を寄越したと思う――彼は僕にそう言った。君から返事を貰ってないとも言った。

　彼が知りたいのは、君の作品のいくつかを、ウクライナ人の強制追放者に配るために、ウクライナ語に翻訳していいかどうかということだ。もちろん、金を払わずに。彼らは今、アメリカ軍占領地帯とベルギーに、自分たちで動かしている印刷機械を持っているようだ。君は自分の著書がソヴィエト市民のあいだに広まれば喜ぶだろうし、支払いは求めないだろうということを彼に伝えた。いずれにしろ、彼らは支払えないが。彼らは『動物農場』を翻訳したのだが、それは最近出た。印刷も装丁も一応しっかりとしていて、シェフチェンコとの文通で判断できる限り、正しく翻訳されている。ミュンヘンにいるアメリカ当局がその千五百部を押収し、ソヴィエトの本国送還者に渡したということを聞いたばかりだが、約二千部が、まず、強制追放者に配られたらしい。もし君が自分の著書のいくつかを彼らに渡すと決めたなら、それは内密のこととして扱い、こっち側のあまり多くの者には話さないほうがいい、そうしたことは多かれ少なかれ違法なのだから。同時にシェフチェンコは、ラスキ(169)が自分の著書のいくつかを渡すことに同意すると思うかと僕に訊いた（彼らはどうやら、西側の考え方の代表的な例を手に入れようとしているようだ）。僕は彼に、ラスキとは関係を持たないほうがいいし、ああいうタイプの人間に、ロシア語での違法な印刷が同盟国の占領地帯で行われていることを絶対に知らせてはいけない、と言った。しかし、君は信用できる人物だとも言った。僕は、こうした人々をできるだけ助けるべきだと確信している。そして、強制追放者は、ロシアと西側との壁を取り除く絶好の機会を与えてくれると、一九四五年以来、僕は言い続けている。もし、我々の政府がそれに気づかなければ、僕らは個人でできることをしなければならない。

［最後の一節は省略。オーウェルはロンドンには行くが、冬のあいだはバーンヒルにとどまる、と書いてある。］

草々
ジョージ
［タイプ］

デイヴィッド・アスター★宛

一九四七年九月二十九日
ジュラ島
バーンヒル

親愛なるデイヴィッド

君と家族は元気だろうか。僕は十一月には、半端な用事を片付けるためにロンドンにいるつもりだが、そのあとは、冬をここで過ごすつもりだ。ここで暖かくしているのは、石炭等に不足していないので、ロンドンでよりも楽だと思う。また、この小説で悪戦苦闘しているが、ここでのほうが、もっと静かに仕事ができる。春のいつかには書き上げたいと願っている。かなり順調だが、望んでいたほどには速くない。一年の多く、健康状態が惨めだったからだ。去年の冬からそうだった。家はずっと整ったし、菜園も前より片付いた。今年の冬はもっと家具を送らせるつもりだ。バーンヒルの小作地は、結局、耕されることになると思う。そのことは、ここに住んでいる僕の気を楽にしてくれる。君は会ったことはないと思うが、戦争で片足を失ったビル・ダン[170]という名前の男が、夏のあいだ見習いとしてダロック一家に住んでいるのだが、春にバーンヒルの小作地を引き継ぎ、僕らと一緒に住むことになった。土地が再び耕されることとは別に、それは僕らにとって非常に便利なのだ。なぜなら、菜園だけのためなら買う価値のない小型トラクターのような道具が一緒に使えるからだ。また、誰もここに住まなくなる時を恐れてこれまで飼うのを躊躇していた、様々な動物が飼えるからだ。ここの夏は驚くべきものだった。実際、厳しい旱魃があり、十日間、風呂の湯がなかった。リチャードを含め僕ら四人は、コリヴレカンで危うく溺死するところだった。その事件は遠くグラスゴーまでさえ、新聞に載った。リチャードはすっかり大きくなり、信じられないほど破壊的で、今は前よりずっとたくさん喋る。君の赤ん坊は、もう今では見違えるほど成長していることだろう。君が冬のあいだのいつか、こっちのほうに来るのかどうかわからないが、もし来るなら、是非立ち寄ってもらいたい。いつもベッドと、なんであれ食べ物はあるし、道路も、所々排水されているので、前より少しはいいと思う。君の友人のドノヴァンがボブに乗ってやって来て、信じられないくらいの量の食べ物を持ってきてくれた。僕らが飢えていると思ったようだ。実際には、ここではパン以外、食べ物はふんだんにある。というのも、フレッチャー家で鹿が解体されるたびに、鹿肉の大きな塊を売ってもらえるからだ。また、ロブスターも手に入る。僕らは数羽の雌鶏を飼っているし、大量の牛乳が手に入る。

奥さんによろしく。

草々

ジョージ

追伸　ひょっとして君は、ボブに冬を凌がせたいかい？　僕は去年、ボブのために干し草を手に入れたが、彼を戻した時〔四百三十五頁、下段を参照のこと〕、かなりいい状態に見えた。僕には判断する資格はないが。僕は彼を戻した日まで、彼に乗ったことはなかった。ダロック兄妹が、彼を一種の荒れ狂う一角獣のようなものに僕に思わせたからだ。そして、僕はひどく健康が衰えていたので、そうした類いのことにはもう縁がないと感じていた。実際には、彼は鞍を置かずに乗っても、たいそうおとなしかった。

［タイプ］

ロジャー・センハウス★宛

一九四七年十月二十二日

親愛なるロジャー

『空気を求めて』の校正刷りを返却する。

訂正は多くはない。ただ二、三のケースでは、最初の本文にあった二、三の誤植を含め、正しく転写されているものをいくつか変えた。四十六頁では、植字工は二度、「Boars」を「Boers〔ブール人〕」に変えている。どうやら誤植と思ったらしい。「Boars」は意図的だった（多くの者はそんな風に発音していた。）

日付についてはどうだろう？ 題扉に「一九四七年」と書いてあるが、一九四七年には出版されない。この本は最初一九三九年に出版された事実についての言及がなくてはならないだろうか？

ところで、この本にはセミコロンが一つも使われていないのを知っていただろうか。その頃、セミコロンは不必要な句読点で、次の本ではそれを使うまいと決心したのだ[171]。

僕は十一月七日にロンドンに行き、ひと月ほど滞在する。講演とかその他、時間の無駄の様々なことをしなくてはならない。ロンドンに着く前に、今、最後の段階にある小説の草稿を書き終えたいと願っている。しかし、それは恐ろしいほど雑然としていて、約三分の一は推敲するだけではなく、完全に書き直す必要もあるだろう。どのくらいかかるか、わからない――四、五ヵ月ならいいのだが、もっとかかることは十分ありうる。今年は健康状態がひどく惨めだったので、余分な体力はあまりないようだ。フレッドは十一月までに戻ってくるのだろうか[172]。戻ってきたら、君たち二人に会いたい。

草々

ジョージ

［タイプ］

アントニー・ポウエル★宛

一九四七年十一月二十九日
ジュラ島
バーンヒル

親愛なるトニー

手紙をどうもありがとう。僕はいまだに臥せっているが、何度もぶり返したあと、本当によくなってきていると思う。いつもの胸の専門家のところに行けていたら、今頃はたぶん大丈夫だったろうが、熱があるうちは本土に行く気になれない。途中、飛行機に乗るにしても、冬に移動するのは実に嫌なものだ。けれども、グラスゴーから医者に来てもらい、ざっと診てもらう手筈は整えた。そのあと、ロンドンに行くかもしれない。あるいは、グラスゴーまでしか行けないかもしれない。少しのあいだ入院しなければならないと思う。治療のほかにX線検査などがあるからだ。そのあと、もし新聞社からどこか暖かいところに特派員としてやってもらえるなら、ふた月ほど外国に行ってみるかもしれない。もちろん、数週間、何も仕事をしていない——小説の草稿を書いただけだ。僕は、いつもそれを中間点と見なしている。五月までに書き上げることになっているのだが、いつになるか神のみぞ知る、だ。オーブリーの本[173]がついに出るのは嬉しい。近頃は、本の発行日の脇に、書いた日付も記すべきだと思う。春には、一九三九年に刊行され、戦争によって葬られた本を再刊する。それは、僕の新しい本が遅れているのを少し埋め合わせる。

どうやら、クリステン夫人は出航したらしい。僕がちょっと書いたのは、こういうことだった。君は売り物の鞍を持っているだろうか、または、それを持っている誰かを知っているだろうか。よい状態であるかどうかは、腹帯と鐙《あぶみ》がしっかりしている限り、大して問題ではない。体高がたった十四ハンド〔一ハンドは四インチ〕だが、がっしりしている馬に使うので、大きな馬の鞍が合うのはまず間違いない。それは、人が使わずにどこかに放っておいてあるようなもので、なかなか買えない。僕は、ここに飼っている農場用ポニーに、ガソリンを節約するためにいくつかの用で乗るが、鞍を置かずに乗るのはひどく疲れる。鞍を適正な値段で買う用意がある。

リチャードは嫌になるほど元気で、暴れん坊だ。彼は百日咳に罹ったが、本人はそうとは知らなかった。みんなによろしく。君たちみんなに、いつか会いたい。

草々

ジョージ

［手書き］

レナード・ムーア宛★

一九四七年十二月七日
ジュラ島
バーンヒル

親愛なるムーア

一日の手紙、ありがとうございます。A・Fに関するFO［外務省］との取り決めについては、もちろんなんの異存もありません[174]。私はすでに米広報文化交流局に手紙を書き、無料でそれを放送してよいと伝えました。

私は胸の専門家に診てもらいましたが、恐れていた通り、重い病気に罹っているのがわかりました。空きベッドが出来次第（約十日かかると思います）、サナトリウムに入らねばならないでしょう——どのくらい長くかは、もちろんわかりませんが、おそらく、四ヵ月くらいでしょう。予想していたように、結核です。医者たちは、ちゃんと治すことができると考えていますが、私は当分のあいだ、「戦闘力を失った《オル・ド・コンバ》」状態にならざるを得ません。

関係する出版社等すべてに、そのことをお伝え下さるでしょうか。また、ハーコート・ブレイスが靴を一足手に入れ送ってくれたことに（靴は着いたばかりです）、厚く感謝して頂けないでしょうか。また、誰が代金を払ったのかも、フレッド・ウォーバーグに訊いて下さい。その代金を払わねばなりませんので。ウォーバーグが払ったのだと思います。

敬具

エリック・ブレア

追伸　入院したらすぐ、病院の住所をお知らせしますが、いずれにしても、私はこの住所にいます。

［手書き］

『オブザーヴァー』、フレデリック・トムリンソン宛

一九四七年十二月二十三日
北グラスゴー
東キルブライド
ヘヤマイアーズ病院
第三病棟
［電話］東キルブライド三二五

親愛なるトムリンソン

　僕に関する限り、残念ながらアフリカについては、すべて取り止めだ。是非、旅をしたかったのだが。知っての通り、僕は入院していて、ここに三、四ヵ月いることになると思う。二ヵ月ほどなんとも具合が悪かったあと、本土から胸の専門家に来てもらうと、恐れていた通り、結核だった。前にも罹ったことがあるのだが、その時はさほどひどくはなかった。今度は、医者たちが「広範囲」と呼ぶものだが、医者たちは数ヵ月で治す自信を持っているようだ。ここしばらく、どんな仕事もやる気のしないほど具合が悪かったが、少々気分がよくなりかけている。そして『オブザーヴァー』が、また書評の仕事を再開させてくれるのかどうか、考えていた。それは君の課ではないと思うが、アイヴァー・ブラウン★[175]に話してみてくれないだろうか。

　デイヴィッド［アスター★］からなんの便りもないので、彼が戻ってきたのかどうか、わからない。みんなによろしく。

草々

ジョージ・オーウェル

［手書き］

デイヴィッド・アスター★宛

一九四七年十二月三十一日
東キルブライド、ヘヤマイアーズ病院

親愛なるデイヴィッド

　ボールペンのインクがなくなったので、鉛筆でこれを

書き続けざるを得ない。[176] 君の手紙を貰い、君が戻ってきたのを知って非常に喜んだ。いつか君が会いに来てくれれば嬉しい――もちろん、無理をする必要はないが、とにかく、この辺に来た時に訪ねてくれたまえ。僕は車で来たので、ここがグラスゴーからどのくらい遠いのかよくわからないが、車で約二十分ほどだと思う。ここでは、面会時間は十分にない。正式の面会時間は、日曜、水曜、土曜は午後二時半から三時半まで、火曜日は午後六時から七時まで。

　君がリチャードについて言っていることに関してだが、彼は目下、僕の妹と一緒にジュラにいるが、来年の後半、君の申し出を喜んで受け入れ、彼を数週間、君に預けるかもしれない。問題は、僕がどう動くのかがわからないことだ。僕がこれから受ける治療は、長い時間がかかるものに違いなく、たとえベッドから出られるくらい、さらには退院できるくらいよくなっても、ロンドンかグラスゴーかどこかに数ヵ月滞在し、週に一度、「再注入」に行かねばならないと思う。「再注入」とは、横隔膜に空気をポンプで入れることだ。妹は買い物等をするために一月か二月にロンドンに行き、短期間滞在する。彼女はリチャードをエディンバラの友人に預ける。その後、僕は彼をX線で調べてもらうつもりだ。見た目では、彼は結核に罹っているとはとても見えないが。僕は自分の病気が何かがわかってからは、彼をできるだけ遠ざけていた。僕らは彼の牛乳を確保するために、T・T[177]の雌牛を手に入れるつもりだ。僕らは彼の飲む牛乳をすべて煮立てるが、もちろん忘れることもある。彼は話す点ではまだ遅れているが、非常に大きく、かつ腕白になり、農場で働くのが好きだ。彼は動物より機械のほうがずっと好きだと思う。なんであれ分解できるものには彼を近づけないようにしている。彼はフレッチャー家のトラクターからトレーラーを外すことにさえ成功した。今年のクリスマスは、彼がクリスマスとは何かを多少とも理解した最初のクリスマスだ。だから僕は、その寸前に逃げ出し、興を殺ぐ者にならなかったのを非常に喜んだ。その際には四人いたので、大いに楽しい時を過ごしたものと思う。

　僕はIB［アイヴァー・ブラウン］に手紙を書いているところだが、以前のように、二週間に一度小論を書くのはどうかと提案した。もう一つの小論は別の誰かに渡すようにしたいと思っている。たぶん、今では週に一篇は書けると思うし、寝ているあいだにいくらか金を稼ぐのも悪くないからだ。もちろん、二、三ヵ月はまったくなんの仕事もしなかったし、実際、その期間はベッドから出なかった。体重は一ストーン半、減ってしまった。まだ四六時中、なんとも気分が悪いが、この一週間か二週間はよくなってきたと思う。僕の受けている治療は、感染しているほうの肺の活動を止めるというものだ。そうすると、治る見込みが増えるらしい。この治療は長い時間がかかると思うが、大抵、効き目があるそうだ。いい病院で、誰もが大変親切だ。
いつか君に会えればと思う。

草々
ジョージ

追伸　ボブを売ってくれないだろうか。君の知っているように、僕らはまた、彼を冬のあいだ飼っている。彼は非常におとなしくて御しやすい。マッキンタイアーは、冬のあいだ彼がいないのを喜んでいるようだった。自分たちには「すでに、冬のあいだ飼育するのがたくさんいる」と彼は言っていた。ビル・ダンは彼に乗って羊を駆り集めるが、僕らは車が分解修理されているあいだ、彼を二輪馬車に使ったり、材木等を引っ張るのに使ったりする計画も立てた。

［手書き］

編者注

（1）　マクドナルドは一九四五年十二月三十一日、オーウェルに宛て次のように手紙に書いた。「『動物農場』は……なんとも素晴らしい。ロシアで人が経験することを農場に置き換える手際は完璧な趣向と技によってなされているので、単に気の利いたバーレスクになったかもしれないものが、それ以上の何かになっている――実際に悲劇に。ロシアの頽廃のペーソスは、長いあいだ僕が読んできたどんなものより、君のお伽噺に強く現われている。結末は予想に反し、あっけないものではなく、創意のもう一つの勝利だ。見事な作品を祝したい」。彼は、『動物農場』がアメリカで出版されるのかどうか尋ねた。そして、二、三百部が『ポレミック』の読者に売れるだろうと思った。

（2）　マクドナルドは一九四六年三月、オーウェルの手紙の「ひと月かふた月前」から「問題にしか過ぎない」までを『ポレミック』に再録し、次のように続けた。「『動物農場』で受けた印象は、作品を決して奇抜にも、退屈なほど偏向的にもならないものにしている文学的技巧に加え、ロシア人が経験することすべてのペーソスを、これほど強く感じさせられたのは稀だということである。憤怒よりは思索の気分に満ちたこのお伽噺は、一、二の例外を除き、この問題に関する多くの深刻な本よりも、人間にとってのスターリン主義の恐るべき意味を、はっきりと伝えている」

（3）　「アメリカの白昼夢」は発表されず、その原稿も見つかっていない。

（4）　デイヴィッド・マーティン（一九一四〜　）は

カナダの飛行家で、オーウェルの友人だった。

(5) バーバラ・ウォード(一九一四〜八一。大英帝国二等勲爵士、一九七四。ロッズワースのジャクソン男爵夫人、一九七六)。経済学者、政治評論家。一九三九年から五七年まで『エコノミスト』の編集助手。一九四六年から五〇年までBBC会長。彼女は個人の自由と市民権に対して強い関心を抱いていたことで知られていた。

(6) トム・ホプキンソン(一九〇五〜九〇。勲爵士、一九七八)は著述家、編集長、ジャーナリスト。とりわけ、創刊に力を貸し、一九四〇年から五〇年まで編集長を務めた『ピクチャー・ポスト』と特別の関わりがあった。一九六七年から七五年まで英米の諸大学でジャーナリズムを教え、オーウェルについてブリティッシュ・カウンシルの小冊子を書いた(一九五三)。彼が書いた二つの伝記のうち『この我らの時代について』(一九八二)は、オーウェルが活動していた時期に関するものである。

(7) エドワード・ハルトン(一九〇六〜一九八八。勲爵士、一九五七)は法律家、リベラルな見方の雑誌発行者、この時期の『ピクチャー・ポスト』の持ち主。彼の『新時代』は一九四三年に出版され、オーウェルは一九四三年八月十五日付の『オブザーヴァー』でそれを書評した。

(8) 『アンサタ十字――ローマ・カトリック教会告発』(ペンギン・スペシャル、一九四三)。しかし、オーウェルは別のペンギン・スペシャルと間違えた。一九四〇年、ペンギンブックスはH・G・ウェルズの『人権、あるいは我々はなんのために闘っているのか?』を出した。第十章は、「人権宣言補足」を論じたものである。それは一九三六年七月、ディジョンで催された「人権連盟」の会議で承認された。

(9) フアン・ネグリン博士(一八八九〜一九五六)は、一九三六年九月から内戦の大部分の期間、スペインの社会主義者の首相だった。一九三九年にフランスに行き、亡命スペイン政府を樹立した。一九四五年、すべての亡命者が団結することを願って首相の座を下りた。

(10) ケストラーについてのオーウェルのエッセイに。

(11) マメーヌ・ケストラー(旧姓パジェ、一九一六〜五四)は、ケストラーの妻で、シーリア・カーワン★の双子の姉妹。

(12) スーザン・ワトソン(一九一八〜二〇〇一)は一九四五年の初夏から一九四六年の秋までオーウェルの家政婦で、リチャードの世話もした。彼女はケンブリッジ大学の数学者と結婚したが、二人は離婚の手続きをしているところだった。彼女には、寄宿学校にいる、七歳の娘サリーがいた。

（13）　イニャツィオ・シローネ（一九〇〇～一九七八）（本名セコンド・トランクィッリ、一九〇〇～一九七八）はイタリア共産党の設立者の一人だったが、ムッソリーニが権力を握ったあとスイスに亡命した頃には、イタリア共産党の目的からは距離を置いていたが、依然として頑強な反ファシストだった。当時彼は、イタリア社会党の機関紙『アヴァンティ』の編集長だったが、一九四六年七月に辞任した。オーウェルは彼の短篇『狐』をBBCのために脚色した。それは一九四三年九月九日に放送された。

（14）　シリオル・ヒュー＝ジョーンズ。

（15）　オーウェルは一九三五年以降、少数意見を代表するパンフレットを集め、大英博物館に寄贈した。現在それは英国図書館にある。

（16）　奇妙な誤り。『評論集』はレイナル&ヒッチコックによってニューヨークで出版された。

（17）　L・H・マイヤーズは、オーウェルには知られずに、彼とアイリーンのモロッコ滞在費を出した。プラウマン夫妻が仲介役を務めた。

（18）　彼はマックスが死んだ時、手紙を書いた（四一年六月二十日付の手紙を参照のこと）。オーウェルは一九四四年十二月七日付の『マンチェスター・イヴニング・ニュース』で、『未来への架け橋――マックス・プラウマン書簡集』の書評をした。

（19）　『評論集』。

（20）　ウォリントン（オーウェルがコテージを借りていた所）。

（21）　プラウマン夫妻の息子。

（22）　ユゼフ・チャプスキ（一八九六～一九九三）は一九四五年十二月十一日、「mon ami Poznanski〔我がポズナンスキ〕」の提案で、オーウェルに手紙を書いた。なぜなら、自分の書いたパンフレット（かなりの大きさのもの）「Souvenirs de Starobielsk〔スタロビェルスクの思い出〕」を出してくれるイギリスの出版社をオーウェルが見つけてくれると思ったからである。それは最初ポーランドで一九四四年、「Wspomnienia Starobielskia〔スタロビェルスクの思い出〕」という題で出版された。一九四五年に、そのイタリア語とフランス語の翻訳が続いた。チャプスキはプラハで生まれたポーランドの画家、著述家で、一九一二年から一七年までサンクトペテルブルクで学び、ロシア革命を目撃した。一九二〇年ポーランドに戻り、一九二四年から三一年までパリで画家として研鑽を積み活躍し、パリとジュネーヴで展覧会を開いた。一九三九年、彼は第八ポーランド槍騎兵連隊に加わってドイツ軍と戦い、次にロシア軍と戦った。彼は、スタロビェスク捕虜収容所にいた四千人近くの捕虜のうち、グリャゾヴェッツ捕虜収容所に移された七十八人の一人だった。彼はこうした収容所で二十三ヵ月過ごした。ドイツ軍がロシアに侵攻した際、彼はほかのポーランド人の捕虜と一緒になるのを許された。その多くはアンデルス将軍のもとのポーランド軍に加わってドイツ軍と戦い、凄まじい窮乏生活をした。約一万五千七百人のポーランド人がカチンおよびその他の収容所でロシア軍によって殺害されたことが知られている。さらに、コミ共和国の収容所にいた七千人が艀に詰め込まれ、白海で故意に沈められ、全員が溺死した（チャプスキ『非人間的な土地』）。チャプスキは戦後パリにとどまり、影響力のあるポーランド語の月刊誌『文化《クルトウラ》』の創刊者の一人になった。

（23）スターリンがモスクワにとどまったことを考えて、オーウェルが『動物農場』の記述を変更したことについては、四五年三月十七日付の手紙を参照のこと。

（24）オーウェルとケストラーは成功しなかった。パンフレット『スタロビェルスクの思い出』は、ニュルンベルク戦争犯罪人裁判で証拠として提出されていたものに照らして、チャプスキの言う「une certaine actualité〔ある種の今日性〕」を持っていたにもかかわらず英訳されず、英国では出版されていない。

（25）ボールペン。オーウェルは最初、一九四六年二月にボールペンを買おうとした。ボールペンは当時、とても手に入りにくく、非常に高価だった——約三ポンド（非熟練労働者の週給の半分以上）。オーウェルは、ボールペンは特に便利だと思った。病気の時、ベッドで書くことができるから。ボールペンの使用は、彼がいくつかの手紙と文書をいつ書いたかの鍵になる。

（26）BBCのために書いた「くだらないもの」は、たぶん、一九四六年三月二十九日に放送された『ビーグル号航海記』の脚色であろう。パンフレット『イギリス料理』は『全集』第十八巻に収められている。それは優れたものと考えられたが、非常な窮乏の時期にヨーロッパ大陸の読者を怒らせるのを避けるため、出版しないことが決まった（レシピはエキゾティックなものでは、ほとんどなかったが）。オーウェルは台本を書いて三十一ポンド十シリング貰った。

（27）彼は英国空軍に勤務中に戦死した。

（28）マロリー・ブラウンは当時、『クリスチャン・サイエンス・モニター』のロンドン支局編集長だった。彼は一九四四年十月二十二日、『オブザーヴァー』に「フランスにおける新秩序」を寄稿した。

（29）International Rescue and Relief Committee

〔国際救出・救援委員会〕。

(30) マイケル・フット（一九一三～二〇一〇）は政治家、著述家、ジャーナリスト。生涯の多くの期間を労働党の極左として過ごした。一九四五年から五五年までヴォンポート選出の議員、一九六〇年から九二年までエブー・ヴェイル選出の議員だった。また、一九八〇年から八三年まで労働党（野党）の党首だった。一九三七年から三八年まで『トリビューン』の編集助手、一九四五年から七四年まで常務取締役、一九四八年から五二年まで編集長を務めた。彼の多くの著書には、『罪ある者たち』（フランク・オーエン、ピーター・ハワードとの共著、一九四〇）、『ペンと剣』（一九五七）、『天国の政治学』（一九八八）がある。

(31) ジョン・ランダル・ベイカー（一九〇〇～一九八四）は、一九五五年～六七年までオックスフォード大学の細胞学の準教授《リーダー》。一九四六年から六四年まで、『ジャーナル・オヴ・マイクロスコピカル・サイエンス』の共同編集長、一九六四年から六七年までオックスフォード大学ニュー・コレッジの専門研究員を務めた。一九五八年、化学的避妊法の研究でオリヴァー・バード・メダルを受賞。ベイカーはオーウェルに多大な影響を与えた（四七年三月十九日付の手紙を参照のこと）。

(32) コンラッド・ハル・ウォディングトン（一九〇五～一九七五）は、エディンバラ大学の動物遺伝学のバキャナン教授。著作には、『科学的見方』（一九四一）および『倫理的動物』（一九六〇）がある。オーウェルはBBCにいた時、彼にインドについて放送してもらった。

(33) 『モダン・クオータリー』は一九三八年に創刊され、芸術と科学を現実的、社会的に評価し直すことに貢献することを目指し、宇宙を唯物論的に解釈することを基盤にした研究に特別な注意を払った。戦時中に休刊になったが、一九四五年十二月、ジョン・ルイス博士を編集長として復刊した。多くの著名な科学者が寄稿した、マルクス主義的な同誌は、「道徳上の問題を混乱させようという執拗な試み」と呼んだものを、とりわけ攻撃した。例えば、『ポレミック』に載ったオーウェルの「ナショナリズム覚え書き」の「詭弁」を。「ナショナリズム覚え書き」は翻訳されて、フランス、オランダ、イタリア、フィンランドの雑誌に掲載された。

(34) 共産主義者からの圧力。

(35) 三つの出版社に送られた。

(36) ヴィクトル・セルジュ（本名ヴィクトル・キバリチチ、一八九〇～一九四七）はパリで『L'Anarchie

〔無政府主義〕』を編集した。その政治活動ゆえに一九一二年から一七年まで投獄された。一九一七年にロシアに帰ろうとしたが拘禁され、一九一九年にやっとロシアに着いた。一九二一年のクロンシタット事件で幻滅するまでコミンテルンの書記として働いた（四六年十二月五日付の手紙の注（116）を参照のこと）。その後コミンテルンのためにベルリンとウィーンで働いた。一九二六年にロシアに戻り、トロツキーと手を組んだが党から追放され、一九三三年、オレンブルクに国内亡命した。そして一九三六年、ソヴィエト連邦から追放された。彼はスペイン内戦中、ＰＯＵＭのパリ通信員になった。一九四一年にメキシコに定住したが、貧窮のうちに死んだ。彼の『同志トゥラーエフ事件』は、ミリアム・グロスの編集でペンギンから出版された（二〇〇四）。

（37）たぶん、ミリアム・グロス編『ジョージ・オーウェルの世界』に収められている写真（69）であろう。

（38）ゴシップ欄。

（39）カール・シュネッツラー（一九〇六～　）はドイツの電気研究技師。一九三五年から三九年までイギリスで働いたが、一九四三年まで拘留された。一九四八年、英国に帰化した。彼はアイリーンがプレストン・ホール・サナトリウムにオーウェルを見舞った際、同行した。彼がオーウェルに出した手紙も、オーウェルが彼に出した手紙も所在がわかっていない。オーウェルは彼が両親に会いにドイツに行く許可を、議員のマイケル・フットを通して再び求めたが、うまくいかなかった。（三九年三月一日付の手紙の注（71）も参照のこと）。

（40）この記事は一九四六年二月四日付の『タイム』に出た。『動物農場』がイギリスで出版されたのがきっかけだった。同書のアメリカでの刊行は半年以上あとのことだった。

（41）『動物農場』。

（42）ルイ・アラゴン（一八九七～一九八四）は小説家、詩人、ジャーナリスト、共産主義者の活動家で、シュールレアリスム運動の指導的人物だった。最初の詩集『祝火』（一九二〇）と最初の小説『パリの農夫』（一九二六。英訳は『夜の徘徊者』、一九五〇）を参照のこと。彼は一九三〇年にロシアを訪れてから共産主義者になり、一九五三年から七二年まで共産主義者の週刊紙『レ・レトル・フランセーズ』を編集した。

（43）「ジェイムズ・バーナム再考」、一九四六年五月の『ポレミック』第三号。小冊子になった時の題は「ジェイムズ・バーナムと経営者革命」（一九四六）。

（44）イホル・シェフチェンコは一九四六年四月、ミユンヘン（共にソヴィエト・ウクライナの難民の当時の妻と義母と彼が住んでいた所）とドイツの英国占領地帯にあるクヴァーケンブリュックとのあいだを往復していた。クヴァーケンブリュックでは、第一ポーランド・マチェク師団のために日刊紙が発行されていた。二十五歳だったシェフチェンコは、戦後、同紙の編集者の一人だったアンジェイ・ヴィンセンツ（ワルシャワ時代の学友）に「見出され」、ウクライナ人だったにもかかわらず同紙に雇われた。彼は英国の新聞を調べる仕事をし、特に『トリビューン』に注意を払った（そして「気の向くままに」に着目した）。もう一人の編集者、コンスタンティ（「コット」）・イェレンスキは、『動物農場』のウクライナ語への翻訳の出版の許可を貰うため、自分の母を通してシェフチェンコをオーウェルに接触させた。シェフチェンコは毎日、昼食後はクヴァーケンブリュックで、晩はミュンヘンで翻訳をした。

（45）B・A・O・R。British Army of the Rhine〔ライン川駐留英国陸軍〕。

（46）コンスタンティ・A・イェレンスキはポーランドの外交官の息子。一九四六年四月、彼は中尉だった。英国の文学界に詳しく、のちにパリでかなり知られる存在になり、『エプルーヴ』と重要なポーランド語の月刊誌『クルトゥラ』に寄稿した。『クルトゥラ』はオーウェルの四篇の小論をポーランド語で載せた。最初の三篇はレナ・イェレンスカによって訳され、四篇目はテレナ・スクジェフスカによって訳された（いずれも「著者の許可を得て」）。イェレンスキは一九八九年頃死んだ。

（47）マダム・レナ・イェレンスキはコンスタンティ・イェレンスキの母で、シェフチェンコのために仲介役になり、『動物農場』のウクライナ語訳の出版が可能かどうかオーウェルに訊いた。彼女とオーウェルのあいだに交わされた手紙の所在はわかっていない。マダム・イェレンスキは『動物農場』をポーランド語に訳した。ヴォイチェフ・ヤストシェンボフスキの挿絵入りで、一九四六年十二月、『Folwark Zwierzecy〔動物農場〕』という題で、ロンドンの「在外ポーランド人連盟」から出版された。

（48）ウクライナ語訳は一九四七年十一月にミュンヘンで出版された。翻訳者の名前はイヴァン・チェルニャティンツキイとなっていて、題は『Kolhosp Tvaryn〔動物農場〕』である。それは強制追放者に向けたものだった。オーウェルはこの翻訳に特別に序文を書いた。それは『全集』の付録Ⅱと、ペンギン二十世紀クラシックス版に収められている。

(49) M・D・ヒルは、オーウェルがいた頃のイートン校の教師だった。

(50) 「少年週刊誌」、『ホライズン』(一九四〇)、『全集』第十二巻。

(51) 一八八三年に貴族の次男として生まれたジョージ・リトルトンはイートン校の教師だったが、一九四五年に引退。当時、オーウェルと文通していた。一九四六年四月九日、前の手紙に返事をくれたことに感謝し、彼がホーム&ヴァン・トルのために編集していた、文豪の伝記シリーズの一つを書かないかと言った。彼はオーウェルが「忙殺されて」いるのではないかと思ったが、訊いてみる価値はあると考えた。三万語で頭金五十ポンド、印税一五パーセントだったので、一、二年前ならオーウェルは、その機会を逃さなかっただろう。リトルトンは追伸にこう書いた。「あの愚か者の老ウッドハウスのために弁護してくれて非常に嬉しい。彼が戦時中馬鹿な真似をしたので、彼のどの本も実際は少しも面白くないという、我々のすべての愛国者の言い分は、ひどく馬鹿げている――そして、ひどくイギリス的だ」。

(52) メイ&ベイカーは薬品会社。

(53) アルフレッド・ジュールズ・エイヤー(一九一〇~一九八九。勲爵士、一九七〇)は哲学者。彼の『言語・真理・論理』は革新的な著書で、英語で論理実証主義を広範に論じた最初のもの。イートン校とオックスフォード大学クライスト・チャーチ学寮で学んだあと(一九三二~四四)、近衛歩兵第五連隊に入り、のち、パリの英国大使館員になった。一九四六年から一九七八年までユニヴァーシティー・コレッジ・オヴ・ロンドンとオックスフォード大学で教えた。一九七八年から八三年まで、ウルフソン学寮の特別研究員だった。

(54) ロバート・P・(「ボビー」)・ロングドンはイートン校でオーウェルの同級生だった。学者として輝かしい経歴の持ち主で、ウェリントン校の校長になった。一九四〇年、目標を外れ学校に当たった爆弾で死亡した。「[ロングドン]がいたあいだにウェリントン校は非常に啓けた」というオーウェルの言葉は、彼がイートン校に行く前に短いあいだそこで過ごした思い出を反映しているのであろう。彼は「ウェリントン校をまったく好かなかった。この有名な陸軍学校の軍隊的精神はおぞましいと思った」(クリック『ジョージ・オーウェル』)。

(55) マイケル・レヴァーソン・マイヤー(一九二一~二〇〇〇)は作家、批評家、傑出した翻訳家、イプセンとストリンドベルィの伝記作者。彼はオーウェルがBBCにいた時に、「臆病な手紙」と自ら言った手紙をオーウェルに出し、友好的な返事を貰い（一九四三年四月十三日）、二人は友人になった。彼は一九四二年から四五年まで爆撃機軍団に勤務した。そして一九四七年から五〇年まで、スウェーデンのウプサラ大学で英文学講師を務めた。

(56) オーウェルの引っ越し荷物は二百五十ポンドの価値があると見積もられた。それを輸送する費用は（ピクフォーズ社への支払い、プラス鉄道輸送代、クレイグハウスまでの船便代、保険料）は百十四ポンド三シリング八ペンスだった。引っ越し荷物は、クレイグハウスからバーンヒルまで運ばれた。

(57) ブック・オヴ・ザ・マンス・クラブのための初版は四十三万部で、再版は十一万部だった。

(58) 「リリー・マルレーン」は、ドイツ軍兵士と連合国軍兵士のあいだで人気のあった歌。それは、ユーゴスラヴィアのドイツが管理していた放送局から偶然放送され、北アフリカにいた英国第八軍とロンメルの部隊の兵士が聞いて喜んだ。それは、兵士の恋人の帰りを待っている女を歌ったもので、英国はプロパガンダにそれを使った。そして、ハンフリー・ジェニングズの監督でプロパガンダ映画（題は歌と同じ）の題材になった。

(59) 「蟇蛙考」、一九四六年四月十二日。オーウェルの最良のエッセイの一つ。

(60) それは、軍隊用郵便の正しい額だった。郵便局は聖金曜日には閉まった。

(61) オーウェルの電話番号は、これまで再録されなかった。それは、CAN三七五一だった。

(62) ジョン・（パディー）・ドノヴァン（一九〇五〜）は第一次世界大戦に従軍した労働者で、スペインでオーウェルの同僚の一人だった。彼は、F・A・フランクフォードが『デイリー・ワーカー』でILPの部隊を非難したことに対するオーウェルの反論に、コットマンとほかの数人と一緒に署名した。オーウェルはのちに、ドノヴァンが失業した際、ハートフォードシャーの自分の菜園を耕す仕事を与えた。

(63) マージョリーは一九四六年五月三日に死亡した。オーウェルは彼女の葬式に参列した（『ジョージ・オーウェル日記』の四六年五月七日の項を参照のこと）。彼はのちに彼女の夫のハンフリーに手紙を書き、こう言った。「マージョリーの死について、実際、何も言えません。それがどういうものか、また、どういう風にあとで心の中に沈んでいくのかは承知しています」。彼女の子供たちは、のちにバーンヒルに滞在した。

(64) ミランダ・ウッド（当時はミランダ・クリステ

ン）は日本の占領地域で三年半過ごしたあと、一九四六年初めに極東から戻ってきた。彼女は法的には結婚によってドイツ国籍を持っていたが、離婚訴訟を起こし、それが長引いていた。一九四六年と一九四七年の夏のあいだオーウェルのロンドンのフラットに泊まった。彼女は、「ほんに、ほんに、この通り楽しかったよ」と、『一九八四年』の一部の原稿をタイプで打つ仕事を引き受けた。

(65) 銃を携行するには許可証が必要だった。たぶんオーウェルは、自分の銃に使う弾薬を手に入れようとしていたのだろう。

(66) ヘプンストールは一九四六年六月十一日の手紙で、オーウェルが十一月もしくは十二月のBBCの「架空の会話」シリーズに何か書こうと言ってくれたことを喜んでいると書いた。彼はジュラ島に七月十四日頃着くつもりだった。そして（厳しい配給制度のために）、食べ物でオーウェルを助けようとした。「少々質素でも僕はまったく気にしない」。彼は、オーウェルの健康状態がよくなっているのを願い、「筋骨逞しく」なっているのを見たいと言った。

(67) 一九二三年に多くの個々の鉄道会社が「グループ」に統合され、一九四七年十二月三十一日に鉄道が国有化された時（一九九〇年代に解体されるまで、英国国有鉄道だった）、四つの主要鉄道会社があり、ロンドン、ミッドランド&スコットランド鉄道は、その一つだった。

(68) バーンヒルまでの行程の指示は時によって違うが、以後、省略。

(69) アヴリルの甥で、ハンフリー・デイキンと妻のマージョリーの息子。

(70) ロビン・フレッチャーはかつてのイートン校の舎監。バーンヒルを含む、アードラッサの不動産を相続した。彼と妻（再婚してからはマーガレット・ネルソン）は相続した不動産の改良に取り掛かり、小作地を増やした。一九八四年、BBCの番組「アリーナ」のためにナイジェル・ウィリアムズが行ったネルソン夫人に対するインタヴューは、『オーウェルの思い出』に収められている。

(71) クレイグハウスはアードラッサの南約十六マイル、ジュラ島の南端から約三マイルのところにある。したがって、バーンヒルから南に直線距離にして約二十三マイルであるが、マーガレット・ネルソンはその距離を二十七マイルとしている（『オーウェルの思い出』）。オーウェルは、一軒の店、一台の電話があり、一人の医者のいるクレイグハウスを頼りにした。

(72) ヨークシャーのニダーデイルにある辺鄙な村で、

直線距離にしてリポンから西、約十四マイルのところにある。デイキン夫妻は、そこにコテージを持っていた。マージョリーはそれを「魔法のコテージ」と呼んだ（三八年十月三日付手紙の注（19）を参照のこと）。

（73）ポール・ポッツ（一九一一〜九〇）はカナダの詩人で、オーウェルの友人。彼の著書『ダンテはあなたをベアトリーチェと呼んだ』（一九六〇）の一章「自転車に乗ったドン・キホーテ」の一部が『オーウェルの思い出』に収録されているが、その中でポッツはオーウェルについて愛情を込めて語り、「私の人生の最も幸福な歳月は、彼の友達だった時期だった」と回想している。アヴリルは戦時中、金属工として働いたので「溶接」という言葉を使ったのかもしれない。

（74）サリー・マキューアンは子供を連れてバーンヒルに来た。彼女とアヴリルは、共にポール・ポッツを嫌った。彼は夜、不意に立ち去った。最初、それはアヴリルにそうするように言われたからか、サリー・マキューアンが手紙に書いた、彼を傷つけるような何かを、彼がたまたま見たからかと思われた。その話は、一九八四年にイアン・アンガスのインタヴューに応じたサリー・マキューアンとスーザン・ワトソンによって訂正された。サリー・マキューアンは、ポール・ポッツを傷つけるようなことを書いたものを、彼が読むかもしれないようなところに置いたことはないと、スーザン・ワトソンが証言した。ポッツが急に立ち去ったのは、まったく違う理由からだった。スーザン・ワトソンは火を熾すための新聞がなかったので、メモ用紙だと思った紙を使った。不運にも、それはポッツが書いていた何かの草稿だった。

（75）「by little and little」は「漸々《ようやく》に」つまり「徐々に」の意。「些事を蔑む者は、漸々に滅びるであろう」（聖書外典の「集会の書」第十九章第一節）。

（76）リースは当時エディンバラに住んでいて、絵を描いていた。彼はバーンヒルでオーウェルの寝室の絵を含む数点の油彩を描いた（現在それは、ユニヴァーシティー・コレッジ・オヴ・ロンドンのオーウェル・アーカイヴにある）。

（77）サー・エドウィン・ランドシーア（一八〇二〜一八七三）は、犬と鹿の絵で最もよく知られている。彼の〈谷間の王〔雄鹿のこと〕〉は、当時非常に高く評価された。今では、彼の絵は以前より人気があるが、オーウェルがそれに言及した頃は、さほど評価されていなかった。ロンドンのネルソン像の下にあるライオン像は、彼が彫刻したものである（一八六七）。オーウェルは『一九八四年』の中で、ウィンストンとジュリアがヴィクトリー・スクエアで会う際、それに言及している。

(78) シャルロは『カタロニア讃歌』の仏訳が印刷されるまで見届けた。

(79) オーウェルが挙げたこれらの変更は、『著作集』のためになされた。

(80) フランス語版(一九五五)は、『カタロニア讃歌』という題を、そのまま仏訳した。

(81) 仏訳されている『空気を求めて』は、『La fille de l'air〔逃亡〕』を指しているのかもしれない。

(82) 「政治対文学――『ガリヴァー旅行記』論考」、『ポレミック』第五号、一九四六年九月〜十月。

(83) オーウェルはまた、「いくらかのパンと、または、小麦粉」を持ってきてくれないかとリディアに頼んだ。パン用の穀物の不足は一九四六年のあいだに、さらにひどくなった(一つには、穀物はヨーロッパ大陸で餓えている者にとって必要だったからである)。パンの小麦含有量は一九四六年三月に減らされた。四月には、パン一個の大きさは二ポンドから一ポンド四分の三に減らされた――しかし、値段は下がらなかった。ビール醸造用の穀物は一五パーセント、カットされた。六月にはパンは配給制になった。戦時中、その必要がないことが立証されたにもかかわらず。『一九八四年』の初めのところで、ウィンストン・スミスは「黒っぽい色のパンの厚切れ」しか食べるものがないのに気づくが、それは翌朝の朝食に取って置かねばならなかった。草稿では、さらに詳しく書かれている。それは「厚さ三センチの、たった一枚の平らな厚切り」となっている。

(84) バーンヒルの修理ではなく、ウォリントンのザ・ストアーズの修理である。ディアマン氏は家主だった。キープは地元の建築業者であろう。

(85) この手紙のやりとりを巡るアン・ポパムの回想については、『オーウェル回想』を参照のこと。

(86) ルース・ベリズフォード。彼女はキャノンベリー・スクエアで、オーウェルのフラットのすぐ下のフラットを、アン・ポパムと共有していた。

(87) たぶん、『ポレミック』に載った「政治対文学」であろう。

(88) 「政治対文学」、『ポレミック』(シーリア・カーワンは同誌の編集助手を務めた)。

(89) ハンフリー・スレイター★は、当時『ポレミック』の編集長だった。

(90) オーウェルはフレドリック・ウォーバーグのために、スレイターの『異端者』の原稿を閲読し、報告書を書いた。

(91) ノーマン・コリンズについては、三六年三月十七日付の手紙の注（64）を参照のこと。

（92）　A・J・エイヤー（一九一〇～八九）は、ユニヴァーシティー・コレッジ・ロンドンの精神・論理哲学、グロート教授に任命されたところだった。

（93）　ウッドコックは、オーウェルの研究書『水晶の精神』の中で、この紅茶の贈り物について説明し、オーウェルが述べているジュラ島の生活について、こう書いている。「オーウェルが大の紅茶好きなのを知っていた、コーヒー党の妻と私は、配給分を溜め、時折彼にタイフー・ティップスの包みを送った。それを淹れると、彼の好んだ黒っぽくて濃い紅茶が出た。そうした包みの一つを受け取ったオーウェルは……ジュラ島での暮らしぶりを書いた手紙をくれた。その手紙は、彼がいつも人生の具体的な面に強い興味を抱いていたことを反映していた――とりわけ、田園生活と、その社会的意味に」。紅茶の配給量は一九四五年七月に週に二オンスから週に二オンス半に増やされたが、それでもわずかな量だった。とりわけ、オーウェルのように濃い紅茶を飲む者にとっては。オーウェルは紅茶を切望してはいたが、紅茶を貰ってまず考えたのは、刈り取り人と分け合うことだった。

（94）　一九四六年九月二十四日、レイナー・ヘプンストールの代わりに、ジューン・セリグマンはオーウェルの提案を特別番組ディレクターのロレンス・ギリアムに伝えた。ギリアムはそれをドラマ部に伝えた。彼のメモには、「申し訳ない――無理！」と注が付けてある。そしてその答えに、ヘプンストールの注意を惹くように印が付けてある。BBCの「子供の時間」に放送された「赤頭巾ちゃん」以外、オーウェルが言及している台本は、彼がインド向けに放送していた時に書かれたものだった。

（95）　オーウェルは一九四六年九月五日付のヘプンストール宛の手紙の中で、ポンテオ・ピラトとレーニンの架空会話を書くつもりがあることを記している――相手を「レーニンではなくJ・Cにすることは、まずできない」！

（96）　BBCの第三放送になったもの。現在のラジオ3。ロレンス・ブランダーはオーウェルがBBCで働いていた頃のインド情報部員で、一九五四年、次のように書いた。オーウェルは「インドの学生を対象にした、出来たばかりの第三放送にインスピレーションを吹き込んだ」（『ジョージ・オーウェル』）。

（97）　たぶん、シリル・コナリーであろう。オーウェルは一九四六年九月号の『ホライズン』に、「文筆業者の生活費」〔アンケートに対する答え〕を載せた。

（98）　コレッツ書店は共産主義関係の本を専門にして

いた。九〇年代初めには、「インターナショナル書店」、「チャイニーズ書店・ギャラリー」、ペンギン書店と共に依然として繁盛していたが、一九九五年のロンドンの電話帳には、もはやない。

(99) Socialist Book Centre〔社会主義ブック・センター〕。

(100) 『ジェイムズ・バーナムと経営者革命』。

(101) エドワード・ハルトン(一九〇六〜一九八八)は、勲爵士、一九五七)は、リベラルな考え方の雑誌発行人。当時、『ピクチャー・ポスト』の持ち主。

(102) ジョージ・ウッドコック「十九世紀のリベラル、ジョージ・オーウェル」、『ポリティックス』(一九四六年十二月)所収。このエッセイはウッドコックの『作家と政治』(一九四八)の第七章になった。

(103) ドワイト・マクドナルドは一九四六年九月十日、ジェイムズ・バーナムについてのオーウェルの小論に特に言及した手紙を書いた。マクドナルドはオーウェルの指摘が、一九四二年にバーナムの本の書評をした際の指摘に似ていると思った。またバーナムは、アメリカではもはや真剣に相手にされていないとも思った。彼はオーウェルに、なぜ『ポリティックス』にもはや書かないのか、また特に、なぜ『ニュー・リパブリック』に「政治と英語」を渡したのかと尋ねた。彼は『C・W・レヴュー』(一九四五年十一月)に載った、ケストラーの「ヨーガ行者と人民委員」のオーウェルの書評(「破滅的な漸進主義」)を、『ポリティックス』の九月号に再録することを申し出た。

(104) たぶん、「政治対文学――『ガリヴァー旅行記』論考」であろう。

(105) オーウェルは「気の向くままに」の第四十に対する反論(とりわけキングズリー・マーティンの反論)に言及していると思われる。彼はその中で、ワルシャワ蜂起と、新聞と知識人のそれに対する反応を論じた。『ニュー・ステーツマン・アンド・ネイション』の編集長マーティンは、「モスクワにへつらった」新聞にオーウェルが同紙を含めているのは正しくないと抗議した。

(106) 同じではなかった。イギリスの12はアメリカの12½。

(107) 『葉蘭をそよがせよ』。ウッドコックの小論は「十九世紀のリベラル、ジョージ・オーウェル」、『ポリティックス』、一九四六年十二月。

(108) ウッドコックの小論の要約については、「政治対文学」への編者の後記を参照のこと。

(109) ノルウェー語でのシリーズ化に加え、一九四六年十月、オスロのブラン書店から『Diktatoren〔独裁者〕』という題で廉価版が出版された。五千部から六千部という少部数が印刷され、販売された。ブラン書店を乗っ取った新しい経営者は同書の値段を下げた（一九四八年）。

（110）アムストゥッツ、ヘールデック社はチューリヒの書店で、一九四六年十月、『Farm der Tiere〔動物農場〕』を出版した。

（111）ハリソン、サン、ヒル会計事務所のハリソン。オーウェルは「戦時日記」の一九四〇年八月九日の項で、「税金については誰も愛国的ではない」と書いている。しかし当時、彼が労働に対する正当な報酬として稼いでいたものに対する税金は、基本的レベルで一ポンドにつき四五パーセントになったが、その後、一ポンドにつき九八パーセントにもなった。

（112）ムーアの事務所で付けられた注は、一九四六年十月二十九日に、最後の三点の本についての手紙がゴランツに送られたことを示している。

（113）左側の余白に、「三部」と書かれている。

（114）ウッドコックはこの小論に対するオーウェルの反応ぶりについて、彼のオーウェル研究『水晶の精神』（一九六七）の中で書いている。彼はオーウェルがまさに『ポリティックス』のこの号を買ったフリーダム書店で、オーウェルに出会った。彼は気掛かりだった。というのも、いくつかの点で彼の小論はオーウェルに対し、きわめて批判的だったからだ。彼は「ロンドンの文学仲間と悶着を起こした。彼らの作品に対し、さほど批判的ではないコメントをしただけのことで」。その晩、オーウェルは彼に電話をした。「自分はその小論が気に入った。それは、最初の作家研究としては作家の期待に添うよいものだと、オーウェルは言った」。ただオーウェルは、徴兵は戦時では避けられないが、戦後は終わりにしなければならない、なぜなら、個人の自由を侵害するから、と論じたことを政治的日和見主義だとウッドコックが非難にしたことに異を唱えた。「しかし、その場合さえ、彼の抗議は驚くほど穏やかなものだった。『僕にはそう論ずる理由がある』と彼は言ったが、説明はしなかった」

（115）イギリスのサイズ12＝アメリカのサイズ12½。その靴は小さ過ぎた。

（116）クロンシュタットはサンクトペテルブルクへの進入路を守る軍港で、フィンランドから数マイルのところにある。一七〇四年、ピョートル大帝によって建設された。『動物農場』の転換点は、一九二一年初めにそこで起こった事件に関連している。食糧不足と苛酷な体制が原因で、レニングラードにおいて一連のストライキが起こった。三月、ストライキ参加者はクロンシュタット軍港の水夫に支持された。それは、政府に対する革命の支持者によってばかりではなく、一九一七年の革命の成功に特に寄与した市と水兵によっても起こされた深刻な蜂起だった。トロツキーとミハイル・トゥハチェフスキー（一八九三～一九三七）は反乱を鎮圧したが、反乱者が蒙った損害は無駄ではなかった。その後間もなく、新経済政策が公表された。それは、改革の必要を認めたものだった。トゥハチェフスキーは一九三五年、ソ連邦の元帥になったが、二年後、スターリンによる粛清で処刑された。マクドナルドが『動物農場』の「転換点」の意味を捉え損ねたことが原因で、オーウェルは『動物農場』を脚色した際、その瞬間を強調したのだろう。彼は、その台本を一、二週間後に渡すことになっていた。彼は、次のような短いやりとりを加えた。

クローヴァー——林檎を専有するのはフェアだと考えるかい？
モリー——なんですって、林檎を全部独り占めにしてしまうの？
ミュリエル——あたしたちは何も貰えないの？
雌牛——平等に分けられると思っていたわ。

残念ながら、レイナー・ヘプンストールは、放送された時、この部分を削除した。

(117) イヴォンヌ・ダヴェは一九四六年九月六日にオーウェルに手紙を書き、『動物農場』の仏訳の最初に選んだ題名は『URSA——Union des Républiques Socialistes Animales〔動物社会主義共和国連邦〕』（ＵＲＳＡ、熊）だったが、変更されたと言った。「スターリン主義者を激怒させるのを避けるためですが、残念だと思っています」

(118) 四六年十月十五日付の手紙の（108）を参照のこと。

(119) ヘンリー・ウォレス（一八八八～一九六五）は、一九三三年から四一年まで米国農務長官、一九四一年から四五年まで副大統領。彼は非常にリベラルな考えを持っていたため、ハリー・S・トルーマンによって交替させられたが、ソヴィエト連邦に対するトルーマンの政策に反対したので辞めさせられるまで商務長官を務めた。一九四六年から四七年まで『ニュー・リパブリック』の編集長だった。一九四八年、大統領選挙に進歩党から立候補し、親ソ外交を主張した。百万票以上を獲得したが、選挙人団では一票も獲得しなかった。

(120) ケストラー夫妻はコーヒーのほうが好きだったので、配給の紅茶のいくらかを彼に回すことができた。

(121) マメーヌの夫、アーサー・ケストラーが一九四六年に出版した小説で、パレスチナにユダヤ人の独立国家を建設しようという、シオニストの苦闘を描いたもの。

(122)「気の向くままに」のコラムには、それを論じたものはない。

(123) 一九四七年一月二十四日、ヘプンストールはオーウェルに手紙を書き、『動物農場』の放送について考えを聞かせてくれと頼んだ。そしてヘプンストールは、BBCでの意見(彼はそれに賛成した)はこういうものだと言った。「長たらしいナレーションが多過ぎた——事実、脚色は省くべきところを思い切って省いてはいず、完全ではない」。また彼は、オーウェルが第三放送のために、例えば、「架空の会話」のようなほかのアイディアを持っているか、さらに、『動物農場』の台本がもっと欲しいか尋ねた。

(124) ヒュー・ゴードン・ポーティアス(一九〇六〜一九九三)は文学・美術批評家、支那学者。一九三三年、「詩は今季は長たらしくなり、かなり赤くなるだろう」と言って、「赤の代理人」としてオーデンを非難した(ヴァレンタイン・カニンガム『三〇年代の英国作家』、一九八八)。彼は広範囲に批評をしたが、特に三〇年代には『クライテリオン』で、六〇年代には『リスナー』でT・S・エリオットを批評した。

(125) ヘプンストールは一九四七年一月二十九日に返事を出した。彼はオーウェルに、「このナレーションという問題」について納得してもらいたがった。彼は、ナレーションは「多くの馬鹿げた小細工」に頼ってのみ省くことができるということに同意しなかった。ナレーションは「非常にはっきりとしたペースの変化」を含み、「ストレートな朗読および……劇的表現はうまくミックスしない」。彼は俳優にアドリブのギャグを飛ばすことを決して許さないと言った。また、お伽噺は、「赤頭巾ちゃんのように〈子供の時間〉に放送される」べきだと考えた。オーウェルがもっと凝ったものを考えているのでなければ。彼の妻は、オーウェルに「近いうちに夕食に来てもらう」ことを望んだ。彼は戦争が勃発してから初めてリチャード・リースに会い、リースがいかに年を取ってしまったかに触れている。この手紙の二頁目の行方はわかっていない。

(126) この申し出の詳細はわかっていない。ピーター・ホールが監督し、音楽と歌詞の付いたドラマ化された版は、一九八四年四月二十五日にナショナル・シアターで上演され、大成功を収めた。一九八五年、九都市を巡回した。

(127) ムーアは一九四七年二月二十七日にウォーバー

グに手紙を書き、この手紙の多くの部分を引用した。ムーアは、ゴランツがオーウェルの次の二つの小説の選択権を持っていることを改めて思い出させて手紙を結んでいる。「けれども、この件に関し、いくつかの取り決めができるかもしれません」。それは結局、同意された。

(128) マクドナルドは「リア、トルストイ、道化」からの抜粋を掲載しなかった。

(129) 大規模停電のせいで。

(130) ウォーバーグの事務所において、この文章の左側の余白に、次のような注が付けられた。「VGに会いに行くこと」

(131) 一九四六年十一月二十二日に著作権はオーウェルに戻された。というのは、合意によって定められた期間、同書が絶版になったままだったからである。

(132) やや誤解があるようである。シェフチェンコが翻訳を引き受けていた（訳書は、イヴァン・チェルニャティンツキイというペンネームで出た）。

(133) 実際にはその契約書は『葉蘭をそよがせよ』（一九三六年四月二十日に出版された）の「ために」結ばれたのではないが、それに言及していた。現存している草稿の契約書の第一項には、次のように書かれている。「EB〔エリック・ブレア〕はGに対し、『葉蘭をそよがせよ』のあと、英語で次の三点の〝新しい、書き下ろしの長篇小説〟を出版する占有権を認める」。当時スペインにいたオーウェルに代わり、アイリーンがそれに署名した。彼女はそうする権限を与えられていた。それ以後に出版された三点の本は、『ウィガン波止場への道』、『空気を求めて』、『鯨の腹の中で』だった。もちろん、二番目のものだけが小説だった。たぶん、オーウェルは『左翼の裏切り』に寄稿したことでゴランツに協力したと言うこともできたであろう。

(134) 政治的理由で断られた二点は、『カタロニア讃歌』と『動物農場』だった。『動物農場』が政治的理由で断られたのは疑いないが、ゴランツにも言い分があった。オーウェルがどう感じていようと、それは「長篇小説」とはとても言えなかった。契約書は「長篇小説」に特に言及していた。

(135) たぶん、『ライオンと一角獣』か『評論集』であろう。共にセッカー&ウォーバーグから出版された。

(136) C・D・ダーリントン「ロシアの科学における革命」、『ディスカヴァリー』第八巻（一九四七年二月）。

(137) オーウェルは大学生を対象にインドに放送するよう依頼した。テーマは次の通りである。「科学の将来」（一九四二年七月七日）、「インドと鋼鉄時代」（一九四二年七月十日)、「植物または動物の品種改良」(一九四三年七月二十二日)。

(138) ベイカーは、オーウェルが聞いたPEN大会での講演で、科学を政府が統制することに対する異議を繰り返した。とりわけトロフィーム・デニーソヴィチ・ルイセンコ★を対象にして。「よい例は、ルイセンコという人物をソ連邦のアカデミー会員にし、ソヴィエト農業科学アカデミー総裁にしたことであります」。ベイカーは、ルイセンコが西欧の遺伝学を否定し、ソヴィエトの研究者は彼の考えを採用すべきだと執ように主張したことを説明してから、次のように結論付けた。「ルイセンコの場合は、全体主義体制のもとで科学が堕落していく、生々しい実例です」(ジョン・ベイカー「科学、文化、自由」。ハーマン・オウルド編『表現の自由——シンポジウム』(一九四五)所収。オーウェルは一九四五年十月十二日、同書を書評した。ソヴィエトが作家を迫害していることに一部の科学者が無批判である事実に関するオーウェルの考えについては、「文学の禁圧」の最後から三つ目の節をも参照のこと。

(139) C・D・ダーリントンおよびS・C・ハーランド、「ニコライ・イヴァノヴィチ・ヴァヴィロフ、一八八五〜一九四二」、『ネイチャー』一五六(一九四五)。

(140) National Council for Civil Liberties〔「市民的自由のための国民会議」〕。

(141) ゴランツの寛大な措置とは、オーウェルの次の二つの小説を出版する権利を放棄するというものだった——実際には『一九八四年』を出版する権利を。

(142) ジャネット・ウリー(今はパーラーデ)は、『ホライゾン』と『ポレミック』を出していた者たちの友人だった。彼女は前の夫ハンフリー・スレイター★を通してオーウェルに会ったのかもしれないが、シリル・コナリー★を通して会ったと考えたほうがよいようである。その頃、ケネス・シンクレア=ルーティットと同棲していた彼女は、平型捺印証書によって名前をシンクレア=ルーティットに変えた。彼らの娘、当時四歳に近かったニコレットが、この手紙で言及されている子供である。ソニア・ブラウネルはオーウェルに対し、ニコレットは幼いリチャードにとって同い年の適当な仲間になるだろうと言ったので、オーウェルは招いたのだが、結局ジェネッタとニコレットはジュラ島には行かなかった。ケネス・シンクレア=ルーティットもオーウェルを知っていた。彼は、スペイン内戦中、医師として国際旅団に加わり、スペインで初めてオーウェルに会った。

(143) ヘンリー・ウォレスについては、四六年十二月五日付の手紙の注（119）を参照のこと。

（144）ジョン・リード『世界をゆるがした十日間』。リード（一八八七〜一九二〇）はアメリカに共産党を設立するのに関わった。発疹チフスで死に、クレムリンの壁に埋葬された。

（145）シドニー・ジェイムズ・ウェッブ（一八五九〜一九四七）、およびベアトリス・ウェッブ（一八五八〜一九四三）、『ソヴィエト共産主義――新しい文明？』（二巻、ロンドン、一九三五年。ニューヨーク、一九三六年）。一九三七年に再刊されたが、疑問符は付いていない。一九四一年、ベアトリス・ウェッブの新しい序文が付いて再刊された。

（146）マイケル・ポラーニ（一八九一〜一九七六）『自由の蔑視――ロシアの実験と、その後』（一九四〇）。それには、彼の「ソヴィエト経済――事実と理論」（一九三五）、「真実とプロパガンダ」（一九三六）、「集産主義の計画」が収められている。

（147）マルコム・マガリッジ（一九〇三〜九〇）は著述家、ジャーナリスト。一九三〇年、カイロのエジプト大学講師を三年務めたのち、『マンチェスター・ガーディアン』に入り、一九三二年から三三年までモスクワ特派員になった（彼の『モスクワの冬』〔一九三四〕を参照のこと）。その後、『カルカッタ・ステーツマン』で働き、一九三五年から三六年まで『イヴニング・ニュース』で働いた。戦時中は軍務に服し（情報部少佐）、その後、一九四六年から四七年まで『デイリー・テレグラフ』のワシントン特派員、一九五〇年から五二年まで同紙の副編集長を務めた。一九五二年から五七年まで『パンチ』の編集長を務めた。彼の『三〇年代』（一九四〇）は、その十年間の有益な記述である。ソニア・オーウェルはオーウェルの伝記を書くよう彼に依頼した。彼は同意したが、結局書かなかった。この手紙の「僕の知っているベアトリス・ウェッブの甥」から「密かに彼女が認めたと話した」までは「オフレコ」だと、オーウェルは余白に記している。

（148）ナジェージダ・クループスカヤ（一八六九〜一九三九）はレーニンの妻で、彼の革命運動に積極的に加わった。オーウェルは彼女の『レーニンの思い出』を一度ならず引用している。アンジェリカ・バラバーノフ（一八七九〜一九六五）はムッソリーニと一緒に『アヴァンティ』〔イタリア社会党の機関紙〕を編集し、ロシア革命のあいだ、レーニンとトロツキーと一緒に活動した。そして、第三インターナショナルの初代の書記になった。彼女の回想録は一九三七年に出版された。

（149）ヤン・ヴァルチン（リヒャルト・クレプスの偽名、一九〇四〜一九五一）、『夜を逃れて』（ニューヨーク、一九四〇、ロンドン、トロント、一九四一)。彼はのちに太平洋で米軍の従軍記者になった。ヴァルテル・クリヴィツキー(一九四一年没)『スターリンの諜報部』(ニューヨーク、一九三九、『私はスターリンのスパイだった』、ロンドン、一九六三)。彼はNKVDの西欧課の課長だったが亡命した。

(150) ヴィクトル・クラフチェンコ(一九〇五～一九六六)『私は自由を選んだ――あるソヴィエトの役人の個人的、政治的人生』(ニューヨーク、一九四六、ロンドン、一九四七)。スペイン内戦中、クラフチェンコはドミトリー・パヴロフ将軍(一九四一年、スターリンの命令で銃殺された)の副官として活動した。

(151) アントン・ツィリガ(一八九八～一九九一)はユーゴスラヴィア共産党の創設者。彼の『ロシアの謎』は一九四〇年、英語で出版された(フランス語版は一九三八年、パリで出版された)。それは、もっぱら一九二八年から一九三二年にかけてのロシアの経済政策と、ロシアの刑務所に関するものである。オーウェルは彼の『クロンシタットの反乱』(パリ、一九三八、ロンドン、一九四二)を、「主にトロツキーを攻撃した、無政府主義者の小冊子」と評した。

(152) 筆者匿名『月の暗い側』(ロンドン、一九四六。ニューヨーク、一九四七)は、ソヴィエト＝ポーランド関係を扱ったもの。その本のイギリスの出版社、フェイバー＆フェイバーの重役T・S・エリオットが序文を書いた。

(153) アダ・ハルペルン『解放――ロシア流』(一九四五)。同書は戦時中には出版されなかった。

(154) 言及されている青書は、カナダ王立委員会が一九四六年と一九四七年に、カナダにおけるソヴィエトの諜報活動を捜査したことを報じている。同委員会は、スパイ組織がソヴィエトの大使館付き陸軍武官、ザボーチン大佐によって作られたことを発見した。禁固刑に処された者の中に、フレッド・ローズがいた。彼は唯一のカナダ共産党の議員だった。

(155) 余白に手書きの注がある(ウォーバーグの手か)――「ほんに、ほんに、この通り楽しかったよ」。このエッセイがいつ書かれたのか、「商売のタイピスト」はどういうものだったのかについては、このエッセイの私の頭注を参照のこと(『全集』第十九巻)。シリル・コナリーの『希望の敵』は一九三八年に出版された。ウォーバーグは六月六日にオーウェルに宛てた手紙に、次のように書いた。「君の進学予備校についての自伝的スケッチを読んだ。ロジャーに渡した」。

(156) フレドリック・ウォーバーグの二番目の妻パメラ、旧姓ド・バイウー(二人は一九三三年に結婚した)。およびロジャー・センハウス。

(157) 彼はムーアに手紙を書いた時には知らなかったのだが、『英国人』は一九四七年八月に出版されることになった。コリンズ社は著者にそのことを知らせなかった。

(158) W・J・ターナー(一八八九~一九四六)は詩人、小説家、音楽批評家で、様々な出版とジャーナリズムの仕事をした。その一つがコリンズ社のために図説英国叢書の編集主幹になることだった。

(159) エドマンド・チャールズ・ブランデン(一八九六~一九七四)は詩人、批評家、教師。

(160) オーウェルと妻は、一九四四年七月十四日に空襲で家から追い出された。

(161) ウォリントンのザ・ストアーズ。オーウェルは一九三六年四月二日にそこに移り、一九四〇年までそこに住んだ。その後は滅多に使わなかったようである(一九四〇年と一九四一年に、数日間ずつ頻繁に使い、一九四二年には一般公休日の週末に使ったようである)。

(162) リディア・ジャクソンは一九四八年三月二十六日から四月二日までバーンヒルを訪れた。彼女は、「ほんに、ほんに、この通り楽しかったよ」の最終稿を、そこに滞在中にタイプし直したのかもしれない。

(163) たぶん、十月に出版された『動物農場』の仏訳の校正刷りであろう。

(164) それは「Freedom Defence Committee〔自由擁護委員会〕Bulletin,5」(一九四七年七月~八月)だった。その公報は、ナン・メイの刑期を短縮させ、「早期釈放」を実現するためにとられた行動の概略を載せている。アラン・ナン・メイ(一九一一~二〇〇三)は、ソヴィエトのためにスパイをしていた廉で有罪になった。コナー・クルーズ・オブライエンは二〇〇三年二月十日付の『デイリー・テレグラフ』で、メイはソヴィエト連邦を助けるのが自分の「道徳的義務」だと思った人物として弁護した。メイはオブライエンに、釈放されたあと、かつての共産主義者の同僚たちは、彼が有罪を認めたために、彼を除け者にしたと語った。自分は「無罪を主張し、その結果、ソヴィエト連邦に、英国政府が彼を〝罠にかけた〟と言わせるようにすべきだった」、それは「教訓的な経験」だったと、ナン・メイは言った。

(165) カナダ政府によって発行された(四七年四月十五日付の、ドワイト・マクドナルド宛のオーウェルの手紙の注(154)を参照のこと)。

(166) たぶん、ジュラ島の北西の端にある、グレントロスデールに隣接する湾であろう。地図では、それは岬が湾と湾を分けているのでWに見える。エラン・モルは、Wの中央の先端の向かい側にある。

（167）オーウェルたちは、少なくとも三マイル、田舎の悪路を歩くことになった。

（168）オーウェルは一九四七年十一月十二日に、ロンドンNW1、クラウンデール・ロードの労働者コレッジで講演をすることになっていた。しかし、ジュラ島から出られないほど体の具合が悪くなったので、講演はできなかった。

（169）ハロルド・ラスキ（一八九三〜一九五〇）は政治理論家、マルクス主義者、著述家、ジャーナリストで、一九二〇年からロンドン・スクール・オヴ・エコノミックスと関係を持ち、一九二六年からロンドン大学の政治学教授になり、一九二二年と一九三六年にフェビアン協会の理事になり、一九三六年から四九年まで労働党の執行委員を務めた。オーウェルはラスキに対して批判的だったけれども、ラスキが名誉毀損の裁判で負けたあと、彼の支援を訴えた。『気の向くままに』の一九四六年十二月二十七日の項を参照のこと。

（170）ビル・ダン（一九二一〜九二）は陸軍将校だったが、片脚を失ってから傷病兵として兵役を免除された。一九四七年にジュラ島に来て、のちのサー・リチャード・リースと組み、バーンヒルを耕した。彼は一九五一年、オーウェルの妹のアヴリルと結婚した。『思い出のオーウェル』と『オーウェル回想』を参照のこと。リチャード・ブレアは、『エリックと私たち』のウェブサイト（www.finlay-publisher.com）に、アヴリルとビル・ダンについて非常に興味深い思い出の記を寄せている。

（171）オーウェルが希望をはっきりと述べたにもかかわらず、校正刷りと著作集には、三つのセミコロンが入っている。オーウェルがそれを見過ごしたのか（それは、彼が使いたかったコンマより、文章を読みやすくした）、あるいは彼の指示が無視されたのかはわかっていない。

（172）その時、ウォーバーグは初めてアメリカに行っていた（その後、合計十数回行った）。オーウェルは一九四七年九月一日に彼に手紙を書き、時間があったら靴を一足買ってくれと頼んだ。

（173）ポウエルは一九四八年に『ジョン・オーブリーとその友人たち』を出し、一九四九年に『ジョン・オーブリーの名士小伝その他の選集』を出した。

（174）たぶん、ペルシャ語版のことを言っているのであろう。それは中央広報局によって取り決められ、一九四七年、アリ・ハイヴァーナート・ジャヴァーヘルカーラームによって翻訳された。

(175) アイヴァー・ブラウンは十二月二十七日にオーウェルに手紙を書き、オーウェルが病気だと聞いて気の毒だと言い、書評用の「哀れなほど小さな」スペースを作ろうと申し出た。彼はまた、テーマがふさわしければ、社説のページに小論を書いたらどうかとも提案した。

(176) 何も省略されていない。

(177) 「ツベルクリン検査をした」の意。

ヘヤマイアーズ病院とジュラ島

一九四八年

一九四七年十一月、『オブザーヴァー』のニュース部門編集長フレデリック・トムリンソンは、東アフリカで惨憺たる結果になるピーナッツ計画〔タンザニアに六年間で三百五十万エーカーの土地を開墾してピーナッツを植えるという計画。土壌その他の悪条件で失敗〕の成り行きと、南アフリカの選挙を取材する三ヵ月の仕事を引き受ける気はないかとオーウェルに訊いた。オーウェルはその仕事に魅力を感じたが、年末にはひどく体の具合が悪くなったので、その申し出を断らざるを得なかった。そして、グラスゴー近くの東キルブライドにあるヘヤマイアーズ病院に入院しなければならなかった。彼はそこに七月末近くまでいてから、バーンヒルに戻れた。彼はデイヴィッド・アスターを通し、ストレプトマイシン（当時の新薬）を入手することができた。最初は効き目があったものの、オーウェルはそれに対するアレルギーがあることがわかった。それにもかかわらず、彼の健康状態は五月には回復し、少しずつ元気になった。そして、「ほんに、ほんに、この通り楽しかったよ」は、最終的な修正に時間とエネルギーを集中的に使うほど重要なものだと考えた。そのエッセイは名誉毀損の訴えを起こされるおそれがあるので、何年も発表できないのを知ってはいたが。また、『一九八四年』の二つ目の草稿を書き始めた。その間、数篇のエッセイを書いたが、それには彼が非常に崇敬していたジョージ・ギッシングに関するエッセイが含まれていた。それは『ポリティックス・アンド・レターズ』に載せる予定だったが、同誌はそのエッセイが載る前に潰れた。そのエッセイは、オーウェルの死後十年経ってから、やっと『ロンドン・マガジン』に掲載された。

オーウェルは入院中、バーンヒルとリチャードに思いを馳せた。彼は息子と接触することが、自分の結核を移すことになるのを極度に恐れた。彼の手紙から、彼がリチャードの成長ぶりを仔細に追っていたことが、はっきりとわかる。また、バーンヒルでのクリスマスのことも書いていて、クリスマスの前に家を出たので、自分が興を殺ぐ者にならなかったことを喜び、病院でのクリスマスの陽気さは必然的に虚しいと書いている。彼は痛みを伴う治療を受け、それを恐れはしたが、決して不平を言わなかった。「私たちは皆、彼がいかに自制心に富んでいるかに気づいた」と、外科医の一人は言っている。

彼はまったくの病人であったが、バーンヒルでの最後の数ヵ月を楽しむことができた。しかし、ほんの少しでも体を使うことができないほど弱っていた――『一九八四年』を孜々として書くのは別にして。十一月初めに最終草稿を書き上げ、ファクシミリでわかるように、大幅に変更され、重ね書きされている原稿を清書してくれるタイピストがバーンヒルに来てくれることを望んだ。しかし、遥々《はるばる》やって来てくれるタイピストは見つからず、オーウェルは最終原稿をタイプするという苦しみに耐えた（手動タイプライターでカーボンコピーを作り修正するというのは、きわめて難しい仕事だった）。多くの時間、彼はベッドでタイプした。十二月四日までには最終コピーは完成し、彼はそれを自分の著作権代理人、レナード・ムーアに郵送した。ウォーバーグに送ってもらうためと、アメリカで出すことを考えてもらうためである。彼はその頃には事実非常に体が弱っていたが、センハウスが提案した、その本の袖広告の文句に苦情が言えないほど弱ってはいなかった。それは、センハウスが提案したらしい、「恋物語の混ざったスリラー」などではなかったのである。その年が終わる頃、彼は私立のサナトリウムに入る手筈を整えた。そして、やはり重要な意味のあることだったが、イズリントンのキャノンベリー・スクエアのフラットの賃貸契約を解約した。

母宛のオーウェルの手紙(1912 年 12 月 1 日付)より

グウェン・オショーネシー★宛

一九四八年一月一日
東キルブライド
ヘヤマイアーズ病院

親愛なるグウェン

僕がどんな具合だったか、君は知りたいだろうと思った。ディック氏★が僕の病状について一報したと思う。彼は僕に聴診器を当てるや否や、左肺にかなり広い空洞があり、もう一方の肺の一番上に、ほかとは違う小さな部分があると言った――それは、以前に罹った結核の痕だと思う。X線で確かめると彼は言っている。僕はここに二週間近くいるが、僕の受けている治療は、左の肺の活動を、どうやら半年ほど止めるというものだ。そうすれば、治るチャンスが増えるらしい(1)。医者たちは、まず横隔膜の神経を砕いた。それは肺を拡張し収縮させるものだと思う。それから空気を横隔膜にポンプで送り込んだ。それは、肺を違った位置に押しやり、自動的に起こるある種の運動から遠ざけるためだと思う。僕は数日置きに空気を横隔膜に「再注入」しなければならないが、あとになると、週に一回かそれ以下に減ると思う。その他の点では、僕は実際相変らず重病人で、衰弱していて、ここに来て一ストーン半痩せたことがわかった。でもここに来て以来、前よりよくなったようで、これまでとは違って寝汗はかかず、もっと食欲が出てきた。ここでは大変な量の食事を食べさせる。今のところ、僕はベッドから出るのを許されていない。どうやら、余分な空気が体内に入っていることに慣れねばならないかららしい。ここは、とてもいい病院で、誰もが非常に親切だ。僕は個室にいるが、それがずっと続くのかどうかは、わからない。もちろん、ここ二、三ヵ月なんの仕事もしていないが、間もなく軽い仕事ならできるようになるかもしれない。少し書評をする手筈を整えている。

リチャードは、僕がここに来た時はすこぶる元気だった。自分の何が悪いのか、はっきりとわかって以来、彼を僕の部屋に入らせないようにしたが、もちろん、完全にはそうはできなかった。アヴリルは一月か二月にロンドンに買い物に行くが、その機会に、リチャードが大丈夫なのを確かめるため、すっかり検査してもらおうと思っている。僕らは君に警告されて以来、彼の飲む牛乳を沸かしているが、もちろん、時にはそれを忘れてしまう。僕は、結核の検査をした雌牛を一頭買うつもりだ。目下、物色中だ。ビル・ダンが家にいるので、動物の世話が楽になった。彼は僕らの雌牛の面倒を見ることで、賄いの一部を払っている。ということは、必要な時には僕らは出掛けられるということを意味する。リチャードはあまり結核のようには見えないが、確認したいのだ。バーンヒルでは至極楽しいクリスマスを過ごしたと思う。リチャードを含めて四人いた。コップスから買った一羽の素敵な鵞鳥がいた。僕はクリスマス前に家を離れ、興を殺ぐ者にならずに済んだので嬉しかった。僕はクリスマスカードも何も書かなかった。もう、新年の挨拶にさえ遅過ぎる。夏までには、ちょっとバーンヒルに帰れるくらいよくなっていることを望んでいる。君とお子さんも、また来るといい。たぶん今度は、ポニーに乗れると思う――今、一頭いるが、借りているに過ぎない。ここでは患者のために新年のパーティーが開かれる。ベッドはすべて一つの病棟に入れ、歌手と手品師が来る。君がクリスマスを楽しく過ごしたことを願っている。お子さんたちによろしく。

草々
ジョージ
［手書き］

ジュリアン・シモンズ★宛

一九四八年一月二日
東キルブライド
ヘヤマイアーズ病院

親愛なるジュリアン

　ペン〔ボールペン〕を送ってくれてありがとう。ご覧のように、僕は今、それを使っている。もちろん、バイロと同じくらい役に立つし、インクの色は、こっちのほうがいい。ほかのはちょうど駄目になりかかっているし、ベッドではインクが使えない。

　僕は少しずつよくなっていると思う。さほど死人じみてもいないし、前よりずっと食べている。ここでは、しょっちゅう僕に何かを食べさせている。体重が増えているのかどうかは、わからない。僕は治療の今の段階ではベッドから絶対に離れてはいけないからだ。医者たちは感染しているほうの肺の活動を止めた。空気を横隔膜にポンプで入れたのだ。僕はこれを数日置きにやっている。ここはとてもいい病院で、誰もが非常に親切だ。僕はここに来ることを、ロンドンの胸の専門家に勧められたのだ。そして、長旅を避けるためにのみ、ロンドンに行かずにここに来たのだ。あの状態ではここに来るのでさえあまり愉快ではなかったが、ほとんどの道程《みちのり》を車で来た。スコットランドは寒いに違いないと君が思い込んでいるのは妙だ。西側はイングランドより寒くはないし、島々は平均してイングランドより暖かいのは確かだと思う。たぶん、夏はそれほど暑くはないだろうが。僕は退院できるくらいよくなっても、ポンプで空気を送り込むということを続けざるを得ないだろうから、グラスゴーかロンドンに数ヵ月滞在し、可能な時にジュラにちょっと行ってくるつもりだ。僕はそこでのあれこれを、かなりうまく案配した。僕と妹は家を借りた。そして、戦争で片足を失い、僕らと一緒に農耕生活をし、小作地を耕す若者が同居している。もう一人の友人が一種のスリーピング・パートナー(2)〔実際の業務には携わらないパートナー〕となって小作地の資金手当をしてくれ、農繁期には助けに来てくれる。そういう訳で、農家に住み、土地に誰も入らせないことに疚しさを感じない。そして同時に、動物は僕らの留守に世話をしてもらうので、いつでも家を空けることができる。僕は一頭か二頭、雌牛を飼うつもりだ。僕はリチャードがこの病気に罹るのを恐れているし、一番安全なのはT・Tの雌牛を飼うことだからだ。また、妹がロンドンに行った際、彼を徹底的に診てもらうつもりだ。もちろん、僕の何が悪いのかがはっきりして以来僕から遠ざけてはいたが、彼が感染に晒されていたのは確実だ。彼は素晴らしい体格をしているので、それを台無しにさせたくない。

書評について。僕は『ME［マンチェスター・イヴニング］ニュース』に戻る考えはない。僕はただ、『オブザーヴァー』のために二週間に一度、書評をする手筈を整えているだけだ。そして、ほかの新聞のために二週間に一度書評する話を決めようと思っている。今では、一週間に一度、短いものが書けるだろうから。ということは、僕がよくなっている証拠だと思う。数週間前には、そんなことは考えられなかっただろう。僕は、なんであれ本格的な仕事はできない――気分がよい時でさえ、ベッドでは絶対できない。出来かけの小説を君に見せる訳にはいかない。僕は、そうしたものは誰にも決して見せない。雑然としているだけで、最終の草稿とはあまり関係がない。僕はいつも言うのだが、本は完成するまでは存在しない。君が兄さんの伝記を書き上げたのを喜んでいる(3)。昨今では、本を書き上げるのに途轍もない努力を要する。

『トリビューン』については同感だ。シオニズムを強調し過ぎていることに責任のあるのは、おそらくキムチ(4)ではなくファイヴェル★だろう。彼らは労働党が政権を取った時、自分たちは政府の機関だと率直に名乗ったほうがよかっただろう。なぜなら、a、すべての大きな問題において彼らは政府と同意見だったから、b、労働党は完全に忠実な週刊紙を持っていず、事実、新聞に関する限りは受け身だったから。同紙の悪霊はクロスマン(5)だったと思う。彼はフットとファイヴェルを通して同紙に影響を与えている。クロスマンとその仲間の連中は、その時の状況では失敗せざるを得なかった外交政策に抗議する好機だと考えた。そこで『トリビューン』は、例えば徴兵のような大きな問題が起こるたびに政府側を非難する立場に立つ。そして同時に、ギリシャ等の問題について抗議することによって、ひどく左に見せようとしている。僕は実際、ジリアーカス(6)たちのほうが好きだ。なぜかと言えば、結局のところ彼らは、まさしく政策を持っているからだ。つまり、ロシアに対する宥和政策を。僕はそのことについて『トリビューン』に宛て公開状を書き始めたのだが、書き終える前に病気になってしまった。食糧と自国防衛の面でアメリカに頼っていながらアメリカを絶えず攻撃することによって、左の連中におべっかを使う、あの詐術を、僕は殊のほか憎む。僕はアメリカの大学生から、なんで『トリビューン』はあんな無知なやり方でUSAを常に攻撃するのか、と手紙で質問さえされた。

そう、この手紙はだいぶ長くなってしまった。ペンを送ってくれたことに、再び感謝する。包むのに適当な紙が見つかったら、そのうち僕の古いバイロを送るので、インクを補充してもらえないだろうか。奥さんに、くれぐれもよろしく。

草々
ジョージ
［手書き］

ジョージ・ウッドコック★宛

一九四八年一月四日
東キルブライド
ヘヤマイアーズ病院

親愛なるジョージ

結局ロンドンにはいかないだろうという手紙を書こうと、ここしばらく思っていた。恐れていた通り、左の肺が重い結核なのだ。入院してから、まだ二週間ほどだが、家では二ヵ月ほど臥せっていた。もうしばらくここにいることになりそうだ。というのも、肺の活動を止める治療は時間がかかるのだ。それにともかく、僕はすっかり衰弱しているので、あとふた月ほどはベッドから出られないだろう。けれども医者は、ちゃんと治せる自信があるようだ。ここに来てからは、そうひどく加減が悪いようには感じていない。大変いい病院で、誰もが非常に親切にしてくれる。運がよければ夏には退院できるかもしれない。今度の冬は、どこか暖かいところの特派員の仕事を探してみようと思う。僕は以前、この病気にかかったことがあるのだが、これほどひどくはなかった。再発したのは去年の冬の寒さのせいなのは、まず間違いない。[7]

F・D・C[8]がモーズリーとその仲間を法喪失者にせよという、ああした絶えない要求に対して何かをすることを僕は望む。『トリビューン』の態度は恥ずべきもので、先週、ジリアーカスがファシストに関する法律を制定し、第二級市民を創れという要求をした際、誰もそれに答えなかったようだ。こうしたことは、反撃できない者を迫害したいという、見え透いた願望に過ぎない。明らかにモーズリーたちはまったく重要な存在ではなく、実際に大衆を従わせることなどできない。それはパンフレットの必要なケースだと思う。それが書けるくらい自分が元気ならいいのだがと願うのみだ。人が甘受しなければならない主要なものは、抑圧的立法を提唱する者が常にする、「民主主義を崩壊させるために民主主義を使わせることはできない――自由を破壊するためにのみ自由を使う者に自由を認めることはできない」という議論だ。それはもちろん正しい。ファシストも共産主義者も、民主主義を破壊するために民主主義を利用することを狙っている。しかし、このことを突き詰めると、いかなる政治的、知的自由も認めることができなくなる。したがって、明らかにそれは、民主主義に対する実際の脅威なのか、単なる理論的脅威なのかを区別するという問題だ。いかに反社会的であれ、自分の意見を表明したがゆえに迫害されてはならないし、いかなる政治団体も弾圧されてはならない。国家の安定に対する実際の脅威があることが証明されない限り。とにかく、それが僕の言いたい一番重要な点だ。もちろん、ほかにもたくさんあるが。

この二、三ヵ月、なんの仕事もしなかった。ここでは、たとえ気分がよくても本格的な仕事はできなかったが、間もなく、臨時の書評を始めるつもりだ。それはできそうだし、いくらか金を稼いでも悪くないからだ。リチャードは、僕がここに来た時は元気旺盛だったが、徹底的に診てもらおうと思っている。もちろん、感染に晒されていたので。インジによろしく。

草々

ジョージ

[手書き]

ヘルムート・クレーゼ宛

一九四八年一月十二日
東キルブライド
ヘヤマイアーズ病院

親愛なるクレーゼ[9]

君が送ってくれた林檎と、トラクターについての長い助言の手紙に、もっと早く礼状を出さなかったのは恥ずかしい。しかし、君も知っていると思うが、僕はこの三ヵ月ほど、ひどく体の具合が悪かったのだ。左の肺の結核だ。僕は数週間前にこの病院に連れてこられた。前よりはっきりとよい気分になったと言えるのは嬉しい。もちろん、僕は恐ろしいほど衰弱していて、体重がひどく減ったが、最初とは違い、年中吐き気がし目眩《めまい》がすることはなくなった。食欲も少し戻ってきた。僕は長期間治療を受けることになると思う。治癒は緩慢だからだ。肺を働かせずに治すよう、悪いほうの肺の活動を止めるのだ。けれども医者たちは、僕を治せると自信をもって言っている。また、この病気は、僕の齢では若い頃と違ってそう危険ではないとも言っている。もちろん、この数ヵ月、まったくなんの仕事もしていないが、間もなく、ちょっとした書評を始めるつもりだ。

君は手紙で、BMBが一番いい軽トラクターだと思うと書いていた。けれども、そうしたトラクターを扱う会社からすべての仕様書を貰って調べた結果、君が最初に話してくれたアイアン・ホースに最終的に決めた。写真を見ると、それはほかのよりもう少し頑丈に出来ているようだ。それは、ジュラのような場所では有利だろう。また、君はそれに馬に引かせる農具を繋ぐことができる。それは大いに助かる。干し草や、さらにはオート麦を刈るのにも使えるからだ。また、ジャガイモ、肥料等を運ぶのに役立つ五ハンドレッドウェイト〔一ハンドレッドウェイトは約五十キロ〕のトレーラーが付いている。僕は丸鋸を買うつもりなのだが、当節、刃を手に入れるのは不可能に近いと思う。僕は君の忠告に従い、トラクターで発電機を動かすのはやめようと思う。実際、灯油ランプで家の中を十分明るくすることができる。僕らは非常に強力で灯油をあまり使わないティリー白熱灯を使っている。

きのう、カール(10)とデイヴィッド・アスター★がここに見舞いに来て、山のように食べ物を持ってきてくれた。長くて不便な旅をしてやって来てくれたのは、まことに親切な話だ。天候はなんとも嫌なものに変わり、雪と霧が代わり番こで、ベッドの中にいるのが大変嬉しくなる。僕がここに来る前は、ジュラの天候は素晴らしく、雪にまばゆい陽光が当たり、海は地中海のように青くて滑らかだった。そこの平均的な冬の気温はごく穏やかで、草はクリスマス頃まで青々としていた。黒綿羊は、冬のあいだ中、餌も貰わずに外にいるし、ハイランド牛は餌を与えなくとも冬を過ごすことができる。もちろん、餌をやったほうがよいが。

僕の小さな息子は今三歳半で、図体が大きくなりつつある。僕らは、彼に僕の病気が絶対に移らないよう、無病保証の雌牛を一頭飼うつもりだ。いつかまた、君に会えることを願っている。

草々

ジョージ・オーウェル

［手書き］

シーリア・カーワン★宛

一九四八年一月二十日
東キルブライド
ヘヤマイアーズ病院

最愛のシーリア

君の素敵な長い手紙を貰って、なんと嬉しいことだろう。僕は家でふた月ほど病気だったあと、ここに来てからひと月ほど経つ。僕のどこが悪いか、君に話したと思う。結核なのだ。もちろん、それは遅かれ早かれ罹るに決まっていた病気だ。実は以前にも罹っていたのだ。さほどひどくはなかったが。けれども、非常に深刻なものではないと思う。僕は徐々によくなっているようだ。ひと月前ほどは死人のようには感じない。今ではかなりたくさん食べるので、二ストーン近く痩せたあと、徐々に体重が増え始めている。今日、X線で調べたあと、はっきりと快方に向かっているのがわかると、医者は言った。しかし、僕はここに長くいることになりそうだ。治療がゆっくりとしたものだから。そして、ふた月ほどはベッドから出るほどよくはならないだろう。リチャードはすこぶる元気で、非常に大きくなった。もちろん、アヴリルがもうすぐ彼をロンドンに連れて行く時、彼を徹底的に診てもらうつもりだ。でも、見かけでは、この病気に感染したとは思われない。僕はクリスマス直前に家を離れられて、とても嬉しかった。みんなのあいだで興を殺ぐ者にならずに済んだからだ。バーンヒルには人が四人、立派に肥えた鵞鳥が一羽いて、飲み物がふんだんにあった。だから、みんなは至極楽しいクリスマスを過ごしたと思う。去年のクリスマスは病院で迎えた二度目のクリスマスだった[11]。「パーティー」が開かれるので、いつもかなり悲惨なクリスマスだ——すべてのベッドが一つの病棟に移され、コンサートが開かれ、クリスマスツリーが飾られる。ここは大変いい病院で、誰もが非常に親切にしてくれる。僕は個室にいる。ごく少しだけ仕事を始めようかと思っている。三ヵ月何もしなかったあとで、時々書評をするのだ。

そう、ドゥー・マゴ[12]は覚えている。僕は一九二八年に、そこでジェイムズ・ジョイスを見たと思うが、確かなことは言えない。というのも、ジョイスの容貌はあまり際立っていなかったからだ。また、僕はそこにカミュに会いにも行った。一緒に昼食をとることになっていたのだが、彼は病気になり、来なかった。パリは僕が一九四五年の初めにいた頃より少し明るくなったと思う。当時は、言葉では表わせないほどひどく陰気で、もちろん、食べ物や飲み物はほとんど手に入らず、誰もがなんとも惨めな格好をし、青白かった。しかし今、パリは昔のようだとは信じられない。君が若すぎで「二〇年代」のパリをが見られなかったというのは幸いだ。そのあとは、いつも亡霊じみていた。戦前でさえも。僕はいつまたフランスを見ることができるのか、わからない。目下、この通貨規制[13]で人は旅行ができないが、もし僕の本の一冊が当たれば、フランのいくらかをフランスに置いておこうと思う。フランスに行った時に使えるように。予想どおりに、その頃までに治れば、暖かい場所で冬が過ごせるように、通信員の仕事をなんとか手に入れようと思う。一九四六年から七年までのロンドンの冬は、実際、少々堪らなかった。僕がこんな羽目になったのも、おそらくそのせいだと思う。ジュラでは、事態はロンドンより少しいい。それほど寒くはなく、もっと石炭が手に入るからだ。でも、本土に行けない時に治療の必要が生じると、いささか具合が悪い。去年の初め、腕を脱臼し、小さなモーターボートで医者のところに行く途中、危うく溺死するところだった。イーネズ「ホールデン★」は僕らのその後の冒険を誇張しているけれども、コリヴレカンの有名な渦巻きの中で、非常に嫌な事故に遭ったのだ（その渦巻きは、『自分の行く所はわかっている』という映画に登場する）。溺死しなかったのは運がよかった。恐ろしいのは、リチャードを連れていたことだ。けれども彼は、僕らが海中にいた時を除き、終始楽しんだ。ジュラは彼にとっていい環境なのだが、ほかの子供に会わないので、依然として話すのがひどく遅れている。それ以外の点では彼はごく進取的で、元気旺盛で、一日中畑で何かやっている。車の心配もなく彼を歩き回らせることができるのは、いいことだ。時間があったら、また手紙をくれないか。僕は手紙を貰うのが好きだ。

多くの愛を込めて

ジョージ

［手書き］

ユージーン・レイナル宛

一九四八年一月二十八日
東キルブライド
ヘヤマイアーズ病院

親愛なるレイナル様[14]

食べ物の小包をご親切にもお送り下さり、心から御礼申し上げます。小包は一週間ほど前に届きました。大変嬉しい驚きでした。その中に、オリーヴオイルの缶を見つけ、とりわけ心が躍りました。それは、私たちがもう何年も目にしていないものです。

私が病気だということをレナード・ムーアがあなたに話したと思います。私は彼に、USAにいる、誰であれ私と関係のある者に、私が数ヵ月何もできないことを知らせるよう頼んだからです。左の肺が結核に冒されているのです。三ヵ月かそれ以上病気だったのですが、実際には、一九四六年から四七年にかけての、あのひどい冬以来だと思います。今は気分は前よりよく、峠を越したところだと思いますが、治療はともかく長い時間がかかるのです。もちろん、健康になるまでは本格的な仕事はできませんが、ほんの少しジャーナリズムの仕事を始めています。数ヵ月怠けていたあとで手書きの文字が少々おかしくなっていると思いますが、右腕にギプスが嵌っていて[15]、まだ慣れていないせいなのです。

改めて御礼申し上げます。

敬具

ジョージ・オーウェル

［手書き］

デイヴィッド・アスター★宛

一九四八年二月一日
東キルブライド
ヘヤマイアーズ病院

親愛なるデイヴィッド

手紙をありがとう。何はともあれ、ディック医師★が、たった今僕に言ったことを君に伝えよう。

彼が言うには、僕は大変よくなってはいるが、その速度は緩慢で、ストレプトマイシン（STREPTMYCIN[16]）があれば回復は速まるそうだ。これはUSAでしか手に入らない。また、ドルの関係で、B・O・T[17]（あるいは誰であれ）は、通常、認可を与えない。けれども、いくらかのドルを持っていれば、買うことができる。アメリカでコネのある君ならば、それを買う手筈が整えられるのではないか、そして僕が君に代金が払えるのではないかと彼は言った。彼は七十グラム必要で、値段は一グラム約一ポンドだ。僕のためにその取引をしてくれたら大いに恩に着る。僕がやるより君のほうが速いからだ。ディック医師が言うには、それにはなんのインチキも違法性もない。そして、それを送るのは難しくない。それに約三百ドル払うことになると思う。もし君がドルで返してもらいたいなら、僕は十分に持っていると思う。USでドルで積んであるので。そうでなければポンドで払える。いずれの場合も、君に払わねばならない。相当の額だし、もちろん病院[18]は払えないから。

マッキンタイアーからバターと卵の包みを受け取った。毎週そうするように君に指示されたと、彼は言った。まことに親切な話だが、卵を送らないようにと彼に言うつもりだ。そんなにたくさんの卵は使えないし、雌鶏は今、それほど卵を産んでいないと思うので。バーンヒルの僕らの雌鶏は、まだひどく調子が悪いのを知っている。もし僕らがボブを一年のうち十ヵ月置いておくなら、君にボブの借り賃を払わねばならないと思う——とにかく。彼は冬のあいだは干し草しか食べないが——もちろん、激しい仕事をする時はオーツ麦を食べる——僕が家を発った時は非常によい状態だった。僕らの新しい雌牛は着いたところで、妹はそれが仔を産むまで家を離れることができない。僕の字はひどいものだが、片方の腕にギプスを嵌めているのだ。痛まないので、そのほうがずっといいのだが、書き物や食事といった、いくつかの目的のためには不便だ。また、左手でひげを剃らねばならない。ディック医師は君に手紙を書くと言っている。薬を彼のところに送るのが一番いいと思う。彼の正確な名前は、ブルース・ディック氏だ。

草々
ジョージ
［手書き］

フレドリック・ウォーバーグ★宛

一九四八年二月四日
東キルブライド
ヘヤマイアーズ病院

親愛なるフレッド

手紙をどうもありがとう。[19] 君の推測通り、僕が『オブザーヴァー』のために短いものを書き始めるというのは、幾分か回復した証拠だ。それには苦労するが。とりわけ今は右腕にギプスが嵌っているので。こんな状態でいるあいだは（一ストーン半、体重が不足している）本格的なものは書けないが、書く勘を鈍らせないためと、ついでに少し金を儲けるために、少し仕事がしたい。僕は十月頃以来、明らかに病気だった。そして一九四七年の初め以来、本当に病気だったと思う。僕は去年はずっと、真に気分のよかったことはなかった。夏のあの暑い時期以外。病床につくようになる前に、最後の数百語を除き、小説の草稿を書き終えていた。そして、もし元気だったら、五月頃までには書き終えていただろう。もし元気になって六月までにここを出れば、年末までに書き終えるかもしれない――わからない。今のままではひどく雑然としたものだが、着想は非常にいいので、破棄するなどということは、とてもできないだろう。僕にもしものことがあった場合にそなえ、僕の遺著管理者のリチャード・リースに、原稿は誰にも見せずに焼却するように指示したが、そんな風なことが起こることは、まずない。この病気は僕の齢では危険ではない。医者が言うには、僕はごく順調に回復に向かっている、ゆっくりとだが。治療の一つは、冒されている肺の活動を半年止めるというものだ。そうすると、治るチャンスが増える。僕らは今、治癒を速めるストレプトマイシンというアメリカの新薬を取り寄せているところだ。

リチャードは非常に大きくなり、話す以外、あらゆる点で大変ませている。妹がロンドンに行った時、彼を徹底的に診てもらうつもりだが、見かけから判断すると、結核に罹っているとは思えない。僕が非感染性になるまで彼にまた会えないというのは悲しい。パメラとロジャーによろしく。

草々

ジョージ

［手書き］

デイヴィッド・アスター★宛

月曜日［一九四八年二月九日］

親愛なるデイヴィッド

ストレプトマイシンについて調べてくれて大変感謝していると言おうと、急いで一筆したためた。ところで、君の手紙と行き違いになった電報を受け取ったことだろう。[20] わざわざ返事をしないように。手紙を貰い、ゆうべ電話をする時間があったのだが、君は田舎に行っていたので、電報を打った。僕の最初の手紙が届かなかったこともありうると思ったので。ここの郵便は、あまり当てにならない。

もちろん、僕は例の物に代金を払わねばならない。しかし、君の気に入りそうな、あるいは君の小さな娘さんの気に入りそうな何かを考えようと思う。

ダロックたち[21]がキノフドラを「決定的に離れる」ということを聞いたばかりだが、なんで諍いがあったのか、今もってわからない。D・Dが苦労して農場に土地改良を施したあとでそうなったのは悲しいし、フレッチャー家[22]にも具合の悪い話だろう。けれども、彼らは家畜の面倒を見てもらうためだけでも、別の小作人を雇わねばならないだろう。

ここでは万事順調だ。週に一度空気を一杯にポンプで注入してもらうので、そのあと二日は風船になったような気分だ。

草々
ジョージ
[手書き]

デイヴィッド・アスター宛

土曜日[一九四八年二月十四日][23]

親愛なるデイヴィッド

君は本当にペンが要らなかったのかい？ それは非常に役に立っている。僕のバイロが故障して、どこかに行ってしまい、ロールボールがあまりよく働かないので。君から貰ったペンで、この手紙を書いている。

ヴァン・ゴッホ展は、どうやら二十一日に始まるようだ。

夏の週末に、アビンドンの君の家に是非行ってみたい。それまでに元気になれば。君の家の戸口まで川が来ているというのは素敵だろう。たぶん、六月か七月にはデースやチャブがよく釣れるのではないだろうか。テムズ川での釣りは大変面白い。僕はイートンにいた時、かなり魚を釣ったが、学校の外のほとんど誰も、その場所を知らなかった。学校の野原に接する淀みにあったので。

僕はキノフドラでの諍いの原因をまだ知ってはいないが、ビルとドナルドとの諍いだと推測する。ドナルドはすぐには去らないだろうと思う。フレッチャーたちは別の小作人を求める広告を出している。彼らのハイランド牛の世話をしてくれる者を探さなくてはいけないだろう。

ところで君は、哀れな老ニール・ダロックがボートを売りたがっているらしいと言ったと思う――それはガソリンを使うのか石油を使うのかどっちなのか、覚えているだろうか。

草々
ジョージ
[手書き]

デイヴィッド・アスター★宛

月曜日［一九四八年二月十六日］

親愛なるデイヴィッド

今日、君からの二通の手紙を受け取った。まず、最初に仕事の件。僕はU・Sの新聞や雑誌のために大喜びで書評をする。事実、好きなのだ。たぶん、君たちのよりもかなり長いものを欲しがるだろうが、僕はそのほうがいい。彼らは多少とも『オブザーヴァー』のレベルで、傾向も似たような新聞だろう。唯一、言っておきたいのは、病状が後戻りするかもしれないということだ。とにかく、僕は毎日二時間くらいしか仕事ができない。ストレプトマイシンによる治療が間もなく始まるが、そうは思わないものの、M&B[24]のように、不快な作用があるかもしれない。しかし、とにかく、能力の限界まで書評をするつもりだ。

ストレプトマイシンについて。それほど早く航空便で送ってくれるというのは、まことにかたじけない[25]。ほんの数日で、ここに届くと思う。もし、本当に代金を払ってもらいたくないのなら、どうしても払うとは言わない。しかし、実際、簡単に払えただろう。ポンドでばかりではなく、ドルでさえも。今思い出したのだが、ニューヨークに少なくとも五百は置いてあるからだ。僕が感謝していることは、今更君に言う必要はない。それが効くことを一緒に願おう。医者たちは目下の僕の病状にあまり満足していないと思う。この二週間、体重は増えなかったし、次第に弱っていくという気分なのだ。精神的には敏捷なのだが。ディック医師★は、できるだけ早くストレプトを使いたがっているようだ。

A［アーサー］・K［ケストラー］★が癇癪を起こしたというのは残念だ。彼は少々気分屋なのだ。フランスからの彼の最初の報告は非常にいいと思った。彼が『P［パーティザン］・R［レヴュー］』に載せている「ロンドン便り」はひどいものだ。それについて彼に文句を言ってやろうと思っている――基本ガソリン[26]等について、一回だけ長い抗議文を書こう。

ストレプトの効き具合を君に教える。

草々

ジョージ

［手書き］

アイヴァー・ブラウン★宛

一九四八年二月二十日

ヘヤマイアーズ病院

親愛なるアイヴァー・ブラウン

残念ながら、あれはひどい本[27]でした。アマチュアが書いたのが歴然とした本で、何もかもが雑然と詰め込まれていて、くだけていて、おどけた文体で書かれていますが、うまくいっていません。そして、あらゆるものにフェロー語〔アイスランドの近くのフェロー諸島の言語〕の名前を付けるという、きわめて苛立たしいやり方をしているので、数行ごとに巻末の用語解説を見なければなりませんでした。唯一の取り柄は、ほとんど知られていないテーマについて情報を与えてくれることです。それについては指摘したと思います。リンクレイターの序文は真面目なものに感じられませんでした。その本はくどい、または重苦しいといった言葉を使おうと思いましたが、アマチュアに不親切な態度は取りたくありませんでした。

私はこういった類いの本を、文学的理由から賞讃するつもりはありません。そういう本に文学的意味があるふりをすれば、私たちの基準をゼロ以下に下げてしまいます。こうした種類の本（例えば、あなたが送って下さったもう一冊の、フランスの洞窟についての本[28]）は、単なる地誌の断片か、選択の仕方も書き方も全然知らない者が書いた旅行記です。そういうものは、郷土愛ゆえに持て囃されます。もし、そうしたものの書評をしなければならないとすれば、解説する以外、何ができるかわかりません。[29]

敬具

ジョージ・オーウェル

［手書き］

ジョン・ミドルトン・マリー★宛

一九四八年三月五日
東キルブライド
ヘヤマイアーズ病院

親愛なるマリー

本[30]をありがとう。興味深く読んだ。君の一般的な論旨には賛成するが、世界情勢を考える際、世界中の国が一致団結してロシアに対抗するだろうと思うのは早計だ。我々は有色人種と恵まれない人々全般（例えば南米の）の我々に対する態度に関して、恐るべきハンディキャップを負っている。たぶん、もはやそんないわれはないのだろうが、それは我々の帝国主義の過去の遺産なのだ。また、ほとんどの東洋人は、あるいは実際、西欧化された少数の者を除き誰でも、全体主義よりも民主主義を好むと思うのは早計だと考える。我々の立場の非常な難しさは、来るべき決定的対決において、アフリカ、中東の人々を——もちろん、できればアジアの人々も——味方につけねばならないということ、また、とりわけUSAにおいて、態度が根本的に変わらなければ、彼らは皆、ロシアに傾くだろうということだ。我々は白人に抵抗する黒人の側に完全に立たなければ、アフリカにおける、少なくともそのいくつかの地域における事態を正常化することができるかどうか、僕は疑う。そうなると、白人はUSAに支援を求め、それを得るだろう。そして、すべての有色人種はロシア側につき、我々とアメリカは孤立するという事態に容易になってしまうことが考えられる。おそらく、そうなっても、我々はロシアとの戦いで勝つことができるかもしれないが、世界を、とりわけこの国を荒廃させることによってのみ、そうできるだろう。

君が病気だと聞いて同情する。僕自身の病気は急速によくなっている。ストレプトマイシンが効いているのかどうか、医者たちはまだ言えないが、先週かその辺りから、ずっとよくなっているのは確かだ。けれども、あと一、二ヵ月はベッドにいて、とにかく夏まで治療を受けるだろう。片肺をぺちゃんこにしたのだが、そうすると治るチャンスが生まれるらしい。しかし、もちろん、長い時間がかかり、その間、横隔膜に空気をポンプで送り込まねばならない。幸い、ここは非常にいい病院で、非常にうまく運営されている。誰もが大変親切にしてくれる。僕が非感染性になるまで息子に会えないというのは悲しい。けれども、僕が戸外に出ることを許された時、彼は見舞いに来ることができる。彼は四つになるところで、非常に大きくなっている。話す面ではちょっと遅れているが。というのも、僕らはひどく孤立した場所に住んでいて、彼がほかの子供に会う機会がほとんどないからだ。今、ジュラの家はうまくいっている。僕自身は家に付いている土地を耕すことはできなかったが、戦争で負傷した若者が僕らと一緒に住んでいて、耕してくれる。家の設備はかなり整っていて、ロンドンにいるよりも燃料も食料も多い。おかしなことに、冬もさほど寒くない。一番の難点は、悪天候の時、本土から切り離されることがあることと、慢性的にガソリンが不足していることだ。けれども、やむを得なければ馬が使える。もちろん、僕は時折ロンドンに行かねばならないが、ロンドンまで二十四時間しかかからない。飛行機ならもっと短い。僕は病床についた時、小説を半分書いたところだった。五月までには書き終えるはずだった――夏までにここから出られれば、一九四八年の終わりまでには書き終えるかもしれない。

奥さんによろしく。

草々

ジョージ・オーウェル

[手書き]

ドワイト・マクドナルド宛

一九四八年三月七日
東キルブライド
ヘヤマイアーズ病院

親愛なるドワイト

ウォレスに関する本を送ってくれて大いに感謝する。

非常な興味をもって読んだ。英国での出版社を見つけようと何かしただろうか。していなかったら、ヴィクター・ゴランツに手紙を書き、同書に彼の注意を惹こう。(31)もし君がすでにほかの出版社と接触していなかったら、僕はゴランツに手紙を書き、彼に一部送ろう。紙不足はひどいものだが、同書を出す出版社は、ここで見つかるはずだ。人は当然、選挙で「我々の」候補者を負けさせそうな人物としてウォレスに関心を抱くだろうから。(32)(ここにいて、アメリカの政治の現状を常に追うのは難しいが、最近ウォレスは急速に人気が出ているように見える。彼は戦争直前のチェンバレンのように、反戦票を全部獲得するのではないかと心配だ。)そして、ゴランツは君にふさわしい人物だと思う。政治に関心があり、本を出すのが速い。例えば、ウォーバーグはそれができない。君は彼の住所を知っていると思う――ロンドンWC2、コヴェント・ガーデン、ヘンリエッタ通り一七番地。君の本はイギリスの読者のために、何箇所かちょっと手直しをしたらいいかもしれない。

ウォレスが自分のスピーチに手を入れた版を出す習慣の一つの例がある。ここに書いておく価値があるかもしれない。ウォレスはここに来た時、もちろん、パレスチナ問題を軽く扱った。少なくとも論争の種にはしなかった。ところがフランスに行くや否や、ユダヤ人テロリストを、英国の占領に対して戦っている「マキ」だと言った。その文句は、彼のスピーチを伝えたフランスの新聞には出たが、英語の新聞には出なかった(僕の思うに、なんとか手に入れた『クリスチャン・サイエンス・モニター』を除いて)。英語の新聞に出すスピーチから削除されたのだろう。当時、『マンチェスター・ガーディアン』は事実を報道した。

ご覧のように、僕は入院している。〔病気に対する言及は省略。〕僕は今年、著作集を出し始める。まず、一九三九年に出版され、戦争で絶版になった小説を再刊することから始める。ハーコート・ブレイスが僕のビルマの小説を再刊するつもりだと思う。『動物農場』でちょっと運がよかったのだから、すぐにそうしようとしなかったのは愚かだ。

『ポリティックス』はどうなったのだろう。もう何カ月も見ていない。僕に代わって予約購読してくれと、ニューヨークの僕の著作代理人に言っておいたんだが、彼女は気乗りがしなかったようだ。僕はアメリカの雑誌はすべて無料で貰うべきだと考えていたらしい。

このチェコスロヴァキア問題(33)で誰もが驚いているようなのは、おかしな話ではないだろうか。多くの者がロシアに対して心《しん》から怒っているようだ。まるで、ロシアが違った行動をとることを期待する理由が、ある時点であったかのように。ミドルトン・マリーは年来の平和主義を捨て、ソヴィエト・ロシアに対する予防戦争を求めるも同然の本を書いた！　十年足らず前に、「ロシアは本来平和的な唯一の国である」と書いたあとで。

乱筆を謝す。

草々

ジョージ・オーウェル

［手書き］

レナード・ムーア宛★

一九四八年三月十九日
東キルブライド
ヘヤマイアーズ病院

親愛なるムーア

お手紙ありがとうございます。ジャケットについては文句はありません。それには「著作集《ユニフォーム・エディション》」と書いてありました。それを確かめたかったのです。しかし、薄緑のカバーはふさわしくなく、布をもっと濃い色に変えられないかどうか、ウォーバーグに訊いてみました[34]。私は赤を除き、紺あるいは濃い色のほうが好きです。赤は指で剝がれるようにいつも思えるのです。判型はよいと思いました。もちろん、値段は再刊にしては恐ろしいほどですが、続巻はそれほど高価である必要はないと考えます。

『ビルマの日々』は、ほんの数ヵ月後に同じ版で出ることがわかりました。ペンギン版はまだ絶版ではないと思います。最近、あなたから送って頂いた売上通知によりますと。ペンギンでは、さらに多くの部数は刷らないでしょう。さもなければ、ウォーバーグ版にダメージを与えるでしょう。

ウォーバーグは、近い将来もう一冊エッセイ集を出したらどうかと言っています。私は、あと二、三年はそうしないほうがよいと思います。もし読者がそれを買い、たった一年くらい前に雑誌で読んだものが入っているのを知れば、騙されたような気がするでしょうから。

敬具

エリック・ブレア

［手書き］

サリー・マキューアン宛★

一九四八年三月二十七日
東キルブライド
ヘヤマイアーズ病院

親愛なるサリー

君から便りがあってから、文字通り何年も経つような気がする。万事、どんな具合だろうか。僕はこの手紙を自然療法院《ネイチャー・クリニック》に宛てて送るつもりだが、もし君がまだそこにいるのでなければ、転送してもらえることを願っている。サリーちゃんは元気だろうか。この嫌なペンを許してもらいたい。ほかのはインクを詰め直してもらっているので、これしかないのだ。
　僕が結核に罹っていることを聞いたと思う。［このあと、病気についての詳細、小説の進み具合、リチャードのことが書かれている。］
　今、バーンヒルには、もっと家具が入っていて、家はたいそううまく管理されている。足がいまだに主な難点だ。今、車を手に入れたが、頭痛の種はタイヤだ。ガソリン不足という永遠の問題は別にして。けれども、緊急時には使うことのできる馬を一頭持っている。今、一人の友人が僕らと一緒に住んでいて、小作地を耕している。それはよいやり方だ。なぜなら、土地を占領していながら使っていないという後ろめたさを感じないからだ。また、僕らは好きな時に出掛けられる。動物の世話をしてくれる者がいるからだ。今、僕らは雌牛を一頭飼っている。また、もちろん雌鶏も飼っている。豚も飼おうと思っている。さらに、今では菜園も増え、例のおぞましい藺草《いぐさ》も始末した。たくさんの果樹と灌木を植えたが、ああした風の強い場所では木がうまく育つかどうか、まだ確信がない。
　いつか、また手紙をくれたまえ。そして、万事どんな具合か知らせてもらいたい。しばらくのあいだ上記の住所にいる、残念ながら。

草々
ジョージ

デイヴィッド・アスター夫人宛

［手書き］

一九四八年四月五日
東キルブライド
ヘヤマイアーズ病院

親愛なるアスター夫人
　ジャマイカから七ポンドの砂糖の袋と、さらに梨の缶詰とグアヴァのゼリーを送って下さったのは、あなただと思います。深甚なるご親切に感謝致します。砂糖が手に入り、とりわけ嬉しく思いました。妹はジャムを作るのに使うでしょう。私の体の具合はかなりいいのですが、先週は喉の痛み、その他の様々なちょっとした不調で、かなり気分が悪かったのです。それはおそらく、ストレプトマイシンの副作用でしょう。医者たちは数日のあいだ注射をやめ、こうした副作用が消えたら、また始めると思います(35)。
　私は小さな息子のリチャードに、クリスマスの少し前から会っていません。私が感染性であるあいだは会えないからです。けれども、彼の写真を撮ってもらいましたので、彼が急速に大きくなっていき、健康であるのがわかります。妹が言うには、彼は前より話せるようになっています。私はそのことで、ちょっと心配していました。ほかの点では遅れていないのですが。

乱筆のほどお許し下さい。私の筆跡はいつでもひどいものですが、病気のせいで指爪がおかしくなり、ペンを握っているのが難しいのです。改めて厚く御礼申し上げます。

敬具
ジョージ・オーウェル
［手書き］

デイヴィッド・アスター★宛

［一九四八年四月十四日］

親愛なるデイヴィッド

君はボビーが役に立っていることを聞きたいだろうと思った。家の後ろの畑の一部はあまりに急な斜面になっていて、小さなトラクターでは駄目なので、みんなはボビーに引き具を付けた。ボビーは「仔羊のように」振る舞った、とビルは言っている。そういう訳なので、いまやみんなは、彼に二輪馬車を曳かせることができる。車は新しいタイヤだけではなく新しい車輪も必要なので、それはいいことだ。

医者たちはストレプトマイシンを使うのを数日やめたが、その結果、不愉快な症状がほとんど消えた。間もなく、ストレプトの治療が続けられるだろう。約三週間分ある。僕の最後の検査は「陰性」、つまり結核菌無しだったので、効いているのは明らかだ。もちろん、結核菌がすべて死んだという意味では必ずしもないが、とにかく、結核菌はかなりやられたのに違いない。僕はこの二、三日気分がいい。『オブザーヴァー』のために書くと約束した短いものを、ほとんど書き終えた[36]。天候はやっとよくなった。僕は外に出たくてしょうがない。医者達は間もなくそうさせてくれると思う。もちろん、椅子に坐って。

草々
ジョージ
［手書き］

ジュリアン・シモンズ★宛

一九四八年四月二十日
東キルブライド
ヘヤマイアーズ病院

親愛なるジュリアン

ペンを送ってくれてありがとう。それから、君が書いていたチョコレートにも、先に礼を言っておく。君たちに赤ん坊が生まれると聞いて大変嬉しい。赤ん坊は厄介だけれども、実に面白い。赤ん坊が大きくなるにつれ、自分の子供時代を再び経験する。用心しなければならない一つのことは、自分の子供時代を子供に押しつけてはならないということだと思うが、当節、子供にちゃんとした時間を与え、例えば僕が経験したような、まったく不必要な苦しみから免れさせるのは比較的容易だと思う。また、原子爆弾の世界で子供を生むことをあまり心配する必要はないのではないか。なぜなら、今生まれている子供は戦争と配給等以外の何も知らないし、もし、心理学的になんの問題もなく人生を始めるなら、そうした背景があっても、たぶんごく幸福でいられるだろうから。

僕はずっとよくなったが、ストレプトマイシンの副作用で、二週間、ひどく具合が悪かった。こういう薬は、鼠を駆除しようとして船を沈めるようなものだと思う。

[病気の経過とリチャードについての記述が続く。]

君がギッシングのことを言ったというのは面白い。僕は彼の大ファンで（彼の傑作だと言う者もいる『流寓に生まれて』は、手に入らないので読んでいないのだが）、再刊の二冊を再読しようとしていたところだ。その書評を『政治と文学』のために書く約束をした。その雑誌かほかのものに、彼についての長いものを書こうと思っている。[37]『数奇な女たち』は英語で書かれた最上の小説の一つだと思う。君に訊かれた著作集の件だが、『空気を求めて』という小説で、それは始まる。その小説は一九三九年に出版されたのだが、戦争のせいで葬られてしまった。そして、年末に『ビルマの日々』が出る。後者の校正刷りの間違いを直したところだ。それは十五年以上前に書いたもので、おそらく十年も見ていないだろう。奇妙な経験だった――他人が書いた本を読んでいるような感じだった。ハーコート・ブレイスにUSAでその二冊を再刊してもらうつもりだが、たとえ出してくれたとしても、「シーツ」〔英国の印刷所が余分に刷ったもの〕を引き受けるだけだろう。それは得にはならない。馬鹿なアメリカの出版社の再刊についての態度は変だ。ハーコート・ブレイスはどんな原稿でもいいから、ともかく原稿をくれと二年間うるさく言ってきた。そして今、一連の作品を再刊するという考えを口にしているが、彼らが『動物農場』で儲けたすぐあと、『ビルマの日々』を再刊するよう促すと、そうしようとしないのだ。BDの最初の出版社も、再刊しようとしない。彼らもまた、僕に何かを書かせようとしていたのだが。どうやらUSAでは、再刊は、もし大部数売れることが確実なら出版を引き受ける特殊な出版社がもっぱら手掛けるようだ。

そう、『ポリティックス』の最新号はなかなかいいが、挽歌に溢れているものの、僕はガンディー[38]に対して深い疑念をいまだに抱いている。それは単にゴシップにもとづいているだけだが、これだけたくさんのゴシップが飛んでいると、それには何かあるに違いないと思う。奥さんによろしく。

草々

ジョージ

[手書き]

グレープ・ストルーヴェ宛

一九四八年四月二十一日
東キルブライド
ヘヤマイアーズ病院

親愛なるストルーヴェ

　ご返事がすっかり遅くなってしまった挙げ句、結局、出してくれるところが見つからずに、これ[39]をお返ししなければならないのは、まことに残念です。しかし、上記の住所からおわかりのように、私は入院していて（結核）、あなたのお手紙を拝受した時は、あまり多くのことはできませんでした。今は前よりよくなっていて、夏のあいだのいつかに退院することを願っていますが、もちろん、この病気の治療は常に時間がかかるのです。

　私は『タイムズ文芸付録』のために『我ら』の英訳が出た時、その書評をすることになりました[40]。ザミャーチンの未亡人は、まだ存命でパリにいると、あなたはおっしゃったでしょうか。もしそうなら、また、連絡が取れるなら、そうする価値があるかもしれません。もし『我ら』が好評を得るなら、イギリスの出版社が彼のほかのものも出してみようという気になるかもしれませんので。あなたのお話では、イギリスを諷刺した彼の『島民』は翻訳されていないそうですが、出版するのにふさわしいかもしれません[41]。

　マンデルスタム〔ロシアの詩人、エッセイスト。スターリンによって逮捕され、一九三八年、収容所で死亡〕の小品を載せる編集長が見つけられなかったのをお許し下さい。現在、イギリスには雑誌が非常に少ないのです。『ポレミック』は例の病気で死に、ほかの見込みのありそうだった『政治と文学』は駄目でした。

　私の『ビルマの日々』についてお尋ねですが、それはまだペンギン版で出ていて絶版ではありませんが、残部は多くないでしょう。著作集版を出し始めているので、年末までには再刊されます。それは出版リストの二番目です。ＵＳＡでも、そのうちのいくつかは再刊できるかもしれません。

敬具

ジョージ・オーウェル

追伸　あと数ヵ月、この住所にいるでしょう、残念ながら。

ジョン・ミドルトン・マリー★宛

一九四八年四月二十八日
東キルブライド
ヘヤマイアーズ病院

親愛なるマリー

　手紙をありがとう[42]。『アデルフィ』が終刊になると聞いて非常に残念だ。ともかく、あれだけの金でよく長く続いたものだ。大抵の雑誌より長く。君のために書評が書けなくはないが、ジョウド〔一九五三年に没した英国の大衆的人気があった哲学者〕の本はあまり書評したくない。最近見てみたが、何かについて書いてあるようには見えなかった。最近出た、オズバート・シットウェルの自伝の第三巻はどうだろう(43)。ある意味で非常によいと思うが。本は送ってもらう必要はない。すでに一冊持っているので。もしスペースがあれば、千語以上で書評したほうがいいだろう。原稿を五月十五日までに欲しいそうだが、これが適当な本かどうか知らせてもらえないだろうか。

〔病気とバーンヒルについての短い説明〕僕は〔バーンヒルで〕起こっていることが知りたい。また、息子が見たい。感染を恐れ、クリスマス以来会っていないのだ。彼の写真を貰ったが、どうやら非常に大きくなったようだ。

草々

ジョージ・オーウェル

〔手書き〕

ドワイト・マクドナルド★宛

一九四八年五月二日
東キルブライド
ヘヤマイアーズ病院

親愛なるドワイト

手紙をどうもありがとう。それに、本を送ってくれた(44)そうで、前もって礼を言っておく。そう、『ポリティックス』は届いた。実のところに二冊。君が一冊、ここに直接送ってくれたので。それを見て、またガンディーのことを考えた。僕は彼に会っていないが、彼についてある程度のことは知っている。妙なのは、彼は長期間、英国によってその利害のために利用されたのは九分九厘確かなのに、結局は彼は失敗したのかどうか、よくわからないことだ。彼はイスラム教徒とヒンドゥー教徒のあいだの争いを止めることはできなかったが、インドから英国人を平和的に追い出すという彼の主な目的は、ついに達成された。僕自身は、五年前でさえも、そんなことは予想しなかったろう。僕はガンディーの功績を大いに讃えなくていいのかどうか、よくわからない。もちろん、保守党政府なら戦わずには撤退しなかったろうが、労働党政府がそうしたというのは、間接的にガンディーの影響かもしれない。彼らはインドを長く保持することができないのを知っていたので、インドを自治領にすることに同意しただけだと言えるかもしれないが、それは、例えば、ビルマには当て嵌まらない。ビルマは我々にとってきわめて多くの利益をもたらす国で、維持するのが容易だった。僕は失礼ながら、ガンディーが一九四二年、枢軸国が勝つと考えたのは、言語道断で愚かな振る舞いだったと思うが、インドの闘争を穏やかなものにとどめておくことに長年努力したことが、英国人の態度を徐々に和らげたとも思う。

ついでながら、重要人物を暗殺するというこのことは[45]、よく考えねばならぬことだ。同じ号で君は、ウォルター・ルーサー[46]にボディーガードがついていることを残念がっているが、彼が重傷を負ったばかりだということもわかった——二度目の暗殺未遂だと思う。さらに、君は『エスプリ』[47]の連中のことを多少とも肯定的に話している。あの連中の、とにかく何人かは、イギリスのマクマリー[48]のような、奇妙にいやったらしい宗教的集団の同調者だ。彼らの考えは、共産主義とキリスト教は両立しうるというものだ。また、最近では彼らはこんな風に考えている——いまや共産主義かファシズムかの選択しかなく、したがって人は、しぶしぶ前者を選ばざるを得ないが、それでいいのだ、なぜなら共産主義は、反対する者を殺害するというような、いくつかの嘆かわしい性格を間もなく持たなくなるだろうし、もし社会主義者が共産党と手を結べば、社会主義者は共産党を説得して、もっとよいものにしうるから。僕は一九四五年にムーニエ[49]と会って十分も経たないうちに、この男は共産主義の同調者だと、心の中で思った。そういう連中は勘でわかる。サルトルも最近、同じ考え方をしていると思う。

ゴランツの件がうまくいかず、すまない[50]。ウォーバーグに当たってみるのがいいのかどうか、わからない。彼は君の本を読み感銘を受けたが、もちろん、慢性的に紙に不足していて、一冊の本を出すのに数年かかる。ここでは製本が実に大変なのだ。アメリカの本を見ると、その堅牢さなどが羨ましくなると言わねばならない。英国の本の出来具合を見ると、それに関わっているのが恥ずかしくなる。あと二週間ほどで出る、僕の著作集の一冊目を一部君に送るよう、彼らに頼んだ。しっかりと製本ができた頃に、この版が出し始められたらよかったと言わざるを得ない。いずれにしろ近づいてくる老年の徴《しるし》である著作集は、バックラムの表紙の非常に地味なものであるべきだと感じる。ここに君の代理人がいるだろうか、または、ここにコネのある代理人がいるだろうか。いれば役に立つと思う。

そう、ラナークシャーはオーエン[51]が活躍した所だ。そこは炭坑がたくさんある、ちょっと嫌な州で、その主な誇りはグラスゴーだ。ここは実に快適な場所だ。僕は戸外に出たくて仕方がない。半年も、ほとんど外に出ていないので。今、一日に一時間起きていてよいことになっているが、もっと暖かくなれば、少し外に出してもらえると思う。今年の春はひどかった。去年ほど悪くはないが。

君が送ってくれた「欧米リーフレット[52]」に共鳴するが、僕が個人的に何かできるかどうかはわからない。何か欲しい物はないかと訊いてくれてありがたいが、正直に言って、欲しい物は何もない。ここでは僕らは十分に面倒を見てもらっている。そして、みんな非常に親切に食べ物等を送ってくれる。

草々
ジョージ
［タイプ］

ジュリアン・シモンズ★宛

一九四八年五月十日
東キルブライド
ヘヤマイアーズ病院

親愛なるジュリアン

チョコレートと紅茶と米が先週着いた。君と奥さんに深く感謝する。もっと前に手紙を書くつもりだった。ご覧のように、やっとタイプライターが使えることになった。ベッドの中で使うには少々不便だが、書評等を書く際の手書きによるひどいミスプリがなくなる。君の言うように、ボールベアリングのペンは、手書きの衰退の最終段階だが、僕はもう何年も前に手書きをやめてしまったのだ。一時、僕は書き方の再教育を自分に施そうと、習字用のペンを使って方眼紙に何時間も字を書いた。しかし、カッパープレート書体を教わり、それに加え「学者風」の手で書くよう勧められたあとでは、それは無用になった。当節の子供たちの筆跡は、僕らの頃よりひどい。なぜなら子供たちは、書くのが非常に遅くなる一字一字離して書く書き方を教わるからだ。第一にすべきことは、ちゃんとした単純な曲線の書体を習得することなのは自明だが、そのうえ、手を制御することを教わるべきだろう。事実、書くことを学ぶのは、絵を描くことを学ぶことでもある。どうやらそれは可能のようだ。中国や日本のような国では、文字が書ける者なら誰でも多少とも優雅に書ける。

E［エア］アンドS［スポティスウッド］が君の書いた伝記が気に入ったのは嬉しい。しかし、題名を『AJA・シモンズ探求』にさせてはいけない。本が売れるならどんな題名でも構わないというのはもっともだが、これが悪い題名なのは間違いない。もちろん、本を見ずには何も言えないが、もし彼らが名前を入れることに固執するなら、『A・J・A・シモンズ――回想録』といったようなものが、いつでも素直でいい[53]。

『空気を求めて』は大したものではないが、再刊の価値はあると思う。戦争の勃発で葬られてしまい、ロンドン大空襲で完全に跡形もなくなってしまったので、組み直し用の一冊を手に入れるのに、公共図書館から盗まねばならなかった[54]。僕の性格が語り手の性格に絶えず干渉しているという君の指摘は、もちろんまったく正しい。いずれにしろ、僕は本物の小説家ではない。その欠点は、一人称小説を書くことに内在している。だから、一人称小説は書くべきではない。僕が解決していない一つの難問は、こういうことだ。人は、是非とも書きたい無数の経験を持っているが（例えば、その本の釣りに関する部分）、小説として装う以外、そうした経験を活かす手段がないということだ。もちろん、その本は水増ししたウェルズを思わせるものにならざるを得なかった。僕はウェルズを大いに賞讃している、つまり、作家として。僕はごく小さい時から彼の影響を受けた。シリル・コナリー★と僕がウェルズの『盲人の国』（短篇集）を手に入れたのは十か十一の時だったと思う。僕らはすっかり魅了されたので、互いに相手からそれを盗み合ったものだ。真夏の午前四時頃、学校中の者が寝静まっていて、陽が斜めに窓から射してくる中、コナリーの宿舎に通ずる廊下をそっと通って行ったのを、今でも覚えている。彼のベッドの脇にその本があるのを知っていたのだ。僕らはコンプトン・マッケンジーの『不吉な街』を持っていたので大問題になった（そして、鞭で打たれたと思うが、思い出せない）(55)。

僕は八月頃までここにいなくてはいけないだろうと、医者は今言っている。［健康状態。リチャードについての心配］誰が『スタンダード』(56)にあの記事を書いたのか知らない——僕を知っていた者だろう。例によって間違いがあったが。記事に僕の本名を載せるべきではなかったと思う。

奥さんによろしく。

草々
ジョージ
［タイプ］

レナード・ムーア宛★

一九四八年五月十二日
東キルブライド
ヘヤマイアーズ病院

親愛なるムーア

自分の本を調べているうちに、一年以上前、アラン・ウィンゲイトのために、パンフレットを集めた本の序文を書いたのに気づきましたが、なぜ、その本が出ないのか、わかりません(57)。しかし、序文の支払いがあってもよい頃だと思います。私の記憶が正しければ、五十ポンド払ってもらえるという約束で、十ポンドは前金で貰いました。あるいは、四十ポンドの約束だったのかもしれません——いずれにせよ、四十ポンドというのが関連した額です。同社に連絡して頂けないでしょうか。

私は前よりずっとよくなり、感染のおそれも減りましたが、私は八月頃までここにいなければならないと医者たちは考えています。けれども、私はずっとよくなったような気がするので、多少は本格的な仕事に戻り、小説の二度目の草稿にかかることができると思います。ベッドで仕事をするのは不便なので、どのくらい捗るかはわかりませんが、退院する前に仕事に順調に取り掛かれれば、年末前に本は仕上がるでしょう。

敬具
エリック・ブレア
［タイプ］

ジェシカ・マーシャル夫人宛★

一九四八年五月十九日
東キルブライド
ヘヤマイアーズ病院

親愛なるマーシャル夫人

お手紙ありがとうございます。あなたがかつてジャムを一瓶送って下さったのに礼状を出さなかったことが、長いあいだ気になっておりました。私は戦争の歳月、ずっと気持ちが乱れておりまして、たくさんの手紙に返事を書きませんでした。妻は残念ながら三年前に、私と当時一歳にもなっていなかった小さな養子の息子を残して他界しました。彼は四歳の誕生日を迎えたところで、今は大変に大きく、元気旺盛で、悪戯盛りです。感染のおそれがあるので、クリスマス以降会っていませんが。もちろん、こうしたすべての出来事で私の仕事は大幅に遅れました。そして、おっしゃる通り、戦争前から長篇を出版していません。小説を半ば書き終えた時、私は病気になってしまいました。もし病気にならなければ、春までには書き終えていたことでしょう。現状では年末までに書き終えたいと願っています。ということは、それは一九四九年の秋までは出ないということを意味すると思います。今では、本が印刷されるまで約一年かかるのです(58)。

私はここにクリスマス前からいますが、その以前から数ヵ月、病気で家にいました。けれども、もっぱらストレプトマイシンのおかげで、前よりずっと具合がよく、夏のいつかに退院することを願っています。医者たちは感染を抑えることには成功しましたが、もちろん、ダメージを受けた肺を治すには長い時間がかかります。約一年、なによりのんびりしていなければならないと思います。体を動かすという面では。しかし、今、少しなら仕事ができます。ベッドの中で書くのは非常に疲れますが。退院後、外来患者として治療を受けなければなりません。その場合は、エディンバラに本拠を構えねばならないでしょう。そうでなければ、私たちがこの二年住んできたジュラに戻ることができるのですが。そこはまったく荒涼とした所で、少々近寄り難いのですが、もし一頭の雌牛と数羽の雌鶏があれば、実に暮らしやすいのです。そして、イングランドよりも食べ物と燃料に恵まれています。また、通念とは異なり、スコットランドのそっちの側は全然寒くありません。湿っぽくはありますが、冬は温暖で、夏の天候は美しいのです。私にとって心配な唯一のことは、小さい息子が、客が滞在していない限り、週に一度くらいしかほかの子供に会わないということです。話すのがちょっと遅いのは、そのためだと思います。けれども、あと一年ほどで学校に行かせる手筈を整えなければなりません。ジュラは、彼が休暇を過ごすにはよい場所でしょう。彼はいたって健康で、痲疹《はしか》や百日咳に罹った時も、まったく平気のようでした。彼が私の病気に感染することを私はひどく恐れていますが、実際のところ、彼はそれに罹るようなタイプだとは思いません。私たちは今飼っている雌牛もツベルクリン検査をしたものなので、最も考えられる感染源はなくなっています。「侵入者は訴えられます」という掲示板のない場所で、農場の動物とボートのあいだで育つのは、彼にとってよいことだと思います。

プリーストリーについては同感です——彼はひどい人物です。この一、二年で彼が実際に、一種のカムバックを果たしたというのは驚くべきことです。ウェルズについてあなたがおっしゃることは、もちろん正しいのですが、私は、とにかく彼の初期の作品は今でも楽しんでいます。オズバート・シットウェルの自伝の第三巻を受け取ったばかりですが、『アデルフィ』の最終号にその書評を書きました。同誌は二十五年間瀕死の状態で続いたあと、今、廃刊になる訳です。どうやら自伝の続巻が出るようです。なぜなら、これは一九一四年まででしかありませんから。私は彼の小説『砲撃以前』の熱烈な讃美者です。彼には一度だけ会いましたが、大変好感を抱きました。また、私はギッシングのいくつかの小説を再読しています。ある雑誌のために、彼についての長いエッセイを書くつもりです。彼は最高のイギリスの小説家の一人だと、私はつねづね言っています。これまで正当に評価されたことがなく、選択を誤った本がいつも再刊されてきましたが。彼の二つの最高の小説『新グラブ街』と『数奇な女たち』は、今では古本でも手に入りません。私は最近、ジョージ・ムーアの『エスター・ウォーターズ』を再読しましたが、書き方は非常に不器用なものの、素晴らしい直截な物語です。ベッドに横になっているあいだ、ヘンリー・ジェイムズに対する定期的な攻撃[59]をまたもしていますが、彼は心《しん》から好きにはなれません。

この手紙を半分書いたところで、敷地内での三十分のいつもの散歩に行ってきました。ひどく息が切れます。実際のところ、立ち止まって休まずには百ヤード以上は歩けません。けれども、医者たちは今、ぺしゃんこにした肺を元の状態に戻していますので、前より楽に呼吸ができるようになると思います。ここは大変よい病院で、誰もが非常に親切にしてくれます。お手紙、まことにありがとうございます。

敬具

ジョージ・オーウェル
［タイプ］

ジョージ・ウッドコック★宛

一九四八年五月二十四日

親愛なるジョージ

チャールズ・デイヴィーからもう一通の手紙を受け取った。僕はE・M・フォースターがNCCL〔市民的自由のための全国協議会〕を脱けたということに注意を惹かれた。そこで僕は坐り、または起き直り、F・D・C〔自由擁護委員会〕について小論を書こうかと思ったが、よく考えると、自分には実際には無理なようだ。第一に、長い小論を二つ抱えているし、まだ、あまり仕事ができない。しかしもっと大事なのは、その目的に十分なほどF・D・Cについて事実を知らないことだ。君は、その小論が書けると思うかい？　デイヴィーが君に手紙を寄越したと君は言ったと思う。彼に電話をしたらどうだろうか。君が彼を知っているかどうか知らない――彼は非常にいい奴だ。彼らが何を欲しがっているのか正確には知らないが、その委員会がどういうもので、どんな活動をしているのかを一般的な言葉で説明したものと、現代の中央集権制の国家に存在する、個人の自由に対する脅威についての、いくつかの評言が欲しいのだろうと思う。その仕事を君に押しつけるのは嫌だが、一方、もし彼らがその小論を君に書いてもらいたければ、原稿料はたっぷり払うと思う。

エッセイ集を送ってもらった礼を、まだ言っていなかった。もちろん、僕についてのエッセイが本の形で出たのを見て嬉しかった。何年も前に読んだベイツについてのエッセイは気に入った[60]。南米についての十九世紀の本は、どれも見事な牧歌的な雰囲気を持っている。もっとも、僕はいつも、森よりも大草原《パンパス》に惹かれるが。君は、『紫の土地』〔十九世紀のウルグアイを舞台にした、ウィリアム・ハドソンの小説〕を読んだと思う。それから、讃美歌についてのエッセイ。僕はかねがね、自分でも讃美歌について何か書こうと思っていた。人が『主よ、ともに宿りませ』のような讃美歌に共感するのは、まず第一に戦争、失業等のためだと君が言っているのは間違いだと思う（ところで、闇が「募る（gathers）」ではなく「深まる（deepens）」ではないだろうか[61]）。外的状況がなんであれ、同じような、人生に内在する多くの悲しみと孤独がある。君は二つの最高の讃美歌、「もろもろの高き所にて主を褒め讃えよ」と、「エルサレム、我が楽しき家」について言及していない――しかし、これは君が研究していたほかのグループより、ずっと早いものに違いない。『古今』[62]の場合、僕の記憶が正しければ、カトリックのイメージを排除するために大幅に削除されているに違いないと思う。［健康とリチャードに関する一節。］

インジによろしく。君の新しい住所を書いた紙をうっかり失くしてしまったのだが、誰かが転送してくれると思う。小論の件についてはチャールズ・デイヴィーに手紙を書く。

草々
ジョージ
［タイプ］

シーリア・カーワン★宛

一九四八年五月二十七日
東キルブライド
ヘヤマイアーズ病院

最愛のシーリア

手紙をどうもありがとう。ユネスコに関する何もかも、かなりがっかりするようなものだと言わねばならない。いずれにしろ、僕なら彼らからできるだけ金を引き出すだろう。彼らはそう長くは続かないと思うので。［健康と、四歳になったリチャードに関する一節。］

いまや春だから、君と一緒にパリにいたらどんなにいいだろう。植物園《ジャルダン・デ・プラント》には行っただろうか。僕はそこが好きだった。鼠以外、面白いものは実際、何もなかったけれど。一時鼠はそこに蔓延《はびこ》っていて、人に非常に懐いているので、人の手から餌を食べるほどだった。仕舞いに、ひどく迷惑な存在になったので、猫を入れ、一応駆除された。パリではプラタナスが大変美しい。ロンドンとは違って、樹皮が煙で黒くならないからだ。食べ物や何かは、まだかなりひどいと思うが、マーシャル・プラン[63]がうまくいけば、よくなるだろう。君は手紙に十フラン[64]の切手を貼っているが、そのことで、食べ物が今どのくらいするのかわかる。

アーサーが、もしUSAに移住するなら、少々裏切りのように感じざるを得ない[65]。彼は前にもそのことについて話していた。彼はパレスチナで起こっていることに憤慨しているに違いないと思う。ほかに何が期待できたか、僕にはわからないが。彼の講演旅行はなかなかうまくいったようだ。彼がもう帰ってきたのかどうか、わからない。ウェールズの家をどうするのだろう。どこかに根を下ろし始めてから、また引き抜くというのは残念なことに思える。マメーヌが嫌がっているのが想像できる。

［彼の本の完成が「恐ろしいほど」遅れた］――一九四九年末までには書き終えられない。ということは、一九四九年末まで出ないということだ。けれども、また仕事ができるというのは大したことだ。去年、ここに連れてこられた時は、僕は実際、もう終わりだと感じた。ありがたいことに、リチャードはこれからも健康のようだ。僕らは今、二頭の検査済みの雌牛を持っている。だからともかく、彼は牛乳を通して、この病気になることはないだろう。子供は大抵そうやって感染するのだが。体に気をつ

けて、またいつか手紙をくれたまえ。

愛をもって
ジョージ
［手書き］

アントニー・ポウエル宛★

一九四八年六月二十五日
東キルブライド
ヘヤマイアーズ病院

親愛なるトニー

　君の友人のセシル・ロバーツ(66)から、僕のフラットを貸してくれないかという手紙を貰った。僕は、それは不可能だという手紙を書かねばならなかった。まことに申し訳ないが、家主はすでに、僕がクリステン夫人に貸したことで、悪夢のように僕に襲いかかってきているのだ。そして、市に頼んで僕から取り戻すと脅しているのだ。僕はロンドンに仮宿が必要なので、そうなっては困るのだ。そして、そこにまだ家具が少しと、たくさんの書類が置いてあるので、それらをどこかに移すのは厄介だ。たとえ僕がフラットを手放しても、家主は賃貸借権を君に移譲させないだろうし、家主は賄賂を貰い、すでに借家人の候補を何人も持っているだろう(67)。

　もしグレアム・グリーン(68)に会ったら、僕が『ニューヨーカー』で彼の小説を酷評したと伝えてもらえないだろうか。ほかに、どうしようもなかったのだ——その本はひどいと思った。もちろん、それほどあからさまには書いていないが。僕は『オブザーヴァー』でキングズミルの本(69)をできるだけ早く書評するつもりだが(70)、まだ片付けなければならない、もう一冊を抱えている。僕はジャーナリズムの煩わしい仕事にすっかり戻りつつあるように思えるが、しかし、自分の小説も少しはいじっていて、年末までには仕上げるのは疑いない。

　僕はだいぶよくなり、今は一日三時間は起き上がっている。随分クローケーをしている。半年も寝ていると、それはかなりタフな競技に思える。僕の下の病棟には、『ホッパー』(71)の編集長が患者として入っている。彼が言うには、その発行部数は三十万だそうだ。千語ごとの稿料はさほどよくないが、筆者に定期的に仕事が与えられるし、話の筋も編集者たちが著者に与えることができるそうだ。筆者は書くだけでいいのだ。そういう風にやると、筆者は週に四万語書くことができる。週に七万語書く者もいたそうだが、その男の書くものは「かなり紋切り型」だったそうだ。八月には退院したいが、日は決まっていない。それは肺が虚脱療法のあと、また正常な形に戻っているかどうかによるからだ。リチャードが七月初めに僕に会いに来る。感染が心配だったので、これまで来られなかったのだ。半年も会わないので、見違えてしまうだろう。

今日は僕の誕生日だ——四十五。ひどい話だ。義歯も増えた。そして、ここに来てから白髪もずっと増えた。ヴァイオレットによろしく。

草々
ジョージ
［タイプ］

ジュリアン・シモンズ★宛

一九四八年七月十日
東キルブライド
ヘヤマイアーズ病院

親愛なるジュリアン

『M［マンチェスター］E［イヴニング］ニュース』に非常に親切な書評をしてもらい、感謝しなければならない[72]。それを切り抜いたところだ。奥さんが元気なこと、万事順調なことを願う。僕がここを二十五日に出ることを、君が聞きたいだろうと思った。医者たちは、もう僕はかなりよくなったと考えているようだ。もっとも、長いあいだ、おそらく一年かそこら、ことのほかおとなしくしていなければならないだろうが。僕が起き上がっているのは、一日わずか六時間だが、ベッドで仕事をするのに慣れてしまったので、大した違いはない。今週、妹がリチャードを僕に会わせに連れてきた。クリスマス以降、彼に初めて会った。彼はすこぶる元気で、恐ろしいくらいエネルギッシュだ。話すのはまだ遅れているようだが、ほかの面ではませていると思う。農場生活が彼に合うようだ。動物よりは機械のほうが好きなのは、かなり確かだが。［『ホッツパー』およびギッシングに対する言及］また、僕はイーヴリン・ウォーの『故人』には、大方の者のように有頂天にはなれなかった。もちろん、面白かったけれども。多くの者と違い、『ブライズヘッド再訪』は、表面上はひどい間違いがあるにせよ、非常によいと思った。僕はレオン・ブロワ[73]から抜粋した本を読もうとしていた。彼の小説は手に入らなかった。彼は僕をかなり苛々させる。やはり最近ペギー[74]を読んでみたが、気分が悪くなった。こうしたカトリックの作家たちに、新たに反撃に出てもいい頃だと思う。また、最近、ファレルの『スタッズ・ロニガン[75]』を初めて読んだが、がっかりした。ほかにどれだけ読んだかわからない。

ここの天候は六月のあいだ中、嫌なものだったが、今はついに好転し、みんな物凄い速さで干し草を取り入れている。僕は釣りに行きたいが、今年は駄目だと思う。釣り自体が非常に疲れるからではなく、いつも五マイルか十マイル歩き、最後はずぶ濡れになるからだ。奥さんによろしく。二十五日以降、僕の住所は前のようになる、つまり、アーガイルシャー、ジュラ島、バーンヒル。

草々
ジョージ

［手書き］

フレドリック・ウォーバーグ★よりオーウェル宛

一九四八年七月十九日および二十二日

一九四八年七月十九日、ウォーバーグはオーウェルに手紙を書き、オーウェルの様子が前より非常によくなったことを聞いたこと、また、オーウェルがギッシングの小説をもっと再刊することに関心を寄せていることに言及した。この手紙の主旨は、『一九八四年』に関するものである。

君が新しい小説のかなりの量の推敲を済ませたのを知って、とりわけ嬉しい。僕らから見ても、また、君から見ても、そうした推敲は、活力が湧いてきた時に君が専念できた、最も重要な仕事に間違いない。それは、いかに誘惑的であろうと、書評やその他の雑務のために脇に追いやってはならないものだ。それは、君がどんなほかの活動から期待できるより多くの金を遠からず確実にもたらすだろう。もし君が年末までに推敲を終わらすことができれば上々だし、僕らは一九四九年の秋に出版するが、君の文学者としての人生を考えると、それを年末までに、できればもっと早くやってしまうのが実際、重要だ。

彼は七月二十二日、『動物農場』が日本で非常な関心を呼び起こしたことをオーウェルに話した。アメリカの出版社が、西欧の五十点から七十五点の本を日本の出版社に渡し、入札するように言った。『動物農場』に対する入札が一番多かった。四十八の日本の出版社が、それを出したがった。それは、「結局、一部につき二十セントあるいは二十円（どちらか確かではないが）払うことにした大阪の出版社が最終的に落札した」。それはオーウェルを裕福にはしなかった。円は日本でしか使えなかったのである。「たぶん、世の中が落ち着いたら、春の桜の咲く頃に旅行をするのが君にとって現実的かもしれない」

アヴリル・ブレア★よりマイケル・ケナード[76]宛

一九四八年七月二十九日
ジュラ島
バーンヒル

……[77]エリックがきのう帰ってきました。ずっとよくなったようです。彼はなによりのんびりしていなければならないのですが、物事がどうなっているのかに関心を抱き、今日、辺りを見て回っています。ほとんど何もかもが、彼が最後に家にいた時以来新しくなるか、違うかしてしまいました。リチャード・リースも、ここに二、三日います。今日の午後、私たち皆（E以外）、勇敢にも海岸まで降りて行き、海水浴をしました。ひどい熱波に襲われているさなかなのに、海水は氷のように冷たかった……

私たちは、あすから着き始める大勢の訪問客のために、庭に大きなテントを張ったところです……

あなたが休日を楽しんだことを非常に嬉しく思います。また少しでも暇があったら、是非また来て下さい。

草々

アヴリル

［手書き］

デイヴィッド・アスター★宛

一九四八年十月九日
ジュラ島
バーンヒル

親愛なるデイヴィッド

手紙をありがとう。その手紙が届く少し前、ローズ氏(78)に手紙を書いたが、一冊の本の短い書評を送ったついでに、ほかの何冊かについても言ってみた。書評したい何冊かの本のリストに、『男の子はどこまでも男の子』(79)（スリラー等についてのもの）という本を入れたと思う。出版社が一部送ってきたのだ。だから、仮に彼が僕にそれを書評させたいと思っても、僕にその本を送る必要はない。

僕があまり具合がよくないことについて、君の言ったことは正しかった。今は少しよくなったが、二週間ほどひどく弱ったように感じた。おかしな話だが、不調は検査を受けるためにヘヤマイアーズに戻った時に始まった。検査を受けるよう九月に言われていたのだ。ディック氏は検査の結果にすっかり気をよくしているようだったが、旅がひどく応えたのだ。どんな旅でもそうなるようなのだ。彼は、今のような暮らし方、つまり、半日ベッドで過ごすという暮らし方を続けるようにと言ったが、僕は喜んでそうする。なんであれ力の要ることはまったくできないからだ。一マイル歩いたり、少しでも重いものを持ち上げたり、とりわけ風邪を引いたりすると、すぐさま参ってしまう。牛を連れてくるため夕方外に出てさえ熱が出る。一方、老人のような暮らしをしている限り気分はよく、いつものように仕事ができるようだ。僕はベッドで物を書くのにすっかり慣れてしまったので、そのほうが好きになったと思う。もちろん、タイプライターを使う時は具合が悪いが。今、忌々しい本の最後の段階で悪戦苦闘している。それは十二月初旬に完成の予定だが、また病気にさえならなければ大丈夫だろう。この病気にさえならなかったら、春に完成していただろう。

リチャードはすこぶる元気で、どんな天候でも外に出る。残念ながら、彼は最近煙草を吸うようになったが、ひどく気分が悪くなってしまったので、やめた。彼はまた、罵りの言葉を使う。もちろん、やめさせはしないが、僕は自分の言葉遣いを少々改めようとしている。天候は、ごく最近の三日か四日以外、なんともひどい。ビル・ダンは自分の干し草をすべて早めに取り入れたが、ほかではたくさんの干し草が駄目になったに違いない。彼は今、約五十四の羊と、約十頭の牛を飼っているが、僕のものも入っている。僕らは一匹の豚も飼っているが、間もなくベーコンにするつもりだ。僕はこれまで豚を飼ったことがなく、この最後の一匹がいなくなっても残念ではない。豚は甚だ厄介で破壊的な動物で、非常に力があって狡猾なので、どこであれ入らせないようにするのは難しい。僕らはここでちょっとばかり菜園を造った。もちろん、その多くは僕が何もできないので元に戻ってしまったが、今年の冬はアイルランド人の労働者[80]を一人雇って耕してもらうつもりだ。また、今年でさえもかなりの数の花が咲き、たくさんの苺が生った。リチャードは農場と菜園の作業に関心があるようで、菜園で手伝ってくれるが、大変役に立つ時もある。彼が成人したら農夫になってもらいたい。事実、生き延びる者は誰であれそうならざるを得ないとしても、僕は驚かない。しかし、もちろん、彼に強いるつもりはない。

僕はいつロンドンに行くか、わからない。まず、この本を書き終えなければならないし、クリスマス前にロンドンに行きたくはない。一月に行くことを考えたのだが、旅ができると感じるまで待つのが肝心だ。僕はニュースに少々疎くなっている。ラジオの電池が弱くなっているせいでもあるが。何もかもが、かなり暗く思える。個人的には、兵器による全面戦争が今起こるとは思わない。おそらく、ロシアと日本のあいだでしょっちゅう起こったような「事変」は生じるだろうが、原爆戦争は、近い将来、確実に起こると思う。僕が書いているこの本は、原爆戦争が決定的でない場合の、起こりうる事態についてのものだ。ドゴールが重要人物だということについて、君は結局正しかったと思う。まさかの時には、僕らは共産主義のフランスの出現を阻止し、卑劣漢のドゴールを支持しなければならないと思う。しかし、いまや政策になっているらしい、こんな風にフランコを支持するというのは間違いだと言うべきだ。フランスでは、ドゴールと共産主義者のあいだの選択がないように見える。なぜなら、共産党を別にして、労働者階級の大衆運動がなく、誰もが親共産党か伝統主義者《ビヤン・パンサン》のように見えるからだ。しかし僕は、かなり少ない知識をもとに、事態はスペインと同じだと言うべきではなかった。一九四五年にフランコが追い出されるのを救ったのは、アメリカのカトリック教徒なのは疑いない。僕は今も、アフリカと南アジアにおける英国の政策に心を痛めている。クランクショー[81]は今でも君のためにアフリカに行くつもりなのだろうか。気が滅入ることばかりだ。ロケットが飛び始め、僕らが粘土の書字板の時代に戻る前に、今、僕の頭の中にある本が書き上げられるだろうかということばかり考えている。

　家の前の畑の上を一羽の鷲が飛んでいる。鷲は風の強い日には、いつも来る。

草々

ジョージ

追伸［手書き］絵を修復してくれる誰かを知っているだろうか。絵の一枚が損傷したのだ（カンヴァスに裂け目）。価値のないものだが、直してもらいたい。

［タイプ。追伸は手書き］

フレドリック・ウォーバーグ★宛

一九四八年十月二十二日
ジュラ島
バーンヒル

親愛なるフレッド

　もう僕の電報が着いたことだろう。そして、君にもし何か考えが浮んだのなら、この手紙を出すまでには、君[82]から返事の電報を受け取っていると思う。僕は、Ｄ・Ｖ、本を十一月初旬には書き終える。原稿をタイプする作業には少々怯《ひる》んでしまう。ベッドでするには非常に具合が悪いからだ。僕はまだ、一日の半分をそこで過ごしている。それに、カーボン・コピーも作らなければならないだろう。それはいつも僕を苛立たせる。今度の本は恐ろしいほど長い、十万語以上、たぶん、十二万五千語だろうと思う。それを送る訳にはいかない。信じ難いほどひどい原稿で、説明されなければ誰も皆目わからないだろうから。一方、僕の監視のもとで熟練したタイピストが打てば、実に簡単だろう。ここに喜んで来る誰かの当てが君にあれば、旅費と、詳しい指示を送る。僕らは、彼女がごく快適に過ごせるようにできると思う。食べる物はいつもたっぷりある。彼女が快適で暖かい場所で仕事ができるようにするつもりだ。

　僕は今度の本が気に入っている訳ではないが、まったく不満足でもない。僕は一九四三年にそれを書くことを思いついた。いい着想だと思うが、結核に影響されずに書いたのなら、もっといいものになったことだろう。題名はまだはっきり決めていないが、『一九八四年』にすべきか『ヨーロッパ最後の男』にすべきか迷っている。

　君が出版した反ユダヤ主義に関するサルトルの本を、書評するために読んだところだ。サルトルは内容もないことを偉そうにぺらぺら喋る男で、僕はやっつけてやろうと思っている。[83]

みんなによろしく。

草々
ジョージ
［タイプ］

ジュリアン・シモンズ★宛

一九四八年十月二十九日
ジュラ島
バーンヒル

親愛なるジュリアン

　紅茶を送ってもらって、なんとも礼の言いようがない。君にとって余分なものだったのならいいが。僕のために家事をしてくれている妹はそれを見てうっとりし、次に攪乳器を使う日に、バターを少し君に送ると伝えてくれと頼まれた。君の奥さんと娘さんが元気だということ、また、赤ん坊が生まれたのを楽しんでいるということを聞いて非常に嬉しい。赤ん坊は実に面白い。あまり面白いので、成長の段階ごとに、赤ん坊がそのままでいてくれたらと思うほどだ。君は一日に五本の瓶と十五枚のおむつに決めていることと思う。子供は赤ん坊の時は飽くことを知らぬほど貪欲だが、二つ頃から六つ頃までは、食間以外、食べさせるのに大変な苦労をする。君はどんなミルクを使っているのだろうか。僕らはオスターミルク〔乳児用粉ミルク〕でリチャードを育てた。それはナショナル・ドライド[84]よりよいように思えた。彼の従兄はカウ・アンド・ゲイトで育てられたが、そのせいでひどく太ってしまった。君はこれから、離乳させる時期になると悪戦苦闘することになる。

　僕は退院してからしばらくのあいだは非常に具合がよかったが、先月はまた非常に具合が悪くなった。［ヘヤマイアーズ病院に行った影響。］半マイル歩いただけですっかり参ってしまう。一月にロンドンに行くつもりだったが、医者に相談しているところで、もし医者がそれが一番いいと言うなら、冬の一番悪い時期、すなわち一月から二月まで、私立のサナトリウムに入る（見つかったら）。外国に行くこともできるが、旅が命取りになるかもしれないので、たぶん、サナトリウムが一番いいだろう。僕はロンドンのフラットを手放すつもりだ。今、使っていないし、一年に約百ポンドかかるし、ひどく煩わしいので。もちろん、あとで別のロンドンの住まいを見つけなければならないだろう。僕は、D・V、あと一週間か十日で今度の本を書き終えるが、それをタイプしなければならないと考えると、少々怯む。それは疲れる仕事で、いずれにしろ、半日はいなければならないベッドではできない。［タイピストにジュラ島に来てもらうようにすることについて。］

　ジョン・ダヴェンポート[85]が共産党の新聞あるいは共産党に近い新聞と関係を持つようになったと聞いてびっく

りした。僕の知っていた限り、そのような傾向はなかったのだが。『ポリティックス・アンド・レターズ』は残念ながら休刊になり、来年月刊として復刊されるそうだ。僕の小論を渡してあるので困ったものだ。エリオットが反ユダヤ人だとファイヴェルが言っているが、ナンセンスだ。もちろん、今なら反ユダヤ人的発言と言えるものが彼の初期の作品に見出すことができるが、しかし、あの当時、誰がそうしたことを言わなかっただろうか。人は、一九三四年以前に言われたことと、以後に言われたことを分けなければいけない。もちろん、すべてのこうした民族主義的偏見は滑稽だが、ユダヤ人を嫌うというのは、ニグロやアメリカ人や、なんであれその他の集団を嫌うことより本質的に悪いということはない。二〇年代初頭においては、エリオットの反ユダヤ人的発言は、人が下宿屋で、インドで勤務し引退した大佐に向かって自動的に浮かべる冷笑と似たものだった。一方、もし、そうした発言がユダヤ人迫害以後になされたのなら、まったく違ったことを意味しただろう。例えば、USAにおける英国嫌いを見るといい。それはエドマンド・ウィルソンのような者にさえ共有されているのだ。それは問題ではない。僕らは迫害されていないので。しかし、もし六百万のイギリス人が最近、毒ガス有蓋トラックで殺されたとしたら、フランスの漫画新聞に、イギリス女の出っ歯についての冗談が載っているのを見てさえ僕は落ち着かない気分になると思う。反ユダヤ主義を年中嗅ぎ回っている連中がいるのだ。僕は反ユダヤ人だとファイヴェル★が思っているのは疑いない[86]。この問題については、考えうるほかのどんな問題についてよりも多くのくだらないことが書かれている。僕は書評用に、その問題に関するサルトルの本を手にしたところだが、あれほど短いスペースに、さらに多くの戯言《たわごと》を詰め込むことができるかどうか疑わしい。僕は最初から、サルトルは内容のないことを偉そうにぺらぺら喋る男だと主張してきた。正直に言って僕には理解できない実存主義は、そうでもないかもしれないが。

リチャードは元気旺盛だ。［彼の成長ぶり。イングランドの冬より温暖なジュラ島の冬。］僕は生まれて初めて豚を試験的に飼ってみることにした。豚は実際おぞましい獣で、僕らみんな、豚が肉屋に行く日を首を長くして待っているが、豚がここで丈夫なのを見るのは嬉しい。豚は、ほかから豚用の餌を買うことなく、純粋に牛乳とジャガイモだけで育てたら、途方もなく大きくなった。あと一年かそこらで、リチャードの学校のことを考えねばならないだろうが、まだ何も計画を立てていない。というのも、今は遠い将来のことがわからないからだ。彼が十になるまでは、寄宿学校に入れるつもりはない。初等学校から始めさせたい。よい学校が見つかったならだが。難しい問題だ。もちろん誰もが同じ学校に通い、少なくとも同じ学校から始めるというのが民主的なのだが、初等学校の実態とその成果を見てみれば、どんな子供もそこから救い出される機会を持つべきだと感じる。例えば、ああした学校を、読むのも覚えずに十四で卒業するのは実に簡単なのだ。最近ラジオで聞いたのだが、十九歳の陸軍の新兵の一割は、入隊したあとで読むのを教えられるという。一九三六年に通りでジョン・ストラッチー(87)に会った時のことを思い出す——当時彼は共産党員か、少なくとも『「デイリー」ワーカー』のスタッフだった。彼は僕に、イートンに息子の名前を登録したところだと言った。「どうしてそんなことができるんだね?」と僕が言うと、今の社会を考えると、それが一番いい教育を受けられる所だから、と彼は答えた。実のところ、そこが一番いいかどうか怪しいが、原則的には、彼が間違っているかどうか自信がない。けれども、リチャードについてはまだ何も決めない。もちろん、そのことが緊急の問題になる前に、僕ら全員が地獄に吹き飛ばされるかもしれないが、自分としては、兵器による大戦争はあと五年か十年は起こらないと思う。ロシアが完全に立ち直り、原子爆弾を持てば(88)、それは避けられないと思う。そして、仮に避けられたとしても、たくさんのほかの不愉快なことが噴出するだろう。

奥さんと娘さんによろしく。

草々

ジョージ

[タイプ]

デイヴィッド・アスター★宛

一九四八年十一月十九日
ジュラ島
バーンヒル

親愛なるデイヴィッド

手紙をありがとう。もし君がクリスマスに本当にリチャードに何かやりたいのなら、まだ手に入れば、メッカーノのセットをやってくれないだろうか。初級者用なら、まず大丈夫だと思う。もちろん、彼は全部のボルトを失くすだろうが、それでも、そういうものが好きなのだ。彼は農場や家ですこぶる活動的で、薪を割ったりランプに油を満たしたりというような作業に必ず加わる。そして毎晩、僕のために、決まった量のジンをどうしても注ごうとさえする。彼はほかの者と一緒に釣りに行くが、先日、数匹魚を釣った。君の小さな娘さんが元気だと聞いて、とても嬉しい。生後二十ヵ月で、彼女は歩くだけではなく、少し話しもするだろうと思う。昼食の席で君も会ったことがあると思うジュリアン・シモンズに、ちょうど赤ん坊が生まれ、彼はすっかり夢中のようだ。マージー・フレッチャーは四人目の子供を生むために本土に行っている。

シャルー[89]がまことに親切なことに、絵の修復に手を貸してくれる。できれば木枠を作り、彼のところに直接送る。彼の住所は覚えていないのだが、どこかに彼の手紙があると思う。絵は横二十インチ、縦十六インチのごく小さいものなので、荷造りには苦労しないだろう。その絵をここに送る際、ピックフォーズの大馬鹿者たちがカンヴァスに裂け目を作り、二箇所疵を作ったが、直すのは難しいとは思わない。価値のない絵だが感傷的な思い出のあるもので、なかなかいい絵だと思う。君のくれたあの絵もあったのだが、ロンドン大空襲でやられてしまった[90]。それも修復するつもりだったのだが、そこら中に引っ掻き疵が出来ているので大仕事だ。それは爆風で部屋の中に投げ飛ばされたのだ。

一九四七年の夏以来いじり回してきたあと、ついに書き上がった僕の本をタイプするという、ぞっとするような仕事をしている。速記者を雇ってここに来てもらい、僕の代わりにタイプしてもらおうとしたが、そんな短い期間の仕事を誰かにさせるというのは具合が悪いので、自分がしている訳だ。今は前よりやや気分がいいが、ひと月ほどなんともひどい健康状態だったので、手配ができれば、冬の最悪の期間である一月から二月まで、私立のサナトリウムに入る決心をした。ディック医師は、それはいい考えだと思っている。僕は昼食の時間までベッドにいて、そのあとはソファーに坐っている限り大丈夫なようなのだが、数百ヤード歩いたり、庭で草を少し抜いたりしただけで、たちまち熱が出てしまう。そのほかは、ここでは万事順調で、農場はひどい天候にもかかわらず、最初の年にしては上々の成果を挙げた。今は雄牛が一頭いるが、非常にいい、おとなしい牛で、これからもずっとそうであるのを当てにしている。近頃、僕はあまり速くは走れないので。君のポニーのボビーは、まだターバートにいる。ボビーを僕らのもとで冬を過ごさせたいとマッキンタイアーが思っているのかどうか、よくわからない。八月頃、地元のスポーツ大会で君の弟さんに会った時、そのことについて話したが、その後、ごたごたして、ここの誰も、数ヵ月、ターバートには行っていない。いずれにしろ彼らが、僕らのところでボビーに冬を過ごさせたいなら、僕らは喜んでそうする。彼はいくつかの面で僕らにとって役に立つし、ほかの馬の仲間にもなるので。近い将来のいつかロンドンに行くかどうかはわからない——来年のいつかだろうと思うが、まず、健康にならなければいけない。

『オブザーヴァー』がアフリカを取り上げているというのは非常に嬉しい。また、あのオードノヴァン[91]が君たちのためにアジアについて報告するというのも。彼は実際、得難い人材だ。君の友人のドゴールは至る所で不和の種を蒔いているようだ。けれども、ここ数年は戦争は起こらないようだ。

草々
ジョージ
［タイプ］

グレープ・ストルーヴェ★宛

一九四八年十一月二十二日
ジュラ島
バーンヒル

親愛なるストルーヴェ

十一月六日の手紙、どうもありがとうございます（ここに届いたばかりです）。私はウォーバーグに手紙を書き、『我ら』についての状況を説明し、もし興味があったら、あなたか、またはウェストハウスの件〔ウェストハウス社は『我ら』を出版しようとしたが倒産した〕を扱っている者に手紙を書いたらどうかと言いました。もちろん、ウォーバーグが興味を持たなくとも、興味を持つ出版社はほかにたくさんあります。

そう、もちろん、『動物農場』のロシア語訳(92)については大丈夫です。当然ながら、僕はD・P〔強制追放者〕から金を貰おうとは思いませんが、もし本の形で出すなら、その一、二冊が欲しいのです。一年ほど前、米軍占領地帯にいるD・Pによって『動物農場』がウクライナ語に翻訳されたことを話したでしょうか。米軍当局は印刷されたものの約半分を押収し、ソヴィエトの本国送還者に渡したそうで、約三千部が配布されたとのことです。

『ポリティックス』にあなたのツルゲーネフの翻訳が載るようにしましょう(93)。［自分の原稿をタイプしていること。］

敬具
ジョージ・オーウェル
［タイプ］

レナード・ムーア★宛

一九四八年十一月三十日
ジュラ島
バーンヒル

親愛なるムーア

今回のタイプの件では手違いがあったようで、あなたと、あなたが話を持ちかけたタイプ代理業者に無用の手間をかけてしまいました。こういう次第です。私はまずウォーバーグに手紙を書き、ロンドンでタイピストを雇ってもらいたいと頼みましたが、彼とセンハウスは、どうやら、エディンバラで手配をしたほうが楽だと決めたようなのです。旅のことを考えたからです。もっとも、旅の退屈な行程はロンドンとスコットランドではなく、ジュラと本土のあいだなのですが。私は少し待ちました。するとロジャー・センハウスが、タイピストを探す仕事をエディンバラにいる姪に頼んだと言ってきました。その間私は、何も実現しない場合にそなえ、自分でも探し始めました。すると、どうやらウォーバーグはあなたに電話をしたようで、あなたから、ロンドンの二人のタイピストの名前を記した二通の手紙を頂きましたが、センハウスの姪が不意に誰かを紹介してくるといけないので、その二人には連絡できませんでした。彼女からはこれまでなんの連絡もなかったのですが、実は彼女は誰も見つけることができなかったと、センハウスから聞きました。その間、私はタイプをほぼ終え、たぶん十二月七日にお送りするつもりです。一週間ほどで届くでしょう。あなたが紹介して下さった二人の女性が迷惑を蒙ったり、ほかの仕事を断ったりしたというようなことがなかったことを心から願っています。事実、こんな大騒ぎをする必要もなかったのです。少しでも起き直っていると疲れるので非常に綺麗にタイプすることができず、一日に何ページもタイプできないというだけのことなのです。

お送りするコピーは単なるカーボンのもので、第一級のタイプではありません。下手なタイプでアメリカの出版社が原稿に悪い印象を持つとお考えでしたら、タイプ代理業者にやり直してもらうのは価値のあることでしょう。しかし、もしそうお決めになったら、彼らが間違いをしないようにして頂けないでしょうか。私は、そうした代理業者がどんなものか知っています。原稿はすでにタイプされているのですから、間違いが残っているとは思いませんので、簡単な仕事のはずですが、プロのタイピストがどんな誤りを犯すかは、驚くほどです。そして、この本にはたくさんの新造語が含まれているという難しさがあります。

敬具

エリック・ブレア

［タイプ］

デイヴィッド・アスター★宛

一九四八年十二月二十一日
［ジュラ島］
バーンヒル

親愛なるデイヴィッド

僕は実際のところ、ひどく具合が悪い。九月頃からそうなのだ。一月初旬に私立のサナトリウムに入り、少なくとも二ヵ月そこにいる手筈を整えている。僕はディック医師が推薦してくれたキングユーシー〔スコットランドの高地の小さな町〕という所のサナトリウム行くつもりだったが、満員だったので、グロスタシャーにあるサナトリウムに行く手筈を整えた。手違いがあるかもしれないが、そうでなければ、一月七日以降の僕の住所は、グロスタシャー、クラナム、コッツウォルド・サナトリウム、だ。

君にこのことを話すのは、もっぱら、仕事をするのを、というより仕事をしようとするのを少なくとも一、二ヵ月まったくやめねばならないと感じるからだ。もし、あの忌々しい本を書き終えようと思わなければ（ありがたいことに書き終えたが）、ふた月前にサナトリウムに入っていただろう。僕はこの忌々しい病気のおかげで、一年半もそれをいじくり回してきた。二つ以外、約束した『オブザーヴァー』のための書評は、すべてさっさと片付けた［その詳細と、ローズ氏に対する詫び］。Ⅰ［アイヴァー］Ｂ［ブラウン］は、これを僕のもう一つの罰点と見るだろうが、僕はひと月かふた月、どうしてもゆっくり休まねばならなかったのだ。僕はもうしばらく生き続けなければならない。なぜなら、何はともあれ、小説のよい着想を得たからだ[94]。

ここでは僕以外、何もかも威勢がいい。［バーンヒルでの生活。リチャードのメッカーノ用の定置機関を買ったこと。］僕らは一、二週間前、豚を一匹、屠畜に出した。生後わずか九ヵ月で、頭と足を取り去ったあと、体重は二ハンドレッドウェイトだった。

娘さんが元気なのを望む。マージー・フレッチャーの今度生まれた赤ん坊は、内臓のどこかが悪かったのだが、今はよくなったらしい。今度も男児だ。

草々
ジョージ
［手書き］

フレドリック・ウォーバーグ宛★

一九四八年十二月二十一日
［ジュラ島］
バーンヒル

親愛なるフレッド

二通の手紙、ありがとう。［非常に具合が悪く、コッツウォルド・サナトリウムに入る手筈を整えている。］しかし、ほかの住所が確定するまで、バーンヒルが僕の住所だと考えてもらったほうがいい。ふた月前に入るべきだったのだが、あの忌々しい本を仕上げたかったのだ。

写真について。ここには一枚もないが、僕のフラットには何枚かあるのは、まず確かだ。今、そこを引き払い、家具を撤去する作業を妹がしている。写真は、ここに来るファイルの中に入っているだろうが、ファイルは当分来ないだろうと思う。鉄道で送るものは、なんでも数ヵ月かかるので。届いたら、送れる写真はどんなものでも送るが、その間、まずムーアに当たってもらえまいか。彼は、二、三枚は持っていると思う[95]。また、ヴァーノンとマリー＝ルイーズ・リチャーズに当たってもらえまいか。二人は三年前、僕の写真をたくさん撮った。［二人の居場所。］まさかの時には、写真師にサナトリウムまで来てもらうこともできるが、目下、本当に髑髏だ。僕はひと月かそこら、ベッドにいると思う。

今度の本が気に入ってくれて嬉しい。大部数売れることを狙った本ではないが、とにかく一万部は固いと思う。ここではまだ美しい天候だが、戸外には全然出ず、ソファーから離れるのも稀だ。リチャードは嫌になるくらい元気で、僕以外、ほかの何もかも威勢がいい。僕は書評等の半端仕事はさっさと片付け、ひと月ほど仕事を休まねばならない。今のようにはやっていけない。僕の頭に何年もある、ごく短い小説の驚くべきアイディアを持っているが、高熱等から自由になるまでは何も始められない。

みんなによろしく。

ジョージ

［手書き］

ロジャー・センハウス★宛

一九四八年十二月二十六日
アーガイル、ジュラ島、バーンヒル

親愛なるロジャー

　手紙をどうもありがとう。袖広告について。実のところ、君が送ってくれた文案は正しいものには思えない。それでは、本がまるでラヴストーリーの混ざったスリラーのようになってしまう。そもそも、そんな本にするつもりはなかったのだ。その本の本当の意図は、世界を「勢力範囲」に分けることは暗に何を意味するかを論ずることだ（僕はそのことを、テヘラン会談の結果として一九四四年に考えついた）。そして、それに加え、全体主義の知的な意味合いを、パロディーにすることによって指摘することだ。人はこうした事柄を直視してこなかったように、僕にはいつも思える。例えば、ロシアにおける科学者に対する迫害[96]は、十年から二十年前に予見できたはずの論理的な過程の一部に過ぎないのだ。校正の段階に来たら、関心を示しそうな著名人、例えばバートランド・ラッセル[97]かランスロット・ホグベン[98]に、この本についての意見を求め、（同意が得られたなら）、その一部を袖広告に使うというのはどうだろうか。選ぶ対象になる人物は何人かいる。

　僕は一月六日からサナトリウムに入る。土壇場になって手違いがなければ、僕の住所は、グロスタシャー、クラナム、コッツウォルド・サナトリウム、だ。

みんなによろしく

ジョージ

［手書き］

編者注

（1）『オーウェル回想』の中でジェイムズ・ウィリアムソン教授は、オーウェルの病状と治療について次のように書いている。彼はオーウェルが患者だった時、ヘヤマイアーズ病院の胸部科の下級医師《ジュニアー・ドクター》だった。

それは、かなり簡単な手術だった。五分でできた。筋肉を脇へ引き、神経を露出させ、鉗子で抓み取る。患者は不意に一度痛みを覚え、横隔膜がビクッと動くが、それは神経がまた治るまで、横隔膜が三ヵ月から半年麻痺したことを意味した。それから、彼の腹部に空気をポンプで送り込んだ。横隔膜はそれによって押し上げられ、肺が虚脱した。その際、特別な機械を使って、低い圧力で四百ccから七百ccまでの空気を送り込んだ。それは針を通して送られたが、その針は実際、かなり象に似た形のもので、中が空洞の長さ約三インチのものである。最初にそれを使った時は、局部麻酔を施した。針を非常に慎重に刺し、ごくゆっくりと突っ込まねばならなかったからである。しかし、その後、ただ突き刺した。なぜなら、もし手際よく行われたなら、そんな風に麻酔を施したりなどしていじるよりも、一度に鋭く刺すほうがよいということに患者たちが同意したからである。

私は彼が毎回「再注入」を恐れ、手術台の上にいる時にはまったくリラックスできなかったことを覚えている。事実、私たちは皆、彼がいかに自制心に富んでいるかに気づいた。私たちがそれをしているあいだ、彼は喘ぎもせず、どんな種類の声も出さなかった。

彼はひどい感染性だったとは思わない。きわめて感染性の高い者は盛んに咳をし、その痰にはたくさんの結核菌が入っている。彼は盛んに咳はせず、彼の痰も、私の覚えているところでは、ごくはっきりと陽性ではなかった。しかし、やはり他人に危険を及ぼすおそれがあった。とりわけ彼の息子のような幼い者には。

大方の患者は痰壷を盛んに使ったが、オーウェルの結核はそうした種類のものではなく、ウィリアムソンは、オーウェルがベッドの脇の戸棚にある痰壷を使ったのを覚えていなかった。「そう、彼のベッドの脇の戸棚に何かを置く余地があったとは思わない。いつも本が至る所にあったからだ」

(2) ビル・ダン★とサー・リチャード・リース★。

(3) 『A・J・A・シモンズ——生涯と思索』(一九五〇)。

(4) ジョン・キムチ(一九〇九〜一九九四)は著述家、ジャーナリストで、一九四二年から四六年まで『トリビューン』の編集長代理、一九四六年から四八年まで編集長、一九五二年から六七年まで『ジューイッシュ・オブザーヴァー』の編集長を務めた。彼とオーウェルは一九三四年から三五年まで、ブックラヴァーズ・コーナー書店で一緒に働いた。彼は『オーウェル回想』に寄稿している。

（5）　R・H・S・クロスマン（一九〇七～一九七四）は学者、ジャーナリスト、左翼政治家（労働党議員、一九四五～五五）。一九三八年から五五年まで『ニュー・ステーツマン』の編集助手。政府は彼の『ある閣僚の日記』（四巻、一九七五～八一）の刊行を差し止めるよう懸命に努力した。

（6）　コニ・ジリアーカス（一八九四～一九六七）は、一九四五年から五〇年まで、一九五五年から六七年まで左翼の労働党議員。彼は極端な親ソヴィエト的考えを持っていたので労働党としばしば対立し、一九四九年に除名された。（オーウェルの「同志ジリアーカス弁護」を参照のこと。）

（7）　一九四七年一月二十四日に雪が降り出したが、それは二十世紀に英国人が経験した最も厳しい冬の始まりだった。そのため、例えば電気が一日五時間止まり、第三放送とテレビが中止になり、ラジオ放送が短縮され、紙が配給制になったことと相俟って多くの新聞が発行中止になり、失業者が一月中旬には四十万人から百七十五万人に増えた。（デイヴィッド・キナストン『耐乏の英国』［二〇〇七］を参照のこと。）

（8）　自由擁護委員会。オーウェルはその副委員長だった。ジョージ・ウッドコックは幹事で、ハーバート・リードが委員長だった。FDCの一九四八年の春と秋の会報（第六号と第七号）には、「モーズリーとその仲間」に対する言及はない。その他の不人気の大義を助ける努力については報じられているが――脱走兵、ポーランドの「厄介者」（会報より引用）、アラン・ナン・メイ博士、ノーマン・ベイリー＝スチュアート（英国のファシスト）。

（9）　オーウェルはヘルムート・クレーゼについて、こう書いている。「スペインで私と同じ前線にいた無政府主義者で、共産主義者によって長いあいだ投獄された」。彼はのちにクラナム・サナトリウムにいるオーウェルを見舞った。オーウェルは「Klöse」のウムラウトを大抵省いた。

（10）　カール・シュネッツラー（三九年三月一日付の手紙の注（71）と、四六年四月九日付のイーネズ・ホールデン宛の手紙の注（39）を参照のこと）。

（11）　一度目は、オーウェルが肺炎で一九三三年のクリスマス直前にアックスブリッジ・コテージ病院に入院した時だった。

（12）　カフェ・オー・ドゥー・マゴはサン＝ジェルマン大通りにあり、作家がよく訪れた。

（13）　一九四七年八月末、労働党政府は深刻な財政危機のため、食糧の配給量を減らし、遊びのドライブをすることと、外国で休日を過ごすことを禁止した。首相のクレメント・アトリーは言った。「私は国民に対し、気楽なことは言えません。我々がいつ、もっと気楽な時代を迎えるのかについても言えません」。九月二十九日、燃料費を節約するため、イングランド中部地方は週に一日停電になった。一九四七年十月九日、政府は特にドルでの対外負債を減らすため、ベーコンの配給を週に一オンスに減らした。翌月、ジャガイモの配給量は週に三ポンドに減らされた。

(14) ニューヨークのレイナル&ヒッチコックのレイナル。『ディケンズ、ダリその他』(一九四六)の出版社。

(15) なぜオーウェルの腕にギプスが嵌まっていたのかは不明。彼はベッドに寝かされていたので、転んだとは考えにくい。けれども、妹宛の手紙(四八年一月一日付の手紙を参照のこと)に書いてあるような治療の一部として、腕に影響する横隔膜の神経を砕いたことが、それに関連しているのかもしれない。

(16) ストレプトマイシンは一九四四年にアメリカで発見され、英国ではその当時、医療研究審議会によって審査されていた。

(17) 輸入を統制していた商工会議所。商工会議所は当時、特に支払いがドルでなされる場合、できるだけ輸入を認めなかった。

(18) たぶん、アスターのジュラ島の私有地のスタッフの一人であろう。

(19) ウォーバーグは一九四八年二月二日にオーウェルに手紙を書き、『オブザーヴァー』(二月一日)に載った、ベヴァリッジ卿著『インドが彼らを呼んだ』のオーウェルの書評を読み、「君に手紙を書き、君がどんな具合か訊いてみようという気になった」と言った。また、相談する必要のあることは何もないが、「君がどんな具合か、あの惨めな病院からどのくらい早く出てこられるのかについて、いかに短かろうと、ちょっと知らせてくれれば」、自分は大いに元気づけられる、とも言った。

(20) 所在不明。

(21) ドナルド・ダロックと妹のケイティーは、バーンヒルから一マイルほど離れたキノフドラに小作地を借りていた。オーウェルは雌牛を一頭買うまで、毎日そこに牛乳を買いに行った。オーウェルは、彼の地主のロビン・フレッチャーと利益分配制で働いていたドナルドと、非常に仲がよかった。ドナルドとケイティーはオーウェルの日記に頻繁に登場する。ケイティーは『オーウェル回想』に、短いが多くを物語る思い出の記を寄せている。彼女はオーウェルを「彼なりに陽気で楽しい」と書いた――そしてオーウェルは、彼女のスコーンの大ファンだった！

（22） ロビン・フレッチャーはバーンヒルの南約八マイルのアードラッサ私有地《エステート》を相続した。彼は以前はイートン校の舎監だった。彼と妻のマーガレットはエステートを元に戻し、小作地を改良する仕事に取り掛かった。マーガレットは『オーウェルの思い出』の中で、オーウェルを生き生きと描いている。「なんと彼は具合が悪く、恐ろしいほど具合が悪く見えたことでしょう――そして、窶れて。彼は悲しげな顔をしていました……亡くなった奥様を非常に恋しがっていたと思います……彼はリチャードを溺愛していました」

（23） 「Sat」というだけの日付。ヴァン・ゴッホ展は、一九四七年十二月十日から一九四八年一月十四日までロンドンのテート・ギャラリーで開かれた。同展はその後、一九四八年一月二十四日から二月十四日までバーミンガムで、一九四八年二月二十日から三月十四日までグラスゴー――オーウェルが入院していた場所の近く――で開かれた。この手紙は希望で満ち溢れているので、ストレプトマイシンの治療が始まる前に書かれたのに違いない。また、彼は一九四八年二月二十日に、ミドルトン・マリーに宛て、その治療が「始まったところだ」と書いた。したがって二月十四日、土曜日がこの手紙の日付なのにほぼ間違いない。そうなると、四八年二月十六日という日付をつけた次の手紙は、二日後の月曜日に違いない。

（24） メイ・アンド・ベイカーは製薬会社。同社のイニシャルは、スルホンアミド〔抗菌作用のある薬〕を意味する。

（25） デイヴィッド・アスターは一九八四年二月十九日にディック医師に手紙を書き、オーウェルにストレプトマイシンを手に入れる気にさせたことに感謝し、なんであれオーウェルの回復を速めるのに役立つほかの物も入手するのに手を貸そうと申し出た。彼は役に立つ薬の代金を自分が払いたいということを明確にし、自分は「このことでブレアと連絡を取っていて」、援助を受け入れるよう彼を説得していると言った。彼はディックに、薬の代金の支払いについてオーウェルと話し合わないように頼んだ。そして、「彼に納得させる唯一の可能な手段は、それが彼と私のあいだのごく私的なものにすることだと思う」と言った。自分は「今度の日曜日〔二月二十二日〕か三月七日の日曜日に」、またヘヤマイアーズ病院を訪れるが、後者のほうがやや便利だと彼は言った。オーウェルは仕事をし過ぎているのだろうか、と彼は尋ねた。そして、オーウェルは様子を見て、仕事の量を増やすこともできるし、減らすこともできる、と言った。

(26)「基本」ガソリンとは、特別な目的のための追加のない場合に認められているガソリンの量である。オーウェルは三月八日にアントニー・ポウエルに宛てた手紙の中で、自分は一ヵ月六ガロンのガソリンが認められているが、自分の車は「高地の道路」では一ガロンで十マイルしか走らないと言った。

(27) 一九四八年二月十八日、『オブザーヴァー』のアイヴァー・ブラウンから、オーウェルが渡したケネス・ウィリアムソンの『大西洋の島々』の書評に関する質問の手紙（無署名）が来た。ブラウンは、同書は高く評価されていて、エリック・リンクレイターも「それを非常に高く買っている」と書いた。オーウェルは同書についてなんの意見も述べず、ただウィリアムソンの書いていることを伝えているだけだと、ブラウンは言った。読者、出版社、著者は、「もし優れているなら、優れた作品に対する熱意、激励の徴《しるし》を見たがる」と、彼は言った。彼自身はウィリアムソンの本を読んでいなかった。彼はオーウェルに、「あなたの書評に、もう少し色をつけてもらえまいか、そうしてもよいと感じるなら」と頼んだ。エリック・ロバート・ラッセル・リンクレイター（一八九九〜一九七四）はスコットランドの小説家（『アメリカのジュアン』、一九四二）で、いくつかの戦争に関するパンフレットを書いた（例。『ハイランド師団』、一九四二）。オーウェルの書評は一九四八年三月十四日に出た。

(28) ノルベール・カストレ『私の洞窟』のオーウェルの書評は、一九四八年三月十四日付の『オブザーヴァー』に載った。

(29) アイヴァー・ブラウンは二月二十四日に返事をし、オーウェルの気持ちはよくわかると言った。

(30)『自由社会』。同書の中でマリーは、長いあいだ抱いていた平和主義者の立場に反し、ソヴィエト連邦との戦いをほぼ肯定した。それに対してE・L・アレンは『平和主義と自由社会――ジョン・ミドルトン・マリーへの回答』（一九四八）を書いた。

(31) その手紙の所在は不明。

(32) ヘンリー・ウォレス（四六年十二月五日付の手紙の注(119)を参照のこと）は、一九四八年の選挙において左翼の進歩党の候補で、一般投票で百万票以上を獲得した。トマス・E・デューイが選挙に勝つと思われていたが（ある見出しが早まってそう報じたことは有名である）、トルーマンが一般投票で二百万票の絶対多数を獲得して勝った。

(33) 一九四八年二月二十七日、チェコスロヴァキアの共産主義者の首相クレメント・ゴットヴァルト（一八九六〜一九五三）は、十二人の中道および右翼の閣僚の辞任が、エドヴァルト・ベネシュ大統領によって認められたと発表した（一週間前にベネシュは、共産主義者がチェコスロヴァキアを乗っ取ることはないと述べたばかりだったが）。ヤン・マサリク（チェコスロヴァキアの「建国の父」の息子）は外相として残り、共産主義者の完全勝利を避ける手段として、彼に注目と期待が集まった。しかし、一九四八年三月十日、彼はプラハの自分のフラットの中庭で死体で発見された。共産主義者たちは、マサリクは「神経衰弱に罹り」自殺したと見なした。共産主義者による乗っ取り（それは完全に遂行された）に反対していた者たちは、彼の死を殺人と解釈した。

（34） フレドリック・ウォーバーグは、たぶん三月十日に著作集版の製本見本（あるいは布）を持ってオーウェルを訪ねたと思われる。ウォーバーグはオーウェルの希望に沿い、濃い色を選んだ。オーウェルは自著のいくつかを紺で装丁し直した。それには『動物農場』の息子のリチャードのための贈呈本が含まれていた。ウォーバーグは三月十五日にオーウェルに手紙を書き、彼が「自分の思っていたより具合もよく元気」なのを見て「心から嬉しかった」と言った。彼は、オーウェルが「完全に健康を取り戻すために障害を乗り越える」のに、忍耐心と自制心のすべてを必要としているのを悟ったが、オーウェルにそれができるのを疑わなかった、「なぜなら、君にはまだ書きたいと思っているたくさんの本があるからだ」。

（35） オーウェルが患者だった時にヘヤマイアーズ病院で下級医師だったジェイムズ・ウィリアムソン教授は、ストレプトマイシンが届いたことと、それがオーウェルに及ぼした悪影響について回想している（『オーウェル回想』）。何年もあとに書かれたクリック教授への短信でウィリアムソン博士は、こう記した。オーウェルの結核は「かなり〝慢性的〟なもので……効果的な薬物治療でほぼ治るようなタイプのものではなかった。そして彼はいつも息を切らし、無力だった」。

（クリック『ジョージ・オーウェル』）

（36） たぶん、ワイルドの『社会主義のもとの人間の魂』の書評であろう。

（37） オーウェルのジョージ・ギッシング論のタイプ原稿は、一九五九年の夏にやっと発見された。それは一九六〇年六月の『ロンドン・マガジン』に載った。

（38） マハトマ（モハンダス・カラムチャンド）ガンディー（一八六九〜一九四八）は、インドの独立闘争における中心人物で、死後もインド人の生活に依然として影響力を持っていた。一九四八年一月三十日、狂信的なヒンドゥー教徒によって撃たれ、致命傷を負った。『パーティザン・レヴュー』（一九四九年一月）の「ガンディー考」を参照のこと。

(39) この手紙の終わりのほうに言及されている、マンデルスタムの小品であろう。

(40) グレゴリー・ジルブルクによる英訳は、実際には一九二四年にE・P・ダットンによってニューヨークで出版され、翌年再版された。オーウェルはUS版のことを知っていたが、見てはいなかった。オーウェルが一九四六年一月四日付の『トリビューン』で書評した仏訳『Nous autres〔我々のほうは〕』は、一九二九年にパリで出版された。

(41) エヴゲーニー・ザミャーチンは、イングランドとスコットランドの北東部においてロシアの砕氷船を建造する仕事の監督をするために英国に来た。彼はイギリス人の生活を諷刺する、二篇の面白い諷刺小説を書いた。『島民』は一九一七年にイギリスで書かれ、『人を漁《すなど》る者』は一九一八年にロシアに帰った時に書かれた。前者はニューカースル・アポン・タイン近くのジェスモンドが舞台で、後者はチズィックが舞台である。ソフィー・フラーとジュリアン・サッキによる翻訳は一九八四年に出た。

(42) 同誌は一九五五年まで存続した。

(43) オーウェルは、シットウェルの『大いなる夜明け』の書評を『アデルフィ』の一九四八年七月〜九月号に載せた。

(44) マクドナルドは一九四八年四月二十三日に手紙を書き、別便で本の包みを送った。彼は手紙の中で、そのうちの二冊に言及している――ジョゼフ・ウッド・クラッチ『サミュエル・ジョンソン』（一九四四）、T・ポルナー著、N・リーデン訳『トルストイと、その妻』（一九四五）。彼はこう書いた「僕の知る限り、最上の現代の伝記の二冊だ、とりわけ前者は」。彼はオーウェルに、「ジョンソン博士に対する個人的な熱意」を共有するかと尋ねた。オーウェルはそれには答えなかった。クラッチ（一八九三〜一九七〇）は、一九二四年から五一年まで『ザ・ネイション』の劇評家だった。

(45) ガンディーは一九四八年一月三十日に暗殺された。

(46) ウォルター・フィリップ・ルーサー（一九〇七〜一九七〇）は一九四六年から七〇年まで、全米自動車労組の委員長、一九五二年から五五年まで産業別労働組合会議の委員長を務めた。彼は産業別労働組合会議とアメリカ労働総同盟が合併するのにあずかって力のあった一人だった。そして、AFL-CIO（アメリカ労働総同盟＝産業別労働組合会議）の副委員長を務めたが、委員長と意見が合わなくなり、全米自動車労組を同会議から脱退させた。彼は一九三〇年代にソヴィエトの自動車工場で働いたが、のちにソヴィエトに対して批判的になった。霧が原因の飛行機事故で死んだ。

(47)『エスプリ』はエマニュエル・ムーリエ(注(49)を参照のこと)によって創刊された定期刊行物で、その目的は「共産主義者のフランス人と非共産主義者のフランス人のあいだのギャップを埋めること」だった。同時にムーリエは、「マルクス主義と実存主義のあいだの非政党哲学である、人格主義運動」(J・F・フォールヴィー『ペンギン文学必携』[一九六九])を始めた。

(48) ジョン・マクマリー(一八九一~一九七六)は、一九二九年から四四年までロンドン大学の精神・論理哲学グロート教授。一九四四年から五八年までエディンバラ大学の倫理哲学教授。多くの著書の中に、『共産主義の哲学』(一九三三)、『建設的民主主義』(一九四三)が含まれる。オーウェルのパンフレットのコレクションの中に、彼の「平和目的パンフレット」、『経済再建の基盤』(一九四二)が含まれている。

(49) エマニュエル・ムーニエ(一九〇五~一九五〇)は作家、文芸批評家、フランスのレジスタンス運動における知的指導者で、ローマ・カトリックとマルクス主義に共鳴していた。また、雑誌『エスプリ』を創刊した。彼はベルクソンとペギーの影響を受け、共著で『シャルル・ペギーの思想』(一九三一)、人格主義に関する数冊の本、約百七十篇の小論を出版した。彼は、経済革命、新しい社会組織、個人尊重、時代にふさわしい倫理的価値観を確立するための活動的なローマ・カトリック教会を唱道した。そして、とりわけ、無気力で生きる方向を見失っていた戦後の若者の欲求に応えた(J・F・フォールヴィー)。

(50) オーウェルはマクドナルドの『ヘンリー・ウォレス——人と神話』を出版したらどうかとゴランツに言った。マクドナルドがオーウェルに語ったところでは、ゴランツは最初乗り気だったが、ちょうどよい時期には出版できないと、のちに手紙で言ってきた。同書は書評で褒められたものの、アメリカでは二ヵ月にわずか三千五百部しか売れなかった。けれどもマクドナルドは方々の大学で講演し、ウォレスの「嘘と民衆扇動と、彼の演説を代筆する一〇〇パーセント共産主義者の取り巻き」の正体を暴くことを「大いに楽しんで」いた。

(51) マクドナルドの手紙はカーボン・コピーで現存している。それにはオーエンに対する言及はない。したがって追伸はカーボンの写しではないほうにのみ付け加えられたのであろう。ロバート・オーエン（一七七一～一八五八）はウェールズに生まれ、そこで死んだ。ランカシャーの綿織業者として成功し、スコットランドにニュー・ラナークという模範的工業都市を建設した。そこの従業員の生活状態は良好で、完全に非営利的な商店があった。

（52）企画された一連の集まりに関連して出されたリーフレット――それまでに開かれた最初の集まりは次のようなものだった。「ロシアの文化粛清について。講演者――ニコラス・ナボコフ、マイヤー・シャピロ、ライオネル・トリリング、私。盛会だった――約四百人が集まり、三百ドルの収益があり、講演は内容が充実していた」

（53）ジュリアン・シモンズが書いた兄の伝記は、『A・J・A・シモンズ――生涯と思索』（一九五〇）という題名だった。

（54）その本が「永久に盗まれた」のかどうかは、わかっていない。

（55）その事件についてのシリル・コナリーの思い出は、それほど苦痛に満ちたものではない。彼とオーウェルは、学校図書館から借りた本のリストが一番よかったということで、校長の妻、ウィルクス夫人から交互に賞を貰った。けれども、「私たちは二巻本の『不吉な街』を持っていたところを、ついに見つかった。私たちは愛顧をすっかり失った」（『希望の敵』）。

（56）一九四八年五月五日付の『イヴニング・スタンダード』のゴシップ欄「ロンドン市民の日記」に、アイリーンの死に言及した、オーウェルについての記事があった。

（57）レジナルド・レナルズ編『英国のパンフレット作者』。第一巻は一九四八年十一月十五日に出版された。オーウェルの関わっていない第二巻は、一九五一年に出た。

（58）オーウェルは戦前の出版と比べていた。例えば、彼は『ウィガン波止場への道』の原稿を一九三六年十二月十五日に著作権代理人に宛て郵送した。十九日に、彼はヴィクター・ゴランツに会い、その本に写真を入れることにした。同書は十二週間後の一九三七年三月八日に、三十二点の写真を入れて出版された。

（59）「攻撃」。読もうとする試み。

（60）ヘンリー・ウォルター・ベイツ（一八二五～九二）は一八四八年に南米を訪れた。彼は『アマゾン川の博物学者』（一八六三）を書いた。

（61）オーウェルは正しい。

（62）『古今の讃美歌』の初版は一八六一年に出版された。ローマ・カトリックに対するオーウェルの評言に照らすと皮肉だが、「もろもろの高き所にて主を褒め讃えよ」の作者は、ジョン・ヘンリー・ニューマン枢機卿だった。

(63) マーシャル・プランは正しくは欧州復興計画で、ヨーロッパの数ヵ国における戦後の復興を援助するために一九四七年七月に開かれた、パリ経済会議で生まれた。アメリカがその計画を財政的に援助した(百七十億ドルが四年にわたって譲与または貸与された)。その計画の名称はジョージ・C・マーシャル米国務長官(一八八〇〜一九五九)にちなんで付けられた。彼がそうした援助を提唱したことが、その計画の実現にあずかって力があったのである。一九五三年、マーシャル将軍はこの分野での功績を認められ、ノーベル平和賞を授与された。

(64) 十フランは一九四八年中頃の旧一ペニーにほぼ相当した。

(65) 妻のマメーヌと一緒にウェールズに住んでいたアーサー・ケストラーは、アメリカに移住する決心をした。二人は短期間、アメリカに住んだ。

(66) セシル・A・(「ボビー」)ロバーツは一時サドラーズ・ウェルズ劇場の支配人を務めた。英国空軍に勤務していたが、その頃、除隊になった。

(67) 戦争直後の何年かは住宅を探すのは難しかった。大方の賃貸借権には、賃借人に、金銭の授受があろうとなかろうと(例えばプレミアムとして)、借りている家や部屋の全部あるいは一部を、又貸しをしたり、「所有物を手放」したりすることを禁じる条項が含まれていた。

(68) 『事件の核心』。

(69) 『遅い夜明け』。

(70) たぶん、『アトリー氏――暫定的伝記』であろう。

(71) 一九三三年から一九五九年まで続いた、少年向け週刊誌。ウィリアムソン教授は九六年九月十七日付のイアン・アンガス宛の手紙で、その人物がオーウェルとしばらく病室を共有していたと言い、また、ディック教授が、二人がうまくやっていけるかどうかに関心を持っていたとも言った。「結局、二人は仲よくやっていった(ほとんど誰でもそうだったろうと思うが……)」

(72) シモンズは一九四八年五月十九日付の『マンチェスター・イヴニング・ニュース』紙上で『空気を求めて』の再刊の書評をした。

(73) レオン・マリー・ブロワ(一八四六〜一九一七)はフランスの小説家で、当時のブルジョワの体制順応主義を攻撃した作品を書いた。彼は当時の社会が崩壊することを期待し、ローマ・カトリックの神秘主義に次第に影響されるようになった。それはもっぱら一八九二年から一九一七年までの日記に表われている。

(74) 共和主義者で社会主義者であった彼は、雑誌『半月手帖』(一九〇〇～一四)を創刊した。同誌の目的は、「真実、全真実、真実のみを語り、率直な真実を率直に語り、退屈な真実を退屈に語り、悲しい真実を悲しく語る」ことだった。それが同誌の原則であり方法であり、とりわけ、行動だった(ダニエル・アレヴィー『ペギーと半月手帖』に引用されているペギーの言葉)。彼が同誌を編集しているあいだに、彼のローマ・カトリシズムと愛国主義は強まった。オーウェルが好んだ短篇はアナトール・フランスの『クランクビーユ』で、彼はBBCのために脚色したが(一九四三年八月十一日放送)、その短篇はペギーの『半月手帖』に最初掲載された。

(75) ジェイムズ・トマス・ファレル(一九〇四～一九七九)は多作で成功を博したアメリカの小説家で、率直な社会および文芸批評家だった(例。『怯えた実利主義者の連盟』[一九四五])。

(76) マイケル・ケナード(=ケスラー)は一九三八年にイギリスに来たユダヤ人の難民。ウォーバーグが彼の面倒を見た。彼はジュラ島を二、三度訪れ、病院にオーウェルを見舞った。オーウェルは彼に釣竿を遺した。ケナードは『動物農場』と『一九八四年』を含め、セッカー&ウォーバーグのために数点のカバーのデザインをした。

(77) この手紙の点線部分は編者がアヴリルの手紙から削除した部分である。

(78) ジム・ローズは『オブザーヴァー』の文芸担当編集長のスタッフの一人。

(79) E・S・ターナー編『男の子はどこまでも男の子——スウィーニー・トッド、デッドウッド・ディック、セクストン・ブレイクほかの物語』(一九四八、改訂版一九五七)。オーウェルはその書評はしなかった。

(80) フランシス(フランシー)ボイルは道路工夫。

(81) エドワード・クランクショー(一九〇九～一九八四)は小説家、批評家で、一九四七年から『オブザーヴァー』の外交問題担当のスタッフだった。また、一九四一年から四三年まで、モスクワにある英国軍事使節団に配属された。リチャード・コケットは『デイヴィッド・アスターと「オブザーヴァー」』の中で、こう述べている。「オーウェルは、アフリカの脱植民地化という戦後の問題にアスターが注目するのにあずかって力があった。そのため『オブザーヴァー』は、アフリカにおける脱植民地化の問題と、とりわけ、自分たちの大陸に住むアフリカ人の窮状に焦点を当てた最初で、長いあいだ唯一の英国の新聞だった」

（82）D・V（Deo volente）、「天意に適えば」。

（83）『反ユダヤ主義者の肖像』の書評。一九四八年十一月七日付『オブザーヴァー』。

（84）ナショナル・ドライドはオスターミルクに似た粉ミルクの商標で、ベイビー・クリニック〔ナースが経営し、乳児を持つ母親を助け、「福利食品」も提供した〕を通し、乳幼児の母親に政府から支給された。

（85）ジョン・ダヴェンポート（一九〇六～一九六六）は批評家、文人、多くの作家と画家の友人。その新聞は、たぶん『アワー・タイム』であろう。彼は同紙に寄稿した。一九四八年秋にはフランク・ジェリネックによって編集され、一九四九年にはランダル・スウィングラーによって編集された。

（86）トスコー・ファイヴェル★はオーウェルの長年の友人で、ファイヴェルは自分を反ユダヤ人だと思っていたのは疑いないというオーウェルの言葉について、『ジョージ・オーウェル——個人的思い出』の中で、次のように言っている。「私は、そんなことは断じて言わなかっただろう」。ただし、オーウェルは「心の底では強く反ユダヤ人的」だとマルコム・マガリッジは考えていたと報じたが。ファイヴェルは続いてこう言っている。「そんな風に露骨に言われると、私は同意しないだろう……彼が公然と反ユダヤ人だったとは考えられない。しかし、根っからのユダヤ人という少数民族を英国文化に同化させるということに関する彼の考えは別問題だった」

（87）ジョン・ストラッチー（一九〇一～一九六三）は政治家、政治理論家。一九二九年から三一年まで、また、一九四五年から六三年まで労働党議員。一九四六年、労働党政府の著名な一員になった。

（88）ソヴィエト・ロシアは一九四九年九月に最初の原子爆弾の実験をした。

（89）額縁製作者、絵画修復家。彼の住所は、オーウェルの住所録では、［ロンドン］W・14、ホランド・パーク・ロード六五番地となっている。

（90）一九四四年六月二十八日、モーティマー・クレセントにあるオーウェルのフラットのすぐそばに飛行爆弾が落ちた。

（91）パトリック・オードノヴァンは一九六四年に『オブザーヴァー』に入り、移動外国通信員として目覚しい成果を挙げた。

（92）『動物農場』のロシア語訳（Skotskii Khutor）はM・クリーゲルとグレープ・ストルーヴェによってなされた。それは一九四九年、週刊の社会・政治評論誌

『ポセーフ』に載り（第七号〜第二十五号）、一九五〇年に本になった。「ポセーフ」は種蒔きの意味で、同誌はソヴィエト連邦解体以降も続いた。

（93）『ポリティックス』は、その翻訳が載る以前に廃刊になった。

（94）たぶん「喫煙室物語」であろう。

（95）ヴァーノン・リチャーズ★（一九一五〜二〇〇一）とマリー＝ルイーズ・リチャード（一九一八〜四九）は、無政府主義運動で盛んに活動した。二人はオーウェルに頼まれ、新聞と雑誌用に彼の写真を撮った。一九四六年、養子のリチャードと一緒のオーウェルの写真を撮った。

（96）四七年三月十九日付の手紙を参照のこと。

（97）バートランド・ラッセル（一八七二〜一九七〇。第三代ラッセル伯）は哲学者、数学者、講演家、著述家。彼は多くの大義のために闘ったが、たぶん、最も重要な大義は核軍縮であろう。

（98）ランスロット・ホグベン（一八九五〜一九七五）は科学者、著述家で、最初は遺伝学者、内分泌学者として著名になったが、のちに科学と言語を一般大衆に紹介した一連の本、とりわけ『百万人の数学』（一九三六）と『市民の科学』（一九三八）で、非常に幅広く大衆に知られるようになった。

クラナム、ユニヴァーシティー・コレッジ病院、オーウェルの死

一九四九年〜一九五〇年

一九四九年一月二日、オーウェルはジュラ島を去り、再び戻ることはなかった。そして、『ロージーと林檎酒』の著者ローリー・リーが生まれ育った村、スラッドから一、二マイルのところにある、グロスタシャーのクラナムに建つコッツウォルド・サナトリウムの患者になった。そこでの患者の看護の仕方について読むと苛酷なように思われるが、当時は、それが患者のためになると考えられていたのである。しばしば凍るほどに寒い戸外で患者が横になっている姿を写した、そうした病院の映画を観た者は、実に驚くほどに対照的な反応を示す。フレドリック・ウォーバーグと妻のパメラが彼を見舞った時、目にした光景と、彼がなんの治療も受けていないようなのに衝撃を受けた（一九四九年一月十八日の電報の注を参照のこと）。

『一九八四年』は、ロンドンではセッカー&ウォーバーグによって、ニューヨークではハーコート、ブレイスによって急遽組まれ、校正刷りが刷られた。オーウェルは三月に校正刷りを校正し、同月、ハーコート、ブレイスが「本の約五分の一あるいは四分の一」を削除しようとしたことに強く抗議したほどに元気だった。彼はまた、『一九八四年』で使ったメートル法——ハーコート、ブレイスは、それをインチとフィートに変えてしまった——を、元のままにしておくよう、要求した。六月に、その本、彼の最後の本はロンドンとニューヨークで出版され（『一九八四年』という題名で）、七月に、ブック・オヴ・ザ・マンス・クラブは約十九万部刷った。八月末、NBCはそれを放送劇にしたものを放送した。デイヴィッド・ニーヴンがウィンストン・スミスを演じた。同書とオーウェルは、たちどころに名声を博した。

二月十四日（ヴァレンタイン・デー）にジャシンサ・バディコムは、子供時代の遊び友達のエリック・ブレアがジョージ・オーウェルであることを知り、彼に手紙を書いた。彼は喜んだ。三月末、シーリア・カーワンが情報調査部を代表して彼に会いに来た。情報調査部は、

「西欧の勢力と影響力を弱めるための」ソヴィエトの「世界的な破壊活動」を防ぐ目的で、労働党政府によって設置されたものである。彼は情報調査部に手紙を書くほどの体力はなかったが、同部に協力するかもしれない者、協力を依頼するにはあまりに「信用できない者」の名前を挙げた。

九月に、彼はロンドンのユニヴァーシティー・コレッジ病院に移された。彼はおそらく、どんな治療も無効な段階に来ていたのだろうが、手厚く看護され、友人たちは見舞いに訪れることができた。十月十三日にソニア・ブラウネルと結婚したのは、その病室においてである。一九五〇年一月十八日、彼は計画していたスイスへの旅の前夜、遺言状に署名をした。残念ながら、一九五〇年一月二十一日土曜日の午前二時半頃、旅に出掛けることもなく、肺からの大量の喀血で死亡した。

『コレッジ・デイズ』第3号(1919年11月29日付)に載ったオーウェルの物語「白人の重荷」に、ボビー・ロングドンがつけた挿絵

ブルース・ディック医師★よりデイヴィッド・アスター★宛

一九四九年一月五日
返事の宛先ズビー、ザ・ピール［グラスゴーの南］

親愛なるデイヴィッド様〔正しくは「アスター様」〕

ご返事が遅れ、申し訳ありません。

私はしばらくのあいだ、エリック・ブレアと文通しておりました。当然ながら、病気の再発の話でした。おそらく、かなり急性のものでしょう。私共が九月に会った時は、彼が私共のところを去った時と同じくらい元気だと思いました。

私は、彼を私共の病院、またはここに入ったらどうかと提案しました〔ディックは複数の病院で働いていた〕。けれども彼は、さほど気候の厳しくない南部にしきりに行きたがっていました。彼はマンズリー[1]に行く決心をしていました。手筈が整うのが遅れたのでコッツウォルズ・サナトリウムに入ることにしたのだと思います[2]。私は個人的に院長と接触はありませんが、私の助手の一人が詳しい病歴を送りました。

病気はストレプトマイシンのクールに、また反応すると思います。ストレプトマイシンは今では国内で以前より楽に手に入ります。確かなところ、ほかの治療法はありません。

あのような立派な性格の有能な人物がこの病に冒されたというのは、実に不運なことです。彼が、あなたの絶えざる友情と親切に、大いに励まされているのを私は知っております。

あの気の毒な方が快方に向かうことを願っています。彼がサナトリウムという環境のもとで、しっかりと保護された生活を送ることが必要なのは、いまや明らかです。残念ながら、ジュラ島で暮らす夢は消えるに違いありません。

少しでもお役に立てれば、なんでも致します。もし今後、彼が北に来るようなことがあれば、避難所を提供致します。

敬意を込めて
敬具
ブルース・ディック
［手書き］

デイヴィッド・アスター★宛

一九四九年一月十二日
グロスタシャー、クラナム
コッツウォルド・サナトリウム[3]

親愛なるデイヴィッド

二通の電報と、ストレプトマイシンについての申し出に感謝する。しかし現在、ストレプトマイシンの治療は受けていない。いずれにしろ、それは今、前より容易に手に入り、比較的安いようだ。ここでは、P・A・S[4]と呼ばれるものをくれる。それは、para-amino-salicylic acid〔パラアミノサリチル酸〕の略だと思う。まるで、アスピリンの偽装のように思えるが、そうではないと思う。いずれにしろ、僕らは試してみることにする。もし効かなかったら、いつでもまたストレプトが使える。ここは実にいい所で、快適だ。いつか来られたら、嬉しい。もちろん、無理をしないように。前もって知らせてくれれば、食事も用意できる。先週あたりは気分がよかったが、少なくともひと月は仕事はしないようにする。

草々
ジョージ

追伸　地図を見ると、君のアビングドンの家から陸路で、そう遠くない。僕はこれまでグロスタシャーに来たことはないのだが、僕が子供の頃に知っていたオックスフォードシャーの田舎にちょっと似ているに違いない。

［手書き］

レナード・ムーア宛★

一九四九年一月十七日
クラナム
コッツウォルド・サナトリウム

親愛なるムーア

正式に署名した六通の契約書[5]を同封します。『ビルマの日々』の数冊と、その漫画が載っている雑誌をお送り下さり、ありがとうございます。

私の新作がUSAで出ることに決まり、嬉しく思っております。ここと あそこで違った題名が付いても別に悪いことはないと思います。[6]ウォーバーグは『1984』という題のほうが気に入っているようです。私自身も、そのほうがやや気に入っています。[7]しかし、『Nineteen Eighty-four』と書いたほうがよいだろうと思いますが、間もなくウォーバーグに会うことになっていますので、そのことについて彼と話してみます。アメリカの出版社が付録[8]を削除したがるということは考えられます。もちろん、小説と称するものに付録がつくのは通例ではありませんが、できれば、そのままにしておきたいのです。

残念ながら、あと二、三ヵ月、上記の住所におります。大変よい所で、ごく快適に過ごしています。なんであれ仕事は一切しないようにしています。それが目下、最も賢明なことに思われます。ところで、あなたのもう一通の手紙に関してですが、『ハーパーズ・バザー』に、私は小論を書きたいのだけれども、病が重く何も引き受けられないと言ってもらえないでしょうか。ひと月ほどすれば、また仕事が始められるかもしれませんが、今のところはなんの約束もしたくありません。

敬具

エリック・ブレア

［手書き］

サー・リチャード・リース★宛

一九四九年一月十八日
クラナム
コッツウォルド・サナトリウム

親愛なるリチャード

　無事に家に帰れたことを願う。そして、僕のためにしてくれた旅で疲労困憊しなかったことを願う。僕はここにすっかり落ち着き、至極快適だ。「シャレー」は怖れていたほど陰気ではない――ごく暖かく、セントラル・ヒーティングで、湯と水が出、食べ物は大変いい。トーニー夫妻[9]が見舞いに来てくれたが、今はロンドンに発った。カール・シュネッツラーも来てくれた。ウォーバーグが金曜に来る。君が送ってくれた『括弧に入れて』[10]を、そのうち返送する。ある意味で非常にいい本だが、僕の言う、型に嵌まった書き方だ。僕は、それをよしとしない。バーンヒルからはなんの便りもないが、アヴリルの風邪はしっかり治ったものと思う。あそこの天候はどんな具合か知らないが、ここの天候は早春のように穏やかで日が照っている。小鳥たちが歌おうとしている。僕の今度の本はＵＳＡで出してもらえることになった。また、ごくいい条件で、以前のいくつかのものも再刊してくれることになった。アメリカの出版社にしては異例だ。実際には、僕はそのことにはいささか反対なのだ。再刊で彼らが損をするのは確実で、そうなると、彼らは今後の本に熱意を失うからだ。

　僕はパスと呼ばれているものを使っている。それはパラアミノサリチリ酸の略だと思う。医者たちは、それは効くと言っている。非常に高い。ストレプトマイシンほど高くはないが。それは服用するのだ。例の際限のない注射より確かによい。僕はいろいろ考えたのだが、夏までに一応回復しても、今後は医者に行けるところで冬を過ごさねばならない――どこかは、まだわからないが、たぶん、ブライトンのような所がいいだろう。したがって、もし冬にはバーンヒルにいられないとすれば、ビルが冬の数ヵ月、誰かに世話をしてもらうよう、なんとか手配ができないだろうか。僕はバーンヒルと縁をどうしても切りたくないのだ。なぜなら、住むのに素晴らしい場所だし、とにかく僕らは、今ではかなりしっかり、そこに根を下ろしているからなのだが、一九四六年にそこを借りた時の最初の計画通り、夏のあいだだけ使ったほうが賢明かもしれない。僕は、あと五年から十年生きていなければならない。そのためには、いざという時には、すぐに医者にかかれることが必要だ。加えて、僕は病気になるとみんなに迷惑をかけるだけだ。ところが、文明化した所では、これは問題にならない。夏になれば、ぶらぶら歩き回れるくらいよくなるのは疑いない。今の感染症が抑えられている限り。もっと経済的に安定した時代になれば、シチリア島かどこかで毎冬を過ごす手配ができるかもしれないが、今はイングランドのどこかにすべきだろう。[11]最初僕らは、四月から十一月までしか住まないという条件であの家を借りたのだが、今ではビルがいる。だから、彼のために家政婦を見つけるという問題があるのだ。そのことで何かいい考えがあるだろうか。その問題について、アヴリルにも手紙を書くつもりだ。

グレープ・ストルーヴェが、ロシアの雑誌に載った、僕に関する記事の翻訳を送ってくれた。[12]それは実に苛立たしいもので、ある意味で人を不安にする。なぜなら、全部、ともかくもあまりに無学だからだ。

草々
エリック
[手書き]

フレドリック・ウォーバーグ宛★

一九四九年一月十八日

電報

キンヨウビニ　キミニ　アウノヲ　タノシミニシテイル　ゼヒ　パメラヲ　ツレテキタマエ　クルマデムカエニイク

ジョージ

ウォーバーグは一九四九年一月二十一日、金曜日にオーウェルを見舞うことになった。彼は妻のパメラを連れて行った。彼は自伝『すべての著者は平等である』(一九七三)の中で、クラナム(二人をぞっとさせた)と、オーウェルの悲惨な状態について生々しく書いている。ウォーバーグは見舞いの日取りについて確認の手紙を一月十九日にオーウェルに出した際、彼の医師たちと腹蔵なく話し合う許可を求めた。「君の将来は、君にとってだけではなく、大勢の者にとっても重要なのだ」。オーウェルは二人の質問に対し、パメラ・ウォーバーグに語った。「女医[マーガレット・カークマンであろう]が毎朝来てくれるんだ……彼女はきわめて有能で親切だと思う。気分はいかが、などということを訊く」。けれども、ウォーバーグ夫人の質問に対する答えで、聴診器による胸部検診が行われていないことがわかった。「ここではスタッフが足りないんだと思う」とオーウェルは彼女に言った。「おそらく彼女は時間がないんだろう」。それに対しウォーバーグ夫人は、腹を立てながら答えた。「言語道断よ、まったくひどい」。それにもかかわらず、医者たちは治療法をちゃんと心得ているとオーウェルは思っていた。ウォーバーグは、それに対してこう言っている。「答えはいかにも彼らしく――彼は騒ぎ立てるのに忍びなかったのだ――あまりに心が痛んだので、私は自分の耳を疑ったが、少なくともそのため、パメラが彼に、ロンドンの専門医に診てもらうよう頼むのが容易になった。彼女はオーウェルを説き伏せ、アンドルー・モーランド医師（D・H・ロレンスを治療した、結核の分野では一流の専門家）に診てもらいたいかどうか、もし必要なら、ロンドンのユニヴァーシティー・コレッジ病院に入れてもらいたいかどうかを自分たちに知らせることを約束させた。ウォーバーグはまた、その頃、オーウェルと関係があり、オーウェルの熱烈な崇拝者だった書店主のルイス・シモンズが、自分と二、三人の友人とで、オーウェルが治療のためにスイスに行く費用の五百ポンド――当時としては大金だった――を調達することができる、「彼は、失うにはあまりに貴重」なので、とウォーバーグに話したことも書いている。

ジュリアン・シモンズ★宛

一九四九年二月二日
クラナム
コッツウォルド・サナトリウム

親愛なるジュリアン

君とご家族は元気だろうか。僕は、ここにほぼひと月いる。［治療の進行具合――パス。］先月、僕の体重は四オンス増えただけだが、実際、気分は前よりよく、ここで十分に世話をしてもらっている。医者たちはあまり有能とも思えないが。

君の赤ん坊はかなり大きくなり、また、歯が生えかけていて、固い食べ物も食べているに違いない。離乳で苦労しただろうか。僕らもリチャードの場合、苦労したが。マキアヴェリが統治について言ったことに似ている。人は力か欺瞞以外では統治はできない。リチャードは五歳になるところで、大変大きく、すこぶる健康だ。文字を覚えることにはまだ関心がないが。彼は読んでもらうのは好きだが、それが、自分で読むのを覚える理由になるとは思っていない。今度の冬に学校に行くことになると思うが、彼はずいぶん社交的なので、楽しむのは間違いない。

僕の新しい本は七月に出ることになっているが（ウォーバーグは五月か六月と言っているが、それは出版社用語では七月を意味する）、たぶん、アメリカ版のほうが先に出るだろう。いずれにしろ、君に一冊届くよう手配する。『M［マンチェスター］E［イヴニング］ニュース』に、僕が不承不承協力した、あのひどいパンフレット集も含め、僕の本について好意的な文を書いてくれたことに感謝する。僕は、ギッシングの本の何冊かを再刊するように、ウォーバーグをまた説得している。僕はその序文を書くつもりだ。ある出版社（どの出版社か忘れた）が、去年、ギッシングの三冊を出したが、もちろん、選択を誤ったものだった。[13] ところで、僕はまだ『新グラブ街』を手に入れようとしている。今、ニューヨークを当たっている。少々不愉快な話だが、例の雑誌『政治と文学』の依頼でギッシングについてエッセイを書いたのだが、同誌は休刊になってしまった。そして、僕のエッセイを返しもしないし、それについての問い合わせにも答えない。同誌が再刊される見込みは、まずないのだが。この国で、一つのまともな雑誌の資金手当てもできないというのは、なんという不幸だろう。年に約二千ポンド損をするという問題に過ぎないと思うのだが。『パーティザン・レヴュー』は売上が伸びたか、どこかから資金を貰ったかだ。いまや同誌がかなりの稿料を払うところから見て。僕は戦時中に同誌に書いたエッセイで、どれも一篇わずか十ドルしか貰わなかった。[14]

僕はこの辺を知らないのだが、美しい場所だそうだ。トーニー教授は近くに住んでいるが、残念ながらL・S・Eの学期が始まるのでロンドンに戻らねばならなかった。天候はまったく信じられないほどで、四月のように陽が燦々と照り、鳥が鳴いている。奥さんによろしく。乱筆を謝す。

草々

ジョージ

［手書き］

サー・リチャード・リース宛★

一九四九年二月四日
クラナム
コッツウォルド・サナトリウム

親愛なるリチャード

君に借りていた金の額の小切手を同封する。三ポンド足したのに君は気づくだろう。君のワイン商に頼んで、ラム酒を二瓶送ってもらうようにしてくれないだろうか。値段はそのくらいだろうと思う。彼は、瓶が割れないような包装の仕方を知っていると思う。

アヴリルから便りがあり、彼女とビルは本土の農場に移ったほうがよいと考えているそうだ。二人は正しいと思うが、僕の健康がそう決心させた要因ではないかと済まない気がする。道路の状態も第二の立派な要因だが。あそこの不動産の改良に、君が今後さらに金を投じるのは無謀だと思う。[15] というのも、ああいう場所は、その性質上、いつかは住むに適さなくなるからだ。家畜を見切り売りすることなく、また処分の際損をすることなく移れるのを期待する。実際に移るというのは恐ろしく面倒なことで、いつ移ることになっても僕自身は関与しないだろう。僕はアヴリルに、ロビン［フレッチャー］が実際にそこを耕す賃借り人を見つけることができなければ、その家の賃貸借契約をそのままにしておきたいとロビンに言ってくれと頼んだ。夏の休暇を過ごす場所として、僕らがそこを持っていてはならない理由はない。そして、キャンプベッド等をそこに残して置くことができるだろう。もちろん、夏でさえ僕はそうしたものをまた使うほど丈夫にはならないかもしれないが、ほかの者はそうできるだろうし、家賃は只《ただ》同然だ。

　僕は人間の知識に関する、R・ラッセルの新刊の本を読んでいる[16]。彼はシェイクスピアを引用している。「星の燃ゆるを疑おうとも、大地の動くのを疑おうとも」(Doubt that the stars are fire, Doubt that the earth doth move.)」(こう続くと思う、「真実のまことなるを疑おうとも、わが愛を疑うことなかれ」〔小田島雄志訳『ハムレット』〕)。しかし彼は、それを「太陽の動くのを疑おうとも」に変えて、Sの無知の例に使っている。それは正しいのだろうか。僕は「大地」だと思っていたが。しかし、手元にシェイクスピアがないので、その台詞がどの作品から来たのかさえ覚えていない(喜劇の一つに違いないと思う)。どこから来たのか思い出せたら確認してもらえないだろうか[17]。ところで、ロシアの新聞はB・Rを、タキシードを着た狼、哲学者のローブを羽織った野獣と言った。

　トランプ等についての、あの本に非常に興味があるかどうか、実のところわからない。あの男[18]については以前耳にしたことがあるが、テレパシーについてはさほど興味が持てない。それが、信頼できる一つの方法に発展しなければ。

　僕は『最初のヨーロッパ』[19](暗黒時代の歴史)を読んでいるが、非常に面白い。ただし、書き方がかなり退屈だが。ここに来た最初の一、二週は、手元に読む本がなくなったので図書室の本に頼らざるを得なかった。それは、恐るべき駄本を読むことを意味した。とりわけ、初めてディーピング[20]を一冊読んだ——実際には、思っていたほど悪くはなかった。A・S・M・ハッチンソン[21]のような一種の自然小説家だ。ピーター・チェイニー[22]も一冊読んだ。彼はどうやら本で儲けているらしい。僕はドーチェスター・ホテルで彼が開いた豪勢なパーティーによく招かれたものだ。僕はハーディーの小説[23]を数冊取り寄せたが、あまり気が乗らずに眺めている。

草々

エリック

[タイプ]

ジュリアン・シモンズ★宛

一九四九年二月四日
クラナム
コッツウォルド・サナトリウム

親愛なるジュリアン

手紙をありがとう。君のスリラー[24]を一部送ってくれないか。楽しく読めるはずだ。今ではとにかく、読む以外のことは何もしていない。僕は探偵小説ではアマチュアだ。君も知っての通り、探偵小説には旧式の嗜好を持っているが。ところで最近、『郵便配達は、いつもベルを二度鳴らす』[25]を初めて読んだ――なんてひどい本だ。

[シモンズが見舞いに来てくれることについての手配。]

僕の新しい本は、小説の形をとったユートピア小説だ。執筆中に非常に体の具合が悪かったせいもあり少々混乱しているが、その中のアイディアのいくつかは君の関心を惹くと思う。題名はまだ確定はしていないが、『一九八四年』になると思う。トニーの話[26]では、マルコム・マガリッジは同じ頃小説を出すそうだ。

ご家族によろしく。

草々
ジョージ
[タイプ]

ジャシンサ・バディコムは著書『エリックと私たち』の中で、オーウェル――当時、彼女にはエリック・ブレアだった――は一九二七年にイギリスに戻ってきたあと、「忽然として姿を消した」が、その後、二人は音信不通になったと説明している。すると、一九四九年二月八日、彼女はリリアン叔母さん（オーウェルはジャシンサの二人の弟と一緒にリリアン叔母さんの家に二週間泊まった［ジャシンサは事情があって泊まらなかった］）から、ジョージ・オーウェルは実はエリック・ブレアだという手紙を受け取った。彼女はマーティン・セッカーに電話をし、オーウェルの住所を訊き、二月九日に彼に手紙を書いた。次の二通の手紙は、同じ封筒に入れられて二月十七日に届いた。（本書の二十六頁から二十八頁にある、一九七二年五月四日付のいとこ宛の彼女の手紙を参照のこと。）

ジャシンサ・バディコム★宛

一九四九年二月十四日
クラナム
コッツウォルド・サナトリウム

親愛なるジャシンサ

何年も経ってから手紙を貰い、なんと嬉しいことだろう。シップレイクで君と一緒に過ごした学校の冬休み以来、実に三十年が経っているに違いない。あれからずっとあとの一九二七年にプロスパーとグウィニヴァーには会ったけれども。その年、僕はビルマから帰ってきたあと、ティクラートンで二人と一緒になったのだ。その後、僕は世界の様々なところで暮らした。生計を立てるのが非常に難しいことが多かった。そして、たくさんの旧友と連絡がつかなくなった。プロスパーが一九三〇年頃結婚したのは覚えているようだ。僕はやもめだ。妻は四年前、僕と小さな（養子の）息子を残して急死した。息子は当時、一歳にもなっていなかった。それ以後、ほぼずっと、アヴリルが僕のために家事をしてくれている。僕らはこれまで、ヘブリディース諸島、もっと正しく言えば、ウェスタン・アイルズのジュラに住んでいた。いずれにせよ、僕らはそこの家はずっと借りているつもりだが、今の僕の健康状態では、少なくとも冬は、医者のいる、そう遠くない場所で過ごさねばならないだろう。いずれにせよ、五月に五歳になる息子のリチャードは、間もなく学校に通い始めなければならない。その島では、それがうまくいかない。

　僕は一九四七年の秋以来、この惨めな病気（結核）にひどくやられているが、もちろん、それはこれまでずっと僕の身に迫っていたのだ。実際には、幼い頃にその最初の徴候があったのだと思う。僕は一九四八年の前半を病院で過ごし、ストレプトマイシンの治療を受けたあとずっとよくなって家に帰ったのだが、九月頃、また気分が悪くなり始めた。しかし、治療を受けに行くことができなかった。というのも、病気のせいで一年半もいじくり回していた忌々しい小説を仕上げる必要があったからだ。そういう訳で、ここには年の初めまで来なかった。その頃には、我ながら惨めな状態だった。今はまったく仕事をしないようにしている。あと一、二ヵ月は仕事を再開しないだろう。僕は本を読み、クロスワード・パズルを解くことしかしていない。ここでは手厚く世話をしてもらっていて、じっと暖かくしていられ、何も心配することはない。それが、僕の考えでは、唯一の効果的な治療だ。ありがたいことに、リチャードはきわめて丈夫で健康で、この病気には罹りそうもない。

　僕はヘンリー一帯には戻ったことはない。車で町の中を通った以外。僕らが例の「サルーン・ライフル」[27]を持って、そこら中で狩りをした、君のお母さんのあの土地はどうなったのだろう。あのライフルは、当時は非常に大きいものに見えた。僕らがR・フリーマン[28]に夢中だったことを覚えているだろうか。僕は実際、その時の気持ちを失っていない。ごく後期のものを除き、彼の全作品を読んだに違いないと思う。彼はつい最近、高齢で死んだのではないか。

　春か夏にはここを出たいと思っている。もし出られたら、ロンドンかロンドンの近くにしばらくいる。その場合、君がよければ、君を訪ねよう。ところで、また手紙をくれ、もう少しニュースを教えてくれるなら、非常に嬉しい。これは少々貧弱な手紙になってしまったが、長いあいだ起き直っていると疲れるので、今のところは長い手紙が書けないからだ。

草々

エリック・ブレア
［タイプ］

ジャシンサ・バディコム宛★

一九四九年［二月十五日］
クラナム

ようこそ而してさようなら〔古代ローマの詩人カトゥルスの詩句の引用。二人は若い頃、また会えるよう、挨拶にこの詩句を使った〕、我が親愛なるジャシンサ

　僕が忘れていないことが、これでわかるだろう。きのう君に手紙を書いたのだが、まだ投函していないので、この陰気な日を明るくしようと思う。今日は何もかもがうまく行かなかった日だ。まず、読んでいた本に馬鹿らしい事故が起こり、本はいまや読めないものになってしまった。そのあと、タイプライターが動かなくなったが、僕にはそれを直す体力がない。代わりのものをなんとか借りたが、代わり映えがしない。君の手紙を貰ってから、いろいろなことを思い出していた。君とグウィンとプロスパーと一緒に過ごした幼い頃の日々、二十年か三十年、忘れていたもろもろの事について考えるのをやめられない。僕は、君にしきりに会いたい。僕らは、僕がここから出たら会うべきだ。しかし医者は、僕にあと三、四ヵ月ここにいなさいと言っている。

　リチャードに会ってもらいたい。彼はまだ字は読めないし、話すのもちょっと遅れているが、僕同様、釣りに熱心で、農場で働くのが好きだ。農場では実際なかなか役に立つ。彼は機械に非常な関心を抱いているが、それはのちのち役に立つかもしれない。僕は今の彼よりそう年上でもなかった頃から、将来物を書きたいと思っていたが、最初の十年間は生計を立てるのが非常に難しかった。生きていくだけの金を稼ぐのに、たくさんの嫌な仕事を引き受けねばならなかった。そして、残った時間で書くことができるだけだった。その時には疲れ果てていて、残しておく価値のある一頁に対し十数頁を破棄しなければならなかった。一度、書き上げた小説全部を破いてしまったが[29]、その小説に対してそれほど無慈悲でなければよかったと、今では思っている。その一部は書き直す価値があったかもしれない。あれほど違った世界で書いたものに戻るのは不可能だが。しかし、今では少々後悔している。（「奴が何をやらかしたのか見た時、俺は言ったね、これはてえへんだ、おまえは何をやらかしたんだ？」[30]）。リチャードがあのように徹底して実際的なことが好きな子供だというのは、よいことだと思う。

　君は子供が好きだろうか。そうに違いないと思う。君は実に優しい娘《こ》で、僕らほかの者が撃ったり殺したりした生き物を、いつも心から憐れんだ。しかし、僕にはそれほど優しくなく、一切の望みを砕いて、僕をビルマに

追いやった。僕らは今は年を取ったが、僕はこういう病気を抱えているので、歳月は君により、僕にもっとつれなかった訳だ。しかし、僕はここで手厚く世話をしてもらっていて、先月ここに来た時よりもかなり気分がいい。ロンドンに戻れたら、すぐにも君に是非再会したい。

　いつものように、終わりがないようにして、この手紙を終わろう。

さようなら而してようこそ
エリック
［タイプ］

　ロンドンで発行された、ポーランド人の移住者の文芸週刊紙『ヴァドモシチ〔報知〕』は、数人のイギリスの作家に、ジョゼフ・コンラッドに関するアンケートを送り、二つの質問をした。

「まず、英文学における彼の永遠の地位と階級は、なんだと思いますか？　コンラッドが死んだ時、何人かの批評家は彼の最終的位置について確信が持てず、とりわけヴァージニア・ウルフは、彼の後期の小説のどれかが残るかどうか疑問に思いました。今日、彼の選集の新版が出た際、リチャード・カール氏は『タイム・アンド・タイド』に、コンラッドの作品はいまや英国の小説の偉大な古典に入る、と書きました。あなたの見解では、どちらの意見が正しいでしょうか？

　あなたの答えを頂きたいもう一つの質問は、あなたはコンラッドの作品の中に、何か風変わりな点、異国的要素、奇妙な肌合い（もちろん、英文学の伝統に照らしてですが）を見出しますか、また、そうならば、それは彼がポーランド出身ということに原因があると思いますか。

『ヴァドモシチ』宛

一九四九年二月二十五日
クラナム
コッツウォルド・サナトリウム

拝啓
　二月二十二日付のお手紙、ありがとうございます。病気でベッドにおりますので、非常に長い答えはできませんが、ともかく喜んで私見を述べます。
　一、私はコンラッドを今世紀の最良の作家の一人だと見なしています。そして――彼をイギリスの作家と見なすことができないとすれば――イギリスが持つ、ごく数の少ない真の小説家の一人だと。彼の死後、やや衰えた彼の名声はこの十年間で再び上がりました。私は彼の作品の大部分が残ることに疑いを抱いていません。彼は生前、「海洋物語」作者というレッテルを貼られましたが、『密偵』や『西欧の眼の下に』のような作品は、ほとんど注目されませんでした。実際には、コンラッドは人生の三分の一しか海で過ごしませんでした。そして、彼が『ロード・ジム』や『オールメイヤーの阿房宮』等で書いたアジアの諸国については、表面的な知識しか持っていなかったのです。けれども、彼が持っていたのは、一種の成熟した物の見方と政治的理解力で、それは当時の生粋のイギリス人作家には、ほとんどないものでした。彼の最上の作品は、彼の中期と言ってよい時期、おおまかに言って一九〇〇年から一九一四年のあいだの時期に属するものです。この時期には、『ノストローモ』、『偶然』、『勝利』、それに上述の二つの作品、数篇の際立った短篇が書かれています。

二、そう、コンラッドは、私にはやや異国的な味わいを持っているのは明らかです。それが彼の魅力の一部です。『オールメイヤーの阿房宮』のような初期の作品では、彼の英語は時折、まさしく不正確です。問題になるほどではありませんが。彼はポーランド語で考え、考えたことをフランス語に翻訳し、それから最後に英語に翻訳したと、私は思います。読む者は、その過程を、少なくともフランス語まで戻ることができる時があります。例えば、形容詞を名詞のあとに置く傾向です。コンラッドは、今世紀において、英文学を文明化し、ヨーロッパと再び接触させた作家の一人です。英文学はヨーロッパから百年間ほぼ切り離されていたのですが。それをヨーロッパと再び接触させるということを成し遂げた作家のほとんどは、外国人でした、あるいは、とにかく生粋のイギリス人ではありませんでした——エリオット、ジェイムズ（それぞれアメリカ人）、ジョイスとイェイツ（アイルランド人）、移住してきたポーランド人、コンラッド自身。

敬具
ジョージ・オーウェル
［タイプ］

ロジャー・センハウス★宛

一九四九年三月二日
クラナム
コッツウォルド・サナトリウム

親愛なるロジャー

君の問い合わせにまだ答えていなかったのは、まことに済まないが、先週ここに来たジュリアン・シモンズに、控えの校正刷りを貸してしまったのが、その理由だ。まだ返してもらっていない。［一、二の質問に対する答え。］「onto」について。これが醜い言葉だということは知っている。しかし、ある文脈では必要だと思う。もし、「the cat jumped on the table」と言えば、すでにテーブルの上にいる猫が、そこで飛び跳ねたということを意味するだろう。一方、「on to」（二語）は、別のことを意味する。例えば、「we stopped at Barnet and then drove on to Hatfield」におけるように。したがって、ある文脈では、「onto」が必要なのだ。僕の記憶が正しければ、ファウラーは、それはまったく駄目だとは言っていない[31]。

ハーコート・ブレイスと大戦争になりそうだ。彼らは本の最初から最後まで、メートル法をマイル、ヤード等に変えたがっていて、実際、校正刷りではそうしてしまったからだ。それは重大な過ちだ。僕はすでに強い言葉で電報を打ったが、僕の基地から三千マイル離れたところで、そんな戦争はしたくない。

草々
ジョージ
［タイプ］

サー・リチャード・リース宛★

一九四九年三月三日

親愛なるリチャード

手紙と切抜きをありがとう。切抜きはC・Pの政策を非常によく説明している。けれども、共産主義、ファシズム、あるいはそうした類いのものに対し、同じような狂信的態度で当たらなければ対抗できないと結論付けるのには、以前から賛成できない。人は狂信者を打ち負かすには、自分がまさに狂信者になることによってではなく、自分の知能を使うことによってであるように僕には思われる。同様に、人が虎を殺すことができるのは、人が虎に似ているからではなく、頭を使ってライフル銃を発明するからだ。それは、どんな虎にもできないことだ。

僕はラッセルの本[32]の一節を調べてみた。もし、「ある陳述」の反定立が常に「すべての陳述」ならば、「ある人間は尻尾がない」の反定立は「すべての人間は尻尾を持っている」ではなく、「すべての人間は尻尾がない」のように僕には思われる[33]。ラッセルはその節で、一つが真実ではない一組の陳述のみを引用しているようだが、「ある」も「すべて」も真実である多くの場合があるに違いないのは明らかだ。「ある」が控え目な言い方の時を除き。したがって、「ある人間は尻尾がない」というのは正しい。ある人間は尻尾を持っているということを、それによって仄めかしているのでなければ。しかし僕は、そうしたことにはついて行けない。そういうことを読むと、哲学は法律で禁じられねばならないという気持ちになる。

僕はイーヴリン・ウォーについてエッセイを書くことになり、ロセッティに関する彼の初期の本と、『法の下の強奪』（メキシコについてのもの）を読んだ。目下、ヘスキス・ピアソンの新しいディケンズ伝を読んでいる。その書評をしなければならないのだ[34]。それは大変いいとは言えない。完璧なディケンズ伝はないようだ――ひねくれていて公正さを欠くが、キングズミルの本が一番いいと正直思う。[35] ハックスリーの本[36]について君の言ったことは正しい――ひどいものだ。彼が聖人ぶればぶるほど、彼の本がセックスだらけになってくるのに気づいただろうか。彼は女をこっぴどくやっつけるというテーマから離れられない。もし彼が勇気をもって公然とそう言えば、それは戦争という問題の解決になる。もし僕らが、結局は大した被害を与えない、ちょっとした個人的サディズムで腹癒せをするなら、爆弾を落とそうなどという気にならないだろう。ここ何年も読んでいなかった『ダーバヴィル家のテス』を再読し、『薄命のジュード』を初めて読んだ。『テス』は僕が覚えていたより、実際、よかった。ちなみに、所々実に滑稽だった。ハーディーにそんなことができるとは思っていなかった。

　医者たちが言うには、僕はもうふた月、ベッドにいなければならない。つまり、五月頃まで。だから、七月頃まで実際には出られないと思う。けれども、費用がかかり、幼いR［リチャード］に会えないことを除けば、それは問題とは思えない。僕は、彼が僕から離れたところで大きくなり、僕をいつも横になっていて遊ぶことのできない人間と考えるようになるのを非常に恐れている。もちろん、子供は病気を理解することはできない。彼は僕に会いに来て、よくこう言ったものだ、「どこを怪我したの？」――いつもベッドにいる理由は、彼にとってはそれしかないのだと思う。[37] しかしそれ以外は、僕はここにいるのは嫌ではないし、快適で、手厚く世話をしてもらっている。気分は以前よりずっといいし、食欲もずっと増した。（ところで、ラム酒を送ってもらった礼をまだ言っていなかった。あの金で足りただろうか）。四月には本格的な仕事を始めたい。また、ここで、かなりよく仕事ができるだろうと思う。静かで、あまり邪魔されないからだ。いろいろな人が見舞いに来てくれる。本は、かなりたくさんあるようにしている。人の言うのとは違い、ベッドで暮らしていると時間は非常に速く過ぎ、知らぬ間に何ヵ月も過ぎてしまう。

草々

エリック

［手書き］

マイケル・マイヤー★宛

一九四九年三月十二日
クラナム
コッツウォルド・サナトリウム

親愛なるマイケル

　あんなに食べ物を送ってもらい、まことにかたじけない。二、三日前に届いた。それから、手紙もありがとう。君は食べ物を送ってくれなくてよかったのだが、余分なものだったという君の言葉を信じよう。もちろん、送ってもらって嬉しい。実のところ、その大部分をジュラに送っている。あそこでは大抵誰かが泊まっているので、食べ物はいつも大歓迎だ。

［彼の坐業的な暮らしとリチャードについての一節。］

僕はいつも、スウェーデン[38]は退屈な国らしいと思っていた。ノルウェーやフィンランドよりもずっと。大いに関心があるなら、釣りは非常にいいだろう。しかし僕は、何もかもが最新式で衛生的で、自殺率のきわめて高い、ああいう模範的な国は好きになれない。また、今世紀においては、一国の思想と文化の質と、その国の大きさのあいだには一種の相互関係があるのではないかと漠然と感じている。小国は興味深い作家をもはや生み出していないようだ。そうした作家について耳にしないだけかもしれないが。もしそれが本当なら、僕はその理由についていくつかの考えを持っている。しかしもちろん、当て推量だが。君の小説がうまくいっていることを願う[39]。最初はへまをしても、書いてみたことで非常に多くのことを学ぶし、ひとたび草稿を書き上げれば、それがいかにがっかりするようなものでも、大抵、なんとか纏めることができる。僕は最初の小説をある出版社に渡して断られたあと破棄してしまったのだが、今ではちょっと後悔している。トマス・フッド[40]は本を書くには非常にいい題材だと思う。ちなみに、彼はもはやあまり知られていない。もっと知られていいのだが。作品は完全に絶版になっている。僕は彼の詩の選集しか持っていない。長いあいだ、ほかの作品を手に入れようとしたのだが駄目だった。とりわけ、子供時代の楽しさを書いているところなのだが、子供たちが騒ぎ立てるので書き続けられないという詩の入っている詩集が欲しい（こういう美しい一行があると思う。「母さんのところに行きなさい、子供よ、そうして洟をかみなさい[41]」）。彼を本格的な詩人と呼べるかどうかはわからない――彼は私の言う、よい悪い詩人だ。君がサーティーズ〔一八六四年に没した英国の作家。狩りをテーマにした小説を多く書いた〕を好んでいると知って嬉しい。サーティーズは非常に長いあいだ狩りをする連中（彼らはサーティーズを読むとは思えない）に委ねられていたが、彼の評価はまた高まり始めている。けれども、僕は彼の作品を多くは読んでいない。今、そのいくつかを手に入れようとしている[42]。目下、本を読むことしかしていない――来月のいつかまで、どんな仕事も始めないつもりだ。［彼は何冊かのハーディーと、ピアソンのディケンズ伝と、ハックスリーを読んだ。］ケストラーの新しい本は、まだ見ていない[43]。『パーティザン・レヴュー』のためにイーヴリン・ウォーに関するエッセイ書く予定だ。なかなかいいロセッティの伝記[44]を含め、彼の初期の作品を読んでいる。僕の小説は六月に出ることになっている。アメリカ版がイギリス版より早く出るのかどうかわからないが、そうではないと思う。いつか、また君から便りのあるのを期待している。
ここが七月頃までの僕の住所だ、残念ながら。

草々
ジョージ
［タイプ］

サー・リチャード・リース★宛

一九四九年三月十六日
クラナム

親愛なるリチャード

君にとって万事順調なのを願う。バーンヒルから一、二度便りがあったが、物事はかなりうまくいっているようだ。アヴリルが言うには、ビルは一エーカーほどケールを植えるつもりだ。イアン・マッケンジーが今そこにいて、道路工事をしている。フランシス・ボイル(45)は菜園で少し仕事をした。乳牛を売ったらどうかとビルが言っている。彼自身の雌牛の何頭かが間もなく仔を産み、牛乳が余分になるからだ。もちろん、乳牛を売れば牛小屋がもっと広くなる。そして、もちろん、適切な乳牛の数という問題もある。そこで僕は、エアシャーは一頭残して置いたらどうかと言った。ボートはどうやら使えるようで、みんなはそれでクリナンまで行った。アヴリルの話では、リチャードは金について知った、つまり、それで菓子が買えることを理解したのだ。だから、彼に小遣いを持たせ始めたほうがよいと思う。もっとも、目下、彼はそれを使う機会がないが。ついでながら、小遣いを貰うようになれば、曜日を覚えるだろう。

このところ、かなり気分がいい。もちろん、医者たちは僕を起き上がらせようとは夢にも思わないだろうが。このところ、おおむね美しい春めいた陽気だ。［イーヴリン・ウォーとヘスケス・ピアソンのディケンズ伝を読んでいる。］また、イズリエル・ザングウィルの『ゲットーの子供たち』も再読している。非常に長い年月、読んでいないものだ。その続篇『ゲットーの孫たち(46)』を手に入れたいのだが、それは前のよりよかったという記憶がある。ほかに彼がどんなものを書いたのか知らないが、たくさん書いたのだろうと思う。彼は正当に評価されていない、非常にいい小説家だと思う。少々退屈な、ユダヤ人のナショナリズムの色合いがとても濃いが。これまで読んだことがなかったマリ・バシュキルツェフの日記を取り寄せた。今それがこっちをじっと見ている。分厚く、たじろぐような本だ(47)。ケストラーの新刊は、まだ見ていない。彼はそれをUSAで出版したばかりだと思うが、取り寄せるつもりだ。僕の本は六月十五日に出ると広告されている。『イヴニング・スタンダード』の「今月の本」になることになったが、特に何かを意味するのではないと思う。

衣料手帖は破いてしまったかい？[48] ここのみんなの反応は同じだ――「罠に違いない」。もちろん、衣料は今では値段によって十分制限されている。それでもやはり、新しいジャケットを注文しようと思う。

草々
エリック
［タイプ］

レナード・ムーア宛★

一九四九年三月十七日
クラナム
コッツウォルド・サナトリウム

親愛なるムーア

　ロバート・ジルーから手紙が届いたことでしょう。私は、その写しを貰いました。

　提案されているような変更と縮小には、どうしても同意できません。そういうことをすれば本の調子全体が変わり、必要不可欠なものの多くのものが省かれてしまいます。そのうえ、そういうことをすれば――削除したらどうかと提案されている部分のみを読んで判断する者にはわからないかもしれませんが――物語を理解不能のものにすると、私は思います。さらに、もし五分の一か四分の一くらいが削除され、最後の章が短縮された「幹」にくっつけられたなら、本の構成がはっきりとおかしくなるでしょう。本というものはバランスの取れた構成の上に構築されるもので、全体を書き直すつもりでなければ、そこここの大きな部分を、ただ単に取り去ることはできません。いずれにしろ、ただ単に提案されている数章を削除し、「本の中の本」[49]の数節を短縮するということは、大幅に書き直すことを意味するでしょうが、今の状態では、そんなことをする気にはとてもなれません。

　そうしたやり方に同意できる唯一の条件は、本がはっきりと縮約版という形で出版され、英国版にはアメリカ版で省かれた数章が入っているということを明記するというものです。しかし、ブック・オヴ・ザ・マンスの連中がそんなことに同意するとは思われません。ロバート・ジルーが手紙の中で言っているように、彼らはいずれにせよ、その本を選ぶと約束した訳ではありませんが、彼は明らかに、選んでもらいたいと望んでいます。もし私が提案を拒否すれば、ハーコート&ブレイスはがっかりするでしょう。あなたも多額の手数料を失うことになるでしょう。しかし私は、自分の作品が、一定の限度を超えていじられるのを、どうしても認める訳にはいかないのです。しかも長い目で見れば、それが得になるかどうかさえ疑わしいと思います。私の考えを彼らにはっきりと伝えて下さったら大変ありがたいと思います。

敬具
エリック・ブレア

オーウェルと情報調査部

［タイプ］

一九四九年三月三十日

シーリア・カーワンは情報調査部に勤務していた時、オーウェルとの関係に関する限り、単なる政府の役人であることを遥かに超えた親友だった。以下の情報の多くと四九年四月六日付の手紙は、「開かれた政府の方針」に従って一九九六年七月十日に公文書館によって公開された外務省のファイルの文書にもとづいている。著作権が女王に属する文書をここに載せることを許可して下さった、政府出版局監査官に厚く感謝する。

情報調査部は一九四八年に外務省によって作られた。「それは共産主義者のプロパガンダに対抗する手段として、アトリー氏の労働党政府の要望によって創設された。当時、共産主義者のプロパガンダは、西側の勢力と影響力を弱めるための地球規模の破壊作戦を展開していた。共産主義に対する効果的な逆襲に対する関心は、英国の制度を弱体化するための、ソヴィエトが煽動した苛烈な作戦に反撃する必要によって強められた。その作戦は、首相と閣僚に対する直接的な人身攻撃と、政府の政策に対する、不和を生じさせることを狙った批判を含んでいた」。情報調査部はその活動の一環として、特別な小論を委嘱し、本と定期刊行物を外国の適切な所に送った。例えば、反スターリンの立場に立っていた『トリビューン』は広く配布された。

一九四九年三月二十九日、シーリア・カーワンは情報調査部の要請で、クラナムにオーウェルを訪ねた。翌日に書かれたこの報告書と、四月六日付のオーウェルの手紙は、その時に二人が会ったことの結果である。

昨日、私はグロスタシャーのサナトリウムに入っているジョージ・オーウェルを訪ねました。私は私たち〔情報調査部〕の仕事のいくつかの面について、極秘に彼と話し合いました。彼はそのことを知って喜び、それに熱烈に賛同しました。けれども彼は、どんな文学的仕事もまったく引き受けられないほど体の具合が悪いので、目下、小論の執筆を引き受けることも、以前書いたものを書き直すことすらできない、と言いました。また、「委嘱されて」書くのが嫌なので、とも言いました。彼は、そういう形ではよいものが書けないと思っているからです。けれども、いくらか材料を置いてきました。そして、ソヴィエトが芸術を弾圧しているというテーマで書いた、彼の数篇の小論の写真複写を彼に送るつもりです。彼がそれをまた取り上げるくらいよくなった時に、書く気になるのを期待して。

彼は、私たちのために書いてくれそうな作家の名前をいろいろ挙げ、そのうちにもっと思い出し、私たちに連絡すると約束してくれました。私がいたあいだに彼が思いついた名前は、次の通りです――

ダーシー・ギリー。『マンチェスター・ガーディアン』のパリ特派員。オーウェル氏が言うには、彼は共産主義に真剣に反対している人物で、フランスの政治についてだけではなく、ポーランドについても専門家です。

C・D・ダーリントン。★[50] 科学者。ルイセンコ事件は完全に記録しなければならないと、オーウェル氏は考えています。ダーリントンはその仕事を引き受けるかもしれないとのことです。

フランツ・ボルケナウ。ドイツの教授。彼はコミンテルンの歴史を書き、最近、『オブザーヴァー』に数篇の小論も書きました。[51]

ゴランツこそ、私たちが計画しているような一連の本を出版する人物なのは疑いない、とオーウェル氏は言いました。彼は体の具合がよかったならば、喜んで仲介役を務めたことでしょう。その代わり彼は、その役を務めるほかの誰かを考えてくれるでしょう。そして彼は、ゴランツの抱えている作家のリストを一瞥すれば、私たちに協力してくれそうな者を思いつくのではないかと言いました。しかし、ゴランツは一つ事しか考えられない人物で、今のところはアラブの難民のことだけを考えているので、その問題に一応決着がついたあとで、私たちの計画に関心を持たせるのが良案ではないか、と彼は言っています。彼の話では、ゴランツの本はいつもよく売れるそうです。またゴランツの本はよい場所に展示され、実に広く宣伝されるそうです。

オーウェル氏はビルマにあるインド警察に二年間《ママ》勤め、戦時中はB・B・Cでインド向けの放送を担当していたので、インドとビルマで私たちの目的を果たす最上の方法はなんだと思うかと尋ねました。最上の方法はなんであれ、最悪の方法は疑いもなく放送である、なぜなら、土地の人間はほとんどラジオを持っていず、持っている者（大半が欧亜混血の人間）は地元のラジオ局しか聴かない傾向があるので、と彼は言いました。飛行機一機の搭載量のリーフレットのほうが半年の放送より効果的だろうと彼は考えています。

実のところ彼は、インドとパキスタンではプロパガンダの大きな効果は望めないと考えています。インドとパキスタンでは、共産主義はヨーロッパにおけるのとまったく違ったものを意味するからです――それはおおむね支配階級に対する反抗を意味しているのです。彼は、貿易を通し、学生交換を通して両国とできるだけ密接な繋がりを維持するほうがよいと考えています。英印関係の後者の面が非常に重要だと彼は考えています。そして、私たちは、インドとパキスタンの学生に、もっとずっと多い奨学金を提供すべきだというのが彼の意見です。

　ビルマで反共プロパガンダ活動をする場合、共産主義者の「残虐行為」の話は避けたほうがよい、というのが彼の見解です、なぜならビルマ人は「そうした類いのことを讃美する」し、実際に讃美しなくとも、「共産主義者がそんな風ならば、抵抗しないほうがよい」と考えるからです。

　ところで、先日妻が自殺したヤング少佐[52]は共産主義者で、スケールは小さいが、カンタベリー大主教[53]の海軍版だと彼は言っています――ヤングは、海軍に関する事柄についてのソヴィエトの見方を裏付けるために、喚問されています。また、彼の妻はチェコ人でした。オーウェル氏は、その二つの事実とヤング夫人の自殺になんらかの関連があるのだろうかと考えています。

サー・リチャード・リース宛★

一九四九年三月三十一日
クラナム

親愛なるリチャード
　手紙をありがとう。前に話した小論[54]と一緒に『P［パーティザン］R［レヴュー］』を一部同封する。その小論は君の関心を惹くと思ったので、もっと前に送るはずだったのだが、君は『PR』を取っていると思い込んでいたのだ。シーリア・カーワンが先日ここに来た。なくしてしまった『ポレミック』の例の号を送ってくれることになった。それにはトルストイに関するエッセイが載っている。それは実のところ、ガンディーについての小論と関連している。
　そう、この遺言の件を片付けねばならない。僕は遺言状を事務弁護士に正式に作成してもらったが、いくつか変更したかったので自分で書き直した。この二番目の遺言状はちゃんと連署等もしてあるのだが、合法的なものではない。君にはエディンバラに事務弁護士がいるのだろうか。僕はロンドンの事務弁護士と連絡を取っていない。遺著管理について方をつけるのが大事だし、リチャードの立場についてはっきりとさせておくのも大事だ。なぜなら養子の場合、何がかは忘れたが、法的に違うのだ。加えて、今後僕の著書のどの版を使うか等について君に預けたメモを書き換える必要がある。アヴリルはロンドンから戻ってきた時、「パーソナル」と印してある箱に入ったファイルを持ってきた。その中に関連書類が全部入っていると思う。君がバーンヒルにいる時、そのファイルを調べ、関連書類を送ってもらえないだろうか。僕は自分の遺言状、つまり、一九四七年の初め頃の日付の入った二番目の遺言状と、君に預けたメモと、「再録しうるエッセイ[55]」と印したノート（新しく書き直す必要がある）が欲しい。君の権限を明確にしておくことが重要だ。つまり、はっきりとした文学上の問題が生じた時、君が最終的な決定権限を持つ、ということだ。その例。アメリカのブック・オヴ・ザ・マンス・クラブの連中は、もし僕が今の本を四分の一ほど削除すれば選定すると実際に約束した訳ではないが、半ば約束した。もちろん、僕はそんなことをするつもりはないが、もし僕がその話が出る前の週に死んでいたら、ムーアとアメリカの出版社はその申し出に飛びつき、その結果本を台無しにし、しかも僕の遺産に大した恩恵をもたらすことはなかったろう。なぜなら、いつであれ大金を稼げば、所得税特別付加税を課され、すべてまた持っていかれるからだ。

　僕はこのところ体の具合がひどく悪く、大量の血を吐いた。それは必ずしも悪いことではない。戦争前にかかった専門医のモーロックは、それはむしろよい兆候でさえあるかもしれないと言った。しかし、それはいつも気を滅入らせ、うんざりさせる。ここずっと、気が塞いでいる。ここでは、僕に対するごく明確な治療法は、どうやら何もないらしい。医者たちは「胸腔」手術をするということを言ったが、外科医はそれを引き受けようとはしない。その手術を受けるためには、健康な肺を一つ持っていなければならないからだ。僕は、持っていないのだ。どうやら、なすべき唯一のことは、安静にしていることのようだ。R坊主に会えないのが気懸かりだが、彼が僕を見舞いに来るように、なんとか手配できるだろう。もし、今年起きられるようになったら、彼をロンドンに連れて行きたい。

草々
エリック

乱筆を謝す。目下、タイプライターを使うことを禁じられている。疲れるからだ！

［手書き］

次のシーリア・カーワン宛のオーウェルの手紙は、情報調査部が求めていたものを背景に読むべきだ。彼らが求めていたのは、民主主義的制度を弱体化する意図のソヴィエトのプロパガンダに対抗するために、英国の利益となる文章を書く信頼できる人物である。

シーリア・カーワン★宛

一九四九年四月六日
クラナム

親愛なるシーリア

　もっと前に返事を書かなかったのは、実際にかなり体の具合が悪かったからだ。今でもタイプライターが使えない。だから、僕の手書きになんとか対処できることを願う。

君の作家のリストに付け加える名前は、君に伝えたと思うフランツ・ボルケナウ（『オブザーヴァー』が彼の住所を知っているだろう）と、ロシアの翻訳家で批評家のグレープ・ストルーヴェ★（彼は今、カリフォルニアのパサデナにいる）しか思いつかなかった。もちろんその他、その名前が『ニュー・リーダー』（ニューヨーク）、ユダヤ人の月刊誌『コメンタリー』、『パーティザン・レヴュー』で見つけることのできる大勢のアメリカ人がいる。また、少しでも価値があるなら、私見では、隠れ共産主義者、同調者あるいはその傾向があって、プロパガンディストとしては信頼してはならないジャーナリストと作家のリストを君に渡せるだろう。しかし、そうするためには、家にあるノートを送ってもらわねばならないだろう。また、もしそうしたリストを君に送るなら、それは極秘だ。ある人間を同調者とするのは名誉毀損になりうると思うからだ[56]。

外国向けではなく、この国を対象にしたプロパガンダについて、ある考えがちょうど浮んだ。ストックホルムにいる僕の友人[57]の話では、スウェーデン人は自分たちではあまり映画を作らず、ドイツとロシアの映画をやたらに観るそうだ。そして、ロシアの映画のいくつかは（もちろん、通常この国には入ってこない）、信じ難いほどに下品な反英プロパガンダだ。彼は特に、クリミア戦争を扱った歴史映画に言及していた。スウェーデン人がそうした映画を手に入れることができるなら、僕らも、そうできると思う。そうした映画の何本かをこの国で上映するのはいい考えではなかろうか、特にインテリゲンチャのために。

同封されていた小論[58]を興味深く読んだが、反ユダヤ人的というより反宗教的に思える。これは僕の意見だが、反・反ユダヤ主義は、反ユダヤ主義のプロパガンダの切り札ではない。ＵＳＳＲは実際、やや反ユダヤ人に違いない。自国の国境内のシオニズムと、一方、非シオニストのユダヤ人のリベラリズムとインターナショナリズムの両方に反対しているからだ。しかし、ああいった数ヶ国語の国家は、ナチ流に公式に反ユダヤ人ではあり得ない。ちょうど、大英帝国がそうであり得ないように。もし人が、共産主義と反ユダヤ主義を関連づけようとすれば、カガノーヴィチ[59]やアナ・パウケル[60]が存在すること、さらには至る所の共産党に大勢のユダヤ人がいることを指摘して反論するのは、いつだってできる。僕はまた、敵の機嫌をとるのはまずいやり方だと思う。どこのシオニストのユダヤ人も僕らを憎んでいて、英国に対し、ドイツに対するよりも敵意を抱いている。もちろん、それは誤解にもとづいているのだが、そうである限り、他国における反ユダヤ主義を非難するのは僕らにとって少しもいいことではないと思う。

もっといい手紙が書けなくて申し訳ないが、この数日、実際惨めな気分なのだ。もう少しあとになったら、いくつかいい考えが浮ぶだろう。

愛を込めて
ジョージ

［追伸］僕は、**ダーシー・ギリー**（『マンチェスター・ガーディアン』）の名前を挙げただろうか？ また、**チョラトン**（モスクワ裁判に関する専門家）という人物がいる。『オブザーヴァー』を通して連絡できるだろう。(61)
［手書き］

サー・リチャード・リース宛★

一九四九年四月八日
クラナム

親愛なるリチャード

ブック・オヴ・ザ・マンス・クラブが、彼らの要求する変更を僕が拒否したにもかかわらず、僕の小説を選んだという電報を受け取ったところだということを、君たちみんな知りたいだろうと思った。だからそれは、「徳はそれ自体が報酬なり」あるいは、「正直は最善の策」を示している。そのどっちかは忘れた。最終的に純利益が貰えるのかどうかわからないが、いずれにしろ、これで所得税の滞納分が払える。

僕はサナトリウムに頼み、小論を書くと約束した雑誌に、今、どんな仕事もできない状態だという電報を打った。それは本当なのだ。このことを誰かに話してみんなの気持ちをあまり暗くしてもらいたくないが、実際僕は目下、具合が悪いのだ。医者たちはストレプトマイシンをまた試すつもりだ。僕は前に、そうしてくれと頼んだのだ。ディック氏★は、それはいい考えかもしれないと思った。医者たちは、副作用があるのでそれを使うのを怖れていたのだが、ニコチンか何かでそれをある程度抑えることができると今では言っている。そして、いずれにせよ、結果があまりに悪ければいつでもやめることができる。もし、事がうまく運ばなかったら――もちろん僕らはそうならないのを願っているが、人は最悪の事態を覚悟しなければならない――僕の見かけがあまり恐ろしいものになる前に、リチャード坊主を僕に会わせに連れてきてくれないだろうか。アヴリルに頼むと、君よりも気持ちを乱すだろうと思う。それに、相談しなければならない事務的なこともあるかもしれない。もし薬が効いたら（前回は効いたようだが）、今度こそ、今年はあとずっと病人生活を送って、小康状態を保つよう気をつけよう。

言い忘れたが、いつか僕の蔵書を見て、黴だらけになっていないかどうか（その理由で、アヴィリルに、時々火を熾してくれと頼んである）、本棚の一番下にある全部の雑誌が一応きちんとしているかどうか調べてもらえまいか。全部の雑誌をそこに置いておきたいのだ。雑誌の何冊かに、再録したい僕の小論が載っているからだ。雑誌本がここで山になりつつあるので、いつか家に送ろうと思うが、今のところ小包にすることができない。

みんなによろしく
エリック
［手書き］

トスコー・ファイヴェル★宛

一九四九年四月十五日
クラナム
［コッツウォルド・サナトリウム］

ファイヴェルはこの手紙のオリジナルを、その大部分が一九六二年一月に『エンカウンター』に載ったあとで紛失した。これは『エンカウンター』に載ったものを再録したものである。

親愛なるトスコー

ルート・フィッシャーの本[62]を送ってくれて、どうもありがとう。買おうと思っていたのだが、借りたものを読んだあとでは、買う必要はないだろう。読んだら返す。マルガレーテ・ノイマン[63]の本を興味深く読んだ。際立ってよい本という訳ではないが、彼女は誠実な人間だという印象を受けた。ゴランツも、強制労働収容所についての実に瞠目すべき小説を近々出す。作者は「リチャード・カーゴー[64]」という筆名を使っている——ポーランド人だと思う——どの程度本当なのかよくわからなかったが、スラヴ風で、実に印象的な本だ。

君の小論の中には、君と論じ合いたい点がいくつかあった。一つはグレアム・グリーンについてだ。彼は極端な保守主義者、例のカトリックの反動的タイプだと君は言い続けている。作品においても人間としても、それはまったく違う。もちろん彼はカトリック教徒だが、また、ある問題では政治的に教会の側に立つが、考え方においては、ほんの少しCP寄りの穏健な左翼に過ぎない。彼は、僕らの最初のカトリックの共産主義同調者になるのではないかとさえ思った。それはイギリスには存在しないが、フランスなどには存在する。『拳銃売ります』、『私を作った英国』、『密使』等の本を見ると、例の左翼的場面があるのがわかる。悪人は百万長者や武器製造業者等で、善人は時には共産主義者だ。彼の最新の本には、例の倒錯した色彩感情〔編者によると、自分とは違った色彩、すなわち信条の者を怒らせないよう、過度に褒めること〕がある。レイナー・ヘプンストールによると、グリーンはスペイン内戦中、ややしぶしぶフランコを支持したが、『密使』は別の観点から書かれている。

もう一つは、小説家は同時代の姿を書かない、と君がいつも攻撃していることだ。しかし、厳密に同時代の姿を書いた小説を、君は思いつくことができるだろうか。読むに値する小説が、この三年を舞台にするのは、きわめて考えにくい。もし、一九四九年のうちに一九四九年のことを書けば、それは「ルポルタージュ」になってしまう。そしておそらく、印刷に付す前に時代遅れで馬鹿げたものに見えてしまうだろう。今、僕の頭の中に一九四五年を舞台にした小説があるのだが、それが書けるくらい生き延びたとしても、一九五〇年までは手をつけないだろう。[65]その理由は、人は今現在の出来事を客観的に捉えることができないということのみならず、作家は執筆に取り掛かる前に、その小説と共に数年生きなければならないということでもある。それでなければ、細部《ディテール》を練るという作業（それは途轍もない時間がかかり、しかも半端な時間にしかできない）は不可能だ。これは僕の経験でもあり、ほかの作家の経験でもあると思う。僕は最初に着想が浮んでから二年ほどのうちに、いわゆる小説を書いたことが時折あるが、それは決まって力のない、馬鹿げた本で、あとで破棄した。一九一四年の戦争についての価値ある本のほとんどすべては、戦争が終わってから五年から十年後、さらにはもっと歳月が過ぎてから出たものなのを、君は覚えているかもしれない。それが、そうした本を人が期待したかもしれない時期なのだ。今度の戦争についての本は、今出されるだろう。そして、戦争直後についての本は、五〇年代のいつかに出るだろう。

　僕はこの数週間、恐ろしく体の具合が悪かった。病気がちょっとぶり返したので、医者たちはストレプトマイシンをまた使ってみることにした。前回はよく効いたのだ。少なくとも一時的には。今度は、たった一回服用しただけでひどい結果になった。アレルギーか何かが起こったのだろうと思う。けれども、今は少しよくなった。でも、仕事はできないし、いつできるようになるのかもわからない。晩夏の前にここを出る望みはない。天候がよければ、スコットランドに数週間行くかもしれないが、それ以上はいない。そして、秋と冬は医者の近くのどこかで過ごさねばならないだろう。一種の居住サナトリウムにさえ入らねばならないかもしれない。健康がどっちかにはっきりと向かうまでは、なんの計画も立てられない。リチャードは元気だ。とにかく、僕が最後に会った時は。彼は五月で五歳になる。今年の冬は村の学校に行くと思うが、来年はちゃんとした通学学校に行けるよう、本土に移さねばならないと思っている。彼は話すのは依然として遅れているが、ほかの面では聡明だ。彼は本好きにはならないと思う。機械が性に合っているようで、農作業が得意だ。彼が農夫になったら僕は嬉しい。[66]彼をそう仕向けるつもりはないが。……[67]

草々

ジョージ
［手書き］

サー・リチャード・リース宛★

一九四九年四月十七日
クラナム
［コッツウォルド・サナトリウム］

親愛なるリチャード

例の物を送ってくれて、ありがとう。「エッセイ」と表紙に書いてあるノートは大して問題ではない。書き留めたかったことの大部分は覚えているし、ノート自体、ピクフォーズに送った書類の中から出てくると思う。アヴリルがキャノンベリーで僕の書類を片付けた際、何冊かノートを捨てたかどうか訊いてみてくれないか。もう一冊ノートがあったのだが、それは汚くて古くて赤いノートだ(68)。いつか必要になるかもしれないメモが書き込んである。

僕は、ややよくなったと思う。ストレプトマイシンはたった一回服用しただけで、なんともひどい副作用があったので、すぐにやめになった。どうやら、アレルギーか何かを起こしたらしい。けれども、今はその症状は消え、初めて今日、外のデッキチェアに一、二時間坐るのを許された。いつ服が着られるようになるのかは、わからない。けれども、士気を高めるだけのために、何着か新しい服を注文した。ここのすぐそばに、鱒のいる小川を発見した。だから、起きられそうになったら、アヴリルに頼んで釣竿を送ってもらうつもりだ。夏のいつか、八月かそこらにジュラに数週間行けるくらいになるといいのだが。また、その時にはモーターボートに乗れるといいのだが。僕は自分の健康状態がもっとわかるまでは計画が立てられないが、今年の冬は施設のようなところで、またはともかく医者がいるところで過ごさねばならないだろう。たぶん、外国だろう。ブライトンのような所のほうがよいかしれないが、外国に行く場合にそなえ、パスポートを更新する手配をしている。そのあと、どこかのフラットを探すつもりだ。今後は、冬は文明化したところで過ごさねばならないのは自明だ。また、いずれにしろリチャードは間もなく、時間の大部分を本土で過ごすことになるだろう。学校のためだ。しかし、僕はバーンヒルから何も移す必要はない。たぶん、本を除いては。または、本の何冊かを除いては。なぜなら、今はもう、二番目の住居に家具を入れる余裕があるから。

来週、イーネズ［ホールデン］が会いに来る。そしてブレンダ［ソルケルド］が再来週来る。僕はイーネズに、Rのために誕生日の贈り物を買うよう頼んだ。あるいは少なくともガメッジ［ロンドンのデパート］に行き、どんなものがあるのか見てくるように頼んだ。彼はポケットナイフを持ってもいい頃なのだろうが、なぜか、その考えは気に入らない。

　僕のところにホワイトウェイの連中が時折訪ねてくるが、それは一種の無政府主義者の集団居住地らしい。名前は忘れてしまったが、自由書店を経営している老婦人[69]がそれを運営しているか、財政援助をしているかだ。連中の一人は老マット・キャヴァナーだ。たぶん君も知っているアイルランドの老I・R・Aだ。フリート街で僕の髪をよく刈ってくれた、無政府主義者の理髪師で、長年、集会で異彩を放った人物だ。彼は今になって言うのだが（僕は知らなかったのだが）、僕のような髪の男が店に入ってくると、対応するのを誰もが競って避ける。彼が言うには、彼がいつも僕の髪を刈ったのは、ほかの者にその役を押しつけられたからだ。みんなは僕について、仕上がりを自慢できるような類いの人物ではない、と感じていたという。

　隠れ共産党員と同調者について。ラスキ[70]はロシアを持ち上げることによって大いに援助したものの、同調者だとは思わない。この国においては、彼はCPを忌み嫌っている。彼らが、彼の仕事を脅かしているからだ。彼らは、ほかの国では違うと彼は思っていると思う。僕はまた、彼はL［労働］P［党］のあまりにも不可欠な一部となっているし、公的な立場にいることがあまりにも好きなので、例えば、もし僕らがソヴィエト連邦と戦争をしたとしたら、敵の陣営には行かないと思う。ラスキがするとは思えないことは、法律を破ることだ。戦争が起こった場合、コール[71]はリストに載せてはいけないと思うが、確信がない。もちろん、マーティン[72]はひどく不正直なので、あからさまな隠れ共産主義者や同調者ではないが、彼が及ぼす主な影響力は親ロシアで、それを意図しているのは確かだ。ロシアに占領された場合には、最後の飛行機でなんとか逃げ出せなければ、彼が国を裏切るのはまず確実だ。僕は、二人のニーブア[73]がいるに違いないと思う。二年ほど前、『ニュー・リーダー』に引用されていたその名前の人物の書いたものを読み、紛れもなく同調者だと思った。こうした事柄は非常に微妙で、自分の判断力を使い、個々のケースを一つ一つ扱うほかはない。例えばジリアーカス[74]は隠れ共産党員だと一応確信しているが、そうではないという場合があるのを、僕はたぶん二五パーセントは認めるだろう。一方、プリット[75]については完全に自信がある。ジョン・プラット＝ミルズについては、Zについてほどは自信がないが、レスター・ハッチンソン[76]については、一度会ったので、かなり自信がある。ミカードー[77]は単なる馬鹿だと思うが、不和の種を蒔くことに出世の機会があると思い、隠れ共産党員といちゃつく用意が十分にある連中の一人でもある。

　僕はルート・フィッシャーの浩瀚な本、『スターリンとドイツの共産主義』を読んでいるところだ。実にいい

――予想していたような、教条的トロツキズムの類いではは全然ない。君は、新しいカトリックの雑誌『マンス』を見たかい？　ひどい代物だ。僕はまた、マルガレーテ・ノイマン（クラフチェンコのために証言した女だ）の本も読んだが、ロシアとドイツの強制収容所についてのもので、ドイツにおける党の内紛についてのものではない。僕は間もなく何冊かの本を家に送らねばならない。ここにどんどん溜まっていくのだ。本を時々拭いてくれるよう、また、本のある部屋で火を熾してくれるよう、アヴリルに頼んでくれないだろうか。さもないと、いつか表紙が曲がってしまう。

みんなによろしく
エリック
［タイプ］

グウェン・オショーネシー医師宛★

一九四九年四月十七日
クラナム
コッツウォルド・サナトリウム

親愛なるグウェン

　君にずっと前から手紙を書こうと思っていた。わけても、君がリチャードに買ってやった物の代金をまだ払っていないからだ。それがなんだったか思い出せないが、オーバーが入っていたと思う。支払いたいので、金額を知らせてくれないか。

　僕はここに一月からいるが、少しよくなりつつあると思う。十二月には本当にひどく体の具合が悪かった。最近、またそうだ。病状が後戻りしたので、医者たちはもう一度ストレプトマイシンを使ってみることにしたのだが、たった一回服用しただけで、ひどい副作用に見舞われた。それに抵抗する何かが出来てしまったのだ。けれども、この数日、前よりよい気分で、外でデッキチェアに少し坐ってさえいる。実のところ、僕を安静にしておく以外、みんなにできることはあまりない。医者たちは「胸郭」手術はできない（僕は正直、ややほっとした）、というのも、手術をするには、信頼できる一つの肺が必要だからだ。僕は、それを持っていないのだ。夏になってだいぶ経つまで、ここにいることになりそうだ。もし今年ジュラに行くとすれば、八月か九月に一、二週間滞在するだけだろう。［自分の健康状態がもっとはっきりしなければならない――冬は、どこか暖かい所で過ごさねばならないだろう。[78] リチャードの学校。バーンヒル］

　遺言状を作り直した、もっと正確に言えば、書き直してもらうために、数年前に作った遺言状を事務弁護士に送った。というのは、それが法的に整ったものではないかもしれないと考えたからだ。君を遺言執行人にしたが、あまり手間はかからないと思う。リチャード・リースが僕の遺著管理者で、出版社等に関することはすべて彼がやってくれるからだ。僕はまた、リチャードの養育については君とアヴリルとで決めてもらいたいが、意見の違いがあったら、最終的に決めるのは君だ。君たち二人のあいだで齟齬は生じないだろうと思う。アヴリルは彼が大好きで、自分で育てたいと思っているのを僕は知っているが、万一彼女の身に何か起こったなら、あるいは、もし彼女が、彼が学校に行けない所で住みたいと思ったなら、君が彼を引き取ってくれるといいのだが。財政的に君に迷惑がかかることはないと思う。彼が子供時代をつましく過ごすことができるくらいの貯えはある。もし近い将来僕が死んだなら、相当の額の税金を払わねばならないが、入ってくる金も多いので、僕の貯金に手をつけることなく、「遺産」を簡単に処理することができるだろう。また、いずれにしろあと数年、印税からの少額の収入もあるはずだ。こうしたことはすべて、まだしばらくは緊急の問題にならないと思うが、こうして二回病気をしたあとでは、僕はそう長くはもたないと思う。だから、リチャードの将来を心配のないものにしておきたいのだ。ロンドンに行くことができれば、モーロック[79]か誰かに会いに行き、僕があと何年くらい生きられそうか、専門医の意見を聞くつもりだ。それは医者が大抵言わないことだが、リチャードに対してだけではなく、将来の本に対しての計画にも影響する。

リチャードは僕があそこを発つ時にはすこぶる元気で、どうやら春の耕作等を楽しんでいるようだった。彼は実際、農作業が心《しん》から好きなようだ。僕は来月の彼の誕生日に何をやろうかと考えていた。ポケットナイフを持ってもいい年頃だと思うのだが、なぜかその考えが気に入らない。アヴリルが言うには、彼は金のことがわかってきた、つまり金で砂糖菓子が買えるのを知ったのだ[80]。そこで僕は彼に定期的に小遣いをやることにした。それで彼が曜日を覚えてほしい。僕は、彼をここに連れてくるよう彼女に頼むつもりだが、僕がベッドから出るまでは、それは無駄だ。

今のところ何も仕事をしていない。一切キャンセルしたが、来月仕事を再開できればいいと思っている。僕の新しい本は、こことUSAで六月に出る。ドリーンとジョージ［コップ］★から、また赤ん坊が生まれたという知らせがあったが、それ以外なんの便りもない。子供たちによろしく。

草々
ジョージ
［タイプ］

サー・リチャード・リース★宛

一九四九年四月二十五日
クラナム
［コッツウォルド・サナトリウム］

親愛なるリチャード
　手紙をありがとう。僕の健康状態はいわば上がったり下がったりだが、概して少しよくなったと思う。まだどんな計画も立てられないが、もし今年の冬、床を離れたならば、外国のどこかに行くのも悪い考えではないかもしれない。オーランド[81]（君が彼を知っているかどうかわからないが、彼は時々『オブザーヴァー』に書いている）は、滞在するにはカプリがいいのではないかと言った。旨い食べ物とワインがあるようだ。僕の友人で、そこに住んでいるシローネ[82]が、僕が泊まる所を手配できるはずだ。いずれにしても、考えてみる価値がある。トーニー夫妻が先日来た。二人はすぐにロンドンに戻ると思うので、残念ながら、また会うことはないかもしれない。イーネズ［ホールデン］はリチャード坊主の誕生日のために、近頃宣伝で見る、例の子供用タイプライターを手に入れてくれようとしている。もし、馬鹿高くなければだが。彼が叩き壊さなければ、彼が文字を本気で覚えようとし始めた時に役に立つし、僕のタイプライターから引き離すことにもなる。トーニー夫妻は、僕が持っていた君のあの本[83]を持って行った。君に送ってもらう。ブレンダ［ソルケルド］が来た時、小包をいくつか作ってもらって、恐ろしいほど溜まってきた本を何冊か家に送ろうと思う。僕はまだ、なんの仕事もできない。ペンと紙を用意し、数行書いてみようとする日もあるが、駄目だ。こういう状態にある時、自分の脳は正常に働いていると思うが、いざ言葉を繋げようとすると、数秒以上集中できず、また、いわばひどく鈍重でぎごちなくなっているようだ。僕は『スパンジ氏の狩り旅行』を読んでいる。これまで読んだことがなかったのだ。『ハンドリー・クロス村』ほどよくはないと思う。最近、『リトル・ドリット』も再読した。もう何年も読んでなかった。ある意味で退屈な本だが、実に微妙な性格の人物、ウィリアム・ドリット[84]が出てくる。ディケンズのほかの大方の登場人物とは、まったく似ていない。ＵＳＡの誰かが、とうとうギッシングの『新グラブ街』を僕のために手に入れてくれた。『数奇な女たち』を失くさないように。

草々
エリック
［手書き］

S・M・レヴィタス宛

一九四九年五月二日
クラナム
コッツウォルド・サナトリウム

親愛なるレヴィタス[85]様
　四月二十一日付のお手紙、ありがとうございます。今後、可能になった場合にはあなたのために何かするつもりですが、私は実際に甚だ体の具合が悪く、仕事がまったくできません。また、この状態があとどのくらいで変化するのかも、わかりません。私はどんな報酬も要りませんし、ましてやケアパッケージ〔生活必需品を詰めた小包〕などは要りません――実を申しますと、私は食欲がまったくなく、与えられる食べ物でさえ食べられません。しかし、次の機会にあなたのために何かする際は、報酬として、アメリカの新聞広告には出ているがここでは買えない本の一冊を送って頂くことにします。
残念ながら、私の住所は当分上記の通りです。

敬具
ジョージ・オーウェル
〔手書き〕

サー・リチャード・リース★宛

一九四九年五月二日
クラナム
〔コッツウォルド・サナトリウム〕

親愛なるリチャード
この手紙を手で書かねばならない。この列のずっと向こうのほうに、in articulo mortis[86]の患者、もしくは本人がそう思い込んでいる女の患者がいて、タイプライターの音が彼女の気に障るからだ。
バーンヒル等のこの問題について。ベッドからいつ出られるのかがわかるまで、なんの本当の計画も立てることはできないが、重要な事実は次の通りだ――
一、将来、冬をジュラで過ごすことはできない。
二、リチャードは来年、学校に行かねばならない。ということは、誰かが彼と一緒にいることを意味する。彼がとにかく十になるまで、寄宿学校には入れたくないので。
三、バーンヒルでの暮らしを中断させたくない。
四、アヴリルはたぶん、バーンヒルにとどまりたいだろうし、いずれにしろビルは彼女なしにはやっていけないだろう。あるいは、誰か女の手伝いがいなければ。
そういう訳なので、今年の後半、僕がまた動けるようになれば、外国かブライトンのような所で冬を過ごし、来春には、リチャードを手元に置くことができ、彼が通学学校に通える第二の住居を、ロンドンかエディンバラに設けるのが一番いいように思う。彼は休暇をジュラで過ごすことができるし、僕も夏をそこで過ごせたらいいと思っている。ということは、もう一人子守女か家政婦か何かを雇うということを意味する。けれども、仕事ができるなら、そのための金は簡単に稼げる。いずれにせよ、もしアヴリルがRの世話をしなくなったら、彼女に渡している金の額を減らすことが取り決められている。もし僕が寝た切りになったり、治療を受け続けねばならなくなったりしたなら（そのおそれはあると思う）、僕は友人や仕事の関係者が会いに来やすい、ロンドン近郊のサナトリウムに移るだろう。そして、その近くに、家政婦か何かを付けてリチャードを住まわせるだろう。今のところ、それだけしか計画は立てられない。

全部の本を干してくれてかたじけない。『華麗なるギャツビー』については、君に同意できない――少々がっかりした。要点に欠けているように僕には思えた。[87]そして、最近読んだ『夜は優し』はなおのことだ。[88]ジェフリー・ゴーラーのアメリカ人に関する本を読んだところだ――非常に面白いが、例によって浅薄だ。メイ・シンクレアの『複合迷路』がやっと手に入った――この数年手に入れようとしていた、忘れられた「よい悪い小説」だ。もう何冊かの本を遠からず製本し直してほしい。ギッシングを再刊させようという僕の努力が実を結ばなかったことについて。エヴリマン・ライブラリーは一冊再刊するかもしれないという感触を得た。同社のリストにはギッシングは一冊もない。同社にどうやって働きかけたらいいのか、また、圧力をかけることができるのかどうかわからない。

ミカードーは「ジリ」[89]と仲がいいが（もちろんミカードーは、彼の政治家人生を助けることができると考えている）、ミカードーは隠れ共産主義者とは僕は思わない。ほかのことはともかく、仮に彼が隠れ共産主義者だったら、マイケル・フット[90]は、たぶんそれを知り、彼を『トリビューン』[91]には入れなかっただろう。彼らはその理由でエーデルマンを馘《くび》にしたのだ。もちろん「客観的」には、ラスキ[92]のような人間のほうが公然の共産主義者よりロシアにとってずっと役に立つのは本当だ。ちょうど、「客観的」には平和主義者が戦争賛成で親軍国主義者なのが本当であるように。しかし、人間の主観的感情を分析するのも非常に重要だ。なぜなら、そうしなければ、ある行動の生む結果が、自己欺瞞的人物にとってさえ明白な状況における人間の振る舞いを予測することができないからだ。例えばラスキが、重要な軍事機密を持っていたとしよう。彼はそれをロシアの軍事情報部に洩らすだろうか。僕はそうは思わない。なぜなら、彼は実際には売国奴になる決心はしていないし、決心をしている場合には、彼がどういう類いの行動をするかは、ごく明瞭になるからだ。しかし、本物の共産主義者なら、もちろん、なんの後ろめたさもなく秘密を渡すだろう。プリットのような本物の隠れ共産主義者も。難しいのは、それぞれの人間の立場を見極めることだ。そして、一つ一つのケースを個々に扱わなければならない。

天候は、ここでは悪くなった。一日二日、外でデッキチェアに坐ったが、このところひどく寒い。『E「イヴニング」スタンダード』の記者が僕に「インタヴュー」に来た。[93]少々怖じけづくような経験だった。また、パレスチナから帰ってきたばかりのポール・ポッツ[94]もA・J・テイラー[95]の奥さんと一緒にやって来た。テイラーはヴロツワフ会議で裏切り者になった男だ。奥さんの話では、テイラーはそれ以来、前よりずっと反共産党になったようだ。

草々

エリック

［手書き］

フレドリック・ウォーバーグ★宛

一九四九年五月十六日

クラナム

親愛なるフレッド

手紙をありがとう。当人が君に言ったかもしれないが、僕はソニア・ブラウネル★を、会わずに帰さねばならなかった。僕の健康状態は、この数週間なんともひどいものだ。またX線写真を撮ることになっているのだが、この数日熱が高くて、X線室に行ってスクリーンを背に立つことができずにいるのだ。写真を撮れば、残念ながら、両肺がひどく悪くなっているのがわかるのは、ほぼ間違いない。最近、女医(96)に、僕は生き延びると思うかどうか訊いてみたが、わからないと言うだけだった。もし、この写真の結果の「診断」が悪ければ、セカンド・オピニオンを訊いてみようと思う。君が前に言った、例の専門医の名前を教えてくれないだろうか。教えてくれたら、彼か、戦前に診てもらった専門医のモーロック医師はどうかと言ってみる。僕は手術を受けるようなケースではないので、彼らは何もできないだろうが、自分があとどのくらい生きていられるのかについての専門医の意見を知りたいのだ。僕は、魔術的特質を持つとされているスイスに、みんなが僕を追いやり始めないことを切に願う。僕はどこにいても同じだと思うし、旅は命取りになるだろう。生き延びる唯一のチャンスは、安静にしていることだと思う。僕が死ぬ決心をしていると思わないでくれないか。反対に、生きていたいという強力な理由があるのだ。しかし、あとどのくらい生きられそうかについて、はっきりと知りたいのだ。ただの嬉しがらせは言われたくはないのだ。医者たちはいつもそうするが。

そう、僕に会いに来てくれないか。六月初めまでには少しよくなっていることを願っているし、信じてもいる。とにかく、熱は下るだろう。『一九八四年』が出版される前から評判なのは嬉しい。『ワールド・レヴュー』が、きわめて愚かな抜粋を掲載した。意味を成さないようなやり方で縮約したのだ(97)。連中が、あれを目茶目茶にするつもりなのを知っていたなら、ムーアに連中と交渉させなかったのだが。『イヴニング・スタンダード』のカラン氏がインタヴューに来た。また来ることになったのだが、断ろうかと思っている。前回、政治について論じて、僕をひどく疲れさせたので。みんなによろしく。

草々

ジョージ
［手書き］

デイヴィッド・アスター★宛

一九四九年五月二十日
グロスター
クラナム
クラナム・ロッジ[98]

親愛なるデイヴィッド

手紙をありがとう。二十九日の日曜日に是非来たまえ。君たち二人に会うのを楽しみにしている。できれば、到着する時間を前もって教えてくれないか。そうしてくれたら車の手配ができる。ちょうどいい時間に着けば、ここで昼食をとったほうがいい（なかなか旨い）。

このところずっと体の具合がまったくひどかった。ロンドンの専門医のセカンド・オピニオンを聞くつもりだ。非常にいい医者のようだ。もちろん、医者たちは実際には何もできないが、といって何もしないで自分の病状を放置したくはない。また、一回だけ診察に呼ばれる専門医は、僕が生きていられそうかどうかについて、専門家としての意見を進んで言うかもしれない。そういうことについては、大抵の医者は口ごもる。

僕はリチャードがここの近く、ストラウドの近くに来て滞在するように手配している。手筈が整うまで数週間かかると思うが、実にいい話なのだ。彼が滞在する家には子供が二人いる。だから彼は、その二人と幼稚園に一緒に行ける。そして、時々、午後僕に会いに来られる。

草々
ジョージ
［手書き］

ジャシンサ・バディコム★宛

一九四九年五月二十二日
クラナム
クラナム・ロッジ

親愛なるジャシンサ

手紙をありがとう。前にも書いたが、このところなんともひどく体の具合が悪かった。今でも、非常に素晴らしい気分という訳ではない。あまり手紙が書けないのは、起き直っていると疲れるからだ。申し出には心から感謝するが、総じて本や物は十分にある。これから先まだ数ヵ月、ベッドの中にいることになりそうだ。僕は坊主を呼び寄せ、近くの友人の家に泊まらせることにした。彼は気に入ると思う。今五歳なので、通学学校に行き始めるだろう。僕がもしロンドンに行くことがあれば、君に会いたい。

草々
エリック

〔手書き〕

これは、現存しているジャシンサ・バディコム宛のオーウェルの手紙の最後のものである。彼女は六月二日に返事を書き、彼は、また八日に手紙を書いた。両方の手紙は失われてしまったが、彼女はオーウェルの手紙の内容を『エリックと私たち』の中で説明している。「私の日記にはこう書いてある。『エリックから〝何物も死なない〟ということについての手紙』。私の覚えているところでは……一種の死後の生があるという彼の信念について書いたものだった。それは紋切り型の天国か地獄というものでは必ずしもないが、また、たぶんそうではないが、〝何物も死なない〟という固い信念、また、私たちはどこかに行くはずだという固い信念だった。その手紙は、〝さようなら而してようこそ〟という、私たちの昔の結びの挨拶で終わっていた。彼はたぶん、母が病気だと私が言ったので、そう書いたのだろう。私はそのことを過度には強調しなかったけれども。彼自身、惨めな健康状態だったので」

ソニア・ブラウネル★宛

一九四九年五月二十四日
クラナム
クラナム・ロッジ

親愛なるソニア

　君を追い返してしまって、まったく申し訳ない。でも、あの時、僕はひどい状態だったのだ。今は、ややよくなったようだ。すぐに会いに来てくれることを願っている。シリル〔コナリー★〕が来るかもしれないと君が思っている日、二十九日以外なら、いつでもいい。その日には、ほかの誰かも来ると思う。しかし、とにかく、君が来られる時は前もって知らせてくれないか。車を頼むから。

　いわゆる「セカンド・オピニオン」を聞いたところだ。ちなみに、その医者はD・H・ロレンスの最後の病気の際に治療に当たった。[99] 彼が言うには、僕はそれほど悪くはなく、生き延びるチャンスが十分にある。しかしそれは、長期間、おそらく一年かそれ以上安静にしていて、なんの仕事もしないことを意味する。それはあまり気にしない、もし、そのあと、そう、もう五年仕事ができるほどよくなるなら。リチャードが、もうすぐこの近くに来て泊まることになる。午前中は幼稚園に通い始めるが、午後には僕に会いにここに時々来られる。

　みんなによろしく。ところで、『N・Y・タイムズ』からの切抜き〔スペンダーの写真〕を同封した。スティーヴン〔スペンダー★〕に会ったら、英文学の名誉のために、別の写真を撮ってもらうように言ってくれないだろうか。君に会うのを楽しみにしている。

愛を込めて
ジョージ
［手書き］

サー・リチャード・リース宛★

一九四九年六月一日
クラナム
クラナム・ロッジ

親愛なるリチャード

手紙をありがとう。アヴリルとR［リチャード］が土曜日に着いた。彼は、つつがなく慣れたようだ。今週、一、二回会いたいと思っている。彼は大きくなったように僕には見える（体重は今、三ストーン、五ポンドだ）。非常に元気だ[100]。アヴリルは今日の船でジュラに帰ると思うが、よくはわからない。

先週は体の具合がかなりよく、医者たちは僕の胸の写真を見たあと、僕は思っていたほど悪くないという結論に達した。モーランド医師も同じことを言ったが、僕は長いあいだ安静にしていなければならないだろう、おそらく一年くらい（そんなに長くないといいのだが）、そして、はっきりと快方に向かうまで仕事はいけない、と言った。デイヴィッド・アスターが連れてきた、もう一人の医者[101]は、心理学者だけれども、ほかの者と、ほぼ同じことを言った。

君に読んでもらいたい、例の小論の写しを同封した[102]。雑誌自体はまったく入手不可能なのだが、誰かがそれをタイプしてくれたのだ。実のところ、その中で僕が言っていることのいくらかは、ガンディーについて言ったことでもある。オズバート・シットウェルの回想録の第四巻を読んだところだが――ほかの三巻ほどよくはない。僕はゲーテについては何も知らないし、実際、どんなドイツの作家についても知らない。今、ヘンリー・ジェイムズの『ポイントンの獲物』を読み通そうとしているが、耐え難いほど退屈だ。また、レックス・ウォーナーの短い本、『なぜ私は殺されたのか』も読んだ――ひどく馬鹿げた本だ。

君に会うのを楽しみにしている。

草々
G
［手書き］

アントニー・ポウエル宛★

一九四九年六月六日
クラナム
クラナム・ロッジ

親愛なるトニー

「オーブリー」[103]の本を送ってくれてありがとう。僕の贔屓のオーヴァロール夫人を入れてくれて、大変嬉しい。

また、サー・W・ローリーと息子の話も。ヒュー・キングズミル[104]は実に気の毒だった。彼の未亡人が年金を貰うことができるようにみんなが運動しているのなら、また、僕の署名がともかく役に立つのなら、もちろん、僕を入れておいてくれたまえ。僕はずっとよくなった。これが続くことを願っている。ロンドンから専門医に来てもらったが、ここの医者たちとほぼ同じようなことを言った。つまり、もし僕がこの峠を越えれば、あと数年は大丈夫だろう、ただし安静にしていて、長いあいだ、おそらく一年か二年仕事をしてはならないだろう——そんなに長くはないといいのだが。ひどく退屈なことだが、あとでまた仕事ができるということを意味するならば、やってみる価値がある。リチャードは夏のあいだ近くに泊まっていて、週に一、二度会いにやって来る。みんなによろしく。君とマルコム［マガリッジ］が、いつか僕に会いに来ることを願っている——しかし、もちろん、無理はしないように。なんとも退屈な旅に違いないのはわかっているので。

草々
ジョージ

追伸　僕はダンテを読んでいる！（もちろん、虎の巻を使って。）

［手書き］

ウィリアム・フィリップス★宛

一九四九年六月八日
クラナム
クラナム・ロッジ

親愛なるフィリップス[105]様

二日付のお手紙を、今日拝受しました。『パーティザン・レヴュー』賞に私を選んで下さったことに大変驚いていると同時に喜んでいることは、申し上げるまでもありません。それは、私がまったく慣れていないような名誉です。私の感謝の念を諮問委員会のほかの方々にもお伝え頂きたいと存じます。あなたが公表するまでは、このことについて誰にも話しません。

書ける時には何かをお送りしますが、十二月以来なんの仕事もしていず、今後も長いあいだ仕事はできないでしょう。医者たちは、回復する最上のチャンスは、ベッドに横になっていて、おそらくもう一年何もしないことだと言っています——もちろん、それほど長くないことを願っています。

改めて御礼申し上げます。皆様によろしくお伝え下さい。

敬具
ジョージ・オーウェル
［手書き］

ジュリアン・シモンズ★宛

一九四九年六月十六日
クラナム
クラナム・ロッジ

親愛なるジュリアン

T・L・Sで[106]『一九八四年』の書評をしたのは君だと思う。ああいう寛大で素晴らしい書評をしてくれた君に感謝しなければならない。非常に少ないスペースで、あれ以上にあの本の意味をはっきりとさせることはできなかったろうと思う。もちろん、「一〇一号室」が悪趣味だということについては、君は正しい。僕も書きながらそれに気づいていたが、自分の望んでいる効果に近いものを出すほかの手段が思いつかなかったのだ。

君に最後に会ってから恐ろしく体の具合が悪かったが、この数週間、大分よくなった。もう峠を越えたのならいいが。診てもらった様々な医者は、みな大変勇気づけてくれるが、僕は長いあいだ、おそらく一年も安静にしていて、なんの仕事もしてはならないと言う——もちろん、そんなに長いあいだではなければいいが。退屈だが、回復を意味するなら、それも価値がある。リチャードは夏のあいだ近くに泊まっていて、毎週会いに来る。彼は幼稚園に通い始めていて、今年の冬はジュラの村の学校に行く。どのくらいのあいだかは、わからない。彼が大きくなったらウェストミンスター校に入れようと思っている。あそこではシルクハットはやめにしたということを聞いた。通学学校なのが気に入っている。ほかの利点もあると思う。いずれにしろ調べて、ふさわしいようだったら彼の名前を登録するつもりだ。その頃、そう、一九五六年までに何が起こっているのかは神のみぞ知るだが、人は、あたかも何事も徹底的に変わることはないと信じているかのように計画を立てざるを得ない。

北京にいるエンプソン[107]夫妻について、何かニュースがあるだろうか。君が彼らを知っているのかどうかわからないが。様々な噂があるのだが、エンプソンのアメリカの出版社から何かニュースを聞き出してみよう。

君はルート・フィッシャーの本『スターリンとドイツの共産主義』を読んだだろうか。彼女は、あす僕に会いに来ると思う。

万事順調で、赤ん坊も元気なのを願う。奥さんによろしく。

草々
ジョージ
［手書き］

ホルディ・アルケル★宛

一九四九年六月二十二日
クラナム

クラナム・ロッジ

親愛なる同志よ

英語で書くのをお許し下さい。新聞の切抜きをお送り下さり、まことにありがとうございます。

結核で長いあいだ非常に体の具合が悪いのですが、医者たちは、今後しばらく、おそらく一年ほど仕事をしてはいけないと言っています。したがって、Federación Española de Interndos y Deportados〔スペイン抑留者・追放者連盟〕については、名目的な支持以上のことはできません。私の名前をお使いになりたいだけでしたら、自由にそうなさって下さい。イギリスのどこに払い込めばよいのか教えて下されば、わずかな寄付、そう、十ポンド[108]はなんとかできるでしょう。しかし、手紙を書いたり、纏め役をしたり、演説をしたり等というような仕事はできません。申し訳ありませんが、この病気からなんとか回復しなければならないのです。そうする唯一の手段は、静養なのです。今後数ヵ月、ベッドを離れることさえ許されないでしょう。

私の著作権代理人に、『カタロニア讃歌』のイタリア語訳一部と、二月二十七日付の『オブザーヴァー』を一部あなたにお送りするよう指示しました。もし着かなかったら知らせて下さい。あまりお役に立てないことをお許し下さい。また、乱筆もお許し下さい。これをベッドで書いているもので。

友愛を込めて
ジョージ・オーウェル

デイヴィッド・アスター宛★

一九四九年七月十八日
クラナム
クラナム・ロッジ

親愛なるデイヴィッド

どんな具合だろうか。君が「期待できるくらい元気」[109]にやっているということをシャルーから聞いて、ほんのわずかうろたえた。君の受けた手術はごく小規模なものだと思っていた[110]。手紙を書く機会があったら、どんな具合か知らせてくれないか。

リチャードは、きのうジュラに戻った。クリスマス学期にアードラッサにある村の学校に行くからだ。クリスマス学期は今月末に始まる。彼は幼稚園で楽しく過ごし、嬉しいことに、いい通知簿を貰った。彼が大いに学んだとは思いもしなかった。

体の具合はまあまあで、良かったり悪かったりだ。僕には医者たちの言うフレア・アップ、つまり熱が急に高くなる等の症状があるが、概して前よりいいと思う。来週、専門医のモーランドにまた来てもらうことにした。来年のいつか、また元気になったら再婚するつもりだ。

誰もが呆れるだろうが、僕にはいい考えのように思われるのだ。世間の口はさて置き、結婚して、面倒を見てくれる者がいれば、もっと長く生きられるように思う。相手は『ホライズン』の副編集長、ソニア・ブラウネルだ。君が知っているかどうか覚えていないが、たぶん知っていると思う。

これからまだ長いあいだ治療を受けるのははっきりしているが、発熱しなくなるまで、ベッドから出ることさえ叶わないだろう。今後、ロンドン近くのサナトリウムに移るかもしれない。モーランドにはそのことについて何か考えがあるのかもしれないが、旅に耐えられるとは思わない。

君は『裸者と死者』[111]を読んだかい？　実にいい。今度の戦争の最良の戦争文学の本だ。

できたら手紙をくれたまえ。

草々

ジョージ

［手書き］

レナード・ムーア宛★

一九四九年七月二十日

クラナム

クラナム・ロッジ

親愛なるムーア

最近、フランクフルトで『ポセーフ』[112]というロシア語の新聞を出している何人かのロシア人の強制追放者が、『動物農場』のロシア語の翻訳を含む書類のファイルを送ってきました。彼らはそれを小冊子として発行したいのです。そして、疑いなく真実ですが、自分たちがその数千部を、私の思うにベルリンとウィーンを経由して、鉄のカーテンの向こうに持ち込むのは簡単だと言っています。もちろん、私は彼らがそうするのには大賛成ですが、金がかかるでしょう。つまり、印刷代と製本代が。彼らは二千ドイツマルク欲しがっています。約百五十五ポンドです。私は自腹を切ってそれだけの額は払えませんが、いくらか寄付をしても構いません。まず思いついたのですが、私はアメリカ軍の雑誌『デア・モーナト』〔アメリカ軍政府がスポンサーの、西ベルリンで出たドイツ語の定期刊行物〕[113]にいくらか貸しがあるに違いありません。同誌はA・Fを連載しましたが、加えて、以前に書いた小論（『コメンタリー』からの再録）に関して手違いがありました。その報酬は、まだ貰っていないと思います。同誌は、一種の公式書式を送ってきましたが、私はそれは小切手だと思い込んでしまいました。そして、誤って、小切手を受け取ったと編集長のメルヴィン・ラスキー氏に話してしまいました。同誌の銀行預金口座を見れば、金が実際に払われたのかどうかわかるでしょう。しかし、いずれにしろ、『デア・モーナト』があなたにまだ払っていない、私に対する借りがあれば、ドイツを離れる必要のないマルクで払ってくれれば、A・Fのロシア語訳の資金を調達するのに便利でしょう。私の書いた何かほかのものがドイツで出たのかどうか覚えていませんが、私がドイツで何マルク手にすることができるとお考えか、知らせて頂けないでしょうか。私たちがこの種の取引をする際、当然ながら、いつものようにあなたの手数料を差し引いて下さい[114]。

　私はまた、外務省がいくらか寄付をしてくれないかどうか、コネを使って調べています。おそらく駄目でしょう。彼らは役に立たないラジオでのプロパガンダには数百万を溝に流してしまいますが[115]、本には資金を出さないでしょう。

　もし、こうしたことが何かの形になれば、『ポセーフ』の連中がまともな人間で、インチキをしているのではないことを確かめる必要があるでしょう。彼らの便箋等は問題ないように見えますし、翻訳もよいものなのを知っています。私のよく知っているグレーブ・ストルーヴェが翻訳をしたので。同誌は彼らのイギリスの代理人、リュー・ラー氏の住所を教えてくれました。ケント州ベクナム、ダウンズ・ロード一八番地。そして、同氏を私に会いに来させることを提案しました。私はこの段階では会いたいとは思いませんが、あなたから彼に手紙を出し、私たちはその計画の資金を調達しようとしていると試みに書き、それに対する返事から、彼がまともな人物かどうか見てみたらどうでしょうか。私はまた、フランクフルト[116]にいると思われる友人に、『ポセーフ』の者に連絡するように頼みました。

敬具

エリック・ブレア

［タイプ］

レナード・ムーア宛★

一九四九年七月二十一日[117]
クラナム
クラナム・ロッジ

親愛なるムーア

　十九日付の二通のお手紙と、同封の様々なもの、ありがとうございます。

　マギルについての小論の写真複写を同封します。それがこの形で載ることに反対はしません。それが縮約されたものであるのが明記されていれば（もちろん編者は、縮約された理由を述べる必要はありません）[118]。そのことをハーコート・ブレイスにはっきりさせて頂けないでしょうか。

　私はもちろん、NBCが『一九八四年』を放送すること[119]、および『デア・モーナト』がそれを連載することに非常に喜んでいます。後者は、きのうあなたに手紙で書いた、『動物農場』のロシア語訳に払うマルクを得る難しさを、必要の際には解決するでしょう。もちろん私は、その費用を自分で払うつもりはありませんが、政府が私を助けてくれることに大きな期待を抱いてもいません。ところで『デア・モーナト』の編集長に、私たちがドイツで支払う場合にそなえ、必要な額（二千ドイツマルク）を留め置くよう頼んで頂けないでしょうか。編集長のメルヴィン・ラスキーはその考えに理解を示すでしょう。また、彼は必要な手続きができるはずです。前に申し上げた通り、あなたの手数料はそれによって影響はされないでしょう。

敬具
エリック・ブレア(120)
［手書き］

ジャック・コモン★宛

一九四九年七月二十七日
クラナム
クラナム・ロッジ

親愛なるジャック

五十ポンドの小切手を同封する――返事は都合のいい時でいい。急いではいない。

ここはサナトリウムだ。二年間の大部分、結核の治療を受けてきた。今年はずっとここにいるが、去年の半分はグラスゴー近くの病院にいた。もちろん、ずっと前からこうなることになっていたのだ。唯一の本当の治療法は、どうやら安静のようなのだ。だから長いあいだ、おそらく一年か二年、仕事は言うまでもなく、何もしてはいけないのだ。それほど悪くはないと信じてはいるが。恐ろしく退屈だが、命令には従っている。少なくともあと十年は生きていたいので。リチャードの面倒を見る以外に、すべきことが山ほどある。

リチャードは今五歳で、非常に大きくて丈夫だ。彼は夏をここで過ごしている。僕が毎週彼に会えるように。彼は幼稚園に通っているのだが、冬学期に村の学校に行けるように、間もなく家に帰る。僕らは一九四六年以来ジュラに住んでいるが(121)、今後は、僕自身は夏だけしかそこで過ごせないだろう。というのも、あまりに遠く、半病人にとっては冬は不便だからだ。リチャードもほどなく本土の学校に行き始めなければならないだろう。ヘブリディーズ諸島の村の学校がどんなものか、君にも想像できるだろう。だから僕は、ロンドンかエディンバラかどこかに一種の住居が必要になるだろう――けれども、自分がいつまた起きられるようになるかがわかるまでは計画は立てられない。君がそれほど多産であり、ともかく生殖力旺盛なのを聞いて嬉しい。

僕は再婚したことはない。少し健康が戻ったら、そうしようと思う時もあるが(122)。リチャード・リースは毎年しばらく僕らと一緒にジュラで過ごす。彼は、僕らの家が建っている小作地を耕している男の一種のパートナーなので。それ以外は、彼はますます絵を描くことに没頭している。[123]

ではまた
エリック
［手書き］

サー・リチャード・リース★宛

一九四九年七月二十七日
グラナム
グラナム・ロッジ

親愛なるリチャード

切抜き入りの手紙、どうもありがとう。君のところのロバーツ氏に頼んで、僕の本箱を作ってもらえないだろうか。大きさは君のと同じサイズでいいが、もし彼にできれば、五フィート幅が広いものを。もしそれが白色木材なら、焼付けてもいいし、ペンキを塗ってもいいと思う。どっちでもあまり気にしないが、ただ、ペンキを塗るなら、灰色がかった白が一番いいと思う。彼にそれをやらせ、バーンヒルに送らせてくれたら大変ありがたい。

君はバーンヒルで、チャールズ・ウィリアムズ[124]が書いた『ライオンの場所』とかなんとかいう題の小説（ゴランツから出た）を見つけると思う。彼はまったく読むに耐えない。彼は、ただだらだら書き続け、選ぶということを全然考えない。エリオットが彼を認めているというのは、純粋に党派心からだと思う（アングロ・カトリック）。エリオットがC・S・ルイスも認めているということを知っても、僕は驚かないだろう。人は本当に審美的判断を下しているのかどうか、いろいろな例を見るにつれ、次第に疑わしくなる。何もかもが政治的理由から判断され、それが審美的に装われる。例えば、エリオットがシェリーになんの良さも見ることができず、キプリングになんの悪いところも見ることができない真の隠された理由は、前者は急進的で、後者は保守的だというようなことに違いない。しかし、人がまさしく審美的反応を示すのは明らかだ。とりわけ、たくさんの美術、また文学でさえも政治的には中立であり、また、ある紛れもない基準が確かに存在するのだから。例えば、ホメロスはエドガー・ウォレスより優れている。たぶん、僕らはこう言うべきだろう。人は政治的偏向を意識すればするほど、それから自由になり、人は不偏不党を標榜すればするほど、偏向する。

僕の見た限りでは、『一九八四年』はUSAで好意的に書評された。しかし、もちろん、ひどく恥ずかしくなるような宣伝もある。『動物農場』がとうとうロシア語に翻訳され、強制追放者がフランクフルトで出している新聞に載ったと聞けば、君は喜ぶだろう。僕はそれが本の形になるよう手配するつもりだ。

草々
エリック
［手書き］

フレドリック・ウォーバーグ★宛

一九四九年八月二十二日
クラナム
クラナム・ロッジ

親愛なるフレッド

『ビルマの日々』と『空気を求めて』をそれぞれ一部ずつ、『ホライズン』気付でソニア・ブラウネルに送ってもらえないだろうか。

今晩、またモーランドが僕に会いに来る。時々、なんともひどい気分になる。それは間歇的だが、定期的に高熱が出たりなどする。モーランドの言うことを、あとで教えよう。リチャードはジュラに戻ったところで、冬学期が始まるので村の学校に行くのだ。今のところ、それ以外なんの計画も立てられない。僕は彼をウェストミンスター校に登録したが、彼は一九五七年まではそこに行かない。それまでに何が起こるかは、神のみぞ知る。君に警告したように、ぼくはまた結婚するつもりだ（ソニアと）、僕が生きていれば。誰もが呆れると思うが、世間の口はさて置き、もし結婚すれば、もっと長く生きていられると本気で思っている。

来年出版したい評論集の概略を考えてみたが、ジョゼフ・コンラッドとジョージ・ギッシングについての二つの長いエッセイを含めたい。もちろん、体の具合がはっきりとよくなるまでは、それには手がつけられないが。

みんなによろしく
ジョージ
［手書き］

サー・リチャード・リース★宛

一九四九年八月三十日
クラナム
クラナム・ロッジ

親愛なるリチャード

僕は九月三日にロンドンの病院に移る。住所――ロンドン、WC1、ガウアー通り、ユニヴァーシティー・コレッジ病院、個人病棟。これはモーランド自身の病院で、僕はそこに、たぶんふた月ほど入るだろう。そうなると、僕のところにあまりに多くの見舞い客が来るのではないかと、君に心配してもらう必要はないと思う――事実、人が丸一日潰して来る必要のないロンドンでは、彼らを遠ざけておくのは楽かもしれない。

もちろん、古いオースチンについてはまったく問題ない。それを売って得た金でジープを買うことにする。モーターボートについてだが、バーンヒルで必要がないならば、冬のあいだアードリシグの艇庫に置いておくのがいい考えのように思える。ボートでも、車を自動車修理工場に置くような具合にできると思う。そうすれば、僕らが取りに行った時、いい状態にあるだろう。

僕はここに残っている本を送るつもりだ。雑誌類が適切な場所に入るように目を配ってくれないだろうか。二階の僕の机の引出しの中に入れるようアヴリルに頼んだ、様々な書類の束がある。

収穫が順調なのを願っている。アヴリルが言うには、もう一匹豚を飼い始めたそうだ。あるいは、飼い始めるそうだ。まだ何も決まっていないのなら、僕が大いに気に入っている雌豚を飼うことを真剣に考えるよう、アヴリルに言ってくれないだろうか。初めにかかる諸々《もろもろ》の費用は喜んで払う。唯一の難点は、年に一回、雄豚のところに連れて行くことだ。三月頃に仔を産ませるよう、孕んでいる雌豚を秋に買ってもいいと思うが、その雌豚が本当に初めて孕んだのかどうか、よく確かめる必要があるだろう。

ビルを歯医者に行かせてもらいたい。船でロッホギルプヘッドに行けるのに、延ばすというのは無意味だ。彼は僕が一月にこっちに来た時にすでにその歯で悩んでいた。そして、土壇場になってグラスゴーに行くのを断った。

みんなによろしく、
エリック
［タイプ］

デイヴィッド・アスター★宛

一九四九年九月五日
U・C・H。[125]

親愛なるデイヴィッド

美しい菊と桃の箱を送ってくれて、かたじけない。まさにここに着いた時に来ていた。僕はひどい気分で、長くは書けないが、きのう、想像もできないほど豪華な救急車で、ここまで素敵な旅をした。忌々しい熱は下らないようだが、ほかの日よりも具合のよい日もある。ここまでのドライブを本当に楽しんだ。

その医者[126]はろくでなしだったのに違いない。麻酔薬も鎮痛薬も使わないという古い伝統があるらしいが、特にイギリスではひどい。アメリカ人は、患者がこの国で受ける拷問にしばしば驚くそうだ。

君の気分がよくなっていること、また、間もなくソニアに会えるようになることを願う。人にあまり会ってはいけないとモーランドは言うが、ここロンドンでは、人が三十分だけちょっと顔を出すのは造作もない。クラナムでは、そんなことはほとんどできない。ソニアはここからたった数分のところに住んでいる。彼女は、僕がまだ患者のうちに結婚したほうがよいのではないかと考えている。そうすれば僕の世話をするのに、もっと都合のいい立場に立てるので。例えば、僕がここを出たあと外国のどこかに行った場合。それも一つの考えだが、今よりもほんの少しひどい気分が治まらなければ、十分間でも登記官の前に立つことさえできないと思う。この病気を抱えながら再婚することに不賛成のような友人や親戚の誰にも、あまり勇気づけられていない。僕は、「彼ら」が四方八方からやって来て結婚を止めるのではないかという不安を覚えていたが、それは起こらなかった。医者のモーランドは、再婚に大賛成だ。

　君が膿瘻《うみろう》を患っていた時に見舞ったことを覚えているが、それがこの病院だったかどうかは定かではない。ここは非常に快適で、気の置けないところのようだ。これ以上は書けない。

草々

ジョージ

［手書き］

サー・リチャード・リース宛★

一九四九年九月十七日
WC1、ガウアー通り
U・C病院
個人病棟、六〇五号室

親愛なるリチャード

　ボートの面倒を見てくれたことと、本を並び替えてくれたことに厚く感謝する。ところで、本箱の請求書が君のところに送られると思う――そうだったら、僕のところに転送してくれないか。

　遺著管理については大丈夫だ。君とソニアは何についても喧嘩をしないだろう。いつか、別の遺言状を作らねばならないだろう。その時、それを正規のものとする。

　ここに来て以来、僕は非常によくなりつつあり、気分がはっきりとよくなった。僕の受けた唯一の新しい治療は、足を頭より高くして一晩中、そして日中の何時間か横になっているというものだ。ソニアが毎日一時間会いに来てくれる。それ以外は、一人の見舞い客に二十分会うことが許されている。ソニアは、僕が少しよくなった時、僕がまだ病院にいるあいだに二人が結婚するのがいい考えだと思っている。そうすれば、あとで僕がどこかに行かざるを得ないとしても、同伴するのが容易になるからだ。誰かが、フレッド・ウォーバーグだと思うが、そのことを新聞記者に話した。かなり意地の悪い記事が出た[127]。

　残念ながら、『一九八四年』のトリリングの書評のコピーは持っていない[128]。手元にあった唯一のコピーは、バーンヒルに送った新聞の切抜きの中にあった。修復に出していた絵が戻ってきたところだ[129]。彼は見事な仕事をした。まるで新しい絵のようだ。どうやら彼らは、絵をそのまま持ち上げ、新しいカンヴァスにくっつけることができるようだ。カンヴァスが虫に喰われたようになっているので修復不可能だと思っていた、もう一枚の絵があるが、ひょっとしたら、その男はそれもどうにかできるかもしれない。彼はまた、大変素敵な新しい額に絵を入れた。そして、全部で十二ギニーしか請求しない。

バーンヒルでは万事順調のようだ。R［リチャード］は、まだ学校に行き始めていないようだ。アンガス夫人[130]が病気なので。彼は一通の「手紙」を寄越したが、それは、彼がともかくアルファベットの十二文字を知っていることを示していた。その頃までにイギリスを離れていなければ、クリスマス休暇に彼を呼ぶつもりだ。そうすれば、彼はソニアをもう少しよく知り始めることができる。彼の養育上、どんな悶着の種もあってはならないと思う。もし僕が近い将来死んだなら、僕がすでに結婚していたとしても、アヴリルが後見人になるということで、僕らは合意している。今のところそれ以上、どんな計画も立てられない。

草々
エリック
［手書き］

アーサー・ケストラー★よりオーウェル宛

一九四九年九月二十四日

親愛なるジョージ

僕はマメーヌが君に手紙を書いたと思い、マメーヌは僕が君に手紙を書いたと思ったので、返事が遅れてしまった。君がソニアと結婚すると聞いて非常に嬉しい。彼女は、僕がイギリス滞在中に会った最も素敵で、最も知的でまともな女性だと、何年も言い続けてきた。彼女はまさにその理由で、彼女が付き合っているあの連中の中で、非常に孤独でもあるのだ。彼女は、君があの連中から連れ出せば、すっかり別人になるだろう。僕はコナリーの性格を君より間近に見てきたと思う。それは人を徐々に息苦しくさせる影響力を持ち、僕のようなタフな人間にさえ、その痕跡を残した。もし妖精がソニアのために三つの願いを叶えてくれるなら、第一は、彼女が君と結婚すること、第二は、彼女にいくらかの金が入ること、第三は子供——養子かそうでないかは、ほとんど違いがない。

君が年がら年中おせっかいな友人の助言に腹を立てないならば、君の健康が完全に回復するまで待たずに、それを実行したまえ。早ければ早いほどいい。遅らせるというのは、常に退屈なものだ。素人心理学者として僕は、それが決まれば、驚くほどに君の健康は回復するという気がする。
　近い将来、君たち二人をここに招こうとは敢えて望まないが、可能な時はいつでも君たち二人に再会し、シャンパンのコルクをポンと抜いてセーヌ川に投げ込むのは、僕にとって大きな喜びだ。

［末尾の挨拶も署名もなし］
［タイプ］

　オーウェルのBBC時代の秘書、ナンシー・ヘザー・パラットはジュネーヴから手紙を寄越した。彼女は手紙の中で言っているように、十一月初めにオーウェルに電話をした。彼は写真を一葉送ってくれと頼んだらしい。彼女はそれを同封した。それは彼女がボートを漕いでいる写真で、日付は一九四九年八月になっている。アメリカでの彼女の生活についての記述は省略した。多くの者に尋ね、国防省と『ネイヴィー・ニュース』の協力を得たが、彼女の所在を突き止めることはできなかった。

ナンシー・パラット★よりオーウェル宛

一九四九年十二月八日

親愛なるジョージ
　同封のもの［写真］をお送りするため、一筆したためます。どっちがあなたを一番面白がらせるでしょうか。二年ほど前には、あなたと非常に違った立場にいたであろう人たちに、非常に肯定的に引用されるというのは、かなり奇妙な感じに違いありません。少なくとも私は、あなたがああした立派な場所に頻繁に現われるのを見ると本当に不思議です！　あなたは、たぶん、『フィラデルフィア・インクワイアラー』が十二月四日から『一九八四年』を日曜の付録で連載するのをご存じでしょう。それが、たった一紙なのか、同系列のどの新聞もそうしているのかはわかりません。
　ビル[131]は、十一月初めに私があなたと話したあとで教えてくれたのですが、ハロウィーンのパーティーで非常に可愛い女の子の隣に坐ったところ、その女の子は、今『一九八四年』というとてもよい本を読んでいるのだけれど、自分には刺激が強過ぎると言ったそうです。彼女は著者の名前を思い出すことができませんでしたが、ビルはたまたま知っていました。すると彼女は言いました――そう、彼は最近結婚したんです。そういう訳でビルは、あなたが結婚したことを私より先に知ったのです！そして、彼は私にそのことを言うのを忘れたのです……
　ご覧のように、私は最新式のボールペンを持っているのです――つい先週、私は流行に負けてしまいました。とてもよさそうで、値段はわずか一ドル[132]ですが、時折それに流されてしまいます。それは妙なことを書いてしまうのです！

あなたは元気になりつつあり、時の流れがあまりにゆっくりだと感じていないことを願っています。もし、あなたが見舞い客に会うのを許されていれば、ロンドンにいるというのは、それなりの代償があるに違いないと思います。今度私たちがロンドンに行く時は、少なくとも二倍長く滞在したいと思います。その時までには、あなたは田舎か、どこかの山か、あるいはほかの所に移っているのは確かでしょう。

お元気で
ナンシー

私は本当にはアメリカ人風には話しませんが、電話がとても具合が悪かったので大声で話さなくてはならず、声がちょっと変になってしまいました！　呟くように話すと、大抵、訛りが気づかれずに済むのです。

ソニア・オーウェル★よりイヴォンヌ・ダヴェ★宛

一九五〇年一月六日
ロンドンW1
パーシー街一八

親愛なる《シェール》マダム・ダヴェ

夫のジョージ・オーウェルに代わり、お手紙を差し上げます。夫は今、体の具合がかなり悪く、自分で手紙を書く体力がありません。あなたのお手紙にご返事を差し上げるのが遅れたことを詫びるようにと、夫に頼まれました。でも、お手紙は夫のところに、たった二日前に来たのです。

夫のことについては、私たちの友人のアレクセイとジョン・ラッセル(133)からお聞きになったことでしょう——夫がまだ病気である等について。私たちは間もなくスイスに行こうと思っています。この病気をイギリスで治すのは実際に不可能なので。

夫は、あなたが夫のためにして下さったすべての心遣いに心から感謝申し上げるよう、私に言っております。夫は、あなたのためにも夫自身のためにも、『カタロニア讃歌』の翻訳がいつか出ることを願っております(134)。あなたのお求めの小論についてですが、夫は自分の人生について語るべき興味深いことは何一つ持っていません。しかし、いずれにしろ、この手紙が着くのはおそらく非常に遅くなるので、あまりお役に立たないでしょう。

夫は、あなたに新年おめでとうと申し上げるようにと言っております。そして、自分がパリにまた行った際には、あなたに是非お会いしたいと願っております。

Je vous prie de croire, chére Madame, a l'expression de mes sentiments les meilleurs. 〔敬具〕。

ソニア・オーウェル

［手書き。フランス語からの翻訳］

オーウェルの死

オーウェルは一九四九年十月十三日にソニア・ブラウネルと結婚し、スイスに行けば回復するのではないかと期待していた。友人たち（特に書店主たち）が、彼の旅費を調達した。けれども、一九五〇年一月二十一日、日曜日の早朝、彼は死んだ。愛用の釣竿が病室の隅に立てかけてあった。葬儀はマルコム・マガリッジが取り仕切り、ロンドン、NW1のオールバニー街のクライスト教会で執り行われた。彼は荼毘に付されるのを嫌い、埋葬してもらいたいと頼んでいた。デイヴィッド・アスターが手配し、オーウェルはバークシャー州、サトン・コートニー、オール・セインツ教会の墓地に埋葬された。墓石には、ただ、こう彫られた。「エリック・アーサー・ブレア、ここに眠る」。それに、生まれた年月日と没した年月日が。

編者注

（1）マンズリーは、ノリッジの北東約二十から二十二マイルの、イングランドの東海岸にある。なぜ彼はそこに行かなかったのかはわかっていない。彼がクラナムのサナトリウムを見つけるのをグウェン・オショーネシーが手伝った。

（2）オーウェルは一九四九年一月六日にコッツウォルド・サナトリウムに入った。リチャード・リースが、バーンヒルからクラナムまでの長い行程の最初の段階で、オーウェルを車で送った（『ジョージ・オーウェル——勝利の陣営からの逃亡者』）。彼はこう記している。オーウェルはバーンヒルで「間違いなく幸せだった……彼は、ついに生活の根を下ろしたと感じた。しかし実際には、彼があまりに岩の多い土壌を選んだのは明白だった」。オーウェルは旅の最後に列車に乗った。

（3）クラナムのこのサナトリウムは、ストラウドとグロスターのあいだのコッツウォルド丘陵にある、海抜九百フィートの私立サナトリウムで、そこからブリストル海峡の向こうのウェールズの山が見渡せる。ローリー・リーの『ロージーと林檎酒』（一九五九）に描かれているスラッド村からは、わずか一マイルか二マイルである。患者はセントラル・ヒーティングの個人シャレーで暮らした。安静、高地、新鮮で冷たい空気が、結核の治療にふさわしいと当時考えられていた。住み込みの医者はジェフリー・A・ホフマン、BA〔文学士〕、TC〔トリニティ・コレッジ〕（ダブリン）と、マーガレット・A・カークマン、MB〔医学士〕、BS〔外科医学士〕（ロンドン）だった。しかし、四九年一月十八日付のフレドリック・ウォーバーグ宛の手紙を参照のこと。
（4）P・A・Sは結核の治療に一九四六年に導入された化学療法薬だった。それは単独で用いられると効果は微弱だったので、大抵、イソニアジドかストレプトマイシンと併用された。そのように併用された場合、結核の進行が遅くなった。こうした薬は非常に新しいものだったので、シェルドンは次のように書いている。「オーウェルの場合のような進行した病気の治療に対する最上の使い方がわかるほどの経験を積んでいなかった。彼はその薬を少量服用することによってよくなったかもしれないし、薬とその他の治療法の併用によってよくなったかもしれなかった。残念ながら、最も効果のある薬——イソニアジド——は、一九五二年まで結核の治療に対する使い方が開発されていなかった……しかし、彼がクラナムのサナトリウムでパスを投与されたということは、彼が結核の最新の治療を受けたことを示している。そこの医師たちは彼の病状を好転させるのに全力を尽くしたようだ」。
（5）不詳。たぶん『動物農場』の外国語版のための契約書であろう。
（6）『Nineteen Eighty-Four』は英国で使われ、『1984』はアメリカで使われた。
（7）草稿のファクシミリを見ると、この小説は最初一九八〇年が舞台だったことが、はっきりとわかる。執筆するにつれ、次に一九八二年が舞台になり、最終的に一九八四年が舞台になった。そのことはファクシミリの二十三頁にとりわけ明らかだが、その後の変更は様々な時点で行われている。この小説の舞台を、一九八〇年、一九八二年、一九八四年と次々に変えたのは、この小説を書く計画を立て、実際に書き始めた時の年齢三十六を各時点で加えたと考えられる。つまり、（第二次世界大戦が勃発した年）から、自分のその時一九四四＋三十六＝一九八〇、一九四六＋三十六＝一九八二、一九四八＋三十六＝一九八四である。この小説のアイディアが形をとりつつあったと言ってよい年の一九四四年に、リチャードを養子にしたのは偶然ではないであろう。当時オーウェルが（ほかの多くの者同様）、将来自分たちの子供が大きくなった時、平和が続くのか、それとも戦争が起こるのかと考えていたのは自然である。オーウェルは一九八四年を選ぶことにより、その小説を現在および未来の両方に置いたのである。もしオーウェルが現在について書いていたのなら、年を一九八〇年以降に進める必要はなかったであろう。そして、三十六年という間隔を保持したのは、彼にとって意味があったのに違いない。

（8） 付録「ニュースピークの諸原理」は英米の版に収められた。

（9） R・H・トーニー（一八八八〜一九六二）は歴史家、『宗教と資本主義の勃興』（一九二六）の著者、一九二六年から三三年まで『経済史評論』の共同編集者、一九三四年から『経済・社会史研究』の共同編集者。彼と妻はリチャード・リースの旧友で、リースは二人に、クラナムにオーウェルを見舞うよう頼んだ。二人はクラナムの近くの自分たちの田舎の家で休日を過ごしていたので。

（10）『括弧に入れて』（一九三七）は、詩人、小説家、画家のデイヴィッド・ジョーンズ（一八九五〜一九七四）が書いたもの。それは、自由詩と第一次世界大戦での彼の経験を結びつけたもの。ホーソーンデン賞を受賞した。

（11） 外国旅行は政府が国外に持ち出される金の額を厳しく制限したので難しかった。

（12） グレープ・ストルーヴェは、一九四九年一月一日付のオーウェル宛の手紙に、アーサー・ケストラーとオーウェルを攻撃する、イヴァン・アニーシモフが書いた二つの小論を同封した。それは、「今、ソヴィエト連邦で荒れ狂っている、外国人文学者嫌いの典型」だった。

（13）『五十年祭の年に』と『渦巻き』はウォーター・ゲイトによって出版された。前者の序文はウィリアム・プルーマーが書き、後者の序文はマヴァンウィ・エヴァンズが書いた。

（14） 当時、十ドルは約二・五〇ポンドだった。

（15） リースはバーンヒルを整備するのに千ポンド投資した。

（16）『人間の知識――その規模と限界』（一九四八）。一九四九年に読んだもののリストの中のその本の横に、「読もうとしたが、読めず」と書いた。

（17） ラッセルの引用はほぼ正しい。その文句は『ハムレット』の第二幕第二場からのものである。最初の行は、正しくは「Doubt that」ではなく「Doubt thou」である。ラッセルはその意味を単純に額面通りに受け取っている――大地は動かない、と。もしそれが正しければ、シェイクスピア（もしくはハムレット）は無知だと非難されるいわれはない。なぜなら、天動説に従えば、それが正しかったからである。当時宇宙は依然としてほぼ普遍的に、そう理解されていた。コペルニクスとガリレオはその説の正当性を疑った（ガリレオとシェイクスピアは同じ年に生まれた）。二人の説は異端審問ではっきりとガリレオに説明されたように、異端と見なされた。けれどもその文句は、地球が動くということを仄めかしていると、通常解釈されている。シェイクスピアは、ラッセルやオーウェルが考えていたらしいよりは巧妙だった。そしてハムレットは、おそらく、もっと狡猾だったろう。

(18) J・B・ライン教授。彼はデューク大学の超心理学実験所の所長だった。

(19) 著者はセシル・デライル・バーンズ。オーウェルはそれを三月に読んだ本のリストに入れ、「ざっと読んだ」という注を付けた。

(20) ウォリック・ディーピング（一八七七～一九五〇）は医者としての教育を受けた多作の小説家。彼の最も成功した小説は、第一次世界大戦中に陸軍衛生隊に勤務した経験をもとに書いた『ソレルと息子』（一九二五）であろう。オーウェルはそれを読んだ本のリストに入れていない。彼は、「デル〔エセル・デルは一九三九年に没した英国の女流小説家〕とディーピングのような連中」に対し、いささかの軽蔑の念を表明した。もっとも『葉蘭をそよがせよ』の中で、「デルやディーピングのような連中でさえ、少なくとも毎年大量の作品を書いている」ということを認めているが。

(21) アーサー・スチュアート＝メンティース・ハッチンソン（一八七九～一九七一）は、インドのウッタルプラデシュに生まれた。多作な小説家で、その『冬来りなば』は以前からオーウェルの注意を惹いていた。一九四五年十一月二日付の『トリビューン』に載った「よい悪書」を参照のこと。

(22) ピーター・チェイニー（一八九六～一九五一）は多作な著述家で、主に探偵小説とスリラーを書いた。詩集も出版しているが。彼は第一次世界大戦で戦い、少佐にまで昇進し、一九一六年、重傷を負った。オーウェルは彼の『暗い英雄』を読んだ。

(23) オーウェルは一九四九年二月に『薄命のジュード』と『ダーバヴィル家のテス』を読んだことを記録している。

(24) 『穏やかな発端』。オーウェルはそれを一九四九年二月に読んだ。

(25) ジェイムズ・ケインの作品で、一九三四年に出版された。オーウェルはそれを一九四九年一月に読んだ。

(26) 『情事』（一九四九）。一九四九年にオーウェルが読んだ本のリストの最後のもの。

(27) 縁日などの射撃場で使われる二二口径のライフル。

(28) リチャード・オースティン・フリーマン（一八六二～一九四三）は多数の小説と短篇の作者。現在のガーナで内科医、外科医として行政官を務めていたが、病気で引退せざるを得なくなったあとで書いた、病理学者兼探偵のジョン・ソーンダイクを主人公にした最初の小説『赤い拇指紋』で探偵小説家としての地位を確立し、ソーンダイクも有名になった。彼の小説と短篇は、その科学的正確さを特徴にしていた。オーウェルは『フォンテーヌ』に載った「Grandeur et décadence du roman policier anglais〔英国の探偵小説の栄華と衰退〕」の中で、フリーマンの『オシリスの目』と『歌う白骨』を「英国の探偵小説の古典」と書いている。

(29) オーウェルは『パリ・ロンドンどん底生活』のフランス語版の序文で、パリに住んでいた時、二篇の小説を書いたと言っている。

(30) ジャシンサ・バディコムは『エリックと私たち』の中で、二人が面白がった、「『パンチ』からのこの古いジョーク」に言及している。一人の水夫がタールの入ったバケツを蹴飛ばし、提督の視察にそなえ新たに擦り洗いした甲板にタールをぶちまけた。もう一人の水夫が、責任者の軍曹に、そのような説明をする。彼女はこう言っている。「あの古いジョークは、いつも変わらぬ初めと終わりの言葉と共に、その手紙がエリックのものだということを証明するのだった」

(31) オーウェルは「onto」を使うことを許された。彼はもっと前の小説でも一語の形を使った。もっとも、ゴランツ版でわかるように、その用法は一貫している訳ではないが。彼はハーコート・ブレイスとの戦いで勝った。

(32) バートランド・ラッセル『人間の知識――その範囲と限界』(一九四八)。

(33) 「すべての人間は尻尾がない」には下線が引かれ、リースは余白に、「しかし、これはラッセルの言っていることではない!」と書いている。

(34) ヘスケス・ピアソン著『ディケンズ――彼の性格、コメディー、経歴』のオーウェルの書評は、一九四九年五月十五日付『ニューヨークタイムズ・ブック・レヴュー』に載った。

(35) ヒュー・キングズミル『感傷旅行――チャールズ・ディケンズ伝』(一九三四)。

(36) オルダス・ハックスリー『猿と本質』(ニューヨーク、一九四八。ロンドン、一九四九)。

(37) リチャード・ブレアは、のちに父との関係を回想している。「父は、本来会うべきほどに私に会えないことを非常に気にかけていた。父の最大の気掛かりは、父と息子の関係が正しく発展しないかもしれないということだった。父に関する限りは、それは完全に発展していたが、父は、父に対する息子の関係を、もっと気にしていた。父は私との絆を作ったが、私の側からの絆はそれほど強くなかった」。レティス・クーパーは、オーウェルが重い病気になった際に彼が直面した、この絆を作る上の問題と、オーウェルの病気とアイリーンの若死にがもたらした影響について書いている。オーウェルは、「リチャードが自分のそばに来るのを恐れていて、片手を伸ばし、彼を押しやるのだった――そしてジョージはそれを非常にぶっきらぼうにした。というのも、彼の態度と動作は生来ぶっきらぼうだったからだ。そして彼は、子供を膝の上に乗せたりはしなかった。リチャードは、「父が自分を愛しているのかどうか」決して訊かなかったと私は思う。子供というものはそうではなかろうか。そして彼は、両親は自分を愛していたのだろうか、と訊いた。二人とも非常に愛していた、と私は答えた。それは、非常に辛いことだった、そうではなかろうか」（『オーウェル回想』）

(38) マイヤーは一九四七年から五〇年までウプサラ大学の英文学講師だった。

(39) 一九五一年に出版された『廊下の突き当たり』。

(40) トマス・フッド（一七九九〜一八四五）は詩人、ジャーナリスト。彼の滑稽な詩の特徴は気味の悪い冗談だった。彼はきわめて辛辣な詩を書くことができた（例えば、苛酷な針仕事でこき使われる針子を歌った、一八四三年の「シャツの歌」）。

(41) 「三歳五ヵ月の息子に親が捧げる頌歌」。オーウェルは「拭く」を「かむ」と書いている。記憶に頼って引用しているのは疑いない（そういう場合が非常に多かった）。

(42) オーウェルは一九四九年四月に『スポンジ氏の狩り旅行』を読んだと記している。

(43) 『洞察と外観』。

(44) 『ロセッティ――その人生と作品』（一九二八）。

(45) イアン・マケクニーはアードラッサのアスター家の広大な私有地の労働者だった。フランシス・ボイルはジュラ島の道路工夫だった。二人とも、時折バーンヒルで手伝った。

(46) イズリエル・ザングウィル（一八六四〜一九二六）は英国の小説家、劇作家で、ユダヤ人の移民の生活を、英文学で初めてフィクションの形にした一人。しばらくのあいだシオン主義者になり、のちに一九〇五年から二五年まで、「大英帝国内ユダヤ人定住のためのユダヤ人領土機関」の会長を務めた。

(47) マリ・バシュキルツェフ（一八六〇〜一八八四）はロシア生まれの日記作家、画家。彼女の『日記』は死後の一八八七年に出版され、非常に有名になった。

(48) 戦時中、衣料は配給制だった。衣料の配給は一九四九年三月十五日に終わった。
(49)「本の中の本」は、『一九八四年』のゴールドスタインの「寡頭制集団主義の理論と実践」である。
(50)四七年三月十九日付の手紙を参照のこと。
(51)フランツ・ボルケナウについては、三七年七月三十一日付の手紙の注(127)を参照のこと。
(52)オーウェルは隠れ共産主義者のリストにエドガー・P・ヤング少佐を含めた。彼は書いている。「仕事」の下に「海軍の専門家。パンフレット」と書き、「注」の下に「同調者?　人民会議で活動。ほぼ間違いなく地下党員だと思う。妻(チェコ人)は、一九四九年、自殺をした(やや疑わしい状況のもとで)。イダ・ヤング夫人は、一九四九年三月二十三日、自分たちのフラットで首を吊った死体で発見された。
(53)「大主教」は、「赤い首席司祭」のヒューレット=ジョンソン首席司祭の間違い。
(54)「ガンディー考」。
(55)『全集』第二十巻、二百二十七頁から二百二十九頁にかけ、「再録しうるエッセイ等」が載っている。
(56)オーウェルは自分が作成した、隠れ共産主義者と同調者のリストは、さしてセンセーショナルではないが、「たぶん信用できないであろう人物もリストに加えたのは悪い考えではない」と書いている。そのリストには、非常に重要な側面がある。そのリストには、例えば、NKVDから金を貰っていた二人の人物(労働党議員トム・ドライバーグ、暗号名Lepageと、大英帝国四等勲爵士ピーター・スモレット(スモルカ、暗号名Abo。たぶん、『動物農場』を出版しないようケイプを説得した人物であろう)が含まれている。また、冗談めいたところもある——オーウェルは所得税監査人の名前もリストに入れている。その計画には、かなりの意見が寄せられた。いくつかは批判的で、いくつかは間違った情報にもとづくものだった。
(57)マイケル・マイヤー。
(58)不詳。
(59)ラーザリ・モイセイェヴィチ・カガノーヴィチ(一八九三〜一九九一)はユダヤ人で、もとは靴直しだったが、共産党の中央委員会の書記になった。戦時中、ソ連邦の輸送方式を管理した。
(60)アナ・パウケル(一八九四〜一九六〇)はユダヤ人の肉屋の娘で、アメリカでしばらく過ごし、赤軍で大佐として勤務し、ソヴィエトが一九四四年にルーマニアを占領した際、ルーマニア共産党の指導者になった。
(61)ダーシー・ギリーは『ガーディアン』のパリ特派員で、チョラトンは「ロシアに関する専門家で、様々な面で役に立つだろう」と、アダム・ワトソン（シーリャの同僚）に語った。A・T・チョラトンは、独ソ不可侵条約が調印された一九三九年に、『デイリー・テレグラフ』の特派員としてモスクワにいた。

（62）ルート・フィッシャー『スターリンとドイツの共産主義』。オーウェルは四月に読んだ本のリストにそれを入れている。

（63）マルガレーテ・ブーバー＝ノイマン『二人の独裁者のもとで』。オーウェルは四月に読んだ本のリストにそれを入れている。

（64）『苦しめる者』。オーウェルは二月に読んだ本のリストにそれを入れている。カーゴーの本名はロバート・ペイン（一九一一〜一九八三）。オーウェルは筆名でのペインは知らなかったらしいが、ペインが一九三八年にスペインで戦地派遣記者だった時（オーウェルがそこで戦った年の翌年）に彼を知っていたかもしれない。

（65）それは、オーウェルが死に際に考えていた二つの作品の二番目のものだった。

（66）リチャード・ブレアは最初、職業として農業を選んだ。一九六四年、学校教師のエレナー・モイアーと結婚し、二人の息子を儲けた。

（67）『エンカウンター』はこの手紙をここで切った。

（68）その形状、内容が『全集』第二十巻に記載されている。

（69）リリアン・ウルフ（一八七五〜一九七四）はロンドンに生まれ、二十年間、郵便局の電信技手として働いた。そして一九〇七年、社会主義者、女性参政権論者になり、一九一三年にアナルコ・サンディカリストになった。一九一四年から一六年にかけ反戦運動で活動して投獄された。パートナーのトマス・キール（一八六六〜一九三八）も投獄された。戦後、ロンドンとストラウドで健康食品店を経営し、もっぱら、クラナムから約五マイルのところにあるホワイトウェイの無政府主義者の集団居住地で暮らした。リチャードは父を見舞った際には、そこに泊まった。彼女は夫と息子を養い、無政府主義者の新聞『自由』を支援するに足るくらい稼いだ。一九六六年、無政府主義運動支持者たちは、彼女が九十歳の誕生日を祝い、アメリカでの休日をプレゼントした。無政府主義に一生を捧げたあと、チェルトナムにある息子の家で九十八歳で死んだ。

（70）ハロルド・ラスキ（四七年九月二十日付の手紙の注（169）を参照のこと。隠れ共産主義者と同調者のリストに関しては、四九年四月六日付の手紙の注（56）を参照のこと。

(71) G・D・H・コール（一八八九〜一九五九）は経済学者、多作の著述家。著書には、『知識人のための戦後世界案内』（一九四七）、『マルクスの真の意図』（一九四八）にもとづいた『マルクス主義の意味』（一九四八）が含まれている。

(72) キングズリー・マーティン（一八八七〜一九六九）は当時、『ニュー・ステーツマン』の編集長だった（三八年二月九日付の手紙の注（157）を参照のこと）。

(73) 一人はたぶんラインホルド・ニーブア（一八九二〜一九七一）であろう。彼はアメリカの神学者で、一九三〇年から六〇年までユニオン神学校の教授を務めた。一時、社会主義者、平和主義者だった。のちにヒトラーに対する戦争を支持した。二人目のニーブアに関しては、ラインホルドと弟のヘルムート・リチャード（一八九四〜一九六二）とが混同されている可能性がある。弟は一九一六年、福音主義・改革派教会の牧師になった。一九三一年から、イェール大学で顕著な活躍をした。そして、会衆派教会と福音主義・改革派教会の併合に関係した。

(74) コニ・ジリアーカス（四八年一月二日付の手紙の注（6）を参照のこと）。

(75) デニス・ノエル・プリット（一八八七〜一九七二）は、労働党の議員ののち独立労働党議員。英ソ文化交流協会の会長。

(76) ヒュー・レスター・ハッチンソン（一九〇四〜一九五〇）はジャーナリストで著述家。スイスとエディンバラ大学で学び、一九四二年から四四年まで海軍に勤務した。一九四五年に労働党議員に選出されたが、労働党政府の外交政策を批判して、一九四九年、追放された。

(77) イアン・ミカードー（一九〇八〜一九九三）は経営コンサルタント、『産業の中央集中化制御』の著者、政治家。一九四五年から五九年までと、一九六四年から八七年まで左翼の労働党議員で、アナイリン・ベヴァンの著名な信奉者で、鋭い喜劇感覚を持った騒々しい論客だった。共産主義に対して過度に同情的だと、しばしば思われたが、彼が熱心にシオニズムを支持したことは、彼がスターリンのユダヤ人に対する仕打ちを決して忘れもせず、許しもしなかったことを裏付けている。彼は下院では「非公式の賭元」として知られ、異論のある問題や政治家の運命に賭けた。

(78) オーウェルは飛行機でスイスに行くことを願っていたが、その前に、一九五〇年一月十八日、新しい遺言状を作成した。オーウェルの遺産は、遺言検認の際、九千九百八ポンド十四シリング十一ペンスと評価された。彼は友人たちに五百二十ポンド貸していた。もちろん、彼の印税は相当の額であるのがわかった。

（79）H・V・モーロック医師は、オーウェルが戦争前に診てもらった専門医。

（80）オーウェルがこの手紙を書いている時点では、砂糖菓子とチョコレートは依然として配給制だったが、ちょうど一週間後、配給制は解かれた。残念ながら、その自由は長く続かなかった。菓子は七月十四日、再び配給制になり（週に四オンス）、砂糖の配給は八オンスに減り、煙草の輸入も減らされた。

（81）ルッジェロ・オルランド（一九〇七～一九九四）はジャーナリスト、キャスター、詩人、批評家。情熱的で、やや無政府主義的考えを持っていたため、一九三九年、イタリアから英国に逃亡することになった。BBCの外国向け放送の仕事に雇われ、非常な成功を収め、同僚と聴取者のあいだで伝説的な地位を築いた。戦後はイタリア国営放送で働き、十八年間、アメリカ特派員になった。一九七二年にイタリアに戻り、下院議員になった。彼はイギリスにいた時、『ポエトリー・トゥデイ』にしばしば寄稿し、ディラン・トマスをイタリア語に翻訳した。

（82）イニャツィオ・シローネ（一九〇〇～一九七八）はイタリアの小説家。オーウェルはアーサー・ケストラーについてのエッセイの中で、シローネの『ファンタマーラ』（一九三三。英訳、一九三四）あるいはケストラーの『真昼の暗黒』（一九四〇）に似た作品は英国にはないと言っている。「全体主義を内側から見ることになったイギリスの作家は、ほとんどいない」

（83）たぶん、デイヴィッド・ジョーンズの『括弧に入れて』であろう。（四九年一月十八日付のサー・リチャード・リース宛の手紙を参照のこと。）

（84）オーウェルが一九四九年四月に読んだ本のリストに、ディケンズの『リトル・ドリット』とサーティーズの『スパンジ氏の狩り旅行』が入っている。

（85）S・M・レヴィタス（一八九四～一九六一）は、ニューヨークの長いあいだ続いていた左翼の定期刊行物『ニュー・リーダー』の編集長だった。同誌は二〇〇六年に廃刊になった。彼は六月三日にオーウェルに返事を書き、「あなたがお読みになりたいどんな本でもすべて」喜んで手に入れると言った。けれども、自分は非常に体の具合が悪いとオーウェルが繰り返し言ったのを忘れたらしく、彼を悩まし続けた。この時は、オーウェルが自分の病気について説明したにもかかわらず、「新たに書いたもの」を要求し、「お好きなどんなテーマ」でもよいから千語の「ゲスト・コラムニスト論説」を書いてくれと頼んだ。

（86）「臨終」。

（87）リースはオーウェルの手紙のこの部分に、「NO!」という注を付けている。

（88）リースはオーウェルの手紙のこの部分に、「Yes」という注を付けている。

（89）コニ・ジリアーカス（四八年一月二日付の手紙の注（6）を参照のこと）。

（90）マイケル・フット（四六年三月三十一日付の手紙の注（30）を参照のこと）。

（91）モーリス・エーデルマン（一九一一〜一九七五）はケンブリッジ大学のトリニティー学寮で教育を受け、合板の仕事に就き、その結果ソ連邦を何度も訪れるようになった。そして、ソ連邦について本を書いた。従軍記者として北アフリカとノルマンディーに行き、一九四五年に労働党議員になり、一九五〇年再選された。

（92）ハロルド・ラスキ（四七年九月二十日付の手紙の注（169）を参照のこと）。

（93）チャールズ・カラン。彼は「前回、政治について論じて、僕をひどく疲れさせた」（四九年五月十六日付の手紙を参照のこと）。

（94）ポール・ポッツ（四六年七月一日付のハンフリー・デイキン宛の手紙の注（73）と、四六年七月五日付のサリー・マキューアン宛の手紙の注（74）を参照のこと）。

（95）A・J・P・テイラー（一九〇六〜一九九〇）は歴史家、ジャーナリスト。当時、オックスフォード大学、モードリン学寮の現代史の個別指導教員だった（一九六三年まで）。そして、一九三八年から七六年まで特別研究員だった。彼は特にドイツと、第一次および第二次世界大戦について、数多くの本を権威をもって書いた（常に議論の余地がないという訳ではなかったが）。ヴロツワフ会議は一九四八年八月に開かれた親共産主義の知識人会議で、四十ヵ国から科学者、作家、文化指導者が参加した。同会議はファシズムの復活を糾弾する決議を可決した。同会議は創立委員にとって裏目に出た。何人かの参加者は議事進行がおかしいのを見抜き、退場した（その一人がテイラーだった）。

（96）マーガレット・カークマン医師。クラナムの二人の住み込み医師の一人。

（97）「未来を覗く——一九八四年とニュースピーク」。『一九八四年』の付録の無神経な縮約。『ワールド・レヴュー』、一九四九年、五月号。

（98）オーウェルは、サナトリウムをクラナム・ロッジと呼んでいるレターヘッドの入った便箋に書いていた。

（99）アンドルー・モーランド医師。

（100）リチャードはホワイトウェイに泊まっていた（四九年四月十七日付のサー・リチャード・リース宛の手紙の注（69）を参照のこと）。リチャード・ブレアは『オーウェル回想』の中で、こう回想している。「クラナムで父に会った時には、私はいつもこう言ったものだ。『どこが痛いの、ダディー？』。なぜなら、彼が痛くないと言いながらベッドにいるのが理解できなかったからだ。それを関連付けることがまったくできなかったのだ」

（101）不詳。

（102）「リア、トルストイ、道化」、『ポレミック』、一九四七年、三月号。

（103）アントニー・ポウエル編『ジョン・オーブリーの名士小伝その他の選集』（一九四九）。

（104）ヒュー・キングズミル（＝ヒュー・キングズミル・ラン、一八八九〜一九四九）は批評家、アンソロジー編者。キングズミルは『ある伝記作者の歩み』の中で、『動物農場』は、オーウェルの「詩心、ユーモア、優しさを現わしている」と書いた。

（105）『パーティザン・レヴュー』をフィリップ・ラーヴ★と一緒に編集した。

（106）その書評は一九四九年六月十日に『タイムズ文芸付録《リテラリー・サプリメント》』に載った。

（107）ウィリアム・エンプソン（四三年七月十一日付の手紙の注（25）を参照のこと）。

（108）十ポンドは大した額に思えないかもしれないが、今日の価値は一九四九年の約二十五倍である。その年私は、鉄道関係の雑誌を編集して、週に五ポンド弱しか貰わなかった。

（109）シャルーは額縁製作者、絵画修復家（四八年十一月十九日付の手紙を参照のこと）。

（110）アスターの手術は比較的簡単だったが、非常に痛いものだった。

（111）作者はノーマン・メイラー（一九四八）。

（112）『ポセーフ』（同誌の副題は「ロシア語による社会・政治評論。ドイツ」だった）の「認可された強制追放者の出版業者」と自ら名乗ったヴラジミール・ゴラチョークは、一九四九年七月十六日にオーウェルに手紙を書き、鉄のカーテンの向こうにいるロシア人の読者に無料で配るための、ロシア語版の『動物農場』を出版したいと申し出た。本はベルリンとウィーンとを通して配布される計画だった。配布の費用は、西ドイツで千部から千二百部売って出すことになっていた。ゴラチョークは前の手紙をロシア語で書いたことを詫びた。「私たちは革命後に私たちの国で起こったすべての出来事と、現在確立された体制のまさに本質についての、それほどに完璧な理解は、ロシア語の知識なしには得られないと思ったのです」

(113) ムーアの事務室において、「A・Fに五十ポンド支払われた」という注が付けられた。

(114) ムーアの事務室において、「『一九八四年』、米軍に二百五十ポンド貸し」という注が付けられた。それは、『デア・モーナト』の『一九八四年』の、一九四九年十一月から一九五〇年三月までの連載の報酬である。

(115) 外務省はなんの寄付もしなかった。「役に立たないラジオでのプロパガンダ」というのは、BBCで彼が「無駄にした二年間」の経験にもとづいているのは疑いない。

(116) ルート・フィッシャー。

(117) この手紙の日付は四九年九月二十日になっていたが、ムーアの事務所で受け取った日付は一九四九年七月二十二日である。月は明らかに間違いである。オーウェルはまた、日も間違えたようである。なぜなら彼は、「きのうあなたに手紙で書いた……難しさ」と書いているからである。

(118) 「ドナルド・マギルの芸術」(『ホライズン』、一九四一年九月号)は、P・W・サウアーズ他編『作家選集』(ニューヨーク、一九五〇)に縮約した形で収められた。

(119) 一九四九年八月二十七日、NBC大学劇場で放送された。デイヴィッド・ニーヴンがウィンストン・スミスを演じた。小説家のジェイムズ・ヒルトン(一九〇〇～五四)が幕間の解説を書いた。それは「最近出た、広く論議されている小説」とプリゼンターは言った。この放送のCDが、二〇〇七年、オールド・タイム・ラジオ・クラブから発売された。

(120) 追伸は校正刷りの些細な訂正に触れたものである。

(121) どうやらコモンは、しばらくオーウェルと接触がなかったようである。コモンが借りた金は、オーウェルが死んだ時には返却されていなかった。

(122) オーウェルは、実際に起こったこととは反対に、健康が回復したら再婚するかもしれないと匂わしている。

(123) リースが描いたバーンヒルの油彩は、オーウェル・アーカイヴに収められている。

(124) チャールズ・ウィリアムズ(一八八六～一九四五)は詩人、小説家、劇作家、神学上の問題に関する著述家。生涯の多くの歳月、オックスフォード大学出版局に勤めた。

(125) ユニヴァーシティー・コレッジ病院は、ロンドン、WC1の主要な教育病院。

(126) アスターを担当した医者。

(127) 一九四九年九月十七日付の『ザ・スター』(当時のロンドンの三紙の夕刊の一つ)と『デイリー・メイル』。

(128) ライオネル・トリリング(一九〇五〜一九七五)による書評は、一九四九年六月十八日付の『ニューヨーカー』に載った。彼は、この「きわめて重要な本」の「緊迫感と情熱」を賞讃した。

(129) シャルー氏はリースが推薦した絵画修復家。(四八年十一月十九日付の手紙を参照のこと。)

(130) たぶん、ジュラ島の教師であろう。

(131) ナンシーの夫。

(132) オーウェルは一九四六年初めにバイロを使い始めた。彼は液体インクの使用が許されていないベッドで書く際、それはとりわけ役に立つのがわかった。一九四七年の末になってさえ、彼は新しいボールペンに三ポンド払った。

(133) ジョン・ラッセル(一九一九〜二〇〇八。大英帝国三等勲爵士、一九七五)は美術批評家。当時、アレクサンドリネ・アポニと結婚していた(一九五〇年に離婚)。一九四一年から四三年まで情報省で働き、一九四三年から四六年まで海軍情報部で働いた。そして、一九四九年から七四年まで『サンデー・タイムズ』の美術批評家を務め、のちに『ニューヨーク・タイムズ』の美術批評家を務めた。一九五八年、ソニアがマイケル・ピット＝リヴァーズと再婚した際の立会人になった。

(134) マダム・ダヴェ訳の『カタロニア讃歌』は一九五五年に出版された。それにはオーウェルによる訂正が含まれ、各章も彼が要求したように並び替えられていた。その変更は英語版では一九八六年に初めてなされた。

年譜

一八五七年一月七日　オーウェルの父、リチャード・ウォムズリー・ブレアがドーセット州ミルボーン・セント・アンドルーで生まれる。彼の父、トマス・アーサー・ブレアはミルボーン・セント・アンドルーの教区司祭だった。

一八七五年五月十九日　オーウェルの母、アイダ・メイベル・リムーザンがサリー州ペンジで生まれる。

一八九七年六月十五日　英領インド帝国政府の阿片局の官吏だったリチャード・ブレアとアイダ・リムーザンは、インドのナイニ・タルのセント・ジョン・イン・ザ・ウィルダネス教会で結婚。

一八九八年四月二十一日　マージョリー・フランシス・ブレアがベンガルのガヤで生まれる。

一九〇三年六月二十五日　エリック・アーサー・ブレアがベンガルのモティハリで生まれる。

一九〇四年　アイダ・ブレアはイギリスで暮らすためにマージョリーとエリックを連れて帰国し、ヘンリー＝オン＝テムズに住む。

一九〇七年夏　リチャード・ブレアは三ヵ月の休暇をヘンリーで過ごす。

一九〇八年四月六日　アヴリル・ノラ・ブレアが生まれる。

一九〇八年～一九一一年　姉妹と同じように、ウルスラ会の修道女が経営するローマ・カトリックの通学学校に通う。

一九一一年九月～一九一六年十二月　イーストボーンにある、私立のセント・シプリアン進学予備校に寄宿する。

一九一二年　リチャード・ブレアは阿片局副阿片官次席で引退し、イギリスに戻る。一家はオックスフォードシャー州のシップレイクに移る。十二月初めと考えられる。

一九一四年夏　バディコム一家と親しくなる。とりわけジャシンサと。

一九一四年十月二日　詩「目覚めよ！　イギリスの若者よ」が、『ヘンリー・アンド・サウス・オックスフォードシャー・スタンダード』に掲載される――オーウェルの活字になった最初のものである（エリック・ブレアとして）。セント・シプリアン校の校長の妻が新聞社に送ったのである。

一九一五年～一九一七年秋　ブレア一家はヘンリー＝オン＝テムズに戻る。

一九一六年七月一日　ソンムの戦いが午前七時半に始まる。その日、一万九千二百四十人が殺されるか、負傷して死ぬかした。三万五千四百九十三人が負傷し、二千百五十二人が行方不明になった。五百八十五人が捕虜になった。合計五万七千四百七十人。英軍はほとんど前進しなかったのだが［マーティン・ミドルブルック『ソンムの第一日目』（一九七一、二〇〇二）］

一九一六年七月二十一日　詩「キッチナー」（オーウェル自身が新聞社に投稿した）が、『ヘンリー・アンド・サウス・オックスフォードシャー・スタンダード』に掲載された。

一九一七年春学期　ウェリントン校に給費生として入学。

一九一七年五月～一九二一年十二月　イートン校に王室奨学金給費生として入学。『エレクション・タイムズ』と『コレッジ・デイズ』に寄稿。

一九一七年九月十三日　オーウェルの父は少尉に任命され、マルセイユ駐留の第五一（ランチ）インド工兵中隊に配属される。彼は英国陸軍の最も若い少尉になった。オーウェルの母はロンドンの年金省で働き始める。

一九一七年十月～十一月　パッセンダーレの戦い（第三次イープル戦）。のちにオーウェルの著作を出版したフレドリック・ウォーバーグはその戦いに従軍した。そして、国土防衛軍ではオーウェルの班の一員だった。

一九一九年十二月九日　オーウェルの父は退役し、ロンドンに戻る。

一九二一年十二月　ブレア一家はサフォーク州の海岸沿いのサウスウォルドに引っ越す。

一九二二年十月～一九二七年十二月　オーウェルはビルマの英領インド帝国警察に勤務する。

一九二七年秋　ビルマから休暇で帰国した際、ロンドンのイーストエンドを初めて探訪する。

一九二八年春　その頃、しばらく浮浪者の暮らしをする。

一九二八年春～一九二九年末　パリの労働者階級の住む地区で暮らす。フランスの新聞に五篇のエッセイを載せる。一篇か二篇の小説を書く（彼は両方の数字を挙げている）。両方とも破棄。

一九二九年三月　「流行性感冒《ユーヌ・グリップ》」でコシャン病院に入院。（「貧乏人の死に方」、『ナウ』、［一九四六］を参照のこと。）

一九二九年秋　厨房のポーターあるいは皿洗いとして、

たぶん、オテル・ロッティあるいはクリヨンで働く。

一九三〇年〜一九三一年　サウスウォルドで両親と一緒に暮らすが、落ちぶれた者たちと一緒にロンドンで放浪生活をする。のちに『パリ・ロンドンどん底生活』になるものを書き始める。

一九三一年四月　「木賃宿」が『アデルフィ』に載る。

一九三一年八月　「絞首刑」が『アデルフィ』に載る。

一九三一年九月　『パリ・ロンドンどん底生活』の初稿を書き直したものがジョナサン・ケイプに出版を断られる。

一九三一年秋　ケント州でホップ摘みをする（『牧師の娘』を参照のこと）。『ビルマの日々』を書き始める。

一九三一年十月十七日　「ホップ摘み」が『ニュー・ステーツマン&ネイション』に載る。

一九三一年十二月十四日　『パリ・ロンドンどん底生活』を書き直したもの（「皿洗いの日記」という題になった）をフェイバー&フェイバー社に渡したが、一九三二年二月十五日にT・S・エリオットによって出版を断られる。

一九三二年四月二十六日　メイベル・フィアズ夫人が『パリ・ロンドンどん底生活』をレナード・ムーアに送ったあと、オーウェルはムーアに手紙を書く。ムーアは彼の著作権代理人になる。

一九三二年四月〜一九三三年七月　ミドルセックス州へイズにある私立学校、ホーソーンズで教える。

一九三二年クリスマス　学校劇『チャールズ二世』の脚本を書き、演出する。

一九三二年九月　「簡易宿泊所」が『ニュー・ステーツマン&ネイション』に載る。

一九三二年十一月十九日　最初の本を出すに当たり、いくつかのペンネームをムーアに提案する。しばらくのあいだ、エリック・ブレア（一九三六年十二月まで）とジョージ・オーウェルの両方を使う。

一九三三年一月　ジョージ・オーウェル著（その名前が初めて使われた）『パリ・ロンドンどん底生活』がヴィクター・ゴランツ社から出版される。ニューヨークでは一九三三年六月三十日に出版される。

一九三三年三月　詩「仲秋の時折に」、『アデルフィ』。

一九三三年五月　詩「秋の陽が夏のように一瞬輝き出し」、『アデルフィ』。

一九三三年秋　アックスブリッジ市のフレイズ・コレッジで教える。『ビルマの日々』完成。

一九三三年十二月　肺炎で入院。教職を諦める。

一九三三年十月　詩「ヒズ・マスターズ・ヴォイス蓄音機工場の近くの廃墟の農園にて」、『アデルフィ』。

一九三四年一月〜十月　サウスウォルドの両親と一緒に暮らす。『牧師の娘』を書く。

一九三四年十月二十五日　『ビルマの日々』がニューヨ

ークのハーパー&ブラザーズから出版される。
一九三四年十月～一九三五年三月　ハムステッドのウォリック・マンションズ三の一部屋を借りる。
一九三四年十月～一九三六年一月　ハムステッド、サウス・エンド・ロード一番地、ブックラヴァーズ・コーナー書店でパートタイムの店員として働く（ジョン・キムチと一緒に）。
一九三五年三月十一日　『牧師の娘』がゴランツにより出版された。
一九三五年五月　『パリ・ロンドンどん底生活』がR・N・ランボーによって仏訳され、「La vache Enragée」という題で出版される。
一九三五年六月二十四日　『ビルマの日々』が本文に手を加えた形で、ロンドンのゴランツ社から出版される。
一九三五年八月　ロンドンのケンティッシュ・タウンに引っ越す。
一九三六年一月二十三日　「ラドヤード・キプリング」、『ニュー・イングリッシュ・ウィークリー』。
一九三六年一月三十一日～三月三十日　『ウィガン波止場への道』を書くためにイングランド北部で資料を収集。キプリングの死んだことを知り、ラドヤード湖まで回り道をする。湖を見渡すホステルに泊まる（『ジョージ・オーウェル日記』、一九三六年二月三日～四日の項を参照のこと）。
一九三六年四月二日　ハートフォードシャー州ウォリントンのザ・ストアーズに引っ越す。
一九三六年四月二十日　『葉蘭をそよがせよ』がゴランツによって出版される。
一九三六年五月　『ウィガン波止場への道』を書き始める。『タイム・アンド・タイド』ために書評を始める。
一九三六年六月九日　アイリーン・オショーネシーと結婚。
一九三六年秋　「象を撃つ」、『ニュー・ライティング』。
一九三六年十一月　「書店の思い出」、『フォートナイトリー』。
一九三六年十二月　詩「私は幸福な教区司祭であったかもしれない」、『アデルフィ』。
一九三六年十二月十五日　『ウィガン波止場への道』の原稿を、ヴィクター・ゴランツに渡す。
一九三六年クリスマス　スペイン内戦で共和主義政府の側で戦うためにイギリスを去る。
一九三七年一月～六月　アラゴンの前線でPOUMの民兵隊に参加。
一九三七年三月八日　『ウィガン波止場への道』が、一般図書およびレフト・ブック・クラブ選定書として出版される。
一九三七年四月二十八日頃～五月十日　共産主義者がPOUMとその他の革命家を残忍に弾圧した時、休暇でバルセロナにいた（「五月事件」）。

一九三七年五月二十日　ウエスカでファシストの狙撃兵に撃たれ、頸部に貫通銃創を受ける。

一九三七年六月二十三日　アイリーン、ジョン・マクネア、スタフォード・コットマンと一緒にスペインから逃れる。

一九三七年七月一日〜七日　ウォリントンに戻り、『カタロニア讃歌』を書き始める。

一九三七年七月　『ニュー・ステーツマン・アンド・ネイション』は、オーウェルのPOUMに関する小論や、ボルケナウの『戦乱の巷スペイン』の書評の掲載を断る。

一九三七年七月十三日　バレンシアのスパイ行為・大逆罪裁判所への報告書は、オーウェル夫妻を「狂信的トロツキスト」、POUMの諜報員であると告発している。一九三八年十月〜十一月のその後の裁判で、彼の友人ホルディ・アルケルは十一年の懲役刑に処された。

一九三七年七月二十九日および九月二日　「スペインの秘密を漏らす」が『ニュー・イングリッシュ・ウィークリー』に載る。

一九三七年八月　「バルセロナの目撃者」、『論争』。

一九三七年八月五日　ハートフォードシャー州レッチワースの独立労働党の会議で、スペインでの経験について話す。

一九三七年十一月十二日　パキスタンのラクナウで発行されていた『パイオニア』に加わるよう誘われる。

一九三八年一月中旬　『カタロニア讃歌』完成。

一九三八年三月八日　片方の肺の結核性病変に罹り、『パイオニア』の申し出を断る。

一九三八年三月〜九月一日　ケント州エイルズフォードのプレストン・ホール・サナトリウムの患者になる。

一九三八年四月二十五日　『カタロニア讃歌』がゴランツに出版を断られたあと、セッカー&ウォーバーグによって出版される。

一九三八年六月　独立労働党に入党。

一九三八年六月二十四日　「なぜ私は独立労働党に入ったのか」、『ニュー・リーダー』。

一九三八年九月二日〜一九三九年三月二十六日　九月二日、オーウェル夫妻はP&Oの汽船ストラシーデン号に乗り、ティルベリーを出てジブラルタルに向かった。二人は九月十一日にモロッコに着いた。一九三九年三月二十六日、二人は日本郵船会社の汽船靖国丸に乗ってカサブランカを発ち、母国に向かった。二人の外国滞在については（主にマラケシュの近く）、彼の「家事日記」と「モロッコ日記」を参照のこと。彼は同地にいるあいだに『空気を求めて』を書いた。

一九三八年九月三十日　ミュンヘン条約が調印される。チェンバレン、「我らが時代の平和」を確約する、悪名高い紙片を翳してロンドンに戻る。

一九三八年十二月　「危機に関する政治的考察」、『アデルフィ』。

一九三九年四月十一日　ウォリントンに戻る。

一九三九年五月〜十二月　『鯨の腹の中で、その他のエッセイ』を書く。

一九三九年六月十二日　『空気を求めて』がゴランツから出版される。

一九三九年六月二十八日　オーウェルの父が癌で八十二歳で死亡。オーウェルは父の枕頭にいた。

一九三九年八月二十四日〜三十一日　ハンプシャー州のL・H・マイヤーズの家に泊まる。オーウェルは、彼とアイリーンのモロッコ滞在費を、マイヤーズがドロシー・プラウマンを通して払ったことを知らなかった。オーウェルは三百ポンド借りたと思っていた。

一九三九年九月　「英国陸軍における民主主義」、『レフト・フォーラム』。

一九三九年九月一日　ドイツ軍、ポーランドに侵攻。

一九三九年九月三日　英仏、ドイツに宣戦布告。その後間もなく、オーウェルは独立労働党を離党。同党が戦争に反対したため。

一九三九年クリスマス　「マラケシュ」、『ニュー・ライティング』。

一九四〇年二月　オーウェルは『ホライズン』に初めて寄稿（「戦争の教訓」、書評）。

一九四〇年三月　「少年週刊誌」、『ホライズン』。

一九四〇年三月一日　『鯨の腹の中で、その他のエッセイ』がゴランツから出版される。

一九四〇年三月二十九日　オーウェルは『トリビューン』に初めて寄稿する。

一九四〇年四月　三部から成る長篇小説を構想（おそらく書き始められなかったであろう）。

一九四〇年五月　地域防衛義勇軍（のちに国土防衛軍）に、小隊長として加わる。

一九四〇年五月十八日　『タイム＆タイド』に二十五の劇評の最初のものが載る（一九四一年八月九日まで）。

一九四〇年五月二十五日　ディケンズ・フェロウシップに対する講演。

一九四〇年六月　アイリーンが深く愛した兄、ロレンス・オショーネシー（英国軍医団少佐）が、ダンケルク撤退中、負傷者の手当てをしていてフランドルで戦死。リディア・ジャクソン（筆名、エリザベータ・フェン）によると、アイリーンの「生きる意欲は相当衰えた」。

一九四〇年八月〜十月　『ライオンと一角獣』を書く。

一九四〇年八月十七日　「本一般」（チャールズ・リードについてのエッセイ）、『ニュー・ステーツマン』。

一九四〇年八月　「右であれ左であれ、我が祖国」、『フォリオズ・オヴ・ニュー・ライティング』。

一九四〇年十月五日　二十五の映画評の最初のもの、『タイム&タイド』(一九四一年八月二十三日まで)。

一九四〇年十二月　「支配階級」、『ホライズン』。

一九四〇年十二月六日　BBCから「プロレタリア作家」を放送(デズモンド・ホーキンズと一緒に)。

一九四〇年十二月二十日　「国土防衛軍とあなた」、『トリビューン』。

一九四一年一月　「我々の好機」、『レフト・ニュース』(一九四一年三月三日の項を参照のこと)。

一九四一年一月三日　「ロンドン便り」を書く。十五篇のうちの最初のもの、『パーティザン・レヴュー』(一九四一年三月/四月号)。

一九四一年二月十九日　『ライオンと一角獣』、セッカー&ウォーバーグから出版。オーウェルとT・R・ファイヴェルが編纂した「サーチライト叢書」の最初のもの。

一九四一年三月三日　「ファシズムと民主主義」と「愛国者と革命家(=「我々の好機」)」が、ゴランツが出版した『左翼の裏切り』の第八章、第十章になる。

一九四一年四月初め　オーウェル夫妻はロンドン、セント・ジョンズ・ウッドに引っ越す。

一九四一年五月二十三日　「文学と全体主義」、オックスフォード大学、民主的社会主義者クラブ。

一九四一年五月〜六月　BBC海外放送での四回連続トークが、『リスナー』に載る。「芸術とプロパガンダの境界」(一九四一年五月二十九日)、「トルストイとシェイクスピア」(一九四一年六月五日)、「詩の意味」(一九四一年六月十二日)、「文学と全体主義」(一九四一年六月十九日)として。

一九四一年八月　「ウェルズ、ヒトラー、世界国家」、『ホライズン』。

一九四一年八月十七日　「ロンドン便り」、『パーティザン・レヴュー』。

一九四一年八月十八日　BBC東洋部インド課に、トーク番組助手として加わる。

一九四一年九月　「ドナルド・マギルの芸術」、『ホライズン』。

一九四一年十一月二十一日　オーウェルはインドと東南アジア向けの週一回のニュース解説を初めて放送。彼は英語で放送する百四本か百五本のニュース解説を書き、グラジャート語、マラーティー語、ベンガル語、タミル語、ヒンドゥスターニ語に翻訳するためのニュース解説を百十五本か百十六本書いた。そのうち英語のものは、ほとんどがインドに、三十本はマラヤに、十九本はインドネシアに向けて放送された。オーウェルは一九四二年十一月二十一日のニュース解説だけを読んだ。

一九四一年十一月二十二日　「文化と民主主義」という題でフェビアン協会でトーク。

一九四二年一月一日　「ロンドン便り」、『パーティザン・レヴュー』。

一九四二年一月八日　ラジオ・トーク、「紙は貴重である」。（ラジオ・トークはBBCの東洋部のためのもの。）

一九四二年一月十五日　ラジオ・トーク、「焦土の意味」。

一九四二年一月二十日　ラジオ・トーク、「金《かね》と大砲」。

一九四二年一月二十二日　ラジオ・トーク、「英国の配給量と潜水艦戦」。

一九四二年一月二十九日　ラジオ・トーク、「サボタージュの意味」。

一九四二年二月　「ラドヤード・キプリング」、『ホライズン』。

一九四二年三月八日　『オブザーヴァー』に初めて寄稿。

一九四二年三月十日　ラジオ・トーク、「ヨーロッパ再発見」（『リスナー』、四二年三月十九日）。

一九四二年五月八日　「ロンドン便り」、『パーティザン・レヴュー』。

一九四二年五月十五日　「文化と民主主義」という題でフェビアン協会のためにした講演が、『勝利か既得権益か』（ジョージ・ラウトリッジ＆サンズ）に収められる。

一九四二年夏　オーウェル夫妻はロンドンのメイダ・ヴェイルに引っ越す。

一九四二年八月十一日　「ヴォイス」1。インド向けの六回の「ラジオ文学雑誌」の最初。

一九四二年八月二十九日　「ロンドン便り」、『パーティザン・レヴュー』。

一九四二年九月九日　ランベスのモーリー・コレッジで講演。

一九四二年十月九日　オーウェルはインド向けに放送された、五人の作家による短篇の最初の分を書いた。そのあとの分を書いたのは、L・A・G・ストロング、イーネズ・ホールデン、マーティン・アームストロング、E・M・フォースター。

一九四二年十一月二日　ジョナサン・スウィフトとの架空のラジオ・インタヴュー（『リスナー』、四二年十一月二十六日）。

一九四二年十一月二十九日　「ダルランの国」、『オブザーヴァー』。

一九四三年一月三日　「ロンドン便り」、『パーティザン・レヴュー』。

一九四三年一月九日　「パンフレット文学」、『ニュー・ステーツマン＆ネイション』。

一九四三年一月二十二日　ラジオ・トーク、「ジョージ・バーナード・ショー」。

一九四三年二月二十三日　『オブザーヴァー』の「フォーラム」（インド問題）に最初に寄稿（匿名）。

一九四三年三月　「スペイン内戦を顧みて」（一九四二年秋に書かれた）、『ニュー・ロード』。

一九四三年三月五日　ラジオ・トーク、「ジャック・ロンドン」。

一九四三年三月十九日　オーウェルの母、アイダ・ブレア死去。オーウェルは枕頭にいた。

一九四三年四月二日　「金不足――ジョージ・ギッシング寸描」、『トリビューン』。

一九四三年五月九日　「国土防衛軍の三年」、『オブザーヴァー』。

一九四三年五月二十三日頃　「ロンドン便り」、『パーティザン・レヴュー』。

一九四三年六月四日　「文学と左翼」、『トリビューン』。

一九四三年六月十三日　ラジオ・トーク、「一九〇〇年以後の英詩」。

一九四三年六月十八日　韻文「一人の非戦闘員として、別の非戦闘員に――〈オバダイア・ホーンブルック〉［＝アレックス・カムフォート］に」、『トリビューン』。

一九四三年八月十一日　放送劇。アナトール・フランスの短篇『クランクビーユ』を脚色したもの。

一九四三年八月二十二日　「僕はたぶん、あと三ヵ月くらいで、ここ［BBC］を確実に辞める」〔友人への手紙〕

一九四三年九月　書評、「メイフェアのガンディー」、『ホライズン』。

一九四三年九月九日　イニャッツィオ・シローネの『狐』を脚色した放送劇。

一九四三年十月六日　放送劇。H・G・ウェルズの短篇「顕微鏡下の過ち」を脚色したもの。

一九四三年十月十七日　ラジオ・トーク、『マクベス』。

一九四三年十一月十八日　放送劇。ハンス・クリスチャン・アンデルセンの「裸の王様」を脚色したもの。

一九四三年十一月十八日　『インドに向かって話す』（アレン＆アンウィン）、オーウェル編、序文。

一九四三年十一月二十一日　ラジオ・トーク、『ウィンダミア夫人の扇』。

一九四三年十一月二十三日　BBCを辞め、文芸担当編集長として『トリビューン』に入る。健康上の理由で国土防衛軍を退く。

一九四三年十一月～一九四四年二月　『動物農場』を書く。

一九四三年十一月二十六日　「マーク・トウェイン――直言御免の道化」、『トリビューン』。

一九四三年十二月二日　BBCのアメリカ向け番組「質問にお答えします」に出演し、ウィガン波止場について語る。

一九四三年十二月三日　『トリビューン』に、「気の向くままに」と題された八十本の個人コラムの最初のものを書く。五十九本は四五年二月十六日までに発表され、残りは、四六年十一月八日から四七年四月四日までに発表された。

一九四三年十二月二十四日　「社会主義者は幸福になれるか」（「ジョン・フリーマン」名義）、『トリビューン』。

一九四四年一月十五日　「ロンドン便り」、『パーティザン・レヴュー』。

一九四四年一月二十一日　詩、「ロンドン大空襲の思い出」、『トリビューン』。

一九四四年二月十三日　チャールズ・ディケンズ『マーティン・チャズルウィット』の書評、『オブザーヴァー』。同書の出版百周年を祝ったもの。

一九四四年四月十七日　「ロンドン便り」、『パーティザン・レヴュー』。

一九四四年五月　『英国人』を書き上げる。一九四七年、コリンズから出版される。

一九四四年五月十四日　オーウェルの息子（一九四四年六月に養子にする）が生まれる。リチャード・ホレイショー・ブレアと命名される。

一九四四年夏　ジュラ島を訪れ、バーンヒルを見る。「プロパガンダと民衆の言葉」、『パースウェイジョン』。

一九四四年六月二十八日　オーウェル夫妻のフラットが爆撃される。ロンドン、ベイカー街近くのイーネズ・ホールデンのフラットに移る。

一九四四年七月十六日　「戦争の八年――スペインの思い出」、『オブザーヴァー』。

一九四四年七月二十四日　「ロンドン便り」、『パーティザン・レヴュー』。

一九四四年九月七日　「短篇小説はどのくらいの長さか」、『マンチェスター・イヴニング・ニュース』。

一九四四年九月二十二日　「トバイアス・スモレット――スコットランドの最高の小説家」、『トリビューン』。

一九四四年十月　「ラフルズとミス・ブランディッシュ」、『ホライズン』。

一九四四年十月初め　オーウェル夫妻はロンドン、N1、イズリントン、キャノンベリー・スクエア二七b番地に引っ越す。

一九四四年十月（？）　「ロンドン便り」、『パーティザン・レヴュー』。

一九四四年十月十九日　「将来のための国土防衛軍の教訓」、『ホライズン』。

一九四四年十月／十一月　「聖職者の特権――サルバドール・ダリ覚え書き」、『サタデー・ブック』第4号。オーウェルのエッセイは猥褻だという理由で全文削除された――題名だけは索引に依然として残っている。

一九四四年十二月二十二日　「牡蠣とブラウン・スタウト」（サッカレー論）、『トリビューン』。

一九四五年二月十五日〜三月末　『オブザーヴァー』と『マンチェスター・イヴニング・ニュース』の戦地特派員になり、フランス、ドイツ、オーストリアに行く。

一九四五年二月二十五日　「パリは悲しみにめげずに笑顔」、『オブザーヴァー』。彼が一九二八年から二九年まで下宿したポ・ド・フェール通りを訪れたことに言及。

一九四五年二月二十八日　「パリの新聞の中身」、『マンチェスター・イヴニング・ニュース』

一九四五年三月　「詩とマイクロフォン」、『ニュー・サクソン・パンフレッツ』（一九四三年秋に書かれたもの）。

一九四五年三月四日　「占領がフランス人の物の見方に与えた影響」、『オブザーヴァー』。

一九四五年三月七日　「仏国レジスタンスの政治的目的」、『マンチェスター・イヴニング・ニュース』。

一九四五年三月十一日　「聖職者党がフランスに再び現われるかもしれない——教育論争」、『オブザーヴァー』。

一九四五年三月十八日　「ドゴールはインドシナを手放さぬつもり——しかし、フランスは帝国に無関心」、『オブザーヴァー』。

一九四五年三月二十日　「我々は社会革命を起こしたとフランス人は信じている」、『マンチェスター・イヴニング・ニュース』。

一九四五年三月二十五日　アイリーン・ブレア、自分の遺言状に署名。

一九四五年三月二十五日　「ケルンの混乱から秩序を創る——水を馬車で供給」、『オブザーヴァー』。

一九四五年三月二十九日　アイリーン・ブレア、麻酔をかけられているうちに死亡。

一九四五年三月三十一日　「私の遺著管理者のための覚え書き」の最初のものに署名。

一九四五年四月　「英国における反ユダヤ主義」、『コンテンポラリー・ジューイッシュ・クロニクル』。

一九四五年四月八日〜五月二十四日　戦地特派員としてフランス、ドイツ、オーストリアに戻る。

一九四五年四月八日　「廃墟のドイツの将来——田舎のスラムはヨーロッパには役に立たない」、『オブザーヴァー』。

一九四五年四月十五日　「連合国はドイツで食糧危機に直面している——解放された労働者の問題」、『オブザーヴァー』。

一九四五年四月十六日　「フランスの選挙は、女性が史上初めて投票することによって影響されるだろう」、『マンチェスター・イヴニング・ニュース』。

一九四五年四月二十二日　「バイエルンの農民は戦争を無視――ドイツ人は自分たちが敗北したことを知っている」、『オブザーヴァー』。

一九四五年四月二十九日　「ドイツ人は我々〔連合国〕の結束を依然として疑っている――旗は役にたたない」、『オブザーヴァー』。

一九四五年五月四日　「今、ドイツは飢餓に直面している」、『マンチェスター・イヴニング・ニュース』。

一九四五年五月六日　「戦争に対するフランス人の関心は薄れている――正常に戻るのが目的」、『オブザーヴァー』。

一九四五年五月八日　ヨーロッパ戦勝記念日。ヨーロッパにおける戦争の終結。

一九四五年五月十三日　「解放された政治家、パリに戻る――労働組合委員長、ドゴールに会う」、『オブザーヴァー』。

一九四五年五月二十日　「占領地帯分割の危険――オーストリアの復興の妨げ」、『オブザーヴァー』。

一九四五年五月二十七日　「ドイツにおける合同統治への障害」、『オブザーヴァー』。

一九四五年六月五日　「ロンドン便り」、『パーティザン・レヴュー』。

一九四五年六月八日　学校向け放送。サミュエル・バトラーの『エレホン』についてのトーク。ＢＢＣ国内向け放送《ホーム・サーヴィス》。

一九四五年六月十日　「強制追放者の不確かな運命」、『オブザーヴァー』。

一九四五年六月十五日　学校向け放送。サミュエル・バトラーの『万人の道』についてのトーク。ＢＢＣ国内向け放送。

一九四五年六月二十四日　「モリソンとブラッケン、激戦に直面――高い投票率が予想される」、『オブザーヴァー』。

一九四五年六月二十五日　ウォーバーグは、オーウェルが「新しい小説の最初の十二頁」を書いたと報告。それは、やがて『一九八四年』になる。

一九四五年七月　「Ｐ・Ｇ・ウッドハウス弁護」、『ウィンドミル』（一九四五年二月に書かれた）。

一九四五年七月一日　「自由党の介入は労働党を助ける」、『オブザーヴァー』。

一九四五年七月二十一日　「サイエンティフィクションについて」、『オブザーヴァー』。

一九四五年七月二十八日　「滑稽だが下品ではない」、『リーダー・マガジン』。

一九四五年八月　自由擁護委員会の副委員長に選ばれる。

一九四五年八月十五日　対日戦勝記念日。極東での戦争終結。

一九四五年八月十五日～十六日　「ロンドン便り」、『パーティザン・レヴュー』。

一九四五年八月十七日 『動物農場』の四千五百部が、セッカー&ウォーバーグから出版される。

一九四五年九月十日～二十二日 ジュラ島の漁師のコテージに泊まる。

一九四五年十月 「ナショナリズム覚え書き」、『ポレミック』。

一九四五年十月八日 軍教育放送。「ジャック・ロンドン」、BBCライト・プログラム。

一九四五年十月十四日 「プロフィール――アナイリン・ベヴァン」。匿名だが、大部分はオーウェルが書いた。

一九四五年十月十九日 「あなたと原子爆弾」、『トリビューン』。

一九四五年十月二十六日 「科学とは何か」、『トリビューン』。

一九四五年十一月 「英国の総選挙」、『コメンタリー』。

一九四五年十一月二日 「よい悪書」、『トリビューン』。

一九四五年十一月九日 「復讐の味は苦い」、『トリビューン』。

一九四五年十一月二十三日 「鏡をもて見るごとく見るところ薔薇色なり〔新約聖書、コリント前書の一句のもじり〕」、『トリビューン』。

一九四五年十二月十四日 「スポーツ精神」、『トリビューン』。

一九四五年十二月十五日 「イギリス料理弁護」、『イヴニング・スタンダード』。

一九四五年十二月二十一日 「ナンセンス詩」、『トリビューン』。

一九四六年一月 「文学の禁圧」、『ポレミック』。

一九四六年一月四日 「自由対幸福」（ザミャーチンの『我ら』の書評）、『トリビューン』。

一九四六年一月十二日 「一杯の旨い紅茶」、『イヴニング・スタンダード』。

一九四六年一月十八日 「飢餓の政治学」、『トリビューン』。

一九四六年一月二十四日、三十一日、二月七日、十四日 四つの関連したエッセイ。「一、知的反乱」、「二、社会主義とは何か」、「三、キリスト教徒の社会改良家」、「四、平和主義と進歩」、『マンチェスター・イヴニング・ニュース』。

一九四六年二月一日 「ラジオ番組の費用」、『トリビューン』。

一九四六年二月八日 「書物対紙巻煙草」、『トリビューン』。

一九四六年二月九日 「ムーン・アンダー・ウォーター」、（理想的なパブ）、『イヴニング・スタンダード』。

一九四六年二月十四日 『評論集』、セッカー&ウォーバーグから出版される（ニューヨークでは、一九四六年四月二十九日、『ディケンズ、ダリその他』という題でレイナル&ヒッチコックから出版される)。

一九四六年二月十五日　「イギリス風殺人の衰退」、『トリビューン』。

一九四六年三月八日　「我々の植民地は引き合うのか」、『トリビューン』。

一九四六年三月二十九日　放送劇「ビーグル号航海記」、BBC国内向け放送。

一九四六年三月二十九日　「英国料理」、ブリティッシュ・カウンシルの小冊子として書かれたが、出版されなかった。

一九四六年四月　「政治と英語」、『ホライズン』。

一九四六年四月十二日　「蟇蛙考」、『トリビューン』。

一九四六年四月二十六日　「ブレイの教区牧師のための弁明」、『トリビューン』。

一九四六年四月中旬　『一九八四年』の執筆に専念するため、ジャーナリズムの仕事を半年やめる。

一九四六年五月　「ジェイムズ・バーナム再考」、『ポリティックス』。

一九四六年五月三日　オーウェルの姉、マージョリー・デイキン死亡。

一九四六年五月三日　「ある書評子の告白」、『トリビューン』。

一九四六年五月初旬　最後の「ロンドン便り」、『パーティザン・レヴュー』。

一九四六年五月二十三日〜十月十三日　ジュラ島のバーンヒルを借りる。

一九四六年夏　「なぜ私は書くのか」、『ギャングレル』。

一九四六年七月九日　放送劇「赤頭巾ちゃん」、BBC子供の時間。

一九四六年八月十四日　「H・G・ウェルズの真のパターン」、『マンチェスター・イヴニング・ニュース』。

一九四六年九月二十六日　『一九八四年』の」「まだ五十頁ほどしか書いていて」いない。

一九四六年九月〜十月　「政治対文学」、『ポレミック』。

一九四六年十月十四日〜一九四七年四月十日　ロンドン、キャノンベリー・スクエア二七b番地。

一九四六年十月二十九日　BBCのパンフレット第二号『本と著者』(オーウェルの「バーナード・ショーの『武器と人』」を含む)、第三号『アメリカ文学の陸標』(オーウェルの「ジャック・ロンドン」を含む)がボンベイのオックスフォード大学出版局から出版される。

一九四六年十一月　ジャック・ロンドン『生命への愛、その他の短篇』(ポール・エレク刊)の序文。

一九四六年十一月　「貧乏人の死に方」、『ナウ』。

一九四六年十一月二十二日　「バンガーから乗ってきて」(『ヘレンの赤ん坊』の書評)、『トリビューン』。

一九四七年一月　「アーサー・ケストラー」、『フォーカス』（一九四四年九月に書かれた）。

一九四七年一月十四日　放送劇。『動物農場』のオーウェルによる脚色、BBC第三放送。

一九四七年三月　「リア、トルストイ、道化」、『ポレミック』。

一九四七年四月四日　八十本目で最後の「気の向くままに」のコラム、『トリビューン』。オーウェルはそのコラムを一時中断するだけのつもりだった。

一九四七年四月十一日～十二月二十日まで　ジュラ島のバーンヒルで『一九八四年』を書く。しばしば病気になる。

一九四七年五月三十一日　「ほんに、ほんに、この通り楽しかったよ」をウォーバーグに送る。一九四八年五月頃に最終的な形にした。

一九四七年七月／八月　「ヨーロッパの統一に向けて」、『パーティザン・レヴュー』。

一九四七年八月　『英国人』が、図説英国叢書の一冊としてコリンズから出版される。

一九四七年九月　ウォリントンのザ・ストアーズの賃借権を放棄する。

一九四七年十月三十一日　非常に体の具合が悪くなり、ベッドで物を書かねばならなくなる。

一九四七年十一月七日　『一九八四年』の最初の草稿が完成。

一九四七年十一月三十日　「プロフィール――クリシュナ・メノン」、デイヴィッド・アスターはオーウェルの助言のもとに書いた。『オブザーヴァー』。

一九四七年十二月二十日～一九四八年七月二十八日　結核に罹り、グラスゴー、東キルブライド、ヘヤマイアーズ病院に入院。

一九四八年三月　「作家とリヴァイアサン」を『ポリティックス・アンド・レターズ』のために書く。同誌が廃刊になったので、一九四八年六月十九日、ニューヨークの『ニュー・リーダー』に載る。

一九四八年五月　『一九八四年』の二度目の草稿を書き始める。

『プログレッシヴ』のために「英国の左翼の新聞」を書く。

『ポリティックス・アンド・レターズ』のために「ジョージ・ギッシング」を書く。それは一九六〇年六月、『ロンドン・マガジン』に載る。一九四八年五月頃、「ほんに、ほんに、この通り楽しかったよ」のタイプ原稿を最終的に修正。

一九四八年五月十三日　『空気を求めて』がセッカーの著作集の第一巻として出版される。

一九四八年七月二十八日～一九四九年一月二日頃　ジュラ島のバーンヒルにいる。

一九四八年八月二十八日　「作家のジレンマ」（ジョ

ジ・ウッドコック『作家と政治』の書評)、『オブザーヴァー』。

一九四八年秋　「ガンディー考」を書く。それは一九四九年六月、『パーティザン・レヴュー』に載る。

一九四八年十月　「生き延びるための英国の闘い——三年経った労働党政府」、『コメンタリー』。

一九四八年十一月初旬　『一九八四年』を書き終え、原稿をタイプし始める。

一九四八年十一月十五日　ジョージ・オーウェル、レジナルド・レナルズ編『英国のパンフレット作者』第一巻(アラン・ウィンゲイト刊)の序文(一九四七年春に書かれた)。

一九四八年十二月四日　『一九八四年』の訂正済み原稿をタイプし終わり、郵送。病状が深刻に後戻りする。

一九八四年十二月　イズリントン、キャノンベリー・スクエアのフラットの賃貸権を放棄する。

一九四九年一月　『ビルマの日々』がセッカーの著作集の第二巻として出版される。

一九四九年一月二日頃　ジュラ島を去る。戻ることはなかった。

一九四九年一月六日〜九月三日　グロスタシャー州クラナムのコッツウォルド・サナトリウムに結核患者として入る。

一九四九年二月中旬　イーヴリン・ウォーについてのエッセイを書き始めるが、完成はしない。

一九四九年三月　『一九八四年』の校正刷りに手を入れる。

一九四九年四月九日　彼の最後に完成した書評を送る——ニューヨークの『ニュー・リーダー』のための、チャーチル『彼らの最良の時』の書評。

一九四九年四月以降　一九四五年を舞台にした小説を計画(書かれなかった)。

中篇小説『喫煙室物語』の梗概と、最初の四頁。コンラッドに関するエッセイのメモを作る。

一九四九年五月　「『エズラ』パウンド賞の問題」、『パーティザン・レヴュー』。

一九四九年六月八日　『一九八四年』、セッカー&ウォーバーグから出版される。

一九四九年六月八日　最初のパーティザン・レヴュー・アニュアル・アウォードを受賞。

一九四九年六月十三日　『一九八四年』、ニューヨークのハーコート・ブレイスから出版される。

一九四九年六月以後　二通目の「私の遺著管理者のための覚え書き」に署名。

一九四九年七月　『一九八四年』がアメリカン・ブック・オヴ・ザ・マンスに選ばれる。

一九四九年八月　エッセイを再録した一巻を計画。

一九四九年九月三日　ロンドン、ユニヴァーシティー・

コレッジ病院に移される。

一九四九年十月十三日　特別許可を得て病院内でソニア・ブラウネルと結婚。

一九五〇年一月十八日　健康のために勧められていたスイスに向かうことになっていた日の前日、遺言状に署名。

一九五〇年一月二十一日　オーウェルは、両肺からの大量喀血のため、ユニヴァーシティー・コレッジ病院で死亡。

一九五〇年一月二十六日　オーウェルの葬儀が、ロンドンNW1、オールバニー通り、クライスト・チャーチで執り行われる。その日のあとで、彼はバークシャー州サットン・コートニー、オール・セインツ教会の墓地に埋葬される。

人物表

本文で名前に★が付されている人物。

ア行

デイヴィッド・アスター（一九一二〜二〇〇一）。一九四〇年から四五年まで英国海兵隊に勤務した。のち、『オブザーヴァー』の外信部長（一九四六〜四八）、編集長（一九四八〜七五）、取締役（一九七六〜八一）を務め、同紙の内容を高め、発行部数を伸ばすのに大いに貢献した。彼とオーウェルは親友だった。アスターはオーウェルがジュラ島で住む場所を見つけるのに力を貸し、彼が最後の病気に罹っていた際、ストレプトマイシンを手に入れてやり、オーウェルの望み通り、彼を埋葬する手配をした。オーウェルは陰気だとう評判があったにもかかわらず、編集長に向かい、気分が滅入ったらオーウェルに会うように、なぜならオーウェルのユーモアで非常に元気づくから、と言った。

リチャード・アレグザンダー・アズボーン（一九一〇〜二〇〇六）。画期的な研究、『クラブ地区の英雄たち——ロマンティックなフィクションに繰り返し登場する人物の懐古的研究』（一九五三）の著者。それは、ブルドッグ・ドラモンドやリチャード・ハネイのような、フィクションに登場する人物を論じたものである。彼はまた、P・G・ウッドハウスの短篇について数多く書き、いくつかをラジオのために脚色した（例。『ウッドハウス必携』）。オーウェル同様、彼はインドに生まれ、父もインド政府の公務員だった。『ストランド』（彼が編集した）は一八九一年から、一九五〇年三月に『メン・オンリー』と合併するまで続いた。

ムルク・ラージ・アナンド（一九〇五〜二〇〇四）。小説家、エッセイスト、批評家。インドに生まれ、スペイン内戦では共和国政府のために戦った（スペインではオーウェルに会わなかったが）。一九三九年から四五年までBBCのために台本を書き、放送をした。そして、ＢＢＣにいたあいだ、オーウェルのために多くの仕事をした。戦後、インドの様々な大学で講義し、一九六三年、パンジャブ大学の美術教授になった。彼とオーウェルは頻繁に付き合った。とりわけ、ＢＢＣ時代には。オーウェルは、知悉していたのは明らかな祈禱書から、しばしば長く引用するのを好んだと、彼はＷ・Ｊ・ウェストに語った。

ホルディ・アルケル（一九〇六〜八一）。カタルーニャ人で、ＰＯＵＭでオーウェルの同志だった。一九三八年十月から十一月の「ＰＯＵＭ裁判」で被告だった。オーウェルと妻のアイリーンも、スペインを去っていなければ、やはりその裁判で被告になったかもしれない。アルケルはスパイと脱走の廉で起訴されたが、証言があまりに馬鹿げていたので、不起訴になった。その代わり、バルセロナにおける五月事件を準備するためにレリダで会合を開いた廉で起訴された。裁判中、カタルーニャ語のみで話すことに固執し、十一年の禁固刑の宣告を受けた。釈放されたあと、パリに行って住んだ。

トム・ウィントリンガム（一八九八〜一九四九）。第一次世界大戦で英国陸軍航空隊に勤務し、一九三四年から一九三六年まで『レフト・レヴュー』を編集した。一九三六年戦地派遣記者としてスペインに行き、一九三七年、マドリッド付近で国際旅団の英国歩兵大隊を指揮した。彼は英国共産党の創立メンバーの一人だったが、スペインで戦ったあと離党した。武器、戦術について、および戦争の新しいやり方について書き、ヒュー・スレイターと共に、国土防衛軍のためにオスタリー・パーク訓練センターを設立した。

フランシス・ウェストロープおよび妻のミヴァンウィー

フランシスは第一次世界大戦中、良心的兵役拒否者だった。ミヴァンウィーは積極的な婦人参政権論者で、一九〇五年、独立労働党に入党した。二人は、オーウェルが一九三四年の末から一九三六年一月まで勤めた、ハムステッドのブックラヴァーズ・コーナーの雇い主だった。ゴランツの弁護士は、『葉蘭をそよがせよ』の書店主が、ウェストロープ夫妻から名誉毀損で訴えられることを怖れた。ウェストロープはその小説の人物と非常に違うことをオーウェルは請け合った。なんの訴訟も起こされなかった。オーウェルとアイリーンはモロッコにいた時、同書店に本を注文した。

フレドリック・ウォーバーグ（一八九八〜一九八〇）。オーウェルの二番目の出版業者。オックスフォード大学を、自分は「実際に何にも適さない、あるいは、もっと正確に言えば、実際的な何にも適さない」と感じながら卒業し、一九二二年、まずラウトリッジ&サンズに入った。そして、一九三六年にマーティン・セッカーに入った。同社はハーヴィル・セッカーとして現在も健在である。彼はゴランツが『カタロニア讃歌』の出版を断った時、その出版を引き受け、いくつかの出版社が『動物農場』の出版を断った時にも、それを出版した——そして、その後のオーウェルの著作をすべて出版した。彼と妻は、オーウェルが死に至る病に罹った時、惜しみなく援助した。『思い出のオーウェル』参照のこと。ウォーバーグは一九一七年、パッセンダーレで戦った。彼は士官であったが、第二次世界大戦中、国土防衛軍でオーウェルの小隊の伍長として勤務した。

ジョージ・ウッドコック（一九一二〜九五）。著述家、無政府主義者、一九四〇年から四七年まで『ナウ』の編集長。のちにブリティッシュ・コロンビア大学の英文学教授。一九四二年にオーウェルと論争したあと、二人は文通し、親友になった。二人は自由擁護委員会で緊密に協力して働いた。著書に『水晶の精神——オーウェル研究』（一九六七）、『オーウェルのメッセージ——一九八四年と現在』（一九八四）がある。

T・S・エリオット（一八八八〜一九六五）。詩人、批評家。オーウェルはエリオットにインド向けの放送を五、六回依頼し、一九四四年、『四つの四重奏』の書評をした。エリオットはフェイバー社の原稿閲読者として、『パリ・ロンドンどん底生活』と『動物農場』の出版を断った。

C・K・オグデン（一八八九〜一九五七）。心理学者、教師。一九二〇年代に、一つには批評家のI・A・リチャーズと話し合った結果として、ベーシック・イングリッシュを開発した。BASICは、British American Scientific International Commercial の略である。それは八百五十語から成っている。名詞四百語、視覚に訴えるもの二百語、一般的なもの百語、相対するものの語五十、副詞、小辞のような動作に関するもの百語から成る。ウィンストン・チャーチルは一九四三年、ベーシック・イングリッシュに関する内閣委員会を作った。一九四六年六月、オグデンは著作権を二万三千ポンドで政府に譲渡した。一九四七年、ベーシック・イングリッシュ財団が文部省によって設立された。ベーシック・イングリッシュは読むのは比較的容易だが、書くのは遥かに難しい。

グウェン・オショーネシー。医師、アイリーンの義姉。SE10、グリニッジ、クルームズ・ヒル二四番地に住んでいた。彼女の息子のロレンスは一九四〇年六月、子供を爆撃から救うための疎開計画に従って、船でカナダに行った。その計画は、一九四〇年九月十七日、最も戦果を挙げたドイツの潜水艦U-48が、カナダに向かう途中のシティー・オヴ・ベナレス号を撃沈して以来、中止になった。その際、乗船していた約三百人の成人のうち百七十五人が溺死し、百人の子供のうち八十七人が溺死した。

マリー・オショーネシー　アイリーンの母。

ロレンス・(エリック)・オショーネシー医師（一九〇〇～四〇）。アイリーンが心から愛した兄。胸部と心臓の傑出した専門医で、一九三三年から三五年まで王立外科医学院の「ハンター教授」だった。一九三七年、胸郭の外科医術の業績でハンター・メダル・トライエニアル賞を受賞した。戦争が勃発すると陸軍衛生隊に入り、フランドルの負傷者治療後送所で働いたが、そこで戦死した。アイリーンは兄の死にひどく動揺した。

カ行

シーリア・カーワン（一九一六～二〇〇二）。マメーヌ・ケストラーの双子の姉妹の一人。二人の姉妹のどちらも喘息にひどく苦しんだ。彼女とオーウェルは一九四五年、ウェールズのブライナイ・フェスティヨングの近くのブルチ・オシンに住むケストラー夫妻の家でクリスマスを過ごすために、リチャードも一緒に旅行した際に最初に会った。オーウェルはアイリーンの死後、彼女に結婚を申し込んだ。彼女は「やんわりと断った」が、二人は最後まで親友だった。彼女は『ポレミック』（一九四六年に、「政治対文学」を載せた）の編集助手をしていたが、同誌が廃刊になるとパリに移り、三ヵ国語の雑誌『オクシダン』のために働いた。彼女は情報調査部に勤務していた時、政府の役人の限度を遥かに超えてオーウェルと親しく交わった。彼女は情報調査部のために書いてもらうために、オーウェルをクラナムに訪ねた。彼は体の具合が悪く、そうする気分ではなかったが、協力するかもしれない者の名前を教え、かつ、信用できないと思える者の名前のリストを渡した。

A・S・F・ガウ（一八八六～一九七八）。イートン校でのオーウェルの個別指導教員。のちに、ケンブリッジ大学トリニティー学寮の特別研究員に任命された。彼とオーウェルは時折文通した。彼の名前はイートン校では「Wog〔色の浅黒い外国人〕」と逆にされ、生徒のオーウェルは次の文句で始まる滑稽な詩を作った。「するとウォッグがよたよた歩き、ギリシャ語でキーキー声を出した。／『私のほっぺたに、また毛が一本生えた』」

アレックス・カムフォート（一九二〇～二〇〇〇）。詩人、小説家、医学生物学者。数多くの本を書いた。その中には、『そのような自由ではなく』（一九四一）、奇蹟劇（『エジプトの中に』、一九四二）、そして最も有名な『セックスの歓び』（一九七二）が含まれている。また、一九四二年から四六年まで、『ポエトリー・フォリオズ』の第一号から第十号までを共同編集した。

デニス・キング＝ファーロー（一九〇三～八二）。イートン校でオーウェルの「エレクション」の同級生。二人は『エレクション・タイムズ』を出し、『コレッジ・デイズ』の第四号と第五号を共同編集した。ケンブリッジ大学とプリンストン大学の奨学金を得、のちカナダのロイヤル・ダッチ・シェルに勤めた。オーウェルについての彼の回想については、『思い出のオーウェル』参照のこと。

レティス・クーパー（一八九七～一九九四）。小説家、伝記作者。彼女は戦時中、アイリーンと一緒に食糧省で働いた。二人は「台所前線」という放送番組の手配をした。彼女の小説には『明かりの点った部屋』（一九二五）と『黒いベツレヘム』（一九四七）があるが、後者の登場人物のアンはアイリーンをモデルにしていると言われている。彼女はアイリーンについての感動的な回想（オーウェル・アーカイヴのために書かれた）の中で、オーウェルが『動物農場』の各回を毎晩アイリーンに読んでやり、「アイリーンは翌朝やって来て、小説の進み具合を報告し、それが成功作であるのがすぐにわかったということを私たちに話すのだった」（『回想のオーウェル』）。彼女は精神分析を受け、精神分析についてのオーウェルの知識は彼女から得たのかもしれない。

アーサー・ケストラー（一九〇五～八三）。ブダペストに生まれ、一九三一年共産党に入党するが、一九三〇年代末に脱党。一年間、ソヴィエト連邦で暮らした。スペイン内戦中、レポーターとして働いたが捕まって死刑を宣告された。一九四〇年に逃亡し、フランスに抑留された。その後英国に行ったが入国許可証がなかったので一時投獄されたが、のちに釈放された。自分の経験を書いた本には、『スペインの遺書』（一九三七）、

『地上の屑』（一九四一）、『真昼の暗黒』（一九四〇）がある。オーウェルは『真昼の暗黒』の書評をした。ケストラーは一九四五年、英国市民になった。オーウェルのエッセイ「アーサー・ケストラー」は一九四六年に発表された。最初の妻マメーヌは、シーリア・カーワンの双子の姉妹だった。彼と三番目の妻シンシアは、一九八三年に一緒に自殺した。彼女はケストラーよりずっと若かったけれども。

スタフォード・コットマン（一九一八〜九九）。スペイン内乱でPOUMと一緒に戦った独立労働党の最年少の党員だった。彼とオーウェルは並んで戦い、一緒に逃げた。彼は最初親共産主義者だったが、一九三七年の五月事件以後、共産主義から離れた。ブリストルに戻ると、労働者階級の敵として青年共産主義者連盟から除名され、彼の家はそのメンバーによって密かに監視された。一九九九年十一月三日の『インデペンデント』に、コットマンの優れた死亡記事が載った。

シリル・コナリー（一九〇三〜六八）。セント・シプリアン校とイートン校でオーウェルと一緒だった。コナリーが『ビルマの日々』の書評をしたあと、二人は一九三五年に再会した。二人は、いくつかの文学活動、とりわけコナリーが見事な手腕を発揮して編集した雑誌『ホライズン』に関わった。彼の『希望の敵』（一九三八）を参照のこと。その中で彼はオーウェルに言及している。また、オーウェルは彼の『岩の水溜り』（一九三六）を書評したが、その中で、こう批判している。「さらに深刻な難点は、人にたかって得た金をソドミーに使う、いわゆる芸術家について書きたいと思うことさえ、著者の一種の精神的欠点を露呈しているという事実である」。それは明らかに、著者が「かなり賞讃している」世界である。

ジョルジュ・コップ（一九〇二〜五一）。ペトログラードに生まれ、スペインではオーウェルの指揮官だった。二人はその後、ずっと親友だった。コップは不思議な人物だった。生涯の相当の期間をベルギーで過ごし、自分についての様々なフィクションを創り出した。戦争において彼が勇敢で巧みだったのは明らかである。彼はヴィシー政権の諜報部と、さらにはMI5のために働いたらしい（彼に指令をしたのはアントニー・ブラントだった）。彼とアイリーンは愛人関係にあったと様々な者が言っているが、一九三八年の元日に書かれた手紙は、その説が事実無根であることを証明している。彼はマルセイユで死んだ。バート・ゴウヴァーツはコップの人生の不明な部分の真実の多くを発見した。

ジャック・コモン（一九〇三～六八）。タインサイド出身の労働者。一九三〇年から三六年まで『アデルフィ』のために、最初は部数拡張員として、次に編集助手として働き、さらに一九三五年から三六年まで、サー・リチャード・リースと一緒に共同編集者になった。彼は数冊の本を書き、クリックは彼を「イギリスの数少ない真のプロレタリア作家の一人」と呼んだ。一九三八年、オーウェルは彼の『通りの自由』の書評をした。彼と妻のメアリーは、オーウェルがモロッコにいるあいだ、ウォリントンにあるオーウェルのコテージに住んだ。

ジェフリー・ゴーラー（一九〇五～八五）。社会人類学者、数多くの本の著者。著書には、『アフリカは踊る』（一九三五）、『アメリカ人』（一九六四）、『現代英国における死者への悲しみと哀悼』（一九六五）がある。彼は『ビルマの日々』についてオーウェルに手紙を書き、こう言った。「君は必要にして重要な作品を見事に書いた」。二人は会い、終生の友人になった。

ヴィクター・ゴランツ（一八九三～一九六七）。オーウェルの作品を最初に出した出版業者。オックスフォード大学を卒業後、二年間レプトン校で教えたが、同校で公民科のクラスを導入したため、のちにカンタベリー大司教になる校長のジェフリー・フィッシャー博士と衝突した。一九一八年に解雇され、最低賃金法による賃金で働いた。のち、オックスフォード出版局に勤めたあと、業界紙の出版社ベン・ブラザーズに入った。そこで成功した結果、一九二七年、自分の出版社を設立した。最初の年、六十四点の本を出版した。労働党の一員で、正統派ユダヤ教の家に生まれたにもかかわらず、自分はキリスト教社会主義者だと、のちに自称した。彼の大きな業績は、レフト・ブック・クラブを作ったことである。『ウィガン波止場への道』はその一冊として出版された。彼は、出版後にさらに印税が入ってくると著者に請け合い、ささやかな前金しか払わなかったことで知られていた。

デニス・コリングズ（一九〇五～二〇〇一）。ブレア一家が一九二一年にサウスウォルドに引っ越した時以来のオーウェルの友人。コリングズの父はブレア一家の主治医になった。彼はケンブリッジ大学で人類学を専攻し、一九三四年、シンガポールのラフルズ博物館の学芸員助手に任命された。彼は日本軍の捕虜になったが、戦争を生き延びた。一九三四年、オーウェルの親友、エレナー・ジェイクスと結婚した。

サ行

バルラージ・サーニ（一九一三〜七三）。ハーヴァード大学で教育を受け、一九三八年、ガンディーと一緒に働いた。オーウェルがBBCに入った時、インド向け放送の助手だった。一九四七年に死んだ妻のダミヤンティーは、ストラットフォード＝アポン＝エイヴォンのシェイクスピア記念劇場で働いていた。オーウェルは、「自分たちで演じてみよう」という連続番組で、演劇プロデューサーのノーマン・マーシャルに二人でいろいろ質問させた。二人はインドに帰ると、インド国民劇場協会のために働いた。その後彼は傑出した映画俳優になった。ダミヤンティーは一九四六年と一九四七年に二つの映画の主役を務めた。彼がガンディーと一緒に働いたことが、ガンディーに関して書いたものに影響を与えたのであろうか。

エレナー・ジェイクス（?〜一九六二）。一九二一年、ジェイクス一家はブレア一家より少し前に、カナダからサウスウォルドにやって来た。彼らはしばらくのあいだ、ストラドブローグ・ロードでブレア一家の隣人だった。エレナーとオーウェルは友達になった。彼女は、一九三一年十月十二日のデニス・コリングズ宛のオーウェルの手紙に初めて言及されている。オーウェルは、ホップ摘みをした時の「話と冒険」についての記述〔ホップ摘み日記〕を彼女が読んでもよいと書いている。

イホル・シェフチェンコ（一九二二〜 ）。ビザンティウムとスラヴ文化研究の卓越した学者。彼はオーウェルと文通をしていた時、ミュンヘン（そこに彼の家族がソヴィエト・ウクライナの難民として暮らしていた）と、ドイツの英国占領地帯のクヴァーケンブリュックのあいだを往復していた。彼はクヴァーケンブリュックで、第二ポーランド・マチェク師団のための日刊新聞で働いていた（彼はポーランド人だった）。のちにアメリカに移住し、ハーヴァード大学の「ビザンティウム歴史・文学、ダンバートン・オークス教授」になった。彼の『動物農場』の翻訳は、彼の数多くのビザンティウムとスラヴ文化の研究とは、奇妙なほど異質のものである。しかし彼は、オーウェルと一つの繋がりを持っている——彼の趣味は鱒釣りである。

サー・オズバート・シットウェル（一八九二〜一九六九）。詩人、エッセイスト、小説家、きわめて魅力的な自伝の筆者。イーディス・シットウェルとサシェヴェレル・シットウェルの兄で、実利主義に対して果敢に戦った。イートン校で教育を受け、一九一二年から一九一九年まで近衛歩兵第一連隊に勤務した。オーウェルは『大いなる夜明け』の書評で、シットウェルの最初の三冊の自伝を、「現代の最良のもの」に入ると言った。四番目の『隣室の笑い』は、それほど「よくない」と評した（**四九年六月一日**付の手紙を参照のこと）。

サー・サシェヴェレル・シットウェル（一八九七～一九八八）。詩人、批評家。イーディス・シットウェルとオズバート・シットウェルの弟。イートン校で教育を受けた。第一次世界大戦中、近衛歩兵第一連隊に勤務。オーウェルは一九四〇年九月、彼の本『騒霊《ポルターガイスト》』の書評をした。

ジュリアン・シモンズ（一九一二～九四）。一九三七年から三九年まで『二十世紀の詩』の編集長を務めた。『戦争詩アンソロジー』（一九四二）を編纂。評論集と伝記を出したが、伝記の中に、『チャールズ・ディケンズ』（一九五一）、『トマス・カーライル』（一九五二）、『ホレイショー・ボトムリー』（一九五五）がある。今日では彼は、いくつかの賞を獲得した探偵小説で最もよく人に記憶されているであろう。『ブラディ・マーダー――探偵小説から犯罪小説への歴史』（一九七二）はエドガー・アラン・ポー賞を受賞した。彼は一九四六年十一月二十八日、『マンチェスター・イヴニング・ニュース』の客員批評家の役を引き継いだ（経験はなかったものの、一回の寄稿につき、九ポンド貰った）。オーウェルが死んだ時、一九五〇年一月二十七日の『トリビューン』に個人的思い出を書いた。

リディア・ジャクソン、旧姓ジブルトヴィチ（一八九九～一九八三）。心理学者、作家、翻訳家（筆名エリザベータ・フェン）。ロシアに生まれ、一九二五年にイギリスに来た。一九三五年、ユニヴァーシティー・コレッジ・ロンドンでアイリーンに出会い、二人は終生の友人になった。オーウェル夫妻が不在のあいだオーウェルのウォリントンのコテージに住んだ。バーンヒルとヘヤマイアーズ病院にオーウェルを訪れた。一九五一年から五四年まで、ペンギン・ブックスのためにチェーホフの劇を翻訳した。彼女の『一ロシア人のイギリス』（一九七六）は、ウォリントンでのアイリーンと、アイリーンとオーウェルの関係をよく伝えている。

ヨルワース・ジョーンズ師　スウォンジー、アスタラヴェラのパンティグ会衆派教会牧師。彼は一九五五年五月四日にマルコム・マガリッジに手紙を書いた際、一九四一年四月八日付のオーウェルからの手紙を同封した。彼はオーウェルに、「平和主義に関するオーウェルの評言に疑問を呈するために」オーウェルに手紙を書いた。ジョーンズは、マガリッジがオーウェルの伝記を書く時にその手紙が役に立つと考えたのである。結局マガリッジはオーウェルの伝記を書かなかった。

トマス・ジョーンズ博士、名誉勲爵士（一八七〇〜一九五五）。クリックは彼を、「ロイド・ジョージの有名な官房書記官長」と呼んだ。彼は、アーツ・カウンシルの前身であるCEMA［Council for the Encouragement of Music and the Arts］の設立に尽力した。オーウェルは一九四二年三月二十日頃、不意の呼び出しの際、国土防衛軍に対する弾薬の支給がひどく遅れたことに関して彼に手紙を書いた。

ジョン・スキーツ（一九一二〜　）。社会主義者の月刊誌『論争』のために小論を書いた保険代理業者。オーウェルはそうした小論に感心し、『カタロニア讃歌』を出してから間もなく、プレストン・ホール・サナトリウムに訪ねてくるようスキーツに言った。

グレープ・ストルーヴェ（一八九八〜一九八五）。サンクトペテルスブルクに生まれた、非常に多作な著述家。一九一八年、ボリシェヴィキ義勇軍に加わって戦い、フィンランドとイギリスに逃亡した。オックスフォード大学のベイリオル学寮で学び、のちに一九三二年から四七年まで、ロンドン大学スラヴ東欧研究所で教えた。次に一九六五年まで、カリフォルニア大学バークレー校のスラヴ語および文学の教授になった。『ソヴィエト・ロシア文学の二十五年、一九一八年から四三年まで』（一九四四）と『ソヴィエト文学、一九一七年から五〇年まで』（一九五一）の著者。

サー・スティーヴン・スペンダー（一九〇九〜九五）。多作の詩人、小説家、批評家、翻訳家。一九四〇年から四一年までシリル・コナリーと一緒に『ホライズン』を編集。一九五三年から六五年まで『エンカウンター』の共同編集者で、一九六七年まで編集委員会に残ったが、同年、同誌がアメリカのCIAからいくらかの財政援助を受けていたことが発覚した時に辞任した。オーウェルは最初、彼を口先だけのボリシェヴィキに含め、「時流に乗って成功した人物」と見なし、時折厳しく非難した。しかし、一九三八年四月十五日に彼に手紙を出して以降、二人は友人になった。

ヒュー・（ハンフリー）・スレイター（一九〇五〜五八）。画家、著述家。一時共産主義者になり、三〇年代初頭のベルリンで、反ナチ運動に関与した。一九三六年から三八年までスペインで共和主義政府のために戦い、国際旅団の作戦部長になった。彼はその経験を活かし、ウィントリンガムと一緒に、非公認のオスタリー・パーク訓練学校で、国土防衛軍のメンバーにゲリラ戦術と市街戦の戦い方を教えた。市街戦、野戦築城、発煙臼砲に関するオーウェルの講義ノートが残っている。

ブレンダ・ソルケルド（一九〇三～九九）。牧師の娘で、サウスウォルドのセント・フェリックス女学校の体操教師。彼女はサウスウォルドでオーウェルに出会った。多くの点――文学と個人的な事柄の――で意見が合わなかったが、終生オーウェルの忠実な友人だった。幼いリチャードに会いにキャノンベリー・スクエアにオーウェルを訪ねたが、ジュラ島にも、クラナムにも彼を訪ねた。オーウェルは『パリ・ロンドンどん底生活』を彼女に献本した。それには十六の貴重な注が付いている。

タ行

C・D・ダーリントン（一九〇三～八一）。一九三九年から五三年までジョン・イニス園芸研究所長、一九五三年から七一年までオックスフォード大学植物園の植物学教授および管理者。『科学と社会の葛藤』（一九四八）を出版した。オーウェルは、それを一九四九年五月に読んだ。彼はJ・D・バーナルとJ・G・クラウザーと交際していたが、反共産主義者だった。彼とオーウェルは共に、トロフィーム・デニーソヴィチ・ルイセンコの仕事が科学（およびソヴィエト国民）に及ぼした害について心配していた。ルイセンコはソヴィエト農業科学アカデミー総裁で、西欧の遺伝学を否定し、スターリンに気に入られた。一九四四年八月二十二日から二十六日にかけてのペン大会でルイセンコについてのジョン・ベイカーの講演を聴いたことが、オーウェルが『一九八四年』を書く動機の一つになった。オーウェルはBBCで働いていた時、ダーリントンにインドに向けてトークを三回依頼した。

イヴォンヌ・ダヴェ（一八九五?～?）。長年、アンドレ・ジードの秘書だった。彼女とオーウェルは会ったことはなかったが、戦前から戦後にかけて文通をした。『カタロニア讃歌』の彼女の翻訳は戦争前に完成していて、オーウェルはそれを読み、いくつかコメントをした。のちに『全集』版では、『カタロニア讃歌』はオーウェルが彼女に与えた指示に従って訂正されている。彼女の翻訳は、オーウェルの死後の一九五五年まで出版されなかった。彼女はまた、ジーン・リース、グレアム・グリーン、アイリス・マードックを翻訳した。

E・ローアン・デイヴィス　オーウェルが一九四一年にBBCに入った時、デイヴィスは極東放送の筆写助手だった。一九四三年八月二十一日、職員名簿では彼は国内向け放送の学校放送マネージャーだった。

ハンフリー・デイキン（一八九六〜一九七〇）。一九二〇年七月、オーウェルの姉、マージョリーと結婚した。官吏で、国民貯蓄委員会に勤めた。オーウェルは貧窮地区を調査していた時、リーズにある彼の家に時折泊まった。ハンフリーは義弟に腹を立てているように見えた。義弟は「仕事嫌いの落伍者」だと考えて。

マージョリー・デイキン、旧姓ブレア（一八九八〜一九四六）。オーウェルの姉。第一次世界大戦中、婦人部隊にオートバイ急報員として勤めた。ハンフリー・デイキン（一八九六〜一九七〇）と結婚。二人の子供たち、ヘンリー、ジェイン、スーシーは皆、ジュラ島のオーウェルの家に泊まった。

ケイ・ディック（一九一五〜二〇〇一）は、エドワード・リーの筆名で、レジナルド・ムーアと一緒に『ウィンドミル』の第一号から第十二号までを編集した。同誌は一九四四年から四八年まで続いた。

ブルース・ディック医師。ヘヤマイアーズ病院の胸部科担当の専門医。ディックはスペイン内戦でフランコ軍と一緒に戦ったと思い、オーウェルは大いに面白がった。しかし、当時ディックの下で働いていたジェイムズ・ウィリアムソン医師は、それは「たわいない話」だと思った。オーウェルが受けた治療がどのようなものだったかを、ウィリアムソンは『オーウェル回想』に書いている。一九九六年、ウィリアムソン教授はイアン・アンガスに、オーウェルは一時、少年漫画雑誌『ホットスパー』の編集長と同室だったと語った。ディック教授は、二人がどんな風にやっていくのかに関心を持っていた。「やがて二人は仲よくなった（ほとんど誰でもそうなるだろうが……）」

セルゲイ・ジナモフ（一九〇一〜三九）。モスクワの『国際文学』の編集長。西欧文学の権威で、第一級のシェイクスピア学者。一九三八年に逮捕され、強制収容所で死んだ。おそらく銃殺されたのであろう。

R・R・デサイ　戦時中、ケンブリッジ大学の大学院生で、その学部はウェールズのアバリストウィスに疎開した。彼はオーウェルが書いた四十二の英文テキストをグジャラート語に翻訳し、ほかの二つを書き直した。

それを読むために毎週日曜日の夜ロンドンに行った。BBCは彼の鉄道運賃をもち、五ポンド五シリングの報酬と共に、一ポンド十四シリングの生活費を支給した。のちに彼は自分でニュース解説を書いた。二〇〇四年にはロンドンで健在だった。

チャールズ・ドーラン（一八九四〜一九七四）。ダブリンで生まれたが、一九一五年、グラスゴーに移った。第一次世界大戦に従軍し、反議会共産主義者連盟で活動するようになった。一九三〇年代に独立労働党に入り、スペインではオーウェルと一緒にPOUMに加わった。彼の寡婦のバーサによると、彼はオーウェルを、「既成権力組織には不満を抱いているが、その中にとどまっている、革命家ではない反抗者」と見なしていた。一九八三年、ドーラン夫人はジェイムズ・D・ヤング博士に、亡夫はオーウェルの謙虚さと誠実さに感銘を受けたと語った。「オーウェルは議論好きの人間ではなかった、とチャーリーが話していたのを覚えています。あの人［チャーリー］は、オーウェルに賛成させるか反対させるかしようとして、ある意見を口にすると、オーウェルはただ、『君は正しいかもしれない、ドーラン！』と言うだけでした」

ジェフリー・トリーズ（一九〇九〜九八）。多作の著述家。その百十三冊の本の大半は子供向けに書かれた。彼の研究書『学校物語』（一九四九）は、児童文学の革新的な概観である。彼の物語はスタイルにおいて、十九世紀のG・A・ヘンティーや二十世紀初頭のパーシー・F・ウェスタマンの物語と非常に違い、感情的な愛国主義を避け、少女と少年の両方に訴えた。一九三五年、彼と妻のマリアンは、ソヴィエト・ロシアに五ヵ月間旅行し、同地で凍結されている印税を使うことができた。彼は労働党の党員で、こう書いた。「私自身は共産党に入ることを真剣に考えたことはない……意見の誠実な相違から党を離れた人々に何が起こったかに、私は早くから注目していた」。彼は戦時中、陸軍教育隊に勤務した。

ハ行

ジャシンサ・バディコム（一九〇一〜九三）。ロバート・バディコムと妻のローラの一番上の子だった。父はプリマス博物館の学芸員だったが、市場向け青果栽培園を始めるためにシップレイク＝オン＝テムズに引っ越した。弟のプロスパー（一九〇四〜六八）と妹のグウィニヴァー（一九〇七〜二〇〇二）は、子供時代のオーウェルが家にいた時の仲間だった。ジャシンサとオーウェルは詩を交換した。彼女の生き生きとした回想録『エリックと私たち』（一九七四）には、二人がどんな風にして遊んだかが書かれている。

ナンシー・パラット（一九一九〜　）。一九四一年六月十三日にBBCに入り、オーウェルのために働いた。「ヴォイス」という番組に参加した者の一葉の写真の中で、彼女はオーウェルの隣に立っている――それには、T・S・エリオットとムルク・ラージ・アーナンドも写っている。彼女は一九四三年三月十五日、海軍婦人部隊に入るためにBBCを辞めた。アメリカで勤務し、そこで結婚し、一九四六年五月に除隊になった。

トスコー・ファイヴェル（一九〇七〜八五）。両親はウィーンからパレスチナ（当時の）に移住した。彼はシオニズム運動に関わるようになり、ゴルダ・メイアと一緒に活動した。オーウェルは一九四〇年一月、フレドリック・ウォーバーグと一緒に彼に会った。その結果、サーチライト叢書が誕生した。ファイヴェルとオーウェルがそれを編集した。（オーウェルは『ライオンと一角獣』をその叢書に入れた。）ファイヴェルの『ジョージ・オーウェル――個人的思い出』（一九八二）は、特に反ユダヤ主義とシオニズムの問題に関して有益である。

ロイ・フラー（一九一二〜九一）。彼はウリッジ住宅金融組合の事務弁護士だったが、多作の詩人でもあった。一九六八年、オックスフォード大学の詩学教授になった。その年、ダフ・クーパー記念賞を受賞した。一九六九年、住宅金融組合協会の副会長になった。

ドロシー・プラウマン（一八八七〜一九六七）。マックス・プラウマンの妻。オーウェルが温暖な気候の土地で冬を過ごすように医者から言われた時、L・H・マイヤーズ（一八八一〜一九四四）は、彼がそうできるよう、資金としてプラウマン夫人に匿名で三百ポンド渡した。彼女はその金の出所についてはオーウェルに話さなかった。彼は、彼女が仲介役をしているのに気づいてはいたが。

マックス・プラウマン（一八八三〜一九四一）。一九二九年から死ぬまで『アデルフィ』の仕事をした。一九三八年から四一年までアデルフィ・センターの管理者で、平和誓約同盟が一九三四年に結成された当時から、その熱烈な支持者で、一九三七年から三八年まで書記長を務めた。彼の著書には、『ブレイク研究序説』（一九二七）、『ソンムの少尉』（一九二八）、『平和主義と呼ばれる信仰』（一九三六）がある。『ソンムの少尉』は前線での自分の経験から生まれたものである。彼と妻のドロシーは、終生オーウェルの友人だった。

ソニア・ブラウネル（一九一八～八〇）。オーウェルの二番目の妻。イアン・アンガスによる、彼女についての短い回想録は、『全集』の第二十巻に収められている。彼はソニアをよく知っていて、彼女と一緒に作った四巻本の『ジョージ・オーウェルのエッセイ、ジャーナリズム、手紙』は、オーウェルの名声を広めるのに非常に貢献した。ソニアは心の広さを広く認められていたにもかかわらず、多くのフェアではない悪意に満ちた批判に晒されてきた。ヒラリー・スパーリングの『虚構局の娘――ソニア・オーウェルの肖像』（二〇〇二）によってのみ、均衡のとれた話を読むことができるようになった。偶然だが、彼女はビハール〔インド北東部の州〕のランチに生まれた。モティハリのオーウェルの生まれた所から、わずか二百三十マイルの市である。一九三六年、彼女はスイスの湖でボート事故に遭った。彼女と三人のほかのティーンエージャーは激しいスコールに襲われた。泳げたのは彼女だけで、ほかの者は溺死した。ソニアはその悲劇から完全に立ち直ることはなかった。彼女は『ホライズン』で働いていたが、その時、シリル・コナリーが彼女をオーウェルに紹介した。彼女とオーウェルは一九四九年十月十三日、ユニヴァーシティー・コレッジ病院で結婚した。アーサー・ケストラーは二人が結婚したのを聞いた時、自分と妻のマメーヌがいかに喜んでいるかということ、また、ソニアのための三つの願いの最初のものは、「彼女が君と結婚すること」だったということをオーウェルに告げた。オーウェル・アーカイヴを作ったのはソニアである。それは、オーウェル関連資料を保存するために非常に大きな役割を果たした。

アイヴァー・ブラウン（一八九一～一九七四）。著述家、批評家、編集者、劇評家、『マンチェスター・ガーディアン』の論説委員（一九一九年から三五年まで）。また、『オブザーヴァー』の劇評も担当し、一九四二年から四八年まで、その編集長を務めた。彼は、オーウェルが自分にとって気になる書評を書くと、ためらわずに第三者に手紙で助言を求めた。例えば、その第三者が、「［オーウェルの書評の］全体的な調子が、キリスト教に対する嫌悪感を漂わせている」と考えるかどうかについて。

ロレンス・ブランダー（一九〇三～　）。ＢＢＣの東洋部情報官だった（オーウェルは東洋部で働いていた）。ＢＢＣのインド向け放送に関する彼の報告書は、同放送が直面するいくつかの困難と、その欠陥を具体的に説明している。その中で彼は、「我々の最も有害な欠陥」は、インド向けの英語による番組だったと述べている。彼の『ジョージ・オーウェル』は一九五四年に出版されたが、その中で彼は、「インドの学生向けに放送された最初の第三放送を思いついたのは」オーウェルだったと書いている。彼は多くの文学者の研究書を書いたが、それらの文学者には、トバイアス・スモレット、ウィリアム・サッカレー、オルダス・ハクスリー、E・M・フォースターが含まれる。

アイダ・ブレア旧姓リムーザン（一八七五〜一九四三）。オーウェルの母。サリー州ペンジでイギリス人の母とフランス人の父のあいだに生まれたが、インドで育てられ、そこで暮らした。彼女は快活で独立心に富む女性で、日記からわかるように、一九〇四年にイギリスに戻ると、活動的な社交生活、スポーツ生活を送った。彼女の一家はビルマと繋がりがあった。彼女は学校の休暇中、息子とアヴリルを他人に面倒を見てもらうようにするのが上手だった。

アイリーン・ブレア旧姓オショーネシー（一九〇五〜四五）。一九三六年六月九日、オーウェルと結婚した。サウスシールズに生まれ、一九二七年にオックスフォード大学を卒業した。オーウェルと出合った時、ユニヴァーシティー・コレッジ・ロンドンの修士課程で心理学を研究していた。戦時中、最初に（皮肉なことに）政府の検閲局で働き、次に食糧省で働いた。レティス・クーパーは食糧省でアイリーンと一緒に働いた。彼女はアイリーンを次のように回想している。「中背で肩がやや高く、非常に可愛らしかった。顔はジョージの言う猫の顔で、目が青く髪は黒に近かった。彼女はゆっくりと歩き、別になんの目的もなく部屋にぶらりと入ってくるように常に見えた。手と足は非常に小さくて格好がよかった。彼女が急いでいるのを見たことはないが、いつも仕事を時間通りに終わらせた……アイリーンの心は、始終ゆっくりと、しかし独立して挽くミルのようだった。態度が控え目で謙虚な彼女は、揺らぐことのない物静かな誠実さをそなえていた」

アヴリル・ブレア（一九〇八〜七八）。オーウェルの妹。バーンヒルで兄と一緒に住むようになり、兄と家と、二人の小自作農地の面倒を一生懸命に見た。一九五一年にビル・ダンと結婚し、オーウェルの没後、オーウェルの息子リチャードの世話をした。リチャード・ブレアは、アヴリルに関する貴重なエッセイを『エリックと私たち』のウェブサイト（www.finlay-publisher.com）に寄せた。そのエッセイはアーカイヴに入っている。

リチャード・ウォムズリー・ブレア（一八五七〜一九三九）。オーウェルの父。一八七五年、英領インド帝国政府の阿片局に入り、副阿片官次席にまで昇進し、一九一二年に引退した。理由はわかっていないが、一八八五年から十五ヵ月の病気休暇を取った。一九一七年、マルセイユの第五一（ランチ）インド工兵中隊の少尉に任命され、陸軍の最年長の少尉の一人、そして、しばらくは最年長の少尉として一九一九年十二月九日まで勤務した。ブレア一家は一九二一年十二月にサフォーク州のサウスウォルドに引っ込んだ。ジャシンサ・バディコムは、ブレア一家を、一心同体の幸福な一家と書いている。また、ブレア氏は「不親切ではない」と意味深長に書いてもいる。

リチャード・ホレイショー・ブレア（一九四四〜　）。一九四四年六月、エリック・ブレアと妻のアイリーンの養子になった。彼のミドルネームはブレア一族の名前である。二十世紀初頭では普通のことだったが、子供はできる限り結核患者から遠ざけられた。したがってリチャードは、オーウェルも本人も望んだほどには互いに会うことはできなかった。とりわけ、オーウェルがヘヤマイアーズ病院とクラナム・サナトリウムにいた時は。父の死後、リチャードはオーウェルの妹のアヴリルと、その夫のビル・ダンの世話になった。彼は最初、ロレートとラッカムのウィルトシャー農業学校で、最後はアバディーンの北スコットランド農業学校で教育を受けた。一九六四年にエレナー・モイアと結婚した。一九七五年にマッシー・ファーガソン〔トラクター等の農機具製造会社〕に入る前に、ハートフォードシャーで農業を営んだ。彼の回想録、「叔母アヴリル・ブレアとの生活」、www.finlay-publisher.com を参照のこと。

ヘンリー・ノエル・ブレイルズフォード（一九〇三〜　）。社会主義者の知識人、著述家、政治ジャーナリスト、『マンチェスター・ガーディアン』を含む数紙の論説委員。一九二二年から二六年まで、独立労働党の週刊紙『ニュー・リーダー』を編集した。

レイナー・ヘプンストール（一九一一〜八一）。小説家、批評家、犯罪史家。一九三五年、オーウェルとフラットを共有したが、その取り決めは無条件の成功ではなかった。二人は殴り合いさえした。それにもかかわらず二人は終生友人同士で、ヘプンストールはBBCのためにオーウェルの作品のいくつかをプロデュースした。とりわけ、『ビーグル号航海記』の台本と、『動物農場』の放送用脚色を。オーウェルは、ヘプンストールの『亡き四人の友』（一九六〇）の四人の友の一人で、その抜粋が『オーウェルの思い出』に再録されている。

アントニー・ポウエル、名誉勲爵士（一九〇五～二〇〇〇）。小説家、編集者。大河小説『時の音楽に合わせての舞踏』（一九五一～七五）で有名。一九三九年から四五年までウェルチ連隊と情報部に勤務した。

レディー・ヴァイオレット・ポウエル（一九一二～二〇〇二）。アントニー・ポウエルと結婚する前はレディー・ヴァイオレット・パケナム。

ズルファカール・アリ・ボカーリ。BBCにインド課が出来て以来、インド向け番組の企画員で、オーウェルの上司。戦後、パキスタン・ラジオの会長になった。

アン・ポパム。美術史を研究し、芸術審議会《アーツ・カウンシル》に入った。一九五二年、ヴァージニア・ウルフの甥、クウェンティン・ベルと結婚した。アン・オリヴィエ・ベルという名で、アンドルー・マクニーリー（一九七七～八五）と一緒にヴァージニア・ウルフの『日記、一九一五年～四一年』を編纂した。一九四六年、キャノンベリー・スクエア二七b番地のオーウェルのフラットの下の階のフラットに住んでいた。

イーネズ・ホールデン（一九〇六～七四）。小説家、短篇作家、ジャーナリスト、ブロードキャスター。ケストラーの妻マメーヌの双子の姉妹のシーリア・カーワンのいとこ。オーウェル夫妻のよき友で、夫妻の家が爆撃されたあと、ポートマン・スクエアにある自分のフラットを夫妻に貸した。彼女とオーウェルは、二人の戦時日記を一緒にして出版しようと考えた。彼女は、オーウェルの書いた文の、自分と意見が合わない箇所を変えたがったので、その企画は流れた。彼女の日記は『当時は違っていた』（一九四三）という題で出版された。

マ行

マイケル・マイヤー（一九二一～二〇〇〇）。著述家、翻訳家（最も注目すべきなのはイプセンとストリンドベルィの翻訳である）。一九四三年、のちに「臆病な手紙」と自ら言った手紙をオーウェルに送り、オーウェルから昼食に招待された。二人は会い、よき友になった。

ノラ・マイルズ、旧姓サイムズ（一九〇六～九四）。ノラとオーウェルの妻アイリーンはオックスフォード大学のセント・ヒューズ学寮で英文学を専攻していた際に友人になった。彼女の父と夫はブリストルの医師だった。アイリーンは自分の書いた手紙に名宛人を書かず、手紙の終わりに、ただEとのみ署名した。あるいは「ピッグ」と、ペットネームを書いた。ノラはオーウェルに一度か二度しか会ったことはないが、彼は人を「少々萎縮させる」と思った。アイリーンは、麻酔がかけられているあいだに自分が死んだら（実際に死んだ）、ノラとその夫のクウォータスにリチャード・ブレアの世話をしてもらおうと思っていた。しかし、「あなたは（オーウェル）二人（ノラとクウォータス）のどっちも見ていません」と、やや不可解なことを言っている。

ドワイト・マクドナルド（一九〇六〜八二）。自由意志論者の批評家、パンフレット作者、学者。『パーティザン・レヴュー』の共同編集者で、のちに『ポリティックス』を創刊し、一九四四年から四九年まで編集長を務めた。オーウェルは一九四四年十一月と一九四六年九月に同誌に寄稿した。

サリー・マキューアン（?〜一九八七）。オーウェルが『トリビューン』の文芸担当編集長だった時の秘書。彼女は一九四六年、娘と一緒にバーンヒルに滞在した。マイケル・シェルダンの記しているところによると、彼女は四十年以上経っても、そこで過ごした時の楽しい思い出を忘れなかった。

ジョン・マクネア（一八八七〜一九六八）。ニューカースルのタインサイドの人間で、終生、疲れを知らずに社会主義のために働いた。十二歳で学校をやめて働いたが、左翼的思想のゆえに雇い主と次々に衝突し、仕事を探しにフランスに行った。二十五年間フランスにとどまり、皮革商人になり、八つのチームを持つサッカー・クラブを設立し、ソルボンヌ大学でイギリスの詩人について講義した。一九三六年にイギリスに戻り、独立労働党に再入党し、一九三九年から五五年まで書記長を務めた。彼はスペインに行った最初の英国の労働者だった。そして、バルセロナの独立労働党の代表だった。

ジェシカ・マーシャル、旧姓ブラウン。サリー州バイフリートに住んでいた。彼女はオーウェルの講演を一回聴き、それ以後、彼の書いたものをすべて読んだ。二人はじかには会わなかったらしい。オーウェルは病気であったにもかかわらず、彼女に長い手紙を書いたのは、いかにも彼らしい心の広さを示している。

ジョン・ミドルトン・マリー（一八八九〜一九五七）。十四年ほど『アデルフィ』（彼は同誌を一九二三年六月に創刊した）の名目的な編集長で、編集の仕事の多くはマックス・プラウマンとサー・リチャード・リースが引き受けた。彼は非正統的なマルクス主義者で、根っからの平和主義者で、のちに聖職者になったが、オーウェルとは終生よい友達だった。時折、激論を戦わせたけれども。一九四八年、彼は平和主義を捨て、ソヴィエト連邦に対して予防戦争をすることを求めた。オーウェルがドワイト・マクドナルドに思い起こさせているように、マリーは十年足らず前に、「ロシアは本来平和を好む国である」と書いたのだが。

ヘンリー・ミラー（一八九一～一九八〇）。一九三〇年から三九年までパリに住んだアメリカの作家。『北回帰線』（一九三四）や『南回帰線』（一九三八）のような半ばフィクションの自伝は、露骨な性描写ゆえにアメリカでは一九六一年まで発禁だった。ミラーについてのオーウェルのエッセイは『鯨の腹の中で』に収められている。

レナード・ムーア（？～一九五九）。クリスティー＆ムーアのムーア。一九三二年、メイベル・フィアズの提案で、オーウェルの著作権代理人になった。『パリ・ロンドンどん底生活』を出す出版社を見つけることに成功した。オーウェルの生涯にわたり、オーウェルとその作品を忍耐強く、巧みに支持した。

レイモンド・モーティマー、**大英帝国三等勲爵士**（一八九五～一九八〇）。批評家、『ニュー・ステーツマン・アンド・ネイション』の文芸担当編集長。同誌の最も有能な編集長の一人。

ラ行

フィリップ・ラーヴ、本名イヴァン・グリンベルク（一九〇八～七三）。著名なマルクス主義文芸批評家、ジョン・リード・クラブの会員。ウィリアム・フィリップスと共に『パーティザン・レヴュー』を創刊した。若い頃、『新大衆《ニュー・マシーズ》』（一九二六年創刊のアメリカのマルクス主義の雑誌）に寄稿した。

L・F・ラッシュブルック・ウィリアムズ、**大英帝国三等勲爵士**（一八九〇～一九七八）。BBCの東洋放送部長。一時、オックスフォード大学オール・ソールズ学寮特別研究員。一九一四年から一九年まで、インドのアラハバード大学の近代史教授。一九二〇年から二六年までインドの中央情報局局長。一九四一年から一九四四年十一月までBBCインド向け放送部長。一九五五年まで『ザ・タイムズ』に入る。彼がインドに対して開けた態度を持っていたことは、一九四〇年の「世界情勢に関するオックスフォード・パンフレット」の『インド』によく表われている。

サー・スティーヴン・ランシマン（一九〇三～二〇〇〇）。オーウェルと同じ「エレクション」にいたイートン校の王室奨学基金の給費生。傑出した歴史家になり、『十字軍の歴史』（一九五一～五四）、『シチリアの晩鐘』（一九五八）、『コンスタンティノープルの没落』（一九六五）を上梓した。九十七歳の誕生日を祝うために、修復のために寄付をした僧院の献堂式を見ようと、アトス山を訪れた。

R・N・ランボー（一八八二～一九六二）。傑出した木彫師、画家、作家、翻訳家。リセ・デュ・マンでフランス文学、ギリシャ語、ラテン語を教えた。アメリカ文学、とりわけウィリアム・フォークナーの翻訳に、きわめて秀でていた。また、オーウェルの最初の翻訳者だった。オーウェルは彼の翻訳を賞讃した。

サー・バジル・ヘンリー・リデル・ハート、大尉（一八九五～一九七〇）。『第二次世界大戦史』（一九七〇）を含め、三十冊以上の本を書いた。一九二五年から三五年まで『デイリー・テレグラフ』の、一九三五年から三九年まで『ザ・タイムズ』の戦地特派員だった。一九三七年、陸相の非公式顧問になった。オーウェルは彼についてこう書いている。「知識人に最も好かれていた二人の軍事評論家は、リデル・ハート大尉とフラー少将だった。前者は、防御は攻撃に優ると教え、後者は、攻撃は防御に優ると教えている。このように二人は正反対だったが、二人共権威者として大衆に受け入れられていた。二人が左翼の人間に人気がある秘密は、二人が陸軍省と対立しているということである」（「ナショナリズムに関する覚え書き」）

サー・リチャード・リース（一九〇〇～七〇）。編集者、画家、批評家。一九二二年から二三年までベルリンの英国大使館の大使館員だった。そして、一九二五年から二七年まで、社会人教育協会の講師で、一九三〇年から三七年まで『アデルフィ』の編集長だった。彼は同誌の政治的色彩を強め、文学的色彩を意図的に薄めた。その時点から、オーウェルが死ぬまでオーウェルを大いに励ました。『葉蘭をそよがせよ』のラヴェルストンは、リースの気前のよい性質の幾分かを持っている。リースはジュラ島でオーウェルのパートナーになり、生涯、深い親切心を発揮した。そして、ソニア・オーウェルと一緒に遺著管理者になり、『ジョージ・オーウェル――勝利の陣営からの逃亡者』（一九六一）を書いた。

ヴァーノン・リチャーズ（ヴェロ・レッキオーニとして生まれた。一九一五〜二〇〇一）。『スペインと世界』と、その後身『反乱』（一九三六〜三九）を編集した。それは、反スターリン主義者の観点からスペイン内戦を見たものである。ロンドンのソーホーに生まれた彼は、土木技師、ジャーナリスト、無政府主義者だった。オーウェルは、国際反ファシスト連帯委員会を通して彼に会った。エマ・ゴールドマンが、一九三八年、オーウェルを同委員会に紹介した。リチャーズはオーウェルと息子の写真を数多く撮った。

サー・ハーバート・リード（一八九三〜一九六八）。詩人、批評家、教育家、現代美術の解説者。第一次世界大戦に従軍し、殊勲賞、戦功十字賞を受賞した。とりわけ三〇年代と四〇年代において影響力があった。主要な著書は、『現代詩におけるフォルム』（一九三二）、『今日の絵画』（一九三三）、『美術と社会』（一九三六）、『詩と無政府主義』（一九三八）――『アナキーと秩序』（一九五四）という題で再刊された――である。第二次世界大戦以前に無政府主義を支持した、英国の最も影響力のあった知識人で、ナイト爵に序せられるまで、無政府主義と密接に結びつけられていた。

トロフィーム・デニソーヴィチ・ルイセンコ（一八九八〜一九七六）。ラマルク説（大雑把に言うと、外界の影響によって獲得した形質が遺伝するというもの）のソヴィエトの提唱者。彼の考えはスターリンに支持された。それは一九三〇年代以降、ソヴィエトの生物学を支配し、ライバルの、遥かに健全な生物学者を排除するに至った。一九四八年、ソヴィエト連邦の中央委員会は、「ラマルク説」は正しいと決定した。ルイセンコとその理論は、フルシチョフが失脚すると完全に否定された。オーウェルが一九四九年に読んだ最後から二番目の本は、ジュリアン・ハクスリーの『ソヴィエトの遺伝学と世界の科学――ルイセンコと遺伝の意味』（一九四九）だった。オーウェルは最後までルイセンコに興味を抱いていた。そして、一九四九年十二月十六日の『ニューズ・クロニクル』の切抜きを、彼の最後の文学ノートに貼り付けた。その切抜きは、「小麦はライ麦になりうる」というルイセンコの主張を引用したものだった。

訳者あとがき

本書『ジョージ・オーウェル書簡集』は、二〇一〇年に邦訳が出た『ジョージ・オーウェル日記』の姉妹篇である。編者ピーター・デイヴィソンが「序」で述べているように、『日記』と『書簡集』は「オーウェルが書かなかった自伝にある程度なっている」。ジュリエット・ガードナーも二〇一〇年四月十日付の『テレグラフ』紙上で、この『書簡集』について次のように書いている。「本書は、オーウェルが書かなかったけれども、健康が回復したならば書いたかもしれない、ポータブル・オーウェル、圧縮された自伝である。しかし、この書簡集は――アイリーンが書いた数通の魅力的な手紙と、アーサー・ケストラー、デイヴィッド・アスター、アントニー・ポウエル、スティーヴン・スペンダー、シリル・コナリーなどの傑出した人物に宛ててオーウェルが書いた手紙から成る――たぶん、オーウェルが書いたかもしれない自伝よりも優れているであろう。本書には、わざとらしいところが皆無と言っていいほどなく、出来事と感情が感動的な直截性をもって述べられている」。『日記』の場合は、オーウェルの個人的な感想、感情の吐露はほとんどなく、「戦時日記」では国内、国外の時局が、「家事日記」では日々の暮らしが淡々と綴られている。それに比べて『書簡集』からは、少年時代から晩年までの人生の各段階のオーウェルの「肉声」が生々しく響いてくる。

編者は現存している千七百通以上のオーウェルの手紙から「オーウェルの人生と彼が抱いていた願望を如実に物語って」いるもの、「それ自体興味のあるもの」を選んでいる。オーウェルの書簡集は、八歳の時に寄宿学校から母に宛てて出した、稚拙だが味のあるスケッチを添えた手紙から始まり、一九四九年九月十七日に病院から友人に宛てて出した手紙で終わる。そのいずれの手紙にも、オーウェルの人生のその時々の願望が記されているが、死の半年ほど前の願望は、さらに腹案の小説を書くために「少なくともあと十年は生きていたい」というものだった。

編者デイヴィソンは、オーウェルの手紙の愛情表現が短くて抑制されているのは、個人的感情はあまり表に出すものではないと、二十世紀前半に育った男は教えられていたせいで、妻のアイリーンが死んだ際にも、友人に宛てた手紙で悲しみを縷々《るる》と書いてはいないと言っているが、真情を吐露している場合もある。オーウェルは、妻のアイリーンの死後一年経った一九四六年四月十八日にアン・ポパムに宛てて書いた手紙の中で、自分は病身で長生きはできないので、自分と結婚して文人の寡婦になるつもりはないだろうか、自分の死後に印税が入ってくるから経済的には大丈夫だろうし、自分も妻を何度か「裏切った」ことがあるので、「情緒的、知的意味で貞節」であってくれれば誰と寝ようと構わないとまで言って、相手を口説いている。そう書いているのは、鰥夫《やもめ》の孤独感に苛まれる「人間オーウェル」であって、一般的なイメージである孤高な「聖ジョージ」ではない。さらに、養子のリチャードに対して実に濃やかな愛情を抱いていることが何通もの手紙から窺われ、感動的である。本書には、オーウェル以外の者が書いた手紙も幾通か収められているが、その中でとりわけ素晴らしいのは、オーウェルの最初の妻アイリーンの手紙である。これほどに知的なユーモアに富んだ手紙は類を見ないほどである。麻酔のせいで死ぬことになる手術を受ける直前に書いた手紙でさえもきわめてウィットに溢れていて明るく、それゆえに哀切である。

『一九八四年』のジュリアのモデルについて。オーウェルの幼馴染みのジャシンサ・バディコムは、「生徒から教師へ、文筆家へ」の初めのほうに引用されている、恋に破れた失意の親戚の女性に送った一九七二年五月四日付の手紙からわかるように、ジュリアのモデルは自分だと信じ込み、有名な作品のモデルになった結果「公衆の面前で八つ裂き」になったとまで言い、その理由をかなり詳しく書いている。ところが、編者も触れている、二〇〇二年に刊行された、オーウェルの二番目の妻ソニアの悲劇的生涯を描いたヒラリー・スパーリング著『虚構局の女』(Hilary Spurling, *The Girl from the Fiction Department*, Hamish Hamilton, 2002) では、『一九八四年』の虚構局の女すなわちジュリアは、ソニアに他ならないことになっている。二人の主張は異なるのだが、ジュリアのモデルはオーウェルが好きだったすべての女性と考えたほうが適切だろうと、デイヴィソンは言っている。

ここで、スパーリングの『虚構局の女』と、ティム・キャロルが二〇〇四年に『サンデー・タイムズ』に発表した、「不当に遇された作家、オーウェル」にもとづいて、ソニアについて少し触れておきたい。オーウェルはソニアと病床結婚をする数年前に肉体関係を結んだが、その際は、ソニアはオーウェルの結婚の申し出を断った。それなのにオーウェルが死ぬ間際にオーウェルと結婚したのは死後の印税目当てだと、多くの者は思った。オーウェルの伝記を書いたバーナード・クリックは、ソニアの死後、『タイムズ文芸付録』に次のように書いた。「ソニアはオーウェルの莫大な遺産を慈善にはまったく使わなかったし、彼女の派手な暮らしは、貧しい作家や経済的基盤の弱いプロジェクトやささやかな大義を助けるために気前よく金を出したであろうジョージ・オーウェルの性格には、あまりにそぐわない」。ところが、ソニアの友人のスパーリングによれば、それは事実とは異なるのである。ソニアはオーウェルと結婚すれば、彼の健康は回復するのではないかと本気で思っていたのであって、遺産目当てではなかった。オーウェルの死後、一九六九年までには『一九八四年』のペーパーバックがアメリカで約八百万部売れ、ハードカバーで三十六万部売れ、一九七二年までには同書の英国のペンギン版だけで百万部売れ、『動物農場』も同じくらい売れたのだが、ソニアはその印税から毎月七百五十ポンドを受け取っただけだった。というのも、オーウェルが死ぬ五ヵ月前に依頼した会計士ジャック・ハリソンが悪徳会計士で、税金対策と称し「ジョージ・オーウェル・プロダクションズ」なる会社を設立して私物化し、ついにはオーウェルの作品の版権をも独占してしまったからである。それに驚いたソニアは訴訟を起こすが、その時すでに脳腫瘍に冒されていたので、周囲の助言で示談にした。しかし、その際、二度目の結婚相手だった大地主から離婚の際に貰ったロンドンの家を売り払った金をハリソンに払って版権を取り戻し、のちにリチャードに渡したのである。ソニアは、それまでにユニヴァーシティー・コレッジ・ロンドンにオーウェル・アーカイヴを作り、四巻本の『ジョージ・オーウェルのエッセイ、ジャーナリズム、手紙』を共編するなど、オーウェルのために献身的な努力をしたのだ。ソニアが、事情を知らないクリックのような者に酷評されたのは、彼女が「恋多き女」で、かなりの数の芸術家、文学者と関係したせいもあるのだろう（その中にはメルロ＝ポンティが入る）。スパーリングによれば、ソニアは死んだ時、無一文だった。ハリソンのほうは死んだ時、裕福だった。

本書は、編者ピーター・デイヴィソンがなんと十七年かけて完成した記念碑的な約八千六百頁に及ぶ全二十巻の『ジョージ・オーウェル全集』をもとにしている。この偉業を成し遂げたデイヴィソンは異色の経歴の持ち主なので、やや詳しく紹介しておきたい。デイヴィソンは一九二六年、ニューカースル＝アポン＝タインで商船長の息子として生まれたが、彼が七歳の時に父が死に、母が舞台女優になるためにロンドンに出たので孤児のための施設で教育を受けた。十五歳でロンドンに出て、映画会社のフィルム編集室に職を得た。そして十八歳で海軍に入り、四年後、レーダー整備士の伍長になって除隊した。翌年結婚し、MGMのフィルム編集助手になった（当時十六歳だったエリザベス・テイラーと一緒に暗室で、毎日昼休みに一緒に数フィートのフィルムの出来映えを見たという）。MGMを解雇されてから短期間会計事務所に勤めたのち、鉄道雑誌の編集に携わった。その間に、大学に入ることは経済的に論外だったので、夜学に通うかたわら通信講座で英文学とラテン語を学んだ。そして、現在のAレベルに相当する大学入学資格を得た。

一九五二年に国際羊毛事務局に入ったが、そのかたわら夜学に通い通信講座で学んで学士号を取得したあと、十六世紀の作者不明の戯曲を編集し、一九五七年に修士号を取得した。その後、シドニー大学で教えながら現代劇について論文を書き、一九六二年に博士号を授与された。一九六四年、ジェイムズ一世時代の劇について書いた論文が認められ、バーミンガム大学シェイクピア研究所に招かれた。そして、同研究所にいたあいだに、『ヘンリー四世』を含むいくつかのシェイクスピアの戯曲の校訂・注釈をした。その後、ケント大学の英米文学教授に就任したが（オーウェルの全集を委嘱されたのは、その頃である）、時の保守党政権が大学の予算の大幅カットを実施したので一九八三年に退職した。しかしその後も、ロンドン大学、オックスフォード大学、レスター大学の非常勤講師になった。六十五歳で引退したが、新設されたデモンフォート大学に「研究教授」として招かれ、七十五歳までその地位にあった。一九九九年、英文学に対する貢献によって大英帝国四等勲爵士に叙せられ、二〇〇九年、グリンダー大学名誉教授の称号を授けられた。編纂したものを含め著書は百十四点で、そのうち二十九点がオーウェル関係のものである。二〇〇三年、文献学会から金賞を授与された。デイヴィソンは二〇一〇年に「引退声明」を出したが、その「引退声明」の末尾を、こう結んでいる「英文学の最大の作家の二人、ウィリアム・シェイクスピアとジョージ・オーウェルに取り組んできたのは、なんと幸運だったろう！」

最後に、本書の翻訳にあたり、編者をはじめ、早稲田大学教授のアントニー・ニューエル氏、ポール・スノードン氏、フランス文学者岩田駿一氏、ロシア・東欧専門家長與進氏、ラテンアメリカ現代詩翻訳家細野豊氏、朝日新聞記者三浦俊章氏、白水社編集部藤波健氏にひとかたならぬお世話になった。心から御礼申し上げる。

二〇一〇年七月二十四日

高儀進

追記　オーウェルのエッセイの題名の訳「ほんに、ほんに、この通り楽しかったよ」は、寿岳文章訳『ブレイク詩集』（彌生書房）から借用した。また、訳注の多くは編者に負う。

口絵図版クレジット

[口絵 p.1] Blair family group (©Orwell Archive, University College London)
René-Noël Raimbault (©Collection Marie-Annick Raimbault)
[口絵 p.2] Jacintha Buddicom with Dr and Mrs Noel Hawley-Burke (©Dione Venables)
Jacintha Buddicom (©Dione Venables)
[口絵 p.3] Norah Myles (©Margaret Durant)
The Stores, Wallington (©Orwell Archive,UCL)
[口絵 p.4] Eileen and Orwell at the Spanish front (©Orwell Archive,UCL)
Independent Labour Party Conference (©Orwell Archive,UCL)
[口絵 p.5] Eileen in Morocco (©Orwell Archive,UCL)
Orwell and Mahdjoub Mahommed (©Orwell Archive,UCL)
[口絵 p.6] Three legionnaires visiting the Orwells in Morocco (©Orwell Archive,UCL)
Orwell with the Home Guard (©Orwell Archive,UCL)
[口絵 p.7] Eileen (©Orwell Archive,UCL)
Orwell and Richard (©Vernon Richards's Estate;image courtesy of Orwell Archive,UCL)
Orwell at the BBC (©BBC Photo Library)
[口絵 p.8] Sonia Orwell (©Orwell Archive,UCL)
Barnhill, Jura (©Orwell Archive,UCL)

本文のスケッチはオーウェル自身が描いたものである。版権はソニア・ブラウネル・オーウェル・エステートに属する。

訳者略歴
一九三五年生
早稲田大学大学院修士課程修了
翻訳家
日本文藝家協会会員

主要訳書
D・ロッジ「大英博物館が倒れる」

「交換教授」

「どこまで行けるか」

「小さな世界」

「楽園ニュース」

「恋愛療法」

「胸にこたえる真実」

「考える…」

「作者を出せ！」

「ベイツ教授の受難」

R・ムーアハウス「ヒトラー暗殺」

D・C・ラージ「ベルリン・オリンピック 1936」

B・マッキンタイアー「ナチが愛した二重スパイ」

R・M・エドゼル「ナチ略奪美術品を救え」

G・オーウェル「ジョージ・オーウェル日記」

ジョージ・オーウェル書簡集

二〇一一年九月二五日 印刷
二〇一一年一〇月二〇日 発行

著者 ジョージ・オーウェル
編者 ピーター・デイヴィソン
訳者© 高《たか》儀《ぎ》 進《すすむ》
装丁者 日下充典
発行者 及川直志
印刷所 株式会社 理想社
発行所 株式会社 白水社
東京都千代田区神田小川町三の二四
電話 営業部〇三（三二九一）七八一一
編集部〇三（三二九一）七八二一
振替 〇〇一九〇-五-三三二二八
郵便番号 一〇一-〇〇五二
http://www.hakusuisha.co.jp
乱丁・落丁本は、送料小社負担にてお取り替えいたします。

松岳社 株式会社 青木製本所

ISBN978-4-560-08166-2

Printed in Japan